明代赋史

MINGDAI FUSHI

牛海蓉 ◎ 著

人民出版社

责任编辑：柴晨清

图书在版编目（CIP）数据

明代赋史 / 牛海蓉著. -- 北京 ： 人民出版社，2024. 11. -- ISBN
978 - 7 - 01 - 026983 - 2

Ⅰ. TV882. 852；C912. 8

中国国家版本馆 CIP 数据核字第 2024VZ2656 号

明代赋史

MINGDAI FUSHI

牛海蓉　著

人民出版社 出版发行
（100706　北京市东城区隆福寺街 99 号）

北京九州迅驰传媒文化有限公司印刷　新华书店经销

2024 年 11 月第 1 版　2024 年 11 月北京第 1 次印刷
开本:710 毫米×1000 毫米 1/16　印张:32.75
字数:579 千字

ISBN 978 - 7 - 01 - 026983 - 2　定价:129.00 元

邮购地址 100706　北京市东城区隆福寺街 99 号
人民东方图书销售中心　电话（010)65250042　65289539

国家社科基金后期资助项目
出版说明

后期资助项目是国家社科基金设立的一类重要项目，旨在鼓励广大社科研究者潜心治学，支持基础研究多出优秀成果。它是经过严格评审，从接近完成的科研成果中遴选立项的。为扩大后期资助项目的影响，更好地推动学术发展，促进成果转化，全国哲学社会科学工作办公室按照"统一设计、统一标识、统一版式、形成系列"的总体要求，组织出版国家社科基金后期资助项目成果。

全国哲学社会科学工作办公室

目　　录

序

这是牛海蓉老师在辞赋研究领域继《金元赋史》之后的又一部力作,在研究方法上,延续了《金元赋史》的做法,以时代为经、作品为纬建构赋史的网络。在具体写作过程中,不但坚持了"史"的宏观视野,而且从微观角度尽量关注所有赋家、赋作、赋论,给学术界贡献了又一部比较厚重的赋史著作。

全书依据明朝政治的变迁和文学思潮的变化,将明代赋史分为六个时期,即"元赋遗响与风雅初开""风雅渐盛""盛明风雅""风雅再阐""末世风雅""风雅遗音"。对于不同时期的作家作品,依据其创作实绩,归纳明赋创作的意象选择、题材提炼、风格取向、审美趣味等方面的特征,全面梳理了近三个世纪的赋体作品嬗递。全书还将明代赋学纳入研究范围,廓清了明代赋家对于赋体文学作品和赋史的论述,并具体到明赋名家对风格、作法、师承、祖骚宗汉及其新变的论述。尤其注意到明人对于赋体文学作品的搜集、编选、汇集、刊刻等方面的成就,是对明赋研究的重要丰富。

牛老师自 2015 年进入明赋的研究,八年来付出了极大的辛劳。她以严谨踏实的学风,广泛搜集资料,严格审视材料,准确解读文献,审慎作出论断,是前辈学人治学精神的传承。书中对明代各期作品的解析,从历史的纵向到时代的横向,甚至句读、语词、语气、意象等方面的比勘,研读的细致,令人赞叹。附录的两个内容,于统计中显现研究方法之多样,于考据中展示学术精神之严谨,也足见牛老师深厚的学术功底与研究能力。

近年来,我欣喜地看到牛老师在辞赋研究领域的不断进步。除《明代赋史》之外,她还承担了国家重大项目"中国赋学编年史"之明代卷的研究工作。去年十月,她主编的《历代辞赋总汇续编》成功入选"2021—2035 年国家古籍工作规划重点出版项目(第一批)"。希望她再接再厉,接下来进入清代赋史的研究,打通金、元、明、清四代赋史,为辞赋研究作出更大的贡献。

是为序。

郭建勋

2023 年 4 月于长沙岳麓山寓所

绪　　论

　　明朝自明太祖朱元璋在南京应天府称帝(1368)至崇祯帝朱由检于煤山自缢(1644),历时276年。随后清军趁乱入关,宣告继承华夏正统,并于1645年灭李自成大顺、南明弘光,1646年灭张献忠大西、南明隆武、南明绍武,1662年灭南明永历,完成全国统一。

　　与唐宋金元各朝以律赋或古赋取士不同,明朝科举以八股文取士,明朝辞赋与科举制度脱钩,而与时代政治、文学思潮的联系更加紧密。《明史·文苑传序》云:"明初,文学之士承元季虞、柳、黄、吴之后,师友讲贯,学有本原。宋濂、王祎、方孝孺以文雄,高、杨、张、徐、刘基、袁凯以诗著。其他胜代遗逸,风流标映,不可指数,盖蔚然称盛已。永、宣以还,作者递兴,皆冲融演迤,不事钩棘,而气体渐弱。弘、正之间,李东阳出入宋元,溯流唐代,擅声馆阁。而李梦阳、何景明倡言复古,文自西京、诗自中唐而下,一切吐弃,操觚谈艺之士翕然宗之。明之诗文,于斯一变。迨嘉靖时,王慎中、唐顺之辈,文宗欧、曾,诗仿初唐,李攀龙、王世贞辈,文主秦汉,诗规盛唐。王、李之持论,大率与梦阳、景明相倡和也。归有光颇后出,以司马、欧阳自命,力排李、何、王、李,而徐渭、汤显祖、袁宏道、钟惺之属,亦各争鸣一时,于是宗李、何、王、李者稍衰。至启、祯时,钱谦益、艾南英,准北宋之矩矱,张溥、陈子龙,撷东汉之芳华,又一变矣。有明一代,文士卓卓表见者,其源流大抵如此。"[①]明朝辞赋的发展亦约略如此,依据政治变迁与文学思潮的变化,大致可分为六个时期:

　　一、洪武建文朝(1368—1402)——元赋遗响与风雅初开;
　　二、永乐至成化(1403—1487)——风雅渐盛;
　　三、弘治至隆庆(1488—1572)——盛明风雅;
　　四、万历泰昌朝(1573—1620)——风雅再阐;
　　五、天启崇祯朝(1621—1644)——末世风雅;
　　六、弘光至台湾郑氏永历(1644—1683)——风雅遗音。

一、元赋遗响与风雅初开

　　洪武建文朝的赋家大多由元入明,如刘基、宋濂、高启等,只有少数人生

---

① 张廷玉:《明史》卷285,中华书局1974年版,第7307页。

于元末,伴随着新朝成长,而又未能活到永乐朝,如方孝孺、周是修等。30余年时间留存200多篇作品,有相当一部分作品作于元末,有应元朝科举的赋作或拟作,也有有感于元末混乱局面的感慨之作,入明以后,他们有感于明朝开国之初的新气象,有不少歌功颂德之作。在艺术上很自然地继承了元朝"祖骚宗汉"的古赋传统,骚体赋90余篇,宗汉的赋作近110篇。但时代毕竟已经入明,赋作表现出的格调气象已有异于元时,主要表现在两个方面:

其一,元末赋作对于元皇与元朝的歌颂,基本是在科举赋中,具有程式化的特色。明初的这类赋作不再有科场文的限制,对皇帝与明朝的歌颂大多有具体的时事背景,并不仅仅是歌颂的虚套,其感情多是发自肺腑的真诚流露,而其艺术上所呈现的博大气象,也与元末赋作浮靡华巧的萎弱格调有别。

比如朱升,有些赋作虽作于明一统之前,但已经被视为明赋,《贺制大成乐赋》作于1366年朱元璋"肇基帝业"之时,基于朱元璋制大成乐的事歌颂其文治武功。《贺平浙江赋》作于1367年,祝贺朱元璋拥有浙江之地。法天《征南赋》写洪武十四年(1381)朱元璋平定云南之事,抒发了"六合为家,颂太平之有道"的欣喜之情。周是修《凯旋赋》写洪武二十九年(1396)春,明师出居庸关,驰可温海外,宣扬威武后班师回朝的事。史迁,洪武十二年(1379)去官归里,《老农赋》作于归田十年之后,虽然作者此时益老益贫,但他仍然"呼儿来前曰:'汝今凿井而饮,耕田而食。出无强暴之虞,入有妻孥之适。享太平之盛世,又安知夫帝力?其可不尽心于畎亩,供赋役以报国。吾当咏歌乎康衢之谣,含煦乎圣人之泽。'"这些都反映了元明之际的文人自然流露出的对于明兴的喜悦之情。

从艺术上说,这类赋作普遍篇幅增长,气局颇大,不是元代科举赋的篇制可以相提并论的。元代科举赋的篇幅大体在四五百字,多的也不过七八百字,如"'江汉朝宗',乃极大题目,唐人以之作小赋,便无足观。读元人黄、李二作,始为之畅然满志。"①黄指黄师郯,其至正元年(1341)参加湖广乡试的《江汉朝宗赋》,775字。李指李原同,其同时所作的《江汉朝宗赋》,768字。元代科举赋,七八百字的篇幅就已经是使人"畅然满志"的大赋了。但比起明初的赋作,仍然显得局促。明初的此类赋作大体七八百字,千字以上的也有不少,尤其是这类赋作显示出来的开国之初的博大气象,已不是

"浮靡华巧,抑扬归美,至末年格调益弱"①的元赋能够相比。比如,宋讷有三篇《春朝赋》,背景是明太祖令各地守令每年朝京,考察其治绩,最短的一篇492字,只是科举赋的篇幅,但其中洋溢的蒸蒸日上的开国气象却非元朝的科举赋所有。又如周是修《凯旋赋》,其末云:"惟边人之慕德兮,叹遵渚之鸣鸿。觐衮衣而莫留兮,徒劳心之忡忡。聆凯歌之载路兮,日瞻望乎崇嵩。喜征夫之聿至兮,庆室家而雍雍。建千秋之升平兮,沐九陛之恩隆。著英声与伟绩兮,共河流而汹汹。"文体特色以哀怨忧愤著称的骚体赋,在这里已经掩盖不住四夷慕德、国势蒸腾的博大气象。

其二,元末赋作在科场之外大抵隐逸之作较多,而且有不少赋作暴露元末社会的黑暗混乱,抒发悲愤的情怀,所谓"乱世之音怨以怒"。而明初虽也有不少隐逸之作,但多表现出"治世之音安以乐"的特色。

比如刘基的赋,大都是仕明以前所写,多为抒发报效无门的忧愤,《吊诸葛武侯赋》《吊祖豫州赋》《吊岳将军赋》等皆借古人古事以寄讽,影射元末社会的黑暗混乱,贤明之士不得其志。而《述志赋》《吊台布哈元帅赋》等则直面元末社会忠良遭殃的恶劣现实。童冀《闵己赋》、涂几《悯时赋》都在感时伤己中揭示了元末干戈四起、"逆竖尊荣""忠良蒙祸"的颠倒混乱情形,表达了作者的悲愤之情。王翰《闲田赋》当作于元末作者隐于中条山时,其中有"伤衰世之末造"之语。这种有意无意反映元末社会混乱现实的写法,是当时赋作的普遍情况,也揭示了隐逸之风盛行的外在原因。

而这种讽刺揭露的"衰世之制",明初赋作很少出现。这除了明太祖的有意干预,也与明初文人的自觉意识有关。他们身经乱离,普遍体会到由乱而治的不易,字里行间流露出重逢盛世的欣喜,多有跃跃欲试之意。比如宋讷,他的隐逸之作有不少作于明初,《云松巢赋》中,不仅客人认为主人乃天生良才,不应巢于云松,应该乘时而起,主人也表示自己"将应时出巢,待诏于承明之庐";《镜湖渔隐赋》中,不仅樵者认为如今天下治平,渔隐应该出而"佐苍姬以唐虞",渔隐也答应为民而出;《松岩樵隐赋》也设为主客问答,劝勉樵隐施才于"方今皇明一统"之时。如此多构思雷同的作品,不过说明士子们都有"天下有道则见,无道则隐"的传统观念,元末他们隐居不出,是因为时世混乱。明朝一统,他们大都想应时而出,有一番作为。而赋作情调的和平安乐,也与元末隐逸之作的哀怨嗟悲有别。如练子宁《耽犁子赋》写

---

① 吴讷:"延祐设科,以古赋命题,律赋之体由是而变。然多浮靡华巧,抑扬归美,至末年,格调益弱矣。"吴讷著、于北山校点:《文章辨体序说·古赋·元》,人民文学出版社1962年版,第23页。

"闽粤之区""耕于宽闲之野,老于熙皞之乡"的耽犁子,在明初过着"贫穷相资,患难相恤。租必先公,食必先粒,耕必让畔"的安定生活。周是修《珍爱堂赋》写古润州张氏珍爱堂,两淮运使张公,"沐皇明之恩渥。锡禄养而归休兮,陶暮情乎丘壑。跻八衮而康强兮,纶羽扇而纶巾。秩天序而睦睦兮,宛奋建而椿津。"归隐之后可以颐养天年,享受天伦之乐。

二、风雅渐盛

永乐至成化朝是明赋"风雅渐盛"时期,80余年时间里,留存270余篇赋作。题材内容上,最显著的变化是京都赋的崛起与祥瑞赋的繁盛。随着明成祖定都北京与大一统面目的充分呈露,皇都一统赋大盛。如杨荣、金幼孜、吴溥、胡启先、习经的《皇都大一统赋》、余学夔《皇都一统赋》、周启《廷试大明一统赋》、莫旦《大明一统赋》、李时勉、陈敬宗、钱干的《北京赋》。《中国辞赋发展史》对此类赋作评价不高:"京殿大赋自汉以降,数明代最盛,其文风逆转,效颦续貂,固为其审美价值不高的一个重要原因;但明代此类大赋丢失自我的庸俗化倾向和蹈虚的风势,又是其缺乏历史价值的关键所在。"①这是从整个古代辞赋发展的角度作出的价值判断,但此时的赋从元末明初辞赋的狭小格局下挣脱出来,以铺张扬厉的散体大赋为依归,显露出明朝由乱而治的时代氛围,有的赋作"有大气以包举之"②"尚有古意"③,不可一味贬斥。至于祥瑞赋,"长陵靖难而后,瑞应独多。黄河清,甘露降,嘉禾生,醴泉出,卿云见,野蚕成茧,麒麟、驺虞、青鸾、青狮、白雉、白燕、白鹿、白象、玄兔、玄犀,史不一书。"④这与成祖的迷信祥瑞、默许各地献祥瑞是分不开的。此期祥瑞赋现存72篇,写于成祖时期的就有53篇。虽然这些作品在当时"读之如览西周王会之图,披北魏、南齐符瑞之志,亦可云诗史矣。"⑤但现在看来,"正是中国中世纪'异常'的'幽默'事件"⑥,并没有太多的价值。

从艺术上说,此期骚体赋有75篇,宗汉的赋作达180余篇,还有一些承宋袭唐、模拟六朝的赋作,反映了赋家取径范围的宽广。宋赋的最大特色在

---

① 郭维森、许结:《中国辞赋发展史》,江苏教育出版社1996年版,第703页。
② 浦铣:《复小斋赋话》卷下,《历代赋话》,第404页。
③ 浦铣:《复小斋赋话》卷上:"明人赋北京者,不下十余篇,余独取金文靖公幼孜《皇都一统赋》、李忠文公时勉《北京赋》,尚有古意。"《历代赋话》,第380页。
④ 朱彝尊:《静志居诗话》卷6,人民文学出版社1990年版,第149页。
⑤ 朱彝尊:《静志居诗话》卷6,人民文学出版社1990年版,第150页。
⑥ 王琎:《明代"祥瑞"兽"驺虞"考》,《暨南史学》(三),暨南大学出版社2004年版,第191页。

于议论说理,金实《方竹轩赋》、倪谦《竹坞精舍赋》、胡居仁《碧峰书院赋》《瑞梅赋》等都"颇入宋人之室"①。"袭唐"在此时主要沿袭唐朝古赋,"(唐朝)就有为古赋者,率以徐庾为宗,亦不过少异于律尔"②,实有六朝赋的特色。这些赋虽然不多,但反映了此期赋家已渐渐摆脱"祖骚宗汉"、贬斥六朝及以后赋作的元人宗尚,文坛风会悄然转移。

汉代大一统的盛世格局造就了汉代散体大赋的兴盛,此期明朝的文治武功与汉朝相比也不逊色,以散体大赋的形式反映盛世风雅,也成为时代所需。京都一统赋无论是从数量,还是从赋作的规模上,都不是洪武建文时能够相比的。在留存的 11 篇赋作中,除了周启《廷试大明一统赋》因为受廷试的限制,只有 579 字,篇幅略大于明初刘三吾《大明一统赋》(479 字)之外,其它赋作的字数大都超过千字,莫旦《大明一统赋》甚至近 4500 字,它们首先以宏大的规模震撼视听,构成京都赋史上的奇观。而 70 余篇祥瑞赋中,有 50 余篇用了散体赋的形式,篇幅超过千字的,也有 10 余篇。

此期还出现了赋颂传统回归的现象。汉代的散体大赋在创作主旨上总是存在着"讽"与"颂"的二维思考,模式上也就产生了"讽"与"颂"并存的现象。此时的作家虽追踪汉赋,但和洪武建文时多追踪西汉大赋的"曲终奏雅"不同,多回归东汉前期的以颂为主,赋体的颂意明显增强,充斥着一片颂赞之声。

洪武建文时期的作品,多有讽喻色彩,如洪武八年(1375)宋濂奉制所撰《蟠桃核赋》,借汉武帝、宋徽宗的沉溺仙道以进行当代的政教讽喻,而进入永乐朝之后,却"颂声交作"③。"汉儒言《诗》有'美、刺'之义,影响至赋即为'讽、颂'二端。西汉赋偏重于'讽',东汉赋主于'颂',而完成这一变化的标志性人物是班固。"④班固《两都赋》创作于迁都洛阳的时代背景中,他驳斥不宜迁都的论调,而以颂述汉德为主旨,标志着辞赋由"讽"到"颂"的转变。永乐迁都北京与东汉迁都洛阳一样,在当时都颇多反对意见。北京是朱棣的龙兴之地,永乐之初朱棣就有迁都之意。永乐十四年,朱棣召集群臣,正式商议迁都事宜,对于提出反对意见的臣工,一一革职或严惩。在这种背景下,一系列的皇都一统赋充满赞颂之声,就不足为怪了。祥瑞赋更

---

① 浦铣:《复小斋赋话》卷上,《历代赋话》,第 387 页。
② 祝尧:《古赋辩体》卷 7"唐体",《赋话广聚 2》,北京图书馆出版社 2006 年版,第 355 页。
③ 吴宽:《家藏集》卷 54《跋滕用衡〈贞符颂〉》,四库全书 1255 册,台湾商务印书馆 1986 年版,第 493 页。
④ 何新文、王慧:《班固的"赋颂"理论及其〈两都赋〉"颂汉"的赋史意义》,《中南民族大学学报》2015 年第 2 期。

不可能有讽喻之意，它本来就是臣工们曲意逢迎的产物。"世所谓祥瑞者，麟、凤、龟、龙、驺虞、白雀、醴泉、甘露、朱草、灵芝、连理之木、合颖之禾皆是也。然夷考所出之时，多在危乱之世。"①但是，"却缘通过'非常'手段夺得'九五之尊'的宝座，乃为有明'盛世'的永乐、宣德，却也需要'制造'许多'祥瑞'来稳固人心，稳固统治。就算是极其普通的'甘露'，也被渲染成'圣德'感动'上天'的结果。"②千篇一律的歌颂之词，或许是赋家的无奈，却从一个侧面反映了明赋风雅渐盛的事实。

三、盛明风雅

弘治至隆庆朝是明代的文学盛世，胡松《盛明风雅初集序》云："盖由弘治、正德来……风概气韵，咸能矞然以其所长而鸣国家之盛。信乎，其为盛明之风雅已！"③胡应麟《诗薮》亦云："弘、正之后，继以嘉、隆，风雅大备，殆于无可着手！"④此时复古思潮兴起并发展壮大，而伴随着文学复古运动的兴盛，《文选》学出现复兴局面。从李梦阳的《文选增定》始，出现了一批补、广、注，甚至删《文选》的总集，选家从不同的角度，通过对《文选》的选删表达自己的文学倾向，这种风气一直延续到明末。黄虞稷《千顷堂书目》即列有：李梦阳《文选增定》22卷、刘节《广文选》82卷、陈与郊《文选章句》28卷、张凤翼《文选纂注》12卷、郭正域《文选后集》5卷、张所望《文选集注》、汤绍祖《续文选》27卷、马继铭《广文选》25卷又《补遗》□卷、张溥《古文五删》52卷(其中包括《文选删》12卷、《广文选删》14卷)、周应治《广广文选》23卷、闵齐华《文选瀹注》30卷、胡震亨《续文选》14卷等⑤。许结先生谈到《选》学的复兴与赋学的关系时说，"无论广续，还是评注，明人热衷于《文选》之本义，就是尊'选'，于赋学而言，因《文选》选赋重汉代作手，且以京都大篇居首，这也形成了明人追摩《选》学而尊'汉'的赋学取向。"⑥实际上并不仅仅如此。

浦铣云："明人赋专尚模范《文选》"⑦，而"《文选》全书收赋85篇，若将赋史分为先秦、两汉、魏晋、南朝四段分别统计，则《文选》收录的各个时期的赋作分别为21篇、28篇、29篇、7篇。在赋史中，《文选》比较重视两汉、

① 周密：《齐东野语》卷6"祥瑞"，唐宋史料笔记丛刊，中华书局1983年版，第108页。
② 王珽：《明代"祥瑞"兽"驺虞"考》，《暨南史学》(三)，第197页。
③ 黄宗羲：《明文海》卷222，中华书局1987年版，第2246页。
④ 胡应麟：《诗薮·续编》卷2，上海古籍出版社1979年版，第354页。
⑤ 黄虞稷：《千顷堂书目》，上海古籍出版社2001年版，第757—760页。
⑥ 许结：《明代的选学与赋论》，《南京师大学报》2013年第3期。
⑦ 浦铣：《复小斋赋话》卷上，《历代赋话》，第379页。

魏晋两段,其赋作收录最多。"①魏晋时期就已有不少骈赋被收入《文选》。南朝的七篇,分别是鲍照、江淹赋各二篇,谢庄、谢惠连、颜延之赋各一篇。也就是说,从文体上说,《文选》学的复兴,使明人不仅有"尊'汉'的赋学取向",也有崇尚六朝骈赋的赋学取向。就赋作而言,此期80余年时间里,留存赋作近1300篇,达到了极盛,除了"祖骚宗汉"之外,也有不少骈赋。

首先是李东阳领导的茶陵派。李东阳对赋学没有明确的提倡,茶陵派宗尚的范围也比较广泛,现存155篇赋作中,祖骚之作74篇,宗汉之作59篇,骚汉杂糅7篇,拟六朝赋作10篇,律赋2篇,拟宋赋3篇。各体皆有而以祖骚宗汉为主,骈赋多于唐律宋文,明赋的特色初露端倪。文学史家通常把茶陵派视为复古运动的前奏,从赋学方面看,也是如此。

接着李梦阳等"前七子"复古派以强劲的势头登上文坛,他们"究心赋、骚于唐、汉之上",以赋作描绘现实生活,抒写自己的忧愤,创作了一大批内容充实、格调悲怆而高昂的作品。李梦阳《潜虬山人记》云:

> 山人商宋梁时,犹学宋人诗,会李子客梁,谓之曰,宋无诗,山人于是遂弃宋而学唐,已,问唐所无,曰唐无赋哉,问汉,曰无骚哉,山人于是则又究心赋、骚于唐、汉之上。②

此文为歙县人佘育作,李梦阳把"宋无诗""唐无赋""汉无骚"并列,意在勉励佘育取法乎上,学习最具典范价值的唐诗、汉赋与楚骚。就赋而言,与元代祝尧"祖骚宗汉"之说大体相承,而扩大了学习的范围,没有否定祝尧贬斥的六朝骈赋。李梦阳有《文选增定》22卷,"在全盘接收《文选》篇目的基础上,增加35篇。赋类增15篇,除去庾信和鲍照两篇,其他皆为汉前作品,包括赋的源头之作荀卿五赋和西汉诸位名家之作。"③可见,李梦阳除了奉行"祖骚宗汉"的主张外,还对六朝骈赋有较多的关注。王世贞说李梦阳"骚赋上拟屈宋,下及六朝"④,确是如此,其现存35篇赋,骚体赋21篇,汉赋体10余篇,有些赋作骈化色彩很浓厚,如《冬游赋》。另外,他还有1篇七言诗体赋《石竹赋》。而六朝除了骈赋兴盛外,五七言诗体赋是六朝赋作的又一特色。不少学者把五七言诗体赋称为骈赋的另一种形式,铃木虎雄说:"五七字句,渐增其数,始止赋之一部分者,遂至形成赋之大部分","此

①　程章灿:《魏晋南北朝赋史》,江苏古籍出版社2001年版,第267页。
②　李梦阳:《空同集》卷48,四库全书1262册,第446页。
③　郝倖仔:《明代文选学研究》,北京大学2011年博士学位论文。
④　王世贞:《艺苑卮言》卷6,历代诗话续编,中华书局1983年版,第1044页。

趋势入唐未止,产生与初唐诸子七言诗类似之赋体,是为骈赋之变形"①。程章灿也说:"骈赋在四六句式之外,又大量引进五言和七言诗的句式,是极其自然的,""赋的深度骈化导致诗化"②。李梦阳的七言诗体赋反映了其赋"下及六朝"的另一个侧面。李梦阳之外,前七子派其他代表人物也是祖骚宗汉而"不废六朝",现存160余篇赋作中,祖骚之作90余篇,宗汉之作近60篇,骚汉杂糅4篇,有六朝特色的近10篇。

反复古派最为人所知的是唐宋派,唐宋派诗文创作颇具规模,但留存的赋作不多。盖唐宋派之得名,主要是由于他们反对前七子"文必秦汉",而矫之以唐宋文章,故文胜于诗,对"古诗之流"的赋也不太着意乎?唐宋派之外,在诗歌方面不认同"诗必盛唐"的,也可视为反复古派,比如"嘉靖初为初唐者,唐应德(唐顺之)、袁永之(袁褧)、屠文升(屠应埈)、王汝化(王格)、任少海(任瀚)、陈约之(陈束)、田叔禾(田汝成)等,为中唐者,皇甫子安(皇甫涝)、华子潜(华察)、吴纯叔(吴子孝)、陈鸣野(陈鹤)、施子羽(施渐)、蔡子木(蔡汝楠)等。"③此外,一些来自吴中地区的作家,如祝允明、唐寅等,也显示出与复古之风不同的倾向。这些反复古派作家共留存150余篇赋作,其中祖骚之作58篇,宗汉之作52篇,骚汉杂糅18篇,拟六朝之作10余篇,律赋2篇,拟宋之作近10篇。可见,反复古派在赋学方面,只不过在复古派基础上扩大了宗尚的范围,对唐律赋、宋文赋有较多的关注而已。

嘉靖、隆庆之际是以王世贞为领袖的后七子复古派风行天下之时,他们在理论和创作上继续阐扬前七子提倡的骚汉文风。王世贞《艺苑卮言》、谢榛《四溟诗话》、胡应麟《诗薮》中都有论赋语,除了推扬"唐无赋"观念外,还细化了祖骚宗汉之说。如王世贞云,"屈氏之骚,骚之圣也;长卿之赋,赋之圣也。一以风,一以颂,造体极玄,故自作者,毋轻优劣。"④谢榛云,"汉人作赋,必读万卷书,以养胸次……此长卿所以大过人者也。"⑤胡应麟云,"骚盛于楚,衰于汉,而亡于魏。赋盛于汉,衰于魏,而亡于唐。"⑥

在创作上,后七子代表作家留存76篇赋作,其中祖骚之作19篇,宗汉之作40余篇,骚汉杂糅近10篇,律赋1篇,宋赋2篇。可见后七子派虽然在理论上反对律赋与文赋,在实际创作中却间有染指。李维桢的馆课赋

① 铃木虎雄:《赋史大要》第四篇"骈赋时代",《赋话广聚6》,第578页。
② 程章灿:《魏晋南北朝赋史》,第240、242页。
③ 胡应麟:《诗薮·续编》卷2,第363页。
④ 王世贞:《艺苑卮言》卷2,历代诗话续编,第976页。
⑤ 谢榛:《四溟诗话》卷2,历代诗话续编,第1175页。
⑥ 胡应麟:《诗薮·内编》卷1,第6页。

《日方升赋》即为律赋，李调元评价此赋"可谓精金美玉，不减唐人，而一种秀润之气浮于笔端。"①王世贞《登钓台赋》、黎民表《粤王台赋》有宋赋的特点，王世贞赋不仅语言似苏轼《赤壁赋》，赋末"渭川钓利，桐江钓名"的议论，也与宋赋喜发议论的手法相似。其实，承袭宋赋的倾向并不自后七子始，前七子的何景明就与李梦阳鄙薄宋赋的倾向不同，其《述归赋》序云："仆尝病汉之文其道驳，宋之文其道拘……然又欲效子长好游之意，抗志浮云，彻迹九有，以博其大观，以成其文章，斯亦不坠古人之余烈哉！"他觉得汉文和宋文各有优缺点，所以力图以司马迁为榜样，"博其大观""成其文章"，也就是要合汉文、宋文之优点，既"知乎道"，又"工于文"。在赋的创作中，他对于宋赋喜议论说理的倾向，就有效仿。如《进舟赋》从进舟得出的"御舟之艺"，《石矶赋》所论"出处之道"，《渡泸赋》在凭吊诸葛亮渡泸故址之后，表达自己的观点："天道高不可摩。得志者寡，失意恒多。苟道之不行，虽孔孟其如何？"如此看来，复古派与反复古派在赋学领域并不是畛域分明的，他们对前此的骚汉赋、六朝骈赋、唐律赋、宋文赋都有宗尚，只是对唐宋赋的关注，有程度上的差异。

但是后七子产生的影响却是反复古派不及的，造成了复古派大盛的局面。现存赋作430余篇，题材内容无所不包，上自"体国经野"的京都、典礼等赋，下至"辩丽可喜"的抒情、咏物等赋，都有创作。甚至用来应酬交际的祝寿赋也不少，浦铣云："古亦有寿赋，如宋沈与求《客游玄都赋》为南阳公是也。至明而夥矣。"②寿赋的兴盛，反映了盛世辞赋的庸俗化趋势。体式上，各体皆有而以祖骚宗汉为主：骚体赋170余篇，宗汉之作150篇，骚汉杂糅近90篇，拟六朝之作若干篇，律赋7篇（俱为馆课赋），宋赋近10篇。

四、风雅再阐

万历泰昌朝，是一个颇受争议的文学盛世。万历皇帝在位时间长达48年，在政治上，已被公认为是一个衰世，但在文学上，却是一个可以与"春秋战国、建安、'三元'（开元、元和、元祐）"等相提并论的盛世③。

此期复古派一味师古的弊端，越到后来表现得越明显。谢榛云，"诗赋各有体制，两汉赋多使难字，堆垛联绵，意思重叠，不害于大义也。"④这种宗尚汉赋"多使难字，堆垛联绵"的倾向，在复古派中表现很普遍，比如被王世

①　李调元：《雨村赋话》卷6，续修四库全书1715册，上海古籍出版社2002年版，第671页。
②　浦铣：《复小斋赋话》卷下，《历代赋话》，第402页。
③　廖可斌：《万历为文学盛世说》，《文学评论》2013年第5期。
④　谢榛：《四溟诗话》卷4，历代诗话续编，第1205页。

贞推许为"伊门第一手"①的卢柟,赋作就有"堆垛联绵"之弊,拟骚的《九骚》也"情寡辞繁,不称其名"②。又如刘凤,其赋"皆僻字奥句,尤涩体之恒饤者"③,令人不能卒读。面对这种状况,复古派人物也在反思,如王文禄,"论文体则推六朝《文选》"④,唐诗之中尤为推崇杜甫,属于复古派,其《杂论》云"司马相如《长门》、扬子云《反骚》、贾谊《鵩鸟》、班昭《自悼》,岂曰无骚? 李太白《大猎》、《明堂》、杨炯《浑天仪》、李庚《两都》、杜甫《三大礼》、李华《含元殿》、柳宗元《闵生》、卢肇《海潮》、孙樵《出蜀》,岂曰无赋?"⑤由此推导出反复古的文学主张,也就一步之遥了。于是以袁宗道兄弟为核心的公安派形成了强有力的反复古派别,针对复古派的"唐无赋",袁宏道云:"唐赋最明白简易,至苏子瞻直文耳。"⑥

创作上,此期近50年的时间留存1300余篇赋作,其中复古派520余篇,题材内容亦同上期,无所不包。艺术上,祖骚之作近200篇,宗汉之作140余篇,骚汉杂糅110余篇,拟六朝之作近40篇,律赋与拟宋赋10余篇。相比上期,"不废六朝"的特色更加明显。

此期反复古派最知名者有公安派、竟陵派,但两派都不擅长作赋,倒是两派之外的徐渭(27篇)、汤显祖(32篇)等人留下不少赋作。反复古派现存赋作180余篇,祖骚之作40余篇,拟汉之作近70篇,骚汉杂糅30余篇,拟六朝之作近30篇,律赋与宋赋体也有若干篇。与复古派两相对照,可以看出,反复古派在创作上向复古派赋学观的靠拢,两派界限渐趋模糊。

周履靖的赋作也显示了这种趋势。他属于非复古派,现存615篇,分为"载赓前韵"(270篇)与"独创新裁"(345篇),各体皆有而以"祖骚宗汉""不废六朝"为显著特色。"载赓前韵"之作不仅有骚汉赋、骈赋,也有律赋。"独创新裁"之作中,通篇文体者有160余篇,骚体和文体夹杂者170余篇。这些赋作有相当一部分骈俪化色彩非常浓厚,不仅文体句、诗体句骈对,甚至《九歌》式、《离骚》式等骚体句也是如此。如《春郊赋》:

> 日丽群葩而媚,风暄百卉而薰。一江藻绿兮闲鸥而浴,万树桃红兮幽鸟而嘤。陂塘凫鸭喧闹兮,原野桑麻缤纷。临溪农舍而小兮,近廓酒

---

① 王世贞:《艺苑卮言》卷6,历代诗话续编,第1048页。
② 马积高:《历代辞赋研究史料概述》,中华书局2001年版,第142页。
③ 《刘子威集》提要,四库全书存目丛书集部120册,齐鲁社1997年版,第691页。
④ 纪昀等:《钦定四库全书总目·文脉》,中华书局1997年版,第2770页。
⑤ 王文禄:《文脉》卷2,四库全书存目丛书集部417册,第106页。
⑥ 袁宏道著、钱伯城笺校:《袁宏道集》卷11"江进之",上海古籍出版社1981年版,第515页。

旗而横。马嘶兮杨柳岸,人醉兮杏花村。燕衔泥而去,蜂扑面而侵。犬绕篱而吠,牛负犁而耕。水隔淡烟,疏竹而暝;路经微雨,落花而深。

像这样的骈俪化赋作有 100 多篇,俱可归为骈赋。而拟宋赋的作品仅有"有感苏长公之《赤壁》"而写就的《鸳湖赋》与《后鸳湖赋》。

五、末世风雅

天启崇祯朝在文学上形成了以几社为中心的复古运动,虽然《几社壬申合稿·凡例》中有"拟立燕台之社,以继七子之迹。"①实际创作并不单纯"继七子之迹",其宗尚的文学典范并不局限于"秦汉""盛唐",而是有所扩展,"文当规摹两汉,诗必宗趣开元,吾辈所怀,以兹为正。至于齐梁之赡篇,中晚之新构,偶有间出,无妨斐然。"②不废"齐梁之赡篇",就赋而言,出现了更多的骈赋。

此期 20 余年的时间留存 430 余篇赋作,由于政治危机、民族危机的加深,赋家多强调文学"颂美怨刺"的社会作用。"颂美"之作,如潘一桂《圣政赋》歌颂崇祯帝即位以后之"圣政",陈子龙《皇帝东郊赋》写崇祯四年(1631)崇祯帝东郊祭祀之事,祝谦吉《皇帝耕藉赋》描写崇祯七年(1634)的帝王耕藉之礼。反映时事的"怨刺"之作,如潘一桂《闵涝赋》写天启四年(1624)夏,"洪霖浃月,吴越垫溺,湮禾败稼,百谷不登"之惨状,希望"庙堂之上"能"恤灾应变",使民获救。吴应箕《吊忠赋》"吊天启时死珰祸诸臣",《悯乱赋》悯伤崇祯朝的"寇燹",对明末李自成、张献忠等农民起义军所造成的纷乱景象作了细致地描绘。夏完淳《大哀赋》作于隆武二年(1646),作者时年十六,父夏允彝、师陈子龙已殉国,他独自漂流,空负报国之志,"聊为此赋,以抒郁怀"。赋文近 4000 字,模拟庾信《哀江南赋》,以骈赋的形式铸就,其中有对明末繁荣表面下的重重危机以及朝廷之上朝臣的争斗、边关将帅之无能等情况的揭露,也有对自己国亡家破、军败身全的哀伤,并追原亡国破家之因由。全文大气磅礴,为明赋谱写了瑰玮的殿末之章。

赋艺上,骚体赋 50 余篇,汉赋体 160 余篇,骚汉杂糅近 130 篇,拟六朝之作 70 余篇,唐律宋文 10 余篇。拟六朝的骈赋,数量上已超过"祖骚"的

---

① 杜骐征等:《几社壬申合稿》卷首,四库禁毁书丛刊集部 34 册,北京出版社 1997 年版,第 490 页。

② 杜骐征等:《几社壬申合稿》卷首,四库禁毁书丛刊集部 34 册,北京出版社 1997 年版,第 489 页。

比率,标志着"祖骚宗汉""不废六朝"的赋学观念在创作中的最终完成。

六、风雅遗音

每次改朝换代,都会出现遗民。明遗民的数量,谢正光《明遗民录汇辑》所录超过二千人,实际数量远不止此。同为异族入主,宋遗民也不少,但仍不能与明遗民相比。钱仲联云:"洎乎朱明之亡,南明志士,抗击曼殊者,前仆后继。永历帝殉国后,遗民不仕新朝,并先后图报九世之仇者,踵趾相接,夥颐哉! 非宋末西台恸哭少数人所能匹矣!"①

此期留存 380 余篇赋作,其中最有特色的是反映时事、旌扬忠臣以及表达遗民之志的赋,如陶汝鼐《哀湖南赋》"丙戌(顺治三年,1646)腊月作",写湖南之地"兵燹相接","所见惟兜鍪甲骑掠野之尘"的惨状。冒襄《后芜城赋》作于 1661 年,赋后注"此直是一篇有韵《扬州十日记》文",王秀楚《扬州十日记》记述 1645 年四月,多铎统帅的清军攻破扬州城后,对城中平民进行大屠杀的惨剧。《后芜城赋》作于扬州大屠杀的十六年之后,赋以全盛之日扬州城之繁华开篇,使当时扬州城之芜废荒凉更加触目惊心。屈大均《藏发赋》序云"友人某子,拾平生所剃之发,藏于安定山中",赋以 1369 字的长篇四言赋表达头发被剃成满清金钱鼠尾辫的沉痛心情。顾景星《愍国殇赋》为戍守吴淞、力战而死的王永祚作。陈恭尹《北征赋》作于 1658 年,作者"自粤徂楚","聊述途路所经山川土俗",虽然明亡已十余年,作者的故国之思、兴亡之感依然深重。朱之瑜《游后乐园赋》作于 1669 年,此后乐园乃日本水户侯源光国邸第芳园,赋写作者作为"异邦樗朽"游览园林的经过,其中不乏"夷齐"之志。

赋艺上,骚体赋 60 余篇,宗汉之作 140 余篇,骚汉杂糅 70 余篇,拟六朝之作 70 余篇,仍然沿袭启、祯朝"祖骚宗汉""不废六朝"的赋学倾向。与启、祯朝稍有不同的是,律赋明显增多,有 10 余篇,且多注明韵字,如王夫之《练鹊赋》以"雨余绿草斜阳"为韵、刘城《桐始华赋》以"姑洗之月、桐始华矣"为韵。刘城赋后注"余困老场屋,每见中式文卷,辄为愤闷。至回思唐宋律赋,知从来试士所收皆然,不足多叹。暇日因戏拟此,全仿试体,仅取成篇。"盖明遗民处于清初,清初博学宏词等科以律赋试士,遗民虽未入仕,也不免受时代风气之影响乎? 文坛风会悄然再转,开启了有清近三百年的赋学风尚。

─────────────

① 《明遗民录汇辑序》,谢正光、范金民:《明遗民录汇辑》,南京大学出版社 1995 年版,第 1 页。

总之,明赋从初期沿袭元赋"祖骚宗汉"的观念,向"祖骚宗汉""不废六朝"的赋学宗尚逐渐演变,至明末,终于形成了骚体赋、汉赋体以及骈赋蔚然称盛的局面,体现了赋学的变迁。综观明赋六个时期的发展,大体有以下显著特色。

一是祖骚宗汉。"祖骚宗汉"本是元代祝尧在《古赋辩体》中提出的,他说:"心乎古赋者,诚当祖骚而宗汉"①,目的是要适应元朝以古赋取士的科举制度。当时士子对于"古赋当祖何赋,其体制、理趣何由高古"②众说纷纭,甚至不少人把喜议论说理的宋赋也当作"古赋"的典范来推崇,比如刘壎主张"风骨"与"义味"并重的赋论思想,就以宋代黄庭坚的赋作为宗:"至李泰伯赋《长江》、黄鲁直赋《江西道院》,然后风骨苍劲,义理深长,驾六朝,轶班、左,足以名百世矣⋯⋯吾盱傅幼安自得深明《春秋》之学,而余事尤工古赋。盖其所习以山谷为宗,故不惟音节激扬,而风骨、义味,足追古作。"③

在这种时代背景下,祝尧辨析赋体的"正变源流",把骚汉作为宗尚的对象,认为黄庭坚等宋人所作辞赋"不似赋体"④,即使备受赞誉的苏轼《赤壁赋》,在祝尧眼里也不够当行本色:"今观《秋声》《赤壁》等赋,以文视之,诚非古今所及。若以赋论之,恐(教)坊雷大使舞剑,终非本色"⑤。他不止一次地批评宋赋,就是要消除以宋赋为古赋典范的影响:"宋赋虽稍脱俳、律,又有文体之弊,精于义理而远于性情,绝难得近古者。"⑥"宋之古赋往往以文为体,则未见其有辩其失者⋯⋯若以文体为之,则专尚于理,而遂略于辞、昧于情矣。"⑦为了增强说服力,他还引朱熹的话以自证:"晦翁云:'宋朝文明之盛,前世莫及,自欧阳文忠公、南丰曾公与眉山苏公三人相继迭起,以其文擅名当世,杰然自为一代之文。独于楚人之赋有未数数然者。'愚按此言则宋朝古赋可知矣。"⑧

祝尧之后,这种"祖骚宗汉"的赋论主张得到了极大程度的张扬,如程端礼《读书分年日程》卷2:"欲学古赋,读《离骚》已见前,更看、读《楚辞后语》并韩柳所作,句法、韵度则已得之。欲得着题、命意、间架,辞语缜密而

① 祝尧:《古赋辩体》卷3"两汉体",《赋话广聚2》,第143页。
② 袁桷:《高舜元十问》,《全元文23》,江苏古籍出版社1999年版,第406页。
③ 刘壎:《隐居通议》卷4,中华书局1985年版,第31页。
④ 祝尧:《古赋辩体》卷8:"山谷诸赋中⋯⋯如《江西道院》《休亭》《煎茶》等赋不似赋体,只是有韵之铭赞。"《赋话广聚2》,第460页。
⑤ 祝尧:《古赋辩体》卷8,《赋话广聚2》,第420页。
⑥ 祝尧:《古赋辩体》卷8评宋子京《圜丘赋》,《赋话广聚2》,第424页。
⑦ 祝尧:《古赋辩体》卷8"宋体",《赋话广聚2》,第418页。
⑧ 祝尧:《古赋辩体》卷8"欧阳永叔",《赋话广聚2》,第429页。

有议论,为科举用,则当择《文选》中汉魏诸赋、《七发》及《晋问》熟看。大率近世文章,视古渐弱,其运意则缜密于前,但于《文选》《文粹》《文鉴》观之便见。"①吴莱编《楚汉正声》,其编撰主旨:"古之赋学专尚音律,必使宫商相宣,徵羽迭变。自宋玉而下,唯司马相如、扬雄、柳宗元能调协之,因集四家所著,名《楚汉正声》。"②陈绎曾《文筌》专列"楚赋小谱""汉赋小谱""唐赋附说",其论"楚赋体"云:"屈原《离骚》为楚赋祖,只熟观屈原诸作自然精古,宋玉以下体制已不复浑全,不宜遽杂乱耳。"③论"汉赋体"云:"宋玉、景差、司马相如、枚乘、扬雄、班固之作,为汉赋祖。见《文选》者篇篇精粹可法,变化备矣。"④

然而即使如此,元赋仍然没有摆脱"好着议论"的宋赋色彩,浦铣所云"宋元赋好着议论"⑤,说明"祖骚宗汉"的思想在元人那里,还没有定于一尊,元赋仍然没有摆脱散文化的干扰。这种情况到了明赋才得以改观,明末余寅《君房答〈论今文选〉书》云:"吕伯恭辑《宋文鉴》,亦采赋与诗。宋赋若《赤壁》诸篇,特有韵之叙论耳,诗至令人呕哕。伯恭不得弃也,何者?一代典籍系焉。又昭明先之武,伯恭模其踪,有可不备而必备,则伯恭过泥也。我朝之赋虽不获上班西京诸公,乃视宋以高翔千仞上矣。"⑥许结先生也说:"祖骚宗汉的'本色'思想只有到明代复古文人之理论思想与文人化、个性化之创作实践,才波澜壮阔,使辞赋艺术摆脱格律化、散文化的干扰,导向复古之途。"⑦

二是沿袭六朝。浦铣云:"明人赋专尚模范《文选》"⑧,《文选》中既有汉代的散体赋,也有六朝的骈赋。元人对六朝骈赋总体上是持贬斥态度的,如祝尧云:"盖西汉之赋,其辞工于楚骚。东汉之赋,其辞又工于西汉。以至三国六朝之赋,一代工于一代,辞愈工则情愈短,情愈短则味愈浅,味愈浅则体愈下。"⑨"及为俳体者则不然,骈花俪叶,含宫泛商,如无盐辈膏沐为容,而又与西施斗美,然天下之正色终自有在。子美诗云:'词赋工无益',

---

① 程端礼:《读书分年日程》卷2"学作文",四库全书709册,第486页。
② 宋濂:《文宪集》卷16《渊颖先生碑》,四库全书1224册,第41页。
③ 王冠:《赋话广聚1》,第356页。
④ 王冠:《赋话广聚1》,第365页。
⑤ 浦铣:《复小斋赋话》卷上,《历代赋话》,第379页。
⑥ 孙鑛:《月峰先生居业次编》卷3附,四库禁毁书丛刊集部126册,第208页。
⑦ 许结:《明代"唐无赋"说辨析——兼论明赋创作与复古思潮》,《文学遗产》1994年第4期。
⑧ 浦铣:《复小斋赋话》卷上,《历代赋话》,第379页。
⑨ 祝尧:《古赋辩体》卷5"三国六朝体",《赋话广聚2》,第263页。

其意殆为俳律者发。"①不过,祝尧对没有受齐梁声律说影响的晋宋赋和受声律说影响的梁陈赋,还是区别对待的。他认为晋宋赋遣词精工,符合辞赋"丽"的特点,而受声律说影响的赋"专论一字声律",体格过于卑弱,"盖自沈休文以平上去入为四声,至子山尤以音韵为事,后遂流于声律焉。晋宋间赋,虽辞胜体卑,然犹句精字选。徐庾以后,精工既不及,而卑弱则过之。就六朝之赋而言,梁陈之于晋宋,又天渊之隔矣。"②陈绎曾还列出"汉赋体"之"大体""中体""小体"各体的代表作,以供士子参考③:

> 大体:
>
> 高唐赋、神女赋、招魂、大招、子虚赋、上林赋、七发、长杨赋、羽猎赋、西都赋、东都赋、灵光殿赋、文赋、闲居赋、藉田赋、长笛赋、琴赋、舞赋
>
> 中体:
>
> 凤赋、月赋、雪赋、赭白马赋、鹦鹉赋、长门赋、登楼赋、啸赋
>
> 小体:
>
> 荀卿五赋、宋玉大小言赋、司马相如哀二世赋、孔臧诸赋、梁孝王诸大夫分题赋

可见,元人对于"汉赋体"的认识,并不局限在"汉代作手"的京都赋等大篇,也包括其他朝代的中篇和短篇。从文体上说,不仅是散体赋,还包括一些骈偶化色彩很浓的骈赋,如陆机《文赋》、潘岳《闲居赋》、谢庄《月赋》、谢惠连《雪赋》、颜延之《赭白马赋》等"晋宋间赋"。

而明人则不同,他们首先把六朝作为一个整体,与"宗汉"相提并论,如周应治《广广文选自序》云:"六经之文与天同尊,与地同厚,于粲乎,揭日月而恒新,则信无能袭六而七矣! 其绪余为汉魏,为六朝。"④张溥《汉魏六朝百三家集序》云:"江左名流,得与汉朝大手同立天地者,未有不先质后文、吐华含实者也。"⑤屠隆《闵贞赋序》说自己:"顾富材劲力,既乏汉声;亮节繁音,复惭六代"⑥,除了宗尚"汉声",也把"六代"作为典范。

<hr>

① 祝尧:《古赋辩体》卷7"唐体",《赋话广聚2》,第355页。
② 祝尧:《古赋辩体》卷6"庾子山",《赋话广聚2》,第347页。
③ 王冠:《赋话广聚1》,第366页。
④ 周应治:《广广文选》,四库全书存目丛书补编19册,齐鲁书社2001年版,第8页。
⑤ 张溥著、殷孟伦注:《汉魏六朝百三家集题辞注》,人民文学出版社1963年版,第314页。
⑥ 马积高:《历代辞赋总汇8》,湖南文艺出版社2014年版,第7079页。

其次,对声律说兴起之后的骈赋也赞赏模拟,并无元人"晋宋""梁陈"之分别。方承训《碧松赋》中有"慕庾蔡之骈俪兮,亦拟步而陈辞。"①沈世涵《续哀江南赋》、夏完淳《大哀赋》也是模拟庾信的骈赋名作《哀江南赋》。又如江淹《恨赋》《别赋》,"可谓深情婉恻,俪偶精工,用典高妙,吐音谐美,实为六朝骈赋上乘之作。"②明人拟其《恨赋》的,现存即有李东阳《拟恨赋》、陈子龙《拟恨赋》、杨思本《恨赋》、黎景义《恨赋》、柴绍炳《恨赋》、吴炎《广恨赋》、李世熊《反恨赋》等,俨然形成一个系列。

三是拟古泥古。与其它朝代相比,明赋的最大缺点在于模拟气息太重,缺乏个性。浦铣云:"丁晋公有言:'司马相如、扬雄以赋名汉朝,后之学者多规范焉。欲其克肖,以至等句读、袭征引,言语陈熟,无有己出。'余谓数语切中明人之病。"③"雅不喜明人赋,以其模仿而无真味也。"④"诗有拟古,赋亦然……宋祁有《闵独赋》,明人叶良佩有《拟闵独赋》……晋曹摅、隋萧后、宋张九成、元胡天游俱有《述志赋》,明黄辉有《拟述志赋》。王宠有《拟感旧赋》。"⑤

正因为拟古风气的风行,至明末,明人自己都深感"明无赋"的严峻现实。如胡应麟《诗薮》:"骚不如楚,赋不及汉,古诗不逮东西二京,则唐与明一也。"⑥又如孙鑛《与余君房论〈今文选〉书》:"凡摘辞之技,必专业乃精,今人皆以余事作赋,夫安能工?或稍袭一二字句,即谓屈宋复生,或得其敢乱道意,辄矜前无千古。今集所具献吉(李梦阳)、仲默(何景明)、昌谷(徐祯卿)、子威(刘凤)、元美(王世贞)、次楩(卢楠),其俊也,然亦岂能越此二道。韩子云'画鬼魅易',文征仲(文征明)自矜隶书足高一代,皆此意耳。世不尚,故工者鲜;世不习,故观者眩。其实'明无赋',乃定论也。"⑦

---

①　马积高:《历代辞赋总汇 8》,第 6948 页。
②　黄水云:《六朝骈赋研究》,文津出版社 1999 年版,第 40 页。
③　浦铣:《复小斋赋话》卷上,《历代赋话》,第 379 页。
④　浦铣:《复小斋赋话》卷上,《历代赋话》,第 379 页。
⑤　浦铣:《复小斋赋话》卷下,《历代赋话》,第 407 页。
⑥　胡应麟:《诗薮·续编》卷 2,第 364 页。
⑦　孙鑛:《月峰先生居业次编》卷 3,四库禁毁书丛刊集部 126 册,第 206 页。

第一章　洪武建文朝

——元赋遗响与风雅初开

第一节　概　　述

洪武元年(1368)，明朝军队攻占了元朝大都，结束了蒙元在中国的统治，开始了大明王朝的统治。洪武三十一年(1398)，朱元璋驾崩，皇太孙朱允炆即位，燕王朱棣以靖难为名，起兵南下，建文四年(1402)占领南京，自立为帝。这一时期史称洪武建文朝。

明朝是中国历史上最后一个由汉族建立的中原王朝，由于其取元而代之带有民族复兴的色彩，使得元朝遗民的数量大大少于此前的宋遗民与此后的明遗民。而且，元代遗民除了王逢等少数人心存元朝、指斥明朝[1]，表现了比较坚定的遗民气节外，其他人都表现出一定程度的两面性，比如舒頔，"所居曰贞素斋，著自守之志也"，其《贞素斋集》中却多颂明功德，四库馆臣解释说："卷首有頔自序及自作小传，均以陶潜自比，而其文乃多颂明功德。盖元纲失驭，海水群飞，有德者兴，人归天与，原无所容其怨尤。特遗老孤臣，义存故主，自抱其区区之志耳。頔不忘旧国之恩，为出处之正；不掩新朝之美，亦是非之公，固未可与《剧秦美新》一例而论矣。"[2]又比如沈梦麟，明初做过会试考官，四库馆臣解释说："梦麟以前朝遗老，不能销声灭迹，自遁于云山烟水之间，乃出豫新朝贡举之事，此与杨维祯等之修元史，胡行简等之修礼书，其踪迹相类，以较丁鹤年诸人，当降一格，然身经征辟，卒不受官，较改节希荣者，终加一等。仍系诸元曲，谅其本志也。"[3]遗民尚且如此，更不用说那些主动投入明政权怀抱的人了。比如，刘基就认为"自古夷狄未有能制中国者，而元以胡人入主华夏几百年，腥膻之俗，天实厌之。

---

① 朱彝尊：《静志居诗话》卷2："高季迪之文，苏平仲之表笺，泐公之诗，当时文字之祸烈矣！然其间遗民诸集，类不避讳。当王师入燕也，若王原吉、丁鹤年、戴叔能、陈敬初辈，其诗指斥，未易更仆数。"人民文学出版社1990年版，第33页。

② 纪昀等：《钦定四库全书总目·贞素斋集》，中华书局1997年版，第2250页。

③ 纪昀等：《钦定四库全书总目·花溪集》，第2257页。

又况末主荒淫无度,政令隳坏,民困于贪残,乌得而不亡!"①朱升也认为:"钟五行之秀者为人,吾同胞也,奚有华夷之分,内中国而外四夷也? 惟中国尽其性而修其行也,夷狄戕其性而亏其行也,与禽兽奚择焉? 此所以严华夷之辨。天必眷中国而子之,远夷狄而外之也。元主中国,天厌之久矣。有大圣人焉,则天必命之以为亿兆之君,而我吴王(朱元璋)应运兴焉。"②宋濂奉朱元璋之命写的北伐中原的檄文更是代表了当时儒生的普遍看法:

> 自古帝王临御天下,皆中国居内以制夷狄,夷狄居外以奉中国,未闻以夷狄治天下者也。自宋祚倾移,元以北狄入主中国,四海内外,罔不臣服,此岂人力,实乃天授。然达人志士,尚有冠履倒置之叹……及其后嗣沈荒,失君臣之道,又加以宰相专权,台宪报复,有司毒虐,于是人心离叛,天下兵起,使我中国之民,死者肝脑涂地,生者骨肉不相保,虽因人事所致,实天厌其德而弃之之时也。古云"胡虏无百年之运",验之今日,信乎不谬。当此之时,天运循环,中国气盛,亿兆之中,当降生圣人,驱逐胡虏,恢复中华……予奉天成命,罔敢自安,方欲遣兵北逐群虏,拯生民于涂炭,复汉官之威仪……盖我中国之民,天必命中国之人以安之,夷狄何得而治哉?③

虽然钱穆先生认为:"明祖开国,虽曰复汉唐之旧统,光华夏之文物,后人重其为民族革命。然在当时文学从龙诸臣,意想似殊不然。"④但毕竟大多数人当时是主动选择了新政权,桂栖鹏先生《元代进士研究》曾作过这样的统计,元代进士仕明的共37人,只有2人属于被迫。在这仕明的35人中,南方进士23人,北方12人⑤。因此就赋家而言,元明之际的赋家,更多的成为明赋家。其实他们的作品有许多作于元末,比如危素(1303—1372),"于元末负盛名"⑥,其《云林集》二卷,皆在元所作之诗,其《说学斋集》四卷,仅存在元之文。他现存的四篇赋,也全作于元末:《别友赋》作于元统元年(1333),《望番禺赋》与《存存斋赋》作于至正十年(1350),《三节堂赋》作于至正五年(1345)。高启现存两篇赋,《闻早蛩赋》作于至正二十六年

---

① 胡广等:《明太祖实录》卷53,"中央研究院历史语言研究所"1962年版,第1046页。
② 朱升:《贺平浙江赋序》,《历代辞赋总汇6》,湖南文艺出版社2014年版,第4738页。
③ 高岱:《鸿猷录》卷5《北伐中原》,丛书集成初编3915册,商务印书馆1937年版,第50页。
④ 钱穆:《读明初开国诸臣诗文集续篇·读赵汸〈东山存稿〉》,《中国学术思想史论丛》(六),台北东大图书有限公司1978年版,第180页。
⑤ 桂栖鹏:《元代进士研究》,兰州大学出版社2001年版,第90—99页。
⑥ 纪昀等:《钦定四库全书总目·云林集》,第2265页。

(1366),《鹤瓢赋》虽不知具体年月,但从赋中假设的"青丘生",应是作于元末避张士诚之乱,居吴淞江之青丘,自号青丘子的时候。刘基现存八篇赋,也大都是仕明以前所作,其元文宗至顺三年(1332)参加江浙乡试时所作《龙虎台赋》,被四库馆臣所赞赏:"元代设科例用古赋,行之既久,亦复剽窃相仍,末年尤甚,如刘基《龙虎台赋》以场屋之作为世传诵者,百中不一二也。"①这些都使明代赋史有了一个良好的开端。

元朝科举以古赋取士,明朝科举考八股,不考赋作,明初的赋作很自然地继承了元朝的古赋传统,这一方面是由于文学的延续性,各地仍有试赋的传统,如:

> 天朝造命之初,选任旧德。鄱阳程国儒,以前进士来守南昌。丧乱之余,急于求士。乃举行赏试,命题校艺。先伯父虞部府君治《书经》,先祭酒公治《春秋》,各以其业就试,中场赋题乃"月中桂"也。②

而文人也有自觉写赋的习惯,如:

> 曾鲁,字得之,新淦人。洪武初,召鲁为纂修《元史》总裁官,撰葺功最多……甘露降钟山,群臣争以诗应制,鲁独进赋。③
>
> 聂铉,字器之,清江人。洪武四年进士。为广宗丞,秩满入觐,献《南都赋》及《洪武圣德诗》。④
>
> 陶振,字子昌,吴江人。少学于杨维桢,兼治诗、书、春秋三经。洪武末举明经,授本县学训导。尝坐佃居官房,逮至京,进《紫金山》等三赋,得释。⑤

另一方面,还与朱元璋的提倡有一定关系。朱元璋不仅命群臣应制作赋⑥,也常自作赋以赐群臣:

---

① 纪昀等:《钦定四库全书总目·丽则遗音》,第 2260 页。
② 胡俨:《续月中桂赋》,《历代辞赋总汇 6》,第 4908 页。
③ 浦铣著、何新文等校证:《历代赋话正集》卷 14,上海古籍出版社 2007 年版,第 124 页。
④ 浦铣:《历代赋话正集》卷 14,第 125 页。
⑤ 王鏊:《姑苏志》卷 54,台北学生书局 1986 年版,第 802 页。
⑥ 按:宋濂《蟠桃核赋》即创作于应制的背景下,其赋序云:"洪武乙卯(洪武八年,1375)夏五月丁丑,上御端门,召翰林词臣,出示巨桃半核,盖元内库所藏物也……既奉旨撰赋,垂诫方来。"

帝时时赐宴赋诗,商榷古今,评论文字,无虚日。命诸儒作《钟山龙蟠赋》,置酒欢甚。自作《时雪赋》,赐东官官。(时在洪武元年十一月)①

洪武八年秋八月甲午,上览川流之不息,陋尹程《秋水赋》言不契道,乃亲更定之,赋成,召禁林群臣观之,且曰:"卿等亦撰赋以进。"宋濂率同列研精覃思,铺叙成章,诣东阁,次第投献。上皆亲览焉,复置品评于其间。②

洪武戊午(十一年)春,久不雨,三月中旬始雨而微,迨夏四月,高皇帝以为忧,致祷太庙,是月十有九日,甘雨大降,四郊沾足,遂著喜雨之赋。有"究心于己,彷徨宵昼"之言。③

朱元璋《时雪赋》今已不存,《喜雨赋》仅存残句,《秋水赋》即《明太祖文集》卷一六之《秋水辞》,与汉高祖《大风歌》、汉武帝《秋风辞》相似,乃一骚体短章:

秋水清兮实玉莲,水痕收兮足有年。浩荡秋风兮翠荷翩,翠荷枯槁兮水澄天。水云影兮共游旋,水兮水兮智人然。于澄澈兮更何便,歌清秋兮孰我玄。为平世道兮日心愆,水兮水兮无不前,世人孰与兮水般全。

很多文史学家都发现"明祖行事多仿汉高",如赵翼云:"明祖以布衣起事,与汉高同,故幕下士多以汉高事陈说于前,明祖亦遂有一汉高在胸中,而行事多仿之。"④许东海亦云:"明太祖开国之初之所以追慕两汉,一方面固因汉、唐之盛,垂炳丹青,然则其中汉代开国君主高祖刘邦出身民间,揭竿起义,并获文武元勋功臣之辅佐,从而一统天下的历程,实颇与明太祖朱元璋之境遇近似。"但是相比于汉高祖,明太祖"以积极儒教文治示人,力图摆脱汉高祖粗鄙无文的开国君主形象,""有时更刻意展现其超越汉高祖,且不让汉武帝文学才调专美于前之意图。此可由以下二事略窥其豹:首先,明太祖喜好召集词臣文士,同题共撰,并躬撰御章,甚至时加评述,全然不见谦态

① 浦铣:《历代赋话正集》卷14,第124页。
② 浦铣:《历代赋话续集》卷12,第323页。
③ 朱瞻基:《大明宣宗皇帝御制集》卷12《读〈喜雨赋〉》,四库全书存目丛书集部24册,齐鲁书社1997年版,第175页。
④ 赵翼著、王树民校证:《廿二史札记》卷32,中华书局1984年版,第737页。

与惭色。其次,明太祖置身于汉武的历史召唤与典范焦虑之间,除费心于文章制作外,对于汉武的杰出赋才,亦思有以颉颃……今存《明太祖文集》中可见五篇《莺啭皇州赋》《画眉赋》《四渎潦水赋》《秋水赋》《江流赋》等文字较为华美之赋篇。"①此外,朱元璋也不时地以赋试士:

> 谢常,字彦铭,吴江人。洪武中举秀才,召试《丹凤朝阳赋》,称旨。帝欲官之,辞归,隐震泽东溪。②

在这种文化背景下,文人作赋仍然沿袭元朝以来"祖骚宗汉"的古赋传统。

从创作时间来说,这些赋作有作于元末的,有作于明初的。作于元末的有一些还是科场赋,科场之外则以隐逸赋作为多,间有反映动乱现实的。作于明初的,除了歌功颂德之外,也有一些隐逸之作,而且,这些隐逸之作也多作于赋家们出仕明朝之前,这是由当时的政治形势决定的。朱元璋在起事与统治之初,特别重视招纳贤才:

> 吴元年,"遣起居注吴林、魏观等以币帛求遗贤于四方。"③
>
> 洪武元年,七月,"征天下贤才为守令。"④八月,"命儒臣十人分行十道,访求贤哲隐逸之士,于是学士詹同等往焉。"⑤九月,"诏曰:天下之治,天下之贤共理之。今贤士多隐岩穴,岂有司失于敦劝欤? 朝廷疏于礼待欤? 抑朕寡昧不足致贤,将在位者壅蔽使不上达欤? 不然,贤士大夫幼学壮行,岂甘没世而已哉? 天下甫定,朕愿与诸儒讲明治道,有能辅朕济民者,有司礼遣。"⑥
>
> 二年八月,"敕中书省令天下郡县举素志高洁、博通古今、练达时宜之事年四十以上者礼送至京,参考古今制度,以定一代之典。"⑦
>
> 三年五月,"诏天下守令询举有学识笃行之士礼送京师。"⑧
>
> 六年四月,"命吏部访求贤才。谕曰:'山林之士,岂无德行文艺足

---

① 许东海:《宋濂〈蟠桃核赋〉之仙道书写及其明初史学意涵》,《汉学研究》2008年第2期。
② 朱彝尊:《静志居诗话》卷5,第129页。
③ 张廷玉:《明史》卷71《选举志》,中华书局1974年版,第1712页。
④ 张廷玉:《明史》卷2《太祖本纪》,第20页。
⑤ 廖道南:《殿阁词林记》卷19"巡行",四库全书452册,台湾商务印书馆1986年版,第376页。
⑥ 张廷玉:《明史》卷2《太祖本纪》,第21页。
⑦ 胡广等:《明太祖实录》卷44,第875页。
⑧ 胡广等:《明太祖实录》卷52,第1018页。

称者？有司宜劝驾，朕将任用之。'"①

但在当时的确有不愿出仕的人，不仕的原因各种各样，有的因为心怀元朝，如回回人丁鹤年，自以家世仕元，不忘故国，顺帝北遁后，饮泣赋诗。晚年学佛法，至永乐中死②。陈亮，字景明。自以故元儒生，明兴累诏不出，终其身不仕③。也有的因为鄙夷朱明政权是以红巾军起事而成功的，如广信府贵溪县儒士夏伯启叔侄，"各截去左手大指，拿赴京师，朕（朱元璋）亲问之，谓曰：'昔世乱汝居何处？'对曰：'红寇乱时，避兵于福建、江西两界间。'……尔伯启言红寇乱时，意有他忿。"④但更多的也许像左东岭先生所说的"旁观者心态"："旁观者心态是元明之际文人的一种普遍心态，""由元入明的文人除了像戴良等少数人采取了不合作的态度外，更多的是保持了两面性：一方面他们表达了对新王朝的肯定，另一方面则又不愿过多介入而宁可保持自我的独立。"他们"本身并非对新王朝有何成见，而是长期形成的旁观者心态的延续……他们本来就没有与新朝对抗的意思，他们只是旁观惯了，闲散惯了，自由惯了，失去了行动的兴趣与能力。"⑤当时的著名文人杨维祯即是如此⑥。

无论原因如何，士人的隐逸成风，对朱明王朝的巩固造成了消极的影响，朱元璋对此非常不满，对不合作者惩以重典，"贵溪儒士夏伯启叔侄断指不仕，苏州人才姚润、王谟被征不至，皆诛而籍其家。'寰中士夫不为君用'之科，所由设也。"⑦但罗致到人才之后，朱元璋又不能善用之。钱穆先生云："元政大弊，端在重吏而忽儒。明祖之起，其敬礼而罗致之者固多儒，

---

① 谈迁：《国榷》卷5，中华书局1958年版，第484页。
② 张廷玉：《明史》卷285《文苑传》，第7313页。
③ 张廷玉：《明史》卷286《文苑传》，第7337页。
④ 朱元璋：《御制大诰三编》"秀才剁指"，续修四库全书862册，上海古籍出版社2002年版，第328页。
⑤ 左东岭：《元明之际的种族观念与文人心态及相关的文学问题》，《文学评论》2008年第5期。
⑥ 洪武三年，杨维祯应朱元璋召，至京师修纂礼乐书，集中也有不少颂明功德的诗文，而《明史》本传则有进《老客妇谣》、被赐安车还山一事，引得人们对其节操的评价一直聚讼纷纭。实际上，杨维祯虽"有不少颂美新朝之作"，但"最终不受朱明爵禄，与其说是对元朝的忠诚，不如说是出于对自己作为一名士人兼诗人之人格的维护。"（黄仁生《杨维祯与元末明初文学思潮》，东方出版中心2005年版，第32页）按：杨维祯后世常写作"杨维桢"，乃字形相似而误，参见《杨维祯与元末明初文学思潮》，第13页。
⑦ 张廷玉：《明史》卷94《刑法志》，第2318页。按：朱元璋《御制大诰三编》"苏州人材"条："率土之滨，莫非王臣，成说其来远矣。寰中士夫不为君用，是外其教者，诛其身而没其家，不为之过。"续修四库全书862册，第332页。

且亦以儒道而罗致之。然其所以录用之者,则仍未免循元之弊……方其未仕,敬礼之、优渥之,皆所以崇儒也;及其既仕,束缚之、驰骤之,皆所以御吏也。在上者心切望治,有其可谅,而在下者之不安不乐,宁求隐退以自全,亦有未可一概而议者。"①不仅如此,朱元璋还屡兴大狱,诛戮开国功臣,仅"胡惟庸、蓝玉两狱,株连死者且四万"②,不少文人牵连罹难,所谓"高皇雄猜,诛戮勋臣,波及文士"③。除了党狱,又有由于文字禁忌而形成的文字狱。赵翼《廿二史札记》卷32"明初文字之祸"云:

> 其(朱元璋)初学问未深,往往以文字疑误杀人,亦已不少。《朝野异闻录》,三司卫所进表笺,皆令教官为之,当时以嫌疑见法者:浙江府学教授林元亮为海门卫作《谢增俸表》,以表内"作则垂宪"诛;北平府学训导赵伯宁,为都司作《万寿表》,以"垂子孙而作则"诛;福州府学训导林伯璟,为按察使撰《贺冬表》,以"仪则天下"诛;桂林府学训导蒋质,为布按作《正旦贺表》,以"建中作则"诛;常州府学训导蒋镇,为本府作《正旦贺表》,以"睿性生知"诛;澧州学正孟清,为本府作《贺冬表》,以"圣德作则"诛;陈州学训导周冕,为本州作《万寿表》,以"寿域千秋"诛;怀庆府学训导吕睿,为本府作《谢赐马表》,以"遥瞻帝扉"诛;祥符县学教谕贾翥,为本县作《正旦贺表》,以"取法象魏"诛;亳州训导林云,为本府作《谢东宫赐宴笺》,以"式君父以班爵禄"诛;尉氏县教谕许元,为本府作《万寿贺表》,以"体乾法坤,藻饰太平"诛;德安府学训导吴宪,为本府作《贺立太孙表》,以"永绍亿年,天下有道,望拜青门"诛。盖"则"音嫌于"贼"也,"生知"嫌于"僧"也,"帝扉"嫌于"帝非"也,"法坤"嫌于"发髡"也,"有道"嫌于"有盗"也,"藻饰太平"嫌于"早失太平"也……按,是时文字之祸起于一言。时帝意右文,诸勋臣不平,上语之曰:"世乱用武,世治宜文,非偏也。"诸臣曰:"但文人善讥讪。如张九四厚礼文儒,及请撰名,则曰士诚"。上曰:"此名亦美。"曰:"孟子有'士诚小人也'之句,彼安知之。"上由此览天下章奏,动生疑忌,而文字之祸起云。④

---

① 钱穆:《读明初开国诸臣诗文集·读〈高青丘集〉》,《中国学术思想史论丛》(六),第134页。

② 张廷玉:《明史》卷94《刑法志》,第2319页。

③ 陈田:《明诗纪事》乙签序,《明代传记丛刊13》,台北明文书局1991年版,第1页。

④ 赵翼著、王树民校证:《廿二史札记校证》,第740页。

这就造成明初文人多有不欲仕的情况①，其赋作多隐逸之作。出仕之后，即使歌功颂德，也字斟句酌，恐落"讥讪"。清张王治云："洪武时，禁纲严密，举朝动色相戒，虽君臣相得莫如宋文宪公，而深沉不泄，题'温树'以自警。"②章培恒《中国文学史新著》也说："宋濂在入明以后的文章写成这个样子，恐怕也并非完全自觉自愿，而有外界的压力在起作用。他在元代曾经编过自己的文集——《潜溪集》和《潜溪后集》，至洪武十年（1377）又刊刻过《宋学士文粹》。其元末所作的《拟晋武帝平吴颂》（原收入《潜溪集》），《宋学士文粹》重收时改成了《拟晋武帝武功颂》，文中提及'吴'之处，也都作了改动，如'伐吴'改作'徂征''吴王'改作'孙氏'之类。其所以如此，就因朱元璋在做皇帝以前，曾自称'吴王'。这样修改，显然是为了怕被认为指桑骂槐，惹出祸来。他连旧作都要这样谨慎地修改，写新作时又怎能不小心翼翼呢！"③

这种状况直到建文帝即位，才有了改变。建文帝朱允炆乃太子朱标之子，仁慈孝友，颇有亡父之风。《明史》云："初，太祖命太子省决章奏，太子性仁厚，于刑狱多所减省。至是以命太孙，太孙亦复佐以宽大。尝请于太祖，遍考礼经，参之历朝刑法，改定洪武律畸重者七十三条，天下莫不颂德焉。"④他在嗣位诏书中称："永维宽猛之宜，诞布维新之政"⑤，登基后，"凡兴宗皇帝（朱标）所欲行而未遂，天下所愿欲而未得者，皆举而行之"⑥，"任德缓刑""务崇宽大"⑦。他敕诫刑部官员说：

> 《大明律》，皇祖所亲定，命朕细阅，较前代往往加重。盖刑乱国之典，非百世通行之道也。朕前所改定，皇祖已命施行。然罪可矜疑者，

---

① 赵翼著、王树民校证：《廿二史札记校证》卷32"明初文人多不仕"："武臣被戮者固不具论，即文人学士，一授官职，亦罕有善终者，宋濂以儒者侍帷闼十余年，重以皇太子师傅，尚不免茂州之行。何况疏逖素无恩眷者，如苏伯衡两被征，皆辞疾，寻为处州教授，坐表笺误死。郭奎参朱文正军事，张孟兼修史成，仕至金事，傅恕修史毕，授博野令，后俱坐事死。高启为户部侍郎，已放归，以魏观上梁文腰斩。张羽为太常丞，投江死。徐贲仕布政，下狱死。孙蕡仕经历，王蒙知泰安州，皆坐党死。其不死者，张宣修史成，受官，谪驿丞。杨基仕按察，谪输作。乌斯道授石龙令，谪役定远。此皆在《文苑传》中，当时以文学授官，而卒不免于祸，宜维祯等之不敢受职也。"第741页。
② 张王治：《宋文宪末刻集序》，《宋濂全集》，浙江古籍出版社1999年版，第2530页。
③ 章培恒：《中国文学史新著》，复旦大学出版社、上海文艺出版社2007年版，第31—32页。
④ 张廷玉：《明史》卷4《惠帝本纪》，第59页。
⑤ 朱鹭：《建文书法儗》前编，续修四库全书433册，第25页。
⑥ 楼琏：《潜溪续文萃序》，《宋濂全集》，第2507页。
⑦ 方孝孺：《逊志斋集》卷7《凝命神宝颂》，四库全书1235册，第218页。

尚不止此。夫律设大法,礼顺人情,齐民以刑,不若以礼。其谕天下有司,务崇礼教,赦疑狱,称朕嘉与万方之意。①

明人李贽评价说,"我太祖以神武定天下,非不时时招贤纳士,而一不当则斥,一得罪则诛。盖霜雪之用多,而摧残之意亦甚不少。建文继之,专一煦以阳春。"②故当时人们普遍有"四载宽政解严霜"③之感。不过这"阳春"只延续了四年,随着燕王朱棣的篡位与大肆杀戮建文朝忠臣,明代臣民迎来了又一个"重典"时代。

就赋学而言,此期基本沿袭元朝辞赋复古的思潮,无大改变。如林弼④《书黄诚甫〈言志赋〉后》:"诗为离骚之宗,而离骚又为赋辞之宗。诗言志也,骚若赋,亦各言尔志也。古之君子,道与时违,志不获逞,率托于言以舒其忧而泄其愤。自屈氏以来,作者非一矣,然惟知道者为能不怨不尤以不失其志之正。今观黄先生诚甫《言志赋》,其志皆古人之志,其言皆古人之言,其所以自勉自择者,莫非古道,则其所趋之正,非止于舒忧泄愤而已。先生年将及颐,而其诗若文愈雅健,守古法。予知是赋与诗文并传于世也必矣,故赘书此于诸作后。"⑤其"守古法""诗为离骚之宗""离骚为赋辞之宗"的说法都与元代祝尧《古赋辩体》之赋论观点一脉相承。

第二节　思想内容

一、文化、治道、祥瑞等赋

这一时期的文化赋有一部分作于元代,有的本身就是科场赋,如梁寅⑥,其《石渠阁赋》标有"丙寅江西试题",应是参加元泰定三年(1326)的

---

① 张廷玉:《明史》卷93《刑法志》,第2285页。
② 李贽:《续藏书》卷5《文学博士方公传》,四库全书存目丛书史部24册,第497页。
③ 朱鹭:《建文书法儗》附编上《过金陵吊方正学诸臣诗》,续修四库全书433册,第96页。
④ 林弼,又名唐臣,字元凯。龙溪人。至正八年进士。洪武二年修礼乐书。两使安南,历丰城令、垣曲令、礼部主事等。十二年,拜登州守,以疾卒于官。有《林登州集》。本集附张燮《林登州传》,四库全书1227册,第200页。按:《总汇》第6册第4812页收林弼辞,无赋。
⑤ 林弼:《林登州集》卷23,四库全书1227册,第192页。
⑥ 梁寅,字孟敬,新喻人。至正八年就馆建康,后荐授集庆路儒学训导,至正十五年辞归。明初,辟至临江郡库,又征修礼乐书。洪武十年,讲学于石门学院。有《石门集》,存赋6篇。《明史》卷282《儒林传》,第7226页。

江西乡试时所作。唐桂芳①有《承露盘赋》,《承露盘赋》曾是元至正四年(1344)湖广乡试赋题。刘基②有《龙虎台赋》,《历代辞赋总汇》第 6 册据《诚意伯文集》卷 10 标此赋"至顺癸酉会试龙虎台赋",实际上至顺癸酉(至顺四年,1333)的会试赋题为《蒲轮车赋》,刘基《龙虎台赋》应为至顺三年(1332)参加江浙乡试时所作③。程明远④有《金马门赋》,此赋曾是元文宗至顺三年(1332)江西乡试赋题,程明远赋末亦云:"愚将辞衡门之旧隐,期轺车之斯来。献瑾瑜于帷幄,望闾阖而徘徊。爰有历于金马,奏斯赋以程才。"可见乃应试时所作。陶安⑤有《大成乐赋》,此赋曾是元至正四年(1344)江浙乡试赋题,《明史》本传说他"至正初举乡试",应是参加乡试时所作。陶安还有《天爵赋》,此赋曾是元至正十三年(1353)江浙乡试赋题,陶安或偶作,适与科举赋同题。

有的虽不是科场赋,却大多是为科举的拟作、习作,赋作大抵根据某一具有文化蕴涵的事物敷衍成章,没有现实情境感,缺乏感染力。杨维祯曾说:"余早年学赋,尝私拟数十百题,不过应场屋一日之敌尔,敢望古诗人之则哉?"⑥其《丽则遗音》与《铁崖赋稿》大多即"应举时私拟程试之作"⑦。其实,其他赋家也有这种情况。如朱右⑧《麒麟阁赋》,以邹阳生与司马大夫的主客问答的方式,铺陈汉甘露二年绘功臣像于麒麟阁的事,从题目到形式都与科场赋类似,杨维祯《丽则遗音》卷二就有《麒麟阁赋》。刘基《通天台赋》也是如此,此赋写汉武帝元封二年作通天茎台于云阳的事。

① 唐桂芳,一名仲,字仲实,徽州歙县人。至正中,用荐授崇安县教谕,再任南雄路学正。明太祖定徽州,召对称旨,命之仕,以瞽辞,寻摄紫阳书院山长。有《白云集》,存赋 5 篇。《新安文献志》卷 89 钟亮《唐公行状》,四库全书 1376 册,第 468 页。

② 刘基,字伯温,浙江青田人。元统元年进士。任高安丞、江浙儒学副提举、江浙行院经历等。至正二十年,朱元璋征之,与成帝业,拜御史中丞,封诚意伯。有《诚意伯文集》,存赋9 篇。《明史》卷 128《刘基传》,第 3777 页。

③ 李新宇:《元代辞赋研究》,中国社会科学出版社 2008 年版,第 199 页。牛海蓉:《金元赋史》,人民出版社 2015 年版,第 242 页。

④ 程明远,字用晦,号南山清隐。安徽休宁人。至正十二年入太学,至正二十年,有司以明经迫试,命判光州,力辞,归隐。洪武七年,明朝征辟,不起。有《清隐遗稿》,存赋 7 篇。本集附汪回《清隐先生墓铭》,湖南师范大学图书馆藏嘉靖刻本。

⑤ 陶安,字主敬,当涂人。至正初举乡试,授明道书院山长。至正十五年,明太祖取当涂,安出迎,授左司员外郎。后任黄州守、饶州守、翰林学士等。洪武元年四月,迁江西行省参政,九月卒于官。有《陶学士集》,存赋 5 篇。《明史》卷 136《陶安传》,第 3925 页。

⑥ 杨维祯《丽则遗音序》,四库全书 1222 册,第 146 页。

⑦ 纪昀等:《钦定四库全书总目·丽则遗音》,第 2260 页。

⑧ 朱右,字伯贤,台州临海人。在元两为学官,三以七品官授。洪武三年召修《元史》,六年召修《日历》,除翰林院编修。七年修《洪武正韵》,八年擢晋王府长史,卒于官。有《白云稿》,存赋 4 篇。《珊瑚木难》卷 5 陶凯《朱公行状》,四库全书 815 册,第 163 页。

先写通天台的建造,然后描写建成后的通天台,突出其高耸,接着写汉武帝君臣在此进行的祭祀活动以及祭祀后的祥瑞之象,最后写汉武帝悟出"天以民为子""王者代天以理",所以应该体察百姓疾苦。也是科场赋的基本模式。

贝琼①有两篇这样的赋作,如《石经赋》,据赋前小序,秦烧《诗》《书》,经毁而道存。汉灵帝熹平四年,诏许蔡邕等人求定六经文字,邕书丹于石,工匠刻之,立于太学门外。当时四方摹者日以千计,都是为了蔡邕的书法,并不知"道"之所存。唐文宗时,又刊定九经于石。现在汉唐石经已风摧雨剥数百年之久,与岐阳之鼓、峄山之碑同一榛莽。赋文主要叙评汉事,蔡邕等人刻石经,是为了"经存而不坠",但结果事与愿违,所以作者感叹石经无补于政与道的乖违。然后略及唐石经之事,感慨汉唐石经现已断缺莫辨,荆棘丛生。其深意在于道的存在与否,并不在于是否刻为石经。又如《金鉴录赋》,此赋写唐开元贤相张九龄于开元二十四年千秋节向玄宗进《金鉴录》的事,由此不仅写了张九龄以历史兴亡史实为依据向唐玄宗的进谏,而且也指出玄宗"不久而中弃",罢黜张九龄,最终导致安史之乱、马嵬之变的结局是"人监之既亡"。类似的题目杨维祯也写过,《铁崖赋稿》卷上即有《千秋金镜录赋》。

唐肃②也有三篇此类赋作,如《云台赋》写汉明帝永平三年,图画邓禹等三十二名中兴功臣于南宫云台的事。《元赋青云梯》卷下有萧应麟《云台赋》,而此书乃"当时应试之士,选录以作程式者"③,选录的作品既有应试之作,亦有平时的拟作或习作。又如《日观赋》,此赋设为汉武帝征和四年封禅泰山后,东方朔奏赋描写泰山日观峰,对日观峰之状貌、日出之景作了细致生动的描绘。还有《底柱赋》,赋序云,底柱在冀州大河中流。河自龙门既决以来,奔腾迅快,势不可遏,至是而龃龉之,分为四流,贯于三门之下,然后力杀而行缓,其功类于长江之滟滪堆。赋文就此而写,并最终归结到世道之降、渴望"底柱"以障横流。

---

① 贝琼,字廷琚,嘉兴崇德人。四十八岁领乡荐,遭乱退居殳山,张士诚居姑苏,累征不就。洪武三年参修元史。任国子助教、中都国子助教等。有《清江集》,存赋 13 篇。《明史》卷137《贝琼传》,第 3954 页。按:《明史》认为贝琼洪武九年领中都国子助教,误,其诗集卷 4《洪武八年三月奉旨分教中都散,自龙江至临淮凡十日,为赋长谣一首》可证。
② 唐肃,字处敬,号丹崖。山阴人。至正二十二年领乡荐,授杭州黄冈书院山长,迁嘉兴路儒学正。洪武三年,荐召修礼乐知。擢应奉翰林文字。六年谪佃濠梁,死在当地。有《丹崖集》,存赋 6 篇。《苏平仲文集》卷 12《唐君墓志铭》,四库全书 1228 册,第 759 页。
③ 阮元:《元赋青云梯》提要,宛委别藏本《青云梯》卷首,江苏古籍出版社 1988 年版,第 1 页。

徐尊生①有《象环赋》，所谓象环，据《礼记·玉藻》："孔子佩象环五寸而綦组绶。"孔颖达疏："佩象环者，象牙有文理，言己有文章也。而为环者，示己文教所循环无穷也。五寸，法五行也，言文教成人如五行成物也。"②此赋即描写孔子所佩象环。

陶安的文化赋有点例外，他的赋有具体的创作背景，不是为科举而作。如《孔庙赋》，据赋前之序，至正四年（1344），朝议以六事课守令，增兴学之目，西河高子明以才被选。五年（1345）守太平，看到先圣庙规制隘狭，乃开广基址，大兴栋宇，为斯文盛事，作者作文以美之。赋文依次写了姑孰以前孔庙的靡颓、高侯倡议并修建孔庙、建成之后孔庙的恢弘、孔庙设祭的场面、建孔庙的意义以及高侯之德。为了避免行文的呆板冗缓，作者还特意设置了一"鸿生英流"的辩难，使文章较有波澜。《大成殿赋》，大成殿是孔庙的主体建筑，是孔庙的核心，赋与《孔庙赋》作于同时，内容类似。

歌风台虽然有历史文化意蕴，但刘炳③的《歌风台赋》也非为科举而作，此赋叙写汉高祖刘邦龙起、仁政、定鼎、回乡、筑台诸事，在对汉高祖备极颂扬之中，也有对明太祖的称颂。危素为刘炳文集作序云："及驰骋戎马，决胜筹帷，奇谋雄辩，有古烈士风，故其诗悲壮而沉郁。"④其赋亦然。

还有些赋作虽作于洪武元年（1368）明将徐达攻取大都之前，但已是明赋。比如朱升⑤，至正十七年（1357）朱元璋下徽州，朱升即献上"高筑墙，广积粮，缓称王"的建议⑥，很受赏识。1366年，朱元璋制作孔庙祭祀之乐——大成乐，朱升作《贺制大成乐赋》，歌颂新政权"其命维新"，祝愿新政权"万年无疆"。1367年，朱元璋拥有浙江之地，朱升作《贺平浙江赋》，赋序很能说明当时士人"驱除鞑虏，恢复中华"的民族意识：

　　钟五行之秀者为人，吾同胞也，奚有华夷之分，内中国而外四夷也？

---

① 徐尊生，字大年，淳安人。洪武间征修元史，书成命官之，辞以老，乞还乡，诏留修日历。后以宋濂荐，授翰林应奉文字，草制悉称旨，寻以老疾辞还。存赋8篇。《明史》卷285《文苑传》，第7319页。

② 孔颖达：《礼记注疏》卷30，《唐宋注疏十三经2》，中华书局1998年版，第359页。

③ 刘炳，字彦昺，鄱阳人。至正中从军于浙，朱元璋起淮南，献书言事，授中书典签。洪武初，从事大都督府，授东阿知县，历两考，以疾归。有《刘彦昺集》，存赋3篇。《明史》卷285《文苑传》，第7312页。

④ 刘炳：《刘彦昺集》卷首，四库全书1229册，第715页。

⑤ 朱升，字允升，休宁人。至正四年中乡试，八年为池州路学正，秩满归隐歙县石门。朱元璋召问时务，授侍讲学士，洪武元年进翰林学士。有《枫林集》，存赋6篇。《明史》卷136《朱升传》，第3929页。

⑥ 吴晗：《朱元璋传》，百花文艺出版社2000年版，第84页。

唯中国尽其性而修其行也,夷狄戕其性而亏其行也,与禽兽奚择焉?此所以严华夷之辨,天必眷中国而子之,远夷狄而外之也。元主中国,天厌之久矣。有大圣人焉,则天必命之以为亿兆之君,而我吴王应运兴焉。渡江而南,定鼎金陵,整义兵,揽英杰,分取江淮城邑,所向无不克捷。至正戊戌年(1358)三月,进兵江浙。本年秋冬,浙东城邑渐次而降。至丙午年(1366)冬十一月,尽有浙西之地。今年丁未(1367)秋,再取浙东诸路,于是浙江版籍,尽输入于建康矣。驱胡虏而复圣域,变左衽而为衣冠,再造之功,于是为大。自开辟以来,帝王之兴,未有盛焉者也。

其它的文化、治道、祥瑞等赋,基本上作于明一统之后。朱元璋就有和群臣唱和的赋作,他现存5篇赋,《四渎潦水赋》是一篇治道赋,赋以"功既溥沛,溢堤盈波"的"四渎潦水"景象,象征明初政治上"生民福臻,君民者仁治"的泰和气象。洪武四年(1371)状元吴伯宗①也有《四渎潦水赋》,题注"应制",应为同时之作。曾鲁②《甘露赋》是一篇祥瑞赋,据赋序,作于洪武五年(1372),认为天降甘露是朱元璋的德业所致。浦铣云:"甘露降钟山,群臣争以诗应制,鲁独进赋。帝命侍臣取诸作更番诵之,独叹鲁文整核。"③贝琼,"(洪武)六年以儒士举,除国子助教。琼尝慨古乐不作,为《大韶赋》以见志。"④《大韶赋》描写"尽善尽美"的舜之乐。刘三吾⑤《经筵进嘉禾赋》作于洪武年间,以"天人合应"的观点解释嘉禾,认为它"兆来岁之丰稔""开万世之太平"。《敕下御制大明一统赋》,作于建文元年(1399),歌颂明太祖时代的"功业文章"。

二、咏怀、交游、言事等赋

这一类赋作有不少作于元末,从中可以看到元末社会的混乱与士人的

---

① 吴伯宗,名祐,以字行,金溪人。洪武四年廷试第一。历国子助教、翰林典籍、武英殿大学士等。十七年,谪云南,暴卒于途。有《荣进集》,存赋2篇。《明史》卷137《吴伯宗传》,第3945页。

② 曾鲁,字得之,新淦人。洪武初应召纂修《元史》,编礼书,入仪曹为祠部主事,超拜礼部侍郎。洪武五年以病乞归,道卒。存赋1篇。《明史》卷136《曾鲁传》,第3935页。

③ 浦铣:《历代赋话正集》卷14,第124页。

④ 张廷玉:《明史》卷137《贝琼传》,第3954页。

⑤ 刘三吾,初名如孙,以字行,湖南茶陵人。至正七年举人,任静江路儒学提举。洪武十八年73岁时,被召入京师,授左春坊赞善,迁翰林学士,主持修纂《省躬录》《书传会选》诸书。懿文太子死,建议立太孙,被采纳。洪武三十年,与白信蹈主持会试,取泰和宋琮为第一,北方考生一名未取。落第考生联名上奏,劾其私取南方同乡,遭谪戍。建文初召还,卒时年逾九十。有《坦斋集》,存赋8篇。《明史》卷137《刘三吾传》,第3941页。

忧时伤世或渴望隐居的心情。危素①晚节不忠,为世僇笑,入明之文全佚,所存之赋俱作于元末,其《别友赋》作于元统元年(1333),写友人将行吴越之乡,作者表达惜别之情,其中不仅有忧世之音:"怅风气之日凋兮,众杂糅乎滓秽。""哀民生兮,曷时而康兮!"也希望隐居以求安:"旋轻辀于汝滨兮,将同采乎苋藿。玩曾峰于翠云兮,射麋鹿以为乐。"贝琼《怀旧赋》也作于元末,赋文表达了对故友的哀悼之情,也反映了元末社会"豺虎横而麟毙,鸱鸮鸣而鸾铩"的现实。其《醉赋》中"九州几裂,百川无回,豪杰相噬,白骨生苔。""天下之愤,非醉不释;天下之难,非醉不豪。"无疑也是元末社会的真实写照。《灌园赋》则写钱塘潘时雍治圃东门、灌园自给之乐,对友人表示赞赏。

　　刘基的赋也大都是仕明以前所写,那时农民起义风起云涌,元朝已面临土崩瓦解之势,他本想效忠于元朝,却得不到朝廷的信任,他的赋多为抒发报效无门的忧愤而作,"内涵抒情寄讽,风格壮浪奇崛。"②其《述志赋》抒发报效无门的忧愤,艺术上仿效《离骚》,以上腾下访、八方奔走的方式寻找报国之路,但却到处受到阻抑。不过与《离骚》不同的是,当作者意识到"忠有蔽而不昭兮,道有塞而不行。名不可强而立兮,功不可期而成。"他找到了一条逍遥出世的道路:"采薇蕨于山阿兮,撷芹藻于水滨。浏玄泉以莹心兮,坐素石以怡情。聆嘤鸣之悦豫兮,玩卉木之敷荣。挹清风之泠泠兮,昭秋月之娟娟。登高丘以咏歌兮,聊逍遥以永年。"《伐寄生赋》先指斥寄生物依附而生,无用而有害,然后写砍伐寄生,"巨蠹既夷,新黄载蕃。"最后就此发表感慨,物理人情同一道理:"蠹凭木以槁木,奸凭国以盗国。"提出"非其种者,锄而去之"的号召。赋文显然是把蒙元统治者看成是寄生之物,对国家有害而无益,提倡要坚决地"锄而去之"。

　　刘基还有几篇吊古伤今赋,或借古讽今,或直刺当时,较有特色。如《吊诸葛武侯赋》借诸葛亮以抒发自己内心怀才不遇之愤懑。赋文并没有多少文字去凭吊诸葛亮,而是主要叙写诸葛亮所处时代的黑暗:"天地闭塞兮,圣贤隐沦。大旱焦土兮,龙无所用其神。""彼狂猾之纵悖兮,履羿莽以滔天。乱伦汨典兮,流毒为渊。夏少康之不作兮,时又无汤与武。"这其实是影射作者所处的时代。《吊祖豫州赋》借祖逖以抒发自己身处乱世、有志莫伸的感慨,赋文写祖逖只有寥寥几句,大部分都是在写当时社会的黑暗混

---

①　危素,字太朴,号云林,金溪人。至正元年为经筵检讨,修宋、辽、金三史。历任太常博士、礼部尚书、翰林学士承旨等职。洪武二年为翰林侍讲学士,三年,兼弘文馆学士,后坐免。有《说学斋稿》《云林集》,存赋4篇。《明史》卷285《文苑传》,第7314页。

②　郭维森、许结:《中国辞赋发展史》,江苏教育出版社1996年版,第686页。

乱、颠倒黑白以及有志之士不能发挥自己的才能，显然是元末社会的写照：

> 污池汀泞兮，蛙黾乐之。大鹏天游兮，燕雀谓女奚为。狐狸冠裳兮，枭獭堂宇。支离节疏兮，侧身无所……委弃九鼎兮，烹饪瓦釜。截梁为杙兮，束橑为柱。伛背泰山兮，依倚培塿。圭璋碔砆兮，沙砾琼玖。山陵暴骨兮，社稷黍离。故臣酸嘶兮，行人涕洟……乌号之彻札兮，无养由以操之。骅骝不逢伯乐兮，与驽骀而并驰……日暧暧以西倾兮，时靡靡而就逝。雁鹜群而喋呷兮，鸾凤反为所制。世治乱之有数兮，天亦无如之何也。

从"世治乱之有数兮，天亦无如之何也。"作者已经预感到元政权的无可救药，从"龙嘘而云兮，夫岂不能自翔。鸿鹄举翮而千里兮，又何必怀此乡。"作者对其已不再抱有希望。事实上，他最终放弃了振作元政权的努力而投向了农民起义。《吊岳将军赋》凭吊岳飞，作者在对当时社会黑暗、皇帝愚迷，岳飞忠而被戮的感叹中，也有自己一份"忠而见斥"的忧愤："天地易位兮，江河倒流。凤凰夭殂兮，豺狼冕旒。臣不知有其君兮，子不知其有父。""仇何爱而可亲兮，忠何辜而可戮。"不过作者虽然也认为："捐薄躯以报主兮，乃忠臣之素。"但他还是对岳飞有所批评："天之所废不可植兮，亦将军之尤也。"或许他是借古谈今，认为元政权已经不值得再去效力。《吊台布哈元帅赋》则是一篇伤今赋，台布哈是元顺帝时的礼部尚书，后为浙东道宣慰使都元帅，与孛罗帖木儿一起镇压方国珍的起义军。他先是为浙江行省左丞相兼知行枢密院事达识帖木儿所制，未得杀方国珍，后为方国珍戚党陈仲达所出卖致死。作者对台布哈"生不能遂其心，死又抑而不伸"的遭遇深表同情，从赋中可以得见元末社会忠良遭殃的恶劣现实：

> 上雍蔽而不昭兮，下贪婪而不贞。权不能以自制兮，谋不能以独成。进欲陈而无阶兮，退欲往而无路。忠沉沉而不白兮，心摇摇而不固。絷乘黄服鼓车兮，骖蹇驴以曳之。胄猛虎于笼槛兮，狐狸群而制之。众刻木之枉直兮，信谗邪之流言。倒裳以为衣兮，涅素以为玄。前宕冥令指途兮，驱离娄使从之教。养由以弯弧兮，系其肘而引之……狝猵升堂兮，駮虞以为妖。殪凤凰而斫麒麟兮，糜粱肉以养枭。吠狗遭烹兮，捕猫蒙醢。雄鸡晨鸣兮，众以为罪。

朱右的吊古赋则借古人酒杯浇自己块垒，《吊贾生赋》哀吊贾谊"有大志不得尽施于时,竟忧懑哭泣以殁"的命运。赋文先写贾谊的"材大无偶,世莫为用"使作者悲恸不已,然后写世风之浇漓,使贾谊这个"命世大材""蹭蹬"不遇,"有大志而不伸"。在诤文中,作者举了历代贤者不遇的事例,认为"物固各有遇兮,遇固各有时。吾道之在人兮,俟天定而弗违",应该"乐天知命"。贾谊曾写有《吊屈原赋》,通过对屈原不幸遭遇的伤悼,寄托自己的悲愤情绪,朱右的《吊贾生赋》亦"瑰奇类贾生"①。

还有的赋家在与朋友的交往酬唱中,表达自己的隐居葆真之意。如王行②《隐居赋》赞美了南山屠处士"含和""葆真"的隐居生活,认为"道可静悟而不可躁得,时可安而不可为。"《别知赋》也是先写自己"先机以遁藏",过着"游义途以容与,处仁居而泰然"的隐居生活,然后才叙及离别。

刘三吾在洪武十八年(1385)被召入京师之前,隐居在家乡茶陵。他有不少赋作在赞美友人隐居趣尚的同时,也颇有夫子自道之意。如《石门樵子赋》,为东原杜侯作,侯居石门大约二三里,曾吟诵其间,自号石门樵子,元末依登州韩纯甫兄弟读书讲道,十五年后归里隐居。赋文描写石门美景,赞颂杜侯寄兴于樵的雅致。《竹深赋》,为四明慈溪江侯作,江侯原家奉化海口之长汀,后移家慈溪,其故居之竹,岁久成林,江侯不能忘情,以"竹深"自号,明初被擢茶陵丞,趣尚幽雅如竹,作者作赋以美之。《雪野赋》为茶陵簿王希哲作,王有学有守,心事襟期坦如,雅号雪野。作者把"雪"与"野"结合起来,赞美王希哲"心事与雪野而同处一坦,襟期与雪野而同其所容"。作者号"坦斋",此赋亦有夫子自道之意。宋濂③也有此类作品,其《崆峒雪樵赋》为刘宗弼作,刘家于赣之崆峒山阳,尝擢进士第,入教成均,出仕浙江,声光赫然,今却退居山野,以"崆峒雪樵"自号。赋文描写崆峒雪樵清奇的景象,以比拟刘氏清高出奇、"贤而有德"的人品。

童冀④则直接表达自己的情志,其《闵己赋》表达对自己命运"蹇阨"的自闵之情。《述志赋》写作者在"深遁而远逝"与"将希用于当世"之间考

---

① 张天英:《白云稿序》,《白云稿》卷首,四库全书1228册,第3页。

② 王行,字止仲,号半轩。吴县人。元末与高启、徐贲、张羽等号为十友,又称十才子。洪武初,有司延为学官。旋谢去,隐于石湖。后坐蓝玉党案,父子并死。有《半轩集》,存赋8篇。《明史》卷285《文苑传》,第7329页。

③ 宋濂,字景濂,号潜溪,金华人,迁浦江。至正九年荐授翰林编修,以亲老辞,隐于龙门山著书。至正二十年应朱元璋召,至应天。洪武二年,以翰林学士总修《元史》。有《文宪集》,存赋2篇。《明文衡》卷62郑楷《宋公行状》,四库全书1374册,第416页。

④ 童冀,字中州,金华人。洪武初,任金华训导,九年被征修书,明年为教永州,后为湖州府学教授,二十二年为北平教授,坐罪卒。有《尚䌹斋集》,存赋6篇。《金华贤达传》卷11《明童冀传》,四库全书存目丛书史部88册,第83页。

虑,"进既才之匪称,逝将幽处而穷探",申述自己山林隐处的志向。张羽①《拙赋》赋"拙",大概在他的意识里,自己就是那个"无虑无别,不辱不折"的守拙之人。

涂几②存赋较多,《悯时赋》哀悯元末社会,反映了当时"逆竖尊荣""忠良蒙祸"的颠倒混乱情形,表达了作者的悲愤之情。他的赋大多作于元末隐居之时,抒发隐居的情志,《励志赋》勉励自己坚定隐居之志,"饥饮山泉""困枕荆棘""不计朝夕"。《耦耕赋》写作者虽读书绩文,而心非所好,闻田歌而向往耕于田野。《思友赋》中也有"傥精微之可期,庶永保乎贞吉"的表白。但涂几的内心是不平静的,他认为自己是不得已而归隐的,自己的志向并不在此,如《樵云赋》写"高车驷马"终不可盼,自己不得已归隐于樵。《感遇赋》感慨自己"怀连城之重璧",却"捐弃于道周",不甘心"隐忍以终处",与"狙鹿同俦"。《吊余文赋》中的情绪已悲愤难抑,赋写作者自负其才"宏异",希望能够等待时机为国效力,只可惜世人贵贱不分,真假不辨,自己终穷不进。作者悲愤不已,付其文于水火。朱彝尊《静志居诗话》卷四评云:"涂君于文,高自矜许,集有《吊余文赋》……则非安于遁世者也。尝撰《时事策》十九篇,上书孝陵(明太祖),自称:'臣平生苦学,见于文章,时辈妄推,谓当与汉唐诸文人略相先后。使居馆阁,纪述圣君贤臣之事业,足以载当世而垂无穷。'亦大言不怍矣!"③

程明远与涂几不同,他是甘心隐居的,《浴沂赋》写作者游沂水时感今思古,从曾点所云"浴乎沂,风乎舞雩,咏而归"的志向生发开来,表达自己"浴德于圣泽之深,澡心于圣困之涘"的愿望。《上巳赋》,作者在上巳节感古怀今,想到王羲之的曲水流觞,想到孔子与曾点的浴沂之乐,而后世"世道降,风俗薄",上巳节成了借"祓除之游""缔殷勤之约"的时节。作者表示他要"傲晋贤之莫伍,与鲁叟而为俦"。《问盟赋》写作者对出处行藏的考虑,最终决定"寄于林下,俯以俾学者之终业,仰以绵斯文之有宗。"从文中"嗟群芳之时变",赋或作于元末明初明太祖四处招贤之时。

明太祖起事与统治之初的招贤措施,使不少士人告别隐居生活,走上了

---

① 张羽,字来仪,本浔阳人,卜居吴兴。元末领乡荐,为安定书院山长,再徙于吴。洪武四年征至京师,应对不称旨,放还。再征授太常寺丞。太祖重其文,十六年,自述滁阳王事,命羽撰庙碑。寻坐事窜岭南,未半道,召还,自知不免,投龙江死。有《静居集》,存赋5篇。《明史》卷285《文苑传》,第7329页。

② 涂几,字守约,宜黄人。元末避兵临川,明初卒。有《涂子类稿》,存赋10篇。《静志居诗话》卷4,第87页。

③ 朱彝尊:《静志居诗话》卷4,第87页。

为新朝效力的道路。吴沉①是元国子博士吴师道子，其《述别赋》为送王子充北游作。赋先写金华自古多贤，又写东白也有人杰，这些人曾经和作者先父议论周旋，然后才点出正题，王子充"后生可畏""捷步予前"，是其中的佼佼者，幸逢朝廷招贤，王子充北上京师，作者依依惜别。

　　宋讷②有三篇《春朝赋》，则为与大名府通判周巨渊告别时作。《春朝赋》一，先设置了一个临筵祖道、"美人"朝京的景象，然后才说明原委："天生俊才，时际皇明，""宠膺高选，来佐大名，""惟郡守之岁见，偕幕宾以同征"，最后写到京以后拜君励志，颇能见出作者的心志：

> 思除民瘼，思为国桢。思列循良，思立廉能。思荐贤于九重，思养士于六经。思治安以康田里，思忠鲠以报朝廷。思舟楫以济巨川，思盐梅以作和羹。

《春朝赋》二，先概述明朝初建礼明乐备、贤良济济的面貌，指出赋作背景："乃诏天下，守令朝京。参朝觐于周礼，明黜陟于虞廷。"然后以大名为例，说明守令治郡情况，再写春朝朝京，到京后天子召见、赐酒事宜，最后以群臣"愿求来效，共报升平"的愿望作结。《春朝赋》三，先写明朝一统，选守择丞以"保我黎庶"，每岁来朝考绩，然后以周巨渊为例写春朝路上之行旅，以及到京之后"各尽乃诚""稽首献颂"的情况。

　　当时也有一些人，他们过惯了隐居生活，被明朝征召之后，又借机返乡。如梁寅，明初被征修述礼乐，书成以老病还，其《南归赋》即写还家途中的感慨，有对帝居的留恋，也有对明初礼乐渐兴的歌颂，但主要表达他对独穷守节的坚持，宁愿保持心境的亨豫。史迁③的抒怀赋主要作于去官归里之后，《思亲赋》作于洪武十二年(1379)，作者去官穷居故里，"叹一事之无成，痛二亲之莫报"，故作此赋。《老农赋》，赋前有序说明写作缘起，作者归田十年，益老益贫，衣食之奉，殆不如昔，所以躬率儿辈为农圃之计，艰难之状，不可殚记。作者认为"沐浴王化，安享升平"，应该有"涓埃补报"，才能不愧于心，所以作赋以表白。赋文先写"农为天下之大本"，民生有赖于此。接

---

① 吴沉，字浚仲，兰溪人。吴师道子。洪武初，授翰林院待制，后擢东阁大学士，又为国子博士，以老归。有《澥川集》，存赋4篇。《明史》卷137《吴沉传》，第3947页。

② 宋讷，字仲敏，滑州白马人。至正二十三年进士，任盐山县尹，弃归。洪武二年征修礼乐诸书，事竣归。后荐授国子助教，十五年迁翰林学士，改文渊阁大学士，迁国子祭酒，卒于官。有《西隐集》，存赋11篇。《明史》卷137《宋讷传》，第3952页。

③ 史迁，字良臣，金坛人。洪武中除蒲城知县，迁知忻州，复知廉州。存赋7篇。朱彝尊：《明诗综》卷13，康熙四十四年六峰阁刻本。

着写自己亲率儿辈用力畎亩的情状以及收获的喜悦,最后写自己沐浴于太平盛世、"含煦于圣人之泽"的满足感。

虽然都是以隐居为背景,但明初治世的隐居与元末乱世的隐居,其内涵和感情基调还是有不同之处的,如朱同①《云麓书隐赋》,此赋送休宁簿何士明归鄂州,赋文写何士明罹宪网,本以为无由归乡,后蒙恩释归,使其实现"白云归于故麓""携书以归隐"的愿望。练子宁②《耽犁子赋》设为耽犁子与松月居士的问答之辞,在历史的回顾中,说明了太平之世"圣人之出"是人们能安居乐业的原因,歌颂了大明之兴与明皇之治。

有的抒怀赋不知作年,但大体作于隐居的背景中,如吴沉《吊伯夷赋》,赞颂伯夷兄弟的"高风与峻节",不过,与赋序提到的宋末元初邓牧的同题赋"寓意其老庄以为高"不同,作者寓意孔孟,希望能用儒家思想使"廉者永""贪者殃""殄击顽类""苍生皆苏",祸乱不作,返回到无为而治的"黄虞"之世。《感秋赋》写每到秋来,作者就像宋玉悲秋一样,内心愁苦无依。在"俗滋下而弥艰兮,极群凶之驰骋"的环境下,作者决定遵照先父遗训,"操一节之清坚"。

方孝孺③是建文朝忠臣,其《核劳赋》疑作于早年,写作者对"道术"的追慕和对圣贤的师法,以及在此过程中受到的挫折。刘璟④是刘基之子,亦建文朝忠臣,其《述怀赋》疑作于燕王篡位后,表达对世事颠覆的忧虑以及自己"抱仁义之昭晰"的意志。

歌功颂德的赋作此期也有出现,如周是修⑤《舒情赋》,此赋作于洪武二十九年(1396)春二月,作者在周王朱橚府。周王召作者等三人扈侍,"登天

---

① 朱同,字大同,休宁人。朱升之子。洪武十年举明经,任本郡教授,修《新安志》进之。十三年举人才,为吏部司封员外郎,寻升礼部右侍郎。后坐废。有《覆瓿稿》,存赋4篇。《弘治休宁志》卷12,《北京图书馆古籍珍本丛刊29》,书目文献出版社1998年版,第526页。

② 练子宁,名安,以字行,号松月居士,新淦人。洪武十八年以贡士廷试对策,擢一甲第二名,授翰林修撰,后迁工部侍郎。建文时,任吏部侍郎,拜御史大夫。靖难,成祖杀之。有《练中丞集》,存赋2篇。《明史》卷141《练子宁传》,第4022页。

③ 方孝孺,字希直,宁海人。宋濂弟子,历任汉中府教授、翰林侍讲、文学博士等,靖难时因不愿为朱棣起草登极诏书,被灭十族。有《逊志斋集》,存赋4篇。《明史》卷141《方孝孺传》,第4017页。

④ 刘璟,字仲璟,青田人。刘基次子,洪武二十三年为阁门使,改授谷王府左长史,靖难兵起,随谷王归京师,令参李景隆军事。景隆兵败,遂归故里。成祖即位,召其入京,称疾不至。逮至,犹称成祖为殿下,并斥之为篡。下狱,自缢死。有《易斋集》,存赋1篇。《国朝献征录》卷105陈中《刘公璟传》,续修四库全书531册,第145页。

⑤ 周是修,名德,以字行,泰和人。洪武末,举明经,为霍丘训导,擢周府纪善。建文元年,改衡府纪善,预翰林纂修。靖难,自经而死。有《刍荛集》,存赋8篇。《明史》卷143《周是修传》,第4049页。

桂清香之楼""览中州之雄概",命三人赋之以舒展情怀。三个臣子遵命依次而赋,从"英姿""贞德""达道"三个方面赞扬周王。《凯还赋》写洪武二十九年(1396)春,明师出居庸关,驰可温海外,宣扬威武后,班师回还。法天①《征南赋》写明军平定云南之事,据《明史纪事本末》卷十二"太祖平滇",洪武十四年(1381)九月,命颍川侯傅友德为征南将军,永昌侯蓝玉、西平侯沐英为副将军,帅师征云南。仅百余日,便平复云南。十五年(1382)二月,置云南布政司,改中庆路为云南府。十六年(1383)三月,云南麓川之外,有国曰缅,车里之外,有国曰八百媳妇,皆请内附。复置大理指挥使司。②　此赋即写平滇的全过程,从元朝镇滇的梁王君臣恃险阻而执迷不悟,到明太祖调兵遣将开赴云南,从明朝将领的奇兵平滇,到远方小国的争先献纳,一一道来。

三、咏物、山水、楼台等赋

(一) 咏物赋

此时的咏物赋有不少作于元末,但赋家都已能感受到明兴的气氛,有喜悦,有疑虑,有自勉,不一而足。如童冀《雪赋有序》,此赋作于庚子(1360)冬,用欧阳修"禁体物语"为之。《闵春雪赋》作于1361年春,次庚子冬《雪赋》之韵。因为春雪造成了危害,作者闵之,并希望观民风者垂采。《雪赋》作于1361年冬,次前两赋之韵,写登迎华观观雪,赋设为爱柏先生与客的问答之语,从东南西北四个方向写雪景。从赋中"瑞雪霈膏泽之润,草木毕勾萌之沾。搜异材于岩穴,用无间于洪纤。四序调玉烛之和,三白应金穰之占。"可以看出作者对于明兴的喜悦之情。

王行《眠云赋》,作者先写云的各种状态,然后发表世态与云一样多变的感慨:"变易难常,推迁靡间。时因景以见新,景因人而知变。人为景而相移,景非人之能恋。纷世态而常然,讵兹变兮独眩。"《中国辞赋发展史》说:"这种咏物'兆夫人事'的方法,以及内涵的情感特征,是元明交变中诗人赋作的艺术共同点。"③的确如此,高启④《闻早蛩赋》作于至正二十六年

---

① 法天,大理人,俗姓杨。年十六出家。大理感通寺住持,傅友德征平云南之后,率众人觐明太祖,赐号无极,敕授大理府僧纲司都纲。有《朝天集》,存赋3篇。本集附杨仲节《无极禅师行实》,丛书集成续编110册,上海书店1994年版,第819页。

② 谷应泰:《明史纪事本末》卷12"太祖平滇",中华书局1977年版,第163页。

③ 郭维森、许结:《中国辞赋发展史》,第690页。

④ 高启,字季迪,长洲人。元末避居吴淞江之青丘,自号青丘子。洪武初征修《元史》,授翰林院国史编修。三年秋,擢户部侍郎,固辞,乞还乡。后被朱元璋杀害,年仅三十九。有《凫藻集》,存赋2篇。《明史》卷285《文苑传》,第7328页。

（1366），写作者于夏五月炎热之时，夜间清凉，忽闻蛩声，作者为此悲哀长叹，因为本是在秋后啼鸣的蛩，现在忽然提早，是"天时之或异""若有兆夫人事"。联系时代背景，作者是以此暗示政治形势的变化，而从作者"答悲韵而长叹""抱微忧而何言"来看，作者对于天时人事之变，是有隐隐的忧虑的。梁寅《时雨赋》亦作于至正二十六年（1366），赋写"自春徂夏，雨阳宜稼"，梁子从"天人合一"的角度赞颂时代之清明："吾闻夫有道之世，风不鸣条，雨不破块。故多嘘拂而少摧折，有沾润而无漂败。吾乃于今见之焉。"老甿则以天时占之，认为"是岁之占，乃赤旱之符"。后来"兼旬不雨"，正当梁子"虑之而疑"之时，澍雨夕降。梁子对老甿言："吾之所占，占以人事。"然后再次赞颂时代之清平："方今圣明广照，万里一视。扶善良如懿亲，疾奸宄如仇对。鲸鲵息波于沧海，魍魉屏妖于遐裔。牧守多凤鸾之士，臬司厉鹰隼之气。"这俨然是指向新政权，而不是蒙元之治。

　　除了以咏物"兆夫人事"，此时赋家还往往借物自喻。如高启《鹤瓢赋》写月华子梦见鹤瓢幻化的"古士"，愿托身于他，睡醒之后果有一老翁赠其鹤瓢，履梦中之约。青丘生拜访他，他出鹤瓢为乐。此赋"咏物写意，构思甚奇"[1]，鹤瓢其实是作者自己的象征，虽昂藏不群，却沦落不偶，思欲逃离尘世而又不得："尔青田之族，赤壁之侣，竟混草木而零落？""昂藏兮支离，尔生兮何奇。行则佩兮饮则持，与翱翔兮千岁期。唯游无何兮，余非吾之所知。"张羽《山雉赋》，赋中的山雉有作者的影子。这些山雉有着光鲜亮丽的羽毛，"避园籞之芳华，乐薮泽之荒卑"，过着悠闲自得的生活。它们"惧罾罗之见羁"，如果让其"厕公庭之玉帛，侑清庙之牲牺"，"虽外观以为遇"，但对它们自己来说，却是一件悲哀的事，它们向往"顺性"的生活。秋天来临之后，山雉"忽反顾以潜惊，虑羽毛之为患"，他们决定"韬美自持"，如果被"弋人"所遗，"甘没身而无怨"。贝琼《鹤赋》表现了作者对元末社会的弃绝和对崇高理想的执着追求，赋中仙鹤也有作者的影子。它品性高洁，却"囚而憔悴"，在"贪而无厌""悍而不德"充斥的社会里，备受猜忌。观览迫狭的"中区"，仙鹤誓欲冲决罗网，横跨六合，超然远举。它矢心要到"神尧之所都"，与王子晋、女娲为伴，与丹凤一起婆娑。

　　贝琼的咏物赋较多，《鹤赋》之外，又如《春雨赋》作于至正二十八年（1368），据赋前小序，孟春降雨，草木鬯懋，孟轲曾以比君子之教。作者从小读书，而知仁义道德之说，晚年气质昏瞀，自知不得如草木之化，故作《春雨赋》以自勖。《铁砚赋》应作于入明之后，铁砚昔日曾"有功于战伐""有

———————————

功于贸易",而今却"策功乎翰墨之场",作者通过铁砚表达在国家安定之后,人们可以依托文才成就功业,"六合既清,可以去兵而行仁;万民既壹,可以去货而谈义。"《白鸠赋》亦作于入明后,以白鸠自比,抒写自己的情怀:"性弗慧而徒劳兮,时自珍而久藏。幸主人之见存兮,托广庭之嘉树。""羌所赋之纯美兮,虽处污而不缁。"胡翰①《少梅赋》亦作于明初,以少梅象征自己由过去的避乱遁世,"澹遗世以消摇兮,负娇节而不可拔",到现在进用于新朝,"吾将敛而就实兮,和商鼎以进帝",作者勉励自己"保兹令美"。

入明之后,在朱元璋的倡导下,文坛宿将的引领下,咏物赋就更多了。朱元璋有二篇咏物赋,《莺啭皇州赋》描写莺啭皇州的怡然自得,反映了明朝开国之初"清和"的新气象。《画眉赋》作于洪武十三年(1380),描写画眉在春天的淑气里"弄晴啭语"的情态。宋濂《奉制撰蟠桃核赋》作于洪武八年(1375),赋前有序说明写作背景,太祖召翰林词臣,出示元内库所藏半个桃核,桃核颇巨,前刻"西王母赐汉武桃""宣和殿"十字,后刻"庚子年甲申月丁酉日记"十字,作者奉旨撰赋,先写王母赐桃汉武帝,接着详细描写桃核,最后批评汉武帝求仙的虚妄、宋徽宗重蹈覆辙,赞颂明太祖"革往古之荒唐,法唐虞以作程"。

李继本②《喜雨赋》作于洪武四年(1371)夏,四库馆臣视为元人:"殆以未仕于明,故与杨维祯诸人一例。"③"然一山本元进士,而《上总戎诗》则曰:'大将军,出沙漠,万里河山尽开拓。获其名王归,四面凯声作。功成献俘蒲萄宫,天清日白开鸿蒙。遂使楼烦之壤,化为冠带,衍为提封。'未免言之太尽,无复一成三户,《黍离》《麦秀》之思矣!"④其《喜雨赋》借雨表达"一雨如沐,九土皆春。天锡吾氓,惠也孔殷。吾将结青山以为侣,招白云以为邻,耕田读书,终老于淳水之滨"的愿望,更无复"黍离麦秀之思矣"!

周是修的咏物赋较多,《放凫赋》作于洪武二十九年(1396)春,明太祖放生百余进献的水凫,作者有感于"君德之至,仁及庶类",因而作赋。《柳塘蛰燕赋》作于洪武二十八年(1395)春,作者在周王朱橚府。周王历览古今名画,中有《柳塘蛰燕图》,后出游,见杨柳芳塘,双燕交飞,仿佛前图,命

---

① 胡翰,字仲子,一字仲申,金华人。元末避乱于南华山。至正二十一年前后,朱元璋遣使聘胡翰,遂起为衢州府教授。洪武二年聘修《元史》,史成,赐金遣归。有《胡仲子集》,存赋1篇。《明文衡》卷84吴沉《胡公墓铭》,四库全书1374册,第636页。

② 李继本,河北东安人,占籍大都。至正十七年进士,授太常奉礼,兼翰林检讨。入明,先后典教涞水、永清、东安、深州、雄县、房山等地,河朔学者多从之学。有《一山文集》,存赋1篇。《元史类编》卷36,续修四库全书313册,第534页。

③ 纪昀等:《钦定四库全书总目·一山文集》,第2251页。

④ 朱彝尊:《静志居诗话》卷5,第114页。

作者赋之。《紫骝马赋》有注"建文帝命作",赋文描写紫骝马,赞其奇诮非凡,颇有自喻之意。《告天鸟赋》描写告天鸟,"其意以为近君得言者之戒",赋"或代'鸟'言,或揣'鸟'意,儒者悱恻之情、忠厚之心,于斯可见。"[1]贝翱[2]《孔雀赋》作于洪武二十一年(1388),对孔雀拜舞朝王发表感慨:"此羽族之伙兮,羌或短而或长。求忠君而尊上兮,咸不若孔雀之朝王。"

还有一些赋不知具体作年,大抵以物为比者居多,唐桂芳《古剑赋》,此处之古剑比拟文章,表达了作者对自己文章的自负与友人陈养吾文章的赞赏。吴沉《菊花赋》赋予菊花"耿介""高洁"的品性,赞美与菊花有渊源的屈原和陶渊明,二人与菊花一样"抱耿耿之孤诚"。苏伯衡[3]《钩勒竹赋》,此赋描写文何先生所画之竹的千变万化之形,赞美文何先生如竹一样的"修材""雅德"及其尚友竹之雅趣。刘炳《修竹赋》描写修竹,而重在其"贞心自守""坚节独遒",赞美其"清""直""虚""瘤"等品性,认为"宜比德于君子"。史迁《牡丹赋》描写牡丹,把牡丹比拟为国色天香的美人。《剑赋》描写宝剑,并以剑为喻,认为"学变化为龙,犹当顺时用舍而行藏。"

也有借物抒情或以物说理的,如王佑[4]《伤石鼓赋》,借太学文庙戟门下之石鼓用为石臼的事,表达"用之违其才,物乃龃龉"的感慨。乌斯道[5]《春草赋》描写春草,并藉春草抒发别离之愁。涂几《鸡子赋》描写鸡蛋,它体用合一,不仅"包括二质,阴阳具全",而且"充饱作饼,便利老齿。"朱同《云赋》不仅描写了云,还描写了"云实祖之"的水、"云实乘之"的风,阐发了其中蕴含的道理。周是修《气核赋》,所谓气核,就是石,据晋杨泉《物理论》:"石,气之核也。气之生石,犹人筋络之生爪牙也。"[6]赋文先写宇宙万物"由气化而成形",石也不例外,然后"旁参物情",认为"美恶之不齐,由气禀而浊清",那些"钟气之清淑"者,都是"气之清核",而"钟气之或浊"者,都

① 郭维森、许结:《中国辞赋发展史》,第694页。
② 贝翱,字季翔,崇德人。贝琼子。洪武中,官楚府纪善。有《平潪集》,存赋1篇。《明诗综》卷13。
③ 苏伯衡,字平仲,金华人。元末贡于乡。至正二十三年,朱元璋于南京置礼贤馆,伯衡延入。二十六年,又用为国子学录,迁学正。洪武初擢翰林编修,力辞乞归。二十一年聘主会试,事竣复辞还。寻为处州教授,坐表笺误,下吏死。有《苏平仲集》,存赋1篇。《明史》卷285《文苑传》,第7310页。
④ 王佑,字子启,泰和人。洪武三年举教官,授监察御史,出为广西按察金事,改知崇庆州,谪和州,赦归。有《长江稿》,存赋1篇。《明诗纪事》甲签卷16,《明代传记丛刊12》,第749页。
⑤ 乌斯道,字继善,号春草。慈溪人。洪武中,被荐授石龙知县,调永新,坐事谪役定远,放还,卒。有《春草斋集》,存赋1篇。《明史》卷285《文苑传》,第7319页。
⑥ 杨泉:《物理论》,丛书集成初编594册,第4页。

是"气之浊核"。

　　还有一些记载奇异、特异之物的赋，法天《贝生赋》乃奉明太祖敕而作，描写云南一种可以作为流通钱币使用的贝生。林鸿①为闽中十才子之冠，其所咏之物都是北方或中原不易见的事物，如《椰子赋》描写"遐壤之异品"——椰子。《槟榔赋》描写"南海见尝"的"遐荒""异物"——槟榔。胡宗华②《荔子赋》则描写"生于炎海之滨，植于遐异之方，""实中国之所无"的荔枝。王翰③《葡萄酒赋》写出自西域的葡萄酒，此赋作于洪武十四年（1381），介绍了葡萄酒的"出处地望"以及"为道"。徐尊生《白鼠赋》，先描写常见的家鼠，然后引出白鼠，写它的特异之处，认为它能够"以白自勖"，那些"沦卑污""谷而禄"的人还不如白鼠。《祥鸡赋》记载了祥鸡的不同寻常之处，赋前有序："歙郑隐君子美，读书师山（书院）窗下，鸡伤于狐，逸道旁，为途人攫去。数日，复脱归，鸣于栖上，诸生目曰祥鸡。"赋就此而写，不仅赞许祥鸡是英雄，而且赞赏郑隐君"遭时危以敛戢"，能够"远害"以全。吴伯宗《海初子赋》描述一种海洋软体动物——海初子。史迁《鹤赋》描写鹤，不仅写了鹤的灵异，还写了乘轩之鹤的受拘役，不仅写其清雅高洁，还写其长寿。

　　除了上述不同寻常之物，此时咏物赋之"物"还有一些是令人憎恶的小虫，如史迁《虱赋》、王翰《骂蚤文》、贝琼《骂蚊》、唐之淳《续苍蝇赋》等。元末杨维祯曾有《骂虱赋》，是一篇具有拟喻色彩的讽世小赋，通过叱骂虱子作恶多端，抨击元末贪官恣行、民不聊生的黑暗时政。以上小虫赋虽没有杨维祯赋那样尖锐的批判锋芒，却各有特点。如史迁《虱赋》写出了虱子的特点，便戛然而止，给读者留下想象余地：

　　　　么麽陋形，惟啮是善。欺贫众攻，避富而远。守玄尚白，之死靡它。利口反复，其如虱耶。

贝琼《骂蚊》分三节，第一节写蚊子"尔毒可憎"，第二节写蚊子种类繁多，大

---

　　① 林鸿，字子羽，福清人。洪武初，授将乐县儒学训导，历礼部精膳司员外郎。年未四十即自免归。与郑定、王褒、唐泰、高棅、王恭、陈亮、王偁、周玄、黄玄，并称闽中十才子，鸿为之冠。有《鸣盛集》，存赋2篇。《明史》卷286《文苑传》，第7335页。

　　② 胡宗华，龙溪人。隐居武林赤石岩，潜心理学。洪武初以明经荐，任本府训导。有《草涧集》，存赋1篇。《嘉庆重修一统志》卷429，四部丛刊续编255册，上海商务印书馆1934年版，第33页。

　　③ 王翰，字时举，山西夏县人。元末隐居中条山中。洪武中，以明经辟夏县训导，改平陆，迁郾陵教谕，擢周王府长史。后起为翰林编修，谪廉州教授。夷獠乱，城陷，抗节死。有《敝帚集》，存赋4篇。《明诗纪事》甲签卷22，《明代传记丛刊12》，第859页。

小不一,以人为仇,咬人,给人带来疾病。第三节詈骂蚊子贪酷的秉性,比拟像蚊子那样的人。王翰《骂蚤文》作于作者被系狱中之时,"适时盛暑,狱舍幽暗",作者被跳蚤所啮,"心烦体疲,不少休歇",于是作此文。唐之淳①《续苍蝇赋》,欧阳修有《憎苍蝇赋》,作者续之。赋文表达了对苍蝇的憎恶之情,也反映了元末"死骨蔽野"、明初"版筑未完"的客观现实。

(二) 山水楼台赋

因为这一时期的作家大多由元入明,而且他们人生的大部分时间都在隐居,所以山水地理赋与轩斋楼台赋比较多。虽然在创作时间上,这些赋也大多作于元代,但由于他们人已入明,心向新朝,其作品也被算作明赋。他们中的一些人,甚至早在1368年天下正朔改明之前就已是明人了。如朱升,至正十七年(1357)朱元璋下徽州,他就向朱元璋献策,提出了"高筑墙,广积粮,缓称王"的建议,对朱元璋后来的事业深有影响。而且,他辅佐朱元璋十几年,在天下初定,洪武二年(1369)便请老归山,洪武三年(1370)便去世了②。又如陶安,至正十五年(1355)朱元璋取太平时,他就率父老出迎,并建议朱元璋取金陵以临四方。洪武元年(1368)九月便去世了,朱元璋亲为文以祭,追封姑孰郡公③。再如胡翰,至正十八年(1358)十二月,朱元璋下婺州,二十一年(1361)前后,遣使聘胡翰,"会有以金华民藉田出兵者,先生从容进曰:'金华民素儒,不习军旅,藉以为兵,徒费廪粟耳。'上即罢之,授衢州教授。"④胡翰也远在1368年之前即受命为明官了。

朱升的几篇赋基本作于元代,《前东园赋》为悠山陈君作,作于延祐七年(1320),展现了东园景色之美。《后东园赋》记叙了东园主人托身东园、"才高行直"以及东园之"美观""异状"。《东岩赋》描写休宁东岩之胜。《南山道院赋》,南山道院是戴廷芳所造,为其父南山君守孝之墓庐。赋文描写了墓庐周围的山水景象,叙述了南山道院得名的原由、名字的深意,其主旨在表彰戴廷芳的大孝之行以及守先人之德不坠的品格。胡斌⑤《燕子岩赋》作于至正二十二年(1362),描写燕子岩之美景以及游燕子岩的乐趣。

朱右《震泽赋》,震泽即太湖,赋文叙写了震泽各个方面的情况,如"其

---

① 唐之淳,名愚士,以字行,山阴人。唐肃子。建文二年,以方孝孺荐,官翰林侍读,明年,病卒。存赋1篇。《明史》卷285《文苑传》,第7330页。

② 张廷玉:《明史》卷136《朱升传》,第3929页。

③ 张廷玉:《明史》卷136《陶安传》,第3925页。

④ 吴沉:《胡公翰墓志铭》,《国朝献征录》卷85,续修四库全书529册,第570页。

⑤ 胡斌,安徽定远人。东川侯胡海子。洪武十四年为龙虎卫指挥使,与父从征云南。过曲靖(云南东北部),猝遇寇,中飞矢卒,赠都督同知。存赋1篇。《明史》卷130《胡海传》附,第3831页。

泽"之"千态万状"、"其薮"之植物繁多、"其土梗"之物产"骈集"、其山之崇美、山中佛堂道观之"金碧焜煌"以及湖中水产之丰富、羽禽之"云集"、岸边石头之"怪怪奇奇"等,文笔"雄健有西汉风"①。《豫斋赋》,据赋前之序,上虞王万石辟室白马湖上,扁曰"豫斋",日寄傲其中,深有得处豫之道,作者作赋以美之。

梁寅《蒙山赋》描写作者家乡的蒙山,依次写了蒙山的地理位置、地势、宝藏、灵踪、"根荄之品""飞走之族"以及人物之盛,在人物中着重写了躬耕蒙山之阳的老莱子,最后表达了作者归隐于此的乐趣。《散木庵赋》,此赋为友人蔡渊仲作,蔡氏遭时多难,结庐故山,名其庐曰散木庵。赋从蔡氏结庵遁世谈起,亦庵亦人加以赞美。

王袆②存赋三篇,都是为他人书房、居室或园亭所作,"如果说古贤者处乱世为树立人格品节多采取隐忍自晦的方式,则王袆与其他元末明初诗人一样,在汲取前人独善精神的同时,更多地表现为时不我与的致用思想,这既是他们投身时代大潮搏浪奋进的人生观,也是其处末世而文风不衰、赋情振发的审美凝光点。"③《药房赋》为浦阳郑仲舒作,其读书之室曰"药房"。赋文先描写陈氏"所服""所处"之美好,以象征其"好尚之修洁",然后写世俗之人"糅熏莸而莫质""舍是尚非",而作者与陈氏"外好虽不同,实中情之可坚",所以愿追随之,以终岁晏。《咏归亭赋》为沈仲说作,先叙述沈氏在"笠泽之沃野"构亭"咏归",然后评述《论语》中所载子路、曾皙、冉有、公西华言志之事,认为子路等三人之志,"徇功名而规规",只有曾皙"从容以无为""脱略乎物累",得孔子之称赏。最后赞扬沈氏能继承曾皙之志,"长咏歌于兹亭""肆安居而逸处"。浦铣评此赋"气味恬静,深入理趣,乃宋元人所不及者。"④《思亲赋》为天台陈敬初作,其所寓之室名"白云",著思亲也。赋文先写陈氏早孤贫困以及母亲的教诲,然后写其奉母之命离家远游,求取功名,接着写其在异乡对母亲的四季相思之情,最后写报答母亲恩情的愿望。

唐桂芳《白云山房赋》,为天台陈敬所白云山房作⑤。陈氏浮游江湖十

---

① 张天英:《白云稿序》,《白云稿》卷首,四库全书1228册,第3页。
② 王袆,字子充,义乌人。元末隐居青岩山,至正十八年明太祖取婺州,召用之。洪武初召修《元史》,书成,擢翰林待制。洪武五年赴云南谕降,年底遇害。有《王忠文集》,存赋3篇。《明史》卷289《忠义传》,第7414页。按:王袆,《明史》作王祎。何冠彪《明清人物与著述》(香港教育图书公司1996年版,第3页)有《王袆二题》,辨王氏之名,引黄溍为王袆祖父所撰墓志铭:"孙男四人,裕、袆、补、初",应以王袆为是。
③ 郭维森、许结:《中国辞赋发展史》,第688页。
④ 浦铣:《复小斋赋话》上卷,《历代赋话》,第387页。
⑤ 此赋与王袆《思亲赋》所述陈氏事迹类似,但一名陈敬初,一名陈敬所,不知孰误。

有余年,将归白云山中,买田筑室,以养老母,以娱朝夕。贝琼《不碍云山楼赋》作于至正二十四年(1364),为杨竹西不碍云山楼作,"不惟状云山之胜,且寓感今思古之意。"

张羽的轩室赋也作于元末隐居的环境中,且有咏物赋的意味。如《芸香室赋》,此赋写南昌仙的藏书被蠹蟫所毁坏,有客劝其用芸香灭蠹,从而引发了蠹化身的白衣书生的一番"伟论":自己所食微不足道,南昌仙"嚌嚅六经,钻研百家","恣睢其中,刺齿磨牙",和自己一样都是"蠹"。而且,自己只是小蠹,"逮五纲之日弛""众蜂起而糜之"的大蠹才为害更大。《兰室赋》作于至正二十二年(1362),写像兰一样"受命而不迁"的君子在"世混浊而不分"的情况下,仍然"保厥美以终好""求善人而与居"的愿望。《竹雨轩赋》描写竹雨轩外的雨中之竹,比喻作者像竹子一样"色经寒而不惨,节遇□而靡曲。任物变之无常,谅受命之愈独"的品格。

唐肃不仅写了自己隐居的环境,也写了友人隐居之所在。《竹斋赋》写作者在以竹为中心的斋居生活中对竹的欣赏、娱玩,表现作者如竹一样保持"虚心""贞节","秉直"立世的品质。《石田赋》,石田山房乃毛尊师所居,赋文先从"石"与"田"的矛盾之处落笔:"石匪田有,有则弗滋。稼匪石艺,艺则恒饥",说明道人的特异之处,然后从"石"与"田"各自的特征说明道人道行之高:"石匪彼田,我志之坚。田匪彼石,灵根所蟠。""吁嗟先生,与造物俦。不耕而肥,不廪而周。"《云松巢赋》为童道士作,表达对巢于云松之间的神仙生活的企慕。

朱元璋有两篇山水赋,除上文所说"骚体短章"《秋水赋》之外,还有《江流赋》,此赋描写江流,不同于一般文士的高雅情致,语言上通俗直白,有民歌风味,如:

> 此江到春来暖融融,鸥浴鱼翻。到夏来碧森森,芰生荷放。到秋来纷纷红叶逐波流,到冬来片片寒冰随浪走。江中之景,清兮是水,绿兮是波。白兮是浪,碧兮是蒲。红兮是莲,青兮是荷。飞兮是鸥,落兮是雁。跃兮是鱼,行兮是舰。东去西来万里长,滔滔不尽古今忙。流水水流流入海,浪翻翻浪浪翻江。碧荷荷碧碧烟罩,紫花花紫紫云盘。白鸥鸥白白鸥波,红蓼蓼红红蓼滩。采莲莲采采莲去,行棹棹行行棹还。烟树生烟烟绕树,渡舡来渡渡人舡。

朱元璋也鼓励臣下作赋,徐尊生《应制续唐太宗小山赋》应作于这样的背景中,此赋想象当年唐太宗小山之建造、四季之美景以及君妃作赋的才情之美,赞誉明太祖"混一寰宇"的功业。

刘炳《荆门赋》也作于明初,此赋先写荆阳的地势与物产,点出其历来为兵家所争的原因,然后回忆汉末群雄并起,并从荆门东西南北四个方向,叙述山川形胜与人物遗迹,感慨三国英杰"逞干戈于智力""莫能混南北而为一",赞扬明太祖混一南北的伟绩。文笔雄放,富有气势,如:

> 伟哉我皇,龙奔虎骧。雄剑一呼,囊括八荒。大明中丽,日月普光。四夷八蛮,析津扶桑。莫敢不屈膝,莫敢不来降。干羽舞而率百兽,箫韶奏而来凤凰。制国定都,分茅建邦。衍金枝于玉叶,颁宝牒于天潢。纪纲永世,本固支强。玉玺金券,鸾舆煌煌。昭圭璋于衮冕,画粉藻于衣裳。地控上游,履尽荆襄。以定社稷,以开明堂。官殿丽于九土,旌节卫于五方。壮军容于万里,觐玉帛于梯航。图书之府,奎璧之章。卧金甲于绿沉,包虎皮于弢囊。仁以为纪,义以为纲。带砺之盟,永茂永昌。

宋讷的赋大多作于入明之后,希望友人能够乘时而起,结束隐居,为新朝建功立业。构思多有雷同,如《云松巢赋》为李子西作,赋文先写李氏以书室为巢的生活及其雅趣,然后设为主客问答,客人认为主人乃天生良才,不应巢于云松,应该乘时而起,主人也表示自己"将应时出巢,待诏于承明之庐"。《镜湖渔隐赋》为绍兴周巨渊作,他自号镜湖渔隐。赋先描写镜湖的风景之美、物产之富以及四时遨游之胜。然后设为山阴樵者与镜湖渔隐的问答,樵者认为如今天下治平,渔隐应该"舍渔,后乐于天下,""佐苍姬以唐虞",渔隐答以不敢忘四海之民。《石门隐居赋》为陈邦达作,赋先写陈邦达以前在石门隐居,并描绘石门四时景色之美。然后写明朝建立,陈结束隐居,出而为官。最后写陈"入石门而访旧",作者作赋述其"隐居之终始"。《松岩樵隐赋》为崔景文作,他自号松岩樵隐。赋先描写松岩之景及崔氏隐居之乐。然后设为主客问答,劝勉樵隐施才于"方今皇明一统"之时。《松云轩赋》为前进士王勉作,赋文设为客与松云轩主人的问答之辞,从"松"与"云"的角度阐释了轩的命名之义,希望主人能够待时而出。《勉斋赋》为阳城知县李文辉作,作者以"勉"为中心,勉励李文辉与自己无论"处"与"出",都要进学修身、诚敬待人。

涂几,"非安于遁世者"[1],曾上书朱元璋,希求进用。他的赋有的作于

---

[1]　朱彝尊:《静志居诗话》卷4,第87页。

明初,如《嘉阳春赋》,此赋写春天到来,万象更新,而作者却因有志不酬而忧虑,可乐者唯怀道抱德而已。这里的"阳春"或有政治更新的意味在内。《山晖阁赋》描写登上山晖阁后看到的景色,表达思"神京"的情怀。陈南宾①《白云茅屋赋》,赋应作于明初作者为国子助教之时,赋文设为国子先生与诸生的问答之辞,诸生认为先生不知"白云茅屋"之趣,先生则认为自己不过身处斯职,而"吾心淡焉,结白云之绸缪;吾身安焉,专茅屋之幽邃。""虽纯洁其行,而有傅岩霖雨之心;俭朴其居,而有杜陵万间之志"。

　　郑真②,"与兄驹、弟凤并以文学擅名,真尤以古文著。初与金华宋濂声价相埒,尝与濂共作《裴中著存堂记》,真文先成,濂为之阁笔。后濂致位通显,黼黻庙廊,真偃蹇卑栖,以学官没世,故声华阒寂,传述者稀。今观所作,不能与濂并骛词坛,而义有根柢,词有轨度,与濂实可肩随,未可以名位之升沉,定文章之优劣也。"③郑真在明初"以学官没世",他的赋多与学官的经历有关。《安分斋赋》为四明郑本忠的读书之室安分斋作。赋文叙写了郑本忠安分读书,与安分斋的名字"名实相符",赞扬了他"乐道而忘贫"的品质。《希古斋赋》为永嘉孔士清之希古斋作,他是孔子裔孙,精于篆隶。赋文叙写了孔士清以"希古"名其"藏修"之所,尚友千载,"探赜遗编""订正是非"的生活。《东园庄赋》,从"航一苇之西风兮,溢予至于长淮。览钟离之故疆兮,煦晴旭之清佳。"此赋当作于作者任临淮教谕之时,东园应是"儒绅"们"来居""来游"之所,赋写了作者在东园"杖屦""遨游"的乐趣以及"子衿"相从、"校雠纂辑"的教谕生活。《易安斋赋》,"易安"一词出于陶渊明《归去来辞》:"倚南窗以寄傲,审容膝之易安"。此赋为会稽王文祥作,其由胄监生为徐州萧县儒学训导,易安是其寓所之名。赋文先写陶渊明归园田居,"审容膝之易安",然后写王文祥"从容而偃息""离人群而自逸"的生活。《延晖阁赋》为天台李子延晖阁作,其有二子,"备礼奉养,克尽其欢"。因取扬子"孝子爱日"之义,命其阁为延晖。赋文描写延晖阁,并从"延晖"的字义出发,写其二子之"为孝"以及其"晚节之荣曜"。

　　梁寅《虎丘山赋》,从赋序"虎丘之胜,代虽屡易,而境乃不殊",赋或作于明初,依次写了虎丘山的地理位置、得名原因以及登山看到的景色,最后

　①　陈南宾,名光裕,以字行,茶陵人。元末为全州学正。洪武三年聘至京,除无棣丞,历胶州同知,召为国子助教,擢蜀府长史。洪武二十九年,与方孝孺同为四川考试官。存赋1篇。《明史》卷137《桂彦良传》附,第3950页。
　②　郑真,字千之,鄞县人。洪武四年乡试第一。授临淮县教谕,升广信府教授。有《荥阳外史集》,存赋6篇。《明诗纪事》甲签卷28,《明代传记丛刊12》,第958页。
　③　纪昀等:《钦定四库全书总目·荥阳外史集》,第2283页。

以探幽怀古作结。谢常①《一叶浮萍赋》应作于隐于震泽东溪后,赋为木石先生徐庭柏作,他尝与二三同志泛舟具区,号其舟曰"一叶浮萍"。赋依次写了太湖的得名、物产、景色以及木石先生驾舟太湖之游乐。陶振②有《汾湖赋》,依次写了汾湖得名的原因、物产之富、遨游之乐以及人文之盛等方面的情况。

建文朝的几个忠臣也有此类赋作,周是修《珍爱堂赋》,此赋写润州张氏"世德绵延",其家有珍爱堂,其以"珍爱"名堂的深意,在于"示保身之至道""使当世之人咸珍爱乎厥躬"。方孝孺《静学斋赋》,此赋由斋名"静学"生发,先由"静"引出周敦颐《太极图说》中"主静"的观点,然后表达作者自己"欲以静而为学"的思想。《友筠轩赋》写友筠轩的四季美景及赏心乐事,表达像竹子一样的"君子"之心。如写秋冬美景一段:

> 越若秋之与冬,金气肃兮万木凋,玄冥降兮群阴骁。履霜兮冰将至,拥枯拉朽兮焉逃。禀抗雪之英姿,健凌云之高标。或强董宣之项,或折陶潜之腰。或簌白云之调,或作重华之韶。既不婉以不丽,亦弗矜而弗骄。世上有玉堂之贵,此岂无瓮牖之安?乃缓步以当车,复谢崇而慕闲。彼将听晨鸡而拜枫陛,此独咀明霞而扃柴关。忘情于汉庭之宠,避世于商养之山。至于侣鱼虾而友麋鹿,岂复对隆准而瞻龙颜?采玉芝于苍烟之表,洗两耳于清溪之湾。然而清则清矣,未有得兹轩之真乐者也。

《中国辞赋发展史》评云:"这种既'忘情于汉庭之宠',又不愿'洗两耳于清溪之湾'的心态。一方面是作者从宋代理学家那里继承来的审美方式,一方面又是作者处治世、悯世心态中的人格自崇"。③

还有一些作家,其作品年代无考,如程明远④,安徽休宁人。壬辰(1352)入太学,庚子(1360)有司以明经迫试,命判光州,力辞,归隐。甲寅

---

① 谢常,字彦铭,吴江人。洪武中举秀才,召试《丹凤朝阳赋》,称旨。帝欲官之,辞归,隐震泽东溪。有《东溪集》,存赋1篇。《静志居诗话》卷5,第129页。按:谢常《一叶浮萍赋》描写太湖与陶振《汾湖赋》描写汾湖,字词句式基本相同。

② 陶振,字子昌,吴江人。少学于杨维祯,兼治《诗》《书》《春秋》三经。洪武末举明经,授本县学训导。尝坐佣居官房,逮至京,进《紫金山》等三赋,得释,改安化教谕,卒。有《钓鳌集》,存赋1篇。《姑苏志》卷54,第802页。按:陶振,陈元龙《历代赋汇》作元人,李修生《全元文》与马积高《历代辞赋总汇》"元代卷"沿袭,亦作元人,其实陶振是明初人。

③ 郭维森、许结:《中国辞赋发展史》,第693页。

④ 黄仁生:《程明远生平著述考略》,《中国文学研究》1995年第2期。

（1374），明朝征辟，不起。在元末与明初都是长期隐居的状态，其文集即名《清隐遗稿》。他有三篇山水赋，《鉴潭赋》从各个角度描写鉴潭。《剑潭赋》写剑潭，先探讨剑潭得名的原因，然后写剑潭的地理位置、风俗人情，以及剑潭之"剑"的不同凡响之处，最后表达"将奉神器（指剑）于京师，出济时之奇计"的愿望。从"清妖氛于中原"，赋或作于元末。《程叔祥居塘边赋》，为隐者程叔祥作，不仅称赞了隐者所居塘边的美景，还劝其"居安而思患"，保持"戒谨恐惧"之心。

王行也是如此，王行①，吴县人，元末与高启、徐贲、张羽等号为十友，明洪武初，有司延为学官，旋谢去，隐于石湖。他的作品年代也无考，《东野草堂赋》写作者在东野草堂的琴书生活，自得之乐尽在其中。《来月楼赋》主要描写月夜清景，表达荡涤"烦情"，与世无争的心态。

刘三吾，洪武十八年召入京师②，除《白云茅屋赋》作于明初外，其它赋作不易确定作年。《白云茅屋赋》为国子祭酒宋讷作，元末，宋讷构草亭以自隐，起名白云茅屋。赋文主要描写了白云茅屋可供愉悦的方方面面，但结穴却在宋讷在明初能够欣然复出，为新朝发挥余热。《野庄赋》，描写王师鲁"奉母""友于"之野庄，歌颂其道德充实、义理纯熟。《具庆堂赋》为云阳簿王士进作，其二亲具存，诸兄无恙，家有奉亲之所"具庆堂"。赋文以"庆"字为中心，从"积善之家，必有余庆"的观念出发，赞美王氏一家父母贤德、兄弟友爱的美德。并希望他做云阳簿之后，能够"推吾世美""即吾友爱"，起到教化民风的作用。

童冀，洪武九年被征修书③，《乐善堂赋》亦不易确定作年。赋先写建乐善堂，而所建乐善堂实乃人心之修养，"乐"在中而不在外，"善"乃孟子性善之"遗训"。然后又举出"乐善"正反两方面的事例，说明君子和小人的区别，以及"善与伪其几何，忧与乐其倚伏"的道理。

第三节　艺术特征

一、元赋遗响

（一）祖骚

此期赋作200余篇，骚体赋有91篇，乱辞或文中用骚体句的有近60

---

① 张廷玉：《明史》卷285《文苑传》，第7329页。
② 张廷玉：《明史》卷137《刘三吾传》，第3941页。
③ 郑柏：《金华贤达传》卷11《明童冀传》，四库全书存目丛书史部88册，第83页。

篇,也就是说,此期仍然秉承了元人赋作喜用骚体的特点①。不仅如此,此时赋家"祖骚"的实践也继承了元人的诸多特点。

1. 对屈骚字词与意象、手法等的模仿

(1)字词、句式的模仿

A.对《离骚》的模拟

		《离骚》
张羽/兰室赋	何所独无芳草兮,求臭味之所同。	何所独无芳草兮,尔何怀乎故宇。
	饮晨华之坠露兮,羌粗秽之能除。	朝饮木兰之坠露兮,夕餐秋菊之落英。
	甘与泽其杂糅兮,信何芳之能齐。	芳与泽其杂糅兮,唯昭质其犹未亏。
	世溷浊而不分兮,□与莸其并器。	世溷浊而不分兮,好蔽美而嫉妒。
	蒉蕘菔以成室兮,余不忍其此态也。	蒉蕘菔以盈室兮,判独离而不服。宁溘死以流亡兮,余不忍为此态也。
	桃李□婵娟兮,众皆竞进而慕之。	众皆竞进以贪婪兮,凭不厌乎求索。
唐桂芳/别知赋	岁月忽其腕晚兮,怀郁邑而未信。	岁月忽其不淹兮,春与秋其代序。
	每掩袂以太息兮,迷鱼目之混真。	长太息以掩涕兮,哀民生之多艰。
方孝孺/核咎赋	扬蛾眉之姣好兮,众女怨其殊特。	众女嫉余之蛾眉兮,谣诼谓余以善淫。
	自古昔而有然兮,矧菲薄之极愚。	鸷鸟之不群兮,自前世而固然。
王祎/药房赋	既昭质之弗亏兮,又娇节之孔彰。	芳与泽其杂糅兮,唯昭质其犹未亏。
	滋幽兰而树蕙兮,兰为佩而蕙为纕。	余既滋兰之九畹兮,又树蕙之百亩。
	委厥美以自弃兮,固非其心之所安也。	惟兹佩之可贵兮,委厥美而历兹。
	既好尚有不同兮,又孰揆予之中情。	荃不揆余之中情兮,反信谗以齌怒。
	褰薜荔以为衣兮,集芙蓉以为裳。	制芰荷以为衣兮,集芙蓉以为裳。
陶安/大成殿赋	心悒郁而未舒兮,瞻焉不能舍也。	余固知謇謇之为患兮,忍而不能舍也。
吴沉/菊花赋	媲木兰之朝露兮,制短世之颓龄。	朝饮木兰之坠露兮,夕餐秋菊之落英。
涂几/感遇赋	招先生其来归兮,又何怀乎故丘。	何所独无芳草兮,尔何怀乎故宇。

---

① 牛海蓉《金元赋史》:"在此期(按:指元后期,且不包括杨维祯赋作)能见到的 200 余篇科举赋中,骚体赋 48 篇,占总数的 24%。科举之外的赋作 177 篇,骚体赋 66 篇,占总数的 37%。有的赋作即使不是骚体赋,文中的抒情或描写部分也喜用骚体句式,或在文尾用骚体作乱辞,如果把这些也加上,科举赋则有 148 篇,科举之外的赋作有 128 篇,也就是说,这一时期的赋作,很少有不用骚体句式的。"第 300 页。

续表

		《离骚》
涂儿/励志赋	指苍天以为正兮,予匪计乎朝夕。	指九天以为正兮,夫唯灵修之故也。
胡翰/少梅赋	悯众芳之芜秽兮,天肃杀以戒寒。	虽萎绝其亦何伤兮,哀众芳之芜秽。
朱同/云麓书隐赋	弃青紫于浮云兮,羌既反吾初服。	进不入以离尤兮,退将复修吾初服。
童冀/述志赋	苟予情其信姱兮,企古人而何惭。	苟余情其信姱以练要兮,长顑颔亦何伤。
郑真/易安斋赋	芳菲菲其弥章兮,声籍籍乎有闻。	佩缤纷其繁饰兮,芳菲菲其弥章。
童冀/闵己赋	苟修名之不立兮,愧莘野与商岩。	老冉冉其将至兮,恐修名之不立。
郑真/安分斋赋	恐修名之不立兮,深笔耒于菑畲。	众皆竞进以贪婪兮,凭不厌乎求索。
郑真/东园庄赋	制芰荷以为冠裳兮,烨众芳之蔼蔼。	制芰荷以为衣兮,集芙蓉以为裳。
涂儿/吊余文赋	芰荷不可以为衣兮,藤萝不可以为带。	
郑真/希古斋赋	岁月忽其代序兮,伤美人之迟暮。	日月忽其不淹兮,春与秋其代序。
吴沉/感秋赋	岁月忽其不淹兮,伤予心之忧忧。	
吴沉/感秋赋	览遗书而辄废兮,三太息而掩卷。	长太息以掩涕兮,哀民生之多艰。
徐尊生/象环赋	循规矩而不颇兮,慎威仪而允蹈。	举贤而授能兮,循绳墨而不颇。
徐尊生/象环赋	循规制之不颇兮,乃狐疑而莫爱。	
徐尊生/象环赋	虽不周于今之人兮,将悠久而昭垂。	虽不周于今之人兮,愿依彭咸之遗则。
朱右/豫斋赋	庶先几之明决兮,愿依往哲之遗则。	

B.对《九歌》《九章》《远游》等其它作品的模拟

		《九歌》《九章》《远游》等
张羽/兰室赋	念兹卉之可贵兮,独受命而不迁。	受命不迁,生南国兮。《九章·橘颂》
张羽/兰室赋	朝揽辔于江皋兮,夕弥节乎□中。	朝骋骛兮江皋,夕弭节兮北渚。《九歌·湘君》
张羽/兰室赋	愿腾驾兮偕往,从人兮盘桓。	闻佳人兮召予,将腾驾兮偕逝。《九歌·湘夫人》

续表

		《九歌》《九章》《远游》等
吴伯宗/ 海初子赋	若有人兮青云依,心太古兮学希夷。	若有人兮山之阿,被薜荔兮带女萝。 《九歌·山鬼》
胡翰/ 少梅赋	若有人兮独立乎千古,冰为魂兮玉 雪其度。	
	折芳馨兮延伫,将以遗兮所思。	折芳馨兮遗所思。《九歌·山鬼》
吴沉/ 感秋赋	昔宋玉之悲伤兮,草木摇落而变衰。 憭慄兮若在远行,登山临水兮送将 归。	悲哉秋之为气也!萧瑟兮草木摇落 而变衰。憭栗兮若在远行,登山临水 兮送将归。《九辩》
吴沉/ 菊花赋	恐来者之不闻兮,愿得不死而久生。	往者余弗及兮,来者吾不闻。《远游》
程明远/ 问盟赋	时忽忽其遒尽兮,将又届乎玄冬。	岁忽忽而遒尽兮,老冉冉而愈弛。 《九辩》
刘基/ 述志赋	长太息以增欷兮,哀时世之异常。	中僭恻之凄怆兮,长太息而增欷。 《九辩》
	想福极出自天兮,又何尤乎世之人。	
涂儿/ 吊余文赋	较锱铢于古人兮,又何数乎今之人。	与前世而皆然兮,吾又何怨乎今之 人。《九章·涉江》
王祎/ 药房赋	采芳洲之杜若兮,聊遗予之所思。	采芳洲兮杜若,将以遗兮下女。《九 歌·湘君》
	澹逍遥以容与兮,聊栖迟而偃仰。	时不可兮再得,聊逍遥兮容与。《九 歌·湘君》 时不可兮骤得,聊逍遥兮容与。《九 歌·湘夫人》
童冀/ 述志赋	濯予缨于沧浪兮,晞予发于朝暹。	沧浪之水清兮,可以濯吾缨。《渔父》
	予悲不及古之人兮,汩时俗以自淹。	
梁寅/ 南归赋	吾诚不及古之人兮,宁守夫穷独之 节也。	惜吾不及古人兮,吾谁与玩此芳草。 《九章·思美人》
方孝孺/ 核咎赋	余虽不及古之人兮,幸赋予之靡异。	
涂儿/ 励志赋	吾诚不及古之人兮,谅天命之可怀。	
	予幼负此奇志兮,思时俗之所难。	余幼好此奇服兮,年既老而不衰。 《九章·涉江》
	指苍天以为正兮,予匪计乎朝夕。	所作忠而言之兮,指苍天以为正。 《九章·惜诵》
唐桂芳/ 别知赋	朝余晞发于阳谷兮,夕弭节于天津。	朝骋骛兮江皋,夕弭节兮北渚。《九 歌·湘君》
郑真/ 安分斋赋	朝发轫于仁宅兮,夕弭节于义途。	

续表

		《九歌》《九章》《远游》等
汪仲鲁①/ 广寒宫赋	羌独处此中宫兮,感四时之代序。	恐天时之代序兮,耀灵晔而西征。 《远游》

（2）对屈骚意象、手法等的模拟

A.香草美人的象征手法

《离骚》继承和发展了《诗经》的比兴手法,创造了香草美人的象征性意象。其香草意象一方面指品德和人格的高洁,另一方面与恶草相对,象征着政治斗争的双方。其美人意象,或比喻君王,如"惟草木之零落兮,恐美人之迟暮",或用以自喻,如"众女嫉余之蛾眉兮,谣诼谓余以善淫"。王逸《离骚》序云:"《离骚》之文,依《诗》取兴,引类譬喻,故善鸟香草以配忠贞,恶禽臭物以比谗佞,灵修美人以媲于君,宓妃佚女以譬贤臣,虬龙鸾凤以托君子,飘风云霓以为小人"②,这种手法后世赋家多有借鉴,此期赋家也是如此,多以香草意象来象征品德和人格的高洁:

> 贝琼《不碍云山楼赋》:荷倒植而菡萏兮,芝旁生而扶疏。
>
> 吴沉《菊花赋》:媲木兰之朝露兮,制短世之颓龄。
>
> 刘基《述志赋》:制杜蘅以为衣兮,藉茝若之菲菲。佩琳瑯之玲珑兮,带文藻之葳蕤。
>
> 王祎《药房赋》:滋幽兰而树蕙兮,兰为佩而蕙为纕。褰薜荔以为衣兮,集芙蓉以为裳。
>
> 张羽《兰室赋》:有君子之好修兮,结幽兰而延伫。匊芳馨以盈室兮,聊暇日以缭。辛夷以为楣兮,擗茹蕙以为幔。念兹卉之可贵兮,独受命而不迁。
>
> 郑真《安分斋赋》:时嘉橘之多枳兮,兰蕙化而为刍。
>
> 郑真《东园庄赋》:冠切云之岌嶪兮,纫佩兰之茝茝。制芰荷以为冠裳兮,烨众芳之蔼蔼。
>
> 王行《隐居赋》:櫂木兰而楫杏兮,褰薜萝以重复。

---

① 汪仲鲁,名叡,婺源人。元末集义旅,保乡邑。明师下休宁,来附。授安庆税令,征赞川蜀军事,以疾辞归。洪武中,授左春坊左司直。存赋1篇。《明诗纪事》甲签卷12,《明代传记丛刊12》,第669页。

② 王逸:《楚辞章句》,岳麓书社1989年版,第2页。

而美人意象多用来自喻或象征友人：

> 贝琼《不碍云山楼赋》：美人期而中诀兮，魂茕茕而若睹。
> 王祎《药房赋》：夫何美人之练要兮，睿好修以为常。
> 　　　　　　　何美人之耿介兮，乃独为此度也。
> 　　　　　　　幸美人之婵娟兮，凤与予其目成。
> 　　　　　　　思美人而未见兮，怅盘桓而延伫。
> 胡翰《少梅赋》：春渺渺兮何其，望美人兮天一涯。
> 陶安《大成殿赋》：思美人而忽见兮，羌邂逅于南土。
> 涂几《吊余文赋》：岁月忽其代序兮，伤美人之迟暮。
> 郑真《安分斋赋》：夫何美人之好修兮，大厥身之所居。
> 危素《别友赋》：值美人于丹丘兮，云抱朴之来孙。
> 方孝孺《核咎赋》：扬蛾眉之姣好兮，众女怨其殊特。

B.宏伟壮丽的浪漫神游

为了表现自己对理想的追求，屈原在《离骚》中有一大段神游描写，他朝发苍梧，夕至县圃，以望舒、飞廉、鸾皇、凤鸟、飘风、云霓为侍从仪仗，上叩天阍，下求佚女，想象丰富奇特，境界惝恍迷离，场面宏伟壮丽，极富浪漫主义色彩。这种手法此期赋家也有继承，如刘基《述志赋》写自己对理想的追求：

> 朝濯发于兰池兮，夕偃息乎琼苑。愿驰骛以远游兮，及白日之未晚。驾轻轺之将将兮，服苍虬之騑騑。遵大路以周流兮，曳虹蜺之委蛇。挟长离而乘鹨兮，款阊阖之九门。丰隆为余先导兮，百灵为余骏奔。前烛阴以启涂兮，扬凯风使清埃。觐北斗于文昌兮，朝玉皇于帝台。食玄圃之丹荑兮，澡天潢之芳津。激微焱于桂枝兮，轻波起而龙鳞。清都不可以久留兮，忽乘云而遐征。

方孝孺《核咎赋》写自己对"道术"的追慕和对圣贤的师法：

> 朝既游于贝阙兮，夕又息乎瑶之圃。睹珍瑰之溢目兮，胡独犹豫而不取……策余马乎会稽兮，探神禹之秘穴。悼道文之湮丧兮，□□□之惟辍。北吾济乎大江兮，抗吕梁之惊涛……踵四渎而东骛兮，挹山川之庞淑。岱宗屹乎北屏兮，兔与峄其联矗。两观茇其如墌兮，钦明刑之震

肃。跽舍萌于杏坛兮,盼佳植之森若。

王翰《引咎赋》在写自己的内心活动时也用了这种手法:

> 魂凭凭以上征兮,过高山之陂陀。云霏霏蔽虚兮,涉浩荡之洪波。望家园而下指兮,方离离而秀禾。

C.神巫问卜的情节描写

《离骚》中,诗人在极度彷徨苦闷中,欲以卜筮来决断去留之矛盾,写了灵氛占断与巫咸夕降,这种向神巫问卜的描写在此后的骚体赋中不绝如缕,此期的赋作也有一些,如:

> 王祎《药房赋》:命灵氛为予筵篿兮,灵氛告予以吉占。曰外好虽不同兮,实中情之可坚。
>
> 刘基《述志赋》:要傅说于箕尾兮,命灵龟使占之。曰有名必有实兮,若形影之相因。
>
> 童冀《闵己赋》:顾出处之靡常兮,爰命龟而载占。曰孔席不暖兮,墨突不黔。
>
> 童冀《述志赋》:伊予志坚定兮,奚龟策之载占。

D.其它手法

《天问》是屈原的一篇"奇"文,其"奇"不仅表现在它的构思以及屈原的思想,其艺术形式也不同于屈原的其它作品。它自始至终,完全以问句构成,一口气对天、对地、对自然、对社会、对历史、对人生提出 173 个问题,被誉为"千古万古至奇之作"①。对于这种艺术形式,此期赋家也有借鉴,如贝琼《醉赋》后段:

> 吾其与犀首之徒,相忘于无事之日乎? 淳于髡之滑稽于战国乎? 与河东之季从时毁誉乎? 汉相之和吏而歌呼者乎? 与徐邈之中圣乎? 阮籍之放旷而适其性乎? 与荷锸之伯伦乎? 抑投辖以留宾者乎? 与待诏之王绩乎? 辱高斥杨之李白乎? 与陶潜其乾没于义熙乎? 山简游于

---

① 刘献庭:《离骚经讲录·离骚总论》,《楚辞评论资料选》,台北长安出版社 1988 年版,第 427 页。

习池乎？与瓮下之吏部乎？韦曲之杜逍遥于率府乎？

2. 对屈骚句法格式的继承与扩展

陈绎曾在《楚赋谱》中,为元代士子深入骚体提供了一些可资借鉴的方式,他曾把骚体句式分为四种:"六言长句分字式""六言短句式""四言分字式"和杂言式①,前三种就是今人常说的"《离骚》式""《九歌》式""《橘颂》式"。明初的骚体赋亦可分为以下四种:

(1)《离骚》式

在此期91篇骚体赋中,《离骚》式有70篇,是用的最多的句式。而其间句式长短的变化,也正如陈绎曾所言"以六言长句为正式,其间变化无方"②,四言、五言、六言、七言、八言、九言,千变万化。如唐肃《底柱赋》:

> 黄河之流西来数千里兮,贯长城而南驰。激龙门之险阨兮,霆奔雷驰、气汹涌而莫支。历华险而径趋兮,乃折流而东下。势若万骑衔枚而疾走兮,将悉锋尽锐鏖战于平野。何底柱之崔巍举犖兮,独凝立乎中流。俨一夫之当关兮,强兵悍卒睥睨退缩、不敢运其戈矛。惟崇伯子之敷土兮,导泽洞而平之。凿兹山以疏泄兮,剖三门之嶔巇。然后洪波巨浪龃龉而不骋兮,分流析派间度以逶迤。指孟津而逾洛汭兮,遂东极于大邳。苟非是以中梗兮,曷以杀天吴水伯之淫威。

其中四言《离骚》式,如偶句也恰为四言,则与《橘颂》式非常接近,如周是修《告天鸟赋》:

> 爰有小鸟兮,其名告天。高翔云汉兮,謷謷有言。厥言伊何兮,世路风波。人心不古兮,直少曲多。臣节或亏兮,子道或违。干伦犯礼兮,皆心之为。愿天弘仁兮,普生吉人。家俱孝子兮,国尽忠臣。人人自爱兮,谨修不息。上下安和兮,熙帝之载。其或尔鸟兮,所告匪良。嫉贤妒正兮,谗惑生苍。明诘为昧兮,愚暗为明。变乱黑白兮,淆混浊清。尔鸟如是兮,不获天心。天将降鉴兮,尔罪则深。勖哉告天兮,式慎尔口。敷奏弗愆兮,保艾尔后。

---

① 王冠:《赋话广聚1》,北京图书馆出版社 2006 年版,第 359—363 页。
② 王冠:《赋话广聚1》,第 361 页。

（2）《九歌》式

郭建勋先生《辞赋文体研究》说，《九歌》式"极富错落摇曳之美，形成一种流丽飘逸的语体风格，具有表现的灵活性与艺术的美感，因而在骚体赋中的运用较多一些，但大多是用在赋篇的开头、结尾或作品的关键处、承转处，在结构和节奏上起一定的作用，同时推动抒情或描写波澜起伏地向前发展，而纯粹采用这种句型的骚体赋却并不多见。"①其实，在元人的赋作中，此式就不仅仅夹杂在文章的关键处和承转处，而是有集中运用的，比如葛元哲《释奠仪赋》除夹杂两句散句外，其余是《九歌》式；罗士琥《息壤赋》除第一句外，全篇《九歌》式②。此时的赋作，就更多集中运用的，如王行《来月楼赋》、朱同《悼女赋》、刘炳《修竹赋》、危素《望番禺赋》、吴伯宗《海初子赋》等。朱同《悼女赋》，女儿五岁死于痘疹，此赋悼念女儿，悲痛欲绝：

> 珠零兮璧毁，海气空兮月光曙。鞠育劬劳兮五龄，今忽归兮何所。玉为容兮清楚，中聪慧兮便言语。夫人兮痘疹，汝独罹兮荼苦。昔不离兮母旁，今胡为兮荒土。谁抱养兮谁怜，空荒烟兮宿莽，风凄凄兮夜深雨。寒蛩鸣兮哭山鬼，露漫漫兮不可以久处。饮汝兮食汝，有湛兮清酤。高堂寂兮无人，持汝归兮慰王母。出不复余送兮，归不复余迎。目不见汝容兮，耳不闻汝声。回空房兮太息，有浪浪兮泪零。俯视兮几筵，恍见汝兮目前。仰视兮苍天，天苍苍兮茫然。均覆帱兮万物，胡于汝兮独偏。彼既苗而不秀，今始感夫圣玄。岂余身之尤愆，祸逮汝兮九泉。致汝夭兮实由我，复奚怨兮奚言。

（3）《橘颂》式

郭建勋先生《辞赋文体研究》说，《橘颂》式"因其容量不大的局限性，通常也只在骚体赋中充当'乱辞'，也未能发展成独立的篇制。"③其实，元人已经对此进行了拓展，不仅以《橘颂》式充当乱辞，而且已经将其发展成独立的篇制④。此期的赋家亦是如此，他们大多以《橘颂》式充当乱辞，但也有将《橘颂》式发展成独立篇制的赋作。唐桂芳《古剑赋》、唐肃《云松巢赋》，即是全篇《橘颂》式。如《古剑赋》：

①　郭建勋：《辞赋文体研究》，中华书局 2007 年版，第 13 页。
②　牛海蓉：《金元赋史》，第 314 页。
③　郭建勋：《辞赋文体研究》，第 13 页。
④　牛海蓉：《金元赋史》，第 316 页。

我有古剑,谁镕液兮。挥霍宇宙,摇星日兮。果雄而雌,尔龙匹兮。乃朵尤物,精华结兮。其制孔良,仅寻尺兮。差差发硎,矧敢淬兮。口剺犀咒,春弗缺兮。岁万万古,有遗质兮。非铁非金,化为石兮。俾坠于渊,土不蚀兮。镵以宝匣,鬼夜泣兮。悲风怒号,洒腥血兮。匪仇不报,宁琐屑兮。嗟嗟卫惠,只自服兮。幸逢德人,冠盖炭兮。文章日滋,旷光烈兮。风尘颒洞,肯潜匿兮。忠贞不磷,永为则兮。

陈绎曾"楚赋式"句法还有"四言只字"式,他说:"'正:上一句四言,下一句三言只字。变:五言。'此景差《大招》句法,可用,宋玉《招魂》用'些'字,惟哀辞、祭文得用耳,不入赋式也。"①虽然不入赋式,但是不仅元赋家用其入赋,明赋家也以之入赋,如宋濂《崆峒雪樵赋》赋末之歌,"每句七字而以'止'作语助词,盖仿《招魂》之'些',与《大招》之'只'"②:

若有人兮,在兰崖止。白虎为使,陟崇巘止。皓霾回飙,敷天萉止。虚白内朗,绝纤瑕止。仁斧义斨,龙锵鸣止。鹎膏匪施,痀弗形止。剪彼薪樗,扶松柏止。养贤大鼎,熟以烹止。天下为公,大道行止。溯风屹立,思盈盈止。

(4)杂言式

所谓杂言式,也就是句式的组成不像《离骚》式、《九歌》式、《橘颂》式那样有一定规律,从篇章结构上来说,往往是《离骚》式、《九歌》式、《橘颂》式,有时还有不带"兮"字的句式糅合在同一篇赋中。从单句的句式结构与字数来说,又多无规律的"变式"。

A.《离骚》式+《九歌》式。陶安《大成殿赋》、胡翰《少梅赋》都是如此,如胡翰之赋:

春渺渺兮何其,望美人兮天一涯。折芳馨兮延伫,将以遗兮所思。大化不停兮,细入无垠。高下散殊兮,其机孔神。服贞白以自嘉兮,今胡为此滋垢也?岂随时而变化兮,惧夫人之逐臭也。豫章不辨兮,樗中绳墨。弃厥箘簵兮,矢蓬以为直。悯众芳之芜秽兮,天肃杀以戒寒。窃独揆其中情兮,岂云异夫荃兰。何灵均之好修兮,结佩纕而弗睇。吾将

---

① 王冠:《赋话广聚1》,第362页。
② 浦铣:《复小斋赋话》卷下,《历代赋话》,第393页。

敛而就实兮,和商鼎以进帝。呜呼勖哉兮,保兹令美。世莫谅其真兮,尚识其似。

B.《九歌》式+非兮句式。练子宁《玉笥赋》、涂几《山晖阁赋》《耦耕赋》《樵云赋》、王行《墨芙蓉赋》《眠云赋》等都是如此,如练子宁《玉笥赋》,写道教名山玉笥山:

我所思兮玉山之岩嶤,粲芙蓉兮凌青霄。谪仙一去几千载,至今谁续庐山谣。熊侯家住剑江侧,惯扫秋山之黛色。闻余此兴为写之,仿佛梅仙旧时宅。梅仙兮何在,邀清风兮沧海。塞夷犹兮孤舟,吊遗迹于千载。舟中所载非凡流,羌故人兮李与周。按玉笙兮明月,下黄鹄兮清秋。洞天兮石扇,苍崖兮路转。横余剑兮视八荒,访蓬莱兮几清浅。张侯兮昂藏,骖白鹤兮青霓裳。窥玉梁之宝笈,醉石髓之琼浆。千岩万转路莫测,酒酣一笑三山窄。待得君王赐鉴湖,锦袍重访山中客。

C.《离骚》式+《九歌》式+非兮句式。如法天《征南赋》、周是修《柳塘萤燕赋》、王行《东野草堂赋》、朱同《琴书乐趣为汪士素赋》,试举朱同之赋:

皇天启乎圣明兮,则将歌南风以陶斯民。致吾君于汤武兮,援伊周以为邻。虎豹九关其不可以径度兮,固将乐二者而终身。仰白云兮苍苍,俯清溪兮齿齿。祖宣尼以为师,结伯牙以为友。四牡兮骓骓,六辔兮耳耳。驾言往兮松之罗,求若人兮汪之子。

D.《离骚》式+《橘颂》式。如朱右《吊贾生赋》,此赋主要用《离骚》式,中有一段《橘颂》式,如:

呜呼夫子兮,何独使余之悲恸。世浑浊而不分兮,螭龙蝘蜓。御濮便娟兮,九韶博衍。鸾凤高逝兮,鸱雀堂坛。群愚满庭兮,贤良日远。大儒逆斥兮,喑夫佼善。谓夔无能兮,微蚿婉娩。卞薛无知兮,怀块自衔。於乎夫子兮,竟罹此变。
呜呼哀哉,行或泥沮兮。何为亡故,用而毁兮。天马振迅,渥洼之渚兮。鲲鹏抟摇,瀚海风雨兮。骊龙遗珠,照耀天下兮。神龟负文,九畴攸叙兮。嗟吾夫子,三代该辅兮。挚旦上天,世莫与伍兮。

　　3. 对骚体赋题材内容与审美表现的扩展

　　"从题材上看,历代骚体赋,以抒发怀才不遇的哀怨或深沉玄远的哲思为主体。"①但这时的赋家,多延续元赋家的做法,不仅咏怀交游赋用骚体,咏物山水赋用骚体,甚至文化治道祥瑞等赋也用骚体,这就不仅扩展了骚体赋的题材范围,而且也改变了骚体赋的审美形态。曹明纲先生说,"骚赋在汉代以后久传不衰,其重抒情的特色始终如一。"②郭建勋先生也说:"汉代以来的骚体赋多为抒情之作,而所抒之情,也多为哀怨忧愤之情。"③重抒情,并多哀怨之情,是骚体赋的一贯特色,但是此时的骚体赋却大大扩展了其审美形态。除了咏怀交游赋仍固守传统的哀怨忧愤的特色之外,其他题材的赋作则一扫怨愤之气。如周是修《放凫赋》《凯还赋》,《放凫赋》作于洪武二十九年(1396)春,写明太祖放生百余进献水凫的事,赋作虽用骚体,却优雅冲融,不失溢美。如放凫一段:

　　　　繄予皇之仁德兮,常览春乎崇台。体阳和之生育兮,澹冲融而舒怀。适筠笼之跪进兮,绚晴光于文绣。既彬彬而戢羽兮,亦肃肃而并咮。启予皇之良心兮,敕俱放乎今濠。始依依而泊浅兮,渐翾翾而升高。交回翔而返顾兮,若感恩而不舍。徐翀飞乎云霄兮,遗余音乎巨野。

《凯还赋》写洪武二十九年(1396)明军由塞外凯还班师的事,以气势宏大见长,如:

　　　　繄朔漠之渺茫兮,荡遗蘖而一空。忽边庭之飞简兮,警掷火之流红。发天兵而迅扫兮,诏储王之英雄。统诸将之桓桓兮,驱万马之厖厖。度黄河而越太行兮,历燕都而出居庸。抵开平之巨镇兮,乃甄拔其锐锋。命骁渠以分部兮,超可温而追踪。誓悉擒兹不靖兮,于以奏乎肤功。王师逾夫黑山兮,涉关河之几重。拥旌旄而兴云兮,震鼓角而生风。貔虎怒而咆哮兮,小腆逃其困穷。驻集宁之故垒兮,临碧海之溶溶。思汉武之逐北兮,曾未隃老上之庭东。列穹庐于潆澋兮,罗甲曾而坚中。鄙颇牧之奔走兮,眇卫霍之折冲。既尘清而波息兮,振予旅乎旋蓬。

---

　　①　郭建勋:《辞赋文体研究》,第 15 页。
　　②　曹明纲:《赋学概论》,上海古籍出版社 1998 年版,第 90 页。
　　③　郭建勋:《辞赋文体研究》,第 18 页。

郑真《安分斋赋》《希古斋赋》《东园庄赋》《易安斋赋》《延晖阁赋》是一些斋堂赋，大都以从游不迫、闲淡优雅见长。如《东园庄赋》：

> 美东园之幽胜兮，控川陆之委蛇。原田错其栉比兮，蔼林囿之参差。伟儒绅之来居兮，叶琼茅之吉卜。夏屋屹其渠渠兮，咏考盘之在谷。松竹挺其修直兮，植花柳之芬菲。寄遨游于上下兮，豁乾坤之端倪。冠切云之岌嶪兮，纫佩兰之苣苣。制荷芰以为冠裳兮，烨众芳之蔼蔼。时杖屦以周折兮，睿容与而踟蹰。仰高穹而俯幽深兮，寄游兴于樵渔。坐白石而枕清流兮，辄漱心以洗耳。眄逝者之如斯兮，妙忘言于至理。

曾鲁《甘露赋》是祥瑞赋，就更以雍容典雅著称了：

> 惟圣神之临御兮，承景运以昌隆。挥天戈而拨乱兮，沛甘雨以洗兵。肇华夏而纲纪兮，大一统而无外。四夷缤其贡赋兮，万国蠢而来会。跻民生于仁寿兮，播和气于隆平。宜天心之储祥兮，俨川岳之效灵。既嘉瑞之屡书兮，复天乳之明润。征吉占于太史兮，知体信而达顺。惟乾坤之忻合兮，散玄精于轩辕。溥华滋以凝彩兮，仰圣德之格天。

此外，除了对固有哀怨之情的扩展，此时的骚体赋还扩展了表述方式，"骚赋的体式特点首先在于它的表述方式，不借助问答而直接陈述；其次在于它弃散用整，通篇用韵。"①此时的骚体赋却出现了直接陈述与问答相结合的方式，这反映了士子"祖骚"与"宗汉"并行不悖的审美理念，同时也改变了"弃散用整，通篇用韵"的表述方式，如周是修《舒情赋》，此赋写周王召作者等三人扈侍，"登天桂清香之楼"，"览中州之雄概"，命三人赋之以舒展情怀。整个的事件过程，用的是汉赋叙述的手法，结构方式也是汉赋主客问答的方式，但是三个臣子依次而赋和周王所赋的内容，用的都是《离骚》式骚体句。

（二）宗汉

与元人相似，明初赋家"宗汉"的实践有对汉大赋的宗尚，也有对汉小

---

① 曹明纲：《赋学概论》，第91页。

赋的宗尚①。

1. 对汉大赋的宗尚

(1)主客问答的结构形式

郭建勋先生《辞赋文体研究》说:"马积高先生把'问答体'视为文体赋的特征之一,似乎并不特别准确,因为很多文体赋,尤其是那些篇幅较短的赋作,以及骈赋、律赋,绝大多数不采用问答体的结构形式。然而他又确实触及到了文体赋形式的核心问题,这一方面是因为在文体赋形成的初期(汉大赋时期),'主客问答'被普遍地用于赋作之中;另一方面则是因为问答体后来长期被历代学者看成文体赋所特有的结构形式,几乎成为文体赋的标签……两汉而后的文体赋,虽不如汉代那么普遍,但问答体依然是篇幅较大的文体赋的主要结构方式。"②在此期宗汉的近110篇赋作中,有38篇采用了主客问答的结构形式,约占总数的35%。

而且,为了改变汉赋主客问答形式的呆板、繁琐,其主客问答也有不同于汉赋的地方。有的赋作其主客问答并不限于二人之间,而是多人问答,增加了赋文的跌宕变化,比如朱升的《前东园赋》,主客问答并不限于"紫阳散仙"与"悠山主人(东园之神)"二人之间,"悠山主人"还有随从十二人,虽然这十二人中,只有"磊落清标,旷怀雅士"与"修眉耸肩,圩顶老子"有明确的问答之语,但也打破了"一对一"的问答模式,变为"一对多"的模式。又如张羽的《芸香室赋》,不仅有"南昌仙"与"客"的问答形式,还出现了一个由"蠹"幻化的"白衣书生"的辩难,增加了赋文的变化。再如陶安的《柏山赋》,先以"谷栖高士"与"岁寒子"构成问答,然后又以"襄邑主人"对二人构成主客问答。而史迁《牡丹赋》,不仅有梦境中"先生"与花神、"女隶"的问答,也有梦醒之后与"客"的问答,这些形式都增加了赋作的变化。尤其值得一提的是法天的《贝生赋》,赋作几乎全部铺写贝生的情况,只在结尾处写道:"因客之问,赋以贻之,客遂唯唯而退",以此既不失汉赋主客问答的传统形式,又文辞简约,没有汉赋的繁琐。

(2)空间方位的描写方式

郭建勋先生《辞赋文体研究》说:"汉代的文体大赋大多采用空间叙述的方式,即使是汉代以后篇幅较小的文体赋,虽一般不用'东南西北'的方位,但也多以空间或类别为经组织铺叙。文体赋的空间叙述模式,总是通过大量表示方位、形状、距离、地名等等的语词来实现的……在赋作铺写的具

① 元人"宗汉"的内涵与实践,参见牛海蓉《金元赋史》,第325页。

② 郭建勋:《辞赋文体研究》,第38页。

体操作过程中,上述表示空间意义的语词,经常性地与类别概念结合起来……这种空间与类别相结合的叙写设置,在作品的总体和局部的层面上都得到贯彻,从而不仅符合文体赋全方位层层铺叙的需要,而且能通过层级和板块结构,使叙述脉络避免紊乱而显得格外清晰。"①

此期的赋作,对这种空间方位的叙写方式也有继承,尤其是山川地理赋和亭台楼阁赋。如程明远《鉴潭赋》、朱升《前东园赋》《南山道院赋》、刘炳《荆门赋》、朱右《震泽赋》、陶振《汾湖赋》等,甚至一些咏物赋,只要能与空间方位产生联系,赋家也喜采用这种方式,如童冀《雪赋》描写雪景:

> 东望则天台桐柏,群山出没,翼霓旌羽盖之氄氄。
> 西望则双溪澶漫,白石璀璨,孕扶桑瓮茧之冰蚕。
> 南望则括苍木末,冰崖合沓,溢瑶空爽气于疏帘。
> 北望则芙蓉巉嶪,奇峰玉立,对琼楼羽客之高谈。

谢常《一叶浮萍赋》,"一叶浮萍"本舟名,但赋作在描写"太湖"时,也采用了空间方位的描写方式:

> 其东也,则百里之已越;其西也,则亿弓之有余;其南也,则一望之是远;其北也,则万顷之无亏。
> 故东其半为苏台之境,西其半为雪水之域。北其半为常郡之限,南其半为松陵之拘。

此外,方位词的使用除了"东""南""西""北""上""下""左""右""中""旁"等之外,还增加了"远而望之""近而察之","仰而睨之""俯而察之"等模糊方位词。如:

> 岌嶪崛岈,嵲岁穷窿,远而望之,若巨鳌之戴峰;烨煜翕炻,璀璨瞳眬,近而察之,若大鹏之运风。(唐肃《云台赋》)
> 仰而睨之,则冯冯翼翼,邈混沌未判之先天;俯而察之,则连连延延,缅海涛云静而风恬。(童冀《雪赋》)

---

① 郭建勋:《辞赋文体研究》,第45—46页。

（3）平面化描写的表现手段

平面化的描写手法，"突出表现在整体性、图案化和夸饰性三个方面"①。首先是整体性，"文体大赋所铺叙的对象，无论是宫苑京都，江河山川，还是具体的一事一物，无不是从各个角度、层面、类别等进行的全景式描写，而不仅仅是对某个或某些局部的描摹……即使所赋对象为某种具体的器物、动物或植物，也要分若干层面或角度，尽可能完整地加以描述，以'穷尽其象'。"②

山水楼台赋，比如梁寅《蒙山赋》，从蒙山的地理地形、"宝藏""灵踪""根荄之品，飞走之族"，以及躬耕蒙山之阳的"楚叟之贤"老莱子等各个方面，全面铺写其家乡蒙山。又如刘炳《歌风台赋》，因为歌风台与汉高祖刘邦有关，赋不仅描写歌风台，而且从刘邦的起兵，写到楚汉相争的史事，又写其衣锦还乡的情景，最后才写其筑成歌风台，"思守成于四方""歌大风之飞扬"。此赋曾被杨维桢评为"备尽汉事"③，可见其的确做到了面面俱到。

咏物赋如法天的《贝生赋》，描写云南一种作为流通货币的"贝生"，从其形状、适用性、不同种类以及独特性等方面，对其进行了全面细致的铺写。而朱升的《贺制大成乐赋》虽然歌咏的是孔庙之乐——大成乐，也从大成乐名字的来历以及大成乐之演奏等方面依次写来，尽可能做到"以全为美"。

其次是图案化倾向。"图案作为一种二维的平面艺术，总是由人物、器物、山水、鸟兽等构成，有总体的框架结构和局部细节的描绘，并讲究构图的对称、均衡等技法，而文体赋的描写也有类似的特点。"④这种图案化的倾向讲究构图的对称与均衡，如宋讷《石门隐居赋》描写石门四时景色一段：

> 方其春也，青阳育物，芳菲可娱。听林莺之再啼，赏溪桃之几株。乐山之静，方驾仁者；浴沂之乐，高歌舞雩。芳草径深，绿凝乎携琴之屦；落花茵厚，香浮乎提酒之壶。
>
> 方其夏也，朱明布泽，实就花敷。嘉穀酒兮笋羹，鲜鲙洁兮溪鱼。羽扇初挥，林轩气爽；纱巾半脱，石壁云虚。避暑青松，扶板舆以彩服；迎风北牖，卧藤床以青奴。
>
> 逮夫秋也，水落石出，叶脱草枯。卷帏兮商飙暗度，授衣兮残暑先除。新凉入而蓬窗灯火，香橙熟而竹几盘盂。醉帽黄花，寒香过东篱之

---

① 郭建勋：《辞赋文体研究》，第49页。
② 郭建勋：《辞赋文体研究》，第50页。
③ 刘炳：《刘彦昺集》，四库全书1229册，第719页。
④ 郭建勋：《辞赋文体研究》，第50页。

菊;诗坛红叶,秋色似金井之梧。

迫夫冬也,物终乃藏,闭塞之余。乍晴而冰澌生砚,中宵而寒粟起肤。浴梅花于温水之瓶,烧龙涎于博山之炉。纸帐围风,呵笔联乎藻句;石铛扫雪,活火煮乎云腴。

又如张羽《竹雨轩赋》描写雨中之竹:

其为状也,丛丛□□,叶叶差池。节间玉缀,枝末珠垂。或强怒而特立,或委□而纷披。或相忝而不乱,或中倚而还离。

其为声也,琮琮琤琤,比筑含笙。幽象泉激,澎若涛惊。乍娟娟而委砌,忽沥沥而飘楹。锵瑽珩之出户,眇鸾和之在衡。

迫而闻之,可以爽心而佚耳;寂而听之,可以蠲烦而析酲。

再者是夸饰性。"所谓夸饰性描写,即作者通过夸张、形容、想象、排比等多种修辞手段进行描写,使所赋对象超越现实世界的本来面貌,获得一种审美性的表达。"[1]比如贝琼的《大韶赋》,铺写舜乐《大韶》,"极其声音之美",全凭想象着笔。又如童冀的《温泉赋》铺写唐玄宗华清宫的温泉,寄予对唐玄宗"穷侈极欲"的批判,其描写温泉也全从想象着墨。

2. 对汉小赋的继承

陈绎曾在《汉赋谱》中列了"汉赋体"的"大体""中体""小体"等代表赋作[2]:

大体:

高唐赋、神女赋、招魂、大招、子虚赋、上林赋、七发、长杨赋、羽猎赋、西都赋、东都赋、灵光殿赋、文赋、闲居赋、藉田赋、长笛赋、琴赋、舞赋

中体:

风赋、月赋、雪赋、赭白马赋、鹦鹉赋、长门赋、登楼赋、啸赋

小体:

荀卿五赋、宋玉大小言赋、司马相如哀二世赋、孔臧诸赋、梁孝王诸大夫分题赋

---

① 郭建勋:《辞赋文体研究》,第51页。
② 王冠:《赋话广聚1》,第366页。

他把荀卿五赋(指《礼》《智》《云》《蚕》《针》)以及宋玉大小言赋,这些非汉时的赋作看作"汉赋体""小体"的代表作,并不以时代为限。而且,"小赋之小,首先当然是篇幅规模之小,或五六百字,或三四百字,或寥寥数语,如同诗中的律绝。但小赋之小,又不纯然是篇幅规模之小,还在于题材主旨之小"①。此期对汉小赋的继承,也有这样的特色,不仅题材主旨以"小"著称,艺术上模仿的范围,也不限于汉代。

在题材内容上,此期小赋以咏物抒怀为多,咏物赋如朱元璋《莺啭皇州赋》《画眉赋》、王行《画菜赋》等;抒怀赋如涂几《思友赋》《樵云赋》、张羽《拙赋》、贝琼《怀旧赋》等。郭建勋先生云,"就章法结构言,小赋一般不设问答,而是直接咏物叙事或抒情。就句法言,整齐之作也较多,有通篇为诗体、骚体或文体者,当然也有杂用各体的。"②宗汉的小赋,一般指通篇为文体者,或以文体为主,夹杂诗体或骚体的③。如贝琼《怀旧赋》、涂几《耦耕赋》《山晖阁赋》等都属于以文体为主,与骚体夹杂。

另外,诗体赋分为四言诗体赋与五七言诗体赋,四言诗体赋源于《诗经》,在西汉前期即已出现体式纯粹的四言诗体赋,如孔臧《蓼虫赋》《鸮赋》、刘安《屏风赋》、羊胜《屏风赋》等。此期的四言诗体赋如徐尊生《白鼠赋》、贝琼《骂蚊》、史迁《虱赋》、唐肃《石田赋》、王行《节妇赋》等,不仅体制不大,而且形式上属于四言诗体赋,也是宗汉的表现之一。

郭建勋先生在叙述四言诗体赋形成历程的时候说,"真正最早用'赋'作为篇名,而且以四言诗体句为基本句式的赋作,是荀子的《赋篇》和《遗春申君赋》"④,荀子《赋篇》以四言为主,总体上句式较为驳杂,反映了四言诗体赋最初阶段的情形。虽然时代在汉前,陈绎曾还是根据其体式特点,列为"汉赋体"的"小体"代表作。后世赋家除了创作比较纯粹的四言诗体赋,也有直接模仿荀赋这种比较驳杂的四言赋的,这无疑也属于汉"小赋"的范畴,如徐尊生《愚全赋》《天爵赋》、涂几《鸡子赋》、张羽《拙赋》等。

---

① 郭建勋:《辞赋文体研究》,第116页。
② 郭建勋:《辞赋文体研究》,第116页。
③ 按:陈绎曾在《汉赋谱》中所列"汉赋式"为"设问、设事、六言、四六言、四言、散韵语、分字",把楚骚的"兮"字式也归为"汉赋式",盖其"楚赋体"是以"屈原赋十一篇目(《离骚经》《远游》《惜诵》《涉江》《哀郢》《抽思》《怀沙》《橘颂》《思美人》《惜往日》《悲回风》)"为本的,故其把《招魂》《大招》等骚辞列入汉赋"大体",司马相如《哀二世赋》是骚体赋,列入汉赋"小体"。(《赋话广聚1》,第374、356页。)笔者则把后世《哀二世赋》这类骚体赋归为"祖骚"的宗尚中,而把通篇文体,或以文体为主夹杂其他体式的赋,以及四言诗体赋,俱归为"宗汉"的追求。
④ 郭建勋:《辞赋文体研究》,第22页。

二、风雅初开

明朝经过几年的努力,不仅奠定了辽阔的版图:"计明初封略,东起朝鲜,西据吐番,南包安南,北距大碛,东西一万一千七百五十里,南北一万零九百四里"①,而且注意休养生息,发展农业生产,逐渐改变了元末民生凋敝的状况,出现了"百姓充实,府藏衍溢","上下交足,军民胥裕"②的面貌,使明朝开国之初就洋溢着一片"治隆唐宋"③的盛世气象。日本学者和田清说:"明代兴起取代元朝,这不只是汉族以反抗民族压迫的势力恢复了南宋时代所丧失的中原地方,而是扭转唐末以来汉族的被动地位,完全夺回汉唐最盛时代直到北疆的一次巨大运动。"④诚然,明初文人感受着"四塞河山归版籍,百年父老见衣冠"⑤这种传统文化复归的气息,都情不自禁地歌鸣盛世。林鸿的文集即名《鸣盛集》,其作品也"春容谐雅,自协正声,"⑥"一洗元人纤弱之习,为开国宗派第一。"⑦

除了文人的自觉意识,朱元璋也对当时的文风进行了干预和引导。"国初文体承元末之陋,皆务奇博,其弊遂浸丛秽。圣祖思有以变之,凡擢用词臣,务令以浑厚醇正为宗。"⑧他不赞成韩愈《讼风伯》的讥刺讽谕,"欲使今之儒者,凡着笔之际,勿使高而下,低而昂。当尊者尊,当卑者卑,钦天畏地,谨人神,必思至精之言以为文,永无疵矣!"⑨主张温柔敦厚的观念。解缙也说:"上惟喜诵古人铿鍧炳烺之作,凡遇咿喑鄙陋,以为衰世之制不足观。"⑩

内外因素的影响,使这一时期的作品渐有"春容谐雅"之音,一方面秉承了前贤遗风,另一方面,又风雅初开,与元末之格调气象固不相同。就赋而言,则主要表现在以下两个方面:

一是元末赋作对于元皇与元朝的歌颂,基本是在科举赋中,具有程式化的特色。明初的这类赋作不再有科场作文的限制,对皇帝与明朝的歌颂大

① 张廷玉:《明史》卷40《地理志》,第882页。
② 张廷玉:《明史》卷77《食货志》,第1877页。
③ 按:康熙三十七年(1699),康熙皇帝第三次南巡,拜谒明孝陵,亲自手书,并命曹寅勒石以记。该石碑今仍见于明孝陵碑亭里。
④ 和田清:《明代蒙古史论集》上,商务印书馆1984年版,第5页。
⑤ 高启:《送沈左司从汪参政分省陕西》,《高启诗选》,中华书局2005年版,第100页。
⑥ 纪昀等:《钦定四库全书总目·鸣盛集》,第2274页。
⑦ 周亮工:《闽小记》卷3"林子羽遗句",上海古籍出版社1985年版,第135页。
⑧ 黄佐:《翰林记》卷11《正文体》,四库全书596册,第977页。
⑨ 朱元璋:《明太祖文集》卷13《辩韩愈〈讼风伯〉文》,四库全书1223册,第133页。
⑩ 解缙:《文毅集》卷7《顾太常谨中诗集序》,四库全书1236册,第680页。

多有具体的时事背景,并不仅仅是歌颂的虚套,其感情大多是发自肺腑的真诚流露。而其艺术上所呈现的博大气象,也与元末赋作浮靡华巧的萎弱格调有别。

《大成乐赋》是元至正四年(1344)江浙乡试赋题,陶安集中有《大成乐赋》,《明史》本传说他"至正初举乡试",应为科场之文。赋末云:"洪惟皇朝,教溢八纮。鼓至和于两间,浃仁泽于群生。一夔制作乎大章,百兽率舞乎明廷。闻管钥而同乐,欣欣然有喜色;舞干羽而格远,荡荡乎无能名。崇儒重道,祖述不承。允称加封之诏,式符雅乐之称。圣主龙飞,经筵盛典;中和建极,海宇谧宁。兼总条贯,玉振金声。方将考大合于周礼,而益隆大成乐于孔庭,宜乎开亿万年之太平也。"对于元朝的歌功颂德完全是科场文的程式化写法。《金马门赋》是元文宗至顺三年(1332)江西乡试赋题,程明远《金马门赋》末云:"方今贤门大启,言路广开。明四目以达四聪,贵骐骥而贱驽骀。羌一善之必录,岂孤寒之无媒。愚将辞衡门之旧隐,期辂车之斯来。献瑾瑜于帷幄,望阊阖而徘徊。爰有历于金马,奏斯赋以程才。"说元皇"贤门大启,言路广开"也是程式所需,对元皇的歌颂并不一定有事实依据。甚至"以场屋之作为世传诵"①的刘基《龙虎台赋》,末尾也加上一个颂圣的尾巴:"慨愚生之多幸,际希世之圣明。虽未获睹斯台之壮观,敢不慕乎颂声。"显得很牵强。

而明初的赋作则不然。朱升此类赋作有些作于明一统之前,但已经被视为明赋,如《贺制大成乐赋》作于1366年朱元璋"肇基帝业"之时,基于朱元璋制大成乐的事歌颂朱元璋的文治武功。《贺平浙江赋》作于1367年,祝贺朱元璋拥有浙江之地。一统之后的赋,如法天《征南赋》,写洪武十四年(1381)明太祖平定云南之事,抒发了"六合为家,颂太平之有道"的欣喜之情。周是修《凯旋赋》写洪武二十九年(1396)春,明师出居庸关,驰可温海外,宣扬威武后班师回朝的事,末云:

> 惟边人之慕德兮,叹遵渚之鸣鸿。觐衮衣而莫留兮,徒劳心之忡忡。聆凯歌之载路兮,日瞻望乎崇嵩。喜征夫之聿至兮,庆室家而雍雍。建千秋之升平兮,沐九陛之恩隆。著英声与伟绩兮,共河流而沨沨。

文体特色以哀怨忧愤著称的骚体赋,在这里已经掩盖不住四夷慕德、国势蒸

---

① 纪昀等:《钦定四库全书总目·丽则遗音》:"元代设科例用古赋,行之既久,亦复剽窃相仍,末年尤甚,如刘基《龙虎台赋》以场屋之作为世传诵者,百中不一二也。"第2260页。

腾的博大气象。

如果说上述赋作与宋濂《奉制撰蟠桃核赋》、刘三吾《敕下御制大明一统赋》、徐尊生《应制续唐太宗小山赋》等类似，有应制之作的虚套的话，那么在其他赋作中自然而然流露出的幸逢盛世的喜悦，则完全是发自赋家的内心感受。

梁寅，明初被征修述礼乐，书成以老病还，其《南归赋》写还家途中的感慨，也有对明初礼乐渐兴及招纳贤才的歌颂："虞德隆兮三礼明，汉业建兮朝仪兴。煌煌乎大明之盛典兮，爰稽式而告成。延缙绅以博诹兮，搜岩穴而旁征。"宋讷，明初被征修礼乐诸书，事竣归。后荐授国子助教，洪武十五年（1382）迁翰林学士，改文渊阁大学士，迁国子祭酒。他不仅自己乘时而起，济时泽物，也奉劝他人"应时出巢，待诏于承明之庐"（《云松巢赋》）。在他的赋中常有对明朝新气象的歌颂：

> 今子际皇明之治平，闻岩廊之都俞。紫薇翥池头之凤，苍柏飞台上之乌。司谏者簪獬豸之冠，牧郡者佩铜虎之符。烟霞痼疾者起而献策，泉石膏肓者入而陈谟。彼济济之多士，悉萃聚于清都。（《镜湖渔隐赋》）
>
> 方今皇明一统，圣德广覃。唐虞是继，汤武是兼。明与日月合，道与天地参。有安民之大惠，有感神之至诚。崇德尊贤，远佞去谗。盍橧而离隐，勿负乎物议之金？（《松岩樵隐赋》）

史迁，洪武十二年（1379）去官归里，其《老农赋》作于归田十年之后，虽然作者此时益老益贫，衣食之奉，殆不如昔，躬率儿辈为农圃之计，艰难之状，不可殚记，但他仍然"呼儿来前曰：'汝今凿井而饮，耕田而食。出无强暴之虞，入有妻孥之适。享太平之盛世，又安知夫帝力？其可不尽心于畎亩，供赋役以报国。吾当咏歌乎康衢之谣，含煦乎圣人之泽。'"练子宁《耽犁子赋》，此赋设为耽犁子与松月居士的问答之辞，在历史的回顾中，说明了太平之世、"圣人之出"是人们能安居乐业的原因，歌颂了大明之兴与明皇之治。黄煜①《凤凰山赋》作于洪武三十一年（1398），其中有云："适遇我皇明圣，世泰时和。值兹美景，睹此卷阿。我舆我马，既闲且驰。于此来游，于此来歌。"贝琼《铁砚赋》甚至通过一个铁砚，表达对于时逢清平、以文用世的

---

① 黄煜，字士昭，号愚斋。蒲圻人。洪武二十九年举人。任合肥教谕。存赋1篇。《明伦汇编·氏族典》卷286，古今图书集成362册，上海中华书局1934年版，第2页。

喜悦:"六合既清,可以去兵而行仁;万民既壹,可以去货而谈义。"这些都反映了元明之际的文人,由自身经历而自然流露出的对于明兴的喜悦之情。

从艺术上说,这类赋作普遍篇幅增长,气局颇大,不是元代科举赋的篇制可以相提并论的。元代科举赋的篇幅大体在四五百字,多的也不过七八百字,如"'江汉朝宗',乃极大题目,唐人以之作小赋,便无足观。读元人黄、李二作,始为之畅然满志。"①黄指黄师郯,其至正元年(1341)参加湖广乡试的《江汉朝宗赋》,775 字;李指李原同,其同时所作的《江汉朝宗赋》,768 字。元代科举赋,七八百字的篇幅就已经是使人"畅然满志"的大赋了。但这比起明初的赋作,仍然显得局促。明初的此类赋作大体七八百字,千字以上的也有一些,如宋濂《奉制撰蟠桃核赋》1260 字、法天《征南赋》1133字。尤其是这类赋作显示出来的开国之初的博大气象,已不是"浮靡华巧,抑扬归美,至末年格调益弱"②的元赋能够相比。比如,宋讷的三篇《春朝赋》,背景是明太祖令各地守令每年朝京,考察其治绩,最短的一篇 492 字,只是科举赋的篇幅,但其中洋溢的蒸蒸日上的开国气象却非元朝的科举赋所有。

二是元末赋作在科场之外大抵隐逸之作较多,而且有不少赋作暴露元末社会的黑暗混乱,抒发悲愤的情怀,所谓"乱世之音怨以怒"③,而明初虽也有不少隐逸之作,但多表现出"治世之音安以乐"④的特色。

比如刘基的赋,大都是仕明以前所写,多为抒发报效无门的忧愤,"内涵抒情寄讽,风格壮浪奇崛。"⑤如前所述,他的《吊诸葛武侯赋》《吊祖豫州赋》《吊岳将军赋》等赋皆借古人古事以寄讽,影射元末社会的黑暗混乱,贤明之士不得其志。而《述志赋》和《吊台布哈元帅赋》等则直面元末社会忠良遭殃的恶劣现实,如《述志赋》中"时世异常"一段非常形象地刻画了元末社会的混乱局面:

> 长太息以增欷兮,哀时世之异常。弃韶夏而非听兮,登傑侏于中
> 堂。芼轩于以和羹兮,腌鲍鱼而实俎。斫楩楠以给爨兮,束荆棘而为
> 柱。施罾罶于丘陵兮,怨魴鲤之弗获。虎兕逸于山林兮,循户庭以求

① 浦铣:《复小斋赋话》卷上,《历代赋话》,第 379 页。
② 吴讷:"延祐设科,以古赋命题,律赋之体由是而变。然多浮靡华巧,抑扬归美,至末年,格
  调益弱矣。"《文章辨体序说·古赋·元》,人民文学出版社 1962 年版,第 23 页。
③ 孔颖达疏:《礼记注疏》卷 37《乐记》,《唐宋注疏十三经2》,第 423 页。
④ 孔颖达疏:《礼记注疏》卷 37《乐记》,《唐宋注疏十三经2》,第 423 页。
⑤ 郭维森、许结:《中国辞赋发展史》,第 686 页。

索。前蒙瞍以指涂兮，强扬子使操辕。命侏儒令举鼎兮，刜都卢使守
阊。岁冉冉而将颓兮，日暧暧以就昧。松柏摧而根死兮，江河化而
为浍。

这种在有意无意中反映出元末社会混乱现实的写法，是当时赋作的普遍情
况，也揭示了隐逸之风盛行的外在原因。如童冀《闵己赋》、涂几《悯时赋》
都在感时伤己中揭示了元末干戈四起、"逆竖尊荣""忠良蒙祸"的颠倒混乱
情形，表达了作者的悲愤之情。张羽《兰室赋》作于至正二十二年（1362），
写像兰一样"受命而不迁"的君子在"世溷浊而不分"的情况下，仍然"保厥
美以终好"的愿望。徐尊生《祥鸡赋》中的歙郑隐君子美，也曾"遭时危以敛
戢"。王翰《闲田赋》当作于元末作者隐于中条山时，其中亦有"伤衰世之末
造"之语。唐之淳《续苍蝇赋》，其中也反映了元末"死骨蔽野"的客观现实。
　　这种讽刺揭露的"衰世之制"，明初的赋作很少出现。这除了明太祖的
有意干预，也与明初文人的自觉意识有关。他们身经乱离，普遍体会到由乱
而治的不易，字里行间流露出重逢盛世的欣喜，大多有跃跃欲试之意。比如
宋讷，他的隐逸之作有不少作于明初，《云松巢赋》中，不仅客人认为主人乃
天生良才，不应巢于云松，应该乘时而起，主人也表示自己"将应时出巢，待
诏于承明之庐"；《镜湖渔隐赋》中，不仅樵者认为如今天下治平，渔隐应该
出而"佐苍姬以唐虞"，渔隐也答应为民而出；《松岩樵隐赋》也设为主客问
答，劝勉樵隐施才于"方今皇明一统"之时；《松云轩赋》中，客人也希望松云
轩主人能够待时而出。如此多构思雷同的作品，不过说明此时的士子也抱
着"天下有道则见，无道则隐"①的传统观念，元末他们隐居不出，是因为时
世混乱。明朝一统，他们大都想应时而出，有一番作为。宋讷后来由隐而
仕，出任明朝国子祭酒，刘三吾《白云茅屋赋》即为宋讷而作，赋文主要描写
了白云茅屋可供愉悦的方方面面，但结穴却在宋讷能够欣然复出，为新朝发
挥余热。
　　而归隐之作其情调的和平安乐，也与元末隐逸之作的哀怨嗟悲有别。
如练子宁《耽犁子赋》写"闽粤之区""耕于宽闲之野，老于熙皞之乡"的耽
犁子，在明初过着"贫穷相资，患难相恤。租必先公，食必先粒，耕必让畔"
的安定生活。周是修《珍爱堂赋》写古润州张氏珍爱堂，两淮运使张公，"沐
皇明之恩渥。锡禄养而归休兮，陶暮情乎丘墅。跻八袤而康强兮，翕羽扇而
纶巾。秩天序而睦睦兮，宛奋建而椿津。"归隐之后可以颐养天年，享受天

---

① 邢昺疏：《论语注疏》卷8《泰伯》，《唐宋注疏十三经4》，第54页。

伦之乐。史迁《老农赋》写自己去官之后,沐浴于太平盛世、"含煦于圣人之泽"的躬耕生活:"晨踏月而出耕,暮戴星而返庐。候蛙声以卜岁,击牛角以挂书。咏豳风于旷邈之野,歌无逸于汗漫之墟。缅悦怿以成趣,乃终日而忘劬。"

第二章 永乐至成化

——风雅渐盛

第一节 概 述

燕王朱棣通过靖难之役篡位,改元永乐,并展开对建文朝忠臣的大规模屠杀。既杀其人,"诛其族属,并及童幼,""又辱其妻女,给配教坊、浣衣局、象奴及习匠、功臣家。""又其所戮诸人,若方孝孺之遍戮其朋友门生,谓之十族,其九族以内之亲则皆尽矣;又若景清之既磔既族,又籍其乡,转相攀染,谓之瓜蔓抄,皆人类所不忍见闻者。"①结果,"杀几万人,即不杀,谪戍穷边,不死于道而死于边者,又几万人。"②故后世史家谓:"当日文皇之暴,甚于嬴秦;奸党之诛,烈于东汉"。③ 而且,朱棣"以篡得天下,御下多用重典"④,以严刑峻法和厂卫等特务组织来巩固皇位,压制舆论。他任用陈瑛等一批酷吏问狱执法,"瑛首承风旨,倾诬排陷者无算。一时臣工多效其所为,如纪纲、马麟、丁珏、秦政学、赵纬、李芳,皆以倾险闻。"⑤至于厂卫等特务组织,"东厂之设,始于成祖。锦衣卫之狱,太祖尝用之,后已禁止,其复用亦自永乐时。厂与卫相倚,故言者并称厂卫……即位后专倚宦官,立东厂于东安门北,令嬖昵者提督之,缉访谋逆妖言大奸恶等,与锦衣卫均权势,盖迁都后事也。"⑥而宦官权力的日渐膨胀,也始于此时,"明世宦官出使、专征、监军、分镇、刺臣民隐事诸大权,皆自永乐间始。"⑦诚如孟森先生所言:

> (成祖)既篡大位,不知国君含垢之义,诸忠斥责,激成奇惨极酷之举,复太祖永废不用之锦衣卫、镇抚司狱,用纪纲为锦衣,寄耳目,一时

---

① 孟森:《明清史讲义·靖难后杀戮之惨》,中华书局1981年版,第95页。
② 李贽:《续藏书》卷7《雪庵和尚传》,四库全书存目丛书史部24册,齐鲁书社1997年版,第519页。
③ 邵远平:《建文帝后纪》卷4,丛书集成续编23册,上海书店1994年版,第724页。
④ 张廷玉:《明史》卷308《奸臣传》,中华书局1974年版,第7912页。
⑤ 张廷玉:《明史》卷308《奸臣传》,第7912页。
⑥ 张廷玉:《明史》卷95《刑法志》,第2331页。
⑦ 张廷玉:《明史》卷304《宦官传》,第7766页。

被残杀者犹有数,遂为明一代屠戮忠良之特制,与东厂并用事,谓之厂卫,则流祸远矣。

成祖不过以己由篡得国,将以威胁天下,遂假小人以非常之威,其不法为后来锦衣卫官尚有不逮,而诏狱既设,遂以意杀人,不由法司问拟,法律为虚设,此皆成祖之作俑也。①

当然,与此同时,成祖也曾"加意人文,成均视学有碑,阙里褒崇有序,以及姑苏宝山之石,武当太岳之宫,靡不亲制宸章,勒之丰碣。而又《五经》《四书》《性理大全》有书,《圣学心法》有书,《大典》有书,《文华宝鉴》有书,《为善阴骘》有书,《孝顺事实》有书,《务本之训》有书,不独纪之以事,抑且系之以诗。至于过兖州则赐鲁藩,于吴则寿荣国,交阯明经甘润祖等一十一人,庶常吉士曾棨等二十八宿,咸承宠渥。三勒石于幕南之廷,四建碑于宇外之国。此谥法之所以定为'文'与? 由是文子文孙,复加继述。内阁则有三杨,翰林则有四王,尚书则东王西王,祭酒则南陈北李。观灯侍宴,拜手赓歌。呜呼盛矣!"②虽然成祖没有赋作留存,但对于作赋无疑是提倡的:

(朱)祚字永年,浙江海宁县人。性聪敏,九岁能诗,永乐八年以秀才征,试事詹士府,寻为镇远侯家塾教官。十三年,进《元宵观灯赋》,上喜而眷之,由是知名。③

(成祖)命缙领其事,数召至便殿,问以经史诸子故实,或至抵暮方退……王训以《大江绕金陵赋》进,上最称之。且程试课业,大严赏罚之典。④

圣天子嗣登宝位初,庐陵北山彭大雅先生以布衣诣阙上书,陈八事,几万言,一皆本诸尧舜之道。越十有一年,又以所著《两京赋》进,极铺张混一之盛,申创业守成之规。⑤

周启,字公明,吉安人。以荐为教官,召与纂修。廷试《大明一统

① 孟森:《明清史讲义·靖难以后明运之隆替》,第104—105页。
② 朱彝尊:《静志居诗话》卷1"明成祖",人民文学出版社1990年版,第2页。
③ 李贤等:《明英宗实录》卷125"正统十年春正月","中央研究院"历史语言研究所1962年版,第2510页。
④ 黄佐:《翰林记》卷4"文渊阁进学",四库全书596册,台湾商务印书馆1986年版,第890页。
⑤ 周叙:《送致仕训导彭先生序》,《明文衡》卷44,四库全书1374册,第184页。按:《历代赋话续集》卷12(第326页)作"越十有二年",误。

赋》,擢为第一。有《溪园集》。①

朱祚《元宵观灯赋》、王训《大江绕金陵赋》、彭大雅《两京赋》俱佚,周启《大明一统赋》今存,正作于成祖时。又如郑棠《长江天堑赋》,《金华文略》卷2作《奉制长江天堑赋》②,应作于永乐初修《大典》时,奉成祖之命作。

　　成祖之后,历仁宗洪熙、宣宗宣德,史称"仁宣之治"。谷应泰云:"明有仁、宣,犹周有成、康,汉有文、景,庶几三代之风焉。"③《明史》云:仁宗"在位一载,用人行政,善不胜书。使天假之年,涵濡休养,德化之盛,岂不与文、景比隆哉!"④宣宗时,"吏称其职,政得其平,纲纪修明,仓庾充羡,闾阎乐业,岁不能灾。盖明兴至是历年六十,民气渐舒,蒸然有治平之象矣。"⑤《剑桥中国明代史》曾这样评价宣德的统治:"是明史中一个了不起的时期,那时没有压倒一切的外来的或内部的危机,没有党派之争,也没有国家政策方面的大争论……后世把宣德之治作为明代的黄金时代来怀念,这是不足为奇的。"⑥而仁、宣二帝也颇留意文雅,王直《赠陈嗣初谢病归姑苏序》说到仁宗朝设弘文阁的意图:"昔仁宗皇帝在位时,锐意文学之事,特置弘文阁,择天下之名能文章者处之,朝夕备顾问,典著述,最为华近,他人莫得至焉。"⑦《明史·王英传》云:"是时(宣宗时)海内晏安,天子雅意文章,每与诸学士谈论文艺,赏花赋诗,礼接优渥。"⑧焦竑《熙朝名臣实录》引《琐缀录》说宣宗:"宣庙最好词章,选南杨与陈芳洲,日直南宫应制。"⑨钱谦益《列朝诗集小传》说宣宗:"帝天纵神敏,逊志经史,长篇短歌,援笔立就。每试进士,辄自撰程文曰:'我不当会元及第耶!'万机之暇,游戏翰墨,点染写生,遂与宣和争胜。而运际雍熙,治隆文景,君臣同游,赓歌继作,则尤千古帝王所希遭也。於乎盛哉!"⑩宣宗朱瞻基存赋较多,有28篇,《历代辞赋总汇》收《玉簪花赋》,赋描写玉簪花,赞其"不兢于春阳之时,而秀拔于早秋之候",可与梅、菊"联芳而并洁"。

①　钱谦益:《列朝诗集小传》乙集,《明代传记丛刊11》,台北明文书局1991年版,第278页。
②　王崇炳:《金华文略》卷2,四库全书存目丛书集部395册,第677页。
③　谷应泰:《明史纪事本末》卷28"仁宣致治",中华书局1977年版,第440页。
④　张廷玉:《明史》卷8《仁宗纪》,第112页。
⑤　张廷玉:《明史》卷9《宣宗纪》,第125页。
⑥　牟复礼、崔瑞德:《剑桥中国明代史》,中国社会科学出版社1992年版,第298页。
⑦　王直:《抑庵文集》后集卷8,四库全书1241册,第501页。
⑧　张廷玉:《明史》卷152《王英传》,第4196页。
⑨　焦竑:《熙朝名臣实录》卷10《太师杨文定公(杨溥)》,四库全书存目丛书史部107册,第149页。
⑩　钱谦益:《列朝诗集小传》乾集,《明代传记丛刊11》,第43页。

接下来的英宗，即位时年幼，正统初的朝政在三杨辅政时期号称平稳，李东阳云："自洪武之开创，永乐之戡定，宣德之修养生息，以至于正统之时，天下富庶，民安而吏称，庙堂台阁之臣，各得其职，乃得从容张弛，而不陷于流连怠敖之地。何其盛也！夫惟君有以信任乎臣，臣有以忧勤乎君，然后德业成而各飨其盛。"①随着三杨的相继去世，大宦官王振乱政，并导致"土木之变"。但"土木之变"中登位的景泰帝"敬礼大臣，宽恤民下，赏罚亦无甚失"②，《明史》云："景帝当倥偬之时，奉命居摄，旋正大位以系人心，事之权而得其正者也。笃任贤能，励精政治，强寇深入而宗社乂安，再造之绩良云伟矣。"③而通过"夺门之变"复辟后的英宗也颇欲励精图治，"躬理政务，凡天下奏章一一亲决"④，每天"五更二鼓起，斋洁具服拜天毕，省奏章剖决讫，复具服谒奉先殿，行礼毕，视朝。循此定规、定时，不敢有误。退朝至文华殿，或有政事有关大臣者，则召而访问商榷。复省奏章讫，回宫进膳后，从容游息至申初，复奏章。暇则听内政，至晚而休。"⑤故《明史》云："英宗承明宣之业，海内富庶，朝野清晏。大臣如三杨、胡濙、张辅，皆累朝勋旧，受遗辅政，纲纪未弛。独以王振擅权开衅，遂至乘舆播迁……前后在位二十四年，无甚稗政。至于上恭让后谥，释建庶人之系，罢宫妃殉葬，则盛德之事可法后世者矣。"⑥英宗现存赋二篇，《岘山赋》与《汉水赋》，俱为其叔父朱瞻墡作。朱瞻墡，明仁宗第五子，永乐二十二年（1424）封襄宪王，宣德四年（1429）就藩长沙，正统元年（1436）徙襄阳。二赋赞颂朱瞻墡之贤德，应为复辟后的天顺初年的作品。

宪宗二十多年的统治虽也有汪直的"盗窃威柄，稔恶弄兵"，但大体上也算治平，《明史》云："宪宗早正储位，中更多故，而践阼之后，上景帝尊号，恤于谦之冤，抑黎淳而召商辂，恢恢有人君之度矣。时际休明，朝多耆彦，帝能笃于任人，谨于天戒，蠲赋省刑，闾里日益充足，仁、宣之治于斯复见。"⑦

此时的赋家亦"以清明粹温之资，际夫重熙累洽之运，发为事业，参赞经纶，辅成国家之盛，著为文章，宣金石，垂汗简，以彰文明之治，""吐辞赋

---

① 李东阳：《怀麓堂集》卷73《书杏园雅集图卷后》，四库全书1250册，第773页。
② 彭时：《彭文宪公笔记》，北京大学出版社1993年版，第1585页。
③ 张廷玉：《明史》卷11《景帝纪》，第150页。
④ 李贤：《天顺日录》，中华书局1985年版，第21页。
⑤ 李贤：《天顺日录》，第32页。
⑥ 张廷玉：《明史》卷12《英宗纪》，第160页。
⑦ 张廷玉：《明史》卷14《宪宗纪》，第181页。

咏,冲澹和平,沨沨乎大雅之音。"①辞赋的数量,在 80 余年的时间里,留存
270 余篇赋作,具体情况见下表:

	咏怀交游言事	比率	咏物山水楼台	比率	文化祥瑞皇都	比率	总计
洪武建文朝	57	28%	118	58%	29	14%	204
永乐至成化	44	16%	143	52%	87	32%	274

从上表可以看出,文化、祥瑞、皇都等赋的比率大增,这种现象的出现与
明朝的选士制度有一定关系。众所周知,明朝科举专重经义,以八股文取
士,科举与赋的关系不如唐、宋、金、元各朝紧密,这导致明人诗赋之道的衰
微。明人也已意识到这个问题,李东阳《春雨堂稿序》云:"今之科举纯用经
术,无事乎所谓古文诗歌,非有高识余力,不能专攻而独诣,而况于兼之者
哉!"②何乔远《诸葛弼甫先生文集序》云:"国朝沿宋经义,而其胶结于人之
肺腑,其弊尤甚。士壮岁而取科第,则为经义所困久矣,经义无取于古文,可
以省博览;无取于谐音,可以昧律韵。其去诗若文之道甚远,则一离经义,何
时可以通诗赋也?"③周之标《〈吴歈萃雅〉题辞》云:"当今制科,率取时文,
而士子穷年矻矻,精力都用之八股中矣。举秦汉唐宋以来,所谓工词赋、工
诗、工策者,一切弃置,即有高才逸致,除却八股,安所自见,而人亦安所见
之?"④有明一代,不少人提议应借鉴前代以诗赋取士的制度,如李贤:"尝怪
前元博雅之士,朝野甚多,以为时运如此。及观取士之法用赋,乃知所谓博
雅者,上使之然也。今则革之,盖抑词章之习,专欲明经致用,意固善矣。窃
谓作赋非博雅不能,而经义、策论拘于正意,虽不博雅可也。试于二场中仍
添一赋,不十数年,士不博雅者,吾未之信也。"⑤王鏊:"诗赋虽浮艳,然必博
观泛取,出入经史百家。盖非诗赋之得人,而博古之为益于治也……经义取
士,其学正矣,其义精矣。所恨者,其途稍狭,不能尽天下之才耳。愚欲于进
士之外,别立一科,如前代制科之类,必兼通诸经,博洽子史词赋,乃得预
焉。"⑥虽然这种建议并没有得到实行,但明朝新起的庶吉士制度却弥补了
八股取士所造成的明人诗赋之才的不足。

---

① 黄淮:《东里文集原序》,《东里集》,四库全书 1238 册,第 2 页。
② 李东阳:《怀麓堂集》卷 63,四库全书 1250 册,第 653 页。
③ 黄宗羲:《明文海》卷 251,中华书局 1987 年版,第 2629 页。
④ 周之标:《吴歈萃雅》卷首,《明代版画丛刊 7》,故宫博物院 1988 年版。
⑤ 李贤:《古穰集》卷 28《杂录》,四库全书 1244 册,第 771 页。
⑥ 王鏊:《震泽集》卷 33《拟皋言》,四库全书 1256 册,第 486 页。

　　庶吉士制度起于洪武十八年(1385)三月,太祖采"书经'庶常吉士'之义",称观政于"翰林院、承敕监等近侍衙门"的进士为庶吉士①,但此时的庶吉士因"观政于近侍衙门"而得名,与在"六部、都察院、通政司、大理寺等"观政的进士并无本质区别②。自永乐二年(1404)甲申科开始,明廷通过考选方式,选拔新进士之"文学优等"者为庶吉士,入翰林院进学③。"尽管庶吉士制的初衷是培养政事、文学兼长的官僚,但自庶吉士专属翰林院后,客观上必然偏向文学教育。"④

　　庶吉士制度的流程可分为馆选、教习、散馆三个阶段。从永乐到成化,是庶吉士制度得到发展,并渐趋完善的时期。馆选初起之时并无定制,"自永乐二年以来,或间科一选,或连科屡选,或数科不选,或合三科同选,初无定限。或内阁自选,或礼部选送,或会礼部同选。或限年岁,或拘地方,或采誉望,或就廷试卷中查取,或别出题考试,亦无定制"⑤。正统十三年(1448),"其事(考选事)付内阁,例取平日所为诗文,或翻阅殿试卷,兼采名实,行礼部使人延请至东阁前,会同吏部,试以古文及诗各一篇,合格者改送本院读书。"⑥而重视"词翰"是前后一贯的传统,马愉《送江编修归省诗序》云:"宣宗皇帝之五年(1430)春,临轩策士,得百人,赐甲第三等,循旧章也。既而念文学士不可概以有司任使,馆阁清密,尤不可不储才以备后用,乃复进诸士于内阁,凡三试,拔得'词翰'优者八人,优赐宠之,命读书中秘,充广间学……癸丑岁(宣德八年,1433),复益若干人。甲寅(宣德九年,1434)之秋,圣虑愈勤,再合三科士试之,通得三十有七人。既俱赐赍,益奖谕之。盖法太宗文皇帝遗意,以期待臣下。"⑦

　　庶吉士的教习,永乐时由阁臣督课,学习的内容,则以诗文为主,成祖在永乐三年(1405)正月对进学文渊阁的二十八人提出如下要求:"汝等简拔于千百人中为进士,又简拔进士中至此,固皆今之英俊,然当立心远大,不可安于小成。为学必造道德之微,必具体用之全,为文必并驱班马韩欧之间。

①　胡广等:《明太祖实录》卷172,第2627页。
②　张廷玉:《明史》卷70《选举志》,第1696页。
③　张廷玉:《明史》卷70《选举志》(第1700页):"永乐二年,既授一甲三人曾棨、周述、周孟简等官,复命于第二甲择文学优等杨相等五十人,及善书者汤流等十人,俱为翰林院庶吉士,庶吉士遂专属翰林矣。复命学士解缙等选才资英敏者,就学文渊阁,缙等选修撰棨,编修述、孟简,庶吉士相等共二十八人,以应二十八宿之数。"按:通常一甲三人即授翰林官,故庶吉士在第二、三甲进士中选拔。
④　何诗海:《明代庶吉士与台阁体》,《文学评论》2012年第4期。
⑤　张廷玉:《明史》卷70《选举志》,第1701页。
⑥　黄佐:《翰林记》卷14"考选庶吉士",四库全书596册,第1014页。
⑦　马愉:《马学士文集》卷5,四库全书存目丛书集部32册,第516页。

如此立心,日进不已,未有不成者。古之文学之至,岂皆天成,亦积功所至
也,汝等勉之。"①成祖也不时地进行督促验查:

> 太宗皇帝初定内难,四方之事方殷……或时至阁,阅诸学士及庶吉
> 士应制诗文,诘问评论以为乐。②

> (成祖)命缙领其事,数召至便殿,问以经史诸子故实,或至抵暮方
> 退……上时搜奇书僻事以验所学,(曾)棨等多对诵如流,上甚喜之,多
> 所奖赉……缙尝以《钟山蟠龙诗》试诸人,甚称彭汝器所作。一日,上
> 问《捕蛇者说》,汝器即朗诵于前,上奇其才。王训以《大江绕金陵赋》
> 进,上最称之。且程试课业,大严赏罚之典。③

宣宗时,考虑到阁臣日侍左右,教习庶吉士多有不便,"始命学士教习"④,称
为"馆师"。馆师的任命,"万历以后,掌教习者,专以吏、礼二部侍郎二人"
为之⑤,此时亦未有定制。庶吉士研读经史,写作诗文,定期参加馆试和阁
试。馆试是由馆师对庶吉士的考试,阁试是庶吉士赴内阁参加的考试。黄
佐《翰林记》卷4提到阁试:"正统以来,在公署读书者大都从事词章,内阁
所谓按月考试,则诗文各一篇,第其高下,俱揭帖开列名氏,发本院立案,以
为去留之地。"⑥

庶吉士学习一般三年,期满考试,谓之"散馆"⑦。散馆考试成绩优异者
留用,二甲授编修,三甲授检讨,其他则出为科道或知县等职官。散馆考试
也会以赋题试庶吉士:

> 辛丑(永乐十九年,1421),云南进黄鹦鹉,诏以命题试庶吉士,君

---

① 杨士奇等:《明太宗实录》卷38,第642页。按:据后来陈经邦《皇明馆课》、王锡爵、沈一贯
《增订国朝馆课经世宏辞》、王锡爵、陆翀之《皇明馆课经世宏辞续集》、李廷机、杨道宾《新
刻甲辰科翰林馆课》、顾秉谦《新刻癸丑科翰林馆课》等书,馆课的内容主要有诏、册、玺
书、诰、奏疏、表、笺、致语、韵语、檄、露布、议、论、策、序、记、传、碑、考、评、解、说、书、颂、
赋、箴、铭、赞、跋、诗、歌等文体,赋是其中一种。

② 黄佐:《翰林记》卷16"车驾幸馆阁",四库全书596册,第1029页。

③ 黄佐:《翰林记》卷4"文渊阁进学",四库全书596册,第890页。

④ 张廷玉:《明史》卷73《职官志》,第1788页。

⑤ 张廷玉:《明史》卷73《职官志》,第1788页。

⑥ 黄佐:《翰林记》卷4"公署教习",四库全书596册,第892页。

⑦ 按:在景泰前,"选为庶吉士者,远则八九年,近则四五年,而后除授。"(《翰林记》卷3"庶
吉士铨法",四库全书596册,第883页)景泰五年(1454)甲戌科庶吉士培养三年就任用,
从此庶吉士培养三年散馆成为定制。

（习经）与六人者以作赋称旨,俱擢翰林编修。①

但此期庶吉士制度还在摸索发展的过程中,其真正健全和完备,已是弘治以后的事情,比如《明孝宗实录》所记载的选拔程序:"自今以后,立为定制,一次开科,一次选用。待新进士分拨各衙门办事之后,俾其中有志学古者,各录其平日所作文字,如论、策、诗、赋、序、记之类,限十五篇以上,于一月之内赴礼部呈献。礼部阅试讫,编号封送翰林院考订,其中词藻文理有可取者,按号行取。本部仍将个人试卷记号糊名封送,照例于东阁前出题考试。其所试之卷与所投之文相称,即收以预选。若其词意钩棘而诡僻者,不在取列。中间有年二十五岁以下,果有过人资质,虽无宿构文字,能于此一月之间有新作五篇以上,亦许投试。若果笔路颇通,其学可进,亦在备选之数。每科不必多选,所选不过二十人;每选不必多留,所留不过三五辈。如此则所选者多是已成之才,有所论撰,便堪供事,将来成就必有足赖者。如是则欲列者无徇私之弊,不预者息造言之谤。"②庶吉士的学习内容与考核标准也趋于规范化,嘉靖时徐阶手订《庶吉士规条》四条,其二云:"诸士宜讲习四书六经以明义理,博观史传、评骘古今以识时务,而读《文章正宗》《唐音》、李杜诗以法其体制,并听先生日逐授书稽考,庶所学为有用。"其四云:"每月先生(馆师)出题六道,内文三篇,诗三首。月终呈稿斥正,不许过期。初二日、十六日仍各赴内阁考试一次。"③散馆授官的标准也作为制度固定了下来,据《万历明会典》:"凡庶吉士……学业成者除翰林官,后定以二甲除编修,三甲除检讨,兼除科、道、部属等官。"④

当然,庶吉士制度之所以日益受到重视,成为士子考取进士后的下一个目标,还在于它与明代内阁制度的密切关系,"庶吉士制度的确立与内阁制度的形成密切相关,可以说庶吉士制度是伴随内阁制度的形成而确立的。"⑤明初太祖为了最大程度行使皇权,于洪武十三年(1380)废除丞相,但即使他"昧爽临朝,日晏忘餐"⑥,非常勤政,也会感到"密勿论思,不可无人"⑦。于是设四辅官,后又仿宋朝制度,置殿阁大学士以备顾问,这是明代

---

① 陈循:《芳洲文集》卷9《习君墓志铭》,四库全书存目丛书集部31册,第259页。
② 李东阳等:《明孝宗实录》卷74,第1388页。
③ 徐阶:《世经堂集》卷20《示乙丑庶吉士规条》,四库全书存目丛书集部80册,第47页。
④ 申时行等:《万历明会典》卷5"选官",中华书局1989年版,第24页。
⑤ 邹长清:《明代庶吉士制度探微》,《广西师范大学学报》1998年第2期。
⑥ 谈迁:《国榷》卷10,中华书局1958年版,第784页。
⑦ 张廷玉:《明史》卷65《选举志》,第1675页。

内阁制的雏形。不过明太祖"自操威柄,学士鲜所参决"①,只是备顾问而已。明成祖即位以后,命解缙、胡广、黄淮、杨荣、杨士奇、金幼孜、胡俨"并直文渊阁,预机务。内阁预机务自此始。"②仁宗以后,阁臣位显,其权已逾六部之上,"仁宗而后,诸大学士晋尚书、保、傅,品位尊崇,地居近密,而纶言批答,裁决机宜,悉由票拟,阁臣之重俨然汉唐宰相,特不居丞相名耳。"③而自英宗天顺以后,"吏部推补内阁员缺,非自翰林不得参与。是翰林者,内阁之阶梯也。翰林众职,例以每科进士及第,并庶吉士之选留者充之,是庶吉士又翰林之权舆也"④,于是"非进士不入翰林,非翰林不入内阁,南北礼部尚书、侍郎及吏部右侍郎,非翰林不任。而庶吉士始进之时,已群目为储相。"⑤据统计,"明代实任阁臣为 162 名,其中庶吉士出身者为 87 人。"⑥

　　既然庶吉士制度与内阁制度有如此密切之关系,它必然对人才的行政能力有较高的要求,但庶吉士制度从挑选到培养都太强调诗赋文章,所以终明一代受到不少抨击。如高拱云:"其选也以诗文,其教也以诗文,而无他事焉。夫用之为侍从,而以诗文犹之可也,今既用之平章而犹以诗文,则岂非所用非所养,所养非所用乎!……翰林庶吉士固未尝不可也,今也止教诗文,更无一言及君德治道,而又每每送行贺寿以为文,栽花种柳以为诗,群天下英才为此无谓之事,而乃以为养相材,远矣!"⑦明末瞿式耜则上疏,强烈要求改革这种做法:"其试士之题,臣愚谓宜仿古制,考以今日吏治、民生、经邦、强国之策,不必尽依旧例,以风云月露之词,费精神于无用也。"⑧

　　可见,庶吉士制度在选才方面确实存在很大的弊端,但它对诗赋文章的重视,却意外刺激了文学的兴盛,"从文学发展史看,庶吉士教习在开展文学教育、确立与传播文学经典等方面起到了积极作用,一定程度上弥补了八股取士对文学的伤害。"⑨不少士子为了登第之后有更好的发展前景,自幼时起就对诗文辞赋有所研习。弘治六年(1493)选为庶吉士的顾清,其《梦萱赋》序曰:"教谕李大经先生一日召清曰:'吾官晋江时,梦吾亡亲,明日而

①　张廷玉:《明史》卷 72《职官志》,第 1729 页。
②　杨士奇:《杨文贞公文集》卷 1《御书阁颂序》,《明经世文编》卷 15,中华书局 1962 年版,第 117 页。
③　张廷玉:《明史》卷 109《宰辅年表序》,第 3305 页。
④　李东阳等:《明孝宗实录》卷 20,第 470 页。
⑤　张廷玉:《明史》卷 70《选举志》,第 1702 页。
⑥　郭培贵:《明代庶吉士群体构成及其特点》,《历史研究》2011 年第 6 期。
⑦　高拱:《高文襄公文集》卷 2《论养相才》,《明经世文编》卷 32,第 3194 页。
⑧　孙承泽:《春明梦余录》卷 32"庶吉士",北京古籍出版社 1992 年版,第 507 页。
⑨　何诗海:《明代庶吉士与台阁体》,《文学评论》2012 年第 4 期。

吾弟缙绅至,感而有作,和者数十人,诸体略备,闻子学楚骚,其为我赋之.'"《梦萱赋》出于顾清《山中稿》,"乃未仕时作"①。士子在获得科举功名以后,在馆师的指导下,经过三年或以上的进学,可以渐渐弥合诗赋之才的不足。如正统十三年,翰林院侍讲刘铉奉命教习庶吉士,他"惩曩之事虚文者,慨然以师道自任,俾力追古作,有一字未惬者,经月不置,以故诸吉士大有所造,后多以文学致名。"②宣德九年被选庶吉士的萧镃云:"当是时,凡以制科入翰林者,有所作,往往循时文之旧,欲为古学,必更考其素所摈置者,经时累岁,然后得以应酬于人"。③ 总之,"庶吉士教育,以制度化的形式,确保进士及第中的优异者得到系统、集中的文学训练,促进了明代高级官僚文学修养和创作能力的提高,这在文学史上不无积极意义。"④

故此期留下一些庶吉士试赋,如永乐十九年,庶吉士散馆考试,以《黄鹦鹉赋》为题,习经⑤与周叙⑥等作赋称旨。习经赋题注"应制",未写作年,据陈循《习经墓志铭》:"明年(永乐十六年,1418)擢李骐榜进士,被选为翰林庶吉士,预修志书。辛丑(永乐十九年,1421),云南进黄鹦鹉,诏以命题试庶吉士,君与六人者以作赋称旨,俱擢翰林编修。"⑦周叙赋亦存,《石溪集》卷末附《周公墓志铭》云:"云南守臣进黄鹦鹉,有制,庶吉士试诗赋,中者凡六人,皆授官,公授翰林编修。"⑧又如徐有贞,原名徐珵,宣德八年进士,同年十一月选为庶吉士,其《试三农望雪赋》或为庶吉士考选赋题。

这种以赋选才的风气所及,甚至官吏的考选有时也试赋。如郑棠⑨《凤鸣高冈赋》,标有"吏部试",其《长江天堑赋》标有"翰林试",其《石城赋》标

---

① 纪昀等:《钦定四库全书总目·东江家藏集》,中华书局 1997 年版,第 2309 页。

② 李贤:《古穰集》卷 13《刘公神道碑铭》,四库全书 1244 册,第 624 页。

③ 萧镃:《尚约文钞》卷 4《臞叟曾先生文集序》,四库全书存目丛书集部 33 册,第 34 页。

④ 何诗海:《明代庶吉士和台阁体》,《文学评论》2012 年第 4 期。

⑤ 习经,字嘉言,新喻人。永乐十六年进士。官至詹士府詹事。存赋 7 篇。《寻乐文集》提要,四库全书存目丛书补编 97 册,齐鲁书社 2001 年版,第 182 页。

⑥ 周叙,字公叙,吉水人。永乐十六年进士。授翰林编修。有《石溪集》,存赋 6 篇。《明史》卷 152《周叙传》,第 4198 页。

⑦ 陈循:《芳洲文集》卷 9《习君墓志铭》,四库全书存目丛书集部 31 册,第 259 页。

⑧ 周叙:《石溪集》,四库全书存目丛书集部 31 册,第 773 页。按:李调元《制义科琐记》卷 2 "黄鹦鹉赋":"永乐戊戌(永乐十六年,1418)科,二甲一名进士周叙,吉水人,十一岁能诗。殿试后,上命作《黄鹦鹉赋》,称旨,授编修。"(续修四库全书 829 册,上海古籍出版社 2002 年版,第 562 页)称"殿试后",容易误为永乐十六年馆选之赋,实则为永乐十九年散馆之赋。

⑨ 郑棠,字叔美,浦江人。永乐初纂修《大典》,因荐入馆,书成除翰林院典籍。仁宗为太子,监国南京,选儒臣进讲,与王汝玉等九人在选,秩满升翰林检讨,以疾辞归。有《道山集》,存赋 16 篇。《明史》卷 296《孝义传》,第 7585 页。

有"礼部试"。又如陈嶷①《豆芽菜赋》,题后标注"考选御史卷"。

此期还出现对于辞赋理论的总结,具体体现在吴讷《文章辨体》中对赋的论述。吴讷基本掇拾元朝祝尧《古赋辩体》的观点,反映了明人对元赋理论上的继承。对元赋与明初赋的论述,是吴讷的创造,也大体反映了赋史的实际。

总之,无论是与辞赋相关的庶吉士制度的渐趋完善,还是赋作赋论的实绩,都从不同的侧面昭示了明赋风雅渐盛的事实。

第二节　风　雅　渐　盛

一、吴讷《文章辨体》中的赋论

吴讷②,字敏德,号思庵,常熟人。永乐中,以医荐入京。仁宗监国,闻其名,命教功臣子弟。后擢监察御史。宣宗时,进南京右佥都御史,寻进左副都御使。正统四年(1439)致仕。卒谥文恪。其《文章辨体》五十卷,外集五卷,总论一卷,最常见的是吉林省图书馆藏明天顺八年(1464)刻本,收在《四库全书存目丛书》集部291册。

《文章辨体》应编于吴讷晚年致仕后,它产生于明初以来文学复古的大背景下,其编撰体例体现了很强的复古色彩,如《凡例》所云:

> 四六为古文之变,律赋为古赋之变,律诗、杂体为古诗之变,词曲为古乐府之变。西山《文章正宗》凡变体文辞皆不收录,东莱《文鉴》则并载焉,今遵其意,复辑四六、对偶,及律诗歌曲,共五卷,名曰外集,附于五十卷之后,以备众体,且以著文辞世变云。③

与祝尧《古赋辩体》相同,《文章辨体》也为历代通选,因作者有"文辞宜以体制为先"④的意识,故将前代诗文分体编录,并仿祝尧《古赋辩体》内外之分,分为正集与外集。正集始于古歌谣辞,终于祭文,共50大类,赋为其中之一,外集收"变体,若四六、律诗、词曲者",共9类,正外集共59类,使"学

---

① 陈嶷,字九峰,蒙城人。宣德中,举贤良方正,擢第一,授刑部照磨,擢御史。后升陕西按察副使。以忤权宦,谪沔阳驿丞。存赋1篇。《重修蒙城县志》卷9,《中国地方志集成·安徽府县志辑26》,江苏古籍出版社1998年版,第750页。

② 钱溥:《吴公讷神道碑》,《国朝献征录》卷64,续修四库全书528册,第536页。

③ 吴讷:《文章辨体·凡例》,四库全书存目丛书集部291册,第6页。

④ 彭时:《文章辨体序》,《文章辨体》,四库全书存目丛书集部291册,第1页。

者得而诵之,具见诸家之体,力追古作,于是黼黻皇猷,恢弘治理,使斯文超两汉而追三代之盛"①。每类文体之首有吴讷"采先儒成说,足以鄙意"②所撰"序题",吴承学先生说,这些"序题","先是广泛征引《说文解字》《文心雕龙》《文章缘起》《文章正宗》《宋文鉴》《古赋辩体》以及当代人的相关论述,又申以己意,将继承与创新较好地结合起来。"③对于赋这种文体,其所本"先儒成说"乃祝尧《古赋辩体》之论。

其总论"古赋"即云"迨近世祝氏著《古赋辩体》,因本其言而断之曰:'屈子离骚,即古赋也。古诗之义,若荀卿《成相》俚诗是也。'然其所载,则以《离骚》为首,而《成相》等弗录。尚论世次,屈在荀后,而《成相》俚诗,亦非赋体。故今特附古歌谣后,而仍载楚辞于古赋之首。盖欲学赋者必以是为先也。"可见,他赞同祝尧把《楚辞》作为古赋之首的做法。在分论"楚赋""两汉赋""三国六朝赋""唐赋""宋赋"时,也每每以"祝氏曰"以述。至于他把"律赋"放在"外集",推崇古赋、贬斥律赋的倾向,也与祝尧有前后继承的关系:"律赋起于六朝,而盛于唐宋,凡取士以之命题,每篇限以八韵而成,要在音律谐协、对偶精切为工。迨元代场屋,更用古赋,由是学者弃而弗习。今录一二以备其体。"

四库馆臣云:"今观所论,大抵剽掇旧文,罕能考核原委,即文体亦未能甚辨。"④甚是。不过,对元赋和明初赋的评价,是吴讷个人的观点:

> 元主中国百年,国初文学,不过循习金源之故步,迨至元混一,士习丕变,于是完颜之粗犷既除,而宋末萎苶之气亦去矣。延祐设科,以古赋命题,律赋之体,由是而变。然多浮靡华巧,抑扬归美,至末年,而格调亦弱矣。

> 圣明统御,一洗胡元陋习,以复中国先王之制,当时辅翊兴运,以文章名世者,率推承旨宋公濂为首。迨若太史胡公翰,则又宋公之所畏服者也。今采二公所作,著之于编,以昭我国家文运之兴,非若汉唐宋历世之久而后盛也。

这些评价大体符合赋史实际,有一定的价值。

---

① 彭时:《文章辨体序》,《文章辨体》,四库全书存目丛书集部291册,第1页。
② 吴讷:《文章辨体·凡例》,四库全书存目丛书集部291册,第6页。
③ 吴承学:《明代文章总集与文体学——以〈文章辨体〉等三部总集为中心》,《文学遗产》2008年第6期。
④ 纪昀等:《钦定四库全书总目》卷191,第2677页。

二、题材内容的变化

此期相比洪武建文朝，最显著的变化就是文化、祥瑞、京都等赋的数量激增。其中文化赋不多，沿袭前代，如"陈琏《大晟（成）乐赋》，端庄流丽，元人之遗则也。"①京都赋、祥瑞赋的崛起与繁盛，是初期没有的现象。

（一）京都大赋的崛起

皇都一统赋的题材在洪武建文朝只出现了刘三吾作于建文元年（1399）的《敕下御制大明一统赋》，歌颂明太祖时代的"功业文章"，全文只479 字，铺叙简略，缺少大赋的气势。而这一期，随着明成祖定都北京与大一统面目的充分呈露，皇都一统赋大盛，现存赋作见下表：

杨荣	皇都大一统赋	李时勉	北京赋
金幼孜	皇都大一统赋	陈敬宗	北京赋
吴溥	皇都大一统赋	钱干	北京赋
胡启先	皇都大一统赋	周启	廷试大明一统赋
习经	皇都大一统赋	莫旦	大明一统赋
余学夔	皇都一统赋		

这些皇都一统赋，除了周启与莫旦之赋，其他诸人的赋俱作于永乐十九年。此年正月，明成祖迁都北京，于奉天殿朝见百官，诸人目睹新都的壮丽，作赋以颂。其中杨荣②、金幼孜③、吴溥④、胡启先⑤、习经和余学夔⑥的赋着

---

① 浦铣:《复小斋赋话》卷下，浦铣著、何新文等校证《历代赋话》，上海古籍出版社 2007 年版，第 404 页。

② 杨荣，初名子荣，字勉仁，建安人。建文二年进士。任翰林学士、文渊阁大学士、工部尚书等。正统五年辞官归里，卒于道。谥文敏。有《文敏集》，存赋 4 篇。《明史》卷 148《杨荣传》，第 4138 页。

③ 金幼孜，名善，以字行，新淦人。建文二年进士，任翰林检讨、翰林学士、文渊阁大学士等。卒谥文靖。有《金文靖集》，存赋 10 篇。《明史》卷 147《金幼孜传》，第 4126 页。

④ 吴溥，字德润，抚州崇仁人。建文二年进士。修《永乐大典》为副总裁，官国子司业，得风疾去世。存赋 2 篇。《东里续集》卷 34《吴先生墓志铭》，四库全书 1239 册，第 112 页。按:《明史》卷 282《儒林传》说吴溥:"建文时为国子司业，永乐中为翰林修撰。"误，吴溥任国子司业在永乐中，并在任翰林修撰之后，一任十八年。《吴先生墓志铭》:"吏部言国子监阙司业……胡公（胡俨）举先生，即日授国子司业……先生为司业十有八年。"

⑤ 胡启先，江西安福人。永乐四年进士。存赋 1 篇。朱保炯、谢沛霖:《明清进士题名碑录索引》，上海古籍出版社 1980 年版，第 1788 页。

⑥ 余学夔，字一夔，泰和人。永乐二年进士。《永乐大典》副总裁，书成，升翰林检讨。后升翰林侍讲，兼经筵官，修国史。有《北轩集》，存赋 2 篇。本集附王直《余公北轩先生墓志铭》，四库未收书辑刊 5 辑 17 册，北京出版社 1998 年版，第 323 页。

重于"一统"之气象，作《皇都大一统赋》或《皇都一统赋》。如杨荣之赋对新都所处的形势、于此建都的好处、新都的建造、建成后的布局，以及新都各处宫殿、职能部门、祠庙、朝市、池沼、苑囿等都作了细大不捐的铺写，最后还写了各种祥瑞之象，洋洋洒洒近三千言，规模非常宏大。而李时勉①、陈敬宗②、钱干③之赋则侧重帝都之胜概，作《北京赋》。如李时勉的赋，全文近2200字，依次写了北京的地理位置、都城的建造、南北东西的形胜、建成之后北京的宫室之制、百官府库之制以及岩廊之材、休征祥瑞、庆贺之会等，展现了帝都的煌煌胜概，为此期京都赋的代表作。《中国辞赋发展史》对此类赋作评价不高："京殿大赋自汉以降，数明代最盛，其文风逆转，效颦续貂，固为其审美价值不高的一个重要原因；但明代此类大赋丢失自我的庸俗化倾向和蹈虚的风势，又是其缺乏历史价值的关键所在。"④这是从整个古代辞赋发展的角度作出的价值判断，反映了以汉赋为尊的复古思想，但此时的赋从元末明初辞赋的狭小格局下挣脱出来，以铺张扬厉的散体大赋为依归，显露出明朝由乱而治的时代氛围，其中有的赋作"有大气以包举之"⑤"尚有古意"⑥，不可一味贬斥。

周启⑦《廷试大明一统赋》为廷试之作，赋从太祖朱元璋的"削平僭伪，混一区宇"，说到明成祖的"以圣继圣，礼备乐和，功成治定"，主要赞颂明成祖之文治，以彰"一统"之意。应作于永乐时。莫旦⑧《大明一统赋》应作于宪宗时，是使莫旦名动京师的赋作。此赋设为"真人"与"不虚生"的问答之辞，依次铺写了"圣祖（朱元璋）得天下之正，所以成一统之盛""天下一统之

---

① 李时勉，名懋，以字行，安福人。永乐二年进士。预修《太祖实录》，书成，升翰林侍读。宣德五年，升侍读学士。正统三年升学士，掌院事兼经筵讲官，六年任祭酒。有《古廉集》，存赋7篇。《明史》卷163《李时勉传》，第4421页。

② 陈敬宗，字光世，慈溪人。永乐二年进士。预修《永乐大典》，擢刑部主事。宣德二年迁南京国子司业，九年进祭酒。卒谥文定。有《澹然居士文集》，存赋8篇。《明史》卷163《陈敬宗传》，第4424页。

③ 钱干，字习礼，吉水人。永乐九年进士。任检讨、侍读、侍读学士等。卒谥文肃。存赋1篇。《明史》卷152《钱习礼传》，第4197页。

④ 郭维森、许结：《中国辞赋发展史》，江苏教育出版社1996年版，第703页。

⑤ 浦铣：《复小斋赋话》卷下："明人古赋，予独取金文靖公一人，以其有大气以包举之也。"《历代赋话》，第404页。

⑥ 浦铣：《复小斋赋话》卷上："明人赋北京者，不下十余篇，余独取金文靖公幼孜《皇都大一统赋》、李忠文公时勉《北京赋》，尚有古意。"《历代赋话》，第380页。

⑦ 周启，字公明，吉安人。以荐为教官，召与纂修。廷试《大明一统赋》，擢为第一。有《溪园集》，存赋15篇。《列朝诗集小传》乙集，《明代传记丛刊11》，第278页。

⑧ 莫旦，字景周，吴江人。成化改元，领乡荐，卒业太学，作《一统》《贤关》二赋，名动京师。授新昌训导。九年，迁南京国子监学正。有《鲈乡集》，存赋2篇。《乾隆吴江县志》卷32，《中国地方志集成·江苏府县志辑20》，江苏古籍出版社1991年版，第128页。

分野""天下一统之郡县""天下一统之山河""天下一统之藩封""天下一统之外夷""天下一统之祀典""天下一统之官制""天下一统之诗书""天下一统之贡赋""天下一统之风俗""天下一统之基业""天下一统之所由定的武功""天下一统之所由治的文德",以及从太祖至宪宗诸帝之德,全文达4435字,不仅篇幅超过此期京都、一统等赋,而且行文的气势、铺陈的全面细致也堪为楷模,为此期"京都大赋的崛起"画上了一个圆满的句号。它不仅显示了明代社会雍熙繁盛的时代状况,也有力地昭示了明赋"风雅渐盛"的事实。

（二）祥瑞赋的繁盛

成祖时期赋作的一大特点是祥瑞赋大量涌现。朱彝尊《静志居诗话》卷6云:"长陵靖难而后,瑞应独多。黄河清,甘露降,嘉禾生,醴泉出,卿云见,野蚕成茧,麒麟、驺虞、青鸾、青狮、白雉、白燕、白鹿、白象、玄兔、玄犀,史不一书。"①这与成祖的相信祥瑞、默许各地献祥瑞是分不开的。这一点与朱元璋不同,据《明太祖实录》卷41,洪武二年,淮安、宁国、镇江、扬州、台州府并泽州,各献瑞麦凡十二本,群臣皆贺,朱元璋说:"朕为民生,惟思修德致和,以契天地之心。使三光平,寒暑时,五谷熟,人民育,为国家之瑞。盖国家之瑞,不以物为瑞也。昔尧舜之世,不见祥瑞,曾何损于圣德？汉武帝获一角兽,产九茎芝,当时皆以为瑞,乃不能谦抑自损,抚辑民庶,以安区宇,好功生事,卒使国内空虚,民力困竭,后虽追悔,已无及矣。其后神爵甘露之侈,致山崩地震,而汉德于是乎衰。由此观之,嘉祥无征而灾异有验,可不戒哉？"②《典故纪闻》亦云:"太祖谓丞相汪广洋曰:'朕观前代人君,多喜佞谀以释虚名,甚至臣下诈为瑞应以恣矫诬,至于天灾垂戒,厌闻于耳。如宋真宗初相李沆,日闻灾异,其心犹存警惕,后大臣首启天书,以侈其心,致使言祥瑞者相继于途。朕思凡事惟在于诚,况为天下国家,而可伪乎？尔中书自今凡祥瑞不必奏,如灾异及蝗旱之事,即时报闻。"③朱元璋不信祥瑞,祥瑞之赋就少,朱棣默许支持祥瑞,祥瑞之赋大量涌现就不足为怪了。

成祖以藩王篡位,对所谓瑞应深信不疑,靖难之役时就颇多嘉瑞,《典故纪闻》云:"成祖靖难,师自紫荆,所服素红绒袍,忽见白花如雪色,凝为龙纹,鳞鬣皆俱,美如刺绣。诸将见者骇异,以为嘉兆。"④即位以后,成祖更希望以祥瑞来说明得位的合法性,喜欢用祥瑞来昭示天下太平。各地风承意

---

① 朱彝尊:《静志居诗话》卷6,第149页。
② 胡广等:《明太祖实录》卷41,第825页。
③ 余继登:《典故纪闻》卷3,中华书局1997年版,第42页。
④ 余继登:《典故纪闻》卷6,第101页。

旨,不断呈报祥瑞,甚至制造祥瑞①,文人士子也期以祥瑞诗赋得到嘉奖:

> 惟太宗文皇帝入继大统之初,一新鸿业,文物焕然,四方以祥瑞来
> 奏者不绝,一时臣工颂声交作,所以述朝廷之盛,以传播天下而耸动之
> 也。此则翰林待诏吴人滕用衡所献贞符之诗三篇,首驺虞、次神龟、次
> 河清,每篇八章,章四句……时未授职,故欲以此自见也。②

> 陈敬宗,字光世,慈溪人。永乐十二年入史馆,献龙马、麒麟、狮子、
> 驺虞赋。③

祥瑞赋在此间不绝如缕:

1. 永乐二年

六月,安南献白象,据曾棨④《白象赋序》,曾棨《白象赋》作于此时。李
时勉《白象赋》有"炎海之滨,和气熏蒸",也应写此事。杨士奇⑤《白象赋》
题注"应制",白象来自"南溟之天涯",应为安南所献白象,赋作于此时。

九月,周王朱橚来朝,并献驺虞。郑棠有《驺虞赋》,是一篇应制赋,写
河洛亲王在狩猎时得驺虞,献于帝京。郑棠赋未写年月,据《明太宗实录》
卷34:"(永乐二年九月)周王橚来朝,且献驺虞,百僚称贺,以为皇上至仁格
天所至。"⑥周王朱橚封地在开封,正符合"河洛亲王",故郑棠赋应作于此
时。高得旸⑦亦有《驺虞赋》,赋序云:"永乐二年九月九日,周王殿下恭进
国内所获驺虞",赋作于同时。

---

① 据王珽《明代"祥瑞"兽"驺虞"考》(《暨南史学》第三辑,暨南大学出版社 2004 年版),进
　献驺虞的始作俑者,乃太祖朱元璋的第五子周王朱橚。在建文帝登基以后,朱橚因猜忌遭
　到严重迫害,靖难之役的胜利,改变了朱橚的境遇,不仅恢复了原有爵位,还受到朱棣的特
　恩。出于感激和维护,朱橚精心策划了相关的附会和进献。
② 吴宽:《家藏集》卷 54《跋滕用衡〈贞符颂〉》,四库全书 1255 册,第 493 页。
③ 浦铣:《历代赋话续集》卷 12,第 326 页。
④ 曾棨,字子棨,吉安永丰人。永乐二年状元。授翰林修撰,历侍讲、侍读学士、左春坊大学
　士,进詹事府少詹事。卒谥襄敏。有《巢睫集》,存赋 4 篇。《明诗纪事》乙签卷 8,《明代传
　记丛刊 13》,第 143 页。
⑤ 杨士奇,名寓,以字行,泰和人。建文初被荐至翰林,充编纂官,修《太祖实录》。永乐间入
　内阁,典机务。仁宗即位,任礼部侍郎兼华盖殿大学士,进少傅。宣宗朝及英宗初年,在朝
　辅政,进少师。卒谥文贞。有《东里文集》,存赋 7 篇。《明史》卷 148《杨士奇传》,第
　4131 页。
⑥ 杨士奇等:《明太宗实录》卷 34,第 599 页。
⑦ 高得旸,字孟升,号节庵,钱塘人,迁居临安。洪武间有司以文学荐,三为校官。永乐初,擢
　为宗人府经历,充《永乐大典》副总裁。有《节庵集》,存赋 6 篇。《节庵集》提要,四库全书
　存目丛书集部 29 册,第 255 页。

十月，成祖将纪朱元璋功德于孝陵，既得碑，求砆未获，后在龙潭山麓，发地得石龟，"修广之度，式称趺制"。弗求而获，乃祥瑞之兆，显示了成祖之"纯孝"。梁潜①《神龟赋》与杨士奇《神龟赋》即为此事而作。而据《明史》卷152《王汝玉传》："群臣应制撰《神龟赋》，汝玉第一、解缙次之。"②则王汝玉、解缙亦有《神龟赋》，惜已佚。

2. 永乐三年

自二年十二月至此年正月，黄河水清，始蒲州韩城，延数百里。曾棨有《黄河清赋》，应履平③、胡广④、杨士奇各有《河清赋》以颂。章敞⑤《河清赋》未写作年，应作于同时。

六月，陕西西安、凤翔二府，各献瑞麦，有一茎三穟、四穟至六穟者，章敞认为"此来牟之为瑞，所以昭盛世之休征"，作《瑞麦赋》以颂。

3. 永乐四年

秋天，山东"薛"地献白鹿，曾棨作《白鹿赋》。

4. 永乐五年

二月，于灵谷寺建坛做法事，出现诸多瑞应，黄淮⑥作《圣孝瑞应赋》，高得旸专就塔影灵异，作《灵谷寺宝塔影赋》。郑棠有《塔影赋》，是一篇应制赋，描写"耀祥光于佛日，幻塔影之仙灵"的灵异之象，或同时作。

5. 永乐十年

首夏（四月），定武群牧，龙马产麟，郑棠应制作《龙马产麟赋》。

十月，明成祖狩于武冈之阳与阳山，甘露两降。杨士奇有《甘露赋》，借此歌颂明成祖之德。

6. 永乐十一年

五月，曹县献驺虞。陈敬宗有《驺虞赋》，描写"鲁邦之垂"所献驺虞。

---

① 梁潜，字用之，泰和人。洪武二十九年举人。永乐元年，召修《太祖实录》。书成，擢修撰，兼右春坊右赞善。会修《永乐大典》，代礼部尚书郑赐为总裁，升侍读。永乐十五年北征，仁宗监国，以释陈千户事牵连坐死。有《泊庵集》，存赋3篇。《明史》卷152《梁潜传》，第4191页。

② 张廷玉：《明史》卷152《王汝玉传》，第4191页。

③ 应履平，奉化人。建文二年进士。授德化知县。历官吏部郎中，出为常德知府。宣宗初，擢贵州按察使。正统三年，迁云南布政使。存赋1篇。《明史》卷161《应履平传》，第4377页。

④ 胡广，字光大，吉水人。建文二年状元，除翰林修撰。靖难兵至，迎降。累官文渊阁大学士，卒谥文穆。有《扈从集》，存赋2篇。《明史》卷147《胡广传》，第4124页。

⑤ 章敞，字尚文，会稽人。永乐二年进士。宣德六年为礼部侍郎。存赋4篇。《明史》卷158《章敞传》，第4315页。

⑥ 黄淮，字宗豫，永嘉人。洪武三十年进士。永乐时，入直文渊阁，任翰林编修。累进右春坊大学士，辅皇太子监国，为汉王高煦所谮，坐系诏狱十年。洪熙初复官，授武英殿大学士，累加少保。有《省愆集》，存赋3篇。《明史》卷147《黄淮传》，第4123页。

陈赋未写年月,据《明太宗实录》:"(永乐十一年五月)丁未,曹县献驺虞行在。"①曹县在山东西南部,正符合"鲁邦之垂"。

　　7. 永乐十三年

　　九月二日②,西域贡狮子,狮子即狻猊,为神异之兽,金幼孜作《师子赋》,梁潜作《西域献狮子赋》,李时勉、王英③、陈敬宗各作《狮子赋》一篇。陈诚④亦有《狮子赋》,其序云,作者于永乐十二年(1414)春正月发酒泉郡,出玉门关,道敦煌,十月至哈烈城,沙哈鲁氏仰华夏之休风,集猛士捕获狮子,以贡献天朝。陈诚与其他人不同,他是作为出使的使者,"具述(贡狮)始终,光赞盛美"。王洪有一残篇,赋末作者按语云"谨按:唐太宗贞观中,西域贡师子,其时侍臣虞世南为赋以献。今圣上神圣功德,度越汉唐,而臣幸以文字叨列侍从,睹兹盛美,不敢不及古人为解,谨为赋如右,时与士大夫诵而观之,以咏歌圣德于无穷,又何其幸欤? 冬十月九日臣洪谨识。"故知赋为《师子赋》,亦为西域贡狮作,作赋时间则在十月。

　　九月八日⑤,麻林国献麒麟。前此一年,榜葛剌国也曾献麒麟,未逾一年,麒麟之瑞两至。夏原吉⑥、胡广各作《麒麟赋》,金幼孜、王洪⑦各作《瑞应麒麟赋》。萧仪⑧有《麒麟赋》,萧仪永乐十三年进士,后因迁都事瘐死狱

---

① 杨士奇等:《明太宗实录》卷140,第1686页。

② 金幼孜《师子赋序》:"永乐十有三年九月丙申(初二),西域遣使以师子来贡。"

③ 王英,字时彦,江西金溪人。永乐二年进士。参修《太祖实录》,授翰林院修撰,官至礼部尚书。有《王文安公诗文集》,存赋3篇。文集卷首陈敬宗《王文安公传》,续修四库全书1327册,第243页。

④ 陈诚,字子鲁,吉水人。洪武二十七年进士。永乐中官吏部员外郎。有《陈竹山文集》,存赋1篇。《钦定四库全书总目·使西域记》,第884页。

⑤ 金幼孜《瑞应麒麟赋序》:"永乐十有三年,秋九月壬寅(初八),西南夷有曰麻林国者,以麒麟来献……曾未逾年,而麒麟之瑞凡两至阙下。"按:王洪《瑞应麒麟赋序》作八月,金幼孜《瑞应麒麟赋序》、梁潜《瑞应麒麟篇序》俱作九月,姑按九月。

⑥ 夏原吉,字维喆,湘阴人,祖籍德兴。洪武中以乡荐入太学。建文时为户部右侍郎,永乐初转户部左侍郎,进尚书。宣德五年卒,谥忠靖。有《忠靖集》,存赋1篇。《明史》卷149《夏原吉传》,第4150页。按:浦铣《历代赋话续集》卷12(第324页):"宣德四年,滁州来安石固山有二驺虞,守臣献于朝,群臣皆赋咏之。予观夏公元(原)吉赋,序曰:'猊首虎身,白质黑章,修尾隅目,不食生,不践生。'此应即《忠靖集》卷1所收《瑞应驺虞颂》,其序曰:'宣德四年春,滁之来安有驺虞二,见于石固山……盖猊首虎躯,白质黑章,修尾隅目,而其性甚驯,真盛世之瑞物也。'文字稍有不同。

⑦ 王洪,字希范,钱塘人。洪武三十年进士。初授行人,寻擢吏科给事中。成祖时入翰林,由检讨历官修撰、侍讲,为《永乐大典》副总裁官。有《毅斋集》,存赋5篇。《明史》卷286《文苑传》,第7337页。

⑧ 萧仪,字德容,乐安人。永乐十三年进士。官吏部主事,以疏论迁都北京不便,忤旨见杀。有《林绵集》,存赋4篇。《林绵集》提要,四库全书存目丛书集部31册,第521页。

中,赋应作于此时。王洪、李时勉、陈敬宗还各有一《麒麟赋》,王直①有《瑞应麒麟赋》,俱未详作年,姑附于此。

8. 永乐十五年

十一月,明成祖建北京奉天殿、乾清宫,五色瑞光、卿云、瑞冰等祥瑞屡现,梁潜作《瑞应赋》,金幼孜、吴溥作《圣德瑞应赋》。吴溥之赋除写上述瑞应之外,还写到"陕西进瑞兔,如玄云黑玉,光彩璀璨。又有灵芝仙草,应时而现。"

仲冬,黄河之北,封丘之野,得海东青。朱有燉②作《海东青赋》《海东青后赋》,以为海东青"产于东洋女真之国",非"中原之可恒得""诚家国之奇祥",因作赋以赞。

9. 永乐十六年

九月,占城国贡象,金幼孜与陈敬宗各作《瑞象赋》。王洪《瑞象赋》未写作年,据文意应作于此时。

10. 永乐十七年

正月,明成祖于海印寺修建水陆大斋七昼夜以报亲,出现诸多瑞应,如"甘露布于祇园,醴泉出于灵鼗,卿云被于霄汉",金幼孜的另一篇《圣德瑞应赋》即为此而作,以播扬盛美。

八月,西南之国献驼鸡,金幼孜作《驼鸡赋》。

十一月,甘露降孝陵。金幼孜有《瑞应甘露赋》,写明成祖驾留北京之时,甘露降孝陵。赋未写年月,据金幼孜《瑞应甘露诗》:"永乐己亥惟仲冬,天乳明润当太空。孝陵峨峨霄汉上,甘露又降松柏中。"③赋应作于此时。习经《瑞应甘露赋》题注云:"己亥十一月降",亦作于同时。

11. 永乐十八年

十一月,云南黔国公朱晟进黄鹦鹉,余学夔作《黄鹦鹉赋》,杨荣应制作《黄鹦鹉赋》④。金幼孜《黄鹦鹉赋》未写作年,赋有"尔其身游南诏",应作

---

① 王直,字行俭,泰和人。永乐二年进士。任少詹事兼侍读学士、礼部侍郎、吏部尚书等。景泰帝时,进少傅,英宗复辟,乞休归。有《抑庵集》,存赋3篇。《明史》卷169《王直传》,第4537页。

② 朱有燉,号诚斋,安徽凤阳人。朱元璋第五子朱橚的长子,袭封周王,死后谥宪,世称周宪王。有《诚斋集》,存赋3篇。《明史》卷116《诸王传》,第3566页。

③ 金幼孜:《金文靖集》卷2,四库全书1240册,第601页。

④ 按:杨荣赋已佚,据朱宪爝《红鹦鹉赋序》:"又尝见我太宗文皇帝时,有滇南沐将军(指沐晟,沐英次子,因平定麓川叛乱而受封为黔国公)进以黄鹦鹉,命大学士杨□文以昭国家之瑞……至我朝杨荣亦有赋应制,而赋其黄色者也。"《历代辞赋总汇8》,湖南文艺出版社2014年版,第6744页。

于同时。明年(十九年)庶吉士散馆考试,以《黄鹦鹉赋》为题,习经与周叙等作赋称旨。

本年,"青之诸城"献龙马,罗汝敬①作《龙马赋》,其序并云"今皇上为兆民开万世太平之基以建北京,而龙马适见",赞颂迁都北京是顺应天意之举。陈敬宗《龙马赋》未写作年,从文中"山东诸城县民,复以龙马来献",应与罗汝敬之作同时。孙瑀②《瑞应龙马赋》亦应作于同时。

其它作于永乐时,而不详其具体作年的祥瑞赋有:

《嘉禾赋》:嘉禾秋生于"龙兴之地",曾棨作《嘉禾赋》。

《瑞冰卿云赋》:"圣驾巡幸北京","因农隙之余闲,阅武嬉而暇逸",出现瑞冰、卿云之祥瑞,于是"昭示南京庶士,举歌颂夫升平",郑棠作《瑞冰卿云赋》。

《庆云赋》:王达③有《庆云赋》,赋设为天现庆云,相如为赋,表面是写汉事,实际上是歌颂大明之兴,希望庆云这种昭示太平的祥瑞之象能够"黼黻昭代,彰敷圣德","有以见皇朝万世之宠业。"

《连理木赋》:海云院的山茶二本,枝皆连理,乃"希世之瑞",姚广孝④作《连理木赋》。

永乐之后,仁宣之时承续永乐传统,亦有不少祥瑞赋。仁宗享国日短,但也颇重祥瑞。而且,永乐朝进献的珍禽异兽都被集于内苑,夏原吉曾应制赋诗,其《忠靖集》卷三有《洪熙乙巳(洪熙元年,1425)秋仲,赐观内苑珍禽奇兽应制赋》。宣宗朝留存的祥瑞赋有:

宣德元年(1426)五月,广东琼管献白鹿,袁忠彻⑤作《白鹿赋》。

宣德二年(1427)四月,吴中出现一茎两穗的瑞麦,吴惠⑥作《麦穗两歧赋》。

---

① 罗汝敬,名肃,以字行。吉水人。永乐二年进士。历翰林修撰,以言事下狱,改御史,擢工部侍郎。两使安南,巡抚陕西。有《寅庵集》,存赋1篇。《明诗纪事》乙签卷9,《明代传记丛刊13》,第168页。

② 孙瑀,字原贞,以字行。德兴人。永乐十三年进士。官至兵部尚书。有《岁寒集》,存赋4篇。《岁寒集》提要,四库全书存目丛书集部31册,第70页。

③ 王达,字达善,无锡人。洪武中,任国子助教。永乐中,擢翰林编修,迁侍读学士。有《天游集》,存赋4篇。《列朝诗集小传》乙集,《明代传记丛刊11》,第216页。

④ 姚广孝,长洲人。年十四,度为僧,名道衍。洪武中,以高僧应选燕邸。建文帝立,密劝燕王举兵,策动"靖难之役"。永乐二年拜资善大夫、太子少师,复其姓,赐名广孝。有《逃虚子集》,存赋2篇。《明史》卷145《姚广孝传》,第4079页。

⑤ 袁忠彻,字静思,鄞县人。袁珙子。幼习其父相人之术。永乐初,召授鸿胪寺序班,迁尚宝司少卿。存赋2篇。《明史》卷299《方伎传》,第7643页。

⑥ 吴惠,字孟仁,吴人。宣德二年进士。历官桂林知府、广西参政。存赋2篇。《明诗纪事》乙签卷16,《明代传记丛刊13》,第250页。

宣德四年(1429)四月,宁夏守臣进玄兔,马愉①作《玄兔赋》。七月,广东海阳县进献两只白乌,杨士奇作《瑞应白乌赋》。十一月,天降瑞雪。于谦②的《雪赋》描写腊前瑞雪,认为此雪"为治世之祯祥,丰年之卜筮",是"君明臣良,民安国泰"所致,未写作年,因夏原吉的《瑞雪诗》作于此年十一月,符合"腊前",姑系于此。

宣德五年(1430)冬,淮安献白鹿,陈琏③作《瑞鹿赋》。

宣德七年(1432),山西献龙驹。刘球④《龙驹赋》序云"今皇上莅大宝七年",刘球是永乐十九年进士,赋应作于宣德七年。

宣德八年(1433)闰八月,天现景星,李时勉作《瑞应景星赋》。孙瑀《瑞应景星赋》有"乃宣德癸丑(八年)仲秋之夕",作于此时。刘球《景星赋》未写作年,赋序云"近睹景星见西北天门之上",应作于同时。

英宪朝也有少量祥瑞赋:

正统三年(1438),榜葛剌国献麒麟⑤。刘球作《瑞应麒麟赋》,赋序云"皇上以至仁盛德,缵四圣之绪""迄今四载"等语,可知作于此时。习经有《瑞应麒麟赋》,中有"超溟渤之修途,去岛夷之遐方",亦应此时作。周旋⑥《麒麟赋》序有"臣忝职翰林",周旋为正统元年(1436)状元,授修撰。赋中又说麒麟"生于南溟",贡于阙廷,或即此时作。刘定之⑦正统元年进士,授编修,其《麒麟赋》亦应作于此时。

成化五年(1469),"楚西古域"常武之地产麒麟,杜庠⑧作《异瑞赋》歌颂牧守杨公,并把麒麟之出,归德于"圣皇"。

①　马愉,字性和,临朐人。宣德二年状元。任翰林修撰、侍读学士、礼部右侍郎等。有《澹轩文集》,存赋2篇。《明史》卷148《马愉传》,第4144页。

②　于谦,字廷益,钱塘人。永乐十九年进士。正统十四年土木之变,迁兵部尚书。英宗复辟,被杀。成化初,复官赐祭。有《忠肃集》,存赋2篇。《明史》卷170《于谦传》,第4543页。

③　陈琏,字廷器,东莞人。洪武二十三年举人。任国子助教、扬州知府、礼部右侍郎等。有《琴轩集》,存赋6篇。《明诗纪事》乙签卷5,《明代传记丛刊13》,第85页。

④　刘球,字廷振,安成人。永乐十九年进士。正统初,任翰林侍讲。因上疏言事,得罪太监王振,下诏狱,为振党马顺所杀。景泰初昭雪。有《两溪文集》,存赋6篇。《明史》卷162《刘球传》,第4402页。

⑤　张廷玉:《明史》卷10《英宗前纪》:"是年(正统三年),榜葛剌贡麒麟,中外表贺。"第130页。

⑥　周旋,字中规,永嘉人。正统元年状元。授翰林修撰,升侍讲,兼左春坊左庶子。景泰时,奏请迎回英宗,不报,乃罢归。有《畏庵集》,存赋5篇。《明诗纪事》乙签卷16,《明代传记丛刊13》,第259页。

⑦　刘定之,字主静,永新人。正统元年进士。成化二年入直文渊阁,进工部右侍郎,兼翰林学士。有《呆斋集》,存赋5篇。《明史》卷176《刘定之传》,第4691页。

⑧　杜庠,字公序,长洲人。景泰五年进士。任攸县知县。存赋1篇。《列朝诗集小传》乙集,《明代传记丛刊11》,第246页。

虽然这些作品在当时,"读之如览西周王会之图,披北魏、南齐符瑞之志,亦可云诗史矣。"①但现在看来,"正是中国中世纪'异常'的'幽默'事件"②,并没有太多的艺术价值。

(三) 其它题材的新变

1. 咏怀等题材的新变

洪武建文朝的赋有不少作于元末,有些反映了元末社会的混乱与士人的忧时伤世或渴望隐居的情怀。但此期社会由治而盛,文人们或志于学,或乐于耕,或走上积极出仕的道路。赋中即便有忧虑之情,也大都来自"恐修名之不立"或宦路之风尘。而隐逸之作,或自甘澹泊,或功成身退,也与此前乱世思隐的情调截然不同。

郑棠有《志学赋》,为滇南赵敏作,其斋曰志学,作者作赋以"声光志学之效"。商辂③有《午夜读书赋》,作者认为"善读书者,日不足,每继之以夜",赋描写其"不暇就安于枕褥",于午夜发愤读书。薛瑄④是著名理学家,他的言志赋抒写自己志学的追求,如《自修赋》谈到"理"的自持:"诵古训之数数兮,服至理之拳拳","必于敬于理而保持"。又如《思本赋》,所谓"思本",有"顾本源以自修"的意味在内,与《自修赋》相同,有对"天理"的保持:"仰皇昊之赋畀兮,保天理于晷刻。"

郑棠的《悦耕赋》为俎敬宗作,铺写"耕"之不同状况以及"悦耕"之义。平显⑤有《乐耕赋》,据李琳《明初谪滇诗人平显考论》⑥,平显在云南二十余载,永乐四年(1406)归乡,永乐五年(1407)又赴南京任教职。而厉鹗《舟过横里,怀平松雨先生故居并序》云:"(平显)故居在北关外之横里,地有仲墅、洛山,水名十二里漾……至今过之风景宛然,惜乎先生之不能终老于是也。"⑦此赋首云"平子既老,步趋不良。重狐丘之念,思茧室之藏",则此赋或作于永乐四年归乡之后,永乐五年赴南京教职之前,赋文表达了春耕秋

---

① 朱彝尊:《静志居诗话》卷6,第150页。

② 王珽:《明代"祥瑞"兽"驺虞"考》,《暨南史学》(三),第191页。

③ 商辂,字弘载,淳安人。正统十年状元。历任兵部尚书、吏部尚书、谨身殿大学士等。有《素庵集》,存赋2篇。《明史》卷176《商辂传》,第4687页。

④ 薛瑄,字德温,河津人。永乐十九年进士。任山东提学佥事、礼部右侍郎、礼部左侍郎等。卒谥文清,从祀孔子庙庭。有《敬轩文集》,存赋5篇。《明史》卷282《儒林传》,第7228页。

⑤ 平显,字仲微,钱塘人。以荐授广西滕县知县。谪戍云南,黔国公沐英请除其伍,延为西席。有《松雨轩集》,存赋1篇。《列朝诗集小传》乙集,《明代传记丛刊11》,第274页。

⑥ 李琳:《明初谪滇诗人平显考论》,《江汉论坛》2008年第11期。

⑦ 厉鹗:《樊榭山房续集》卷7,四库全书1328册,第252页。

获、"乐耕"的志趣。解缙①的《寄周子宣赋》说明了耕之所以为善的原因，并决定"将乞身于强健之时，而击壤于畎亩之中。率惰农以趋事，歌盛世之屡丰。"

徐有贞②在英宗朝官至兵部尚书，兼华盖殿大学士，其《梦游赋》记述了一次梦游，显示了作者内心深处对于"进"与"退"的思考与抉择，最终作者选择了"经纶乎家国"的进取之路。周启有《锦峰神梦赋》，此赋乃送秋官主事陈元宗还京时作，赋设为锦峰山神托梦，而称扬陈元宗的"仪形""怀抱"、文章以及在吴中的治绩。

这类赋作也有忧虑之情，但与洪武建文朝赋作的忧时伤世内涵不同。如周叙《觉非赋》，此赋序云："予年三十有六，而德不加修，学不益进。且仕太早，远违亲养。病中积忧沉思，觉已往之非，乃作赋以自讼"，作者忧虑的是自己德业不进与不能养亲。其《感新秋赋》写秋天到来后对身世的感怀，与《觉非赋》所抒之情相似。吴惠《晓行残月赋》写游子行旅之辛苦，在鸡未鸣、月未落的岁暮清晓，独自踏上征途。从赋中"渐遥遥其驿路兮，已隐隐乎帝城"，似是离开京都远涉他方，更增加了心里的落寞惆怅。胡俨③的抒怀赋曾被称道，涵虚子臞仙《颐庵文选原序》云："若《述志》《感寓》《归休》之赋，别墅之文，听雪之记，大有过于人矣。"④其《述志赋》应作于任国子祭酒之时，正如《颐庵文选提要》所云，"修《明太祖实录》《永乐大典》，皆为总裁官，而以议论戆直，为同僚所不容。故久于国学，未能悉究其用。"⑤作者颇有"老冉冉其将至""耻没世而名不称"的忧虑，赋篇弥漫着忧恐不安之气，如"日遑遑而不逮兮，心切切而怛忧。""日惴惴如临深兮，匪一息之可捐。"《感寓赋》乃感于"同寓形于宇内"的各色人等，这些人中既有"乘轩驾鹤"的翩翩公子，也有"蕴美含章"的修饬文士，既有"穷年矻矻，白首山林"之士，也有"桑门空寂，羽士清虚"之流，最终无不"同归于化"，作者藉此表达"物不可齐，道不可虞""至人兮无累，大化兮穆泖"的观点。这样的写法，

---

① 解缙，字大绅，吉水人。洪武二十一年进士。建文帝时，为翰林待诏，成祖即位，擢侍读，直文渊阁，参预机务。永乐五年，坐廷试读卷不公，遭谪。永乐八年，因私觐太子罪入狱，十三年被害。有《文毅集》，存赋 2 篇。《明史》卷 147《解缙传》，第 4115 页。

② 徐有贞，初名珵，字符玉，吴县人。宣德八年进士。官至兵部尚书，兼华盖殿大学士，封武功伯。后下狱，戍金齿。有《武功集》，存赋 5 篇。《明史》卷 171《徐有贞传》，第 4561 页。

③ 胡俨，字若思，南昌人。洪武末举人。成祖即位，以翰林检讨直文渊阁，迁侍讲。永乐二年拜国子监祭酒。重修《明太祖实录》《永乐大典》，皆充总裁官。有《颐庵文选》，存赋 10 篇。《明史》卷 147《胡俨传》，第 4127 页。

④ 胡俨：《颐庵文选》卷首，四库全书 1237 册，第 547 页。

⑤ 纪昀等：《钦定四库全书总目·颐庵文选》，第 2290 页。

"活化江淹《别》《恨》结构,描述世间多种生态,兼有哲思情韵。"①《阳春赋》虽反宋玉《九辩》"悲哉,秋之为气也",歌颂"佳哉,春之为气也",但抒发的却不是面对阳春的蓬勃向上之气,而是"时亹亹而逾迈,老冉冉其逡巡"的迟暮之感与"春雨露兮既濡,眷松楸兮不能忘"的归隐之思。《归休赋》应作于仁宗初,作者以疾乞休、归隐故园之时。作者先写了自己因衰疾而归,离别之际对君主的留恋,接着以行程为线索,写了路途中的见闻以及到家之后的感慨,表达自己要"励乎余齿"。

兰茂②《乐志赋》自注"成化己丑(成化五年,1469)仲夏初吉,嵷山七十三翁和光道人,书于止庵之吟室",作者认为"唯人心之所之兮,宜取适于和宁",当他看到历史上那些为名为利的人最终"竟俱覆于危辙",而"唯达人之至明兮,善藏器以俟时。或耕钓以自给兮,曷尝炫才而饰奇。"他决定要"甘澹泊而深处""披简编以自娱"。周济③《遂初赋》,作者首先回顾了历史上君臣相得以及"叔季云扰""忠良罔察"的现象,然后说到明朝建立以后,"俊乂登而礼乐起",而自己却"偃蹇而无为",所以决定"构泉石之敝庐",摈却纷扰,"返初服以守玄牝"。王伟④《归来赋》,此赋写作者有草堂在"青山之麓,黄溪之湄",铺叙田园生活之乐,抒发归欤之情。

此期的一些言事赋展示了明朝"文治武功"之盛。如刘球《至日早朝赋》,此赋铺陈宣德五年(1430)冬至日的早朝,作者从"及东方之未曙,仰明星之犹光"时早朝的准备,一直写到"日瞳昽兮东跻"的早朝时刻,其描写早朝的盛大场面云:

> 然后起瑶扃,来警跸。鸿钟镈,銮舆出。高明衮衣之日月,远睹天位之飞龙。黼扆后设,而断必自乎睿思;冕旒前垂,而明不掩于重瞳。无动声色,笃恭其容。俨然帝舜之正位乎南面,无异周武之垂拱乎九重。其臣则王公侯伯,貂蝉眩帻。玉带悬牙,朱衣袭锡。卿大夫士,降至百职。济济跄跄,莫不盛饰。冠以品分,班以次设。东文西武,鸳排鹄植。服声教者有远夷,凛尊亲者遍群貊。诗书所未道其名,汉唐所不宾之国。皆奉玉帛而远来,亦幸观光乎其侧。于是绛帻鸡人,长鸣东

---

① 郭维森、许结:《中国辞赋发展史》,第 695 页。

② 兰茂,字廷秀,号止庵。杨林(今云南嵩明)人。有《止庵吟稿》。存赋 1 篇。《明诗纪事》甲签卷 23,《明代传记丛刊 12》,第 878 页。

③ 周济,字大亨,洛阳人。永乐中举人。宣德时,授江西都司断事。正统初,擢御史,巡按四川。十一年出为安庆知府,卒于官。存赋 1 篇。《明史》卷 281《循吏传》,第 7207 页。

④ 王伟,字士英,攸县人。正统元年进士。授户部主事。英宗北狩,命行监察御史事。后坐于谦党,罢归。成化三年复官。存赋 1 篇。《明史》卷 170《于谦传》附,第 4552 页。

庑。伶官发音,金石柷敔。琴瑟箫管,交宣迭鼓。声洋洋乎盈耳,节铿铿乎有序。礼官唱赞,登降拜俯。进退启跪,或跃或舞。咸中平仪,罔愆于素。诸方瓯进之辞既退,万口嵩呼之声齐举。喜动乎天颜,声震乎寰宇。

《复小斋赋话》评此赋云:"绝似元人笔意"①。又如朱孟烷②《冬猎赋》,朱孟烷是明太祖孙,永乐二十二年(1424)袭封楚王。此赋写一次冬猎的过程,对"步卒""为骑"之勇武,飞禽走兽被猎杀的情景都有形象的描绘,最后归结为"文事武备,以固封疆"。赵辅③《平夷赋》,《明史》本传说其"三年(宪宗成化三年,1467),总兵征女真三卫,有功,进侯爵",此赋即写其总兵征女真三卫之事。

2. 咏物等题材的新变

(1)咏物赋

此期咏物赋首先值得注意的是帝王宗室的作品。一般文人在写咏物赋时,大都有所寄托,以比兴手法居多,但帝王宗室在作咏物赋时则赋法为多,如上文提到的明宣宗朱瞻基《玉簪花赋》即是。朱孟烷也是如此,《月中桂赋》描写月中桂树,《雏鹤赋》描写一"至人之爱玩"之物——雏鹤,都以赋法见长。

有托喻色彩的咏物赋也有一些,但与此前大多以物自比高洁、抒发隐逸之志不同,而是怀恩图报情感的抒发,如刘球《畜鹰赋》,此赋写鹰坊蓄鹰以供皇帝冬狩之用,从而引出"若阨困而赖济于人,为臣而叨食于主",要以鹰坊之鹰为借鉴,懂得"蒙其施当怀其报"。刘定之《御沟鱼赋》描写御沟鱼,并以之托喻"沐皇泽之溉沾"之朝臣,表面上"有志而无所事",实际上是可以有大作为的。

而有些咏物赋则以物喻人或以小喻大,具有哀伤或批判的色彩。姚广孝《哀灵禽赋》,哀悯灵禽以"多翠"而"遭人之毒手""体解而羽隳"。时季照④

①　浦铣:《复小斋赋话》卷上,《历代赋话》,第383页。
②　朱孟烷,明太祖孙,永乐二十二年袭封楚王。宣德中,陈瑄密奏抑楚之术,孟烷闻之惧。五年上书请纳两护卫,自留其一。正统四年薨,年四十五。有《勤有文集》,存赋7篇。《明史》卷116《诸王传》,第3571页。
③　赵辅,字良佐,安徽凤阳人。袭职为济宁卫指挥使。成化元年,以军功封武靖伯。三年,总兵征女真三卫,有功,进侯爵。十二年解营务,家居十年卒。存赋1篇。《明史》卷155《赵辅传》,第4263页。
④　时季照,名铭,以字行,鄞县人。洪武二十九年以训导征,特授监察御史,以疾还里。复用荐征为崇仁令,历三考,升四川按察司佥事。有《梦墨集》,存赋1篇。《列朝诗集小传》甲集,《明代传记丛刊11》,第164页。

《虱赋》从各个方面描写虱，认为虱虽是"蕞尔"小物，而"罪浮于青蝇"。刘纲①《鞠鼠赋》不仅写了鼠之危害，还批判似鼠之人之危害。

有的咏物赋还反映了地方之行政，官吏之勤于职事。周启《骢马行郡图赋》为江西金事吕升作。赋写吕升按部行郡、考察民情的治绩，尤其赞扬吕升在旱时祷雨而应、解民之急的事迹。《枫桥别意图赋》送御史甘霖还京时作，甘霖任御史于东吴，治绩优良，离去时有为画《枫桥别意图》，作者作赋以美之。周旋《骢马行春赋》写出于"河济之名邦"的"卓越之才，倜傥之士"，被任命为御史，于"景物绚春光之媚"的时候，骑骢马"巡行浙水"，以"观民之风，苏民之悴"。陈琏《骢马赋》则从马的角度立意，写骢马由"伏于槽枥，与驽骀而并处"的境况，到被"执法之臣""直指之使"所骑，下行郡县"洗冤而伸滞"的经历，表达"物不自贵，以人而贵；物不自异，以人而异"的观点。

此期有一些灯赋，也颇能见出时代之和平昌盛。据黄佐《翰林记》卷16"赐观灯"："永乐十八年正月甲寅元宵节，上御午门观灯，赐百官宴并赐御制诗，学士胡广、杨荣等奉和以进，上览而悦之，赐以羊、酒、钞币。自是车驾驻两京，皆赐观灯于午门以为例……自宣宗即位以来，凡遇时节，必赐侍臣以诗章及内酝珍馐果，而元宵为尤盛云。英、宪二朝，尚或举行。"②在这种背景下，出现了一些观灯赋。王洪《观灯赋》应作于永乐朝，皇帝"诏于上元之夕，特赐灯宴"，作者作赋"铺张形容以纪盛美"，对灯市的盛美、灯市百戏之繁盛热闹以及君王与臣民同乐的景象等，都作了详尽的铺叙。刘球《琼岛观灯赋》，赋序云"皇上临御之六祀，四海归于至治，百祥应于丰年。乃于琼岛张灯，以庆元夕，以奉圣母之欢"，而其《景星赋》写宣德皇帝的治绩也有"内奉慈闱之养"之句，则赋应作于宣德六年，其描写元夕灯容之盛云：

> 于是高跨其峰巅，卑循其水泽。象六鳌以驾山，因五方而为色。结彩垂旒，抹金缀碧。妆点瑶灯，其数万亿。皆因物以赋形，而各妙极其饰也。盖飞则雉雁鸢鹭，鸳鸯鸽鹏。杂然羽族，惟木是凭。走则麛兔麇猱，若羱若駒。群分队别，随山而升。潜则虾龟蛙蟹，巨鲤修鲸。扬鬐动甲，惟水是萦。巨而日月，细而列星。羽衣道侣，缁服神僧。类莫悉辨，众莫能名。各一其色，各肖其形。皆曲尽匠石之巧妙，而夺乎天地

---

① 刘纲，字之纪，禹州人。建文二年进士。任府谷知县、宁州知州。存赋1篇。《明史》卷281《循吏传》，第7209页。

② 黄佐：《翰林记》卷16"赐观灯"，四库全书596册，第1037页。

之功能也。

于谦有《上元观灯赋》，具体作年不详，赋序云："恭遇上元令节，敕赐群臣观灯宴饮"，赋即写"诏许观灯""西掖之南"，灯之盛状以及宴会之欢。

（2）山水楼台赋

洪武建文朝的赋家大多由隐而仕，有的隐居经历还很长，山水地理赋的数量少于轩斋楼台赋，而且，山水地理赋的描写范围也不大，或家乡之山水，或足迹所及之地。此期山水地理赋不仅数量有所增加，描写的范围也大大扩展。不仅有名山大川如嵩山（刘咸①《嵩山赋》、曹琏②《嵩山二十四峰赋》）、泰山（陈琏《登泰山赋》）、庐山（胡俨《游匡庐山赋》）、葛峄山（周谊③《葛峄山赋》）、玉笥山（金幼孜《玉笥山赋》）、武当山（杨琚④《太岳太和山赋》）、鄂城凤凰山（朱孟烷《凤凰山赋》）、小孤山（朱孟烷《小孤山赋》）、八公山（王永颐⑤《八公山赋》）、黄河（刘咸《黄河赋》、薛瑄《黄河赋》）、云梦泽（朱孟烷《云梦赋》），一些前人不太注意的山水也成了此期作家的素材，如萧堆（萧子楫⑥《萧堆赋》）、龟窝（曹琏《龟窝赋》⑦），甚至种有梧桐树的山冈（许晋⑧《梧冈赋》），名不见经传的溪水、潭水（周叙《赤石潭赋》、张宁⑨《怀秀溪赋》），都成为描写的对象，展现了此期赋家视野的开阔。如金幼孜《玉笥山赋》，写江西道教名山玉笥山，把玉笥山的所处地势、自然风貌、诸多物产、人文景观等作了全方位的描述。刘咸《黄河赋》，从赋末"追

---

① 刘咸，江西泰和人，永乐十年进士。尝官于河南按察司。存赋2篇。《明清进士题名碑录索引》，第2031页。《成化河南总志》卷13，北京图书馆藏成化二十二年刻本。

② 曹琏，成化以前人，曾任河南按察副使。存赋3篇。按：《总汇》第6册5243页，收曹琏赋2篇《嵩山二十四峰赋》《龟窝赋》，第9册7455页收曹琏赋1篇《西夏形胜赋》。其《嵩山二十四峰赋》出自《成化河南总志》卷13，作者名下注"尝官于河南按察司"。《西夏形胜赋》出自《嘉靖宁夏新志》卷8，作者名下注"按察副使"。应即同一人。《总汇》认为《西夏形胜赋》的作者曹琏为"山东益都人，万历二十九年进士。"误。

③ 周谊，永乐七年任都指挥。存赋1篇。《明史》卷317《广西土司》，第8205页。

④ 杨琚，江西泰和人。景泰五年进士。存赋1篇。《明清进士题名碑录索引》，第1663页。

⑤ 王永颐，舟山人。宣德七年，以才艺荐授京巡御史。存赋1篇。《天启舟山志》卷3，《中国方志丛书·华中地方499》，成文出版1983年版，第217页。

⑥ 萧子楫，泰和人。曾任蒲圻训导。其《萧堆赋》作于景泰二年。《嘉靖湖广图经志书》卷2，《日本藏中国罕见地方志丛刊21》，书目文献出版社1991年版，第186页。

⑦ 按：《龟窝赋序》引《河南永宁县志》："禹治水功成，神龟负文，出于邑之洛川，历千万年，其窝俨然尚存。"

⑧ 许晋，句容人。洪武十八年进士。存赋1篇。《明清进士题名碑录索引》，第163页。按：《总汇》第6册4889页，许晋误为洪武六年进士。

⑨ 张宁，字靖之，海盐人。景泰五年进士，授礼科给事中。宪宗时出为汀州知府。有《方洲集》，存赋3篇。《明史》卷180《张宁传》，第4765页。

今宁谧五十余年",应作于永乐时,当时屡有河清之报。赋写于作者"承命之河南,览其势之浩浩"之后,故其气势之雄壮,是科举应制赋不能相比的。全文一千多字,先总写其万千气象,然后依次写其发源以及上流、中流、下流,并赞颂大禹之力。

南京作为前期京师的形势之胜,也每每出现于作家的笔下。章敞《钟山龙蟠赋》描写钟山,而突出其"势为龙蟠""为万世帝王之宫"的特点。其《大江绕金陵赋》描写长江绕帝都的气势,而重在"固兹形胜,王气攸蓄。此其为东南之奥区,而我朝所以据上流而立国也。"郑棠《长江天堑赋》铺写长江之屏藩作用,颂美明朝"时清俗夷"。《石城赋》描写石城之"壮伟",而以"六代之矜"为戒。

刘寅①《金马山赋》,金马山在云南昆明,从赋中所云"国公继之,纲纪益张。载平安南,功业弥昌。总制仁贤,淑旗绥章",此赋应作于沐英次子沐晟于永乐六年(1408)与张辅平安南大获全胜,被封为黔国公后②。赋文不仅从地理形势上描写了金马山之胜概,而且从历史发展的角度,追溯了金马山之历史,赞扬明朝平治云南的盛德。韩阳③《荆湖山川人物赋》,描写荆湖"山川风景之形、土地生物之名"以及"人才宦迹"之盛。

明英宗朱祁镇也有此类赋,据黎淳④《岷山赋》序,天顺四年(1460)春,朝鲜贡画縠二,长阔各丈余,莹洁如玉。明英宗令善绘者绘《岷山》《汉水》二图,驰赐叔父襄王朱瞻墡。"襄王瞻墡,仁宗第五子,永乐二年封。宣德四年(1429),就藩长沙。正统元年(1436),徙襄阳。英宗复辟,四年(1460)入朝。帝为制岷山、汉水赋及《襄阳四时歌》,亲饯之卢沟桥。"⑤朱祁镇《岷山赋》描写了岷山之胜概、"泽民利国"之功、"四时可嘉"之景物,并赞其叔父之德"与兹山无穷"。其《汉水赋》描写了汉水之发源、流派、"阴晴变态"以及"景概"(即往来此江的官民),最后将其叔父之贤与汉水之大相比拟。

① 刘寅,山西崞县人,洪武四年进士。存赋1篇。《钦定四库全书总目·三略直解》,第1297页。

② 按:《总汇》第6册5071页认为"赋盖作于永乐间沐英从张辅讨平安南,被封为黔国公后不久。"误,沐英已于洪武二十五年死于云南任所,与张辅会师平安南的,应为沐英次子沐晟,平安南后因功封为黔国公。

③ 按:《总汇》第7册5780页作"韩杨",误,其《荆湖山川人物赋》亦收在《嘉靖湖广图经志书》卷1,作"韩阳",浙江会稽人,任湖广布政司提学金事。《日本藏中国罕见地方志丛刊21》,第51页。

④ 黎淳,字太朴,号朴庵,华容人。天顺元年进士。官至南京礼部尚书。存赋3篇。《青溪漫稿》卷24《黎文僖公传》,四库全书1251册,第338页。

⑤ 浦铣:《历代赋话正集》卷14,第124页。按:《明史》卷119,永乐二十二年封,应据明史。

"《岘山》则以戒，《汉水》则以美。"①此外，朱祁镇还命黎淳代言作赋。黎淳
《岘山赋》依次写了岘山之胜概、四时之景、仁者之乐山以及当今佳游胜会
之兼集。由于是代君作赋，所以突出了君王与民同乐的思想。《汉水赋》，
先写了汉水的地理位置以及"其状""其势"，又写汉水的发展历史，归结到
大明一统，而"吾（指代英宗）诚乐得夫忠贞之辅，而亲吾亲以蕃其族。"

　　洪武建文朝的轩斋楼台赋大体以隐逸为主要内容，或状高洁之志，或抒
自得之乐，题材范围相对单一，而此期的轩斋楼台赋，表现的内容就宽广多
了。有表达操守的，如顾懃②《希颜斋赋》为姑苏杨凤翥作，不仅赞颂了颜回
"虽箪瓢而孔安，匪陋巷而改乐"，也赞美了杨凤翥"处环堵以晏如"的操守。
杨士奇《师古堂赋》为朱仲智太守作，赞扬朱仲智以儒家的仁义礼智信为立
身之本。杨荣《筼轩赋》为三山陈仲昌作，赋描写修竹，并论其为德与为质。
周启《双竹轩赋》为萧孟昭作，以竹之志节相勉励。其《拙存斋赋》为教授朱
望作，赞其守"拙"之志。周忱③《橘友轩赋》为赵司训作，写赵司训以橘树
为友，因为橘树"本性之不迁"，具有"后凋之节操"。薛瑄《虚庵赋》为金宪
泰和刘咸作，从"虚"的角度赞美刘咸。汤胤绩④《爱竹轩后赋》为无锡华祖
芳作，赞扬其如竹一样"贞根苦节""虚其中"，并对其"真操"表达仰慕之
意。陈琏《岁寒轩赋》描写岁寒轩，不重在轩中的"寻常之乐"，而重在可以
表君子的"岁寒之心"。陈敬宗《清乐轩赋》，赞扬清乐主人以清为乐，这种
"哲人君子之高致"，"能拔俗超众以独行。"《万竹轩赋》主要围绕竹来描写
万竹轩，描绘了竹之"异态殊形"，而重在"托兹物以为象，缔岁寒之佳盟"。
金实⑤《存桧堂赋》，描绘桧树四季之风姿，但着重点在于桧树"同坚乎后凋
之雅操，而共保乎岁寒之襟期"。

　　有抒写隐逸之趣的，如汤胤绩《柳溪赋》为钱宽作，写其在有柳有溪的
居处，过着"得有余之逸乐，赏不尽之清欢"的生活。《竹深处赋》写隐遁于
竹林深处，时与二三良友雅会的乐趣。《环翠轩赋》写"怀随和之异宝"之

---

① 浦铣：《复小斋赋话》卷上，《历代赋话》，第 378 页。
② 顾懃，字存诚，慈溪人。永乐中正字。有《充然子诗文集》，存赋 2 篇。王昶辑、王兆鹏校
　点：《明词综》附录二，辽宁教育出版社 1997 年版，第 217 页。
③ 周忱，字恂如，吉水人。永乐二年进士。升刑部主事、员外郎。宣德五年，出任工部侍郎，
　巡抚江南。存赋 2 篇。《明史》卷 153《周忱传》，第 4211 页。
④ 汤胤绩，字公让，濠人。汤和曾孙。景泰中，用尚书胡濙荐，署指挥佥事。天顺中，谪为民。
　成化初，复故官。三年擢署都指挥佥事，为延绥东路参将，分守孤山堡。寇大至，胤绩病，
　陷伏死。存赋 7 篇。《明史》卷 126《汤和传》附，第 3756 页。
⑤ 金实，字用诚，开化人。永乐初年，任翰林典籍。与修《太祖实录》《永乐大典》，选为东宫
　讲官。历左春坊左司直。仁宗时，任卫府左长史。存赋 2 篇。《明史》卷 137《桂彦良传》
　附，第 3951 页。

人，"逾四十而不仕"，在环翠轩中过着隐居生活，"弃浮荣如敝屣"。苏平①《竹坡书舍赋》作于宣德七年（1432），为钱塘平叔藩竹坡书舍作，叔藩乃松雨先生平显之子。赋写"先生"在竹坡书舍中观竹读书、以道自乐的生活。周启《四乐园赋》为金幼孜作，认为其在四乐园中的雅事，可以和"山阴之高致""濂溪之遐观"相提并论。《栎阳八咏赋》为岐凤弟作，主要铺写其隐居生活。叶盛②《怡静草堂赋》，写怡静草堂主人"厥静之所以怡"的隐居生活，赞美主人"介忧乐于两途，贯穷达于一致"的处世态度。

有表彰读书之志的，如胡俨《东轩赋》，此赋写作者在京任官之时，于近"直庐"之处择地居住，并于其"西偏"辟一小室作为读书之所。此小室"广不踰乎寻丈，仅风雨之可蔽"，"惟图书之在列，远俗务之纷挐"，使作者可以朝夕自娱。杨荣《三峰书舍赋》，为建阳叶景达三峰书舍作，景达"于群书不惟锓梓以广其传"，而将欲俾其子孙"耳濡目染，无非道德之懿；口诵心维，莫匪仁义之说。"

有赞美退隐之乐的，如郑棠《怡老堂赋》，此赋写"仙华秀萃之福地，白麟瑞应之清溪"，有一怡老堂。出入此堂者，"昔旷望于万里，今合并而同处"，他们在怡老堂"爰笑爰语""真率时会，闲适容与"，享受退隐之乐。周启《老人亭赋》，为罗汝敬侍讲作，罗汝敬退隐之后，闾里为建老人亭，作者作赋赞美。叶盛《锡老堂赋》为沈简庵先生作，赋写沈简庵年老归乡，构锡老堂以处，是后生小子"典刑之斯在"。

有描写积庆之报的，如李贤③《桢槐堂赋》赋序云，洛阳人房子仪，其父构堂以居，槐生其下，子仪大显。人以此槐为房氏积庆之兆，遂名其堂曰桢槐。赋就此而作，并赞美"桢槐之不诬"。马愉《桢槐堂赋》，写的也是房氏的桢槐堂，房子仪与马愉同年进士④。倪谦⑤《种德堂赋》为吏部考功郎中永丰彭先生作，彭尝出示其曾祖雪崖先生种德堂卷，雪崖以医活人，子及孙

① 苏平，字秉衡，号雪溪。海宁人。永乐中举贤良方正，不就。景泰中，与弟正游京师，并有诗名。有《雪溪渔唱》，存赋1篇。《列朝诗集小传》乙集，《明代传记丛刊11》，第251页。
② 叶盛，字与中，号蜕庵，昆山人。正统十年进士。任兵科给事中、都察院金都御史、吏部左侍郎等。卒谥文庄。有《叶文庄公全集》，存赋2篇。《国朝献征录》卷26彭时《叶公盛神道碑》，续修四库全书526册，第330页。
③ 李贤，字原德，邓州人。宣德八年进士。历考功郎中、吏部侍郎、吏部尚书等。卒谥文达。有《古穰集》，存赋2篇。《明史》卷176《李贤传》，第4673页。
④ 按：房子仪，名威，宣德二年进士。宣德八年，擢广东道监察御史。正统六年，任保定府涞水知县。参见马庆洲《马愉与北方士人交游考》，《河北师范大学学报》2014年第5期。
⑤ 倪谦，字克让，号静存，江宁人。正统四年进士。景泰初出使朝鲜。天顺初年，任为学士，入讲东宫。天顺三年，主持顺天府乡试。后任南京礼部尚书。有《倪文僖集》，存赋7篇。《列朝诗集小传》丙集，《明代传记丛刊11》，第290页。

继承其业，至曾孙、玄孙辈，而彭先生昆季发身科第，列职中外，被认为是种德之报。

有描写奉亲之所或华堂绮筵之乐的，如周启《贞寿堂赋》为御史赖逊作，贞寿堂乃其奉亲之堂，作者从"贞"与"寿"的角度进行赞美。周进①《爱日堂赋》，此赋描写人子奉亲之堂——爱日堂。黎淳《隆寿堂赋》作于天顺二年(1458)，为翰林编修陈宗尧作，其母寿七十，得封太孺人，赋描写隆寿堂以及华堂绮筵之乐。

有赞美忠孝两全的，如刘定之《忠孝堂赋》为英国公张辅作，从赋中"当三朝顾托之际""奉遗训于先王，翊隆运于圣帝"等语，此赋当作于英宗初年，铺叙了张辅的功绩，并赞美张辅能"忠孝之兼全"。王达《双松楼赋》为傅吏部作，以傅吏部与兄隐居时的双松楼赞颂二人，他们当时"栖斯楼，乐斯楼""暂优游以消息"，十年之后，二人一处一出，"处者为亲，出者为君"，达到了"忠孝兼全"。

有借以赞颂时代之盛明的，如周旋《聚奎堂赋》，聚奎堂是杨荣退思之所，成于宣德二年，杨士奇《聚奎堂记》："宣德二年春，建安杨公得故厩宇于长安门之南而修葺之……既成，会上临轩策士，其第一甲三人皆授职翰林，马愉修撰，杜宁、谢琏皆编修。于是馆阁诸贤相与置酒堂中，为三人贺，主献宾酬，筋行甚乐。"②黄佐《翰林记》亦云："大学士杨荣家于长安东门之内，宣德三年三月，学士杨溥掌院事，率僚友迎首甲马愉等三人宴其中。杨士奇因名其堂曰'聚奎'，为文以识之，众皆赋诗，自是遂为例。"③周旋的赋作于正统元年，作者进士及第，拜官翰林，被邀宴于斯堂，并受命赋之。作者从"奎，文章之宿也"生发开来，赞颂明朝建立后，"列圣相继，文运宏开。轶有宋，追唐虞，以绵万世之治。五星聚奎，正其时矣"。陈琏《皆山轩赋》为司马政作，作者永乐三年(1405)为滁州知州，赋当作于任中。赋先写环滁皆山之"奇形异态"，引出皆山轩以及司马政在此之雅事、乐趣，最后追溯滁州历史，赞颂明朝"国家之富"，而"君子得以擅乐山之娱"。

倪谦《雪霁登楼赋》作于域外朝鲜，成为此期楼台赋的奇观。明英宗正统十四年(朝鲜世宗三十一年，1449)七月"土木之变"英宗被俘，九月，景泰帝即位，十一月，倪谦与司马恂作为正副使出使朝鲜，颁登极诏书，同时也有

---

① 周进，生平不详。现存2篇赋，见景泰刻本周启《溪园集》附录卷二，应与周启大致同时。其《望云图赋》云："下以慰予与吴民之所期"，则或为吴人。
② 杨士奇：《东里续集》卷2，四库全书1238册，第391页。
③ 黄佐：《翰林记》卷20"聚奎堂宴集"，四库全书596册，第1078页。按：应作"宣德二年"。

恢复因"土木之变"造成的明朝在藩属国威信下降的用意①。倪谦一行于景泰元年(1450)正月到朝鲜后,寓于太平馆,馆后有楼可眺。正月七日,倪谦于雪霁后登楼,纵目汉城美景,不禁感慨朝鲜已渐受明恩之厚泽:"余泽渐被兮自王京,熙熙乐土兮民物阜成。称藩东服兮荷大平,千秋万春兮固屏翰于皇明。"

三、赋作艺术的变化

(一) 取径范围的宽广

1. 祖骚宗汉

(1)祖骚

洪武建文朝的赋艺多继承元赋传统,以"祖骚宗汉"为依归,骚体赋比较多。200 余篇赋作中,骚体赋有 91 篇,乱辞或文中用骚体句的有近 60 篇,拟骚的规模还是比较大的。而此期,从题材内容上说,最适宜用骚体的咏怀抒情等赋的数量比洪武建文时期减少了,由 57 篇减少到 44 篇,骚体赋的数量由 91 篇减少到 75 篇,虽然绝对数量相差不大,但如果考虑到洪武建文朝只有 30 余年,而此期有 80 余年的时间,以及和总数的比率来看,这一时期文人对于骚体的重视是不如明初的。

在这些骚体赋中,《离骚》式骚体赋有 57 篇,仍然是骚体赋的大宗。变化之处在于,此期的《离骚》式骚体赋有一些篇幅很小,属于小赋的范畴,如倪谦《观泉赋》、薛瑄《自修赋》、朱吉②《挽谢琼树教谕赋》等;《九歌》式骚体赋,只有朱吉的《咏怀赋》,也是小赋:"天之高兮不可以迹,地之卑兮不可以覆。人寓乎两间兮何所之,敬以持兮义以为。于焉庶几。"其它的《九歌》句式多出现在"赋篇的开头、结尾或作品的关键处、承转处,在结构和节奏上起一定的作用,同时推动抒情或描写波澜起伏地向前发展"③,如梁潜《神龟赋》《西域献狮子赋》、胡俨《滕王阁赋》、周旋《古木寒鸦赋》、倪谦《琼花图赋》、商辂《瑞雪赋》、唐俞④《秋霆霖赋》、汤胤绩《环翠轩赋》《柳溪赋》、赵

① "上(朝鲜世宗)召何演、皇甫仁……谓曰:'中国之变,千古所无,送还皇帝,亦是意外之事"。《朝鲜世宗实录》卷 126,太白山史库本,第 3 页。

② 朱吉,字季宁,昆山人。洪武中被荐授户科给事中,又以善书改中书舍人,迁侍书,十年后出为湖广按察司佥事,诖误系狱久之。永乐大赦,复召为中书舍人。存赋 3 篇。《昆山人物传》卷 1,续修四库全书 541 册,第 551 页。按:《总汇》第 7 册 5557 页:"朱吉,弘治九年进士,礼部右侍郎朱希周之祖父,曾任户科给事中。"误,据《明史》卷 191《朱希周传》:"高祖吉,户科给事中……希周举弘治九年进士。"第 5063 页。

③ 郭建勋:《辞赋文体研究》,中华书局 2007 年版,第 13 页。

④ 唐俞,生平不详,《明文海》列在张宁之后、商辂之前,疑与同时。存赋 1 篇。

辅《平夷赋》等,都有不少《九歌》句式;至于《橘颂》式,洪武建文朝还有独立篇制的骚体赋,此期基本上作为赋末的乱辞出现,虽然也有一些变式,如梁混①《岁寒赋》歌、周启《桂阴书屋赋》歌、陈琏《岁寒轩赋》诼、徐有贞《水仙花赋》乱、李贤《祯槐堂赋》歌、刘定之《忠孝堂赋》系、叶盛《锡老堂赋》诼、汤胤绩《竹深处赋》乱、习经《瑞应甘露赋》歌等,但毕竟退出了正文。正如郭建勋先生所说,此式"因其容量不大的局限性,通常也只在骚体赋中充当'乱辞'"②。这些现象表明,此期骚体赋失去科举的标杆后,渐渐恢复到骚体赋本来的状态,文坛风会的转移在慢慢进行。

杂言式骚体赋,洪武建文朝有 13 篇,此期有 16 篇,数量相差不大,而结合方式有所减少,具体如下:

A.《离骚》式+《九歌》式+非兮句式。如王达《分携赋》、黎贞③《梅友赋》、朱吉《怀先茔赋》、顾悫《駖虞赋》、梁潜《瑞应赋》、梁混《学士登瀛赋》、胡俨《阳春赋》、吴溥《圣德瑞应赋》、罗汝敬《龙马赋》、袁忠彻《人象赋》、吴惠《晓行残月赋》。

B.《离骚》式+非兮句式。如吴惠《麦穗两歧赋》、李贤《祯槐堂赋》、曹琏《龟窝赋》。

C.《离骚》式+《九歌》式。如朱孟烷《云峰赋》、周旋《古木寒鸦赋》。

此外,伴随着骚体赋运用范围的扩展,骚体赋已经改变了固有的哀怨情调,这不仅在元代和明初有体现,此期有了更多这类赋作,如周旋《聚奎堂赋》、倪谦《早春赋》《听鹤轩赋》、叶盛《锡老堂赋》、袁忠彻《人象赋》、梁潜《瑞应赋》、杨士奇《神龟赋》、金幼孜《瑞应麒麟赋》、吴溥《圣德瑞应赋》等。

（2）宗汉

此期赋家的宗汉,仍然是对于汉大赋和小赋都有宗尚,在 270 余篇赋作中,宗汉之作达到 180 余篇,占的比率较大。洪武建文朝的大赋往往篇幅不大,如刘三吾《明大一统赋》,全文共 479 字,显得概括有余而气势不足,此期则不同,伴随着明成祖迁都北京,出现了许多篇幅宏大的散体大赋,成为这一时期的显著特色,下文有专述,此处主要论述对汉小赋的宗尚。

从数量上讲,此期宗尚汉小赋的赋作不是很多。题材内容上,与洪武建

---

① 梁混,字本之,泰和人。梁潜弟。洪武末为瑞州训导,迁溧阳教谕,改纳溪。永乐中,辟蜀府纪善。有《坦庵集》,存赋 4 篇。《明诗纪事》乙签卷 7,《明代传记丛刊 13》,第 130 页。
② 郭建勋:《辞赋文体研究》,第 13 页。
③ 黎贞,字彦晦,新会人。尝为本邑训导。洪武十八年（1385）至三十年（1397）,戍辽阳十三年,从游者甚众。放还,卒。存赋 3 篇。《明史》卷 285《文苑传》,第 7332 页。按:《明史》作"戍辽阳十八年",误,参见孙明材《〈全明词〉黎贞小传补正》,《五邑大学学报》2014 年第 1 期。

文朝类似,以咏物抒怀为多。就句法言,大致分为文体,如朱孟烷《月中桂赋》、解缙《寄周子宣赋》;以文体为主,夹杂骚体,如朱瞻基《玉簪花赋》、顾悫《希颜斋赋》。周进的《爱日堂赋》也是值得注意的宗汉之作,全文 262字,采用了散体大赋通常运用的问答结构和乱辞,赋中虽有骚体句式,但与朱瞻基《玉簪花赋》等文体与骚体的互相夹杂不同,它是汉赋体赋作包含骚体句式,显示了赋家多方面的艺术探索:

> 客有谓余曰:"人子奉亲之堂,胡为以爱日名也? 愿闻其义。"余曰:"天有常度,日有常晷。四时之运,一元之气。人有寿而有殇,物有荣而有悴。其爱日之名堂,乃贤传之所以云,而孝子之心无已也。若乃夜气将旦,漏声乍终。晨光熹微,旭影曈昽。旰方中兮忽昃,倏昧谷兮已穷。积日兮成月,历时兮成冬。鲁阳之挥戈已远,虞公之指剑曷从。恨逝者之不可挽兮,郁吾心之忡忡。尔乃问寝载兴,调膳斯举。曰苦曰甘,乃尝乃否。既定省之弗愆,亦温情之适所。蔼蟠桃兮长春,□萱花兮忘虑。日此远养之恐弗及兮,感飞光之易度。"

与此类似的还有黎贞《问月轩赋》,全文 389 字,从赋作的整体结构而言,是散体赋的写法,甚至还用了散体赋经常采用的主客问答形式,但在咏月一节,却用了《九歌》式骚体的形式。这些都反映了赋家的新变意识。

　　2. 承宋袭唐、模拟六朝

　　(1)承宋

　　宋赋的最大特色在于议论说理,此期也有一些承宋的赋作,如金实《方竹轩赋》描写方竹轩之方竹,赋先写圆竹及其用处,认为方竹"才不适用,而名浮其实"。然后发表"方圆之辩"的观点,并认为"天啬我才,实非我仇。以才莫全,我获实优。"正因为方竹无才,故能"保天之全"。又如倪谦《竹坞精舍赋》,也"颇入宋人之室"[1],主人述说自己爱竹之原因,并阐述"天之生物,必资于用。藏器于身,待时而动"的道理,认为人固然要保持"清尚之志",然时机到来,亦可"化为龙而奋飞"。

　　胡居仁[2]是著名理学家,《胡文敬公集》提要云,"本从吴与弼游,而醇正笃实,乃过其师远甚。其学以治心养性为本,以经世宰物为用,以主忠信为先,以求放心为要。史称薛瑄之后,惟居仁一人而已……诗文尤罕,是集

---

① 浦铣:《复小斋赋话》卷上,《历代赋话》,第 387 页。

② 胡居仁,字叔心,余干人。一生以讲学授徒为业,无意仕进,曾主持白鹿书院。有《胡敬斋集》,存赋 2 篇。《明史》卷 282《儒林传》,第 7232 页。

乃其门人余祐网罗散佚而成,虽中多少作,然近里著己,皆粹然儒者之言,不似其师吴与弼书,动称梦见孔子也。"①其《碧峰书院赋》写余干碧峰书院,是作者讲学其中时的作品,有理学家好谈理的特色,如:

> 主敬存其心兮,曰虚与灵。穷理致其知兮,曰详以精。反躬践其实兮,曰笃志以诚。

其《瑞梅赋》题注"为淮王题",与胡居仁同时的淮王是淮康王朱祁铨,正统十一年(1446)袭封淮王,弘治十五年(1502)薨。史称淮康王朱祁铨崇儒重道,好交文人墨客,在淮王府内建"宝书楼"一座,聚古今典籍、名人诗文。还命长史李伯玙等汇集《文翰类选大成》,编选古今诗文163卷,由淮王府刻印,朱祁铨亲自作序。梅花由"白变而红",故称"瑞梅",但此赋既不是祥瑞赋,也不是咏物赋,"瑞梅"不过是他借以谈理的媒介:

> 白变而红,春气融融。天地设位,而易行乎其中。赖我王之好学,明此理之无穷。信天人之一体,实气脉之流通。欲知修德之要,当致乎慎独之功。善乎心广而体胖,使嘉气溢乎吾躬。斯物瑞所以应乎外,远仰乎《关雎》《麟趾》之风。

(2)袭唐

对唐赋的模拟,如郑棠《春晖堂赋》,此赋为管叔纯奉亲之春晖堂作,赋序有云:"拟太白阳春赋体,用其韵。"《寿乐赋》写"遐龄几九袭""麟溪归老"之臣,其"寿乐"之情,题注曰"拟太白余春赋体"。试举前赋:

> 奉亲高堂,玩萱草而娱春。光华照耀,感生殖长毓于陶钧。阳和布而交畅,湛露晞而萌新。繁英兮呈妍,弄彩色之娇鲜。叶翠兮芊芊,舞光风之翩翻。粲烂兮含嚖,艳嫩丽之骈肩。寸草心兮曷报,仰春晖兮惘然。若乃游子衣襟,慈母手针。望云千里,爱日寸阴。念倚闾之长望,漫操觚而短吟。春光驶兮飞梭,春流逝兮箭疾。兼年华之荏苒,讵淑景之易得。若有人兮瑶池津,值蟠桃而献无因。荷天衢之云远,怀禄养其何辰。愿得春容久驻而长视兮,吾其岁祝寿于慈亲。

---

① 纪昀等:《钦定四库全书总目·胡文敬公集》,第2307页。

从用韵、语词到流丽的风格,与李白赋都非常接近。祝尧评价李白《愁阳春赋》云:"赋也……及至'若乃'以下,则又只是梁陈体。"①又评李白《惜余春赋》云:"赋也,太白诸短赋,雕脂镂冰,只是江文通《别赋》等篇步骤。"②李白《愁阳春赋》和《惜余春赋》都属于唐朝古赋,祝尧批评唐人古赋云:"就有为古赋者,率以徐庾为宗,亦不过少异于律尔……李太白天才英卓,所作古赋,差强人意,但俳之蔓虽除,律之根故在。虽下笔有光焰,时作奇语,只是六朝赋尔。"③认为唐人古赋实"六朝赋尔",郑棠的赋作表面上是沿袭唐朝古赋,实际上有六朝特色。

(3)模拟六朝

对六朝赋作的模拟,虽然比较少,但却反映了此期赋家已渐渐摆脱"祖骚宗汉"、贬斥六朝的元人宗尚,对祝尧所批评的六朝赋有了关注。如黄淮《四愁赋》,从赋序可知,作者系狱已十年,"涉历四时,无非穷苦",故取张衡《四愁诗》与江淹《愁赋》命题大意,作此赋以自释。其写四时之愁云:

> 若乃阳和煦育,品汇昭融。我则低摧丧气,忧闷填胸。虚负岁华之迁易,那知花信之始终。听檐外鸣禽,空教梦断;见墙头飞絮,始觉春浓。慨穷途之寂寂,奈幽思之忡忡。
>
> 至若兰雨传香,鸥波涨绿。我则众秽流腥,炎蒸蕴毒。飞蝱旋绕,遣拂何暇于言谈;流污沾濡,起居不离乎裯褥。纷然尘垢之侵肌,蔑尔灶烟之迷目。焉敢恣其趋跄,岂能频于盥沐。
>
> 及夫序属三秋,金风扇冷。时维残腊,素雪扬威。盼乡信之沈迷,目穷雁字;苦凝寒之惨栗,体怯鹑衣。漏沉沉兮长夜,魂渺渺兮亲闱。警铎传声兮骇胆而栗魄,残灯照影兮洒泪而长吁。

其句式的骈对,愁情的演绎,都有江淹《愁赋》的影子。

郭建勋先生把诗体赋分为四言诗体赋和五七言诗体赋,他说,五七言诗体赋"与四言体源于古老的《诗经》不同,其文体渊源是后起的五、七言诗。五七言诗的兴盛与普及,是此类诗体赋产生的前提和基础。"④四言句式和六言句式是汉赋体的基本句式,在陈绎曾的《汉赋谱》中也被列为"汉赋

---

① 祝尧:《古赋辩体》卷7评李白《愁阳春赋》,《赋话广聚2》,北京图书馆出版社2006年版,第395页。
② 祝尧:《古赋辩体》卷7评李白《惜余春赋》,《赋话广聚2》,第392页。
③ 祝尧:《古赋辩体》卷7"唐体",《赋话广聚2》,第355页。
④ 郭建勋:《辞赋文体研究》,第26页。

式":"设问、设事、六言、四六言、四言、散韵语、分字"①,而五七言俨然是六
朝五七言诗体赋的主要句式,清人许槤云:"六朝小赋,每以五、七言相杂成
文,其品致疏越,自然远俗。"②朱吉《怀先茔赋》即有七言诗体赋的特色:

> 余杭山色郁嵯峨,中有献茔山之阿。三年不得攀薜萝,百里遥瞻情
> 若多。我思父兮肝肠裂,我忆母兮泪滂沱。生前不及奉甘旨,死后空怀
> 诵蓼莪。启手足兮当勉旃,罔极之恩将奈何。

虽然间有《九歌》式骚体句,但在赋中非常和谐地与其他七言句构成整齐的
七言诗,应视为对六朝赋的追摹。

(二) 大汉赋风的追踪

汉代大一统的盛世格局造就了汉代散体大赋的兴盛,此期明朝的文治
武功与汉朝相比,也毫不逊色,以散体大赋的形式反映盛世风雅,也成为时
代所需。"祖骚宗汉"的号召在"祖骚"渐趋衰退的时候,明人对能够反映大
汉赋风的散体大赋有了更多的关注,在各种题材中都有追踪。尤其是京都、
地理等大赋的创作可谓应天顺人,成为为大明盛世润色鸿业、再现盛世景象
的最佳载体。

此时的京都、一统等赋无论是从数量,还是从赋作的规模上,都不是洪
武建文时期能够相比的,甚至在整个京都赋的发展中,也有重要的地位。在
留存的 11 篇赋作中,除了周启的《廷试大明一统赋》因为受廷试的限制,只
有 579 字,篇幅略大于明初刘三吾《大明一统赋》之外,其它赋作的字数都
接近或超过千字,习经《皇都大一统赋》991 字,吴溥《皇都大一统赋》1104
字,钱干《北京赋》1108 字,胡启先《皇都大一统赋》1143 字,余学夔《皇都一
统赋》1312 字,金幼孜《皇都大一统赋》1657 字,李时勉《北京赋》2200 字,
陈敬宗《北京赋》2573 字,杨荣《皇都大一统赋》2928 字,莫旦《大明一统赋》
4435 字,它们首先以宏大的规模震撼视听,构成京都赋史上的奇观。

而在此期留存的 70 余篇祥瑞赋中,有 50 余篇用了散体赋的形式,其中
篇幅超过千字的,如应履平《河清赋》1061 字,杨士奇《甘露赋》1101 字,金
幼孜《圣德瑞应赋》"圣天子在位"篇 1163 字、《圣德瑞应赋》"圣天子端居
九重"篇 1153 字,胡广《河清赋》1055 字,陈敬宗《龙马赋》1080 字、《麒麟
赋》1031 字,曾棨《黄河清赋》1081 字,刘球《景星赋》1225 字,是祥瑞赋中

---

① 王冠:《赋话广聚 1》,第 374 页。
② 许槤评选、黎经诰笺注:《六朝文絜笺注》卷 1,上海古籍出版社 1962 年版,第 38 页。

颇能体现盛明风雅的作品。

除了京都、祥瑞等赋,山水地理赋也是如此。如金幼孜《玉筍山赋》(2450字)、韩阳《荆湖山川人物赋》(1746字)、刘崧《嵩山赋》(1226字)、《黄河赋》(1014字)、杨琚《太岳太和山赋》(1615字)、黎淳《岘山赋》(1116字)、《汉水赋》(1211字)、莫旦《苏州赋》(近5000字)等。莫旦除了上述《大明一统赋》是宏篇极轨,其《苏州赋》在篇幅上也不相让,是此期山水地理赋的杰作。此赋设为鲈乡子与客人的问答之辞,先从地理的角度对苏州之山川土物、风俗人才极尽铺陈,又从历史发展的角度,不仅写了苏州古代出现的君子人臣、王霸之才,还写了明代百余年间踵生之人才。

甚至轩斋亭台赋,也不同于元朝戴表元、袁桷的同类赋作,注重道意,篇幅短小,而是多以散体赋的形式组织结构。如陈琏《皆山轩赋》《岁寒轩赋》、刘定之《乐山亭赋》《忠孝堂赋》、倪谦《种德堂赋》《竹坞精舍赋》、叶盛《怡静草堂赋》、汤胤绩《梅月轩赋》《琴清轩赋》《环翠轩赋》、黎淳《降寿堂赋》等,其中陈琏《皆山轩赋》920字,汤胤绩《梅月轩赋》998字,都是近千字的大赋体制。在叙述方式上,这些赋也具有散体大赋的诸多特点,试举刘定之《乐山亭赋》,此赋为孙续宗作,孙乃天子之季舅,乐山亭为其藏修之所,寓"仁者乐山"之意。作者以为"惟国家圣明,而后贵戚懿亲能兴仁守礼,崇尚儒雅",故为是赋。其描写乐山亭运用了空间方位的结构方式:

> 试观夫亭之西,为太行之麓,九折百迭,烟岚晻霭。而其北,非居庸之耸翠乎? 亭之东,见沧海之外,诸洲三岛,日月荡摩。而其南,非中原之岳阜乎?

其乐山亭朝暮四时之景的描写也有图案化的倾向:

> 其朝暮异态,晴雨改观。屹立若仙掌,娟秀如闺鬟。峭拔瘦削于雪后,若剑挺戈列;丰腴膴媚于春先,若昼晚妆闲。盛夏遥吟,拟扪萝而历冰壑;清秋高咏,欲采术以陟云峦。所以助雅兴于优悠,引诗怀于浩荡,信可喜悦而难为想象者也。

(三) 赋颂传统的回归

汉代的散体大赋在创作主旨上总是存在着"讽"与"颂"的二维思考,模式上也就产生了"讽"与"颂"并存的现象。赋颂传统的回归,是指此时的作家虽追踪汉赋,但和洪武建文时期多追踪西汉大赋的"曲终奏雅"不同,多回归东汉前期的以颂为主,赋体的颂意明显增强,充斥着一片颂赞之声。

洪武建文时期的作品,多有讽喻的色彩,这和明太祖的提倡有一定关系。如洪武七年二月,欲建阅江楼于狮子山,因上天垂象,即日而停工,明太祖深知"圣君之作,必询于贤而后兴,""试令诸职事妄为《阅江楼记》,以试其人,及至以记来献,节奏虽有不同,大意比比皆然,终无超者",对千篇一律的颂扬之声,流露出强烈的不满情绪,假为臣言更制一篇,其中有"宫室之广,台榭之兴,不急之务,土木之工,圣君之所不为",以明臣下规谏之意①。在这样的倡导下,其时士人作文大都托以讽意,如宋濂,"或命赋诗为文,必寓忠告,尝奉制咏鹰,令七举足即成,有'自古戒禽荒'之言,上怃然曰:'卿可为善谏矣'"。② 唐肃《应制赋海东青》亦有"词臣不敢忘规谏,却忆当时郑魏公"③之句。

当时的赋作也不例外,多有讽喻之意。如洪武八年(1375)宋濂奉制所撰《蟠桃核赋》,赋序即云"奉旨撰赋,垂诚方来",赋文不仅致慨于汉武帝的沉溺仙道、迷惑不返,对沉迷道教的宋徽宗也有所讽刺,这样做显然是借古鉴今,藉此进行当代的政教讽喻。正如许东海先生所云,《蟠桃核赋》有关汉武帝、宋徽宗的历史论述,浮现出宋濂对明太祖仙道实际施为的潜在隐忧,"宋濂赋篇之仙道论述固然似无助于明太祖仙道策略的改弦更张,却展现所谓'指佞人兮草生屈轶'的辞赋传统讽谕精神。"④

但是,进入永乐朝之后,却"颂声交作":"惟太宗文皇帝入继大统之初,一新鸿业,文物焕然。四方以祥瑞来奏者不绝,一时臣工颂声交作,所以述朝廷之盛,以传播天下而耸动之也。"⑤杨荣《登正阳门楼倡和诗序》作于英宗正统四年(1439),其中有云:"少保公曰:'然吾辈叨逢盛时,得从容登览胜概,以舒其心目,可无纪述乎?'公遂赋二诗,予与诸公和之。诗成之明日,侍郎公又嘱予为之引,遂僭书此于首,俾观者知诗之作,所以颂上之大功也。"⑥杨荣《杏园雅集图后序》作于英宗正统二年(1437),其中有云:"惟国家列圣相承,图惟治化,以贻永久。吾辈忝与侍从,涵濡深恩,盖有年矣。今

---

① 朱元璋:《又阅江楼记》序,《全明文》卷12,上海古籍出版社1992年版,第175页。

② 郑楷:《翰林学士承旨宋公行状》,《明文衡》卷62,四库全书1374册,第416页。

③ 按:此诗未见唐肃《丹崖集》,据蒋一葵《尧山堂外纪》卷78"国朝·宋濂":"洪武间,翰林应奉唐肃有《应制赋海东青》一绝云:'雪翮能追万里风,坐令狐兔草间空。词臣不敢忘规谏,却忆当时魏郑公。'是日,上御奉天门外西鹰房观海东青,翰林学士宋濂因谏曰:'禽荒古所戒',上曰:'朕聊玩之,不堪好也。'濂曰:'亦当防微杜渐'。上遂起。"四库全书存目丛书子部148册,第299页。

④ 许东海:《宋濂〈蟠桃核赋〉之仙道书写及其明初史学意涵》,《汉学研究》2008年第2期。

⑤ 吴宽:《家藏集》卷54《跋滕用衡〈贞符颂〉》,四库全书1255册,第493页。

⑥ 杨荣:《文敏集》卷11,四库全书1240册,第156页。

圣天子嗣位,海内宴安,民物康阜,而近职朔望休沐,聿循旧章。予数人者得遂其所适,是皆皇上之赐,图其事以纪太平之盛,盖亦宜也。"①在这种时代背景下,赋作也渐渐回归东汉前期赋作的以颂为主。

"汉儒言《诗》有'美、刺'之义,影响至赋即为'讽、颂'二端。西汉赋偏重于'讽',东汉赋主于'颂',而完成这一变化的标志性人物是班固。"②班固的《两都赋》创作于迁都洛阳的时代背景中,他驳斥不宜迁都的论调,而以颂述汉德为主旨,标志着辞赋由"讽"到"颂"的转变。永乐迁都北京与东汉迁都洛阳一样,在当时都颇多反对意见。北京是朱棣的龙兴之地,永乐之初朱棣就有迁都之意。永乐十四年(1416),朱棣召集群臣,正式商议迁都事宜,对于提出反对意见的臣工,一一革职或严惩。永乐十九年(1421)四月初八,耗费巨资修建多年始告完成的北京奉天殿、华盖殿、谨身殿被一场大火烧毁,朱棣以天变示警下诏求言,群臣又纷纷提出不该迁都,朱棣震怒,将礼部主事萧仪下狱(按:萧仪于狱中瘐死),并以强权压制朝中大臣。在这种背景下,一系列的皇都、一统赋充满赞颂之声就不足为怪了。如陈敬宗《北京赋》序:

> 皇上德协重华,缵承大统,宵旰图治,惟在继志述事,恢宏帝业。故舆图之广,极天地之所覆载,日月之所照临。悉归臣妾,罔有内外。眷兹北京,实皇上兴王之地。山川雄壮,地势恢宏。巩固盘薄,王气攸钟。揆之四方,道里适均。是诚足为帝王天府之国,朝觐会同之所趋向者也。皇上知天意之有属,人心之所趋,考之龟筮,又皆协吉。于是建都于兹,仿成周卜洛之制,以为南北两京。而凡郊庙宫阙,创建悉备,严严翼翼,奂乎焕然。则皇上神功圣烈,上足以承太祖高皇帝之先志,下有以开圣子神孙万世之太平。何其盛哉!

从各个方面探讨建都北京的意义,赞颂成祖之圣明。习经《皇都大一统赋》也把成祖之仁泽夸赞到无以复加:"德化已洽而益致其洽,世道已泰而益致其泰。江海不足以拟皇泽之深,天地仅足以侔皇仁之大。盖将城八表以为基,池四海以为界。绵荒服于冰天裸壤之隅,亘畿甸于九州岛万里之外。是都也,历一十二万九千六百岁,而天地神人永有所赖。"

上文曾说,永乐帝喜欢以祥瑞昭示天下太平,祥瑞赋更不可能有讽喻之

---

① 杨荣:《文敏集》卷14,四库全书1240册,第205页。

② 何新文、王慧:《班固的"赋颂"理论及其〈两都赋〉"颂汉"的赋史意义》,《中南民族大学学报》,2015年第2期。

意了,它本来就是臣工们曲意逢迎的产物。周密《齐东野语》卷6"祥瑞"云:"世所谓祥瑞者,麟、凤、龟、龙、驺虞、白雀、醴泉、甘露、朱草、灵芝、连理之木、合颖之禾皆是也。然夷考其所出之时,多在危乱之世。"①但是,"却缘通过'非常'手段夺得'九五之尊'的宝座,乃为有明'盛世'的永乐、宣德,却也需要'制造'许多'祥瑞'来稳固人心,稳固统治。就算是极其普通的'甘露',也被渲染成'圣德'感动'上天'的结果。"②我们不妨以《甘露赋》为例看看赋家是如何把"圣德"与所谓瑞应相附会。杨士奇《甘露赋》作于永乐十年十月,明成祖狩于武冈之阳与阳山,甘露两降。其赋序引载籍云:

> 臣谨稽载籍,有曰"君治政,甘露降",又曰"帝王恩及于物,顺于人,而甘露降",又曰"圣王之德,上及太清,下及太宁,中及万灵,则膏露呈瑞"。凡此皆天地至和之应,陛下至仁之所致也。

赋中又云:

> 皆以谓天子致勤武事,笃在保民,感至和之瑞,而兆国家生民万亿年太平之庆也。

赋末之诗复云:

> 诗曰:天子仁圣,保康兆民。民之允怀,皇天维亲。至和萃灵,嘉祥骈臻。介福穰穰,天子圣仁。

反复致意于圣德感动上天。金幼孜《瑞应甘露赋》未写作年,题注"驾留北京",赋中有"惟彼甘露,实降孝陵,""时惟子月(十一月),气和如春"等语,他的《瑞应甘露诗》有:"永乐已亥惟仲冬,天乳明润当太空。孝陵峨峨霄汉上,甘露又降松柏中。"③赋应作于己亥仲冬(永乐十七年十一月)。赋中有云:

> 洪惟我皇,神圣文武。祗承大统,抚驭寰宇。仁信侔于汤文,恭俭同乎尧禹。溥湛恩于万物,沛膏泽于下土。由是洽柔祗,格圆灵。三光

---

① 周密:《齐东野语》,唐宋史料笔记丛刊,中华书局1983年版,第108页。
② 王珽:《明代"祥瑞"兽"驺虞"考》,《暨南史学》(三),第197页。
③ 金幼孜:《金文靖集》卷2,四库全书1240册,第601页。

全,寒暑平。庆云粲,景星明。醴泉澧涌,黄河泓澪。驺虞生而麒麟出,
嘉禾荐而秀麦呈。肆天庥之滋至,羌异瑞其骈臻。然犹未足以昭至德,
表至仁,此甘露之所以复降,而嘉祯之所以洊应也……惟皇上恭敬天
地,致孝祖考。辑和民人,惠养耆老。德洞沦冥,恩被遐壤。故天不爱
道,甘露呈瑞。此感彼应,理所必至。

赋末之颂曰:

　　　颂曰:瞻彼孝陵,松柏苍苍兮。上天降康,甘露瀼瀼兮。至和所萃,
至孝之格兮。惟皇谦撝,弗盈弗溢兮。宪章太祖,以承于天兮。永膺景
命,亿万斯年兮。

总之,千篇一律的歌颂之词,或许是赋家的幽默,也或许是赋家的无奈。

第三章　弘治至隆庆

——盛明风雅（上）

第一节　概　述

这一时期经历了孝宗弘治、武宗正德、世宗嘉靖、穆宗隆庆四个阶段。明孝宗十八岁即皇帝位，年号弘治，他在位期间，推行了一套明智的政治措施，如整顿吏治，凡是宪宗亲信的佞幸之臣一律斥逐，大量起用正直贤能之士，如徐溥、刘健、李东阳、谢迁、王恕、马文升，以及后来的刘大夏、杨一清等。同时更定律制，复议盐法，革除一应弊政，政治清明，朝野称颂，史称"弘治中兴"。《明史》云："明有天下，传世十六，太祖、成祖而外，可称者仁宗、宣宗、孝宗而已。仁、宣之际，国势初张，纲纪修立，淳朴未漓。至成化以来，号为太平无事，而宴安则易耽怠玩，富盛则渐启骄奢。孝宗独能恭俭有制，勤政爱民，兢兢于保泰持盈之道，用使朝序清宁，民物康阜。"① 接下来的武宗，耽乐嬉游，朝纲渐紊，幸有诸臣辅佐补救，国不至于危亡，《明史》云："明自正统以来，国势寖弱，毅皇手除逆瑾，躬御边寇，奋然欲以武功自雄。然耽乐嬉游，昵近群小，至自署官号，冠履之分荡然矣。犹幸用人之柄躬自操持，而秉钧诸臣补苴匡救，是以朝纲紊乱，而不底于危亡。假使承孝宗之遗泽，制节谨度，有中主之操，则国泰而名完，岂至重后人之訾议哉！"② 世宗嘉靖帝在位时间45年，在明代的历史上，仅次于明神宗万历皇帝，他"御极之初，力除一切弊政，天下翕然称治。顾迭议大礼，舆论沸腾，幸臣假托，寻兴大狱。夫天性至情，君亲大义，追尊立庙，礼亦宜之。然升祔太庙，而跻于武宗之上，不已过乎？若其时纷纭多故，将疲于边，贼讧于内，而崇尚道教，享祀弗经，营建繁兴，府藏告匮，百余年富庶治平之业，因以渐替。虽剪剔权奸，威柄在御，要亦中材之主也矣。"③ 穆宗隆庆皇帝在位六年，"端拱寡营，躬行俭约，尚食岁省巨万。许俺答封贡，减赋息民，边陲宁谧，继体守文，可称令主矣。第柄臣相轧，门户渐开，而帝未能振肃乾纲，矫除积习。盖亦宽

---

① 张廷玉：《明史》卷15《孝宗纪》，中华书局1974年版，第196页。
② 张廷玉：《明史》卷16《武宗纪》，第213页。
③ 张廷玉：《明史》卷18《世宗纪》，第250页。

恕有余,而刚明不足者欤?"①

明孝宗不仅在政治上颇有作为,还加意文儒,大兴文事,陆深《送光禄卿张南山先生致政序》云:"方孝宗万几之暇,雅意文事,多所述作,每一书进御,儒臣类有陟赍酬劳也。"②王廷相《李空同集序》云:"弘治时,敬皇帝右文上儒,彬彬兴治。于时君臣恭和,海内熙洽,四夷即叙,兆庶允殖,辎轩无靡及之叹,省寺蔑鞅掌之悲,由是学士大夫职思靡艰,惟文是娱,不荣跃马之勋,各竞操觚之业,可谓太平有象,千载一时矣。"③崔铣《漫记九条》云:"弘治以前,士攻举业,仕则精法律,勤职事,鲜有博览能文者,间有之,众皆慕悦,必得美除。自孝皇在位,朝政有常,优礼文臣,士奋然兴,高者模唐诗、袭韩文"④。一时间文学之士彬彬称盛,李梦阳《朝正倡和诗跋》云:

> 诗倡和莫盛于弘治,盖其时古学渐兴,士彬彬乎盛矣,此一运会也。余时承乏郎署,所与倡和,则扬州储静夫、赵叔鸣,无锡钱世恩、陈嘉言、秦国声,太原乔希大,宜兴杭氏兄弟,郴李贻教、何子元,慈溪杨名父,余姚王伯安,济南边庭实,其后又有丹阳殷文济,苏州都玄敬、徐昌谷,信阳何仲默,其在南都,则顾华玉、朱升之其尤也,诸在翰林者,以人众不叙。⑤

其时不仅文章大盛,如何良俊《陆文裕公行远集序》所云:"我明当正德间,承累圣熙洽,又敬皇帝加意文儒,故一时则有康浒西、马西玄奋自关中,崔后渠鸣于邺下,李空同、王浚川雄视河洛,何大复、薛君采高骋颍毫,徐昌谷、顾东桥与先生辈振起吴中,文章之盛,几与古埒。"⑥而且文派迭兴,如《明史·文苑传序》所云:"弘、正之间,李东阳出入宋元,溯流唐代,擅声馆阁。而李梦阳、何景明倡言复古,文自西京、诗自中唐而下一切吐弃,操觚谈艺之士翕然宗之。明之诗文,于斯一变。"⑦

明世宗出于藩府,其父兴献王朱佑杬即爱尚文学,陈元龙《历代赋汇》选朱佑杬《汉江赋》与《阳春台赋》。兴献亦有论赋之语,浦铣《复小斋赋

① 张廷玉:《明史》卷19《穆宗纪》,第258页。
② 陆深:《俨山集》卷51,四库全书1268册,台湾商务印书馆1986年版,第315页。
③ 王廷相:《王氏家藏集》卷23,四库全书存目丛书集部53册,齐鲁书社1997年版,第109页。
④ 崔铣:《洹词》卷11,四库全书1267册,第636页。
⑤ 李梦阳:《空同集》卷59,四库全书1262册,第543页。
⑥ 陆深:《陆文裕公行远集》卷首,四库全书存目丛书集部59册,第163页。
⑦ 张廷玉:《明史》卷285,第7307页。

话》云:"余最爱明兴献帝之言赋曰:'赋者,敷陈其事而直言之也。夫事寓乎情,情溢于言,事之直而情之婉,虽不求其赋之工而自工矣。屈宋《离骚》,历千百年无有讥之者,直以事与情之兼至耳。下逮相如、子云之伦,赋《上林》《甘泉》等篇,非不宏且丽,然多骈于词、踬于事,而不足于情焉,此即卜子夏'在心为志,发言为诗'之义也。'赋者,古诗之流,古今论赋,未有及此者。旨哉言乎! 旨哉言乎!"①世宗自己也时有作赋:

> 嘉靖十年三月,建土谷祇先蚕坛于西苑,名曰"土谷坛",曰"帝社""帝稷",召大学士张孚敬、尚书李时至太液池,使中官操舟济之入见,于旧仁寿宫赐酒馔,出御制《西苑视谷祇先蚕坛位赋》,手授孚敬曰:"朕偶有作,卿和之。"②

除了《西苑视谷祇先蚕坛位赋》,世宗至少还作过如下赋作:《谒陵礼成奉圣母舟还京纪事抒怀赋》(嘉靖十五年)③、《五月九日视工遇雨赋》(嘉靖十五年)④、《初夏西游奉圣母舟行赋》(嘉靖十六年)⑤、《福瑞赋》(嘉靖十七年)⑥,等等。

　　这一时期往往被称为明代的文学盛世,文人们各呈才情,却并不盲目粉饰太平。永乐至成化时期,以"三杨"为代表的台阁文人倡导"春容典雅之音"以"鸣国家之盛",就赋而言,出现了不少京都赋与祥瑞赋,但这一时期,京都赋与祥瑞赋却大量减少。其实,早在成化时,一些台阁文人就已经对盲目制作颂圣作品以粉饰太平有所不满,在当时有著名的"翰林三君子"事件。成化三年(1467)冬,刚刚由庶吉士授官翰林的编修章懋、黄仲昭和检讨庄昶上谏宪宗,拒绝撰写元宵节诗词,先后被贬官外任。其中庄昶《奏

---

① 浦铣:《复小斋赋话》卷上,浦铣著、何新文等校证《历代赋话》,上海古籍出版社 2007 年版,第 377 页。
② 浦铣:《历代赋话续集》卷 12,第 326 页。按:夏言有《恭和御制西苑视谷祇先蚕坛位赋》。
③ 顾鼎臣《七陵谒祀礼成颂序》:"嘉靖丙申(嘉靖十五年),我皇上御极十有五年矣……(三月)上御龙舟,制《谒陵礼成奉圣母舟还京纪事抒怀赋》一篇。"(《总汇》第 7 册 5637 页)
④ 按:《总汇》第 7 册 5640 页收顾鼎臣《恭和圣制五月九日视工遇雨赋》,第 7 册 5992 页收夏言《恭和御制五月九日视工遇雨赋》,二赋韵脚一致,夏言赋并有"繄皇史宬之有作",皇史宬始建于嘉靖十三年七月,建成于嘉靖十五年七月,二人之赋乃是嘉靖帝之作,或作于嘉靖十五年即将完工之时。
⑤ 严嵩《恭和圣制初夏圣母舟行赋序》"嘉靖丁酉(嘉靖十六年)孟夏初吉……于是上亲洒宸翰,制古赋一首"。(《总汇》第 7 册 5750 页)夏言《恭和御制初夏西游奉圣母舟行赋序》"日昨伏蒙赐示御制《初夏西游奉圣母舟行赋》"。(《总汇》第 7 册 5591 页)
⑥ 顾鼎臣《恭和御制福瑞赋序》:"嘉靖戊戌(嘉靖十七年)秋九月……上悦,述为《福瑞赋》,钦示勋辅大僚,臣鼎臣因得庄诵焉。"(《总汇》第 7 册 5639 页)

议》云："至于翰林之官，以论思代言为职，虽曰供奉文字，然鄙俚不经之词，岂宜进于君上？若不取法圣贤，而曲引宋郊、苏轼之方，致以为比，是以三代而下之君望陛下，而不以三代而上之君望陛下也。臣等遭遇圣明，发身黄甲，叨与庶吉士之选，陛下养之，翰林教之，诵习六经，师法孔孟，二年于兹矣。近又授以今职，感冒国恩，至隆极厚，夙夜惓惓，相与戒饬，惟恐曲学阿世，无以补报于万一，何敢以此鄙词上渎天听，以自取侮慢不恭之罪哉？"①至于章懋：

> 　　章文懿为庶吉士时，刘定之方教诸士，一日以《小玉堂蔬圃诗》令诸士赋之。公诗结语云："贤哉公仪休，拔却园中葵。"遂以轻薄目之。后又试《中秋赏月赋》，公言："天下之人有罹悲愁羁患贫苦者，见月则不乐。惟高堂厚禄、身享太平无事之日者，见月则乐也。"刘愈怒之。后试应制《灯诗》，遂不肯为。疏入，遂谪。其节概才识，当时以为第一也。②

可以看出"台阁体"泛滥至极的事实和反对之音的兴起。而且成化时期，社会状况也不能与"仁宣之治"相比，如吴宽《哀流民辞序》："成化十六年九月不雨，至于今年五月，北方高亢，旱干尤甚，野无麦苗，赤地亘数千里，流民就食者相枕藉死道上，闻之可哀。"③歌功颂德、粉饰太平的作品失去了依存的现实基础。即使"历官馆阁，四十年不出国门"④的文坛领袖李东阳也不满"台阁体"的华靡萎弱文风，而把"台阁之文"与"山林之文"并列到同一高度⑤。另外，李东阳也是主张复古的，他在《镜川先生诗集序》说："汉唐及宋，代与格殊，逮乎元季，则愈杂矣。今之为诗者，能轶宋窥唐，已为极致。两汉之体，已不复讲。"⑥这种尊古薄今的思想观点，虽说的是诗，赋也大体适用。从某种意义上说，李东阳是台阁体与前后七子复古派之间一道重要的桥梁，茶陵派其实是复古之风的开启者，正如王世贞《艺苑卮言》所云：

---

① 庄昶：《定山集》卷10《奏议》，四库全书1254册，第349页。
② 浦铣：《历代赋话续集》卷12，第323页。
③ 吴宽：《家藏集》卷57《哀流民辞》，四库全书1255册，第531页。
④ 钱谦益：《列朝诗集小传》丙集，《明代传记丛刊11》，台北明文书局1991年版，第285页。
⑤ 李东阳《李东阳集·文前稿》卷9《倪文僖公集序》："馆阁之文，铺典章，褝道化，其体盖典则正大，明而不晦，达而不滞，而惟适于用。山林之文，尚志节，远声利，其体则清耸奇峻，涤陈雝冗，以成一家之论。二者固皆天下所不可无。"（岳麓书社1984年版，第128页）李东阳《麓堂诗话》："朝廷典则之诗，谓之台阁气，隐逸恬澹之诗，谓之山林气，此二气者，必有其一，却不可少。"（历代诗话续编，中华书局1983年版，第1384页）
⑥ 李东阳：《怀麓堂集》卷28，四库全书1250册，第298页。

"长沙公少为诗有声,既得大位,愈自喜,携拔少年轻俊者,一时争慕归之。虽模楷不足,而鼓舞攸赖。长沙之于何、李也,其陈涉之启汉高乎?"①胡应麟《诗薮》云:"成化以还,诗道旁落,唐人风致,几于尽瘵。独李文正才具宏通,格律严整,高步一时,兴起李、何,厥功甚伟。是时中、晚、宋、元诸调杂兴,此老砥柱其间,故不易也。"②沈德潜《说诗晬语》云:"永乐以还,崇台阁体,诸大佬倡之,众人应之,相习成风,靡然不觉,李宾之力挽颓澜,李、何继之,诗道复归于正。"③

但是茶陵派的复古是有其局限性的,"重寻文学出路"的任务就由前七子承担了。胡应麟《诗薮》云,"国朝诗流显达,无若孝庙以还,李文正东阳、杨文襄一清、石文隐珤、谢文肃铎、吴文定宽、程学士敏政,凡所制作,务为和平畅达,演绎有余,覃研不足。自时厥后,李、何并作,宇宙一新矣。"④袁行霈先生也说,"在前七子之前,以李东阳为首的茶陵派的崛起,虽然对当时'纷芜靡曼'的台阁文学有着一定的冲击,但由于茶陵派中的不少人身为馆阁文人,特定的生活环境多少限制了他们的文学活动,从而使其创作未能完全摆脱台阁习气。另一方面,明初以来,由于官方对程朱理学的推崇,理学风气盛行,影响到文学领域,致使'尚理而不尚辞,入宋人窠臼'的文学理气化现象比较活跃。面对文坛萎弱卑冗的格局,李梦阳等前七子高睨一切,以复古自命,在某种意义上具有重寻文学出路的意味,借助复古手段而欲达到变革的目的,这是前七子文学复古的实质所在。"⑤黄省曾说七子领袖李梦阳,"至勇不摇,大智不惑,灵珠早握,天池独运,主张风雅,深诣堂室,凡正德以后,天下操觚之士咸闻风翕然而新变,实乃先生倡兴之力,回澜障倾,何其雄也。"⑥前七子使明代的复古运动出现了第一次高潮,这是茶陵派所不及的,"平心而论,何李如齐桓、晋文,功烈震天下,而霸气终存。东阳如衰周弱鲁,力不足御强横,而典章文物尚有先王之遗风。"⑦

接着,王慎中、唐顺之等唐宋派作为前七子的反对派出现在文坛,但没过多久,嘉靖、隆庆间,李攀龙、王世贞等后七子又掀起了规模更大的复古运动。《明史》云,"迨嘉靖时,王慎中、唐顺之辈,文宗欧、曾,诗仿初唐。李攀龙、王世贞辈,文主秦、汉,诗规盛唐。王、李之持论,大率与梦阳、景明相倡

①　王世贞:《艺苑卮言》卷6,历代诗话续编,第1044页。
②　胡应麟:《诗薮·续编》卷1,上海古籍出版社1979年版,第345页。
③　沈德潜:《说诗晬语》,人民文学出版社1979年版,第238页。
④　胡应麟:《诗薮·续编》卷1,第345页。
⑤　袁行霈:《中国文学史》第4卷,高等教育出版社2003年版,第87页。
⑥　李梦阳:《空同集》卷62附,四库全书1262册,第572页。
⑦　纪昀等:《钦定四库全书总目·怀麓堂集》,中华书局1997年版,第2299页。

和也。归有光颇后出,以司马、欧阳自命,力排李、何、王、李。"①《沧溟集》提要云,"明代文章初以舂容典雅为宗,久之渐流为庸熟。正德间李梦阳崛起北地,倡为复古之学,戒天下无读唐以后书,风气为之一变。攀龙引其绪而畅阐之。殷士儋志其墓称,'文自西汉以下,诗自天宝以下,若为其毫素污者,辄不忍为',故所作一字一句,摹拟古人,与太仓王世贞递相倡和,倾动一世,举以为班、马、李、杜复生于明。"②《明诗纪事》云,"自茶陵崛起,笼罩才俊,然当时倡和袭其体者,不过门生、执友十数辈而已。暨前、后七子出,趋尘蹑景,万喙一声。"③

伴随着文学复古运动的兴盛,《文选》学出现复兴局面④。从李梦阳的《文选增定》始,出现了一批补、广、注,甚至删《文选》的总集,选家从不同的角度,通过对《文选》的选删表达自己的文学倾向,这种风气一直延续到明末。黄虞稷《千顷堂书目》即列有:李梦阳《文选增定》22卷、刘节《广文选》82卷、陈与郊《文选章句》28卷、张凤翼《文选纂注》12卷、郭正域《文选后集》5卷、张所望《文选集注》、汤绍祖《续文选》27卷、马继铭《广文选》25卷又《补遗》□卷、张溥《古文五删》52卷(其中包括《文选删》12卷、《广文选删》14卷)、周应治《广广文选》23卷、闵齐华《文选瀹注》30卷、胡震亨《续文选》14卷等⑤。郝幸仔《明代文选学研究》开列的更多⑥:

名称	著者	版本
文选增定二十三卷	(李梦阳)	明大梁书院刻本
广文选八十二卷目录二卷	刘节辑	嘉靖十二年侯秩刻本
广文选六十卷		嘉靖十六年陈蕙刻本
文选六十卷诸儒议论一卷(元陈仁子辑)	何孟伦辑注	嘉靖刻本

① 张廷玉:《明史》卷285《文苑传序》,第7307页。
② 纪昀等:《沧溟集》提要,四库全书1278册,第175页。
③ 陈田:《明诗纪事》戊签序,《明代传记丛刊13》,第829页。
④ 付琼:《明代文学复古运动与〈文选〉的再度盛行》:"北宋熙丰之际,宋人依据道学标准对《文选》的文学标准提出了否定,此后《文选》的流行曾长期处于低靡状态。明代文学复古运动以鲜明的非载道指向重新确立了《文选》的样板地位,从而在道学语境笼罩下为《文选》的流行开辟了文学语境的有限空间。《文选》的盛行与明代文学复古运动相始终。明末清初,《文选》赖以流行的文学语境急剧收缩,《文选》在文学教育中的样板地位最终为《唐宋八大家文钞》及其衍生本所替代。"《广西师范大学学报》2009年第3期。
⑤ 黄虞稷:《千顷堂书目》,上海古籍出版社2001年版,第757—760页。
⑥ 郝倖仔:《明代文选学研究》,北京大学2011年博士学位论文,第20—23页。按:笔者稍作删削,并按刊刻时间顺序排列。其中个别书的卷数与《千顷堂书目》所列不一致。

续表

名称	著者	版本
文选拔萃三卷	方宏静辑	嘉靖三十年吴尚恕刻本
文选纂注十二卷	张凤翼纂注	万历刻本
		万历十年书林余碧泉刻本
文选纂注评林十二卷		叶敬溪刻本
		何敬塘刻本
		明末刻本
文选纂注评林十二卷	张凤翼纂注、恽绍龙参订	万历二十九年恽绍龙刻本
		万历二十九年三衢舒氏四泉刻本
文选纂注评苑二十六卷	张凤翼纂注、陆弘祚辑订	万历克勤斋余碧泉刻本
新纂六臣注汉文选二十四卷	张凤翼纂注	万历十四年刻本
新刊续补文选纂注十二卷	陈仁辑、张凤翼增订	万历二十二年刻本
梁昭明文选十二卷	张凤翼纂注	万历刻本
梁昭明文选二十四卷		天启六年卢之颐刻本（上海图书馆）
鼎雕增补单篇评释昭明文选八卷	郑维岳增补、李光缙评释	万历刻本
文选章句二十八卷	陈与郊撰	万历二十五年刻本
新刻选文选二十四卷	李淳删定批点	万历二十五年正义堂刻本
文选删注十二卷	王象乾撰	万历刻本
文选删注旁训十二卷	冯梦祯撰	孙震卿刻本
选赋六卷（名人世次爵里一卷）	郭正域评点	凌氏凤笙阁刻朱墨套印本
文选后集五卷	郭正域评	闵于忱刻朱墨套印本（人大图书馆）
天佚草堂重订文选二十卷诗选十卷	马维（继）铭辑	万历四十三年刻本
天佚草堂刊定广文选二十五卷诗选六卷		万历刻本
衢原草堂刊定广文选二十五卷诗选六卷		万历刻本
续文选三十二卷	汤绍祖辑	万历三十年希贵堂刻本

续表

名称	著者	版本
续文选十四卷	胡震亨辑	万历刻本
续文选十四卷	胡震亨辑、孙耀祖笺评	崇祯刻本
孙月峰先生评文选三十卷	孙鑛评、闵齐华瀹注	天启刻本
文选尤十四卷	邹思明删订	天启二年刻三色套印本
广广文选二十四卷	周应治辑	崇祯八年周元孚刻本

许结先生谈到《选》学的复兴与赋学的关系时说,"诸多评注萧《选》的撰述,其中如张凤翼的《文选纂注》12卷(万历八年刻本)、陈与郊的《文选章句》28卷(万历二十五年刻本)、闵齐华的《文选瀹注》30卷(明天启二年乌程闵氏刻本,题名《孙月峰先生评文选》)、郭正域评点的《选赋》6卷(明凌氏凤笙阁刻朱墨套印本)。这些撰述虽然是《文选》旧本新注,并无新'选'意义,其价值主要在对《选》'赋'的注释与评点,但作为明代'选学'论著,其与前述之广、续《文选》对当时赋学的构建,具有同样重要的学理意义。""无论广续,还是评注,明人热衷于《文选》之本义,就是尊'选',于赋学而言,因《文选》选赋重汉代作手,且以京都大篇居首,这也形成了明人追摩《选》学而尊'汉'的赋学取向。"①实际上并不仅仅如此。

浦铣云:"明人赋专尚模范《文选》"②,而"《文选》全书收赋85篇,若将赋史分为先秦、两汉、魏晋、南朝四段分别统计,则《文选》收录的各个时期的赋作分别为21篇、28篇、29篇、7篇。在赋史中,《文选》比较重视两汉、魏晋两段,其赋作收录最多。"③魏晋时期就已有不少骈赋被收入《文选》。南朝的七篇,分别是鲍照、江淹赋各二篇,谢庄、谢惠连、颜延之赋各一篇。也就是说,从文体上说,《文选》学的复兴,使明人不仅有"尊'汉'的赋学取向",也有崇尚六朝骈赋的赋学取向。

就赋作而言,此期八十余年(1488—1572)时间里,留存赋作近1300篇,达到了极盛。赋家身处明治极盛之时,辞赋创作也反映了盛世风雅。

---

① 许结:《明代的选学与赋论》,《南京师大学报》2013年第3期。
② 浦铣:《复小斋赋话》卷上,《历代赋话》,第379页。
③ 程章灿:《魏晋南北朝赋史》,江苏古籍出版社2001年版,第267页。

第二节 复古运动的前奏
——茶陵派诸子

钱谦益《列朝诗集小传》云:"成、弘之间,长沙李文正公继金华、庐陵之后,雍容台阁,执化权,操文柄,弘奖风流,长养善类,昭代之人文为之再盛。"①成化、弘治之际,李东阳是当之无愧的文坛领袖,他不仅有大量的作品堪为典范,也喜欢提携后进,讲艺论文,形成了以他为中心的茶陵派。何良俊《四友斋丛说》卷八云:"李文正当国时,每日朝罢,则门生群集其家,皆海内名流,其坐上常满,殆无虚日,谈文讲艺,绝口不及势利,其文章亦足领袖一时。正恐兴事建功或自有人,若论风流儒雅,虽前代宰相中亦罕见其比也。"②卷二六又云:"李西涯当国时,其门生满朝,西涯又喜延纳奖拔,故门生或朝罢,或散衙后,即群集其家,讲艺谈文,通日彻夜,率岁中以为常。"③茶陵派除了领袖李东阳之外,还有一些执友作为羽翼,一些门生作为追随者。陈田《明诗纪事·丙签序》云:

> 胡元瑞谓,孝庙以还,诗人多显达,茶陵崛起,蔚为雅宗,石淙(杨一清)、匏庵(吴宽)、篁墩(程敏政)、东田(马中锡)、熊峰(石珤)、东江(顾清)辈羽翼之,皆秉钧衡,长六曹,挟风雅之权以命令当世。④

钱谦益《列朝诗集小传》云:

> 百年以来,士大夫学知本原,词尚体要,彬彬焉,或或焉,未有不出于长沙之门者也。藁城以下六公(石珤、罗玘、邵宝、顾清、鲁铎、何孟春),其苏门六君子之选乎?⑤

其中提到的杨一清、吴宽、程敏政、马中锡、石珤、顾清、罗玘、邵宝、鲁铎、何孟春等人,都是公认的茶陵派中人。如吴宽,李东阳《麓堂诗话》云:"原博

---

① 钱谦益:《列朝诗集小传》丙集,《明代传记丛刊11》,第309页。
② 何良俊:《四友斋丛说》卷8,元明史料笔记丛刊,中华书局1959年版,第67页。
③ 何良俊:《四友斋丛说》卷26,元明史料笔记丛刊,第234页。
④ 陈田:《明诗纪事》丙签序,《明代传记丛刊13》,第355页。
⑤ 钱谦益:《列朝诗集小传》丙集,《明代传记丛刊11》,第309页。

之诗,酝郁深厚,自成一家,与亨父鼎仪(陆釴),皆脱去吴中习尚,天下重之。"①又如石珤,四库馆臣云:"珤出李东阳之门,东阳每称后进可托以柄斯文者,惟珤一人。珤诗文皆平正通达,具有茶陵之体,故东阳特许之。当北地、信阳骎骎代兴之日,而珤独坚守师说。屡典文衡,皆力斥浮夸,使粹然一出于正,虽才学皆逊东阳,而浞浞持正,不趋时好,亦可谓坚立之士矣。"②何孟春,"少游李东阳之门,学问该博,而诗文颇质率,不能成家。惟生平以气节自许,历官所至,敷奏剀切,殊有可观。大抵恳挚详明,侃侃凿凿,实于朝政有裨,固非徒意气激发取名一时者所得而比拟矣。"③邵宝,"西涯既殁,李、何之焰大张,而公独守其师法,确然而不变,盖公之信西涯与其所自信者深矣。"④顾清,钱谦益云:"公于诗清新婉丽,深得长沙衣钵,正、嘉之际,独存正始之音。"⑤

　　不过茶陵派成员远不止这些,如陆简,"李东阳称其文缜密峻洁,力追古作,而不轻应接,有求之经岁而不得者。其文义蕴未深,而平正朴实,于长沙一派为近。"⑥又如林俊,"西涯李文正公见其所著作,语人曰,是他日当以文名世者"⑦,都可归为茶陵派。司马周《茶陵派研究》⑧对茶陵派成员进行考证,文中把茶陵派分为三个层次,第一个层次是"茶陵派宗主"李东阳,第二个层次为"茶陵诸执友",包括孔弘泰等 95 人,第三个层次为"西涯众门生",包括马显等 40 人。现依据司马周先生的考证以及其它传记资料,列出有赋留存的赋家及其科名情况:

茶陵派成员		科名
宗主	李东阳	庶吉士
执友	刘大夏、倪岳、张泰、李杰	庶吉士
	吴宽	状元
	程敏政、刘春	榜眼
	陆简	探花
	陆容、张弼、林俊、杨一清、曾鉴、秦夔	进士

①　李东阳:《麓堂诗话》,历代诗话续编,第 1393 页。
②　纪昀等:《钦定四库全书总目·熊峰集》,第 2307 页。
③　纪昀等:《钦定四库全书总目·何文简疏议》,第 772 页。
④　钱谦益:《列朝诗集小传》丙集,《明代传记丛刊11》,第 311 页。
⑤　钱谦益:《列朝诗集小传》丙集,《明代传记丛刊11》,第 312 页。
⑥　纪昀等:《钦定四库全书总目·龙皋文稿》,第 2401 页。
⑦　杨一清:《林公墓志铭》,《见素集》附,四库全书 1257 册,第 584 页。
⑧　司马周:《茶陵派研究》,南京师范大学 2003 年博士学位论文。

续表

	茶陵派成员	科名
门生	石珤、孙承恩、陆深、张邦奇、罗玘、顾清、鲁铎	庶吉士
	杨慎、费宏、钱福	状元
	董越	探花
	乔宇、何孟春、邵宝、储巏	进士

可以看出，茶陵派成员中一甲进士与庶吉士占了绝大部分比重，也就是说，茶陵派成员大多有翰林院的经历，或者有庶吉士的教养经历，没有这方面经历的仅有 10 人。而且其中也不乏像何孟春"将试翰林庶吉士，会丁父忧"①这样经历的人，他们在进士中，属于"文学优等"者。他们对于文学的锻炼也由来已久，如何孟春《四望亭赋》注曰："先生生于甲申（成化十年，1474），至弘治四年（1491）辛亥，年方十八岁耳。"故《四望亭赋》乃何孟春十八岁时所作，颇似王勃《滕王阁序》。又如顾清，其《梦萱赋》序曰："教谕李大经先生一日召清曰：'吾官晋江时，梦吾亡亲，明日而吾弟缙绅至，感而有作，和者数十人，诸体略备，闻子学楚骚，其为我赋之'"，《梦萱赋》出于顾清《山中稿》，四库馆臣云"《山中稿》四卷为初集，乃未仕时作"②，可见为了日后登第之后有更好地发展前景，他们从小就对辞赋有所研习。而翰林院或庶吉士的经历之后，他们进入馆阁大臣行列的机会就比一般进士更多③，他们比郎署文人有更多的闲暇进行文学创作④。当然，"由于茶陵派中的不少人身为馆阁文人，特定的生活环境多少限制了他们的文学活动，从而使其创作未能完全摆脱台阁习气。"⑤

---

① 罗钦顺：《何公孟春墓志铭》，《国朝献征录》卷 53，续修四库全书 527 册，上海古籍出版社 2002 年版，第 737 页。

② 纪昀等：《钦定四库全书总目·东江家藏集》，第 2309 页。

③ 罗玘《圭峰集》卷 1《馆阁寿诗序》："今言馆，合翰林、詹事、二春坊、司经局，皆馆也，非必谓史馆也。今言阁，东阁也。凡馆之官，晨必会于斯，故亦曰阁也，非必谓内阁也。然内阁之官亦必由馆阁入，故人亦蒙冒概目之曰馆阁云。"（四库全书 1259 册，第 7 页）《明史》卷 70《选举志》："成祖初年，内阁七人，非翰林者居其半，翰林纂修，亦诸色参用。自天顺二年，李贤奏定纂修专选进士。由是，非进士不入翰林，非翰林不入内阁，南北礼部尚书、侍郎及吏部右侍郎，非翰林不任。而庶吉士始进之时，已群目为储相。"（第 1701 页）

④ 吴宽《家藏集》卷 42《公余韵语序》："士大夫以政事为职者，率早作入朝，奏对毕，或特有事，则聚议于庭，退即诸署，率其属以治公务，胥吏左右持章疏、抱簿书以次进，虽寒暑风雨不爽，当其纷冗，往往不知佳晨令节之已过也，盖勤于政事如此，又何暇于文词之习哉？"四库全书 1255 册，第 378 页。

⑤ 袁行霈：《中国文学史》第 4 卷，第 87 页。

一、茶陵派领袖
——李东阳

李东阳①,字宾之,号西涯,湖南茶陵人。天顺八年(1464)进士,选庶吉士,授编修,累迁侍讲学士。成化八年(1472)以礼部左侍郎兼文渊阁大学士。累官吏部尚书,华盖殿大学士。卒谥文正。有《怀麓堂集》。《怀麓堂集》提要云:"东阳依阿刘瑾,人品事业均无足深论,其文章则究为明代一大宗。自李梦阳、何景明崛起弘、正之间,倡复古学,于是文必秦汉,诗必盛唐,其才学足以笼罩一世,天下亦响然从之,茶陵之光焰几烬。逮北地、信阳之派,转相摹拟,流弊渐深,论者乃稍稍复李东阳之传以相撑拄。盖明洪、永以后,文以平正典雅为宗,其究渐流于庸肤,庸肤之极,不得不变而求新。正、嘉以后,文以沉博伟丽为宗,其究渐流于虚憍,虚憍之极,不得不变而务实。二百余年两派互相胜负,盖皆理势之必然。平心而论,何、李如齐桓、晋文,功烈震天下而霸气终存,东阳如衰周弱鲁,力不足御强横,而典章文物尚有先王之遗风,殚后来雄伟奇杰之才,终不能挤而废之,亦有由矣。"②李东阳现存18篇赋作③,按创作时间可分为三个时期:

翰林时(11篇)	内阁时(5篇)	致仕后(2篇)
奉诏育材赋/篁墩赋/蒙岩赋/对鸥阁赋/忠爱祠赋/见南轩赋/拟恨赋/鹊赋/翰林同年会赋/烧丹灶赋/后登舟赋	东山草堂赋/后东山草堂赋/石淙赋/奎文阁赋/南溪赋	待隐园赋/荆溪赋

李东阳的赋作中有不少应酬之作,如《篁墩赋》为程敏政作,赋写旐蒙子考查诸书,篁墩本"程氏故疆",之所以称"黄墩",乃黄巢之乱中为避祸而改,于是复篁墩旧名,乡之父老奔走相告,以为幸事。《蒙岩赋》,蒙岩乃宜兴邵士忠之号,故为邵氏作。《对鸥阁赋》,赋序云:"对鸥阁者,侍讲学士镜川杨先生继父志而作也",作者为赋之。《烧丹灶赋》注:"寿封庶子徐公八十",首句云"龙集载戊,星杓指申",则作于弘治元年戊申(1488),为"徐公"祝寿作,描写祝寿进献的丹灶。《东山草堂赋》注:"为华容刘先生时雍作",刘时雍即刘大夏,此篇与《后东山草堂赋》俱为刘大夏作。《石淙赋》

① 杨一清:《李公东阳墓志铭》,《国朝献征录》卷14,续修四库全书525册,第469页。
② 纪昀等:《钦定四库全书总目·怀麓堂集》,第2299页。
③ 按:《总汇》第6册5201页收17篇,所收《鸣蛙赋》实为顾璘赋作,第6册5518页顾璘赋重收,实收16篇。《待隐园赋》《荆溪赋》见于《怀麓堂续稿》(正德十二年刻本)。

注："石淙,地名也。为邃庵杨先生应宁(杨一清)赋"。《南溪赋》出自《东祀录》,《东祀录》乃李东阳弘治十七年(1504)以内阁大臣身份赴阙里祭祀孔庙时所作诗文,据《怀麓堂集》卷96《祭南溪公文》"故衍圣公南溪先生"之语,则南溪或为故衍圣公之号,赋为之而作。即便是致仕后所作《待隐园赋》,据赋序,待隐园乃杨一清在京口所建之园,赋文描写待隐园,赞美杨一清之德业,也是应酬之作的惯常写法。

倒是为官翰林时所作《忠爱祠赋》颇值得称道,此赋序云,南昌王得仁在汀州历府经历、推官,有惠政,适邓贼起,屡著奇绩,且尽瘁成疾以死,汀人作忠爱祠以飨之。赋应作于天顺末,设为客与汀之父老的问答之辞,铺叙了王得仁的善政以及汀人对他的爱戴,对其尽瘁以死,极表悲恸。如:

> 昔者旱魃狂舞,饥民嗷暑。粜价屡减,巡车继膏。眉我为犛,躯我为劳。慰我苍黄,归我逋逃。民之戴侯,若襁若褓。嫛人肆骄,侯语谔谔;虣卒施虐,侯法岳岳。颓厦木柱,中流砥崿。撼之不可动,麾之不可却。民之赖侯,若堕得绠,若病得药。两造具狱,群辞交挚。侯居其间,左牒右书。微入芒颖,细穷锱铢。讷喙雄吐,冤怀奋摅。民之遇侯,若毙而苏。

> 若乃山谷啸,潢池沸。躁夔魖,走魑魅。羽书驰飙,脑血涂地。驿路夜断,空城昼闭。沥溲为饮,煮革为食。涂多饿胔,官有余积。侯发公粟,若启家笥。愚民被胁,从恶如逝。侯谕福祸,若诲子弟。乃翼戎官,驱死士。扬义旗,操利器。军门一袒,从者如猬。喊震山裂,雄翻海飔。临阵贾勇,斗帷授计。摧坚夺心,诱降断臂。应之者竹破,触之者瓦碎。盖将乘胜长驱,克期取质。献馘明堂,铭功金匮。而鹏鸟外至,营星下坠。九原有知,饮恨而毙。噫嘻悲哉!

浦铣云:"李茶陵《怀麓堂集》中诸赋,余独取《忠爱祠》一首,托客语以述王公遗事。其谋篇最好,不尔便直遂而无味矣。"[1]

李东阳《麓堂诗话》有云:"朝廷典则之诗,谓之台阁气,隐逸恬澹之诗,谓之山林气,此二气者,必有其一,却不可少。"[2]又云"作山林诗易,作台阁诗难。山林诗或失之野,台阁诗或失之俗。野可犯,俗不可犯也。"[3]说的是诗,也适用于赋。他的赋作中能体现"台阁气"的赋作有《奉诏育材赋》《翰

---

① 浦铣:《复小斋赋话》卷下,《历代赋话》,第395页。
② 李东阳:《麓堂诗话》,历代诗话续编,第1384页。
③ 李东阳:《麓堂诗话》,历代诗话续编,第1387页。

林同年会赋》《奎文阁赋》等。

《奉诏育材赋》,此赋写成化十四年(1478),礼部试贡士得 350 人,廷试后赐一甲三人进士及第,复选"第二甲以下文之优者为庶吉士",作者于天顺八年(1464)进士登第后得选庶吉士,至此成为庶吉士校试官。庶吉士制度自朱元璋创立,已成为一育材之典,作者作此赋以"宣达风教,相励勋业"。赋文写朝廷对庶吉士的重视,专命学士二人"往授之业",而且,庶吉士的"居、用、书、学"等,也与一般进士不同:

> 其居则鳌极左峙,鲸波右折。钩陈属道,舳栌对阙。璇台叠云,画栋凝月。风铃语静,露榜花缬。丹芸翠蕙,蓁植乎其前;瑶笙皓鹤,缭绕乎其侧。

> 其用则菱笺松墨,天府之藏;玉液琼羞,大官之烹。文缣积笥,楮锭分滕。粟廪岁继,膏缸夜明。出纳之籍,地官所经。选部胥史,马曹隶兵。百工什器,庀自冬卿。

> 其书则东观幽经,西昆秘录。宣明鸿都,石渠天禄。孔堂旧壁,汲冢遗竹。牙签蠹架,锦带充屋。张华之所未尝见,扬雄之所未能读。

> 其学则上溯羲农,下探邹鲁。五纬错陈,六际咸睹。搜罗二仪,囊括千古。议必根抵,文必绳榘。制诏册命,王言是敷。表志传记,太史所书。论劝惩,关名教之大;作歌咏,本性情之余。盖将阐百王之礼乐,而恢一代之规模者也。

《翰林同年会赋》描写一次翰林同年会,赋中有"文当作噩之年,节应嘉平之月","作噩之年"乃酉年,"嘉平之月"为十二月,据倪岳《青溪漫稿》卷 16《翰林同年会图记》①,当在成化丁酉(成化十三年,1477)十二月二日,赋文描写当时之情景云:

> 是日也,或监或史,载笑载歌。烂云笺之丽藻,泮月斝之微波。耳听流焱,声破遏云之管;心驰急景,光回驻日之戈。弛我道于息游,或知所止;任吾生之俯仰,遑恤其他。若乃麟阁遗风,虎头妙手。假物像以相求,托丰仪于不朽。夸竞茂于松杉,愧先衰乎蒲柳。名高君实,争取验于儿童;病瘦休文,不自辨夫谁某。情因礼致,貌岂心违。谅金石之可断,陋蓬麻之是依。交可绝于稽书,盖云有激;知不逢于鲍叔,生也何

---

① 倪岳:《青溪漫稿》卷 16,四库全书 1251 册,第 204 页。

归。乐以忘忧，幸保无荒之戒；敬之终吉，宁遭不速之讥。非徒毕一日之欢，抑以定平生之籍。

《奎文阁赋》，据此赋序，阙里宣圣庙，旧有奎文阁以贮古今图籍。明朝置衍圣公府，其属有奎文阁典籍一人，凡朝廷有事于庙，则礼迓香币庋于阁中，以俟行事。弘治十二年（1499），庙灾而阁存，工既就绪，殿庑闳丽皆加于旧，于是奎文阁亦撤而新之。阁成，高八丈有奇，略与殿等，栋宇相埒，金碧交映。巡抚都御史徐公既购书数百卷，付衍圣公闻韶，令典籍孙世忠守之，四方藩郡闻而致者日益富。赋就此而作，描写了奎文阁翻新后的巍峨景观以及奎文阁对文化传承的贡献。顾元庆《夷白斋诗话》说李东阳"音节浑厚雄壮，不待雕琢，隐然有台阁气象，此其所以难及也。"①《明史》说其"为文典雅流丽，朝廷大著作多出其手"②，这类赋作可以当之。

　　他的赋作中也不乏"山林气"，如《见南轩赋》《后登舟赋》《荆溪赋》等。《见南轩赋》，轩名"见南"，取自陶渊明"悠然见南山"之句，赋写一自称为"葛天氏民"的人，倾慕陶渊明之为人，在南山下过着隐居而乐的生活。作者认为"故达人之放浪，独钟情于山水。而乐水者之动荡，又不如乐山者之静而止也"。《后登舟赋》出自《北上录》，《北上录》乃李东阳于成化十六年（1480）秋赴南都主考应天府乡试，事毕所作诗文。此赋序云，成化十六年秋九月八日，作者与罗明仲（即罗璟）校文事毕，归自南都，越一日重九，放舟龙江，风帆东下，顾而乐之，命酒相酌，明仲援笔为《登舟赋》，作者后为《后登舟赋》以和。《荆溪赋》是其晚年致仕③后所作，赋描写宜兴荆溪之胜，也抒发了作者"怀乎三湘"之情。《中国辞赋发展史》说，"李东阳辞赋创作因受形式文风影响而表现出的典雅疏阔，因受变世心态支配而表现出的真情实意，诚为文学变革初期的一种复杂现象。"④

　　从辞赋艺术上说，李东阳大体沿袭了元代以来"祖骚宗汉"的赋学宗尚，有"祖骚"之作，亦有"宗汉"之作。"祖骚"方面，如《蒙岩赋》《奎文阁赋》《荆溪赋》等，而且祖骚的几种体式也大都有尝试，《荆溪赋》即为《离骚》式骚体赋。《奎文阁赋》除最后一句，全篇为《九歌》式骚体赋。《蒙岩赋》为杂言式骚体赋，其组合方式为"《离骚》式＋《九歌》式＋偶句"。至于

①　周维德：《全明诗话1》，齐鲁书社2005年版，第796页。
②　张廷玉：《明史》卷181《李东阳传》，第4824页。
③　谈迁《国榷》卷48：正德七年（1512）十二月"丁卯（二十七日），少师大学士李东阳致仕。"中华书局1958年版，第3039页。
④　郭维森、许结：《中国辞赋发展史》，江苏教育出版社1996年版，第705页。

《橘颂》式,只出现在赋末乱辞中。这说明像元人那样全方位祖骚的时代已经过去,后来者对骚体赋的继承渐渐回归以前的状态。

李东阳大多数赋作乃"宗汉"之作,如《篁墩赋》《奉诏育材赋》《对鸥阁赋》《忠爱祠赋》《翰林同年会赋》《烧丹灶赋》《东山草堂赋》《后东山草堂赋》《石淙赋》《南溪赋》《待隐园赋》等都是,汉代散体赋的主客问答的形式、空间方位的结构以及平面化的描写都有体现。如《对鸥阁赋》,对鸥阁者,侍讲学士镜川杨先生继父志而作也。赋先描写杨先生所建对鸥阁之远近及周围之景,而突出白鸥之来,然后设为客与先生的问答之辞,叙写对鸥阁乃是继其先父之志而建的情况。其描写对鸥阁景色一段,就运用了汉赋体空间方位的描写方式:

> 远则雷峰天井,石楼木阜。锡岭金戋,翠岩雪窦。天童育王,骠骑车厩。四明中空,五马群走。句余武陵之墟,圣公隐仙之居。左盘右纡,莫详其余。
>
> 近则金碶珠潭,芝山桃浦。北渡南塘,莼湖莲渚。六港两川,十洲三屿。花迷学士之桥,竹暗尚书之墅。奇踪丽迹,不可缕数。
>
> 于是启扉而入,则飞籁洒地,鸣琅戛空。鳞瓦动目,翚檐挟风。上下轇轕,东西冥蒙。藏虚纳秀,后与川通。开牖而眺,则屏围昼张,澄练秋碧。长林落日,倒影千尺。平田一绿,与望俱极。

除了"祖骚宗汉",李东阳对六朝骈赋也有模拟,如《拟恨赋》《鹊赋》《后登舟赋》等。其《拟恨赋》序云,"予少读江淹、李白所作《恨赋》,爱其为辞,而怪所为恨多闺情阁怨,其大者不过兴亡之恒运、成败之常事而已……乃效江、李体,反其为情,以写抑郁,而卒归于正。"故作者所写恨事都是历史上发生的"情在天下而不为私"之事,以见"事难成而易败,世寡合而多违"之恨。如诸葛亮"出师未捷身先死"之遗恨:

> 昭烈继绝,武侯托孤。勇复汉祚,雄吞魏都。陈二表之宏略,运八阵之奇谟。忽将星之沦落,悲帝业之榛芜。

又如岳飞"十年之功,毁于一旦"之遗恨:

> 金人入汴,岳侯奋矛。复中原于破竹,誓决策于焚舟。神褫敌魄,天遗国仇。痛长城之自坏,委社稷于洪流。敌骑南驱,江沙夜驻。苦兵

力之不支,幸潮来之有处。海若助虐,坤灵失据。岂二仪之翻覆,莽万物之非故。

浦铣云:"江光禄《恨》《别》二赋,千秋绝调。继之者,唯太白《拟恨赋》耳。明人学之,便自《邻》无讥。"①浦铣的话是针对大多数明人说的,李东阳的赋还是写出了自己的特色,从形式上来说,也是骈赋。

此外,李东阳对以议论见长的宋赋并不排斥,其《麓堂诗话》云:

> 文章如精金美玉,经百炼、历万选而后见。今观昔人所选,虽互有得失,至其尽善极美,则所谓凤凰芝草,人人皆以为瑞,阅数千百年、几千万人而莫有异议焉……苏子瞻在黄州夜诵《阿房宫赋》数十遍,每遍必称好,非其诚有所好,殆不至此。然后之诵《赤壁》二赋者,奚独不如子瞻之于《阿房》,及予所谓李杜诸作也邪。②

其称道杜牧《阿房宫赋》与苏轼《赤壁》二赋的口吻,显然与元代祝尧贬抑宋赋的态度③有别。他的赋也有宋赋的特点,如《见南轩赋》后段:

> 大虚寥寥,何物非假? 随所寓托,物无不可。盖于是不知山之为山,我之为我也。夫物有化机,相为终始。情感气应,谁之所使? 出于自然,乃见真尔。锦彩之炫烂,适足以瞽吾之目;笙簧之聒杂,适足以聩吾耳。故达人之放浪,独钟情于山水。而乐水者之动荡,又不如乐山者之静而止也。

> 呜呼! 南山之闲闲兮,縻我之乐不可以言传;南山之默默兮,縻我之乐不可以意识。彼逆旅之相遭,岂茫茫其求索。惟物我之无间,始忘情于声色。盍反观乎吾身,决天地之充塞。彼南山兮何事,仅乃胸中之一物。

其议论的表现手法,所表现出的旷达的胸襟,与苏轼《赤壁赋》何其相似!

① 浦铣:《复小斋赋话》卷下,《历代赋话》,第403页。
② 李东阳:《麓堂诗话》,历代诗话续编,第1378页。
③ 祝尧:《古赋辩体》卷8"宋体":"以论理为体,则是一片之文,但押几个韵尔,赋于何有? 今观《秋声》《赤壁》等赋,以文视之,诚非古今所及,若以赋论之,恐(教)坊雷大使舞剑,终非本色"。《赋话广聚2》,北京图书馆出版社2006年版,第420页。

二、"别张壁垒"之茶陵派后进

——杨慎

钱谦益《列朝诗集小传》云:"用修垂髫赋黄叶诗,为茶陵文正公所知,登第又出门下,诗文衣钵,实出指授。及北地哆言复古,力排茶陵,海内为之风靡,用修乃沉酣六朝,揽采晚唐,创为渊博靡丽之辞,其意欲压倒李、何,为茶陵别张壁垒,不与角胜口舌间也。"①杨慎是"别张壁垒"的茶陵派后进。

杨慎②,字用修,号升庵,四川新都人。正德六年(1511)殿试第一,授翰林院修撰。世宗即位,任经筵讲官。嘉靖三年(1524),"大礼议"起,杨慎与王元正等二百多人伏于左顺门,撼门大哭。世宗下令廷杖,当场杖死者十六人。十日后,杨慎及给事中刘济、安盘等七人又聚众当廷痛哭,再次遭到廷杖。杨慎、王元正、刘济都被谪戍,杨慎戍云南永昌卫。卒于戍地。隆庆初年,追赠光禄寺少卿,天启时追谥文宪。有《升庵集》,存赋11篇。《升庵集》提要云:"慎以博学冠一时,其诗含吐六朝,于明代独立门户,文虽不及其诗,然犹存古法,贤于何、李诸家窒塞艰涩不可句读者。"③

(一) 赋学思想

杨慎的赋学思想主要见于《升庵集》卷五十三,《升庵诗话》中也间有论赋之语。综合杨慎所论,其赋学思想大致如下:

1. 诗赋并论,两种文体有某些共通的规范。如都注重"中和之美",在《升庵诗话》中,他记录"挚虞论诗赋四过":"假象太过,则与类相远。命辞过壮,则与事相违。辨言过理,则与义相失。丽靡过美,则与情相悖。"④

2. 不"是古非今",每个时代都有杰出作品。首先,诗赋相比,杨慎认同抱朴子之言,在"古今赋丽则不同"条中,他说:"抱朴子曰:'古诗今赋丽则不同,俱论宫室,而奚斯路寝之颂,何如王生之赋灵光乎? 同说游猎,而叔田卢令之诗,何如相如之言上林乎? 并美祭祀,而清庙云汉之辞,何如郭璞南郊之艳乎? 等称征伐,而出车六月,何如陈琳武库之壮乎?'"

其次,与元代祝尧"赋以代降"、贬抑六朝骈赋、唐代律赋、宋代文赋不同,杨慎对各代赋都有好评。他不仅评论了先秦两汉的辞赋,如《九歌》、宋玉《招魂》、司马相如《上林赋》《长门赋》、枚乘《菟园赋》、张衡《西京赋》、班固《西都赋》、张衡《定情赋》等,对于魏晋六朝赋以及唐宋赋都有关注。如

---

① 钱谦益:《列朝诗集小传》丙集,《明代传记丛刊11》,第392页。
② 陈文烛:《杨升庵太史慎年谱》,《国朝献征录》卷21,续修四库全书526册,第117页。
③ 纪昀等:《钦定四库全书总目·升庵集》,第2316页。
④ 杨慎:《升庵诗话》卷12,历代诗话续编,第883页。

陶渊明《闲情赋》、颜延年《赭白马赋》、郭珍《蜜赋》(仅有残句，实为郭璞《蜜蜂赋》)、班婕妤《捣素赋》①、黄滔的律赋、秦少游《单骑见虏赋》、苏轼《赤壁赋》等。“黄滔律赋”条云：

黄滔律赋，如《明皇回驾经马嵬》云“日惨风悲，到玉颜之死处；花愁露泣，认朱脸之啼痕。褒云万迭，断肠新出于啼猿；秦树千层，比翼不如于飞鸟。”《景阳井》云“理昧复隍，处穷泉而讵得；诚乖驭朽，攀素绠以胡颜。”又无名氏作《孟尝君夜度函谷赋》“叹秦阙之百二，难骋狼心；笑齐客之三千，不如鸡口。”亦可喜也。

3. 不仅重视赋作的成就，更看重赋家的人品。如“雪赋月赋”条：

《文选》谢惠连《雪赋》、谢庄《月赋》二篇，词林珍之。唐子西谓《月》不如《雪》，谬矣。论体状景物，蕴藉风流，则无优劣。然《月赋》终篇，有好乐无荒之意，近于诗人之旨。《雪赋》之终云“节岂我名，洁岂我贞。”无节无洁，殆成何人？与其《秋怀》之首句“平生无志意”同一自败之旨。朱文公云“无志意，殆不成人”，信矣！惠连、希逸终身人品，亦与二赋之尾叶焉。世徒赏其春华，不可不考其秋实也。

4. 重视赋作语言之奇。他评江淹《别赋》云：“‘春草碧色，春水绿波。送君南浦，伤如之何’，取诸目前，不雕琢而自工，可谓天然之句。”②可见，他赞赏那些不雕琢的“天然之句”。他在更多的地方表达了对语言之奇的重视：

如“海赋”条：

《文选》载木玄虚《海赋》，似非全文，《南史》称张融《海赋》胜玄虚，惜今不传。《北堂书抄》载其略，如“湍转则日月似惊，浪动则星河如覆。”信为奇也！

又如“猎兔赋”条：

夏侯湛《猎兔赋》“息徒兰圃，秣骥华田。目送归鸿，手挥五弦。优

① 杨慎：《升庵集》卷53“捣素赋”：“《文选》《雪赋》注引班婕妤《捣素赋》，疑非婕妤之作，盖亦卓见也。此赋六朝拟作无疑，然亦是徐庾之极笔。”四库全书1270册，第463页。

② 杨慎：《升庵诗话》卷3“四言诗自然句”，历代诗话续编，第683页。

哉优哉,聊以永年。"其语与嵇叔夜同。嵇与夏侯同时,其偶同耶? 其相取耶? 嵇诗作"华山",夏侯作"华田","田"字觉胜。盖魏都在邺,不应言"华山",当是"华田",音花,言华茂之田也,亦是奇语。

再如卷九"粘天"条:

> 庾阐《扬都赋》:"涛声动地,浪势粘天"。本自奇语。……今俗本作"天连",非矣。

这并不矛盾,大概杨慎重视的是赋作语言在自然基础上的新奇之意。

5. 重视赋作辞旨之超远。如"雁赋"条:

> 刘安赋雁云"顺风而飞,以助气力;衔芦而翔,以避缯缴"。羊祜《雁赋》云"排云墟以颉颃,汰弱波以容与。进凌厉乎太清,退嬉游于玄渚。鸣则相和,行则接武。前不绝贯,后不越序。齐力不期而并至,同趣不要而自聚。当其赴节,则万里不能足其路;苟泛一壑,则众物不能易其所。凌空不能顿其翼,扬波不能渍其羽。浮若飘舟乎江之涛,色若委雪乎崖之阿。"辞旨超远,出于词人一等矣。

又如"白牛溪赋"条:

> 王无功云"吾往见薛收《白牛溪赋》,韵趣高奇,词义旷远,嵯峨萧瑟,真不可言,壮哉邈乎,扬班之俦也。"高人姚义尝语吾曰"薛生此文,不可多得。登太行,俯沧海,高深极矣! 吾近作《河渚独居赋》为仲长先生所见,以为可与《白牛》连类,今写为一本。"今此二赋俱不传。

6. 诠释了"词人之赋丽以淫"这个传统观念的其它内涵,即"曲尽丽情,深入冶态"。在"古赋形容丽情"中,他说:"《九歌》'满堂兮美人,忽独与予兮目成',宋玉《招魂》'娭光眇视目曾波',相如赋'色授魂与,心愉于侧',枚乘《菟园赋》'神连未结,已诺不分',陶渊明《闲情赋》'瞬美目以流盼,含言笑而不分',曲尽丽情,深入冶态,裴硎《传奇》,元氏《会真》,又瞠乎其后矣,所谓'词人之赋丽以淫'也。"①

---

① 杨慎:《升庵诗话》卷3,历代诗话续编,第694页。

7. 认同汉赋"主文而谲谏"的讽谕方式,认为它有合理性。他在"上林赋"条中,节录程泰论赋之语:"程泰之论《上林赋》三条,其见超迈,得作者之意,今节其语于此。"①程泰的三条评论,大体表达了汉赋"主文而谲谏"这种讽谕方式的合理性,比如其第一条:"上林,本秦故地,始皇陬隘先王之宫庭,而大加创治,东既极河,西又抵汧,终南之北,九嵕之阳,数百里开宫馆二百七十,复甬相连,穷年忘返,犹不能遍,而又表南山以为阙,立石胸山以为东门。其意若曰阙不足为也,南山,吾阙也;门不足立也,胸山,吾门也。此固武帝之所师也,所师在是,苟有谏者,彼有坐睡唾掷而已,无自而入也,故相如始而置辞,包四海而入之苑内,夸张飞动,意若从谀,故扬雄指之为劝也,夫既劝之以中帝,欲帝将欣欣乐听,而后徐徐讽谕,以为苑囿之乐有极,而宇宙之大无穷,则讽或可入也。夫讽既不为正谏,凡其所劝,不容不出于寓言,此子虚乌有亡是所以立也。"其第二条也提到"古今读者偶不致思,故主文谲谏之义,晦于不传耳。"其第三条说,"故战国讽谏之妙,惟司马相如得之,司马《上林》之旨,惟扬子《校猎》得之。"

综上所述,杨慎的赋学理论略显零碎,不具系统性,但其有意与祝尧以来"祖骚宗汉"的复古论调相抗衡的思想倾向,还是可以看得很清楚的。比如他对六朝骈赋、唐宋律赋与文赋的赞赏就不同于祝尧;对于赋作语言之奇的重视,也与祝尧"作者何必要用奇难字"②的主张有异。

(二) 辞赋创作

杨慎现存 11 篇赋作,大体分为两类,抒怀赋和咏物赋,抒怀赋有《戎旅赋》《乐清秋赋》。《戎旅赋》作于作者谪滇四年之际,他哀叹自己"背中土而播荒",抒发浓烈的思亲和怀归之情。《乐清秋赋》抒写以清秋为乐的心怀,不同于"宋玉之悲怀""江淹之离愁",虽以骚体抒写,却并无骚体赋常见的悲愁:

　　　　皇天平则成四时兮,窃独乐此新秋。无宋玉之悲怀兮,匪江淹之离愁。澹吾虑以抚景兮,遁炎威于金掣。祛赫曦之焰焰兮,追凉飔之飕飕。屏羽扇而篋藏兮,御纨素之轻柔。听琅玕之朝坠兮,玩金波之夕

---

① 杨慎:《升庵集》卷 53,四库全书 1270 册,第 460 页。
② 祝尧:《古赋辩体》卷 4"扬子云":"若夫雾縠组丽,雕虫篆刻,以从事于侈靡之辞,而不本于情,其体固已非古,况乎专尚奇难之字以为古? 吾恐其益趋于辞之末,而益远于辞之本也。晦翁尝论:'今人好用字,如读《汉书》,便去收拾三两个字。洪景卢较过人,亦然。南丰尚鲜,使一二字。欧、苏全不使一个难字,而文字如此好',则作者何必要用奇难字哉?"《赋话广聚 2》,第 193 页。

流。桂连蜷于山阿兮,兰猗靡于岩陬。既葳蕤其可怀兮,又芬菖以绸缪。嘉华黍与膏稷兮,获万宝于西畴。虽四壁之徒立兮,欣人足而我优。睿不乐而胡为兮,攒百虑以挈忧。命一筋而孤斟兮,吴吴歈兮秦讴。慕漆园之斥鷃兮,畅逍遥以优游。赋印段之蟋蟀兮,庶躩躩而休休。

咏物赋有《凤赋》《伊兰赋》《雁来红赋》《药市赋》《古度赋》《石蝴赋》《彩扇赋》《蚊赋》《后蚊赋》。其中伊兰、雁来红、古度属花木,《伊兰赋序》云:"江阳有花,名赛兰香,不足于艳,而有余于香。戴之纍紒,经旬犹馨,意古者纫佩之用,颒浴之具,必此物也。西域有伊兰以为佛供,即此,《汉书》所谓伊蒲之供也。"《雁来红赋》有注"此弘治甲子(弘治十七年,1504)余十七岁时作。"首句云:"蜀城之花,与玉蝉而同房;汉宫之菊,配黄鹄以分裳。兹纤茎兮独异,候阳鸟而敷芳。"知"雁来红"应为蜀地之花。《古度赋》首句云:"有木诡容,在勾之东。"知"古度"为木。石蝴,从《石蝴赋序》可知,"此虫也而类草"。四库馆臣说:"慎以博学冠一时"①,而这些都不是寻常之物,由此可见杨慎"博学"以及搜奇尚异的倾向。"凤"是传说中的灵鸟,杨慎《凤赋》从各种方面描写凤,如凤之"为状""和鸣"、凤之为祥以及凤德下衰之后果。《药市赋》则描写"蓉城"(成都)药市各种"嘉草""芳羞"以及热闹景象。

从体制上说,杨慎的赋除了《凤赋》(1035字)、《药市赋》(792字)体制较大之外,其它均为小赋,如《后蚊赋》280字,《雁来红赋》266字,《乐清秋赋》183字,《彩扇赋》164字,《石蝴赋》仅57字。

从文体上说,有"祖骚"的赋作,如《乐清秋赋》是《离骚》式骚体赋,《后蚊赋》为《橘颂》式骚体赋②,《戎旅赋》为杂言式骚体赋(《离骚》式+《九歌》式)。有"宗汉"的赋作,如《凤赋》《药市赋》属于"汉赋体"之"大体"和"中体",这两篇赋采用散体大赋通常的写法,设为问答,铺张扬厉。变化之处在于,《凤赋》的问答改变了汉赋一主一客的形式,采用一对多的形式:黄帝——天老、有焱氏、风后、力牧、绿图。而《药市赋》虽设有主客,却出现在文末系辞的位置,有"林间翁孺"起而为系辞,"鸿安丘"继而作辞,然后以主人"欣然称妍""升筵周旋"结束全篇。《古度赋》(122字)与《蚊赋》(197字)属于"小体",模仿荀卿,浦铣评云:"明杨升庵《古度赋》,黄忠端公省曾

---

① 纪昀等:《钦定四库全书总目·升庵集》,第2316页。
② 浦铣:《复小斋赋话》卷下:"《后蚊赋》效《橘颂》体",《历代赋话》,第400页。

《钱赋》，皆学荀子《礼》《智》等篇也。"①"杨升庵《蚊赋》，效荀卿体而变化其句法。"②

　　上文引钱谦益《列朝诗集小传》说杨慎"沉酣六朝"，《升庵集》提要说杨慎"含吐六朝"，胡应麟也说杨慎"独掇六朝之秀"③。说的是诗，也适用于赋。在六朝的赋家中，杨慎对江淹的赋极其关注，如《石蜐赋》，此赋序云："石蜐，海错也。荀子书名'紫砝'，郭璞赋注曰'石砝'，今方言为'龟脚'，《本草》谓之'决明'。此虫也而类草，每春则生华，一名'紫蕚'，字亦从草，谢客诗所称'紫蕚晔春流'也。江淹有赋，未尽体物，故为重构，传诸博物云。"赋云：

　　　　江之腴，石之华。南溟育，东海家。晔流吐叶，应节扬葩。水妃缨佩，渊客簪查。珠蛤胎月，锦鲐孕霞。孰与紫蕚，名品骈嘉。谁抽鼂仙之藻，以泳龙伯之涯耶？

虽然短小，基本骈对。《彩扇赋》序云："江文通有《彩扇赋》，首尾衡决，讹舛复多，夏日枕痾，稍为补正。"赋云：

　　　　青阳谢兮朱明临，度槐景兮际梅霖。日车亭午，风柯不吟。纤缔在御，轻羽重寻。或蒲葵兮纨素，又紫绀兮绿沉。空青生峨眉之阳，雌黄出嶓冢之阴。金膏诒河伯之渚，碧髓挺青蛉之岑。竹染湘妃之泪，纸捣蔡伦之砧。合为彩扇，翳君瑶琴。瑶琴兮青琴，知音兮赏音。解明星兮绦佩，衔半月兮兰襟。堕马罢梁家之髻，含颦捧西子之心。销独愁兮片玉，怅一笑兮千金。怨蕴隆之赫赫，忘逝景之骎骎。愿鼓幽兰兮白雪，情寄山高兮水深。

此赋是一篇骈赋，不仅非兮句式的四六七言骈对，甚至《九歌》式骚体句也构成句中自对（如"青阳谢兮朱明临"）或二句互对（如"销独愁兮片玉，怅一笑兮千金。"）等偶对形式，使全篇具有无句不对的特点。与此篇类似的还有《雁来红赋》《伊兰赋》。其中《伊兰赋》的骈对范围更广，骈对形式更加多样，它除了非兮句式、《九歌》式骚体句骈对之外，《离骚》式骚体句也是

①　浦铣：《复小斋赋话》卷上，《历代赋话》，第387页。
②　浦铣：《复小斋赋话》卷下，《历代赋话》，第400页。
③　胡应麟：《诗薮·续编》卷1，第347页。

骈对的,如"友射干而偕生兮,朋荔挺而俱发"(二句互对)、"都梁蟾蜍兮,阒尔而减价;虎蒲龙枣兮,瞠乎其亡菁"(四句隔对)。

上文说杨慎的赋学思想,说他很重视赋作语言之奇,这在其创作中也有体现。如《后蚊赋》序云:"余暇之日,戏为《蚊赋》,或谓规规兰陵(荀子)之体,未尽蚊之典也……余也寡闻习懒,直取之胸臆而已,叙之于纸,为《后蚊赋》",赋云:

> 邃古史皇,创奎画兮。曲脚旁低,垂物则兮。谥曰啮民,昭凶德兮。炎后品物,世匮资兮。蚕尾虺首,罔攸遗兮。啮尔蜎化,百靡宜兮。扰龙仪凤,于帝庭兮。嗟尔有生,胡营营兮。禁蛙去枭,著周经兮。胡尔利嘴,独无怼兮。玄圭纪正,炯弗昧兮。丹良为羞,欣绝汇兮。鳌戴山扦,圣播迹兮。使尔负山,谅何力兮。谓尔有睫,奚谁攘兮。窈窱琅疏,竞来往兮。谓尔有臂,奚谁恍兮。明潜宵征,侣罔两兮。旅蚩成市,仙孺惕兮。聚响成雷,藩侯栗兮。障尔嫖尔,徙宜疾兮。
>
> 蚊不能辩,对以臆兮。肖翘蠕动,生以息兮。傲诡妍媸,宁有极兮。血国三千,彼货殖兮。曷云不惨,嚌有国兮。赤口烧城,烦言喷兮。积毁销骨,疮痏结兮。楚组齐帷,畴其隔兮。赤燧赪嫖,罔有慑兮。命曰人蚊,理可说兮。惟虫能虫,各以类兮。厥以恒性,贱剖贵兮。人蚊不怼,虫何罪兮。百尔君子,无庸啄兮。

其中"曲脚旁低"作者注:"《古文赞》蚊脚旁低,鹄头仰立";"谥曰啮民"注:"《苍颉》曰蚊啮民虫也";"啮尔蜎化"注:"《通俗文》蜎化为蚊";"丹良为羞"注:"《大戴记》丹鸟羞白鸟注,丹鸟,丹,良也,白鸟,蚊也";"使尔负山"注:"《庄子》使蚊负山";"谓尔有睫"注:"《列子》焦螟巢于蚊睫";"谓尔有臂"注:"《庄子》虫臂鼠肝";"旅蚩成市,仙孺惕兮"注:"《续列仙传》吴猛事";"聚响成雷,藩侯栗兮"注:"中山王事";"血国三千,彼货殖兮"有注:"扬子'货殖。曰蚊,血国三千,使将疏,饮水,褐博,没齿然也。'"①这不仅是"尽蚊之典",其语言之奇也令人叹为观止。浦铣云:"明人作古赋,好用奇字,不独升庵一人。"②作为茶陵派的后进,杨慎离元代祝尧以来"不尚奇难字为古"的风习已经越来越远。

---

① 以上注文见杨慎:《升庵集》卷1,四库全书1270册,第9页。
② 浦铣:《复小斋赋话》卷下,《历代赋话》,第407页。

三、存赋最多的茶陵派赋家

——孙承恩

孙承恩①,字贞甫,号毅斋,松江人。正德六年(1511)进士,选庶吉士,授编修,官至礼部尚书,兼翰林学士,掌詹事府事。嘉靖三十二年,斋宫设醮,以不肯遵旨穿道士服,罢职归。卒谥文简。有《文简集》。四库馆臣说孙承恩"官宗伯时,斋宫设醮,承恩独不肯黄冠,遂乞致仕,较之严嵩诸人青词自媚者,人品卓乎不同。其文章亦醇正恬雅,有明初作者之遗。(陆)树声序有曰,国初之文淳厚浑噩,彬彬焉质有其文。迨关西、信阳两君子出,追宗秦汉,薄魏晋而下,海内艺学士咸愿执鞭弭从之,标品位置,率人人自诡先秦两汉以希方轨,虽体尚一新,国初淳庞浑厚之气或少漓焉。公生长宪、孝朝,博稽宏览,邃诣渊蓄,故出之撰述,类皆深厚尔雅,纡徐委折,论者谓公平生立言,类其为人云云,亦平允之论也。"②

孙承恩存赋31篇,是茶陵派中存赋最多的赋家。赋作的题材内容比较广泛,诸如治道、行旅、山水、地理、抒怀、吊古、咏物、人事、祝寿等,都有涉及。

首先值得注意的是《修德应天赋》,此赋题注云"有疏不果进",是一篇具有实用价值的赋,乃"谨奏为慎修省,以弭天变",奏事而用赋,比较少见。作者根据天人感应的理论,面对"今岁夏秋之间,京师淫雨为虐,引月浃旬,天时郁蒸,人多疾病,米价涌贵,饥民嗷嗷,田禾将登,渐有浥烂,盗贼生发,行旅艰难","淮济一带,以至山东,水灾尤甚,至苏松地方,则又亢旱,车戽不及,田禾焦枯"等灾害,希望皇帝"以古帝王为师,恪谨天灾,增修德政,求所未尽者而必尽之,以仰塞天心","转灾为祥"。从"臣以陋劣,滥竽词垣,虽曰文字之司,实有献纳之寄"等语,赋或作于正德时任职翰林院期间。其天人感应的理论虽有迂腐的成分,但作者以此进谏之诚意却昭然可揭,批逆鳞的勇气也着实令人敬佩。如作者认为"阴雨为小人蒙蔽之象",现在"咎征荐至",说明皇帝在某些方面还做得不好:

> 意者憸壬容有在侧,而远佞之志渐以中阻;元恶未即显戮,而讨罪之律渐以弗公。忠谏未必从,而听言之意渐有所屋;正论未即用,而任贤之意渐有不终。施恩未遑而政之措也,与纶音而有异;役民太滥而仁

---

① 沈恺:《环溪集》卷26《毅斋孙公行状》,四库全书存目丛书集部92册,第313页。
② 纪昀等:《钦定四库全书总目·濑溪草堂稿》,第2316页。

之著也,与初时而不同。至明容有所未烛,下情容有所未通。心之所主或有出于意见之私,念之所加或有戾乎道义之正。躬行之实或缺,具文之美徒胜……惟夫国是当断而未断,善政当举而未举。旦夕无将顺之人,左右多阻尼之弊。亦或似乎蔽蒙,亦或同乎怠豫。

希望皇帝修德应天,消除"咎征"。《一统地理图赋》也是能够体现"淳庞浑厚之气"的大手笔,此赋设为客"游观""圣明大一统之幅员",从幽蓟开始,历豫州、关中、四川、荆楚、石城、姑苏、松江、会稽、洪都、闽粤、湘水、滇国,"繄足迹之所极,尽六合而无遗",又神游旸谷、祝融、幽都等,"经九死之无恙,幸生返于乡间",并将此游历"揭图用存夫梗概",使人展图而"见一统之无余"。

他的两篇行旅赋与其出使安南的经历有关。《南征赋》,据作者《使交纪行稿序》:"嘉靖改元壬午(1522),今天子即位,当诏谕裔夷,承恩承乏词林,与给事俞君崇礼实奉命使交南。先是传闻其国多事道梗,比至近境,则闻构兵方殷,其王已没,其世子亦播越海上,不果入。未几,崇礼且物故,具疏得请暂辍,复便道过家。先以是岁秋八月行,比归,往返凡八阅月。"[1]赋即写此次出使安南之事,作者于"岁敦牂(午年,即壬午)之仲秋"出发,一路历尽艰险,恰逢交中之变,作者深感"使事之靡易",故多"咨嗟愁苦"之言。《北归赋》,从"实王命之多惧""惟裔荒之颇历兮"等句,赋应作于出使安南北归之时,作者于"月孟陬(正月)以日吉"北归,感叹"惟人情之恋土兮,在穷达而则均",赋的基调欢快愉悦。

孙承恩还有一些咏怀吊古赋,反映了他对现实人生与过往历史的思考。如《悯己赋》,此赋抒发作者的"屯剥"(困厄衰败)之情,盖作者曾"妄意青云之可易致,欲自见于明时",谁知"一败而莫救",不得已"守田园而穷处","来卒业于成均",期待"姑再图夫后举"。据沈恺《孙公行状》:"应天试,即领荐,弘治甲子(弘治十七年,1504)科也,年才二十有四,上春官弗售,卒业南雍。再试春官,再弗售,益清苦励学,思所愤拔以自振,正德辛未(正德六年,1511)登进士。"[2]孙承恩在弘治十七年24岁时即中应天府乡试,然屡试春官不利,直到正德六年方中进士,此赋当作于初次失利之后。《别知赋》,友人归故山,作者抒写怅然之情。《后别知赋》,写作者于"凛冬""背乡而去邑"时,与"二三子"惜别之情。赋中提到,"岁昔甲戌(正德九年,1514)之

---

①　孙承恩:《文简集》卷30,四库全书1271册,第391页。
②　沈恺:《环溪集》卷26,四库全书存目丛书集部92册,第313页。

南骛兮,指故山以欣欣。"可见作者于正德九年归乡,又据《墓志》①,作者于正德六年中进士,选庶吉士,授编修,"当是时,权贵人数乱政,公归卧于家者七年。今皇帝即位,始拂拭其衣,弹冠告所知曰,吾可以出矣",则此赋作于世宗即位,作者离乡回朝之际。

《吊岳武穆赋》凭吊岳飞,与同类作品不同的是,作者认为岳飞的"功垂成而就殲",也有岳飞自己的过错,他认为岳飞应该不受君命,长驱直入,捣厥黄龙,雪国之大耻,不应"劾小顺以自阻,致大功之蹉跎。"《吊屈原赋》凭吊屈原,作者认为后人论屈原者,如贾谊、柳宗元、扬雄等,都不得屈原之"微衷",只有朱熹之论"合人心之所同":"人孰无过,大夫乃忠之过;人患无忠,大夫乃过于忠。"并表达自己的观点:"行藏出处贵惟时兮,乃以数谏而致君恩之弗终。思圣人之遗训兮,揭吾道之大中。顾大夫之独行兮,似有戾于中庸。"

他的咏物赋或借物以说理,或托物以寄怀,也颇具特色。《贪鼠赋》,作于正德五年(1510),赋叙述贪鼠因啮鸡而被棰杀烹食始末,并发表感慨:"鼠之巧,物莫与侔""凡物殒生,孰匪欲故",此鼠"为口腹以丧躯""亦贪之为害"。《感蟋蟀赋》,作于嘉靖九年(1530)七月,作者夜寝书斋,闻蟋蟀之声,惊节序之迅速,念德业之蹉跎,感而作赋。《留都翰林六植赋》应作于南京翰林院侍读学士任上,赋序云:"六植赋,赋六植也,赋柏、赋桂、赋竹、赋桐、赋槐、赋桑。院中之植不特六,六者,植之美也。"其中"双柏赋"着重双柏"守玄穆以静处,抱贞素而靡渝"之品质。"双桂赋"写双桂生意瘁然,于是命仆芟芜厚培,汲水而沃,使其"日欣欣以改色",希望它"发天香与秀色"。"丛竹赋"着重丛竹的"劲坚""贞肃",并以竹"自勖"。"孤桐赋"着重孤桐偃蹇独处,生非其地,认为它适宜长于玉堂虚敞之地,崇台之上,"风日清美,尘嚣靡侵"。"独槐赋",独槐虽"孤蹇而无朋",但却"冉冉猗猗,郁郁亭亭",作者可以"时来燕居,神舒志宁。""两桑赋"则着重桑树之"德"。

明人于慎行在《谷山笔麈》中记载:"嘉靖中,华亭相君为大宗伯,其同邑孙公承恩亦以大宗伯掌詹,二公对巷而居,徐公宾客甚盛,延接不暇;孙公平生寡交,退食闭门深卧而已。"②虽然孙承恩"平生寡交",但也有一些交往赋。《冬庵赋》,赋首云:"润城之南,膴膴芳甸。万子结庐,而冬庵是扁。"可见为润城万子之冬庵而作。《东石赋》为郡伯晋江黄侯作,其别号东石,作者认为石有贞固之义,"而东者震之隅,《说文》:'东,动也,阳气动也,有

---

① 徐阶:《世经堂集》卷17《文简孙公墓志铭》,四库全书存目丛书集部79册,第739页。

② 于慎行:《谷山笔麈》,四库全书1046册,第231页。

生物之仁焉',侯之德以之",作者钦侯之为人,为作此赋。《水竹居赋》为友人朱朝和作,其别号水竹,"盖以居之所有也,而其寓志之雅洁,亦因是以见焉"。《平田赋》为咸宁管子作,其号平田,"夫平为恕、为公、为克己、为安义命于道也几矣",作者窃有感于管子之志,故作此赋。《嘉岭赋》,陕之延安有嘉岭山,侍御董子之居在焉,因以为号。其地有范文正公遗迹,董子盖有志于慕范者。作者贤其人,重其地,为作此赋。《黄洲赋》,黄洲,太守崇仁吴侯以此自号,作者赞吴侯"志之芳洁",美其"超世之遐心"。后因"意则犹有未尽也",续作《后黄洲赋》和《又后黄洲赋》,《后黄洲赋》赞美吴侯"无溢美""无侈情"的品质,《又后黄洲赋》颂扬吴侯可继承乃祖吴澄之德业。而《春冈书屋赋》《又春冈赋》二赋都为"刘子"作,前赋写刘子在春冈书屋"怡适琴书,披历烟萝"的生活,并赞美刘子如春一样的"盛德",后赋则专赋"刘子"所居之春冈。

此外,孙承恩还有两篇寿赋,《龙洲介寿赋》为龙洲翁作,从"屠维大荒落(己巳)之仲春",则赋作于正德四年(1509)。《荣寿赡思赋》,为"陈子"作,赋写天子褒荣其亲,"惜也父则逝矣","幸也犹有母氏之在也","陈子"悲喜交集的复杂心情。浦铣云:"古亦有寿赋,如宋沈与求《客游玄都赋》为南阳公是也。至明而夥矣。"①可见,作寿赋是明人的风气,孙承恩亦未能免俗。

从体裁上说,孙承恩的赋作有古赋,也有律赋,《修德应天赋》即是律赋。自元人提倡"祖骚宗汉"的复古思想之后,赋坛大多模仿骚、汉,明人承袭了元人的复古思想,赋坛也以祖骚宗汉为多,永乐至成化时期,虽然赋作的取径范围延伸到了六朝和唐宋,但也局限在对骈赋和文赋的因袭。也就是说,基本上还是古赋的范畴。但孙承恩作为茶陵派的一员,他在"北地哆言复古,力排茶陵,海内为之风靡"②之际,不但不认可七子派所谓的"唐无赋"③主张,还有律赋的创作实践。

他的古赋,体式也堪称多样,骚体赋、散体赋、骈体赋、诗体赋,无不具备。《留都翰林六植赋》中的"独槐赋"是骈赋,"两桑赋"是七言诗体赋,而《贪鼠赋》基本上是一篇四言诗体赋,末尾则是散体赋的写法,《后黄洲赋》《又后黄洲赋》是拟汉的散体赋。骚体赋最多,有21篇,其中《悯己赋》《黄

---

① 浦铣:《复小斋赋话》卷下,《历代赋话》,第402页。
② 钱谦益:《列朝诗集小传》丙集,《明代传记丛刊11》,第392页。
③ 李梦阳:《空同集》卷48《潜虬山人记》:"山人商宋梁时,犹学宋人诗,会李子客梁,谓之曰,宋无诗,山人于是弃宋而学唐,已,问唐所无,曰唐无赋哉,问汉,曰无骚哉,山人于是则又究心赋、骚于唐、汉之上。"四库全书1262册,第446页。

洲赋》《别知赋》《后别知赋》《南征赋》《荣寿赡思赋》《龙洲介寿赋》《东石赋》《水竹居赋》《平田赋》《嘉岭赋》《吊岳武穆赋》《吊屈原赋》《留都翰林六植赋》之"双桂赋"等为《离骚》式骚体赋。《春冈书屋赋》《北归赋》《留都翰林六植赋》之"孤桐赋""双柏赋"是杂言式骚体赋。《又春冈赋》《月明千里故人来赋》《留都翰林六植赋》之"丛竹赋"等为《橘颂》式骚体赋,显示了其"祖骚"的多样化。

孙承恩赋作中还有骚汉杂糅式的作品,如《一统地理图赋》,此赋不仅有"客"之"游观",在赋末还有"识微先生"作歌,从大的框架来看,是汉代散体赋的写法,但"客"之"游历""大一统之幅员"的过程,却用《离骚》上下周游的方式,不仅篇幅恢宏有如《离骚》,句式也基本是《离骚》式,如:

> 先幽蓟以窥神州之佳丽兮,实天府之上国。萃衣冠于辇毂兮,来玉帛于殊俗。瞻居庸之险阨兮,列群山而雄峙。众水效其朝宗兮,拱帝都之形势。次豫州以观四达之会兮,为天下之土中。睹河洛而思圣勣兮,勺鼎湖而想遗弓。吊汉楚之战场兮,升北邙之坡陀。陟首阳之层巅兮,咏采薇之高歌。感洙泗之遗化兮,彷徨乎邹鲁之墟。拜阙里之尊崇兮,仰日观之巍巍。循汉祖就国之道兮,览关中之奥壤。把终南太白之秀特兮,出虎牢潼关之雄壮。

《冬庵赋》也是把汉赋体与楚骚体相结合的作品,前半用主客问答的散体介绍赋冬庵的背景,后半用《离骚》式骚体句描写冬庵,而全赋整体的结构方式,又出于荀子之赋。

就体制而言,他有"体国经野"的大赋,也有"辩丽可喜"的小赋,小赋的数量在同时期作家中也不少。《北归赋》356 字,《月明千里故人来赋》357字,《冬庵赋》277 字,《风雨阻归舟赋》231 字,《又春冈赋》177 字,《嘉岭赋》185 字,《水竹居赋》152 字,《留都翰林六植赋》六篇赋全是小赋,"两桑赋"仅有 70 字。孙承恩生活在明代中期心学思潮异军突起的时代氛围中,王守仁提出:"心者,天地万物之主也,心即天,言心则天地万物皆举之矣。"①湛若水提出"天地古今宇宙内,只同此一个心"②,认为"心也者,包乎天地万物之外,而贯夫天地万物之中者也"③,时称"王湛之学"。他们对人心的主

---

①　王守仁:《王文成全书》卷6《答季明德》,四库全书 1265 册,第 174 页。

②　湛若水:《语录》,《明儒学案》卷 37《甘泉学案》,《黄宗羲全集 8》,浙江古籍出版社 1992 年版,第 157 页。

③　湛若水:《心性图说》,《明儒学案》卷 37《甘泉学案》,《黄宗羲全集 8》,第 142 页。

体作用的强调，突出了人的内心的重要性，这一思想运用在文学创作中，"对于冲破僵化的思维，在创作中强化主体意识具有重要作用。"①孙承恩是湛若水的门徒，《文简集》收录了他为湛若水所作的《寿太宰甘翁湛先生序》和《庆行素湛翁荣膺寿官序》，他受心学思想的影响是不言而喻的。作为一个出入台阁的赋家，其"体国经野"的醇正之作自为题中应有之义，而"辩丽可喜"的小赋的增多，也可从思想深处找到根源。

四、其他茶陵派赋家

（一）辞赋内容

1. 馆课、应制、祥瑞等赋

茶陵派不少赋家都是庶吉士，留下了一些馆课赋。如《炎暑赋》，倪岳②《炎暑赋》题注"内阁试"，倪岳曾为庶吉士，则《炎暑赋》为庶吉士阁试赋题。倪岳赋有"作噩之岁（酉年）"，倪岳天顺八年（1464）中进士后选庶吉士，则赋应作于成化元年乙酉（1465），设为"余"与"客"的问答之语，"余"感叹炎暑之酷热，庆幸"木天（指翰林院）之爽垲"，"客"则对以炎暑之中"田父""服贾"之人、"边关戍卒"等的辛苦，批评"余"不应"舍民困之弗恤，而欲据此以自豪"。刘大夏③《炎暑赋》未写作年，刘大夏也是天顺八年进士选庶吉士，赋应与倪岳同时，作者描写炎暑之酷热，连自己这种"暂息乎闲散之地，幸免乎奔走之劳"的人都难以忍耐，想到农人与士卒之艰辛，借鉴汉唐之衰亡史实，认为应该"竭匡辅之诚心，展调燮之大手。来甘泽于层霄，驱炎风于九有。"李东阳《呆斋刘先生集序》云："先生（刘定之）尝阅东阳阁试《炎暑赋》，进而谓曰：'吾老矣，纵不死，亦当去矣，子必勉之。'"④则李东阳《炎暑赋》亦应作于同时，惜已亡佚。

又如《耕藉田赋》，倪岳《耕藉田赋》题注"二月十六日内阁试题"，则《耕藉田赋》亦为阁试赋题。倪岳赋写成化元年（1465），宪宗"采春分之令辰，举耕藉之大礼"之事。张邦奇⑤《喜雨赋》题注"阁试"，张邦奇是弘治十

---

① 袁行霈：《中国文学史》第 4 卷，第 9 页。
② 倪岳，字舜咨，上元人。天顺八年进士。选庶吉士，授编修。官至吏部尚书。有《青溪漫稿》，存赋 3 篇。《震泽集》卷 25《倪公行状》，四库全书 1256 册，第 388 页。
③ 刘大夏，字时雍，华容人。天顺八年进士。历职方郎中、右都御史、兵部尚书等。正德三年被宦官刘瑾诬陷入狱，充军肃州。正德五年，刘以罪被诛，大夏赦还，复原官。卒谥忠宣。有《刘忠宣公集》，存赋 1 篇。《明史》卷 182《刘大夏传》，第 4843 页。
④ 李东阳撰，周寅宾等校点：《李东阳集》，岳麓书社 1984 年版，第 445 页。
⑤ 张邦奇，字常甫，鄞人。弘治十八年进士。官至南京兵部尚书。卒谥文定。有《张文定公集》，存赋 8 篇。《国朝献征录》卷 42 张时彻《张尚书邦奇传》，续修四库全书 527 册，第 246 页。

八年(1505)进士,选庶吉士,赋中有"岁丁卯之仲春,曰农事之载举",当作于正德二年(1507)仲春,写春雨之降对"农事"的好处。罗玘①《西成赋》题注"庶吉士时作",罗玘是成化二十三年(1487)进士,选庶吉士。据《国榷》卷四十、四十一②,此科庶吉士成化二十三年三月入馆,弘治二年十一月散馆授职,则此赋作于弘治元年或二年,赋写"稼穑之功",并批判"富屋之兼并"造成的恶果,认为"夫民,邦之本也,毋乎上;食,民之天也,生于农。"费宏③《赐同游西苑赋》是一篇应制赋,此赋作于弘治十四年八月,作者被赐同游西苑时作,不仅写了西苑之胜观,也表达了作者的感戴之情与"勉匡辅而输忠"的愿望。

明孝宗弘治年间是明朝的清明之世,赋家沐浴皇恩的感戴之情是真情流露。正德年间,天灾人祸不断,有忧患意识的赋家也没有盲目的歌功颂德。陆深④《瑞麦赋》从篇题上看,是一篇祥瑞赋,但与一般祥瑞赋颂美之声充斥全篇不同,如赋序所云,"有风有刺,义主劝戒",实为一篇劝戒赋。赋作于正德五年(1510)夏,设为知知子与客的问答之辞,客以瑞麦示知知子,知知子则提起正德四年(1509)"己巳之变"给人们带来的灾难,认为岐麦不足为瑞。所谓"己巳之变",陆深《重修松江府学记》有云:"正德己巳,江南大水,而松特甚。越明年庚午,水再至,浸公私庐舍,凡旬有五日而退,退而学宫坏特甚。"⑤在这种背景下,即使出现瑞麦,也不是祥瑞之征。

2. 山水、地理、咏物等赋

藁城人石珤⑥,赋多作于因病居家其间,时当弘治中兴,赋作中不自觉地流露出时和景晏之气,如《阳和楼赋》不仅描写了登楼所见阳和之景,也

---

① 罗玘,字景鸣,江西南城人。成化二十三年进士。选庶吉士,授编修。正德元年,升南京太常卿。两年后,又升南京吏部右侍郎。有《圭峰集》,存赋2篇。《国朝献征录》卷27费宏《罗公玘墓志铭》,续修四库全书526册,第407页。

② 谈迁:《国榷》,第2539页、第2594页。

③ 费宏,字子充,铅山人。成化二十三年状元。累官少师兼太子太师、吏部尚书、华盖殿大学士。卒谥文宪。有《鹅湖摘稿》,存赋5篇。《国朝献征录》卷15江汝璧《费公宏行状》,续修四库全书525册,第513页。

④ 陆深,字子渊,松江人。弘治十八年进士。选庶吉士,授编修。累官四川左布政使。嘉靖中,官至詹士府詹事,兼翰林院学士。卒谥文裕。有《俨山集》,存赋7篇。《国朝献征录》卷18许赞《陆公深墓表》,续修四库全书525册,第742页。

⑤ 陆深:《俨山集》卷55,四库全书1268册,第344页。

⑥ 石珤,字邦彦,藁城人。成化二十三年进士。数次因病居家,孝宗末年始进修撰。正德改元,擢为南京侍读学士,历两京祭酒,迁南京吏部右侍郎、礼部左侍郎。正德十六年拜礼部尚书,掌詹事府。世宗立,为吏部尚书。嘉靖三年,以吏部尚书兼文渊阁大学士,入参机务。有《熊峰集》,存赋9篇。《国朝献征录》卷15《石文隐公珤传》,续修四库全书525册,第534页。

抒发了时当政治上的"阳和",作者的愉悦之情。《后阳和楼赋》写登楼所见及所感,并探讨楼以阳和命名的原因,在于"地既灵而人杰,民亦安而物庶"。《滹沱河赋》写滹沱河的发源、流衍,给人们带来的益处以及灾害,并叙及"太平之日少于战争"的历史,歌颂明代"海波之方晏"。《登封龙山赋》,写登山所见,并表达居安思危的忧患意识。

其他诸人的山水景物赋,有描写雄奇的自然景物的,有描写有文化蕴涵的人文景观的,也有描写自建的隐栖之地的,还有感怀昔日的受兵之地的。有关自然景物的,如乔宇①《华山西峰赋》,以登山行踪为线索,记述华山"盛美"之观。陆深《后滟滪赋》,宋苏轼有《滟滪堆赋》,嘉靖十六年(1537)二月,作者将出峡,舟过瞿塘,春水未生,孤根欲露,盘旋其下,有感于心,作《后滟滪赋》。有关人文景观的,如张邦奇《感忠楼赋》赋徽之感忠楼,何孟春《黄鹤楼赋》赋黄鹤楼,曾鉴②《铜柱赋》赋沅陵铜柱。有关隐栖之地的,如鲁铎③《已有园赋》,写作者罹疾归家,在已有园中的闲雅生活。《已有园后赋》,写已有园的治理与园中的"花木禽鱼,果蔬药草"等风物。张邦奇《池上亭赋》则描写怡靖先生白公在京师西郭的闲暇自乐之地——池上亭。程敏政④《瀛东别业赋》,赋作于天顺八年(1464),瀛东别业是作者先世所遗,赋主要描写别业之内境界之胜。《彭城废县赋》,此赋序云:"予南归,抵徐州境,过所谓彭城废县者,默念从古受兵,莫甚于斯,因问旧战场及戍守之地,漫无知者,盖徐之为乐土也久矣。马上四顾,山川相望,慨然兴怀而为之赋。"赋追述了徐州从商周以来到元朝的历史,慨叹其自古以来,即为受兵之地,颂扬明朝百余年的和平,使徐州民众"安其生而莫予侮"。

---

① 乔宇,字希大,乐平人。成化二十年进士。历户部左右侍郎,拜南京礼部尚书,后改兵部尚书。世宗即位,召为吏部尚书。有《白岩集》,存赋2篇。《国朝献征录》卷25陈璘《乔公宇行状》,续修四库全书526册,第274页。

② 曾鉴,字克明,湖南桂阳人。天顺八年进士。授刑部主事。成化末,任通政司右通政,累升工部左侍郎。弘治十三年升工部尚书。存赋1篇。《怀麓堂集》卷88《曾公墓志铭》,四库全书1250册,第929页。

③ 鲁铎,字振之。景陵人。弘治十五年进士。正德初,奉命出使安南。正德二年,迁国子监司业,旋升为南京祭酒,不久改调北京。后以病辞官,累征不起。卒谥文恪。有《鲁文恪公文集》,存赋2篇。《皇明名臣墓铭》巽集卷91黄佐《文恪鲁公传》,《明代传记丛刊59》,第187页。

④ 程敏政,字克勤,休宁人。成化二年进士。历少詹事、侍讲学士、礼部右侍郎等。弘治十二年,主持会试,被劾鬻题卖主,下狱,经廷辨事得白,出狱,坚请免职。有《篁墩文集》《明文衡》《新安文献志》等。存赋3篇。《国朝献征录》卷35《程敏政传》,续修四库全书526册,第681页。

林俊①《白鹿洞赋》，朱熹有《白鹿洞赋》，《中国辞赋发展史》说："《晦庵集》收赋以《白鹿洞》享名较高，可惜理学趣味过重，缺少鉴赏价值。"②林俊之作次朱熹赋韵，写作者来到白鹿洞书院，怀想朱熹曾在此修缮建筑、充实图书、延请名师、颁布规条，奏请赐额与御书，"恢正学于永图"，不禁"窃心慕而企符"。抒发思古之幽情，无理学酸腐之味。

董越③《朝鲜赋》是此期地理赋的奇作。弘治元年（1488），作者与王敞出使朝鲜，此赋乃出使时作。赋以行程为线索，写了朝鲜的"山川风俗、人情物态"，颇有史料价值。如一路所经西京平壤、留都开城、王京汉城的山川胜概，汉城的宫室之制、迎使与设宴礼节、官署之制以及作者所闻见的"殊方异俗"、川陆"异产"等都一一"直陈"。《朝鲜赋》提要云："用谢灵运《山居赋》例，自为之注，所言与《明史·朝鲜传》皆合，知其信而有征，非凿空也。考（董）越自正月出使，五月还朝，留其地者仅一月有余，而凡其土地之沿革，风俗之变易，以及山川亭馆、人物畜产，无不详录。自序所谓得于传闻周览，与彼国所具风俗帖者，恐不能如是之周匝，其亦奉使之始，预访图经，还朝以后，更征典籍，参以耳目所及，成是制乎！"④

此期的咏物赋，有单纯咏物的，也有借物以抒怀寄意的，还有借物以颂时或忧时的。单纯咏物的，如陆深《水声赋》，作者北征，困于道路，夜宿河次，闻河水努闸而过者，淙淙汩汩，卧不成寐，乃秉烛倚舷，听而赋之。赋描写水声比拟生动，颇有特色：

> 轰轰乎蛰雷抟地轴与？䶂䶂乎将飓风撼而砥柱折与？喧喧乎龙啸云与？嘷嘷乎长鲸之吼日与？逢逢乎周庭鼍鼓何桴之不绝也，呟呟乎萧寺鬼钟而莛又无节也。閴閴乎共工之首抵触天柱与？隐隐乎穆王之骏复道驰辇与？鏦鏦乎长平机发金革偕靡与？烘烘乎咸阳火纵而玉石裂与？南熏和兮调扬，泰山颓兮响长。洞庭奏兮未阕，华州哭兮未伤。

---

① 林俊，字待用，莆田人。成化十四年进士。授刑部主事，累官刑部尚书。卒谥贞肃。有《见素集》，存赋1篇。本集附杨一清《林公墓志铭》，四库全书1257册，第584页。

② 郭维森、许结：《中国辞赋发展史》，第612页。按：朱熹《白鹿洞赋》，后世和作甚多，《复小斋赋话》卷上："诗有属和，有次韵，惟赋亦然……有以后人而次韵前人者，朱子《白鹿洞赋》，六十余年，里中学子方岳，及明代林俊、祁顺、舒芬、唐龙，皆有'次晦翁韵'赋是也。"《历代赋话》，第376页。

③ 董越，字尚矩。江西宁都人。成化五年进士。授翰林院编修。孝宗即位，迁右庶子，奉命出使朝鲜。官至南京工部尚书。卒谥文僖。存赋1篇。《怀麓堂集》卷85《文僖董公墓志铭》，四库全书1250册，第895页。

④ 纪昀等：《钦定四库全书总目·朝鲜赋》，第977页。

　　将使褒姬轻裂帛,巫山醒襄王,胡骑解重围,而钟生改听乎官商也。

　　借物以抒怀寄意的,如石珤《感双雁赋》作于弘治十二年(1499),有人馈作者双雁,育于庭中,双雁虽复穷蹙,雅有高志,作者既悲之,而惜其未能即去,乃作此赋。作者时因病家居,大概由双雁想到了自身境遇,故多有感叹,如"物莫不有时兮,时不可再来。一失其几兮,何人不哀。""维国远而交疏兮,苟衷诚其未明。""诚物情之各适兮,亦何必謇虎豹而羁麒麟。"邵宝①《观泉赋》,暮春时节,邵子步自庐麓,观于龙池,既观而憩,于是赋之。邵宝号二泉,作者赋此清泉,盖有寄意焉。借物以颂时的,如倪岳《桢陵雪霁赋》,此赋题注"天顺辛巳(天顺五年,1461)",作者观桢陵雪霁之景,而乐"丰年之有征"。顾清②《雪赋》题注:"庚戌(弘治三年,1490)十月十九日大雪,在子南馆中作",赋描写瑞雪,有"瑞雪兆丰年"之意。借物以忧时的,如顾清《秋雨赋》,赋序曰,"予南归之明年,壬午(嘉靖元年,1522)秋七月,大风雨拔木害稼,民庶劳止。又明年八月,复然。"赋写秋雨造成的危害,表达作者"哀众芳之寡祐兮,感人生之多罹""衰荣何独匪天兮,伤垂成而罹厄"的感慨。

　　3. 抒怀、人事、祝寿等赋

　　张弼③等人的抒怀赋俱作于未中进士时,如张弼《登山赋》,作于景泰元年(1450)九月,作者虽然慨叹"日月之不淹",自己"初志之弗践",但并没有放弃希望,他从"万物之自育,契兹理之周流"中开悟了,他相信自己会有"酬初志"的那一天。顾清《感春赋》,题注:"戊申(弘治元年,1488)二月朱原诚楼上作",作者虽"盛年之已过",未有功名,但终将"凭虚高举,历于八极"。何孟春④《起病赋》,作者往年窃有大志,岂意二三年来,疾病之寻,频相患苦,奄奄气息,不异老人,值弘治改元(1488),要有可以呈露之机,然作

---

①　邵宝,字国贤,江苏无锡人。成化二十年进士。历许州知州、湖广布政使、南京礼部尚书等。卒谥文庄。有《容春堂集》,存赋5篇。《国朝献征录》卷36杨一清《邵公宝神道碑铭》,续修四库全书526册,第733页。

②　顾清,字士廉,松江华亭人。弘治六年进士,授编修。正德初,刘瑾柄政,清独不附,出为南京兵部员外郎。瑾诛,累擢礼部右侍郎。嘉靖初,以南京礼部尚书致仕。卒谥文僖。有《东江家藏集》,存赋9篇。《国朝献征录》卷36孙承恩《顾公清墓志铭》,续修四库全书526册,第736页。

③　张弼,字汝弼,自号东海,松江华亭人。成化二年进士。授兵部主事,后任员外郎,升南安知府。有《东海文集》,存赋5篇。《国朝献征录》卷87谢铎《张公弼墓铭》,续修四库全书529册,第652页。

④　何孟春,字子元,郴州人。弘治六年进士。任兵部主事、吏部左侍郎、南京工部左侍郎等。有《燕泉何先生遗稿》,存赋12篇。《国朝献征录》卷53罗钦顺《何公孟春墓志铭》,续修四库全书527册,第737页。

者自奇之志已灰，于是作赋以自伤，并以自解。

石珤的抒怀赋大多作于因病家居之时，如《经丘赋》，作者有感于陶渊明《归去来兮辞》中"亦崎岖而经丘"之语，写此赋以寄兴。作者"爱崎岖而展游"，希望待时而起，"进机衡而霖雨"，实现抱负之后，再"退鞅掌而栖迟"。《望远赋》抒发登高望远之情怀。《抱贞赋》抒发作者"抱吾贞以自居"的志趣。

陆容①的抒怀赋则多作于为官之时，如《定志赋》，作者"每行身以直道"，而"恒速毁以招尤"，但作者仍然抱定志向，"苟余行之不悖兮，尚何恤乎楚人之咻。"《晏起赋》，写作者因休沐而得以晚起，"窃安肆于一朝"的生活片段。《藏拙亭赋》，赋写作者在南都作官一个多月，自己并没什么改变，而"称誉风闻，谤议景灭"。于是明白了"昔吾居荣宠之地，蹈声利之辙。既不能夤缘以媚附，又不能周容以交结。而独株守一隅，以求自别。"所以谤议纷起，现在南都"投诸闲散，脱去羁绁"，可以"徜徉其间，用藏吾拙"。

陆深的抒怀赋为友人作，《南征赋》，此赋序云，空同子、阳明子同日去国，作《南征赋》。空同子即李梦阳，阳明子即王守仁，李梦阳事据《国榷》卷46，武宗正德元年（1506）十月，"时太监刘瑾、马永成、高凤、罗祥、魏彬、丘聚、谷大用、张永等，日导上狎游，禁中习武，鼓噪不绝耳。户部尚书韩文忧懑，对属吏语，辄泣，郎中李梦阳曰：'泣何为？大臣贵济时耳！'文曰：'奈何'，曰：'政府顾命臣也，公辈争于外，而政府持之，事必济。'文善之，令梦阳草奏文。"②后李梦阳被谪山西布政司经历，时在正德二年（1507）正月③。王守仁事据《明史·王守仁传》："正德元年冬，刘瑾逮南京给事中御史戴铣等二十余人，守仁抗章救，瑾怒，廷杖四十，谪贵州龙场驿丞。"④赋序既曰"同日去国"，盖王守仁亦于正德二年正月离京。李、王二人"忠而被贬"，令初入仕途的作者深感当时朝政的混乱，更何况他与李梦阳交情匪浅⑤。《南

---

① 陆容，字文量，太仓人。成化二年进士。任南京吏部主事、兵部职方郎中、浙江右参政等。有《式斋集》，存赋6篇。《国朝献征录》卷84吴宽《陆公容墓碑》，续修四库全书529册，第491页。

② 谈迁：《国榷》卷46，第2871页。

③ 谈迁：《国榷》卷46，第2882页。

④ 张廷玉：《明史》卷195《王守仁传》，第5160页。

⑤ 陆深于弘治十八年（1505）三月中进士，选庶吉士，读书中秘，与李梦阳颇有交谊。其《俨山集》卷25《诗话》即有"丙寅（正德元年，1506）岁，与李员外梦阳夜坐，以《芳树》为题，作一字至七字诗，盖唐已有此体矣。"（四库全书1268册，第159页）《俨山集》卷19《芳树篇，求友也》，李梦阳《空同集》卷7也有《芳树二首，为上海陆氏赋》。正德元年（1506）八月，陆深又与李梦阳更相删定袁凯《海叟集》，各为序，序现存《海叟集》卷首。至李梦阳被贬，陆深写诗赠别，其《俨山集》卷19有《杂言赠别李献吉》。

征赋》为李、王等人鸣不平,抒发了作者深深的忧虑。储巏①《西归赋》,题注:"赠王介庵先生还三原",王介庵即王恕,赋写王恕"赐骸骨而归田"之际,对往日"惓惓之余忠"之缕述。

有些抒怀赋,有吊古之意味。吴宽②《吴越吊古赋》,此赋写作者泛舟吴越之地,凭吊吴、越二国之兴衰。成化十一年(1475),吴宽父卒,吴宽守制归里,一直到成化十五年(1479)三月,方服阙上京③。在这期间,与沈周有交往,其《与启南游虞山三首》其一云:"悠悠松间路,吊古在兹晨"④,《吴越吊古赋》盖写于此时。陆深《吊刘生赋》,写正德六年(1511)南至(即冬至),过唐刘蕡祠下,乃吊之。除了此赋,陆深还有《刘蕡祠二首》⑤咏刘蕡之事。联系当时的现实政治,弘治十八年(1505)五月孝宗死,武宗即位,刘瑾等渐用事,至正德五年(1510)八月,刘瑾才伏诛。作者应是由唐代的宦官专权联想到明朝,诗文中不断出现痛论宦官专权的刘蕡,盖借古以论今。

此期的人事交游赋,不少是亲友之间的应酬之作。何孟春此类较多,《晚耕图赋》题注:"为谢廷秀乃翁作",赋赞美其"涓洁""不慕夫宠荣"。《铁屏赋》,为无锡邵国贤作,其自号"铁屏",赋以铁屏赞其品质,"铁坚而余守同节,屏方而余行作矩"。《晋溪别墅赋》,晋溪是王琼别号,从赋序"比至滇,乃克书以复",则赋作于巡抚云南之初。作者以晋溪之水赞美王琼,"公岂惟德攸配分,而才并有其功"。《述别赋》,族叔大本除梁山县簿,作者赋以赠别。《翕河亭饯所知赋》,写"瀛洲之仙客""事既峻而遄归,道将假乎故乡",作者与其在翕河新馆离别。

其它尚多,如陆容《追和韩昌黎别知赋》寄王学正,乃追和韩愈《别知赋》。《金台送别赋》写友人离开京都,"聊托身乎薄宦",作者在金台送别友

---

① 储巏,字静夫,泰州人。成化二十年进士。历南京吏部主事、太仆寺卿、南京吏部左侍郎等。有《柴墟文集》,存赋1篇。《国朝献征录》卷27顾璘《储公巏行状》,续修四库全书526册,第409页。

② 吴宽,字原博,长洲人。成化八年状元。曾侍孝宗东宫,孝宗即位,迁左庶子,预修《宪宗实录》,进少詹事兼侍读学士。后升吏部右侍郎、礼部尚书等。卒谥文定。有《匏庵家藏集》,存赋1篇。《国朝献征录》卷18王鏊《吴公宽神道碑》,续修四库全书525册,第722页。

③ 吴宽《家藏集》卷61《先考府君墓志》:"及孤宽忝科第,入翰林为修撰,获以其官封府君,阶儒林郎,然不幸命下,则既构病矣,卒以成化乙未(成化十一年)八月戊子……初宽居京师,闻府君病,凡再上章,始赐归省,未至家之七日,而凶问至。"(四库全书1255册,第574页)《家藏集》卷57《己亥上京录》:"成化十五年己亥三月十日丙寅,余服阙上京"。(四库全书1255册,第528页)

④ 吴宽:《家藏集》卷5,四库全书1255册,第35页。

⑤ 陆深:《俨山集》卷9,四库全书1268册,第57页。

人。陆简①《晴洲五乐赋》，写一"君子"既解公务，归老故土，其六十寿辰之际，优游于芳洲之上，致乐之五个原因。张弼《晴洲述游赋》为大司马程公作，此赋设为溟阳先生与其弟子空同，游于晴洲时遇一伟丈夫，此人曾"佐运抚世而登虞轶唐"，现"泯迹逃名"于江湖之上。乔宇《拟别知赋》②，题注："赠吾友王陕州也"，王云凤于弘治十一年（1498）任陕州知州。从"出国门而南骛兮""叹中道而分歧"等语，盖作者与王云凤同出国门，中途分手，作者写赋以赠。邵宝《归云赋》，为孝宗朝首辅徐溥作，作者以归云"其出也无心，其化也有神""从龙而起""沛而为霖"，赞美徐溥之功德。《见海赋》为莆田郑士烈作，其以"见海"名其室，并以自号，作者为赋之。张邦奇《贞庵赋》，写文懿公之弟贞庵，受文懿公"砺操"之濡染，亦具"纯质"，为"宗邦之柱石"。费宏《竹岩赋》，故河南左布政使程用以竹岩自号，赋描写竹岩，说其"类正士之高洁"，并赞美程公"名与岩而并峻，节与竹而俱贞"。

还有一些歌颂贞烈的辞赋，反映了程朱理学对女性思想的禁锢。如何孟春《贞烈妇赋》，工部侍郎乔公之侧室高氏，公卒，高缢以狥公，有司以闻，诏旌其门曰"贞烈"，作者为赋其事。《节妇赋》，友人都穆高妣唐节妇少寡，于元季之乱世，子女方在襁褓，矢心匪石，完其身以长其子，至明初，子有立而始从夫于地下。作者为赋之。邵宝《吊赵烈妇赋》凭吊一位在乡井"绎骚"之时为免被污而自刃的烈妇。顾清《吊董贞女赋》，贞女，河间董兴女，许嫁寇深次子某，未行而某死，遂不食而卒。后三十年，作者从其兄知其事，为赋以吊。

此期出现不少寿赋，费宏最多，如《绿竹堂赋》，为姑苏陈朝用作，仲春望日，其七十寿辰之际，作者为赋此。《兒齿赋》，京口靳充道之母，年八十一而齿落复出，作者以为有寿之祥，作赋美之。《寿岳母张太夫人赋》，四月二十五日，作者岳母八十大寿，作者赋此。其他诸作，如顾清《东山赋》，为少詹学士守溪先生之尊君八十寿辰而作。陆深《四老图赋》，为职方郎中允敬之父清河公八十大寿而作。何孟春《天麻地黄煎赋》，题注："寿涯翁，六月九日生"，作者以天麻、地黄为其师李东阳祝寿，时李东阳已退位。四库

---

① 陆简，字廉伯，号治斋，江苏武进人。成化二年进士。官至詹事府少詹事，兼翰林院侍读学士，赠礼部侍郎。有《龙皋文稿》，存赋3篇。《篁墩文集》卷41《陆公行状》，四库全书1253册，第29页。

② 按：《总汇》第6册5379页，《拟别知赋》的作者作王云凤，误，应为乔宇。王云凤《博趣斋稿》卷23，全为友人所作赠祭诗文，《拟别知赋》后有作者"太原乔宇"（续修四库全书1331册，第236页）。

馆臣说张升:"升立朝颇著风节,而其文多应酬之作"①,其实不仅张升,其他诸人亦是如此。

(二)赋艺呈现

1. 祖骚宗汉

(1)祖骚

茶陵派作家的骚体赋颇多,在其他茶陵派赋家 90 余篇作品中,有 46 篇骚体赋。其中《离骚》式骚体赋最多,如陆容《定志赋》、张泰②《双桂赋》、张弼《惜别赋》《太白酒楼赋》《宝善堂赋》、何孟春《寡交赋》《晋溪别墅赋》《贞烈妇赋》《节妇赋》、邵宝《思胡公(胡瑗)赋》、张邦奇《阳月赋》《喜雨赋》《感忠楼赋》《贞庵赋》、顾清《梦萱赋》《吊蒋文辉赋》《迎熏所赋》《秋雨赋》《感春赋》、程敏政《瀛东别业赋》《彭城废县赋》、石珤《经丘赋》《抱贞赋》《感双雁赋》、乔宇《华山西峰赋》《拟别知赋》、费宏《赐同游西苑赋》《大雅堂赋》、储巏《西归赋》、鲁铎《已有园赋》、陆深《南征赋》《吊刘生赋》《宣悼赋》等,共 33 篇。

也有《九歌》式骚体赋,如张邦奇《木轩赋》即为全篇《九歌》式赋作。

杂言式骚体赋也有一些,其组合方式如下:

A.《离骚》式+《九歌》式。如顾清《吊董贞女赋》、张弼《登山赋》、张邦奇《永悼赋》、李杰③《有竹居赋》、邵宝《吊赵烈妇赋》、吴宽《吴越吊古赋》。

B.《离骚》式+《九歌》式+非兮。如石珤《后阳和楼赋》《望远赋》、陆深《后滟滪赋》、张邦奇《扶风令赋》。

C.《离骚》式+非兮。如陆深《四老图赋》、费宏《竹岩赋》。

(2)宗汉

茶陵派宗汉的散体赋也为数不少,在 90 余篇作品中,有近 40 篇宗汉的散体赋。如倪岳《耕藉田赋》《桢陵雪霁赋》、张弼《晴洲述游赋》、曾鉴《铜柱赋》、石珤《阳和楼赋》《登封龙山赋》《滹沱河赋》《酒旗赋》、何孟春《四望亭赋》《黄鹤楼赋》《铁屏赋》《述别赋》《翕河亭饯所知赋》、邵宝《观泉赋》《见海赋》《归云赋》、陆深《瑞麦赋》《水声赋》、张邦奇《池上亭赋》、罗玘《西成赋》《宽斋赋》、费宏《儿齿赋》《寿岳母张太夫人赋》、陆容《藏拙亭赋》

---

① 纪昀等:《钦定四库全书总目·张文僖公集》,第 2402 页。

② 张泰,字亨甫,太仓人。天顺八年进士。选庶吉士,授简讨,迁修撰。有《沧洲集》,存赋 1 篇。《明史》卷 286《文苑传》,第 7342 页。

③ 李杰,字世贤,常熟人。成化二年进士。选庶吉士,授编修。累升侍读学士,历南监祭酒,官至礼部尚书,以忤刘瑾去位。卒谥文安。有《石城山房稿》,存赋 1 篇。《国朝献征录》卷 33《礼部尚书李杰传》,续修四库全书 526 册,第 623 页。

《晏起赋》《足可以楼赋》《追和韩昌黎别知赋》、顾清《文渊阁赋》《东山赋》《雪赋》、陆简《晴洲五乐赋》《平胡赋》《同年会题名赋》、钱福①《绿云亭赋》、董越《朝鲜赋》、鲁铎《已有园后赋》等。

郭建勋《辞赋文体研究》中所云"文体赋的组织结构与描写方式"②,这些赋也大体具备,如问答体的机制,石珤《阳和楼赋》设为石子与客的问答,邵宝《见海赋》设为郑子与客的问答,陆深《瑞麦赋》设为知知子与客的问答,罗玘《宽斋赋》设为宽斋主人与匠人阿剌忽卤的问答,张弼《晴洲述游赋》甚至改变了一主一客的单调问答方式,设为溟阳先生、弟子空同与伟丈夫三人的问答等。

又如空间方位的结构方式,石珤《登封龙山赋》从"其东""其南""其西""其北"四个方位描写封龙山。邵宝《观泉赋》以"及其中也""又其下也",按照空间方位描写龙池。

又如平面化的描写方式,顾清《文渊阁赋》描写文渊阁,从成祖时之创设、赐名,到其"为制"、用处等,都一一叙述。石珤《浮沱河赋》描写滹沱河的发源、流衍,给人们带来的益处、灾害,以及"太平之日少于战争"的历史,歌颂明代"海波之方晏",这些都反映了散体赋描写艺术的整体性特点。张邦奇《池上亭赋》对池上亭春、夏、秋、冬四时之景的描绘,鲁铎《已有园后赋》描写已有园中的"其木""其果""其花""其渚""其蔬""其草""其药""众鸟""其鱼"等,以类相从,依次罗列,各类的描写相对均衡匀称,这些都反映了散体赋描写艺术的图案化倾向。费宏《寿岳母张太夫人赋》,寿筵中"青鸟远集、玄鹤高翔"等热闹情景的描绘,则反映了散体赋的夸饰性特点。

（3）骚汉杂糅

还有汉赋体和骚体赋相结合,而汉赋体占优势的赋作。如何孟春的《述别赋》是以汉赋体为主,夹杂《离骚》式的形式。陆深《水声赋》是以汉赋体为主,杂有少量《九歌》式。而倪岳《炎暑赋》设为"余"与"客"的问答之辞以赋炎暑,从总体上是汉代散体大赋的结构方式,但"余"与"客"对答的内容却以《离骚》式骚体来表达,这样的骚汉结合形式反映了赋家"祖骚"与"宗汉"并行不悖的赋学观。

2. 不废六朝与唐宋

茶陵派除杨慎喜作骈赋外,其他赋家也有少量骈赋,如费宏《绿竹堂

① 钱福,字与谦,松江华亭人。弘治三年状元,官翰林院修撰。弘治六年任会试同考。后托病告归,不再出仕。有《钱太史鹤滩稿》,存赋2篇。本集卷首《鹤滩先生纪事》,四库全书存目丛书集部46册,第56页。

② 郭建勋:《辞赋文体研究》,中华书局2007年版,第36页。

赋》。至于宋文赋,李东阳不排斥宋赋,其他茶陵派赋家也有拟宋的倾向。如石珤《阳和楼赋》中有议论说理的部分,即体现了宋赋色彩:

> 夫时止则止,时行则行。万钧匪重,蝉翼匪轻。箪瓢匪贱,轩裳匪荣。或隆而栋,或植而楹。固万物之常理,亦造化之权衡。

陆简《平胡赋》写平定漠北残元势力,其末尾发议论道:

> 於乎,夷狄之为中国患也旧矣!□□□□,□耳匈奴。种类不一,初为羯胡。奸人怒□,日月□屠。边人失守,受毒蒙痡。允厥臣官,孰不有碎辀辐,破穹庐,扫沙漠,髓余吾之愿哉?肆南仲成□□之绩,吉甫兴六月之师。其出也,忧王事之靡盬;其归也,乐猃狁之于夷而已。盖武以止戈为义,而兵以薄伐为辞。故裔夷虽不可使有干夏之渐,而治内实□□□攘外之规。

张弼《宝善堂赋》虽然形式上是《离骚》式骚体赋,但在写法上从天理流行、反身之诚写到宝善堂,而重在"宝其身之善",有宋代理学赋的内涵。

第三节　复古运动的第一次高潮
——前七子派

康海云:"弘治时,上兴化重文,士大夫翕然从之,视昔加盛焉。是时仲默(何景明)为中书舍人,而予以次第为翰林修撰,一时能文之士凡予所交与者,不可胜记。"[1]康海所说"不可胜记"的"能文之士",既有馆阁之士,亦有郎署人员,这在其他人的著述中都有提及,如顾璘《凌溪朱先生墓碑》:"皇朝文尚淳厚,自成化、弘治间,质文始备。翰院专门,不可一二数。其在台省,初有无锡邵公宝、海陵储公巏等开启门户。自是关西李梦阳、河南何景明、姑苏徐祯卿、维扬则先生(朱应登),岳立宇内,发愤覃精,力绍正宗,其文刊脱近习,卓然以秦汉为法,其诗上准风雅,下采沈宋,磅礴蕴藉,郁兴一代之体,功亦伟乎!"[2]李梦阳《朝正倡和诗跋》:"诗倡和莫盛于弘治,盖其时古学渐兴,士彬彬乎盛矣,此一运会也。余时承乏郎署,所与倡和则扬

①　康海:《对山集》卷13《何仲默集序》,四库全书存目丛书集部52册,第430页。
②　朱应登:《凌溪先生集》卷18,四库全书存目丛书集部51册,第497页。

州储静夫、赵叔鸣,无锡钱世恩、陈嘉言、秦国声,太原乔希大,宜兴杭氏兄弟,郴李贻教、何子元,慈溪杨名父,余姚王伯安,济南边庭实。其后又有丹阳殷文济,苏州都玄敬、徐昌谷,信阳何仲默。其在南都,则顾华玉、朱升之其尤也。诸在翰林者,以人众不叙。"①皇甫汸《徐文敏公集序》:"孝皇垂拱于前,毅帝祗台于后,治号时雍,比隆文景。长沙李文正公挺儒流之宗,秉人伦之鉴,奖诱后进,轶轨平津,时李员外、何舍人又抵掌而谈秦汉,奋力以挽风骚。乙丑策士顾文康榜也,公(徐缙)与会稽董公玘、分宜严公嵩、邺郡崔公铣、云间陆公深、南海湛公若水并在翰林,出入禁闼。郎署之间,则有给事殷云霄、仓曹郑善夫、迪功徐祯卿,咸逞雕篆之伎,缔笔札之交,非秦汉之书屏目不视,非魏晋之音绝口不谈。"②也就是说,之前"文归台阁"的局面被打破,文学话语权向郎署下移。李梦阳在走上文坛之初,曾被馆阁诸臣耻笑,但其后来之崛起,充分说明了从事文学创作的主力的身份的改变,才有可能真正打破台阁文风的笼罩,开创一片新天地。何乔远云:"明兴,词赋之业馆阁专之,诸曹郎皆鲜习,至梦阳而崛起为古文词,馆阁诸公笑之曰:'此火居者耳',火居者,佛家优婆塞也。然梦阳之文词出风入雅,凤矫龙变,而其道大振。与同时者,何景明、徐祯卿、边贡、顾璘、郑善夫、陈沂、朱应登、康海、王九思,号'十才子',而梦阳更以气节奕奕诸郎间。"③

何乔远视李梦阳为同时十子之首,十子即前七子派成员。而七子派最初则称"四杰":"弘治初,北地李梦阳首为古文,以变宋元之习,文称左迁,赋尚屈宋,诗古体宗汉魏,近律法李杜,学士大夫翕焉从之。其时济南边贡、姑苏徐祯卿及景明最有名,世称'四杰'"。④ 在"四杰"基础上,方有"七子"之说,早在嘉靖十一年(1532),康海即在《渼陂先生集序》中云:"我明文章之盛,莫极于弘治时,所以反古俗而变流靡者,惟时有六人焉:北郡李献吉(李梦阳)、信阳何仲默(何景明)、鄠杜王敬夫(王九思)、仪封王子衡(王廷相)、吴兴徐昌谷(徐祯卿)、济南边廷实(边贡),金辉玉映,光照宇内,而予亦窃附于诸公之间。"⑤康海称六人,而自己"窃附于诸公之间",则是七子。王献亦云:"昔在敬皇帝,海内全盛,鲜见金革,学士大夫思以文献润色鸿业,藻饰大猷。维时空同(李梦阳)浚其源,大复(何景明)泝其流,浚川(王廷相)横其柱,华泉(边贡)障其川,昌谷(徐祯卿)回澜,对山(康海)扬舲,

① 李梦阳:《空同集》卷59,四库全书1262册,第543页。
② 黄宗羲:《明文海》卷242,中华书局1987年版,第2509页。
③ 何乔远:《名山藏列传》(五),《明代传记丛刊78》,第18页。
④ 袁衮:《皇明献实》卷40"何景明",《明代传记丛刊30》,第772页。
⑤ 王九思:《渼陂集》,四库全书存目丛书集部48册,第2页。

复虞夏商周之文,讲班马曹刘之业,庶几乎一代之宗匠矣……而我渼陂先生
(王九思)辈,彬彬济济,争鸣竞翔,凤哕鸾吟,蝉蛙息响,乃弘治、正德间,词
赋文章为之一变。"①后又有十才子之说,即前何乔远《名山藏列传》所言。
何乔远十才子增补了顾璘、郑善夫、陈沂、朱应登,而少了王廷相。到了清
代,七子派主要成员便"千秋论定",如《明史·李梦阳传》:"梦阳才思雄骜,
卓然以复古自命。弘治时,宰相李东阳主文柄,天下翕然宗之,梦阳独讥其
萎弱。倡言文必秦汉,诗必盛唐,非是者弗道。与何景明、徐祯卿、边贡、朱
应登、顾璘、陈沂、郑善夫、康海、王九思等号十才子,又与景明、祯卿、贡、海、
九思、王廷相号七才子,皆卑视一世,而梦阳尤甚。吴人黄省曾、越人周祚,
千里致书,愿为弟子。"②王士祯《带经堂诗话》:"四杰之外,又称七子。而
顾华玉(顾璘)、朱升之(朱应登)、王稚钦(王廷陈)之徒,咸负盛名,弗得与
四杰、七子之列。故千秋论定,以李、何为首庸,边、徐二家次之,浚川、对山、
渼陂,洎东桥(顾璘)、凌溪(朱应登)以还,则皆羽翼也。"③故前七子派以
李、何为首,边、徐次之,其他皆为羽翼。

　　而前七子派成员实不止李、何等主要成员,何良俊《四友斋丛说》:"我
朝文章,在弘治、正德间可谓极盛,李空同(李梦阳)、何大复(何景明)、康浒
西(康海)、边华泉(边贡)、徐昌谷(徐祯卿),一时共相推毂,倡复古道。而
南京王南原(王韦)、顾东桥(顾璘),宝应朱凌溪(朱应登)则其流亚也,然
诸人犹以吴音少之。稍后则有亳州薛西原(薛蕙)、祥符高子业(高叔嗣)、
广西戴时亮(戴钦)、沁水常明卿(常伦)、河南左中川(左国玑)、关中马西
玄(马汝骥)诸人。薛西原规模大复,时出入初唐而过于精洁,失其本色,便
觉太枯。高子业是学中唐者,故愈淡而愈见其工耳。马西玄极重戴时亮,二
公皆工初唐故也。左国玑、常明卿宗李翰林,皆翩翩欲度骅骝前者也。他如
王庸之(王教)、李川甫(李濂)皆空同门人。樊少南(樊鹏)、戴仲鹖(戴
冠)、孟望之(孟洋)则大复门人。譬之孔门,其田子方、荀卿之流欤?"④胡
应麟《少室山房诗评》:"弘、正间,诗流特众,然皆追逐李、何,士选(熊卓)、
继之(郑善夫)、升之(朱应登)、近夫(殷云霄),献吉派也;华玉(顾璘)、君
采(薛蕙)、望之(孟洋)、仲鹖(戴冠),仲默派也。"⑤《张伎陵(张凤翔)集提
要》:"凤翔年仅三十而卒,文章本未成就,与李梦阳为同年,梦阳为作小传,

　　①　王献:《跋渼陂集》,《渼陂集》附,四库全书存目丛书集部48册,第1页。
　　②　张廷玉:《明史》卷286《文苑传》,第7348页。
　　③　王士祯:《带经堂诗话》卷4,人民文学出版社1963年版,第99页。
　　④　何良俊:《四友斋丛说》卷26,元明史料笔记丛刊,第235页。
　　⑤　胡应麟:《少室山房诗评》,《全明诗话3》,第2477页。

至比之王勃,当时颇以为党。今观集中所附梦阳评点,惟《白岩赋》一篇称扬过甚,其他诗文率多讥弹之语,则梦阳实未尝心满之也。"①李梦阳虽不满,但不妨张凤翔为复古派成员之一。《鹿原存稿提要》亦云:"(戴)钦与何景明、李濂、薛蕙等同时友善,所作颇刻意摹古,然不越北地之余派。"②《戴氏集提要》:"(戴)冠受业于乡人何景明,诗亦似之,然景明诗虽风姿俊逸,而酝酿犹深,冠才学皆逊于师,而徒守其格调,殆所谓时女步春,终伤婉弱者矣。"③另外,刘坡博士《李梦阳与明代诗坛研究》,曾提到复古运动后期,一批弃文入道的前七子派成员,其中有"本为理学家,如王廷相、马理、何瑭、崔铣、吕楠等"④,这些理学家也是前七子派的一员。

故我们可将前七子派分为几个层次,核心:李梦阳、何景明;第一个层次:前七子其他成员;第二个层次:十子中,在前七子的基础上新增成员;第三个层次:其他被视为前七子复古派的成员。有赋作留存的前七子派成员如下表:

	成员(存赋篇数)		
核心	李梦阳(35)、何景明(23)		
第一层次	徐祯卿(10)、康海(7)、王九思(4)、王廷相(12)		
第二层次	朱应登(12)、顾璘(10)、陈沂(1)、郑善夫(2)		
第三层次	黄省曾(9)、周祚(20)、王廷陈(4)、薛蕙(1)、戴钦(3)、常伦(5)、王教(11)、李濂(20)、樊鹏(3)、戴冠(1)、张凤翔(3)、马理(3)		

一、前七子派领袖之一

——李梦阳

李梦阳⑤,字献吉,号空同子,甘肃庆阳人,弘治六年(1493)进士。双亲先后去世,丁忧。弘治十一年,任户部主事,后迁郎中。正德元年(1506),因替尚书韩文写弹劾刘瑾奏章,被谪山西布政司经历,不久又因他事下狱,赖康海说情得释。刘瑾败,起江西提学副使。以事夺职。有《空同子集》,

---

① 纪昀等:《钦定四库全书总目·张伎陵集》,第2412页。
② 戴钦:《鹿原集》,四库全书存目丛书集部72册,第222页。
③ 戴冠:《戴氏集》,四库全书存目丛书集部63册,第103页。
④ 刘坡:《李梦阳与明代诗坛研究》,上海师范大学2012年博士学位论文。
⑤ 张廷玉:《明史》卷286《文苑传》,第7346页。按:《明史》:"弘治六年举陕西乡试第一,明年成进士。"误,弘治七年无会试,据李梦阳《空同集》卷45《亡妻左氏墓志铭》:"逾年壬子(弘治五年,1492),李子举陕西乡试第一,癸丑(弘治六年,1493)登进士第。"

存赋 35 篇。

（一）赋学思想——"唐无赋"

李梦阳的赋学思想体现在《潜虬山人记》中：

> 山人商宋梁时，犹学宋人诗，会李子客梁，谓之曰，宋无诗，山人于
> 是遂弃宋而学唐，已，问唐所无，曰唐无赋哉，问汉，曰无骚哉，山人于是
> 则又究心赋、骚于唐、汉之上。①

此文为歙县商人佘育作，是李梦阳在指导佘育作诗的过程中提出来的。李
梦阳把"宋无诗""唐无赋""汉无骚"并列，意在勉励佘育取法乎上，学习最
具典范价值的唐诗、汉赋与楚骚。就赋而言，与元代祝尧"祖骚宗汉"之说
大体相承，而扩大了学习的范围，没有否定祝尧贬斥的六朝骈赋。

许结先生认为"唐无赋"及相关理论之根源有二，"一是对唐宋以来试
赋制度以及由此出现的汗牛充栋的应试律赋的排拒。""二是对宋人变唐以
理学入赋之创作审美经验的否定。"②所言大体不差。对唐代律赋的排拒，
并不是李梦阳的发明，而是来源于祝尧对唐赋的看法："尝观唐人文集及
《文苑英华》所载，唐赋无虑以千计，大抵律多而古少。夫古赋之体，其变久
矣，而况上之人选进士以律赋，诱之以利禄耶？……唐之一代，古赋之所以
不古者，律之盛而古之衰也。"③只不过祝尧对于唐代古赋，只肯定韩柳古
赋，对李白赋是不赞赏的："李太白天才英卓，所作古赋，差强人意，但俳之
蔓虽除，律之根故在，虽下笔有光焰，时作奇语，只是六朝赋尔。惟韩柳诸古
赋，一以骚为宗，而超出俳律之外。"④而李梦阳在《答黄子书》中则称赞李
白《大鹏赋》⑤。还有对于宋赋审美经验的否定，李梦阳《缶音序》云："宋人
主理作理语，于是薄风云月露，一切铲去不为……诗何尝无理，若专作理语，
何不作文而诗为邪？"⑥虽说的是诗，也适用于赋。李梦阳对宋代诗赋尚理
的否定，也是来源于祝尧："至于赋，若以文体为之，则专尚于理，而遂略于

① 李梦阳：《空同集》卷 48，四库全书 1262 册，第 446 页。
② 许结：《明代"唐无赋"说辨析——兼论明赋创作与复古思潮》，《文学遗产》1994 年第
4 期。
③ 祝尧：《古赋辩体》卷 7 "唐体"，《赋话广聚 2》，第 353 页。
④ 祝尧：《古赋辩体》卷 7 "唐体"，《赋话广聚 2》，第 356 页。
⑤ 李梦阳：《空同集》卷 62《答黄子书》："昔李白遇司马子微，谓可与神游八极，遂赋大鹏以见
志"。四库全书 1262 册，第 571 页。
⑥ 李梦阳：《空同集》卷 52，四库全书 1262 册，第 477 页。

辞、昧于情矣……以论理为体,则是一片之文,但押几个韵尔,赋于何有?"①

"唐无赋"虽然排拒唐律赋与宋文赋,但却不排拒六朝骈赋,这一点是与祝尧不同的。据黄虞稷《千顷堂书目》,李梦阳有《文选增定》22卷②,《文选增定》"在全盘接收《文选》篇目的基础上,增加35篇。赋类增15篇,除去庾信和鲍照两篇,其他皆为汉前作品,包括赋的源头之作荀卿五赋和西汉诸位名家之作。"③至于《文选》本来篇目的分布,程章灿先生说,"《文选》全书收赋85篇,若将赋史分为先秦、两汉、魏晋、南朝四段分别统计,则《文选》收录的各个时期的赋作分别为21篇、28篇、29篇、7篇。在赋史中,《文选》比较重视两汉、魏晋两段,其赋作收录最多。选录先秦赋,重在溯源,其中《楚辞》占绝大部分。"④《文选》本是梁代折衷派文论家编选的一部体现他们的文学主张的总集⑤,南朝收赋七篇,分别是鲍照、江淹赋各二篇,谢庄、谢惠连、颜延之赋各一篇,"折衷派也并不一概反对变革,而是主张通变,因此,江淹《恨赋》《别赋》这样辞采风格上偏于趋新派的作品,也因其合乎沈思翰藻的标准而入选了。"⑥江淹这两篇赋"深情婉恻,俪偶精工,用典高妙,吐音谐美,实为六朝骈赋上乘之作。"⑦而李梦阳的《文选增定》经过增定,各个时期的赋作分别为26篇、36篇、29篇、9篇,南朝又增加了"庾信和鲍照两篇"。孙梅《四六丛话》卷四云:"左(思)陆(机)以下,渐趋整炼,齐梁而降,益事妍华,古赋一变而为骈赋。江(淹)、鲍(照)虎步于前,金声玉润;徐(陵)、庾(信)鸿骞于后,绣错绮交。固非古音之洋洋,亦未如律体之靡靡也。"⑧江淹、鲍照、庾信等人都是受齐梁声律说影响大力创作骈赋的作家。另外,李梦阳还改变《文选》的文体排列顺序,把骚排在赋前⑨。可见,他除了继续奉行"祖骚宗汉"的思想之外,还对南朝骈赋给予更多的关注。

除了骈赋之外,五七言诗体赋是六朝赋作的又一特色。不少学者把五七言诗体赋称为骈赋的另一种形式,铃木虎雄先生说:"五七字句,渐增其

---

① 祝尧:《古赋辩体》卷8"宋体",《赋话广聚2》,第419页。
② 黄虞稷:《千顷堂书目》,第757页。
③ 郝倖仔:《明代文选学研究》,第74页。
④ 程章灿:《魏晋南北朝赋史》,第267页。
⑤ 参见周勋初《梁代文论三派述要》,在此文中,周勋初先生分梁代文论为守旧、折衷、趋新三派。《文史探微》,上海古籍出版社1987年版,第88—115页。
⑥ 程章灿:《魏晋南北朝赋史》,第268页。
⑦ 黄水云:《六朝骈赋研究》,文津出版社1999年版,第40页。
⑧ 孙梅:《四六丛话》卷4,续修四库全书1715册,第240页。
⑨ 张凤翼:《文选纂注序》:"至如《文选增定》之以骚先赋,以无续有,虽不无所见,特以非昭明本旨,不敢雷彼易此。"四库全书存目丛书集部285册,第22页。

数,始止赋之一部分者,遂至形成赋之大部分",在谈到"赋中五七字句多用影响"时,又说:"此趋势入唐未止,产生与初唐诸子七言诗类似之赋体,是为骈赋之变形"①。程章灿先生也说:"骈赋在四六句式之外,又大量引进五言和七言诗的句式,是极其自然的,""赋的深度骈化导致诗化"②。李梦阳即有一篇七言诗体赋。还有一个耐人寻味的例子,李梦阳将骆宾王《荡子从军赋》这个诗化特征很明显的赋稍作增改删削,成为一首《荡子从军行》的七言古诗:"《荡子从军行》者,本骆氏《荡子从军赋》也,余病其声调不类,于是改焉。"③可见其对六朝时期形成的五七言诗体赋的关注程度。

　　总之,李梦阳提出的"唐无赋",虽有祝尧"祖骚宗汉"的思想在内,又扩大了复古的学习范围。他与祝尧一样贬斥唐律赋与宋文赋,却把祝尧不满的六朝骈赋也纳入复古的范围,配合明代《选》学复兴的时代背景,符合当时人的审美趣味,在当时造成了一定影响。在他之后,复古派的成员对此多有祖述与生发,如何景明《杂言十首》:"经亡而骚作,骚亡而赋作,赋亡而诗作。秦无经,汉无骚,唐无赋,宋无诗。"④胡应麟《诗薮》:"骚盛于楚,衰于汉,而亡于魏。赋盛于汉,衰于魏,而亡于唐。"⑤而复古运动的反对派则对此进行辩驳,如袁宏道《与江进之书》:"张、左之赋,稍异扬、马,至江淹、庾信诸人,抑又异也。唐赋最明白简易,至苏子瞻直文耳。然赋体日变,赋心益工,古不可优,后不可劣。"⑥

　　此外,在所著《论学》中,李梦阳提到枚乘的《七发》:

　　　　枚氏七,非心于七也,文涣而成七。后之作者无七而必七,然皆俳语也。夫宫室、服食、游猎诸等,君子耻言之,而乃侈之,又相袭言之邪。汉之崔傅、魏之王曹、晋之张陆,皆一代之伟也,亦尔尔耶。⑦

朱安涎《李空同先生年表》:"(嘉靖)六年丁亥,公年五十六岁,公闵圣远言湮,异端横起,理学亡传,于是著《空同子》八篇,其旨远,其义正,该物究理,可以发明性命之源,学者宗焉。"⑧《空同子》八篇为:《化理》上下

---

① 铃木虎雄:《赋史大要》第四篇"骈赋时代",《赋话广聚6》,第578页。
② 程章灿:《魏晋南北朝赋史》,第240页、第242页。
③ 李梦阳:《空同集》卷18《荡子从军行序》,四库全书1262册,第130页。
④ 何景明:《大复集》卷38,四库全书1267册,第351页。
⑤ 胡应麟:《诗薮·内编》卷1,第6页。
⑥ 袁宏道著、钱伯城笺校:《袁宏道集》卷11,上海古籍出版社1981年版,第515页。
⑦ 李梦阳:《空同集》卷66《论学》上篇,四库全书1262册,第603页。
⑧ 李梦阳:《空同子集》66卷本附录一,湖南省图书馆藏万历三十年邓云霄刻本。

篇、《物理篇》《治道篇》《论学》上下篇、《事势篇》《异道篇》,可知《论学》为李梦阳晚年所作。李梦阳的复古往往被人诟病为"牵率模拟,剽贼于声句字之间"①,但上面的话颇有主张自然而发,反对后世为文生情、模拟因袭的作赋风气。

（二）辞赋创作

	地点	李梦阳赋作
弘治十一年—正德元年	京城	鸣鹤应钟赋、观禁中落叶赋、大复山赋、冬游赋、贡禽赋、送河东公赋
正德二年—正德五年	大梁京城	吊康王城赋、吊申徒狄赋、疑赋、钝赋、朱槿赋、述征赋、省愆赋
正德六年—正德九年	江西湖北	泛彭蠡赋、绪寓赋、螺杯赋、思赋、寄儿赋、观瀑布赋、宣归赋、放龟赋、哀郢赋、吊鹦鹉洲赋、泊云梦赋、汉滨赋、俟轩子赋
正德十年—正德十二年	大梁	吊于庙赋、河中书院赋
嘉靖八年	镇江	四友亭赋
不详	不详	石竹赋、感音赋、嚏赋、恶鸟赋、鹊赋、水车赋

1. 思想内容

从上表可以看出,李梦阳的赋除弘治间在京所作《鸣鹤应钟赋》《观禁中落叶赋》《大复山赋》《冬游赋》《贡禽赋》与嘉靖八年罢官家居时所作《四友亭赋》之外,大多数赋作写于正德年间,而这时期正是他仕途多舛的时候。正德元年到正德五年,宦官刘瑾把持朝政,迫害贤良,作为以"气节行谊、慷慨激直"②著称的李梦阳,与逆瑾进行了不妥协的斗争,这时候的赋记述了他的患难历程以及忧愤心怀。首先是《送河东公赋》,此赋序云:"正德元年(1506)冬十月,河东公以谴放还,属吏郎中李梦阳作赋送焉。"河东公指韩文,字贯道,山西洪洞人。成化二年进士,时任户部尚书。正德皇帝即位以后,亲信刘瑾等八虎,八虎擅权,李梦阳代韩文写弹劾宦官的奏章(即《代劾宦官状稿》),韩文上呈奏章,欲率廷臣力争,声讨宦官。谁知被刘瑾得知,矫诏"罢户部尚书韩文、郎中李梦阳,勒少师刘健、少傅谢迁致仕"③,

①　钱谦益:《列朝诗集小传》丙集,《明人传记丛刊11》,第351页。
②　徐缙:《空同李公墓表》,《明文海》卷432,第4531页。
③　郑晓:《今言》卷4,元明史料笔记丛刊,第148页。

韩文于正德元年十一月离京①,李梦阳正德二年正月离京,此赋即是送韩文离京之作,作者赞扬韩文之"贞嫟",悲愤倒瑾行动的失败,以为"谋之人成之天兮,竟陨首而蹈心":

> 惟封豕之鉴鉴兮,彼舍问夫蝼蚁。豺狼纵之当逵兮,奈众臻而终靡。几不密固害成兮,予良痛乎陈窦之患。斩蛇弗断将自及兮,谁挦虎须而竟安。曾阆仡仡之岩岩兮,浮云蔽而四举。玄螭九首蟺蜒垂涎兮,守门嘻嘻而目余。进既无以自明兮,潃弗知其退之所营。纷构诽以锡讪兮,谓余亟之而乱程。

其中提到的"陈窦之患",指汉灵帝时,陈蕃与窦武密谋诛杀宦官曹节等,不慎走漏风声,反被曹节矫旨夷灭九族的事,与他们这次遭遇相类。韩文等被罢之后,作者也被列入同党,被贬山西布政司经历,不久勒令致仕,作者于是闲居开封家中。《吊康王城赋》《吊申徒狄赋》等赋作于此时。《吊康王城赋》,康王即宋高宗,曾筑城以拒金人,故名康王城,李梦阳《河上草堂记》云:"正德二年闰月,予自京师返河上,筑草堂而居,其地古大梁之墟,今曰康王城是也。"②故赋作于正德二年回开封后。《吊申徒狄赋》,此赋序云:"申徒狄谏纣,不听,乃负石沉河而死"。申徒狄是商末人,屈原《悲回风》即有"望大河之洲渚兮,悲申徒之抗迹。"据徐缙《空同李公墓表》:"降山西布政司经历,寻勒令致仕,归居康王城著书……又作赋吊申徒狄以明志。"③赋吊申徒狄,"悲时俗之颠倒",有借古鉴今之意。

刘瑾初不知韩文的奏章乃李梦阳所写,知后,必欲置之死地,于正德三年五月将李梦阳械系北行,入诏狱。后经康海等解救,回开封家居。此期创作了《述征赋》《省愆赋》《疑赋》等作。《述征赋》序曰:"正德四年(1509)夏五月北行作。"赋的内容主要叙写正德三年(1508)五月,从开封家中被逮至京师,路途中遭遇诸多艰辛,末尾表示虽遭坎坷却矢志不渝的情绪,希望君主觉醒,"解三面之网",宽厚行仁,即使自己在北行途中死去,也无遗憾。故有人认为此赋"当为事后追述之作"④,也有人认为,赋序存在文字讹误,

---

① 按:韩文十一月离京。谈迁《国榷》卷46:十一月"甲辰(二十九日),户部尚书韩文罢……瑾遣人侦文,见跨骞野宿而去,装不盈车,无以罪也。"第2876页。
② 李梦阳:《空同集》卷49,四库全书1262册,第454页。
③ 黄宗羲:《明文海》卷432,第4531页。
④ 朱怡菁:《李梦阳辞赋研究》,台湾政治大学2003年硕士学位论文。按:郭平安《李梦阳研究》亦认为"记述了先一年作者械系北行时的心情",陕西师范大学2009年博士学位论文。

"正德四年实为正德三年之误"①，后者似更合理。《省愆赋》反省自己的过错，从赋中"遭罗网之不意""块独处此幽域"等语，应是有感于此次诏狱之灾，"虽名曰'省愆'，实则借反思以自明其志。"②《疑赋》则列举了众多颠倒混乱的景象，表达自己对世事的疑惑：

> 下乾上坤，高卑易矣。星辰在下，江河逆矣。夭乔乔天，雉鸣求牡矣。鱼游于陆，冠苴履矣。呜呼噫嘻！当昼而夜，宵中日出。我黑彼白，妇须男袥。鈆刀何铦，湛卢何钝。丈则谓短，谓长者寸。凤鸣翩翩，群唾众愆。鸺鹠胡德，见之慕焉。呜呼噫嘻！贞莹内精，谗嫉孔彰。乖滑洟忍，名崇智成。软诡歈欬，驰骋爽达。奸良媚势，光烂门闼。彼曰昧昧，人则攸知。上帝板板，鬼神邈而。昔之多士，犹或疑畏；今之多士，胹肆罔怀。呜呼噫嘻！民殊者形，厥心则一。威挤利喑，曰伊我栗。血流于庭，酣酒归室。友朋胥嬉，同声德色。窜彼罔识，巧我攸极。昔之执衡，视权与星；今之执衡，惟我重轻。古道坦坦，今眩东西。指晨谓暮，目鸾为鸡。邻牛茹虎，冀虎德予。厉莫察阶，倒靡究所。呜呼噫嘻！盗跖横行，回宪则贫。上官尊荣，原隰厥身。直何以仇，佞何以亲。或何以颠，操何以振。飞何以屈，桧何以伸。西子何恶，嫫母何姝。乘黄瘠弱，御者驺驽。舍彼灵明，溺任胡涂。皎皎者忌，怜彼浊污。水清奚无鱼，而泥淖以成良畲。

《中国历代赋选·明清卷》云："《疑赋》对朝政黑暗腐败的抨击，必是作者被刘瑾下狱，释放免官后的正德三、四年间所作"③。马积高《赋史》说《疑赋》："虽自《楚辞·卜居》出，然语多为现实而发，构思亦有变化，'血流于庭，酣酒归室'等语，说得极为沉痛，倘非作者屡经困厄，是写不出的。"④

李梦阳又有《钝赋》，此赋序云："钝者何，伤时之锯也，亦自恢也"。从"故木以直见伐兮，樗以屈曲保全。故锐者先蚜兮，吾盖幸毛遂之脱身"等句，应作于从诏狱脱身之后。从何景明的《蹇赋》序可知，何景明侄子何士到大梁，李梦阳作此赋以明志，总结了自己的处事方式，他以直行事，仕途坎坷，九死一生，但他仍然愿意保此"顽钝"之性。他还叮嘱让"何子其和予篇"，何景明看到后，认为"钝者，委时之弗利，无如之何，欲以藏用而自完，

①　郝润华：《李梦阳〈述征赋〉写作时间考辨》，《古籍整理研究学刊》2014 年第 6 期。
②　毕万忱、何沛雄：《中国历代赋选·明清卷》，江苏教育出版社 1998 年版，第 111 页。
③　毕万忱、何沛雄：《中国历代赋选·明清卷》，第 103 页。
④　马积高：《赋史》，上海古籍出版社 1987 年版，第 523 页。

盖获予志焉。读其辞,伤怀慷慨,悲之。遂抽其绪余,因别为《蹇赋》继之"。两个志同道合的朋友一钝一蹇,或钝或蹇,因钝故蹇,放言心声,互相勉励。

刘瑾正德五年八月被诛后,李梦阳被起用,任江西提学副使,在赴任途中以及江西任上,他作了不少赋,如《泛彭蠡赋》《螺杯赋》《思赋》《观瀑布赋》《寄儿赋》等。《泛彭蠡赋》序云:"正德六年(1511)夏五月,李子赴官江西,南道彭蠡之湖,作赋。"知作于赴任途中。《螺杯赋》序云:"左参议屠君宴客,出螺杯焉……许诗赠螺,李子作赋",顾清《彭孺人戈氏墓志铭》云:"予友严君以德持江西左参议屠君文奎状,乞予铭"①,知作于李梦阳江西任上。《思赋》序云:"有子,不及见其成立;为子,生无以养,死无以葬,仕也无以褒,斯三者,天下之至悲也。死者已,生者思,兀然黯然,於乎骆子,胡以塞汝悲,于是为骆子作《思赋》。"又据《与骆子游三山陂》及此诗前《自进贤趋抚州》《夜行盱江》《丰城夜泊》等诗,知赋应作于江西任上。《寄儿赋》序云,"正德七年(1512)秋,儿枝以《离思赋》来献,余则作此寄焉,亦教之焉。"赋多悯时忧世之思,如"忾直路之蓬蒿兮,纲纪坏而不修""玉与石岂难辨兮,亦司者之罔察也""调濆洞以混浊兮,时崄艰而路危"。《观瀑布赋》描写瀑布,赋中有"经香炉以熨紫兮",知为庐山瀑布,又据其《游庐山记》末云:"正德八年夏六月李梦阳记"②,赋当同时所作。

在江西任上,李梦阳又经历了一次牢狱之灾,据《明史·李梦阳传》:"诏遣大理卿燕忠往鞫,召梦阳,羁广信狱。诸生万余为讼冤,不听。劾梦阳陵轹同列,挟制上官,遂以冠带闲住去。"③广信之狱发生在正德九年(1514)正月,三月二十五日,李梦阳回南昌待命④。六月罢官,李梦阳即从江西返回开封,路上亦有不少赋作。《宣归赋》作于罢归之初,赋序云:"正德九年,是岁甲戌,厥月辛未(六月),臣以居官无状,得蒙宽谴,罢归,乃作宣归之赋。"途中有《放龟赋》《哀郢赋》《汉滨赋》《吊鹦鹉洲赋》《泊云梦赋》《绪寓赋》等。《放龟赋》序云:"畜有二龟,李坪驿俯长江之流,目发育之溶溶,怛然有伤于二物,复思赵抃放龟事,千载同怀,爰放二龟于江潭,已,作斯赋,比兴诸义,聊抒郁志,非讽一而劝百者拟也。""李坪驿"在江西黄冈,知赋应写于离江西回大梁的路上。《哀郢赋》亦应途中所作。《湖广通

① 顾清:《东江家藏集》卷31,四库全书1261册,第720页。
② 李梦阳:《空同集》卷48,四库全书1262册,第441页。
③ 张廷玉:《明史》卷286《文苑传》,第7347页。
④ 李梦阳:《空同集》卷49《广信狱后记》:"是年十二月,燕卿至广信府。明年正月廿八日,李子至广信就狱,是年三月事完。"(四库全书1262册,第460页)《空同集》卷63《与何子书二首》:"勘事一二日毕矣,而淹至三月廿五日,始发回省城,候命下。"(四库全书1262册,第580页)

志》卷73《流寓志》云："李梦阳,字献吉,陕西人,累官江西督学副使。初寓居襄阳,作《汉滨》及《吊鹦鹉洲》《云梦》等赋。"①故知三赋作于路过襄阳时。李梦阳当时"爱岘山习池之胜"②,有卜居襄阳之意,后因汉水溢,堤几溃,于冬返回开封。《绪寓赋》,写作者"涉襄樊"时抒发忧思,感慨自己"名与德之不立"。从"水汹汹以震堤兮,势击荡而崩淫。龟告我以兹食匪兮,望旧乡垎焉洪涛。""柏阳日之既冬兮,爰诹吉而载迁"等句,赋或作于离开襄阳回开封之时。

《明史·李梦阳传》云："梦阳既家居,益跅弛负气,治园池,招宾客,日纵侠少,射猎繁台、晋丘间,自号空同子,名震海内"③。开封家居时的赋有《吊于庙赋》《河中书院赋》等。《吊于庙赋》,李梦阳《于公祠重修碑》云："开封城马军衙桥西故有于少保祠……祠修于是年(正德十年,1515)春,越夏而告成。"④故赋应作于正德十年,吊于谦,赞其"社稷之功"。《河中书院赋》,此赋序云,乡人吕氏以谏官谪蒲,废祠太山之庙而改为书院,作者赋之,使"观者采焉""爰知蒲政"。韩邦奇《河中书院记》："吕子者……丙子(正德十一年,1516)冬中者出为蒲州同知,吕子毁东岳祠为书院也,乃在明年(1517)五月云。"⑤故赋应作于正德十二年。

2. 辞赋艺术

(1)"祖骚"

何景明"李户部梦阳"云："著书薄子云,作赋追屈原。"⑥潘之恒笺曰："先生赋止骚而无汉,故称赋骚。"⑦李梦阳的骚体赋有《观禁中落叶赋》《送河东公赋》《吊康王城赋》《吊申徒狄赋》《述征赋》《省愆赋》《泛彭蠡赋》《思赋》《寄儿赋》《观瀑布赋》《宣归赋》《放龟赋》《哀郢赋》《吊鹦鹉洲赋》《泊云梦赋》《绪寓赋》《俟轩子赋》《吊于庙赋》《钝赋》《河中书院赋》《嚏赋》等共21篇,占总数35篇的60%,内容涉及抒怀、哀吊、行旅、咏物、地理、人事等诸多题材,是此期"祖骚"的大家。这些骚赋有体制较大的,如《送河东公赋》《述征赋》,也有篇幅较小的,有的仅一二百字,如《观禁中落叶赋》122字、《吊康王城赋》161字、《哀郢赋》146字、《俟轩子赋》178字、《吊于庙赋》147字、《嚏赋》138字。而且,这些赋大多数是《离骚》式骚体赋,偶有

① 《湖广通志》卷73,四库全书533册,第741页。
② 徐缙:《空同李公墓表》,《明文海》卷432,第4531页。
③ 张廷玉:《明史》卷286《文苑传》,第7347页。
④ 李梦阳:《空同集》卷41,四库全书1262册,第367页。
⑤ 韩邦奇:《苑洛集》卷3,四库全书1269册,第367页。
⑥ 何景明:《大复集》卷8,四库全书1267册,第60页。
⑦ 李梦阳:《诗集自序》后,《空同子集》66卷本卷首,万历三十年邓云霄刻本。

杂言式骚体赋,如《河中书院赋》《观禁中落叶赋》是"《离骚》式+《九歌》式+非兮"的形式,《嚏赋》是"《橘颂》式+《九歌》式+非兮"的形式。

(2)"宗汉"

《大复山赋》与《四友亭赋》体制较大,属于"汉赋体"的"大体"和"中体"。《大复山赋》,大复山乃桐柏山主峰,淮河源头,又名胎簪山,赋序云:"何生于是自称大复子,实非遗淮,要有攸先焉尔,余珍其人,爰造斯赋",何生即何景明。赋应作于弘治十六年(1503)二人相识之初①,赋从各个方面描写大复山,写它峻峭的山势、优越的地理位置、复杂多变的气候、丰饶的物产等情况,反映了散体大赋的整体性、图案化等特点。《四友亭赋》,赋许氏之四友亭,所谓四友者,松竹梅柏也。边贡《四友亭诗序》:"镇江之墟,有亭峙焉,左松右竹,前梅后柏,许氏四兄弟之所居而友之者也。"②李梦阳一生去镇江的记载只见于嘉靖八年:"嘉靖戊子(七年),病,己丑(八年),病大作,就医京口。"③与宋元轩斋亭台赋如戴表元、袁桷的赋,"因文入道、化理入境""注重道意"④不同,李梦阳《四友亭赋》诸如四友亭的地理位置、建造过程、"四友"之植、主人之好客、"四友"之赓和、客人之醉舞,都细大不捐,一一道来,显示了汉代散体赋的特征。

属于"汉赋体"之"小体"的有一些四言诗体赋,如《疑赋》《螺杯赋》《水车赋》等,但这些赋都不太纯,《疑赋》末尾有汉赋的主客问答语,《螺杯赋》末尾是《橘颂》式骚体,《水车赋》也杂有其他句式,但毕竟四言诗体占绝大部分篇幅,整体上还是四言诗体赋。四言赋之外,其"小体"还有一些六言赋和杂言赋,如《汉滨赋》《朱槿赋》《恶鸟赋》《鹊赋》《鸣鹤应钟赋》《冬游赋》《感音赋》《贡禽赋》等,也反映了宗汉的倾向。

(3)"下及六朝"

王世贞《艺苑卮言》卷6:"献吉才气高雄,风骨遒利,天授既奇,师法复古,手辟草昧,为一代词人之冠。要其所诣,亦可略陈。骚赋上拟屈宋,下及六朝。"⑤"下及六朝"说明他对六朝赋也是有宗尚的。其《冬游赋》,从"仲

---

① 按:何景明弘治十五年中进士,即归娶张氏夫人,第二年进京,与李梦阳、边贡共倡复古。《孟有涯集》卷17《何君墓志铭》:"壬戌(弘治十五年,1502)举进士,进士例改庶吉士,何君独以不喜私谒,弗与。进士请归娶,娶张氏,二年卒。当是时,关中李君献吉、济南边君廷实,以文章雄视都邑,何君往造,语合,三子乃变之古,自是操觚之士往往趋风秦汉矣。"四库全书存目丛书集部58册,第282页。

② 边贡:《华泉集》卷2,四库全书1264册,第24页。

③ 徐缙:《空同李公墓表》,《明文海》卷432,第4531页。

④ 郭维森、许结:《中国辞赋发展史》,第664页。

⑤ 王世贞:《艺苑卮言》卷6,历代诗话续编,第1044页。

月之交""念皇衢之如砥"云云,盖某年十一月在京师所作,写冬游之景
与怀:

> 仲月之交,役车既休。草木变落,水涸不流。于是驾车命侣,辞阑
> 涉防。斥长阡以横目,眇烟薮之苍苍。零露下而草湿,清霜飞而柏伤。
> 浮云翼其四起,高鸟止而复翔。诧途隅之鸿构,忽危榭而重楼。破千金
> 以营域,锢九泉而为邱。叹狐鼠之无忌,览榛棘而怀忧。爰息轮以陟
> 崇,眺城观之霏霭。日阴阴以向暝,云肃肃而归海。念皇衢之如砥,惧
> 前路之中改。冀蓄阳以发春,准四节而成载。

其中骈对的句子颇多,这与陈绎曾"汉赋体"之"小体"所举孔臧诸赋、梁孝
王诸大夫分题赋等①古体赋还是有明显区别的。

前七子在诗歌上尊尚汉魏盛唐②,对六朝华艳卑弱之风是批判的,李梦
阳《章园饯会诗引》云:"说者谓文气与世运相盛衰,六朝偏安,故其文藻以
弱……大抵六朝之调凄宛,故其弊靡;其字俊逸,故其弊媚。"③王廷相说他
"李子献吉以恢宏统辩之才,成沉博伟丽之文,厥思超玄,厥调寡和,游精于
秦汉,割正于六朝"④,他的诗文"割正于六朝",而他的赋却"下及六朝"。
他有一篇《石竹赋》,若不是题为"赋",可以视作一首七言诗:

> 有杳者筱丛彼阿,徙置得地檽以华。托根灵石发生直,翕飒佛楼翠
> 凤阁。长竿巉巉翼纷若,截为双箫雏凤鸣。任心吹之灵雾生,乘鸾挈友
> 腾烟雾。餐霞戏委永无虑,中虚允直性介固。

四言诗体赋源于《诗经》,定型比较早,西汉前期就已经出现体式很纯的四
言诗体赋,如刘安《屏风赋》。而五、七言诗体赋,是伴随着五、七言诗歌的

---

① 王冠:《赋话广聚1》,第366页。
② 何景明《大复集》附《皇明名臣言行录》:"弘治初,北地李梦阳首为古文以变宋元之习,文
  称左迁,赋尚屈宋,诗古体宗汉魏,近律法李杜,学士大夫翕焉从之。"(四库全书1267册,
  第359页)《大复集》卷34《海叟集序》:"故景明学歌行、近体,有取于二家(李杜),旁及唐
  初、盛唐诸人,而古作必从汉魏求之。"(四库全书1267册,第302页)《渼陂续集》卷中《康
  公神道之碑》:"公(康海)又尝为之言曰:'本朝诗文自成化以来,在馆阁者倡为浮靡流丽
  之作,海内翕然宗之,文气大坏,不知其不可也。夫文必先秦两汉,诗必汉魏盛唐,庶几其
  复古耳'。自公为此说,文章为之一变。"(四库全书存目丛书集部48册,第231页)
③ 李梦阳:《空同集》卷56,四库全书1262册,第515页。
④ 王廷相:《王氏家藏集》卷23《李空同集序》,四库全书存目丛书集部53册,第109页。

发展而兴起的,在梁、陈、初唐比较兴盛①,李梦阳的七言诗体赋反映了他的辞赋"下及六朝"的一个侧面。

二、前七子派领袖又一

——何景明

乔世宁《何先生传》:"是时北地李献吉、武功康德涵、鄠杜王敬夫、历下边廷实,皆好古文辞。先生与论文,语合,乃一意诵习古文,而与献吉又骏发齐名,忧愤时事,尚节义而鄙荣利,并有国士之风焉……至弘、正间,先生与诸君子始一变趋古,其文类《国策》《史记》,诗类汉魏盛唐,于是明兴诗文,足起千载之衰,而何、李最为大家,今学士家称曰'何李',或称曰'李何',屹然一代山斗云。"②何景明亦是七子派之领袖。

何景明③,字仲默,号白坡,又号大复山人,河南信阳人。弘治十五年(1502)进士。授中书舍人。正德初,宦官刘瑾擅权,谢病归。瑾诛,官复原职。官至陕西提学副使。有《大复集》,存赋23篇。《大复集》提要云:"正嘉之间,景明与李梦阳俱倡为复古之学,天下翕然从之,文体一变。然二人天分各殊,取径稍异,所尚亦复有不同,故集中与梦阳论诗诸书,反复诘难,断断然两不相下……平心而论,摹拟蹊径二人之所短略同,至梦阳雄迈之气与景明谐雅之音,亦各有所长,正不妨离之双美也。"④这里说的是诗,两人的赋也各有千秋。

何景明也有"唐无赋"的观点,其《杂言十首》有云:"经亡而骚作,骚亡而赋作,赋亡而诗作。秦无经,汉无骚,唐无赋,宋无诗。"⑤这不过祖述李梦阳的说法,不论。他的《织女赋》序云:

> 予尝观谢朓、王勃《七夕赋》,皆组词绘句,务极妍蒨,其意不过侈二星灵光之会合,述一时游燕之盛靡,于比讽之义或缺也。予病值七夕之夜,感织女之事,托意命辞,作为兹赋,以附风人之旨。

看来他认为,作赋不能只求"组词绘句,务极妍蒨",而要有比讽之义、风人之旨。

---

① 郭建勋:《辞赋文体研究》,第21页。

② 何景明:《大复集》附,四库全书1267册,第352页。

③ 孟洋:《孟有涯集》卷17《何君墓志铭》,四库全书存目丛书集部58册,第282页。

④ 纪昀等:《钦定四库全书总目·大复集》,第2313页。

⑤ 何景明:《大复集》卷38《杂言十首》,四库全书1267册,第351页。

	地点	时间	何景明赋作
使集	使云南途中	弘治十八年	渡泸赋、画鹤赋、进舟赋
家集	信阳	正德二年	寡妇赋
		正德三年	述归赋、忧旱赋
		正德三年或四年二月十五日	寿母赋
		正德二年五月—正德五年	石矶赋、蹇赋①、东门赋、织女赋、古冢赋、秋思赋、水车赋
		存疑②	结肠赋
京集	京城	弘治十七年	白菊赋
		正德元年	后白菊赋
		弘治十六年—十八年、正德六年—十三年五月③	明山草堂赋、荷花赋、别思赋、后别思赋、待曙楼赋
	信阳	正德二年五月—正德五年	七述

1. 思想内容

何景明弘治十八年五月出使云南,途中有两篇赋颇值得称道。其一为《渡泸赋》,诸葛亮《出师表》有"五月渡泸,深入不毛"句,此赋写作者重过诸葛亮渡泸故址,抒发吊古之情。对诸葛亮之"功业难成"抒发自己的感慨:"天道高不可攀,得志者寡,失意恒多。"诸葛亮五月渡泸,而何景明到此,从"沙莽寒日,江深夕流",应为秋季,一片荒凉萧瑟之感:

> 今其断岸遗津,寂寥水涯。苦雾萦石,悲风振沙。音尘沦绝,古今长嗟。叹余风兮莫觏,幸故址兮重过。西望开创之基,形势苍苍。襟夔府而控荆门,峙巫峡而流瞿塘。简书零落,阵图纵横。烟碛下月,阴岸积霜。风云惨而犹愤,鱼鸟畏而将翔。功虽殒而誉远,身既没而国亡。南瞻祠庙,巍兮惝宏。松柏荫户,丹青閟宫。垣胥林蔓,阶卷寒蓬。亦徒嘻吁父老、涕泪英雄而已!

---

① 按:《蹇赋》出于《家集》,应在信阳作。朱安涎《李空同先生年表》把李梦阳《钝赋》与此赋均系于正德十年,误。郝润华《明朱安涎〈李空同先生年表〉辨误》(《文献》2016 年第 1 期)系于正德四年(1509),甚是。

② 按:《结肠赋》为悼李梦阳夫人左氏而作,据李梦阳《空同集》卷 45《亡妻左氏墓志铭》,左氏死于正德十一年五月,而正德十一年何景明在京城,不知为何收入《家集》,存疑。

③ 姚学贤《关于何景明督学陕西的补正》(《殷都学刊》1992 年第 4 期),纠正了付开沛《何大复年谱》何景明正德十三年春末督学陕西的说法,据《国榷》等史料,认为应在正德十三年五月,故何景明在京时间止于此。

后人往往将此赋与鲍照《芜城赋》相提并论，王士禛《蚕尾续文·题鲍明远《芜城赋》后》云："何仲默早岁使云南，作《渡泸赋》，遂不减此（《芜城赋》）。"①浦铣云："何仲默早岁使云南，作《渡泸赋》，王渔阳谓不减明远《芜城》。余谓鲍赋之兴高采烈，未易几及，仲默不过略仿其形似耳。"②另一篇为《进舟赋》，其《与侯都阃书》云："仆自贵州抵云南，行陆阅四月，车怠马烦，欲图少逸，故来就永宁之舟。"《嗤盗文》云："孟冬始泊永宁官署"，可知《进舟赋》的创作背景与时间。序云，作者赴滇，至永宁改为舟行，有老蒿师进舟，意甚闲，"其舟之欹正疾徐，皆与水势宜，不为岸妨，不与石斗"。老蒿师说与御舟之道："吾惟顺其水道而无所枉，虽迟而得免败焉"，作者认为"舟御，类艺也。人之于世，顾艺之不若哉"，因作赋以自励。赋写蒿师"善审势而明机"，"既因顺以安常，复扼险而呈奇"，并得出御舟之艺，甚或处世之艺：

> 夫执艺固道之所寓兮，予安知其所持。曰吾心以为之宰兮，实操运之权衡。众体苟不勤兮，又安用之足胜。才良而器利兮，乃任使之可能。志专静而临之兮，诚易心之是乘。震撼击撞固多端兮，心应之而遂平。宁拙迟而不巧速兮，非枉道而兼程。推是术而处之兮，虽夷险而同情。

刘瑾擅权时期，何景明于正德二年五月称病归乡闲居，期间创作了大量赋作。《述归赋》作于正德三年（1508），乃作者罢归乡里，"叙出处之概"的作品。赋文首先叙述了自己的家世以及归家以前自己的经历，包括十二岁时侍父于临洮、弱冠举进士、授官中书、刘瑾擅权作者归乡等，都依次道来。接着写回乡路途所见，抒发吊古之情，表达"缀大贤之绪论，绍斯文之末传"的愿望。最后抒写自己经过内心的思考斗争，终于决定返辙息驾，"委顺以祈龄"。他的《蹇赋》继李梦阳《钝赋》而作，写作者"蹇步踯躅"，但他不愿意改变，仍然"循故步而弗舍"，与李梦阳《钝赋》可称"双璧。

作为一个正直的知识分子，作者归乡之后，对于民生疾苦甚为关心。《忧旱赋》即写大旱不止，作者的忧嗟之情。其《雨颂》序云："岁戊辰（正德三年，1508），五月不雨，至六月，土脉龟坼，井汲不给，禾则半偃，民实忧作，动而转徙者，抚不可禁矣。是月己亥雨，庚寅复雨，人于是乃有秋望，稍定逋

---

① 浦铣：《历代赋话续集》卷12引，第326页。
② 浦铣：《复小斋赋话》卷下，《历代赋话》，第401页。

志,予既为《忧旱赋》矣,兹则喜而有颂焉"①,旱则忧,雨则喜,其忧民之情怀,与杜甫何其相似!《东门赋》也是一篇关心民生疾苦的赋作,赋以汉乐府《东门行》之夫妇遭遇为原型,拟其诀别之语以成赋,也颇感人。

何景明的"七"体之作——《七述》作于家居之时,此赋序云:"枚乘作《七发》,曹子建作《七启》,张景阳作《七命》,皆递为拟袭。予病居,客有述游观之盛以启予者,凡七事,乃作《七述》。"赋设为胎簪子因"病于忧"而杜门谢客,客述以七事,以去胎簪子之病。前六事分别是"宫室之盛""服食舆马之盛""声伎之妙""较猎之盛""山川之盛""神仙方外之盛",都被胎簪子所否定,惟最后"应世之大人"打动了胎簪子,胎簪子愿从之游。

虽然"景明志操耿介,尚节义,鄙荣利,与梦阳并有国士风"②,比如,"是时逆瑾用事,景明移书许进,言宜自振立,以抑瑾权。瑾闻而衔之,景明乃谢病归,后竟坐免官。"③故何景明在逆瑾时期仕途坎坷。但比起李梦阳的"慷慨激直",何景明的性格更"沉敏有度"④,所以刘瑾被诛后,何景明官复原职,后期的仕途比李梦阳顺畅一些。正德十二年,"进吏部验封司员外郎,仍置内阁"⑤,正德十三年五月升陕西提学后,方离开京城。加上前期弘治十六年到正德二年五月(除去出使云南时间),在京十一、二年。他的《白菊赋》《后白菊赋》《明山草堂赋》《荷花赋》《别思赋》《后别思赋》《待曙楼赋》等收入京集,以咏物、应酬之作为主,反而不如其出使与居家之作有思想深度。

2. 艺术特色

(1)"祖骚"

何景明的骚体赋有《进舟赋》《述归赋》《塞赋》《寡妇赋》《结肠赋》《织女赋》《寿母赋》《忧旱赋》《秋思赋》《荷花赋》《古冢赋》等 11 篇,占赋作总数 23 篇的近 50%,虽比不上李梦阳,也是比较多的。与李梦阳一样,他也有体制较大的骚体赋,如《述归赋》1230 字,如加上赋序,则 1741 字,是前七子中体制最大的骚体赋;也有体制较小的,如《荷花赋》273 字、《寿母赋》195字、《秋思赋》159 字。这些赋中,大多数是《离骚》式骚体赋,也有少数杂言式骚体赋,如《织女赋》是"《离骚》式+《九歌》式",而《荷花赋》《古冢赋》是"《离骚》式+《九歌》式+非兮"的形式。

郭建勋先生说,"汉代以来的骚体赋多为抒情之作,而所抒之情,也多

---

① 何景明:《大复集》卷 3,四库全书 1267 册,第 29 页。
② 张廷玉:《明史》卷 286《文苑传》,第 7350 页。
③ 何景明:《大复集》附《中州人物志》,四库全书 1267 册,第 361 页。
④ 孟洋:《孟有涯集》卷 17《何君墓志铭》,四库全书存目丛书集部 58 册,第 282 页。
⑤ 何景明:《大复集》附《中州人物志》,四库全书 1267 册,第 361 页。

为哀怨忧愤之情"①,何景明的大多数骚体赋即是如此。元人"祖骚宗汉",已经改变了骚体赋的审美表现,除了哀怨忧愤之外,也有庄重典雅的、气势壮阔的、温和平淡的等多种表现。何景明《寿母赋》②乃为其母祝寿之赋,虽为《离骚》式骚体,却一派祥和之气。

(2)"宗汉"

《石矶赋》《白菊赋》《后白菊赋》《画鹤赋》等属于"汉赋体"之"中体",其"汉赋体"之"小体"与李梦阳相似,有一些四言诗体赋,如《东门赋》《水车赋》,还有一些六言或杂言赋,如《明山草堂赋》《别思赋》《后别思赋》《待曙楼赋》等。

枚乘《七发》在陈绎曾《汉赋谱》"汉赋体"中被列为"大体"之代表作③,后世"七体"也应视为"汉赋体"。李梦阳没有"七体"之作,这大概和他对"七体"的看法有关:"枚氏七,非心于七也,文涣而成七。后之作者无七而必七,然皆俳语也。夫宫室、服食、游猎诸等,君子耻言之,而乃侈之,又相袭言之邪。汉之崔傅、魏之王曹、晋之张陆,皆一代之伟也,亦尔尔耶。"④而何景明则无此观念,他的《七述》仍然沿袭枚乘以来"七体"的"六加一"体制。

(3)效仿"宋赋"

李梦阳鄙薄唐宋赋,没有律赋与宋文赋的创作。何景明稍有不同,其《述归赋序》云:"仆尝病汉之文其道驳,宋之文其道拘,反复求斯,尚未有得。要之,鄙意则欲博大义,不守章句,而于古人之文务得其宏伟之观、超旷之趣,至其矩法,则闭户造车,出门合辙,不烦登途比试矣。然又欲效子长好游之意,抗志浮云,彻迹九有,以博其大观,以成其文章,斯亦不坠古人之余烈哉!"他觉得汉文和宋文各有优缺点,所以力图以司马迁为榜样,"博其大观""成其文章"。简单地说,就是合汉文、宋文之优点,既"知乎道",又"工于文"。故在赋的创作中,他对于宋赋喜议论说理的倾向,就有效仿。前述《进舟赋》从进舟得出的"御舟之艺",就有说理的成分。又如《石矶赋》所论"出处之道",《画鹤赋》赋画中之鹤,不仅描写了鹤的形象,并藉画鹤表达观点:"吁嗟鸟类,比之君子。遇则霄汉,失则荆杞。弃捐胡忧,登庸胡喜。"李梦阳有《鸣鹤应钟赋》,单纯地描写"鸣鹤应钟",并无藉此发表议论,两相

---

① 郭建勋:《辞赋文体研究》,第18页。
② 按:何景明《大复集》卷37《先考梅溪公行状》(四库全书1267册,第335页):"李氏(何景明母)生辛酉(正统六年,1441)二月十五日,而已巳(正德四年,1509)四月二十九日卒",《寿母赋》出自家集,何景明正德二年五月离京回乡,赋应作于正德三年或四年二月十五日。
③ 王冠:《赋话广聚1》,第366页。
④ 李梦阳:《空同集》卷66《论学》上篇,四库全书1262册,第603页。

比较,可见不同。

三、前七子派其他赋家

（一）思想内容

1. 时政、典礼、祥瑞等赋

朱应登①《平蛮赋》,据《万历野获编》卷30"夷妇宣淫叛弑"②,"弘治十二年六月,贵州巡抚都御史钱钺,始以夷妇米鲁叛入奏,盖米鲁之扰黔久矣。鲁为沾益州土官安氏女,嫁普安州土官隆畅为妾。"弘治十五年七月,各路奏捷,叛乱被平。朱应登赋写"普安酋长隆畅遗允之凶妾"叛乱,被大都宪应城陈公(陈金)平定的事情,作者以赋"扬奇勋而彰懋烈"。

前七子派多为气节之士,对于腐败的朝政深为不满,王廷相《悼时赋》,赋序曰:"余谪亳之明年,为正德巳巳(正德四年,1509),时政愈急,抑郁愤闷,卧郡斋者数月,乃赋以自释",正德四年,刘瑾之党更加猖狂,作者比喻朝政的昏暗局面为:"虎九关而吓众兮,鸮群啸而昼翔。灵曜晲其冥塞兮,两仪黯黬而不彰。""嗟时命之不可逭兮,刓毒夫之乘权"。马理③《酷暑赋》描写六月暮夏之酷热,以比喻宦官之酷毒,或作于刘瑾当权之时。

顾璘④《巡方赋》出自《凭几集》,乃"官湖广巡抚时作"⑤,此赋写作者"环行下邑",看到"颦促无聊之状",不觉"涕泗之横潸",并提出立政之要:"吾闻王者立政,以道为公。阴阳陶冶,云雨絣幪。衣人帛者唯树桑,饱人食者惟重农。"陈沂⑥《大礼庆成赋》是一篇典礼赋,赋写正德十四年(1519)祀南郊之礼。

王教⑦有三篇祥瑞赋,写的是同一件事,《祈灵赋》写"长至(冬至)后

---

① 朱应登,字升之,宝应人。弘治十二年进士。历官南京户部主事、陕西提学副使、云南布政司参政等。有《凌溪先生集》,存赋12篇。《空同集》卷47《凌溪先生墓志铭》,四库全书1262册,第428页。

② 沈德符:《万历野获编》卷30,明代笔记小说大观,上海古籍出版社2005年版,第2701页。

③ 马理,字伯循,号溪田,陕西三原人。正德九年进士。曾任稽勋员外郎、南京通政司参议、光禄卿等职。嘉靖三十四年腊月,陕西发生大地震,卒。有《陕西通志》。存赋3篇。《明史》卷282《儒林传》,第7249页。

④ 顾璘,字华玉,长洲人,寓居上元。弘治九年进士。累官至南京刑部尚书。有《浮湘集》,存赋10篇。《明史》卷286《文苑传》,第7354页。按:《总汇》第6册5507页收顾璘赋13篇,其中《适赋》《逸士赋》《升平赋》,第7册6416页丘云霄赋重收,三赋为丘云霄作。

⑤ 纪昀等:《钦定四库全书总目·顾华玉集》,第2310页。

⑥ 陈沂,字鲁南,鄞县人,居金陵。正德十二年进士。历官江西参议、山东参政、行太仆卿等。存赋1篇。《明史》卷286《文苑传》,第7355页。

⑦ 王教,字庸之,祥符人。嘉靖二年进士。任翰林院编修、国子监祭酒、南京兵部右侍郎等。有《中川遗稿》,存赋11篇。《河南通志》卷57《人物》,四库全书537册,第406页。

四日”,皇上致斋告庙,亲诣南郊祈祷,希望天降瑞雪的事。《灵应赋》写皇上祈祷后,晚上“微霰以零,瑞雪随布”,作者作赋歌颂“圣德”。《报灵赋》写既雪之明日,皇上两诏礼官,重申报谢,为之亲制乐章,聿新韶舞。王廷相①《灵雪赋》也是祥瑞赋,作于嘉靖八年(1529)仲冬,写皇上“悯农事之靡济”,禋祷于南郊、西社,已而灵雪聿降,弥日达夜,作者作赋“用赞明昭之贶”。

2. 咏怀、吊古、行旅等赋

前七子派主张复古,对于辞赋之祖《离骚》必然颇多关注,对于后世反骚之作也多有批判。徐祯卿②有《反〈反骚〉赋》,赋序云:“昔扬雄作《反骚》,论者多过之。余闵原之含忠陨郁,且复获谤,遂援笔慷慨赋《反〈反骚〉》”。作者仰慕屈原之“洁修”“引躯以伏义”,认为扬雄《反骚》“理屈而诽深”,并以屈原的经历为线索,且叙且叹,分不清是屈原还是作者自己,盖作者也有一份对理想的执着与被谤无成的悲慨。樊鹏③《反〈反骚〉》,作者认为屈原“沉身”而不远逝,乃“将以身而明国兮,以死而明生。将以命而知天兮,以心而暴诚。”扬雄曾“命原为累”,而作者“故命雄为眊”,并美“累”批“眊”:“累固弃由聃之珍兮,吾恐眊贻许巢之忧。累固跖彭咸之所遗兮,吾恐眊亦为彭咸之所羞。”

他们的仕途大多坎坷,对于现实中的苦闷,多借超现实的方式进行诉说。王九思④《梦吁帝赋》,此赋写作者梦中向天帝诉苦,诉说自己“触忌讳于奸萌”,遂被谪于部署。虽自己“恒皓皓以自盟”,但“众口议予之形影兮,谓假途而黩货”,希望天帝能“鉴予行其符议兮,愿扬威而振之”,天帝劝他“惟忍尤而含诟兮”“返汝驾于南山”“修汝之初志”,作者听之,决定“返乎故都”。结合其经历,赋应作于正德六年被论致仕之时。王廷相《梦讯帝赋》,此赋序云,正德三年(1508),作者以给事中谪判亳州,正德九年(1514)以监察御史谪赣榆丞,正德十年(1515)二月朔夜,梦至上帝所讯帝。赋与

---

① 王廷相,字子衡,河南仪封人。弘治十五年进士。选庶吉士,任兵科给事中。因得罪刘瑾被贬,后为右副都御史,巡抚四川,又为南京兵部尚书、太子太保等。存赋12篇。《明史》卷194《王廷相传》,第5154页。

② 徐祯卿,字昌谷,常熟人,后迁居吴县。弘治十八年进士。因貌丑,不得入翰林,改授大理左寺副。坐失囚,降国子监博士。有《迪功集》,存赋10篇。《明史》卷286《文苑传》,第7350页。

③ 樊鹏,字少南,信阳人。嘉靖五年进士,历官陕西按察金事。有《樊氏集》,存赋4篇。朱彝尊:《明诗综》卷40,康熙四十四年六峰阁刻本。

④ 王九思,字敬夫,鄠县人。弘治九年进士。选庶吉士,授检讨。正德四年调为吏部文选主事,年内由员外郎再升郎中。正德五年坐刘瑾党,贬为寿州同知。次年被论致仕。有《渼陂集》,存赋4篇。《明史》卷286《文苑传》,第7348页。

王九思赋有相似之处,都是作者梦中向天帝诉苦,说自己"端操而求直",但却被"偷嫚而浊婪"之人"加以谗口",以致"岁五改而再斥",天帝训之以"贤者贵安于自处",劝他"抱至和而独守。"徐祯卿《申祇赋》也是向神灵申诉自己的志向。

有些赋家则直接抒写自己的悲愤,黄省曾①《悲士不遇赋》即是如此,作者虽不遇,但仍然"抱圣道而长终"。戴钦②《聚难赋》序曰:"聚难,别彭子美中也。抒我怀素,爰稽同心,辞之工拙不暇计矣。"作者不仅抒发了朋友离别的忧思,而且抒写了自己"仕途其多舛"之惆怅。王廷陈③是以"恃才傲物"④遭遇忧患,其《左赋》序云:"梦泽子不善宦,见闵有司,黜民乘之,坐是拘系。自伤疾恶反中,乃作《左赋》。"此赋作于狱中,其子王追淳《家乘》云:"府君在狱,尝撰《左赋》《萤火赋》及《神难》之篇以自广。"⑤削籍归里后,王廷陈又作《述邀赋》述说自己"将服正则以恬守兮,虞窘步于欹陂"的经历。顾起纶《国雅品》云,"稚钦本高才不羁,尝谪裕州,为监司督过罢职。还,益自放诞,或衣绯酣歌,或跨犊浪迹,作慢世之状,读其《述邀赋》,其志有足悲者。"⑥

王廷陈因恃才傲物,终身放废,而周祚⑦则是因为疾病归卧田园,从《周子养病十二年矣,视造化之消息,万物之升沉,尽忠朴守,不挠外役。索反勉德,莫遂己心。近得故友,又与归心,作赋述焉》即可得知其落寞心怀。《疾赋》应作于归家三年之后,因为疾病,作者"屈心抑志",心中悲哀不已:"怅吾志之郁悒兮,胡淹疾之未伸。""屈心抑志三岁兮,抑久长之容哂。""瘥疾有不难兮,悲莫悲兮心志。"《士寡知赋》抒写不遇知己之忧伤。《悲冬日赋》,他之所以以冬日为悲,也是因为岁月流逝,而自己功业不居。

———

① 黄省曾,字勉之,号五岳。吴县人。嘉靖十年举人,累举进士不第。有《五岳山人集》,存赋9篇。《明史》卷287《文苑传》,第7363页。

② 戴钦,字时亮,号鹿原,广西马平人。正德九年进士。官至刑部郎中。有《鹿原集》,存赋3篇。《鹿原集》提要,四库全书存目丛书集部72册,第222页。按:《鹿原集》提要认为戴钦"以谏大礼,廷杖创重而卒",然据石勇《戴钦生平著作考》(《广西社会科学》2007年第5期),戴钦"死于服食药石"。

③ 王廷陈,字稚钦,黄冈人。正德十二年进士,选庶吉士。赋《乌母谣》讽刺武宗南巡,且疏谏,受杖。改吏科给事中,出知裕州。以骂巡按御史喻茂坚,削籍归。有《梦泽集》,存赋4篇。《明史》卷286《文苑传》,第7359页。

④ 纪昀等:《钦定四库全书总目·梦泽集》,第2318页。

⑤ 王廷陈:《梦泽集》卷23附录五,四库全书1272册,第713页。

⑥ 王廷陈:《梦泽集》卷21附录三,四库全书1272册,第709页。

⑦ 周祚,字天保,山阴人。正德十六年进士。仕为东阿令、工科给事中等。有《周氏集》,存赋20篇。《国朝献征录》卷80李默《周公祚墓志铭》,续修四库全书529册,第332页。

李濂①的吊古赋比较多,《夷门赋》《登台赋》《艮岳赋》都是李濂家乡祥符古迹,《夷门赋》,作者屡次寻访战国夷门,后知乃在安远门之东,夷山之上。作者"瞻寐豪贤风烈如在,怀古作赋。"《登台赋》,据赋序,台在汴城外东南三里许,相传为吹台,也叫繁台,本师旷吹台,梁孝王增筑。或谓之平台,又以谢惠连尝为《雪赋》,谓之雪台。《艮岳赋》,据赋序,赋作于正德元年(1506),宋政和间,诏筑山于上清宝箓宫之东,初名万岁山,后以其在国之艮位,更名艮岳。岳之正门曰阳华,故亦号阳华宫。靖康兵燹之后,无一存者。作者数游其地,赋以哀之。

随宦迹所至,李濂也有一些其他地方的吊古赋,《吊朱仙镇赋》,朱仙镇是岳飞大败金兵和诏令班师之地,岳飞祠庙在焉。正德十一年(1516)三月,作者赴官沔阳,道出祠下,作此赋以"哀王之忠而被刘也"。《岘山赋》也是赴官沔阳时,道经襄阳,游岘山而作。《岳阳楼赋》作于正德十二年(1517)秋,作者客巴陵之时。《哀曹娥赋》作于正德十六年(1521),作者赴官四明,渡曹娥江,舣舟谒庙,作赋哀之。《剡溪赋》乃嘉靖元年(1522)秋,作者偶以公事至剡,缅怀昔人棹雪之访,因作赋"以识吾兴"。《首阳山赋》,从赋序"李子按部河东,过首阳,谒二子墓。"赋当写于嘉靖初任山西佥事时。《吊长平赋》,嘉靖二年(1523)秋,作者西巡泽潞,经过长平之坑,怛焉伤之,作赋"以泄千古之悲"。《傅岩赋》,嘉靖三年(1524)春,作者西巡平陆,览殷相傅说版筑之处——傅岩,感而赋之。

前七子派行旅赋较少,王廷相《苦旅赋》作于正德十二年(1517),"盖余自谪斥以来,飘沦转徙于江海之涯,已四年矣,因命曰苦旅",是一篇抒发悲苦之情的赋。作者曾经抱澄清天下之志,众人"尤余以沽直""喁喁而晋语",作者明知"直道固难为容",但不愿改变,在前贤经历的启示下,作者决定"返故途以顺命兮,究曩昔之清修。"顾璘《述征赋》作于嘉靖元年(1522),"天子册皇后于中宫,朝仪载辟,坤德斯贞,帝宗乃昌,万方胥庆。"作者列职东藩,"祗奉懿典,以朝京师",赋写朝京途中的所见所思,欣忭之情溢于言表。

寿赋也有一些,如朱应登《静寿赋》,从"今皇帝践祚之二年",此赋作于嘉靖二年,赋为杨一清作,杨时已退休于家,作者从"仁者寿"一语,作赋祝之。顾璘《宜禄堂赋》为朱应登之父朱用宾寿辰作,《逸士赋》为"柳塘翁"

① 李濂,字川父,祥符人。正德九年进士。授沔阳知州,迁宁波府同知,擢山西佥事。嘉靖五年免归。家居四十余年,益肆力于学,以古文名于时。有《嵩渚集》《汴京遗迹志》等。存赋20篇。《苏山选集》卷6《嵩渚李先生墓碑》,四库全书存目丛书集部124册,第61页。

寿辰作。黄省曾《玉卮赋》作于嘉靖十三年(1534)，为其母七十寿辰作。王教《岳寿赋》题注："赠仪封扈元凯君"，扈乃作者岳父，已八十四岁，作者作赋寿之。李濂《寿舅翁赋》，七月九日是舅翁的生日，而作者时寓京师，道远莫能觞寿，故作赋寿之。王廷陈《七申》也是寿赋，寿赋用七体，颇为少见。赋作于嘉靖十五年(1536)，为中丞公之母八十九岁寿辰作，赋文采用了"六加一"的结构方式，客申述了六种寿翟母之方，如"天下之至饮""天下之至甘""天下之至馨""天下之至珍""声色之至娱""词赋之至伟"等，都不足以为寿，只有"理诗书之文，绎羲孔之旨，取母之徽懿，合而拟之"，才得到梦泽生的附和。

3. 咏物、山水、楼台等赋

王廷相的咏物赋多有比拟之意。如《放鸽赋》，赋序曰："鸽，鹤类也。海人以械致之，铩其羽而货于市，予求而畜之，毛翮更生，放之中野"，赋文写鸽之遭遇颇有自比之意，在赋末的乱辞中，作者希望"偕彼鸽之获逝兮，庶优哉以永终。"《猛虎赋》序曰："华山有虎患，郡吏督虞人捕之，歼六虎"，赋文以猛虎比拟"强力贪得而毙者"。

薛蕙①的《孤雁赋》也有比拟之意，赋序曰："孤雁，感物也，涡水上有孤雁，随人家畜鹅鹜辈以取食，人或逐之，辄飞去，入左右洲渚间，然终不远去也。"作者有感于大雁"固羽族之殊特"，现在却"随人家畜鹅鹜辈以取食"，所以"嗟斯禽之可哀"，以致"泣涕下而沾缨"，盖有自叹之意乎？四库馆臣云："蕙与湛若水俱为严嵩同年，嵩权极盛之时，若水年已垂耄，而怵于利害，不免为嵩作《钤山堂集序》，反复推颂，颇为晚节之累。蕙初亦爱嵩文采，颇相酬答，迨其秉政以后，即恶其怙权病国，不复相闻，凡旧时倡和，亦悉削其稿，故全集十卷无一字与嵩相关，其植品之高，迥出流辈。"②植品高而被解任放废，遭际与此孤雁相类。

郑善夫③的咏物赋借物以抒情，如《大风赋》描写飓风来时"飞砂走石兮，日惨惨而无光"的景象，抒发作者之哀伤："哀万物之肃杀兮，夫谁而能遁之"。《愍竹赋》，赋序云："嘉靖癸未(嘉靖二年，1523)，秋日载蒙，具风破条，震荡逾旬。余桑苎园有竹数丛，老干新篁，日见凋折，余甚悲之，无是

---

① 薛蕙，字君采，号西原。亳州人。正德九年进士，授刑部主事。因谏武宗南巡，受廷杖夺俸，引疾归里。后复起用，任吏部考功司郎中。嘉靖初，"大礼"之争，下狱，后赦，解任归。有《考功集》，存赋1篇。《明史》卷191《薛蕙传》，第5074页。
② 纪昀等：《钦定四库全书总目·考功集》，第2317页。
③ 郑善夫，字继之，闽县人。弘治十八年进士。正德初始授户部主事。愤嬖幸用事，辞官。正德中起礼部主事，进员外郎，以谏南巡受杖，寻乞归。嘉靖初，用荐起南京刑部，改吏部郎中。有《少谷集》，存赋2篇。《明史》卷286《文苑传》，第7356页。

君子相残之应也。"赋文悲悯竹之凋折。

　　常伦①有两篇山水赋,《笔山赋》题注:"时年十六岁",赋山西之笔山,不仅写了笔山之地理形势,而且从"笔"字生发开来,铺写"天地之所以为笔""春秋之所以为笔""学士之所以为笔""史氏之所以为笔"。《石楼赋》赋山西兴县之石楼山。顾璘的山水赋"皆官湖广巡抚时作"②,《祝融峰观日出赋》出自《凭几集》,作于嘉靖十六年(1537),作者"巡方至衡,谒岳神讫,乃登祝融,宿上方翼,晓观日出,景象特奇,遂述而赋焉。"《登天柱峰谒玄帝金殿赋》出自《凭几集续编》,描写天柱峰。李濂的山水赋作于四方仕宦之时,《石窗赋》序云:"石窗在四明山,天气晴霁,望之如户牖。或曰石窗,四明之目也。余仕海邦,颇遂游览之愿",则赋作于宁波同知任上。《雁门关赋》,嘉靖二年(1523)仲秋,作者持节至雁门关,壮其形胜而为之赋。《底柱赋》,嘉靖四年(1525)春,作者观底柱,"有感于君子立身之方",因作斯赋。

　　张凤翔③卒时年仅三十,其《白岩赋》描写乔宇(其号白岩山人)家乡之白岩山。赋作描绘了白岩山峻伟的气势、东西南北之地理形势、千奇百怪的形状,以及吏部郎乔宇之归来等情况。此赋深受李梦阳赏识:"奇崛混雄,变化百出,使假之年,班马当敛衽北面。"④康海⑤《梦游太白山赋》,作于弘治七年(1494),赋写作者梦游太白山所见奇丽之景,颇有遗世独立之意。

　　(二) 辞赋艺术

　　1."祖骚"

　　前七子派除李梦阳、何景明之外,共留存赋作近 140 篇,骚体赋 80 余篇,不仅数量大增,其组合、变化方式也有回归元人复古的趋势。

　　(1)《离骚》式

　　在前七子派 80 余篇骚体赋中,《离骚》式骚体赋近 50 篇,如王九思《海居赋》《警火赋》《梦吁帝赋》、王廷相《游蜀赋》《悼时赋》《梦讯帝赋》《放鸽赋》《苦旅赋》《靖志赋》《竹瑞赋》《慈贞赋》、朱应登《归来堂赋》《登滕王阁

---

① 常伦,字明卿,山西沁水人。正德六年进士,授大理寺评事。谪寿州州判,迁知宁羌州。有《常评事集》,存赋 5 篇。本集附《常君墓志铭》,四库全书存目丛书集部 68 册,第 146 页。

② 纪昀等:《钦定四库全书总目·顾华玉集》,第 2310 页。

③ 张凤翔,字光世,汉中洵阳人。弘治十二年进士,官户部主事,卒时年仅三十。有《张伎陵集》,存赋 3 篇。《钦定四库全书总目·张伎陵集》,第 2412 页。

④ 张凤翔:《张伎陵集》卷 1《白岩赋》题下注,四库全书存目丛书集部 51 册,第 354 页。

⑤ 康海,字德涵,号对山。陕西武功人。弘治十五年状元。任翰林院修撰、经筵讲官。后因被归为刘瑾余党,卸职。有《对山集》,存赋 7 篇。《渼陂续集》卷中《康公神道之碑》,四库全书存目丛书集部 48 册,第 231 页。

赋》《三一赋》《柏台持节赋》、顾璘《送远赋》《楚颂亭赋》《述征赋》、郑善夫
《大风赋》《愍竹赋》、戴钦《联难赋》、戴冠①《环溪赋》、黄省曾《吊朱买臣
赋》《咎云赋》、王廷陈《述邃赋》、常伦《别怀赋》、张凤翔《木芙蓉赋》、马理
《荣寿堂赋》、徐祯卿《反反骚赋》《放言赋》《申祇赋》《济淮赋》、周祚《悲冬
日赋》《禫服赋》《高氏大宗祠赋》《中秋少月赋》《周子养病作赋述焉》《憩
赋》《疾赋》《士寡知赋》《暮冬晚赋》《旱赋》、王教《雅集题名赋》、李濂《妒
赋》《吊长平赋》《吊朱仙镇赋》《岷山赋》《夷门赋》、康海《悯志赋》等。其
中不乏《离骚》变式,如康海《悯志赋》:

> 嗟嗟余穷兮,孰余之厄。余行欲修兮,予处之索。一裘弗完兮,糠
> 粃曷择。冬长寒冽兮,暑亦奥绤。上帝孔惠兮,既昭予宅。旷而弗居
> 兮,实予之责。嗟彼高人兮,胡有不获。予曷独难兮,有行必画。岁月
> 不留兮,忧心如划。嗟彼朋友兮,各谋尔怿。吁嗟奈何兮,孰予之格。
> 达人不逢兮,自彼古昔。匪予一人兮,乌敢不踏。

这种形式,陈绎曾《文筌·楚赋谱》称之为"四言兮字式"的"变"式:"'正:
上一句四言,下一句三言兮字,韵字在兮字下(上)。变:上一句四(言)兮
字,下一句四言,韵在句下。"②也就是说,"四言兮字式"的正式是以四言为
主,偶句句末以"兮"字凑足,去"兮"实为四三句型,即《橘颂》式;其变式则
实为四言,奇句句末因缀"兮"字而成五言。这与《橘颂》式"□□□□,
□□□□兮"很相似,只是"兮"的位置不同而已。

(2)《九歌》式

周祚《九歌》式骚体最多,其《祀后稷赋》除了一句《离骚》式,其它全为
《九歌》式,而全篇为《九歌》式的骚体赋则有《哭九女赋》《哭五女赋》《王武
宁去思赋》《孝思堂赋》《雨赋》《思美人赋》《清江夜游作示赋》(2 篇)等等。
郭建勋先生《辞赋文体研究》说,《九歌》式"极富错落摇曳之美,形成一种流
丽飘逸的语体风格,具有表现的灵活性与艺术的美感,因而在骚体赋中的运
用较多一些,但大多是用在赋篇的开头、结尾或作品的关键处、承转处,在结
构和节奏上起一定的作用,同时推动抒情或描写波澜起伏地向前发展,而纯

---

①　戴冠,字仲鹖,河南信阳人。正德三年进士,曾任户部主事,以建言贬广东乌石驿丞。起户
部员外郎,出知延平府,改苏州,终山东提学副使。有《邃谷集》,存赋 1 篇。《明史》卷 189
《戴冠传》,第 5015 页。

②　王冠:《赋话广聚 1》,第 361 页。

粹采用这种句型的骚体赋却并不多见。"①而周祚不仅大量"纯粹采用这种句型",而且还改变了《九歌》式骚体赋"流丽飘逸"的语体风格,尤其当他用这种体式来抒发哀悼之情的时候。如《哭九女赋》:

> 汝一逝兮心孔伤,目若觌兮出我傍。既想象兮不可得,宛飘风兮远扬。嗟汝兮白玉为质,含灵秀兮孝我无斁。曼逮笄兮发既揔,遽弥留兮迫痛恻。乘浩气兮与上游,用全归兮又奚尤。忽雷电兮交相作,目暝暝兮始休。天高高兮上无极,欲往诉兮凌帝侧。世错缪兮莫我凭,胡寿夭兮弗得。智慧兮反短,愚駤兮期颐。谗回兮多禄,忠直兮见遗。讵苍苍兮正色,固一之兮罔知。嗟吁汝兮徂异域,魂翱翔兮求靡得。依日月兮与居,乘牛女兮降南国。

其他如王教《梦远游赋》《归隐赋》、王廷相《思美人赋》等,也都是全篇《九歌》式骚体赋。

(3)橘颂式

《橘颂》式的标准句式是"□□□□,□□□兮",但也有一些赋,句末不用"兮",而用"只"或"些",陈绎曾《文筌·楚赋谱》单独列为一式,称为"四言只字"式,他说:"'正:上一句四言,下一句三言只字。变:五言。'此景差《大招》句法,可用,宋玉《招魂》用'些'字,惟哀辞、祭文得用耳。"②实际上,这些赋"只"或"些"的位置都同于《橘颂》式,可视为特殊的《橘颂》式。周祚《祷雨得赋》即是"四言只字"式。

(4)杂言式,其组合方式有以下几种:

A.《离骚》式+《九歌》式。如王九思《白石楼赋》、朱应登《申膲赋》、常伦《石楼赋》、马理《酷暑赋》、王教《怀湘赋》、张凤翔《邃庵赋》等。

B.《离骚》式+《橘颂》式。如王教《灵应赋》、李濂《寿舅翁赋》。

C.《离骚》式+《九歌》式+非兮。如王教《岳寿赋》、李濂《首阳山赋》《理情赋》。

D.《离骚》式+《橘颂》式+非兮。如王教《祈灵赋》。

E.《离骚》式+非兮③。如王教《报灵赋》《瘗钱赋》、樊鹏《反〈反骚〉》、

---

① 郭建勋:《辞赋文体研究》,第 13 页。
② 王冠:《赋话广聚 1》,第 362 页。
③ 按:这种形式的骚体赋与骚汉杂糅的赋,区别在于,其骚体句式占绝大多数,整体上是骚体赋,只是在某些部位夹杂非兮句式,如王教《瘗钱赋》除篇末有"天之佑德,今犹昔也。凡李母之所膺,皆太母之亲获也。万有千龄,靡有他适也。"其它句式全为《离骚》式。

李濂《哀曹娥赋》、黄省曾《悲士不遇赋》《闺哀赋》等。

2.“宗汉”

前七子派“汉赋体”的“大体”与“中体”之作20余篇，题材内容比较广泛，从时政典礼，到祥瑞祝寿，从山水地理，到咏物人事，都有涉及，如顾璘《巡方赋》《雪村赋》《宜禄堂赋》、陈沂《大礼庆成赋》、黄省曾《射病赋》、戴钦《秋夜闻笛赋》《石泉赋》、薛蕙《孤雁赋》、朱应登《杨梅赋》《东冈赋》《静寿赋》、常伦《笔山赋》、李濂《艮岳赋》、张凤翔《白岩赋》、马理《双寿堂赋》、康海《梦游太白山赋》、王廷相《灵雪赋》、王廷陈《七申》、樊鹏《乞者赋》等。

“汉赋体”的“小体”有“拟荀卿体”的赋，也有四言诗体赋、六言赋以及杂言赋。顾璘《诮沙燕赋》、黄省曾《钱赋》、常伦《丹赋》都是拟荀体的赋。四言诗体赋有比较纯粹的，也有四言与其它体式夹杂的。前者如徐祯卿《丑女赋》、朱应登《平蛮赋》、黄省曾《礼贫赋》《玉厄赋》、李濂《下第赋》《石窗赋》、樊鹏《轻车强弩赋》（2篇）等。后者如王廷陈《左赋》，它以四言和《橘颂》式骚体相结合，但在整体上仍然是四言赋。有六言赋，如徐祯卿《述征赋》《怀归赋》《玄思赋》、王教《别知赋》、李濂《剡溪赋》《傅岩赋》、王廷陈《萤火赋》等。杂言赋中，有“三言＋四言＋六言”组合的，如王廷相《先君手植柳赋》；有“六言＋七言”的，如徐祯卿《喜雨赋》；有“四言＋六言”的，如黄省曾《蚊赋》、王廷相《猛虎赋》、朱应登《胜奕赋》《倚庐赋》、李濂《燕赋》等。

3. 骚汉杂糅

骚汉杂糅指的是同一篇赋作，既有骚体赋的特点，又有汉赋体的特点，体现了赋家“祖骚”与“宗汉”并行不悖的观念，这在元人的赋作就有体现。前七子派的赋作也有这种情况，如张凤翔《木芙蓉赋》，从整体上说是《离骚》式骚体赋，但在乱辞之后却用了一段汉赋常有的散体形式结束全文：

> 于是客既酣，主亦就倦，乃偃然卧诸东楹之下，梦至海上三山，见诸色衣者相拉而劝之以酒，各解佩以赠之，觉则但见芙蓉苞者欲开、开者益大而已。

这或许是受到元人科举赋作的启发（按：元人的骚汉杂糅赋作都是科举赋），把“祖骚”和“宗汉”相统一的理念，扩展到平时的写作中。

还有些赋作，虽然就全篇来看，骚体赋占优势，但汉赋体的铺叙描写也占较大比例，从而与骚体赋中夹杂个别非兮句式的杂言式骚体赋区别开来。比如朱应登的《高奥赋》是“骚赋＋汉赋＋骚赋”的形式，中间汉赋体部分描写"高奥"之地的风土人文之美,在全文中占较大篇幅。与此作类似的还有李濂《织女赋》《登台赋》等。这类赋作也体现了作者"祖骚""宗汉"并行不悖的赋学观。

4. 不废"六朝"

前七子派对于六朝的宗尚主要表现在骈赋与七言诗体赋的创作上。常伦的《博赋》是一篇骈赋。上文提到李梦阳《石竹赋》是一篇七言诗体赋,是其辞赋"下及六朝"①的表现之一。李濂《雁门关赋》也是一篇七言诗体赋:

> 雁门之山峻碑兀,百鸟奋飞不可越,当险置关界胡羯。中有一缺雁所历,过必衔芦虑鹰击,戍夫仰射风鸣镝。余来朔代摄军旅,墩堡燧烽严备御。释甲耕耘士得所,辕门笳鼓夜歌舞,百二关山拥貔虎。

另外,程章灿先生在提到南朝赋的诗化趋势时说,诗化趋势"主要表现在赋末乱辞、赋中系诗以及诗赋合一三个方面。大致说来,赋末乱辞与赋中系诗是赋的诗化的早期表现,可称为局部诗化阶段,而诗赋合一则是赋的诗化的后期特点,亦即全盘诗化阶段。"②又说,"由于乱辞和系诗在赋中具有十分重要的修辞与结构功能,南朝赋在总体上亦呈现出诸多与诗一致的语言风格,这是很自然的。"③前七子派在模拟六朝的过程中,不仅有"诗赋合一"的现象,其赋末乱辞或赋中系诗也有诗化的倾向,如李濂《登台赋》乱:

> 梁台嵲巍一土丘,千年狐兔穴其陬。汴水滔滔日夜流,修竹檀栾不可求。宝玉如山今已休,空余废苑令人愁。草木摇落天地秋,驻马晚眺凝双眸,景物惨澹云悠悠。安得杜高李之三子,相与倡和同遨游。

其他如李濂《妒赋》乱、常伦《博赋》系辞,也是这种情况,这反映了前七子派模拟六朝的一个侧面。

第四节 弘治正德朝其他赋家

弘治正德朝是茶陵派与前七子派先后统领文坛的时代,但文坛也并不整齐划一,有许多既不属于茶陵派,也不属于前七子派的文人,其间情况颇

---

① 王世贞:《艺苑卮言》卷6,历代诗话续编,第1044页。
② 程章灿:《魏晋南北朝赋史》,第230页。
③ 程章灿:《魏晋南北朝赋史》,第237页。

为复杂。

有"唐宋遗风"的作家。其为文倾向与后来的唐宋派有接近的地方,但原因有所不同。一个方面他们对杨士奇以来"文主欧、曾"的宗宋文风并没有完全抛弃,只不过扩大了学习范围,另一方面,他们都深受理学的影响,而理学家一般都推崇宋文。如王鏊,"以制义名一代,虽乡塾童稚,才能诵读八比,即无不知有王守溪者。然其古文亦湛深经术,典雅遒洁,有唐宋遗风……鏊早学于苏,晚学于韩,折衷于程朱。"①杨守陈,"其发于文也,本周邵程张之渊源,循董韩欧阳之矩矱。"②杨守阯,"《明人物考》又云:'守阯尝书数语于遗稿曰:学文师韩吏部,学道师程伊川。'然其文才力颇弱,不能规模韩笔也。"③张元祯,"其诗文朴遫无华,亦刻意模拟宋儒,得其形似也。"④

不追随七子派,独具特色的作家。如童轩,"其诗雅淡绝俗,而在明代不以诗名,殆正德以后,北地、信阳之说盛行,寥寥清音,不谐俗尚故欤?"⑤张吉,"明至正德初年,姚江之说兴,而学问一变;北地、信阳之说兴,而文章亦一变。吉当其时,犹兢兢守先民矩矱,高明不及王守仁,而笃实则胜之;才赡学富不及李梦阳、何景明,而平正通达则胜之……以刚正之气发为文章,固不与雕章绘句同日而论矣。"⑥

排斥七子派,而实际创作却达不到七子派水准的作家。如马中锡,"同邑孙绪序之,称其诗'卑者亦迈许浑,高者当在刘长卿、陆龟蒙之列',而其末力诋'窃片语,捋数字,规规于声韵步骤,摹仿愈工,背驰愈远',盖为李梦阳而发,其排斥北地,未为不当。然中锡诗格实出入于《剑南集》中,精神魄力尚不能逮梦阳也。"⑦

对文学非所留意,存作较少,看不出创作倾向的作家。如章懋,"本传称,或讽之为文章,则对曰'此小技耳,予弗暇'。有劝以著述者,曰'先儒之言至矣,芟其繁可也'。盖其旨惟在身体力行,而于语言文字之间,非所留意,故生平所作,亦止于如此。"⑧

---

① 纪昀等:《钦定四库全书总目·震泽集》,第 2304 页。
② 何乔新:《桂坊稿序》,《杨文懿公文集》卷首,丛书集成续编 112 册,上海书店 1994 年版,第 411 页。
③ 纪昀等:《钦定四库全书总目·碧川文选》,第 2404 页。
④ 纪昀等:《钦定四库全书总目·东白集》,第 2399 页。
⑤ 纪昀等:《钦定四库全书总目·清风亭稿》,第 2297 页。
⑥ 纪昀等:《钦定四库全书总目·古城集》,第 2305 页。
⑦ 纪昀等:《钦定四库全书总目·东田漫稿》,第 2403 页。
⑧ 纪昀等:《钦定四库全书总目·枫山集》,第 2301 页。

一、思想内容

(一)馆课、时事、咏怀、吊古等赋

章懋①《中秋赏月赋》题注“丙戌内阁考试”,丙戌即成化二年(1466),作者成进士、选庶吉士之年。此赋描写中秋赏月,而重在不同人赏月时,不同的“忻戚”之情,并举天涯游子、远地孤臣、边城将卒、深闺佳人等,以为乐者不知几人,而“悲穷悼屈者,纷其若兹”,所以要以范仲淹为师,“志先忧而后乐”。黄仲昭②也有《中秋赏月赋》,应作于同时,而着重于“中秋赏月”。

杨守陈③《张秋赋》,张秋位于山东西部,是大运河与金堤河、黄河的交汇处。但此赋并不是地理赋,而是写昔日黄河于此决口,给人民带来的灾难,抒发悲悯之怀,并对借灾难而“售伪以叨荣”之人提出批判。如:

> 曩河决于此兮,奔沧溟而横流。漫黍稷之方畴兮,奄千顷为一壑。渺风涛其汹欻兮,抃虬龙而舞蛟鳄。民居荡析兮,舟楫沉沦。嗟彼河伯兮,一何不仁。贪婪百川兮,吸济沇而吞汴。漕渠寖涸而将湮兮,仅涓涓其如线。万艘鳞集以栉比兮,悉胶杯于坳堂。壅万国之经络兮,扼两京而扼其吭。尧以洚水为警兮,咨伯禹其焉在。共与鲧而相承兮,几精卫之填海。揵石菑之巨万兮,付一发于燔炉。役夫缤其荷锸兮,倏皆化而为鱼。河与岁而偕逝兮,公与私其同窘。日棰笞掊克以蹙民于流亡兮,有人心其谁忍?

浦铣赞曰:“蔼如仁义之言。”④杨守陈卒于弘治初年,弘治七年,河又决于张秋。据《明史》卷15《孝宗纪》:“(弘治七年甲寅,1494)夏五月甲辰,太监李兴、平江伯陈锐同刘大夏治张秋决河,”“十二月甲戌,张秋河工

① 章懋,字德懋,兰溪人。成化二年进士,选庶吉士。次年冬,授翰林编修。与庄昶、黄仲昭谏元夕张灯,廷杖谪官,知临武县。后官南京国子监祭酒、南京礼部尚书等。有《枫山集》,存赋1篇。《明史》卷179《章懋传》,第4751页。

② 黄仲昭,名潜,以字行,莆田人。成化二年进士。选庶吉士,授翰林编修。与章懋、庄昶同以直谏被杖,谪湘潭知县,改南京大理寺评事。弘治间,出任江西提学佥事。有《未轩集》,存赋1篇。《明史》卷179《黄仲昭传》,第4753页。

③ 杨守陈,字维新,鄞县人。景泰二年进士。官至吏部右侍郎,兼詹事府丞。曾与修《英宗实录》《宪宗实录》。卒谥文懿。有《杨文懿集》,存赋13篇。《明史》卷184《杨守陈传》,第4875页。

④ 浦铣:《复小斋赋话》卷下,《历代赋话》,第404页。

成"①。萧柯②《河平赋》即写此事,"适张秋之溃决","大臣二三分经画周",张秋"昔懼奔溃,今底平宁"。

童轩③《思美人赋》以《离骚》芳草美人的手法,抒写了自己与"美人"曾"缔衷素而好述",后因"谗人之溷浊",以致"无辜而见尤"。自己思慕"美人",不能自已,最后决定"忠贞以固守"。丘浚④《后〈幽怀赋〉》,作者读唐李翱《幽怀赋》,有感而发,续作此赋。作者慨叹"人皆放乎一己之私兮,孰究夫天下之利害",自誓要"抱直道以终身兮,矢不负乎尼父"。丘浚还有《怀乡赋》,作者离家已十六年之久,乡土之思,展转于怀,故写此赋,"一以写吾乡土之思,一以慰吾母兄之望,一以志吾朋友之别"。王鸿儒⑤《述情赋》,此赋写作者被"中朝严召","隆冬装而北征"京师,"修门未入"而"获愆""夺禄",乞归不得,因作赋以述情。《抱疴赋》,作者"恣饮食而无节",以致成重疴,在病中得到诸多存问,后作者"幸濒死以复生",决定"进行义于当世,退求志乎斯文。"苏葵⑥《哀时命赋》题注:"吊邹汝愚"。邹汝愚,即邹智,字汝愚,合州人。成化二十三年(1487)进士,改庶吉士,会星变,遂上疏击首辅万安等人及中官,奸党借他事罗织下诏狱,后谪广东石城千户所吏目,卒于官,年仅二十六⑦。赋凭吊邹汝愚,表面上是哀伤其"命与时",实则对造成其悲剧的"污浊"的社会现实表达愤慨之情。

吊古赋首先值得一提的是兴献帝朱祐杬⑧的《阳春台赋》,朱祐杬为嘉靖帝之父,嘉靖帝即位后尊为睿宗兴献皇帝。他在世时以藩王被封安陆,封国内有阳台旧址。此赋写了阳台"物色之舒变",以及发生于此的历代"人

① 张廷玉:《明史》卷15《孝宗纪》,第188页。

② 萧柯,字升荣,万安人。弘治六年进士。任云南御史、陕西马政、浙江参议等。有《松鹤轩集》,存赋1篇。《吉安府志》卷21"选举"、卷29"人物",《中国方志丛书·华中地方251》,成文出版社1975年版,第701页、第948页。

③ 童轩,字士昂,鄱阳人。景泰二年进士。曾以右副都御史总制松藩,历升南京吏部尚书。有《清风亭稿》,存赋2篇。《列朝诗集小传》乙集,《明代传记丛刊11》,第232页。

④ 丘浚,字仲深,琼山人。景泰五年进士。历官侍讲学士、国子祭酒、礼部侍郎。孝宗即位,进礼部尚书、文渊阁大学士。有《琼台集》,存赋7篇。《明史》卷181《丘浚传》,第4808页。

⑤ 王鸿儒,字懋学,南阳人。成化二十三年进士。任国子监祭酒、南京户部尚书。宁王宸濠反,奉命督军饷,背发疽不治,卒于官。有《凝斋集》,存赋5篇。《明史》卷185《王鸿儒传》,第4907页。

⑥ 苏葵,字伯诚,顺德人。成化二十三年进士。官江西提学佥事、福建右布政使等。有《吹剑集》,存赋1篇。《道光广东通志》卷276,续修四库全书674册,第674页。

⑦ 纪昀等:《钦定四库全书总目·立斋遗文(邹智)》,第2306页。

⑧ 朱祐杬,明宪宗第四子。成化二十三年受封兴王。弘治七年,就藩湖北安陆。谥号献王。正德十六年,武宗崩,无嗣。子厚熜以武宗堂弟,入继大统,即嘉靖帝。存赋2篇。《明史》卷115《睿宗兴献皇帝》,第3551页。

事"之变,作者"居今鉴古""惩台榭之荡心",决定"息广厦而讲虞唐""巩皇图于不拔"。浦铣曾评此赋云:"予谓明兴献帝《阳春台赋》有云:'凛皇训之可畏兮,寅夙夜以守之。慎刑德之协中兮,敢违泪于天常。泯怨诽之不作兮,惠人心之矫攘。屏宵人而弗迩兮,亲方正之与贤良。惩台榭之荡心兮,息广厦而讲虞唐。思对扬之莫既兮,馨予心之惓惓。勉保障之无怠兮,庶几慰九重之恩怜。'盖间、平之流,宁府对之有愧色矣,宜世宗之入继大统也。"①

其他如王玺②《吊比干赋》,比干墓在朝歌(今河南淇县),作者伤吊比干之死,感慨商朝"人心因之而去,天命随之而卒"。比干虽死,但其名"历万世而有光"。王越③《吊岳武穆庙赋》题注:"在州北拱辰门外",赋凭吊岳飞庙,伤悼岳飞遭遇。王鸿儒《度井陉赋》,作者度井陉关,对在井陉关背水一战的韩信的遭遇抒发感慨。王鏊④《吊阖庐赋》,赋作于正德六年(1511),吴王阖庐葬身之处的剑池"忽焉其枯涸",作者往吊其处,联想到"前骊山之强项兮,后会稽之妖珈",认为"多藏之为害",骊山与会稽陵墓反不如吴王葬身之小丘"独空空兮以保全"。《吴子城赋》写吴王之遗宫故址,从春秋吴国之盛衰历史以至明初张士诚盘踞吴地的盛衰变幻,抒发自己的感慨,颇有杜牧《阿房宫赋》的意味:

> 且夫倾宫阿房,非不丽也;巨桥琼林,非不富也;崤函巩洛,非不固也。自古如斯,曷之故也?岂仁义不修,燕安之可畏耶?将气运靡常,盈虚之有数耶?惟是吴墟,殷鉴斯在。前既颠隮,后仍荒殆。

何乔新⑤《吊昆阳城赋》,赋对王莽之乱汉,光武之兴起,以及昆阳之战的情况都有形象的描述,最后归以吊伤之义。《三谷赋》铺写麻源三谷"泉石幽雅之趣,岩壑瑰诡之观",抒发吊古之情,并接以今司勋员外郎左君之故庐,

①　浦铣:《复小斋赋话》卷下,《历代赋话》,第393页。
②　王玺,直隶长垣人。天顺四年进士。存赋1篇。朱保炯、谢沛霖:《明清进士题名碑录索引》,上海古籍出版社1980年版,第197页。按:明代王玺不止一人,但《吊比干赋》见《咸丰大名府志》卷17,长垣在明、清属大名府。
③　王越,字世昌,河南浚县人。景泰二年进士。官右副都御使、兵部尚书等。弘治七年,起总制宁夏甘凉,经略哈密,大破敌于贺兰,加少保兼太子太傅。卒谥襄敏。有《王襄敏集》,存赋5篇。本集附李东阳《襄敏王公墓志》,四库全书存目丛书集部36册,第637页。
④　王鏊,字济之,吴县人。成化十一年进士。历侍讲学士、户部尚书、文渊阁大学士等。卒谥文恪。有《震泽集》,存赋7篇。《明史》卷181《王鏊传》,第4825页。
⑤　何乔新,字廷秀,江西广昌人。景泰五年进士。官南京礼部主事、右副都御史、南京刑部尚书等。有《椒丘文集》,存赋8篇。《明史》卷183《何乔新传》,第4851页。

描写左君在此之清雅生活。

（二）咏物、书画等赋

咏物赋中描写植物的较多，薛章宪①有不少此类赋作，《合欢莲赋》《摘樱桃赋》《萱草花赋》《菊赋》《伐杏赋》《味菜赋》《枇杷赋》等都是。其他如张吉②《槐叶三春赋》，描写一种产于绝域的"嘉卉"——槐叶三春。姚绶③《水仙花赋》，描写水仙花之风神。严永浚④《月桂赋》，作于弘治十二年（1499）中秋，写众人赏月时，适有桂子飘落，于是共赋之。动物赋主要描写禽鸟，如薛章宪《孔雀赋》描写产于"条支"的孔雀，姚绶《舞鹤赋》描写舞鹤。

此外，还有描写物品的，如薛章宪《扇赋》描写扇子，《宾石赋》描写一奇石，被"待之如重客，亲之如益友"。萧子鹏⑤《鼎砚赋》描写鼎砚。描写音乐或声音的，如王越《舜韶遗响赋》描写琴声之美听。

书画赋是此期较多的题材，反映了盛世明人的艺术趣味。王越《冰清赋》是一篇关于书法的赋。写作者在"古郢太守"骆蕴良处，观其"冰清"二字书法，并依次描写"冰""冰之清""主人之清"。绘画方面的赋作则多一些。有关于植物的绘画，如何乔新《钩勒竹赋》，赋写南谷先生爱竹，植竹于崇轩，以及竹与南谷先生德性之契，友人画钩勒竹以赠。《秋兰赋》，晋陵之隐君子金文远独爱兰，尝得画兰一卷，宝而藏之。赋以第一人称写了金文远对兰的喜爱，以及两者性情之相合。汪舜民⑥《墨梅赋》作于弘治元年（1488）三月，蒙化卫使杨叔熙得墨梅一幅，作者赞墨梅"干等苍官之老""节配此君之贞"。《疏影暗香赋》作于弘治元年六月，卫使路廷璧以《疏影暗香图》索赋，赋不仅就林逋"疏影横斜水清浅，暗香浮动月黄昏"之意铺陈，而且因梅品之高，把梅比作"忠臣"和"良臣"，赞其"大节大用"。杨守陈《五

---

① 薛章宪，字尧卿，江阴人。通经博学，弃经生业，遍游吴越山水。与沈周、都穆为文字交。存赋29篇。《列朝诗集小传》丙集，《明代传记丛刊11》，第335页。
② 张吉，字克修，江西余干人。成化十七年进士。官工部主事、广西布政使、贵州左布政使等。有《古城集》，存赋5篇。《明儒学案》卷46，《黄宗羲全集8》，浙江古籍出版社1992年版，第391页。
③ 姚绶，字公绶，浙江嘉善人。天顺八年进士。官监察御史，成化初，为永宁知府。后以母老解官归。有《谷庵集选》，存赋4篇。《松筹堂集》卷6《姚公墓志铭》，四库全书存目丛书集部43册，第257页。
④ 严永浚，华容人。成化十四年进士。存赋1篇。《明清进士题名碑录索引》，第1916页。
⑤ 萧子鹏，字宜冲，新淦人。以荐授嘉兴府学教授。有《云丘子集》，存赋5篇。曹溶：《明人小传》，《孤本明代人物小传1》，全国图书馆文献缩微中心2003年版，第314页。
⑥ 汪舜民，字从仁，婺源人。成化十四年进士。官福建按察使、右副都御史等。有《静轩先生文集》，存赋7篇。《明史》卷180《汪奎传》附，第4782页。

松图赋》,铺写五松图中松之神姿。萧子鹏《三友图赋》描写竹松梅。

关于动物的绘画,如薛章宪《画鸿赋》描写画中之鸿。刘珝①《百狮赋》描写百狮图,狮子"挺然为毛群之特",乃历代所珍之物,永乐宣德中,"屡同方物以充庭实",此百狮图"将以昭我祖宗怀远服强之盛德"。

关于山水景色的绘画,颇有一些元人名画,如姚绶《庐山观瀑图赋》,成化十四年(1478),作者购得元赵孟頫《李白庐山观瀑图》,赋先写庐山瀑布之胜以及李白之奇,然后写赵孟頫之绘图、明朝诸公之赏图,表达慎藏此图的愿望。姚绶《岱宗密雪图赋》,作于成化十八年(1482),从"在昔黄鹤山樵",知《岱宗密雪图》为元王蒙名作,王蒙,字叔明,号黄鹤山樵,赵孟頫外孙。赋先就此图描写岱宗之崔嵬以及密雪之飘落,然后再写此图之作者、保有者,以及作者得到此图的经历。洪贯②《万里江山图赋》描写元吴镇《万里江山图》,分"万里之山之殊状"与"万里长江之大略"进行铺写。薛章宪《韩熙载夜宴图赋》,《韩熙载夜宴图》是画史上的名作,五代时顾闳中与周文矩都有《韩熙载夜宴图》,今仅存顾本的宋摹本,藏于北京故宫博物院,它以连环长卷的方式描摹南唐韩熙载在家开宴行乐的场景。薛赋描写的或即顾本。

其他绘画赋,如张吉《金山图赋》为卫使李廷威作,描写京口金山山水之胜概、侵宋兀术困于此地之事以及作者面对金山图的感慨。秦文③《雁山图赋》赋雁荡山,描写了其"峰""岩""石""洞""湫""潭""硤"等胜概。萧子鹏《上林春晓图赋》描写春天上林苑百鸟"趁淑景而攸萃,感和气以交鸣"的图画,并着重描写了"凤凰来仪"的景象。马中锡④《出关图赋》,写作者面对"老子出关图",对老子《道德经》与老子出关化胡之说表达自己的看法。杨守陈《河梁饯别图赋》,友人之弟奉母来京,还乡之际,乡友饯之通惠河桥,并命工绘图。赋前段写奉母来京之况,后段写河梁饯别之情,最后抒写作者自身的壹郁之思,"诵白华而瘝忧,歌常棣而悱恻。"

（三）山水、地理等赋

丘浚《南溟奇甸赋》,丘浚是海南人,他从朱元璋称海南岛为"南溟奇甸"出发,铺写了海南的地理位置以及物与人之奇。其中写海南之独有生

---

① 刘珝,字叔温,山东寿光人。正统十三年进士。官至户部尚书、谨身殿大学士。有《古直集》,存赋1篇。《明诗综》卷20。

② 洪贯,字唯卿,鄞县人。成化十三年举人。邓州教谕,迁从化知县,改政和。有《太白山人稿》,存赋1篇。《明诗综》卷25。

③ 秦文,浙江临海人。弘治六年进士。存赋1篇。《明清进士题名碑录索引》,第1818页。

④ 马中锡,字天禄,河北故城人。成化十一年进士。任大理右少卿、右副都御使、兵部左右侍郎等。有《东田集》,存赋1篇。《明史》卷187《马中锡传》,第4950页。

物一段颇为神奇：

> 凡夫天下之所常有者，兹无不有，而又有其所素无者，于兹生焉。岁有八蚕之茧，田有数种之禾。山富薯芋，水广鲜蠃。所生之品非一，可食之物孔多。兼华夷之所产，备南北之所有。木乃生水，树或出酎。面包于榔，豆荚于柳。竹或肖人之面，果或像人之手。蟹出波兮凝石，鳅横港兮堆阜。小凤集而色五，并鲎游而数偶。修鰕而龙须，文鱼而鹦嘴。鳞登陆兮或变火鸠，树垂根兮乃攒金狗。鼫缘树杪而飞，马乘果下而走。鱼之皮可以容刀，蚌之殻用以盛酒。波底之砂行加郭索，海澨之贝大如玉斗。花梨靡刻而文，乌楠不湼而黝。挪一物而十用其宜，椰三合而四德可取。木之精液，爇之可通神明；鸟之氄毛，制之可饰容首。

丘浚与何乔新都有《石钟山赋》，苏轼《石钟山记》中说到石钟山命名的缘由，乃由于其声似石钟。何乔新《石钟山赋》铺写了石钟山之怪石、如钟的洪声以及石钟山命名之因，"大率本坡意而广之，意尽而语工。"（丘浚《石钟山赋序》）丘浚赋作于何乔新之后，他乃即所见为赋，对石钟山之命名提出了疑惑，"曰古人之名山兮，多惟其形。夫何独兹一拳兮，乃不以形而以声。""吾恐君子之正物名以明民，不如是之浮缓不情也。"王鏊《洞庭两山赋》写吴地之洞庭山，描写了其地理形势、登高所见奇观、众多的古迹与丰富的物产等情况。李承箕①《思斋赋》比较特殊，以骚体小赋的形式写"五岳"——"岱宗""玑衡""嵩""大华""玄岳"。如赋"岱宗"：

> 于嗟岱宗兮，登登谁前。河目有翁兮，浮齐州九点烟。杖我芙蓉兮，风月满其行缠。九天通吾九升兮，猗异后先。

此期有一些荆湖地区山水赋，如文澍②《桃源赋》，写作者泛长江、览洞庭，而至武陵桃源，此后的篇幅就陶渊明《桃花源记》所记世外桃源敷衍成篇，与《桃花源记》不同的是，对桃源外秦世之乱描写较多。在末尾乱辞中，

---

① 李承箕，字世卿，湖北嘉鱼人。成化二十二年举乡试。尝徒步至岭南，从陈献章游，及归，遂隐居黄公山，不复仕进。有《大崖李先生集》，存赋4篇。《明史》卷283《儒林传》，第7262页。

② 文澍，字汝霖，桃源人。成化二年进士。历官刑部郎中，出为重庆守。忤时贵，改思州，遂告休。存赋1篇。《王文成全书》卷25《文橘庵墓志》，四库全书1265册，第682页。

还表达了"睹圣人之御极兮，招逸民其来归"的愿望。曹玉①《过秦人洞赋》，所谓秦人洞，乃《桃花源记》所云，秦人避乱而入桃源之所经处。赋的前半就此铺陈，下半则写圣明御极，桃源之人"辟荟荆兮前驱，凿山岭兮通路"，入明版图。侯启忠②《登岳阳楼赋》写登岳阳楼的所见所感。

此外，王云凤③《登秦岭赋》写登上秦岭的所见所感，《渡黄河赋》描写黄河，对黄河"浊涛巨浪"的景象以及历代水患都有描写。薛章宪《登楚山赋》描写"东楚"群山之"百态""万状"，希望"裹足而一访问"。《大江赋》描写大江之气势以及人们对大江的利用。俞荩④《红崖赋》，当任郧阳知府时作，赋描写郧府南崖之"色不杂而纯赤"，把它与武昌之赤壁相提并论，并写了与诸友秋游南崖之乐。朱祐杬《汉江赋》，作者之封国宅于汉江，赋不仅描写了汉江之流衍、大禹治水之绩，而且描写了汉江"人杰之降生"以及"物产之富盛"。王越《隆中十景赋》，不仅描写了隆中诸多景观，还赞美了诸葛亮"定鼎足以将倾，收灰烬于既毁。鞠躬尽瘁，死而后已"的贡献。萧子鹏《雪湖八景赋》，写姚江之叟寄傲于雪湖的生活，所谓八景，乃"雪峰""雪坡""雪盘""雪堤""雪渚""雪艇""雪屋""雪翁"。

（四）人事、祝寿等赋

人事赋有一部分是写地方官的善政以及当地百姓的爱戴之情的，如魏俅⑤《去思赋》，此赋写孝感人张瓒在明郡能"子惠黎元"、造福一方，后转东广藩省大参，明郡之士人思之不置，形诸声词。从赋中"余之经有疑而孰咨，余之业有疵而谁语"，赋应作于作者为诸生时。王鏊也有《去思赋》，赋序云："三山林侯利瞻，知吴郡甫二年，擢分省滇南，阖郡之民咸戚嗟"，作者"乃推愿留者之意为之词"。杨守陈《五马朝天赋》，此赋写明郡的牧守要进京行王觐之礼，临行之际，士民对牧守的挽留以及不舍之情。从"今天子之

---

① 曹玉，江宁人。成化十四年进士。曾官金事。存赋1篇。《明清进士题名碑录索引》，第1840页。《嘉靖常德府志》卷19，《天一阁藏明代方志选刊87》，上海古籍书店1964年版，第1023页。

② 侯启忠，四川长宁人。弘治六年进士。存赋1篇。《明清进士题名碑录索引》，第909页。按：《总汇》第6册5503页，误为"侯启宗"。

③ 王云凤，字应韶，山西和顺人。成化二十年进士。官国子祭酒、都察院金都御史等。有《博趣斋稿》，存赋2篇。《泾野先生文集》卷24《王公墓志铭》，四库全书存目丛书集部61册，第301页。

④ 俞荩，桐庐人。俞谏父。天顺八年进士。授御史，巡按江西，治外戚王氏、万氏宗族恣横罪。坐事，贬为澧州判官，后为郧阳知府。存赋1篇。《明史》卷187《俞谏传》，第4963页。《明清进士题名碑录索引》，第2300页。

⑤ 魏俅，字达卿，鄞县人。成化中，任石城训导。有《云松诗略》，存赋3篇。《明诗综》卷26。《千顷堂书目》卷5，第143页。

复正大宝"以及"于时梅雨晴,荷风爽"等句,赋应作于英宗复辟后的初夏。邹鲁①《戮双虎赋》写正德十五年(1520)仲春,吉水龚公为安溪令四个月,悯邑民久罹虎患,祷于城隍而戮二虎。韩谟②《武阳盛水二堰赋》歌颂贤守西蜀胡公"爰相旧址,聿兴新工",修复武阳、盛水二堰的政绩。任惟友③《喜雨赋》歌颂贤守王侯祷雨为民之德政。

有的则表彰贞节之妇,如陈献章④《止迁萧节妇墓赋》赞萧节妇。杨守阯⑤《悯贞赋》,此赋所说之"贞"乃夫死守节的贞节之妇。全文1387字,以《离骚》式骚体赋的形式表达守节之意。浦铣云:"明杨守阯《闵(悯)贞赋》,仿佛《长门》体制,虽追踵潘黄门《寡妇》一首可也。每读之不厌,百回击节。"⑥

此期的祝寿赋,汪舜民较多,如《翠柏问苍松赋》,作于弘治六年(1493)七月,作者时为江西佥事,新安卫正千户于文远,与作者父亲抑斋先生同庚而长八月,其六十寿辰之际,作者作此祝寿。《老蚌双珠赋》,作于弘治六年十二月,溪源程士壮七十大寿,其六十余始生二子,作者以孔融颂韦端"老蚌双珠"故事,赞颂程士壮"父子之俱美"。《蓉峰高赋》作于弘治十四年(1501)七月,所谓"蓉峰",乃作者一族所居之主山。在朱元璋时,作者族高祖蓉峰先生汪睿就特受顾问,与朱善、刘三吾同称三老,现作者族伯父绌轩先生寿七十,适由广西左布政使,拜都察院右副都御使,重为蓉峰生色,作者作赋以祝福寿。

此外如张元祯⑦《庆荣寿赋》,作于天顺五年(1461),作者时为翰林编

---

① 邹鲁,广东南海人,正德十二年任安溪教谕。存赋1篇。《嘉靖安溪县志》卷3,《天一阁藏明代方志选刊44》,第220页。按:《总汇》第7册5779页据《明史·孝义传》,邹鲁,当涂人。由御史谪官,稍迁萧山知县。误。

② 韩谟,弘治十四年郧阳府举人。存赋1篇。《嘉靖湖广图经志书》卷9,《日本藏中国罕见地方志丛刊21》,书目文献出版社1991年版,第901页。

③ 按:《嘉靖湖广图经志书》卷9,除选任惟友《喜雨赋》,还选其《重修城隍庙记》,中有"正德庚午(正德五年,1510),邢台王公震由进士、户部郎升守是邦(郧阳)",重修城隍庙,竣工之后,作者作记。任惟友亦正德时人。

④ 陈献章,字公甫,新会人。正统十二年举人,两赴礼部不第。从吴与弼讲理学,半年而归,居白沙里。成化十八年辟召至京,授翰林检讨而归。追谥文恭,从祀孔庙。有《陈白沙集》,存赋3篇。本集附张诩《白沙先生行状》,四库全书1246册,第333页。

⑤ 杨守阯,字惟立,鄞县人。杨守陈弟。成化十四年进士,授翰林院编修。历任侍讲学士、南京吏部右侍郎等。武宗立,诏加南京吏部尚书致仕。有《碧川文选》,存赋1篇。《国朝献征录》卷27李东阳《杨公守阯神道碑铭》,续修四库全书526册,第389页。

⑥ 浦铣:《复小斋赋话》卷下,《历代赋话》,第400页。

⑦ 张元祯,字廷祥,南昌人。天顺四年进士。官南京侍讲学士、吏部左侍郎,兼翰林院学士。有《东白先生集》,存赋1篇。《明史》卷184《张元祯传》,第4879页。按:《总汇》第6册5196页,误作"张元桢"。其《庆荣寿赋》末注:"天顺五年辛巳八月上澣赐进士出身翰林编修南昌张元祯书"。

修。赋为镜溪杨氏太孺人作,写予梦见司妇人之寿之婺女仙,由婺女仙介绍
寿筵封诰热闹之况,表达庆荣寿之意。张吉《三寿赋》,作于成化二十二年
(1486),为云南佥宪刘公父母作,其父母年垂七十,黔国公命工绘图以赠刘
公,作者以《诗经》"三寿作朋"以美之。刘玉①《外姑刘孺人寿萱赋》,描写
萱草之"状""色""气""质""韵"等,并以萱草为孺人祝寿。

二、辞赋艺术

(一)"祖骚宗汉"

1."祖骚"

何乔新《楚辞序》云:"盖三百篇之后,惟屈子之辞最为近古。屈子为
人,其志洁,其行廉,其娉辞逸调,若乘鹥驾虬而浮游乎埃壒之表,自宋玉、景
差以至汉唐宋,作者继起,皆宗其矩矱,而莫能尚之,真风雅之流,而词赋之
祖也。予少时得此书而读之,爱其词调铿锵,气格高古,徐察其忧愁郁邑、缱
绻恻怛之意,则又怅然兴悲,三复其辞,不能自已。"②屈子之辞为"词赋之
祖",从宋代宋祁"《离骚》为辞赋祖",就一直是赋家的普遍看法。

此期158篇赋作中,骚体赋60篇,其中《离骚》式骚体赋有魏偊《来鹤
亭赋》、王鏊《吊阖庐赋》《双松赋》《盘谷赋》《待隐园赋》、杨守陈《无逸赋》
《风木赋》《湖山归隐赋》《河梁饯别图赋》《惜良玉赋》《张秋赋》、杨守阯
《悯贞赋》、丘浚《后〈幽怀赋〉》《别知己赋》、童轩《思美人赋》、何乔新《吊
昆阳城赋》《梅雪斋赋》《暗然轩赋》《钩勒竹赋》《秋兰赋》《衍庆堂赋》、王
越《吊岳武穆庙赋》、马中锡《出关图赋》、汪舜民《墨梅赋》《坦洞轩赋》、张
吉《槐叶三春赋》《金山图赋》、赵宽《观澜生赋》、朱祐杬《阳春台赋》《汉江
赋》、王鸿儒《述情赋》、李承箕《平扬武赋》、蒋钦③《思亲堂赋》、刘玉《荆山
赋》《松坡赋》、薛章宪《乐丘赋》、祁顺④《白鹿洞赋》等37篇,占了骚体赋的
62%,是骚体赋的大宗。

---

①　刘玉,字咸栗,万安人。弘治九年进士。官刑部左侍郎。有《执斋集》,存赋8篇。《千顷
　　堂书目》卷21,第536页。按:《千顷堂书目》刘玉为安福人,《总汇》第6册5525页据《明
　　清进士题名碑录索引》作万安人。据续修四库全书《执斋先生文集》"刑部左侍郎万安刘
　　玉著",以万安为是。

②　何乔新:《椒丘文集》卷9,四库全书1249册,第138页。

③　蒋钦,字子修,常熟人。弘治九年进士。授卫辉推官,擢南京御史。正德元年因弹劾刘瑾,
　　廷杖为民,屡挫屡谏,杖毙。瑾诛,赠光禄少卿。存赋1篇。《明史》卷188《蒋钦传》,第
　　4982页。

④　祁顺,字致和,东莞人。天顺四年进士。历户部郎中、江西参政、江西布政使等。有《巽川
　　集》,存赋1篇。《明诗纪事》丙签卷4,《明代传记丛刊13》,第416页。按:《总汇》第6册
　　5195页,误为"祈顺"。

《九歌》式骚体赋有薛章宪《菊赋》。杂言式骚体赋的组合形式有以下几种：

A.《离骚》式+《九歌》式。如王鏊《去思赋》、丘浚《怀乡赋》、汪舜民《蓉峰高赋》、陈献章《太学小试赋》《止迁萧节妇墓赋》、苏葵《哀时命赋》、李承箕《淳庵赋》《海蓬赋》、邹鲁《戮双虎赋》、李堂①《游大坟山赋》等。

B.《离骚》式+《九歌》式+非兮。如丘浚《别知后赋》、何乔新《三谷赋》、姚绶《庐山观瀑图赋》、汪舜民《老蚌双珠赋》、王云凤《登秦岭赋》《渡黄河赋》、刘玉《厉志赋》、薛章宪《惜别赋》《摘樱桃赋》、刘淮②《玩华亭赋》等。

C.《离骚》式+非兮。如文澍《桃源赋》、汪舜民《疏影暗香赋》。

2.“宗汉”

此期“汉赋体”之作，有魏偁《琴清轩赋》《去思赋》、王鏊《洞庭两山赋》、杨守陈《五松图赋》《北窗八咏赋》、丘浚《南溟奇甸赋》、张元祯《庆荣寿赋》、姚绶《岱宗密雪图赋》《舞鹤赋》、王越《舜韶遗响赋》《冰清赋》《隆中十景赋》、黄仲昭《中秋赏月赋》、章懋《中秋赏月赋》、严永浚《月桂赋》、汪舜民《翠柏问苍松赋》、洪贯《万里江山图赋》、张吉《三寿赋》《东台赋》、赵宽③《玉延亭赋》《瑞莲亭赋》《天柱峰三芝图赋》、朱诚泳④《宾竹赋》、王鸿儒《石斋赋》《黄蔷薇赋》、萧子鹏《雪湖八景赋》《上林春晓图赋》《三友图赋》、李堂《听竹赋》《水明楼赋》、侯启忠《登岳阳楼赋》、秦文《雁山图赋》、刘玉《四友亭赋》《外姑刘孺人寿萱赋》、游潜⑤《兆启三洲赋》、杨廷宣⑥《联

---

① 李堂，字时升，鄞县人。成化二十三年进士。官至工部右侍郎，总理漕河。有《堇山集》，存赋3篇。《明诗综》卷25。

② 按：《总汇》第7册5778页据《历代赋汇补遗》卷10收刘淮《玩华亭赋》，此赋又见于《光绪青阳县志》卷10。赋序有“爰命教谕叶中聚作记”，据《青阳县志》卷2“职官”（《中国地方志集成·安徽府县志辑60》，江苏古籍出版社1998年版，第109页），叶中聚由举人弘治十三年任青阳教谕，则刘淮亦弘治时人。

③ 赵宽，字栗夫，吴江人。成化十七年进士。官刑部主事、浙江提学副使、广东按察使等。有《半江集》，存赋4篇。《震泽集》卷28《赵君墓志铭》，四库全书1256册，第428页。

④ 朱诚泳，太祖五世孙懋㷉楼之玄孙，成化末袭封简王。自号宾竹道人。有《小鸣稿》，存赋1篇。《明史》卷116《诸王传》，第3561页。《钦定四库全书总目·小鸣稿》，第2308页。按：《总汇》第6册5383页“校记”，《宾竹赋》又见明代王越《黎阳王襄敏公集》。此赋应是朱诚泳之作，赋中有“羌以宾竹自号”，而据《小鸣稿》提要，朱诚泳自号宾竹道人，其《小鸣稿》卷9《宾竹轩记》还记载了他“宾竹”的原因，可参看。

⑤ 游潜，字用之，丰城人。弘治十四年举人，授云南宾州知州。有《梦蕉存稿》，存赋1篇。《钦定四库全书总目·博物志补》，第1919页。

⑥ 杨廷宣，新都人。弘治十四年举人。存赋1篇。《道光新都县志》卷8“选举”，《西南稀见方志文献13》，兰州大学出版社2003年版，第154页。

云栈赋》、王涣[1]《南都钟鼓楼赋》、薛章宪《登楚山赋》《合欢莲赋》《玉井浮莲赋》《温泉赋》《观音阁赋》《伐杏赋》《宾石赋》、吾谨[2]《少华山赋》、任惟友《喜雨赋》、萧柯《河平赋》等47篇，占赋作总数的30%，比永乐成化时期下降颇多。

七体之作有刘玉《拟七发》，此赋题注"送卢先生谢教事"，赋设为芹宫先生归乡，藜阁生"忖测"其归去之意旨。其设想共七，只有第七个——君子之处世，"可行可藏，惟道之臧"，被先生认可。

3. 骚汉杂糅

骚汉杂糅式的赋作，显示了赋家"祖骚"与"宗汉"并行不悖的赋学观念，如刘玥《百狮赋》、王越《赐闲堂赋》、张吉《登楼赋》、萧子鹏《鼎砚赋》、薛章宪《西原赋》、韩谟《武阳盛水二堰赋》等。这些赋作中骚赋体与汉赋体所占的份量大体相当，共同构成一篇完整的赋作。

（二）模拟六朝

薛章宪有不少骈赋，如《孔雀赋》《禊赋》《画鸿赋》《宜春阁赋》《扇赋》《碧梧树子赋》《雁头赋》《伤往赋》《浮观赋》《萱草花赋》《味菜赋》《南濠泛月赋》《万卷楼赋》等。《雁头赋》有序："（文）征明设燕，与者十四人，极一时会合之雅。探笾豆之实，俾各咏之。某分得雁头，聊即席为赋云尔。"赋云：

> 繄植物之珍产，羌羽族之瓌姿。匪陆之渐，居河之湄。鸣也无能，烹之则宜。鸡帻碎以方斗，鹤颈断而犹悲。尔其磨以沙石，涤之流泉。如风雨之骤至，与霰雪□争妍。渊客泣冰室之鲛，□衡剖淮夷之蠙。猬刺促而就磔，蚁钻穴而未穿。故乃贮之瓮盎，溉之釜鬵。对之莞尔而嘉其□味，嚼之砉然而怀以好音。欲而不贪，乐而不淫。虽云苦口，固所甘心。倘宰入以扬觯，宜朋来之盍簪。

这与梁孝王诸客分题赋创作的背景大体类似，但其句式的骈对，显然来自对六朝骈赋的模拟。

（三）唐宋遗风

1. 拟唐

上文曾说有不少作家的诗文有"唐宋遗风"，赋也不例外。萧子鹏《权衡

---

① 王涣，字时霖，象山人。弘治九年进士。授长乐知县，迁监察御史。后因触犯刘瑾等人，杖之朝堂，斥为民。瑾败，复官致仕。有《鸣琴稿》，存赋1篇。《明史》卷188《王涣传》，第4986页。

② 吾谨，浙江开化人。正德十二年进士。存赋1篇。《明清进士题名碑录索引》，第378页。

赋》就有律赋特征，其他追和或拟作唐人古赋的也不少，如丘浚《和韩子别知赋》，韩愈有《别知赋》，为其友杨仪之作。作者之友吴本厚，上计课于京师，事竣而还，作者步韩愈《别知赋》韵以送别。祝尧反对唐赋，却对韩愈、柳宗元之古赋颇为欣赏，"惟韩柳诸古赋，一以骚为宗，而超出俳律之外。"①此赋亦步武韩愈古赋。童轩有《拟愁阳春赋》，模拟李白《愁阳春赋》。祝尧对李白赋评价不高，"李太白天才英卓，所作古赋，差强人意，但俳之蔓虽除，律之根故在，虽下笔有光焰，时作奇语，只是六朝赋尔。"②童轩拟作也不例外。

2. 承宋

这个特点或表现为运用了宋赋议论说理的手法，或表现为对宋代文章的模拟。除上文曾提到的丘浚《石钟山赋》、何乔新《石钟山赋》、王鏊《吴子城赋》等赋，杨守陈也有不少此类赋作，如《百耐庵赋》，为邑人章廷玉作，其燕处之斋曰百耐庵。作者赞其泊然澹然的处世之道，铺叙其"百耐"之能，接着以历史上孔子、韩信等人，以及自然中"十月之雷""百川之源"等能"忍耐"的事例，说明"事必有忍而后有济，人有不为而后可以有为"的道理。浦铣云，"《百耐庵赋》，可当座右铭。"③《勉庵赋》，勉庵乃"赤城老生"晚年归休之庵，赋从其"白首一经，犹勉不辍"生发开来，写了形形色色人物之"勉"，从而得出"人无往而非勉，事无勉而弗成"的观点，奉劝人们不要"汲汲于荣华"，而应以读书为务。浦铣云，"《勉庵赋》，可当《劝学篇》。"④《小湖山赋》，所谓"小湖山"，是由"黝莲之盆"与"玉壶之石"组成，"盈盆注水，置石于其间"，乃一"勺水拳石"之景。作者把它比作洞庭湖与泰山，受到客人"诞妄"之讥，于是引发了关于"小大之辩"与"理一分殊"的讨论。《伐老柳赋》，赋前有序："翰林院之后庭有巨柳数章，参天蔽日，民之输廪米者欲暴之庭，患柳阴之翳之也，请余伐其最巨而尤老者，余不可，为之赋。"赋文设为吴民与翰林大夫的问答之辞，吴民极言老柳必伐之理，翰林大夫则陈述不必伐之意，在一告一答中完成意旨。此赋颇得后人赞赏，如浦铣云："余读其赋，气充词沛，入后推盛衰之理，以解不必伐之意，遣言措意，俱极其妙。"⑤

① 祝尧：《古赋辩体》卷7"唐体"，《赋话广聚2》，356页。
② 祝尧：《古赋辩体》卷7"唐体"，《赋话广聚2》，356页。
③ 浦铣：《复小斋赋话》卷下，《历代赋话》，第404页。按：原书作"杨守阯"，误，此赋与《勉庵赋》均为杨守陈赋作。
④ 浦铣：《复小斋赋话》卷下，《历代赋话》，第404页。
⑤ 浦铣：《复小斋赋话》卷下，《历代赋话》，第395页。按：浦铣此处说《伐老柳赋》为杨守陈掌翰林院时所作，而其《历代赋话续集》卷12(第323页)："杨鲁庵守随，掌翰林院。院之后有巨柳数章，参天蔽日。民之输廪米者欲曝于庭，患柳阴之翳之也，请伐其最巨者。公不许，作《伐老柳赋》示意。"显然把杨守随与杨守陈混淆了。

四库馆臣评陈献章,"所为文章,论者颇以质直少之,其诗亦自击壤集中来,另为一格,至今毁誉各半……惟王世贞谓其'诗不入法,文不入体,而其妙处有超出法与体之外者',可谓兼尽其短长矣。"①其赋也未"自击壤集中来",成为索然寡味的理学赋,虽然有议论说理,却是在写景抒情的基础上得出的,故也颇有妙处,如《湖山雅趣赋》,此赋作于成化二年(1466),作者先写自己的湖山壮游,又写自己"自得其乐"的读书生活,对比那些追逐富贵者,作者认为"富贵非乐,湖山为乐。湖山虽乐,孰若自得者之无愧怍!"

其他又如汪舜民《西峨书院赋》,为蒙化府通判王君作,不仅描写了西峨书院图,而且表达了"学无穷达,惟道是明"的观点。谢朝宣②《险赋》,此赋描写罗田石险河之险,并发表关于"险"的看法:"有险而惧,无险而忽。惧者常乐,忽者恒辱。我在平地,无忽险中。人因处险,每见成功。""逢险莫避,取义成仁。未险莫蹈,明哲保身。"

姚绶《水仙花赋》,其中"江风惟清,江月自白""出门一笑,而横大江之空碧"等语,甚似《赤壁赋》中的描写,当有得于苏轼文章的滋养。刘玉《东隐赋》,写东隐公"托优游于东城",其隐居生活之乐,措辞用语颇似欧阳修《醉翁亭记》:

> 出郭门以东迈,介黉宫之冬隅。林深土沃,山环水纡。敞莪莪之华阆,峙兀兀之崇庐者,东隐之居也。
>
> 颓然其中,伟然其躬。盎然其容采,锵然其辞锋者,东隐之翁也。
>
> 是其外尔,孰识乃真。曰阙于志,曰严于身。胖乎德润之沃,渊乎识鉴之深,是东隐公之为人也。

第五节　反复古派的反拨

反复古派最为人所知的是唐宋派,廖可斌先生认为,"唐宋派流行的时间,即起于嘉靖十四五年,而止于嘉靖末。但嘉靖二十年以前,前七子复古运动余波逶迤不息,仍有一定影响。从嘉靖二十年左右到三十九年,则是唐宋派最为盛行的阶段。"③的确如此,不过在嘉靖十四五年之前的弘、正朝以及正、嘉之际,一些来自吴中地区的作家,就已经"起唐宋之衰",显示出与复

---

① 纪昀等:《钦定四库全书总目·白沙集》,第2295页。

② 谢朝宣,临淮人,占籍陕西西安左卫。弘治六年进士。存赋1篇。《明清进士题名碑录索引》,第124页。按:其赋选自《嘉靖湖广图经志书》卷4,作者注"陕西人,同知。"

③ 廖可斌:《唐宋派与阳明心学》,《文学遗产》1996年第3期。

古之风不同的倾向,王夫之云:"弘、正间,希哲(祝允明)、子畏(唐寅)、九逵(蔡羽)领袖大雅,起唐宋之衰,一扫韩、苏淫诐之响,千秋绝学,一缕系之,北地、信阳尚欲赪颊而争,诚何为邪?"①吴志达《明清文学史》称为吴中诗人,说他们"既不依傍茶陵诗风,也不附和复古之说,能卓然自立有所成就,""他们大都是风流放诞、多才多艺的名士,有的虽然也曾涉足仕途,但却能摆脱封建官僚习气和超乎封建礼法之外,无拘束、无羁绊地自由创作。"②我们不妨把这些作家称为反复古派的先驱,虽然他们特立独行的意义更大一些。

到了嘉靖初,唐宋派盛行,"王道思(王慎中)、唐应德(唐顺之)倡论,尽洗一时剽拟之习,伯华(李开先)与罗达夫(罗洪先)、赵景仁(赵时春)诸人,左提右挈,李(梦阳)、何(景明)文集几于遏而不行。"③此后,后七子复古运动崛起,唐宋派的影响逐渐削弱,嘉靖末年以后,后七子复古运动日益高涨,唐宋派在文坛的主导地位遂被取代。据黄毅《明代唐宋派研究》第一章第三节"唐宋派成员考辨"④以及廖可斌《唐宋派与阳明心学》⑤中关于唐宋派作家的考证,唐宋派除了王慎中、唐顺之、茅坤、归有光等代表作家外,还有一些知名文士积极响应和追随,如王立道、胡直、项乔、蔡汝楠等,成为唐宋派的重要成员,也有一些阳明心学的理学家,如王畿、罗洪先、邹守益等,这些理学家主要兴趣在讲学,但也染指文学创作,属于唐宋派作家群的外围。唐宋派在当时是一个形成了全国性声势的大流派,作家群庞大,诗文创作也颇具规模,但留存的赋作却并不多。盖唐宋派之得名,主要是由于他们反对前七子"文必秦汉",而矫之以唐宋文章,故文胜于诗,对"古诗之流"的赋也不太着意乎?正如《遵岩集》提要所云:"正嘉之际,北地、信阳声华藉甚,教天下无读唐以后书。然七子之学得于诗者较深,得于文者颇浅,故其诗能自成家,而古文则钩章棘句,剽袭秦汉之面目,遂成伪体。史称慎中为文,初亦高谈秦汉,谓东京以下无可取,已而悟欧、曾作文之法,乃尽焚旧作,一意师仿,尤得力于曾巩。唐顺之初不服其说,久乃变而从之,壮年废业,益肆力于文,演迤详赡,卓然成家,与顺之齐名天下,称之曰'王唐'。李攀龙、王世贞力排之,卒不能掩也。"⑥如沈位,"始位治举子业,即攻古文,与唐顺之、茅坤游,得其指授。及读书中秘,肆放厥词,兼庐陵、眉山体法,论者

---

① 王夫之:《明诗评选》卷4,文化艺术出版社1997年版,第130页。
② 吴志达:《明清文学史》,武汉大学出版社1991年版,第451页。
③ 钱谦益:《列朝诗集小传》丁集,《明代传记丛刊11》,第417页。
④ 黄毅:《明代唐宋派研究》,上海古籍出版社2008年版,第18页。
⑤ 廖可斌:《唐宋派与阳明心学》,《文学遗产》1996年第3期。
⑥ 纪昀等:《钦定四库全书目·遵岩集》,第2320页。

推为吾邑古文家之首。"①

除唐宋派之外,在诗歌方面不认同"诗必盛唐"的,也被视为反复古派,陈束《高子业集序》云"及乎弘治,文教大起,学士辈出,力振古风,尽削凡调,一变而为杜诗,则有李、何为之倡。嘉靖改元,后生英秀,稍稍厌弃,更为初唐之体,家相凌竞,彬彬盛矣。"②胡应麟《诗薮》亦云:"自北地宗师老杜,信阳和之,海岱名流,驰赴云合,而诸公质力高下强弱不齐,或强才以就格,或困格而附才,故弘、正自二三名世外,五七言律往往剽袭陈言,规模变调,粗疏涩拗,殊寡成章。嘉靖诸子见谓不情,改创初唐,斐然溢目,而矜持太甚,雕缋满前,气象既殊,风神咸乏,既复自相厌弃,变而大历,又变而元和,风会所趋,建安、开宝之调,不绝如线。"③二者虽立场不同,但都注意到嘉靖初"厌弃"前七子学杜诗的风气,转而学初唐、中唐的诗学倾向。胡应麟并云:"嘉靖初为初唐者,唐应德(唐顺之)、袁永之(袁裘)、屠文升(屠应埈)、王汝化(王格)、任少海(任瀚)、陈约之(陈束)、田叔禾(田汝成)等,为中唐者,皇甫子安(皇甫涍)、华子潜(华察)、吴纯叔(吴子孝)、陈鸣野(陈鹤)、施子羽(施渐)、蔡子木(汝楠)等,俱有集行世。"④其中唐顺之、任瀚、陈束⑤俱为唐宋派。除上述诸人,又如"弘正之后、嘉隆之前之为律诗者,吾得二人:曰皇甫子循(皇甫汸)之五言,清镕潇洒,色相尽空,虽格本中唐,而神韵过之;曰严唯(惟)中(严嵩)之七言,锻炼精工,炉锤尽泯,虽格本中唐,而气骨过之。"⑥也可视为反复古派。

一、思 想 内 容

(一) 馆课、京都、典礼、祥瑞等赋

沈位⑦《经筵赋》《日方升赋》是馆课赋,沈位是隆庆二年进士,选庶吉

① 《乾隆吴江县志》卷32,《中国地方志集成·江苏府县志20》,江苏古籍出版社1991年版,第129页。

② 胡应麟:《诗薮·续编》卷1引,第350页。

③ 胡应麟:《诗薮·续编》卷2,第351页。

④ 胡应麟:《诗薮·续编》卷2,第363页。

⑤ 按:陈束与任瀚俱列"嘉靖八才子",廖可斌先生认为"他们声援王、唐,主要是出于早年的交情"(《唐宋派与阳明心学》,《文学遗产》1996年第3期),但据《明史》卷287《文苑传》(第7371页),"当嘉靖初,称诗者多宗何、李,(陈)束与顺之辈厌而矫之",似也不全出于交情。黄毅先生认为"'嘉靖八子'是嘉靖初一批反对李梦阳等人刻意学杜、剽窃雷同,一味追求雄豪亢硬的作风,并提倡学习六朝、初唐清新秀丽诗风的年轻诗人代表"(《明代唐宋派研究》,第26页),故陈束等人即便不是唐宋派,也是反对李梦阳复古派的作家。

⑥ 胡应麟:《诗薮·续编》卷2,第352页。

⑦ 沈位,字道立,吴江人。隆庆二年进士,选庶吉士,授检讨。五年以副使册封肃王,次年返,为漕卒所伤,卒于道,年四十四。有《柔生斋稿》,存赋2篇。《乾隆吴江县志》卷32,《中国地方志集成·江苏府县志20》,第129页。

士,二赋应作于隆庆二年至隆庆四年在馆其间①。《日方升赋》收入《皇明馆课经世宏辞续集》卷十二,是一篇律赋。

此期并不是京都赋的繁盛期,据《历代赋话》正集卷 14:"常熟桑悦,字民怿,以才名吴中。在京时,见高丽使臣市本朝《两都赋》,无有,以为耻,遂赋之。"②这从一个侧面说明,虽然永乐至成化时期出现了一些京都赋,但都不为人所重。桑悦③《两都赋》包括《南都赋》与《北都赋》,模拟班固《两都赋》与张衡《二京赋》的写法,设为南都博古先生与北都知今子的问答之辞,博古先生铺陈"南都之故事",知今子则宣扬"北都之闳奥"。《南都赋》全文 5500 多字,依次写了南京的"大形势""细藩屏"、水陆之物产、南京发展的历史以及太祖之兴起并于此建都,各种职能部门的设置、楼阁宫殿的建造、"大阅"场面的壮观、帝戚贵族之盛、市井之热闹以及科举大比之年选才之事。《北都赋》全文也有 5500 多字,依次写了北都的地理位置、各种宫殿苑囿之建、四方进贡、礼闱选才、其"设官"、士民之豫乐、诸藩会朝、郊祀之仪、元宵节、端午节等君民同乐、冬之射猎、春之藉田等。两赋合起来的篇幅,共 11000 多字,不仅超过班固的《两都赋》(5823 字),也超过张衡的《二京赋》(9447 字),但从艺术上,却不可同日而语,四库馆臣云:"所作《两都赋》有名于时,然去班固、张衡,实不可以道里计。"④

王立道⑤《大祀圜丘赋》是一篇典礼赋,铺叙嘉靖帝在圜丘的祭祀礼仪。沈炼⑥《筹边赋》是一篇治道赋,赋设为五陵游客与塞上老翁的问答之辞,铺叙筹边之策。四库馆臣说沈炼,"其文章劲健有气,诗亦郁勃磊落,肖其为人"⑦,其赋也是如此,颇以气势见长。

还有一些祥瑞赋,如王立道《景云赋》作于嘉靖十七年(1538),此年九月二十一日,"飨帝于明堂,奉献皇帝(嘉靖皇帝之父)配",在此之前,太史奏景云现,作者认为,"天子孝则景云出游",且景云是太平之应,故作赋以

---

① 据《国榷》卷 65、66(第 4087 页、第 4129 页),此科庶吉士于隆庆二年六月入馆,隆庆四年三月散馆授职。

② 浦铣:《历代赋话正集》卷 14,第 127 页。

③ 桑悦,字民怿,常熟人。成化元年举人,会试得副榜。除泰和训导,迁柳州通判。有《思玄集》,存赋 11 篇。《明史》卷 286《文苑传》,第 7353 页。

④ 纪昀等:《钦定四库全书总目·思玄集》,第 2401 页。

⑤ 王立道,字懋中,无锡人。嘉靖十四年进士,官翰林院编修。有《具茨集》,存赋 6 篇。《明诗综》卷 42。

⑥ 沈炼,字纯甫,会稽人。嘉靖十七年进士。除溧阳知县,后官锦衣卫经历。劾严嵩,廷杖谪戍。复为嵩党路楷构入蔚州妖人阎浩案中,弃市,天下冤之。有《青霞集》,存赋 5 篇。《青霞集》卷 12《年谱》,四库全书 1278 册,第 165 页。

⑦ 纪昀等:《钦定四库全书总目·青霞集》,第 2324 页。

颂。其《喜雪赋》则赋时雪呈瑞的景象,以昭示"年其以丰,物其以遂"的盛世气象。严嵩①《景云赋》亦作于嘉靖十七年,《皇明馆课经世宏辞续集》卷十二收入,题注:"嘉靖戊戌(嘉靖十七年,1538)馆作",应与王立道赋写同一件事,因在馆阁中作,被视为馆课赋收录。《嘉禾赋》写于嘉靖二十三年(1544),也是一篇祥瑞赋。此外,嘉靖八年(1529)十一月,嘉靖帝率百官露祷于天地宗庙社稷,天降瑞雪。皇甫汸②此年中进士,喜而作《祷雪南郊赋》。

嘉靖十六年(1537)孟夏,嘉靖帝奉母西游,因作赋(已佚),当时大臣多有和作,如严嵩作《恭和圣制初夏圣母舟行赋》,夏言作《恭和御制初夏西游奉圣母舟行赋》,顾鼎臣、蔡昂、姚涞各作《恭和圣制初夏西游奉圣母舟行赋》等。

(二) 咏怀、吊古、行旅等赋

皇甫涍③的咏怀赋较多,《靖志赋》序云:"我徂于南,服官刑曹,旅退之暇,作《靖志赋》。"《小征赋》序云:"予以孟冬治逋于卫墟,作《小征赋》。"《慰志赋》作于嘉靖五年(1526),作者三十岁,"业与年而共凋,学与位而尽无。""恐志多之累心,忧深之贼生",故作此赋以自慰。《悼怀赋》作于嘉靖五年秋,作者之兄皇甫冲偕友人五湖陈君,有白下之游,作者与二弟皇甫汸、皇甫濂追钱江边送别,故有此赋。之所以以"悼怀"命篇,乃"赋有'悼近怀远'之句,盖取材于潘氏《秋风》之作"。《离思赋》据赋序,友人朱子将有远行,作者为作此赋。《憨知赋》,赋为山南叶公作,山南叶公二十多年前按吴时,对作者甄奖笃顾,期以厚望,现已亡故五年。作者旅退之暇,寓目于西城之隅,历叶公旧庐,感焉作赋。《雠言赋》,作于嘉靖十八年(1539)秋,为滁阳胡君作,取自《诗经》"无言不雠"。《慨遇赋》,为天水胡公作,胡公移抚河藩时,厥冬火焚于台,龙鸾之文荡为余烬,胡公因此失位。作者慨其将遇而复厄,故作斯赋。《别友赋》饯别友人王惟桢作。

王慎中④《反〈慨遇赋〉》也为天水胡公作,皇甫涍作《慨遇赋》,"反复于

---

① 严嵩,字惟中,分宜人。弘治十八年进士。世宗时,累官太子太师,居首辅。有《钤山集》,存赋5篇。《明史》卷308《奸臣传》,第7914页。

② 皇甫汸,字子循,长洲人。嘉靖八年进士。历官工部主事、南京稽勋郎中、云南金事等。与皇甫冲(字子浚)、皇甫涍(字子安)、皇甫濂(字子约)为四兄弟,人称"皇甫四杰"。汸于兄弟中最老寿。有《皇甫司勋集》,存赋6篇。《明史》卷287《文苑传》,第7373页。

③ 皇甫涍,字子安,号少玄,长洲人。嘉靖十一年进士。历主客郎中、南京刑部主事、浙江金事等。有《皇甫少玄集》,存赋17篇。《明史》卷287《文苑传》,第7373页。

④ 王慎中,字道思,晋江人。嘉靖五年进士。历官户部主事、江西参议、河南参政等。有《遵岩先生集》,存赋1篇。《明史》卷287《文苑传》,第7367页。

公之将遇而复厄,以为非人之所为",但作者认为"才高招尤,名盛丛妒,""公之以材名自灾",故作兹赋以反之。赋中反复致意于"彼明者之见妒兮,覆逢殃而蒙垢",并从屈原与伍子胥的经历中,得出"祸福自人"的观点。

袁袠①的抒怀赋也较多,《惩咎赋》,赋序云:"余以回禄之警,逮系诏狱者百日,幽困之极,赋以自惩。"赋盖作于因武库灾、被系诏狱之时。《宣幽赋》,赋写"闲居无事,聊秉翰以宣幽",抒发"翔修翼于寥廓兮,何迫隘之足累"之情怀。《闵俗赋》,作者"闵时俗之谣诼,独修姱以练要",决定"保厥美而委顺,庶旁烛于无疆"。《远游赋》,从赋序"寻有广西之命",当作于赴任广西提学金事时,赋以行踪为线索,不仅抒发吊古之情,也表达了自己"去乡远游,心不乐"的情怀。浦铣对此赋评价较高:"袁永之袠《远游赋》,词旨清雅,其得法处尤在序时令两段,便无平铺直叙之病。"②其序时令:

> 于是芳岁将徂,玄冬告毕。雨蒙蒙其下淫兮,雪霏霏以萧瑟。露雾暗以冥冥兮,同云暧其无色。雁噰噰而南翔兮,日忽忽其西匿……水泉涸其不流兮,石巉岩而阻塞。既僮佝以川浮兮,复崎岖而山陟。野萧条而无人兮,兽踯躅以屏迹……忽献岁以发春兮,回青阳于幽谷。鸟嘤鸣其相和兮,丽冬荣之嘉木。

《思归赋》,盖作于广西金事任内,抒发"眷怀归而未得"的情怀。《北征赋》,赋写"涉徂冬以就役,遵修辙而遐征",路途之中"申郁陶于咏叹"。《西征赋》,友人赵景仁既得告,趋庭东鲁,反旆西秦,作者作此"叙平生之慷慨,申衷曲之郁陶"。《别知赋》,为"密友"王宠作,"王子之贡于天官也",作者"感阳禹弹冠之谊,循回路赠言之情",因作此赋。《吊董相赋》,赋吊董仲舒,悲其"沉下僚而削迹"。陆师道《袁永之集序》云:"《南征》(指《远游赋》)诸赋祖述屈宋……祭董乃效吊屈,其他命篇铸词,必则古昔……北地李献吉,今代宗匠,雄视海内,少所许可,一见欢然如故交,赋《相逢行》为赠,且命其子'他日必袁生表吾墓',其重之如此。"③上文说其诗歌乃"嘉靖初为初唐者"④,其赋却"祖述屈宋",与复古派无差,受到李梦阳之推赏。

---

① 袁袠,字永之,吴县人。嘉靖五年进士。官刑部主事、南京武选主事、广西提学金事等。有《胥台集》,存赋15篇。本集卷首吴维岳《胥台先生传》,四库全书存目丛书集部86册,第430页。
② 浦铣:《复小斋赋话》卷下,《历代赋话》,第401页。
③ 袁袠:《胥台集》,四库全书存目丛书集部86册,第421页。
④ 胡应麟:《诗薮·续编》卷2,第363页。

祝允明①《怀遇赋》作于正德九年（1514）为广东兴宁知县时，时作者已年过半百，赋文表达对"大方伯吴公"的知遇之恩。《大游赋》，此赋之"大游"乃精神之"游"，上自历代以来政治制度、货殖经济、漕运水利、刑法选举、军制兵役，下至儒流学术等，无不牵及。赋文共10738字，在篇幅上仅次于桑悦的《两都赋》，而桑赋为汉赋体，祝赋全篇为《离骚》式骚体赋，是典型的才子之赋。《中国辞赋发展史》云："由于体物大赋自汉晋以降已衰飒，故后世即使有佳作，却无赋史地位，这也是祝氏《大游》不被人重视的原因。"②这只是部分原因，祝赋不被人重视的另一个原因，是其为文一贯以"古奥艰棘"著称。祝允明这种为文特点形成很早，据文震孟《姑苏名贤小记》卷上，祝氏"于古载籍，靡所不该浃。自其为博士弟子，则已力攻古文词，深湛棘奥，吴中文体为之一变。"③文征明《题希哲手稿》亦云："右应天倅祝君希哲手稿一轴，诗赋杂文共六十三首，皆癸卯（成化十九年，1483）、甲辰（成化二十年，1484）岁作。于时君年甫二十有四，同时有都君玄敬（都穆）者，与君并以古文名吴中，其年相若，声名亦略相下上，而祝君尤古邃奇奥。"④有的时候甚至达到"读不能句"的程度："古奥艰棘，读不能句，盖扬子云（扬雄）、樊绍述（樊宗师）之流，非昌黎子莫能赏识，真奇作也。"⑤

王立道《登城赋》写作者与六七友在"休沐之余闲"登帝城望远，抒发壮怀，"愿依明时，耿垂名分"。桑悦《登楼赋》，赋序云，"学舍中有小楼，予名之曰乾坤一寄，时登览以寄遗情"，应作于泰和训导任上。作者写自己"占师儒之末席"，每每有"恋主之念""怀亲之悲"，幸有小楼可以"跳虚空而自怡"。桑悦又有《黄金台赋》，写作者凭吊黄金台遗迹，"念昭王之贵德"。

田汝成⑥《南游赋》是行旅赋，据其《桂林行》序："嘉靖十七年（1538），予自京师还家，稍迁广西布政使司左参议，服侍二亲，不胜违恋，徘徊桑梓，奄忽判年，将以七月七日启行……癸未昧爽，奠祷于神，省僚无一在者，遂以

---

① 祝允明，字希哲，长洲人。弘治五年中举，久试不第。正德九年，为广东兴宁知县，嘉靖元年，为应天府通判，称病还乡。与唐寅、文征明、徐祯卿并称"吴中四才子"。有《怀星堂集》，存赋19篇。《雅宜山人集》卷10《祝公行状》，四库全书存目丛书集部79册，第104页。

② 郭维森、许结：《中国辞赋发展史》，第722页。

③ 文震孟：《姑苏名贤小记》卷上，《明代传记丛刊148》，第64页。

④ 文征明：《莆田集》卷23，四库全书1273册，第168页。

⑤ 祝允明：《吴郡沈氏良惠堂叙铭》文征明跋语，《寓意录》卷3，道光二十年上海徐氏寒木春寒馆刊本。

⑥ 田汝成，字叔禾，钱塘人。嘉靖五年进士。官终福建提学副使。有《田叔禾集》，存赋1篇。《明史》卷287《文苑传》，第7372页。

是日到任署印。自发钱塘至此,凡六十四日。"①赋即写此次行旅经历,盖作于嘉靖十七年九月到达官署之后。严嵩《祗役赋》写嘉靖七年(1528),作者祗役显陵的历程。

屠应埈②《秋怀赋》,友人陆大夫为仪制郎中,积功饬行,为天子所知,而宰臣议阶,出奉闽臬。作者抚时即事,喟焉赋之。于时秋也,因以秋怀命篇。陈鹤③《伤别赋》,友人李用晦、钱子久皆有远行,北台千里,同志难携,临祖怀情,凄然生咽,遂作此赋。王宠④《拟感旧赋》,作者于正德六年(1511)师事林屋先生于包山精舍,正德十五年(1520),作者复来山中,因作此赋以感旧。

（三）咏物、山水、楼台等赋

反复古派的有些咏物赋往往借物以抒怀,如皇甫涍《紫薇花赋》,其序云"予始异之,既而恍然怀感。夫物不以远而不遭、近而不遗也,再稔之间,暝合如此。"《后湖雁赋》序云"予每过省闼,则见群雁后湖之上,回翔而不去,感而作赋。"王宠《试剑石赋》,"使后人之来观,讶灵踪之未灭。顾世事之若兹,爰长叹而欲咽。"皇甫汸《义鸽赋》序曰:"余客居陪京,尝养鸽十余,寻被流言,将图归计,乃命童子悉放之,一鸽夜去晨来,徘徊瞻顾,意将恋恋,因感而作赋焉。"

有的咏物赋有比拟的意味,唐寅⑤的《惜梅赋》有借梅以自喻的倾向,梅株虽雅洁芬芳,但"生不得其地,俗物混其幽姿",联系作者会试时受程敏政株连下诏狱,后又发现自己身陷宁王的政治阴谋,佯疯归里,其爱梅惜梅的背后,也有作者自惜自怜的情怀。胡直⑥《诮萤火赋》则把萤火比拟成"世儒",其萤萤微光,似"世儒"之"小明","不能窥乎大道"。

---

① 田汝成:《田叔禾小集》卷8,四库全书存目丛书集部88册,第516页。按:《明史》本传作"右参议",误。
② 屠应埈,字文升,浙江平湖人。嘉靖五年进士。官至右谕德。有《兰晖堂集》,存赋4篇。《胥台集》卷17《屠公行状》,四库全书存目丛书集部86册,第621页。
③ 陈鹤,字鸣野,山阴人。十七袭祖荫得百户,郁郁负奇疾,弃官著山人服。曾与徐渭等结"越中十子社"。有《海樵集》,存赋6篇。《徐文长三集》卷26《陈山人墓表》,中华书局1983年版,第640页。按:《总汇》第6册5296页,说陈鹤"成化朝为给事中,与董旻、胡智等弹劾学士商辂",乃同名而误。
④ 王宠,字履吉,长洲人。为邑诸生,贡入太学。诗文在当时声誉很高,而尤以书名噪一时。有《雅宜山人集》,存赋7篇。《明史》卷287《文苑传》,第7363页。
⑤ 唐寅,字伯虎,以字行,吴县人。弘治十一年举人。会试时,因科场舞弊案,下狱,谪为吏。不就,归家。正德九年,被宁王聘至南昌,后佯装疯癫,脱身归里。有《六如居士全集》,存赋4篇。《明史》卷286《文苑传》,第7352页。
⑥ 胡直,字正甫,江西泰和人。嘉靖三十五年进士。官至福建按察使。有《衡庐精舍藏稿》,存赋5篇。《明儒学案》卷22《江右王门学案》,《黄宗羲全集7》,第593页。

如果所赋为"丑物",则又有讽谕之意。桑悦《鼠赋》即借鼠以讽,赋写作者在羁旅之中,受群鼠侵扰,无法入睡,感叹鼠之恶行:

> 梁间壁孔,忽然有声。肃肃谷谷,呦呦嘤嘤。俨若号猿,倏若啼婴。是群鼠之变怪,岂畸人之可听。须臾就枕,结阵杂沓。轰屏震案,偷餐浪唛。温禺渡合罗而胡骑唧啾,王寻败昆阳而人畜蹂踏。使我寝焉而惊,梦焉而愕。

《中国辞赋发展史》赞此赋曰:"文笔生动,比喻形象,其仿柳宗元赋法而对当时社会混杂、人世浇漓、奸邪幸进之现实的揭露,既内涵深刻,又意趣丰盈。"①王立道《怜寒蝇赋》则借秋末之寒蝇,以比"谗人之乱国"。

也有借物说理的,如桑悦《异鸟赋》,据赋序,此异鸟形大如鹤,五彩烂然。作者叹其乃灵囿瑞物,而与雁鹜同栖迟于荒烟野水之滨,不过,即便它被"饰以雕笼,乐以鼓钟。主人寓目,春光融融。爰噍其音,爰瘠其容。用违所乐",与被弃也是一样的,故借此以喻"万物齐同"之理:"吾又安知何者为塞,何者为通? 何者为达,何者为穷? 雀瑞汉兮何神? 鹢飞宋兮何凶? 转千古以为今,合众异以为同。庶物我之两忘,寄得丧于虚空。"胡直《感苍蝇赋》,此赋序云:"余暇阅室中有青蝇挂蛛网得脱者,复钻窗纸,求出不得,翊日几毙。"赋叙写苍蝇之遭遇,并感慨"彼世方以触网为悦、钻楮为工,不知几千万兮,羌靡方以瘳其矇。徒悁悒于目前,抑胡乐以自功。"陈鹤《鹤赋》,赋对比堕于罗网、"羁栖轩庑"的鹤与"鬻于深江绝岛""任意所适"的鹤的不同处境,认为"羽虫受偏,荣辱犹系。矧人统于三才,恶能弗慎夫所处。"

也有单纯赋物,没有寄托之意的。如赵时春②《屏风赋》、皇甫涍《牡丹花赋》、王宠《参差赋》《观物赋》(序"家兄有金垆、朱几各一,予观而爱之,因命赋焉")、祝允明《饭苓赋》等。祝允明《饭苓赋》,即描写茯苓以及服食茯苓的好处。

反复古派的山水地理赋中,唐寅《金粉福地赋》最负盛名,此赋长达1320字,写尽了六朝金粉福地——金陵之繁华富丽与纸醉金迷,如:

> 别有沙堤,曲通珣岸。黄金建百尺之台,白玉作九成之观。屏裁云

---

① 郭维森、许结:《中国辞赋发展史》,第703页。

② 赵时春,字景仁,甘肃平凉人。嘉靖五年进士。嘉靖三十二年为金都御使,巡抚山西,遇伏而败。被论,解官归。文章豪肆,与唐顺之、王慎中齐名。有《浚谷先生集》,存赋8篇。《明史》卷200《赵时春传》,第5300页。

母，隔阍风而不疎；梁镂郁金，承朝阳而长烂。珠玑错三千之履，紫丝垂七十之幔。粤若富春，乐彼韶年。河阳之花似霰，宜城之酒如泉。分曹打马，对局意钱。织锦窦姬，荐朝阳之赋；卷衣秦女，和夜月之篇。宝叶映綦履而雅步，银花逐笑靥而同圆。丽色难评，万树过墙之杏；韶光独占，一枝出水之莲。四坐吐茵，无非狎客。两行垂佩，共号神仙。风里擘衣，接金星而灿烂；月中试管，倚玉树而婵娟。青鸟黄鸟，尽是瑶池之佳使；大乔小乔，无非铜台之可怜。单衫裁生仁之杏子，松鬓拥脱殻之蜩蝉。锦袖琵琶，眼留青于低首；金钗苑转，面发红于近前。一笑倾城兮再倾国，胡然而帝也胡然天。

俞弁《山樵暇语》云："唐子畏侨居南京日，尝宴某侯家，即席为《六朝金粉赋》，时文士云集，子畏赋先成，其警句云：'一顾倾城兮再倾国，胡然而帝也胡然天'。侯大加称赏，前句出李延年歌，后句出诗《君子偕老》篇，由是其名愈著。"①袁袠《唐伯虎集序》云："尤工四六，藻思丽逸，翩翩有奇气"②，除了《金粉福地赋》，唐寅《南园赋》也是四六骈赋，写友人叶复初在南园的惬意生活。

　　此外，祝允明有《一江赋》，此赋先以空间方位如"其下""其上""其中""其傍"等赋长江，再以长江比附"使君"之"才学志度"。《石林赋》赋石林，并赞美中谷之士。《南园赋》赋吴之名苑——南园，赞美"肥遁"于南园的君子儒。唐顺之③《游盘山赋》，盘山乃蓟州名山，赋写罗户部遨游此山之经历。任瀚④《钓台云水赋》，赋钓台之云与水。

　　有些山水赋，因为是为友人而作，故不仅描写山水，还与友人联系起来进行赞美，如严嵩《横山赋》（横山在吴之东南，友人卢师陈构室居之，作者为赋以慰喻之）、袁袠《麟山赋》（娄有九峰，其一天马，杨士宜之别业在此。天马，麟也，故自称麟山）、《中麓赋》（章丘之南有胡山，李伯华之别业在其中麓）、史鉴⑤《甘泉赋》（为友人吴汝琇作，"美人之嘉遁，心澹泊而无所乐"，独钟情于甘泉）等。

①　俞弁：《山樵暇语》卷6，四库全书存目丛书子部152册，第42页。
②　袁袠：《胥台集》卷14，四库全书存目丛书集部86册，第585页。
③　唐顺之，字应德，武进人。嘉靖八年进士。历官兵部郎中、右佥都御史。有《荆川先生集》，存赋1篇。《明诗综》卷41。
④　任瀚，字少海，四川南充人。嘉靖八年进士。历官吏部主事、考功郎中、左春坊左司直等。存赋1篇。《明史》卷287《文苑传》，第7371页。
⑤　史鉴，字明古，吴江人。隐居不仕，留心经世之务。弘治间，吴中高士首推沈周，次则史鉴。有《西村集》，存赋4篇。本集卷首吴宽《明古先生墓表》，四库全书1259册，第690页。

　　斋堂室宇赋,大多是写友人居处之所,如袁袠《秋水亭赋》(大梁郭舜符之秋水亭)、皇甫涍《感椿赋》(南川朱子之感椿堂)、《晨熹楼赋》("伊美人之幽居")、《白楼赋》("抱朴主人之宫")、《澹泉赋》(友人临泉构室,扁曰澹泉)、屠应埈《介福堂赋》(少宰徐公之介福堂)、皇甫汸《阳湖草堂赋》("王子庭滨于阳湖,遂肯堂焉")、祝允明《栖清赋》(苕之隐君子施悦民,其居所曰栖清)、薛应旗①《石秀亭赋》(玉溪张公居蜀之内江,在内江的三堆山上筑亭,以资静修,取名"石秀云")等。归有光②《冰崖草堂赋》作于嘉靖三十四年(1555),为宪副默斋先生六十寿辰而作,冰崖草堂乃默斋之室名。浦铣对此赋评价甚高:"句句从肺腑中流出,毫不见雕琢之迹,每三复不能已已。"③

　　也有关于书院等文化传承之地的赋,屠应埈《阳峰书院赋》,学士张公在岐阳山构筑阳峰书院,赋依次写了岐阳山之地理位置、阳峰书院之建造,以及书院建成后对于文化传承的作用与意义。史鉴《望泮楼赋》写新昌何中丞之望泮楼,因望泮楼在新昌学宫之侧,所以赋写了学宫的布局,以及学宫的祭孔之礼、"乡饮之礼"、射礼等的礼仪过程。

二、辞 赋 艺 术

(一)"祖骚宗汉"

1."祖骚"

　　在反复古派150余篇赋作中,骚体赋58篇,其中《离骚》式有38篇:史鉴《结微赋》《惜愍赋》《甘泉赋》、桑悦《续〈思玄赋〉》、祝允明《大游赋》《咎往赋》《罪赋》《怀遇赋》《哀孝赋》、王慎中《反〈慨遇〉赋》、归有光《冰崖草堂赋》、王立道《登城赋》《景云赋》《观泉赋》、胡直《志归赋》、王宗沐④《三柏堂赋》《乔松益寿赋》、薛应旗《牡丹赋》、聂豹⑤《黄鸟赋》、袁袠《远游赋》《思归赋》《吊董相赋》《宣幽赋》《潜思赋》《别知赋》《麟山赋》、屠应埈《秋

　　①　薛应旗,字仲常,武进人。嘉靖十四年进士。任慈溪知县、南京吏部主事。忤严嵩,贬为建昌通判,后为刑部员外郎。存赋2篇。《世经堂集》卷15《竹泉薛君(薛应旗父)墓志铭》,四库全书存目丛书集部79册,第693页。

　　②　归有光,字熙甫,昆山人。嘉靖十九年举人。会试落第八次,嘉靖四十四年进士。历长兴知县、顺德通判、南京太仆寺丞。有《震川先生集》,存赋1篇。《明史》卷287《文苑传》,第7382页。

　　③　浦铣:《复小斋赋话》卷上,《历代赋话》,386页。

　　④　王宗沐,字新甫,临海人。嘉靖二十三年进士。累官刑部左侍郎。有《敬所文集》,存赋2篇。《明史》卷223《王宗沐传》,第5876页。

　　⑤　聂豹,字文蔚,江西永丰人。正德十二年进士。历官苏州知府、兵部左侍郎、兵部尚书等。有《双江集》,存赋1篇。《明史》卷202《聂豹传》,第5336页。

怀赋》《介福堂赋》、皇甫涍《离思赋》《愍知赋》《儺言赋》《慨遇赋》《感椿赋》《小征赋》、王宠《拟感旧赋》、严嵩《景云赋》《恭和圣制初夏圣母舟行赋》《嘉禾赋》等。这些骚体赋,篇幅有长有短,祝允明《大游赋》超过万字,短的仅百字左右,如聂豹《黄鸟赋》。而且,骚体赋的审美表现也比较多样,不再局限于抒发哀伤之情。比如祝允明《大游赋》的庄严肃穆、聂豹《黄鸟赋》的清新澹雅、王立道《观泉赋》的宏大典雅,都与所表现的内容相一致。

《九歌》式骚体赋有 4 篇:王宠《参差赋》、袁袠《惩咎赋》、屠应埈《文凤篇》、祝允明《伤赋》。

杂言式骚体赋的组合形式有以下几种:

A.《离骚》式+《九歌》式+非兮。如蔡羽①《广初赋》《哀相逢赋》《松崖赋》、桑悦《黄金台赋》《将就赋》、祝允明《萧斋求志赋》、侯一元②《读〈鸽赋〉赋》、张岳③《望思楼赋》、袁袠《秋水亭赋》、程文德④《思家赋》《思德堂赋》。

B.《离骚》式+《九歌》式。如沈炼《高节堂赋》、祝允明《秋听赋》。

C.《离骚》式+非兮。如程文德《超然赋》、皇甫涍《澹泉赋》、屠应埈《阳峰书院赋》。

2.“宗汉”

反复古派“汉赋体”的赋作有 39 篇,如桑悦《南都赋》《北都赋》《鼠赋》、史鉴《望泮楼赋》、祝允明《饭苓赋》《一江赋》《栖清赋》、蔡羽《玉赋》、王立道《大祀圜丘赋》《喜雪赋》《怜寒蝇赋》、沈炼《祥莲赋》、任瀚《钓台云水赋》、薛应旗《石秀亭赋》、赵时春《司命赋》《洛原赋》《屏风赋》、蔡羽《玉赋》、陈鹤《居然亭赋》《鹤赋》《光化亭赋》《美人题叶赋》、皇甫涍《白楼赋》《悼怀赋》《紫薇花赋》《牡丹花赋》《石渚赋》、王宠《试剑石赋》、袁袠《中麓赋》、白悦《雪屏赋》《雪亭赋》、崔桐《祝雪赋》、杨循吉⑤《游虎丘赋》《折扇

---

① 蔡羽,字九逵,吴县人。乡试十四次皆落第,由国子生授南京翰林院孔目。有《林屋集》,
存赋 6 篇。《明史》卷 287《文苑传》,第 7363 页。

② 侯一元,乐清人。嘉靖十七年(1538)进士。任广西按察使、河南右布政使、江西左布政使
等。有《二谷山人集》,存赋 1 篇。《明清进士题名碑录索引》,第 906 页。《明史》卷 191
《侯廷训(侯一元父)传》,第 5078 页。

③ 张岳,字维乔,福建惠安人。正德十二年进士。授行人,以疏谏南巡廷杖,调南京国子监学
正。累官右都御使。有《小山类稿》,存赋 1 篇。《明史》卷 200《张岳传》,第 5295 页。

④ 程文德,字舜敷,永康人。嘉靖八年进士。累官吏部左侍郎,兼翰林学士,南京工部左侍
郎。有《松溪集》,存赋 3 篇。《明史》卷 283《儒林传》,第 7280 页。

⑤ 杨循吉,字君谦,吴县人。成化二十年进士,授礼部主事。因病归,结庐于支硎山下,以读
书著为事。有《松筹堂集》,存赋 6 篇。《国朝献征录》卷 35 杨循吉《生圹碑》,续修四库
全书 526 册,第 692 页。

赋》、胡直《双松赋》《诮萤火赋》、唐寅《惜梅赋》、沈仕①《卧云楼赋》、严嵩《横山赋》等。值得注意的是蔡羽的《玉赋》,咏物赋以骈体或诗体的小赋为多,蔡羽赋却是汉大赋的体制(1118字),赋设为楚王与宋玉的问答之辞,依次铺叙了和氏璧之获得、其性能以及各种用途,体现了汉代散体赋的特点。

四言赋有唐寅《娇女赋》、何迁②《感异赋》、桑悦《竹赋》、祝允明《一目罗赋》等。一些不讲究句式骈对的六言赋,也属于"宗汉"的范畴,如袁袠《闵俗赋》、皇甫涍《别友赋》《靖志赋》《后湖雁赋》。

反复古派七体之作较多,如赵时春《发难》《七秘》,写法上有所变化。《发难》,此赋设为浚谷子与齐之督无人的问答之辞,"以齐人好夸,故先为盛肆宏荒之说,渐约其辞,归诸圣道",赋的结构形式源于枚乘《七发》而变为九,故七体的"六加一"结构衍为"八加一",前八种"盛肆宏荒之说"均被无人所否定,只有最后一种"太古之风,圣王之治"才使其折服。《七秘》设为浚谷子与东里先生的问答之辞,赋七种"秘物",似荀子赋篇的隐语。《七秘》在结构上与传统七体"六加一"抑六扬一的形式不同,七段铺叙无扬此抑彼之意,而是平行的。袁袠有《七称》《七择》,《七称》设为秦客与东吴先生的问答之辞,铺叙吴地之美,仍然运用了七体普遍采用的"六加一"方式,东吴先生依次写了吴地"山川之巨丽,而薮泽之异观""物产之渊,货利之丘""闳丽之观,轩敞之娱""声色之至乐,歌舞之极欢""勇侠之雄,驰骋之乐"、人文之盛等六个方面的情况,秦客俱认为"未足称",只有最后大明之兴起,"实由起东南以席卷西北,资吴会以囊括幽并",才使秦客折服。《七择》,写清虚先生抱壹郁之奇疾,卧疴五湖之阳三年,逍遥公子欲为其"起沉痼,瘳膏肓",先后说了七种方式让清虚先生选择,前六种方式如饮汤药、听笛、弹琴、听歌、饮酒、从仙道游等都被否定,唯有最后一种——听辩论,尤其是"绎仁义之源,述唐虞之烈。发天人之奥,建治安之业"的"通儒"辩论,才受到清虚先生的肯定。

另外,王宠有《五扣赠别袁子永之》,虽不名"七",其实也是七体的一种变体。所谓扣,乃"扣子之志"的意思,赋写袁袠于嘉靖四年(1525)领应天府乡荐第一,既而偕计北上,客觞于道而扣其志,前面四"扣"都不能使袁子完全满意,只有最后一扣甚得袁子之心。其"四加一"的结构直接脱胎于七体"六加一"的形式。

---

① 沈仕,字子登,仁和人。有《青门山人集》,存赋1篇。《明诗纪事》己签卷17,《明代传记丛刊14》,第720页。

② 何迁,字益之,德安人。嘉靖二十年进士。累官南京刑部右侍郎,坐严嵩党罢斥。存赋1篇。《明清进士题名碑录索引》,第675页。《明史》卷308《奸臣传》,第7925页。

3. 骚汉杂糅

骚汉杂糅式的赋作,如沈炼《筹边赋》、祝允明《苏台春望赋》《余侍御游灵岩赋》《知秋赋》、蔡羽《仙山赋》《桐子池赋》、桑悦《夜坐赋》、陈束①《厩马赋》、田汝成《南游赋》、严嵩《祗役赋》、袁袠《北征赋》《西征赋》、皇甫汸《吊言子祠赋》《义鸽赋》《瑞爵轩赋》、皇甫涥《慰志赋》《晨熹楼赋》、王杏②《圣泉赋》等都是。其结合方式也多种多样,有骚汉互相夹杂的,如田汝成《南游赋》、严嵩《祗役赋》、袁袠《北征赋》。而皇甫汸《吊言子祠赋》除开头两句用《离骚》式骚体外,后文全是汉赋体。王杏《圣泉赋》设为客与日冈子的对话,铺叙圣泉之背景时用汉赋体,在铺叙圣泉之特点以及抒发感慨时用骚体。沈炼《筹边赋》设为五陵游客与塞上老翁的问答之辞,铺叙筹边之策。从整体上看是汉散体赋的形式,而老翁在谈及当时世风时却用了《离骚》式骚体的形式。

(二) 模拟六朝

四库馆臣说祝允明,"所作骨力稍弱,虽未能深入堂奥,而风神清隽,含茹六朝,亦殊为超然拔俗也。"③反复古派中,"含茹六朝"的不仅祝允明,不少赋家也有这种情况。王世贞《艺苑卮言》卷三云:"吾于文虽不好六朝人语,虽然,六朝人亦那可言。皇甫子循(皇甫汸)谓'藻艳之中有抑扬顿挫,语虽合璧,意若贯珠,非书穷五车,笔含万化,未足云也。'此固为六朝人张价。"④

"含茹六朝"在赋作中,一般表现为骈赋与五七言诗体赋的创作,如唐寅《金粉福地赋》《南园赋》、沈炼《文赋》《玄武祠香赋》、祝允明《拟齐梁内人送别赠拭巾赋》《顾司封伤宠赋》、陈鹤《伤别赋》、王宠《迎春赋》。而且,很多时候骈赋与五七言诗体赋并不截然分开,而是融于一篇赋作中,南朝时的骈赋即是如此,"骈赋在四六句式之外,又大量引进五言和七言诗的句式"⑤,此时作家模拟六朝赋,也有这样的现象。如祝允明《拟齐梁内人送别赠拭巾赋》:

---

① 陈束,字约之,鄞县人。嘉靖八年进士。累擢河南提学副使。与王慎中、唐顺之等称"嘉靖八才子"。有《后冈集》,存赋1篇。《明史》卷287《文苑传》,第7370页。
② 王杏,字世文,奉化人。嘉靖八年进士。授山西道监察御史,出按贵州。后历扬州少府、南康少府。尝与欧阳德、罗洪先、唐顺之、王畿讲求王阳明致知之学。存赋1篇。《康熙奉化县志》卷24"人物",《中华丛书·四明方志丛刊》,中华丛书委员会1957年版,第1253页。
③ 《怀星堂集》提要,四库全书1260册,第365页。
④ 王世贞:《艺苑卮言》卷3,历代诗话续编,第1000页。
⑤ 程章灿:《魏晋南北朝赋史》,第240页。

初裁白纻白如霜，旧遗团扇月含光。纻拭不减何郎汗，扇摇空想婕妤凉。何如赠巾意，劳君转蕙肠。若乃龙胡交错，玉线绸缪。轻挹珠散，舒动兰浮。不忍桂匡床，讵忍委玉箱。留取炎热将归去，茱萸幔底拂鸳鸯。

骈对的四言句之外，就是五七言诗句。又如沈炼《玄武祠香赋》：

欲通玄理，必爇名香。原夫兹香，秀采结成，奇材铸出。缄藏玉笥，已苞云物之精；显露金炉，遂媲日华之郁。丹心一点火荧荧，灏气千寻烟莤莤。辟邪不分，何让通天之犀；抱道自珍，窃类河洲之橘。但愿感通紫极，散满青霄。神垂善祉，圣树清标。玉烛光华，笑飞蛾之自灭；金瓯体正，知盘石之难摇。万岁千秋，长祝尧王之寿；三经五典，大明轩后之朝。

在四六句式骈赋之中，也有七言诗体句。

也有骈赋或五七言诗体赋与其他赋体杂糅，但仍然有鲜明的骈赋或五七言诗体赋特色的。如王宠《迎春赋》就是四六言汉赋体与七言诗体赋的杂糅，其七言诗部分：

百花洲上春云丽，乌鹊桥边春日迟。春云春日共交辉，无数楼台向景披……若个陌头无拥面，若个游人不解眉。共传春色天涯至，争道春光今日宜。龙衔宝胜飞双队，凤吐流苏拂四垂……玉钗弄影婷婷女，纨袴栖香轻薄儿。高调遏云而群奏，繁弦应手以逞奇……千金换马尾摇丝，八宝装鞍光照地。飞鞭误触绮罗车，敲镫谁知台府吏……云开朱阁对芙蓉，日射彤廉藏翡翠。芙蓉翡翠一时新，总是江东绝世人……蝉鬓新传官掠样，云光恰似洛波神……翩翩飞燕能轻举，袅袅游龙不可亲……只道春归春意浓，宁知春到春心乱……朝朝璚圃爱花开，夜夜兰堂看月满。花月娟娟能几时，荣华冉冉嗟将半……年年风景倍伤春，岁岁凋零无故伴……紫禁春光不可攀，朱颜春色那能待……齐云楼下几逢春，只是当年原宪贫。差池春羽惭黄鸟，憔悴春衣悬紫鹈。吁嗟乎，弱柳丝丝拂建章，宫花朵朵艳长杨。人生不及春花柳，长得天池绕凤皇。

其用词与意境，与初唐卢照邻的《长安古意》何其相似！沈炼《文赋》，全篇整体上仿陆机《文赋》，为骈体赋，却在结尾有一段汉赋的写法："于是诸生敛衽而进,张翼而趋曰:'圣不可作矣,文不在兹乎!'君子遂抚膺而踯躅,还掩卷而踟蹰。"这就是作家拟古而不拘于古的新变意识的体现了。

至于赋末乱辞与赋中系诗杂入五七言诗,也反映了赋家模拟六朝的倾向,如赵时春《洛原赋》乱辞:

> 与子游兮洛之南,南有三峰熊耳山,遥瞻淮汉流潺湲。
> 与子游兮洛之西,崤华连蜷蟠朱提,层峰峻岭与天齐。
> 与子游兮洛之阳,嵩少峥嵘直太行,龙门九曲道路长。
> 与子游兮洛之野,斗鸡走马金沟下,累累冢墓何为者。
> 洛之原兮邙之水,松桧森森兮泉石每每,沃野良田众所美。禹范周鼎有遗址,吾与子兮从兹始。

(三) 承唐袭宋

杨循吉《中州二难赋》写中州洛阳之地,兄弟二人同登虎榜,同时授官。体裁上为律赋,以"中域胎秀,生此贤哲"为韵。

宋赋最大的特点在于议论说理,杨循吉《竹沟泉赋》《山水图赋》、桑悦《登楼赋》《听秋赋》、胡直《感苍蝇赋》、赵时春《别知赋》等,都有这种倾向。杨循吉《山水图赋》描写"石田老仙"所画山水图的内容,赋末有一段议论,探讨"画术之大"之理。桑悦《听秋赋》从听秋声中,得出"非秋景之可悲,人独悲伤乎秋景;非秋声之难听,人自难听乎秋声",若人之"心源未和,伏以忧蒂",虽闻春声,"亦足以郁悒而侘傺"。赵时春《别知赋》写与友人戚秀夫的离别。送别赋通常采用骚体的形式,抒发离别之伤感。赵时春的赋却用散体,其主客问答的形式,议论说理的倾向,更多地体现了宋文赋的特点。如果说杨循吉和桑悦的赋反映了才子赋"在文学复古氛围中能自标旌帜"[①],赵时春的赋则更多显示了唐宋派作家学习唐宋文的写作倾向。

陈鹤《达一赋》甚至有理学赋的色彩,其序云:"友有哀逝而恸者,吾作赋以尼之。赋必囊理,理必援数,数必详原,命曰达一,以明万殊。"赋的内容基本是给友人书信的内容,"赋必囊理",充斥着"理"的阐发,索然寡味。

此外,反复古派赋家的创作还有一个值得注意的现象。历来"辞"承《楚辞》而来,多以"兮"字为标志,而赋虽也"祖骚",但毕竟以"赋者,铺也"为基本特征。聂豹《邀月辞》以"辞"为名,却以赋体的铺陈为特征,这种打通辞与赋创作界限的方式,体现了作者极力创新的倾向。

---

① 郭维森、许结:《中国辞赋发展史》,第703页。

第四章 弘治至隆庆

——盛明风雅（下）

第一节 选赋与赋论的盛行

许结先生说,明代的选赋之作有"广、续《文选》"系、"赋集"系、"文总集"系三大类①。"赋集"系到万历时期才大大发展,此期主要是"广、续《文选》"系与"文总集"系开始盛行。刘节《广文选》增广了《文选》未收赋作127篇,不仅预示着"选学"在明代的复兴,而且他对魏晋六朝赋作的补辑,也显示了明人复古范围的扩大,祝尧以来所贬斥的六朝赋作,尤其是南朝骈赋,得到了他们的关注。黄佐《六艺流别》仍然以先秦两汉为古,认为"魏晋而下,工者无几"。顾祖武《集古文英》,虽然以"集古"为名,但由于"特为场屋而作",故唐宋赋占较大比重,这是对祝尧以来复古派"祖骚宗汉"、贬斥唐宋的一种反拨。赋论方面,徐师曾《文体明辨》接续吴讷《文章辨体》,提出了赋体四分法,使辞赋分类更趋向细致深入。

一、刘节《广文选》

刘节②,字介夫,世称梅国先生,大庾人。弘治十八年(1505)进士,官广西提学副使、刑部右侍郎等职。刘节《广文选》60卷,较易见的是首都图书馆藏明嘉靖十六年(1537)陈蕙刻本,收在《四库全书存目丛书》集部297—298册。

《广文选》应编于刘节晚年,前有刘节自序,写于"嘉靖十有一年(1532)秋八月望"。王廷相序云:"自夫崇华饰诡之辞兴而昔人之质散,自夫竞虚夸靡之风炽而斯文之致乖。言辩而罔诠,训繁而寡实,于是君子惟古是嗜矣。梁昭明太子统旧有《文选》之编,自今观之,颇为近古。然法言大训,懿章雅歌,漏逸殊多,词人藻客,久为慨惜,然未有能继其旧贯者。今少司寇梅国刘公乃博稽群籍,检括遗文,萃所不及选者,命曰《广文选》,总八十二卷,

---

① 许结:《明代的选学与赋论》,《南京师大学报》2013年第3期。
② 《万历重修南安府志》卷20"人物",《日本藏中国罕见地方志丛刊9》,书目文献出版社1990年版,第541页。

宣明往范,垂示来学,俾后生小子尽睹古人之拟,不亦盛心乎哉?"①《广文选》原书 82 卷,嘉靖十六年(1537),陈蕙重刻《广文选》,增损校雠,厘为 60 卷,陈蕙《重刻〈广文选〉后序》云:"昔梅国刘先生取昭明太子《文选》之遗者,类分而增辑之,凡得千有七百九十六篇,名之曰《广文选》,诚富哉集矣。顾其中讹字逸简杂出,又文义之甚悖而俚者间在焉,睹者病之。况其板既不存,予尤惧于日就废阙,而盛美之莫永也。乃以视蓰之暇,与扬郡守王子松、郡庠教授林璧、训导曾宸、李世用,共校雠增损之,苟完是集,刻置维扬书院,将有待于博达君子之是正之"②。故现在看到的版本为陈蕙重刻本,已非刘节本之旧。陈蕙重刻本相对于刘节原本,"删去者二百七十四篇,增入者三十篇"③,删去者,就赋而言,"赋如司马相如《美人赋》、张敏《神女赋》、谢灵运《江妃赋》之类,虽含讽谕,然多媟诞,不可为训。至如张衡《骷髅赋》,殊类曹子建之说,其《浮淮》《览海》《芙蓉》《菊花》《琴》《几》等赋,又皆短浅无大意义,俱删去。""七类如傅毅等《七激》三篇,区区模仿前人,且甚肤浅……今尽删之,虽不多立篇目,固无害其为广也。"④

《广文选》在《文选》的基础上进行增广补遗,沿袭《文选》之例,以文体分类,分为 50 种,而以赋类居首。相较《文选》,删减七、文、辞 3 体,增设玺书、赐书、敕、谕等 18 体。就赋类而言,又按题材分为 17 类,相较《文选》,增设"天地""草木""杂赋",增设之由,依据刘节所云:"孔子曰,有天地,然后万物生焉,是故始之天地。天地广也,鸟兽草木皆物也,鸟兽选矣,草木遗焉,是故次之草木,以广遗也。夫赋,诸目具矣,弗目者遗,是故次之杂赋,以广遗也。"⑤以下是两书选赋对照表:

《文选》		《广文选》	
		天地 1	成公绥/天地赋
京都 8	班固/两都赋、张衡/二京赋/南都赋、左思/三都赋	京都 3	扬雄/蜀都赋、杜笃/论都赋、阮籍/东平赋
郊祀 1	扬雄/甘泉赋	郊祀 1	扬雄/河东赋
耕籍 1	潘岳/籍田赋		

---

①　刘节:《广文选》,四库全书存目丛书集部 297 册,齐鲁书社 1997 年版,第 506 页。

②　刘节:《广文选》,四库全书存目丛书集部 298 册,第 391 页。

③　陈蕙:《重刻〈广文选〉后序》,《广文选》,四库全书存目丛书集部 298 册,第 391 页。

④　《校正广文选凡例》,《广文选》,四库全书存目丛书集部 297 册,第 509 页。

⑤　刘节:《广文选序》,《广文选》,四库全书存目丛书集部 297 册,第 508 页。

《文选》		《广文选》	
田猎 5	司马相如/子虚赋/上林赋、扬雄/羽猎赋/长杨赋、潘岳/射雉赋	田猎 1	孔臧/谏格虎赋
纪行 3	班彪/北征赋、曹大家/东征赋、潘岳/西征赋	纪行 4	蔡邕/述行赋、王粲/浮淮赋、陆机/思归赋、江淹/去故乡赋
游览 3	王粲/登楼赋、孙绰/游天台山赋、鲍照/芜城赋	游览 3	班彪/游居赋、曹植/节游赋、陆云/登台赋
宫殿 2	王延寿/鲁灵光殿赋、何晏/景福殿赋	宫殿 3	枚乘/菟园赋、边让/章华赋、江淹/学梁王菟园赋
江海 2	木玄虚/海赋、郭璞/江赋	江山 9	杜笃/首阳山赋、班固/终南山赋、张衡/温泉赋、蔡邕/汉津赋、应场/灵河赋、张载/蒙汜池赋、成公绥/大河赋、阮籍/首阳山赋、江淹/江上之山赋
物色 4	宋玉/风赋、潘岳/秋兴赋、谢惠连/雪赋、谢庄/月赋	物色 10	荀况/云赋、贾谊/旱云赋、公孙乘/月赋、杨乂/云赋、缪袭/喜霁赋、陆云/愁霖赋、夏侯湛/雷赋、湛方生/风赋、张镜/观象赋、江淹/赤虹赋
鸟兽 5	贾谊/鵩鸟赋、祢衡/鹦鹉赋、张茂先/鹪鹩赋、颜延之/赭白马赋、鲍照/舞鹤赋	鸟兽 13	王延寿/王孙赋、曹植/蝉赋、傅玄/走狗赋、应场/憨骥赋、阮籍/鸠赋、猕猴赋、傅咸/萤赋、夏侯湛/玄鸟赋、潘岳/萤火赋、陆云/寒蝉赋、成公绥/鸟赋、鲍照/野鹅赋、江淹/翡翠赋
		草木 13	枚乘/忘忧馆柳赋、孔臧/杨柳赋、中山王/木赋、曹丕/柳赋、槐赋、傅玄/桃赋、张协/安石榴赋、夏侯湛/浮萍赋、陆机/瓜赋、江淹/灵丘竹赋、莲花赋、青苔赋、庾信/枯树赋
志 4	班固/幽通赋、张衡/思玄赋、归田赋、潘岳/闲居赋	志 15	宋玉/微咏赋、董仲舒/士不遇赋、司马相如/大人赋、司马迁/悲士不遇赋、扬雄/逐贫赋、崔篆/慰志赋、冯衍/显志赋、潘岳/思游赋、陆云/逸民赋、陶潜/感士不遇赋、谢灵运/山居赋、谢朓/酬德赋、沈约/郊居赋、江淹/知己赋/思北归赋
哀伤 7	司马相如/长门赋、向秀/思旧赋、陆机/叹逝赋、潘岳/怀旧赋、寡妇赋、江淹/恨赋/别赋	哀伤 7	汉武帝/悼李夫人赋、刘歆/遂初赋、梁竦/悼骚赋、曹植/九愁赋、庾信/哀江南赋、江淹/哀千里赋/伤友人赋
论文 1	陆机/文赋	论文 3	荀况/礼赋/知赋、扬雄/太玄赋

《文选》		《广文选》	
音乐6	王褒/洞箫赋、傅玄/舞赋、马融/长笛赋、嵇康/琴赋、潘岳/笙赋、成公绥/啸赋	音乐3	宋玉/笛赋、张衡/观舞赋、江淹/横吹赋
情4	宋玉/高唐赋/神女赋/登徒子好色赋、曹植/洛神赋	情6	班婕妤/捣素赋、自悼赋、张超/诮青衣赋、阮籍/清思赋、陶潜/闲情赋、江淹/水上神女赋
		杂赋32	荀况/蚕赋/箴赋、宋玉/大言赋/小言赋/钓赋、刘安/屏风赋、黄香/九宫赋、马融/围棋赋、王延寿/梦赋、李尤/函谷关赋、赵壹/疾邪赋、张衡/冢赋、曹植/酒赋、左思/白发赋、阮籍/元父赋、陆云/岁暮赋/南征赋、江统/函谷关赋、傅玄/镜赋、枣据/船赋、挚虞/观鱼赋、张协/洛禊赋、潘尼/火赋/钓赋、张载/酃酒赋、鲍照/观漏赋、傅亮/感物赋、谢朓/游后园赋、江淹/灯赋/丹砂可学赋/金灯草赋/泣赋

　　《文选》选以"赋"名篇的赋作56篇,《广文选》增广补遗127篇,《广文选》提要云:"此本为蕙等重编,非节之旧矣。萧统妙解文理,撷历代之精华,以成一集,虽以杜甫文章凌跞百代,犹有'熟精文选理'之句,其推重讵出漫然? 此可知当时去取别裁,具有深意。徐陵与统同时,所撰《玉台新咏》,颇采《文选》所遗,刘克庄已有'皆统弃余'之诮,则操笔继作,何可易言。节不度德量力,乃有是集,蕙等又谬种流传,如涂涂附……其编次亦仿《文选》分类,而颠舛百出,如《文选》陆机《文赋》无类可归,故别立论文一门,此书乃以荀卿《礼》《智》二赋及扬雄《太玄赋》当之,其为学步宁止寿陵余子耶? 曹植《蝉赋》、傅咸《萤赋》入之鸟兽,而傅亮《金灯草赋》不入草木,谢朓《游后园赋》不入游览,陆云《南征赋》不入纪行……皆不可理解。"①尽管如此,我们还是可以从中窥见赋学宗尚的转移,即从永乐成化时沿袭元人"祖骚宗汉"的思潮,贬斥六朝之作,渐渐趋向认可六朝之作,扩大了复古的范围。

①　刘节:《广文选》,四库全书存目丛书集部298册,第392页。

	先秦		两汉		魏晋		南北朝		总数
文选	4	7%	21	37.5%	24	43%	7	12.5%	56篇
广文选	10	8%	41	32%	50	39%	26	21%	127篇

从上表可以看出,先秦的赋作比例有些微增加,两汉和魏晋都呈减少的趋势,两汉赋作比例的降低幅度还大于魏晋,而南北朝赋作大幅度地增加,尤以南朝增加最多。在增广补遗的26篇南北朝赋作中,江淹有17篇,占65%,其它共9篇:谢朓2篇,庾信2篇,傅亮1篇,鲍照1篇,谢灵运1篇,沈约1篇、张镜1篇。这些赋家赋作的收入,显现了选家对六朝尤其是南朝骈赋的肯定。

二、黄佐《六艺流别》

黄佐①,字才伯,号泰泉,广东香山人。正德十六年(1521)进士,选庶吉士。嘉靖初,授编修。嘉靖十年(1531),任广西按察司金事。隆庆时谥文裕。黄佐《六艺流别》20卷,较易见的是中山大学图书馆藏嘉靖四十一年(1562)欧大任刻本,收在《四库全书存目丛书》集部300册。

《六艺流别》,据黄佐次子黄在素的序,编成于嘉靖十年(1531),远绍晋挚虞《文章流别》。但《文章流别》"考诸类书,惟琐屑文词,而不统诸经,宜其弗传也"②,故此书按"六艺"分类,其中诗艺五卷,书艺七卷,礼艺二卷,乐艺二卷,春秋艺三卷,易艺一卷,共二十卷。赋则以班固所云"古诗之流"为据,划归"诗艺",列在"诗之流,其杂近于文,而又与诗丽者,其别有五"之下,与骚、词、颂、赞并列。其赋类小序云:

> 赋者何也,敷也,不歌而协韵以敷布之也。赋本六艺之一,故班固以为古诗之流,然比物寄兴,敷布弘衍,则近于文矣。骚始于楚,赋亦随之,迄汉而赋最盛,魏晋而下,工者无几,故吾所录皆《文选》所弃,汉后所取近古者三篇。③

其"所录皆《文选》所弃",共选先秦至隋代赋作14篇:荀况《礼赋》《蚕赋》、宋玉《大言赋》《小言赋》《钓赋》《微咏赋》、汉武帝《悼李夫人赋》、司马相

① 张廷玉:《明史》卷287《文苑传》,中华书局1974年版,第7365页。
② 黄在素:《六艺流别序》,《六艺流别》卷首,四库全书存目丛书集部300册,第73页。
③ 黄佐:《六艺流别》,四库全书存目丛书集部300册,第139页。

如《大人赋》、扬雄《河东赋》、班婕妤《自悼赋》《捣素赋》、左芬《离思赋》、张渊《观象赋》、卢思道《孤鸿赋》，其中左芬、张渊、卢思道之赋乃所谓"近古者"。

	先秦		两汉		汉后		总数
六艺流别	6	43%	5	36%	3	21%	14篇

之后附"律赋"，无文选录，仅有小序曰：

> 后周庾信《哀江南赋》，始曰"我之掌庚承周，以世功而为族；经邦佐汉，用论道而当官。"终之曰"岂知灞陵夜猎，犹是故时将军；咸阳布衣，非独思归王子。"唐宋律赋之祖也。①

《六艺流别》提要云："是书大旨以六艺之源皆出于经，因采摭汉魏以下诗文，悉以六经统之。凡诗之流五，其别二十有一；书之流八，其别四十有九；礼之流二，其别十有六；乐之流三，其别十有二；易之流十二，而无所谓别。分类编叙，去取甚严。其自序言，欲补挚虞《文章流别》而作，然文本于经之论，千古不易，特为明理致用而言。至刘勰作《文心雕龙》，始以各体分配诸经，指为源流所自，其说已涉于臆创。佐更推而衍之，剖析名目，殊无所据，固难免于附会牵合也。"②就赋而言，亦无所发明，仍然沿袭以先秦两汉为古的传统观念。

三、顾祖武《集古文英》

顾祖武③，字尔绳，号纕塘，无锡人。顾祖武《集古文英》8卷，较易见的是浙江图书馆藏嘉靖四十一年（1562）自刻本，收在《四库全书存目丛书》集部381册。

书前有钱钟义作于嘉靖四十一年的序："湘离之骚，非不油然忠爱，而聱牙沉晦之辞，非应时制科所急，将别册另存。至如古诗歌行，选律近体，李杜高王岑孟诸贤，诚可继三百篇遗响，而呫哔之士犹当舍旃。况乎程氏《四箴》俱在经传，伯伦《酒颂》何裨实益。若夫《憎蝇》《木山》之类，俱一时寄

---

① 黄佐：《六艺流别》，四库全书存目丛书集部300册，第148页。
② 黄佐：《六艺流别》，四库全书存目丛书集部300册，第508页。
③ 《集古文英》提要，四库全书存目丛书集部381册，第827页。

兴,岂得兼载不遗……盖用世之学,高尚之怀,趋舍殊科耳……余间阅之(指《集古文英》),凡制策时务为天下有用文字,罔不该贯,余喜其能继志也,复不自信,就正于扬玄盛子(盛淳之父),将锓广其传,以公于天下进取同志。"①从序可知,《集古文英》特为场屋而作。

《集古文英》共收 34 类文体。卷一收赋、玺书、表、疏四类文体,卷二收上言、议、封事、上书、对五类,卷三收策、笺、状、檄、颂、辞六类,卷四收赞、序、设论、传四类,卷五收史论、书二类,卷六收论一类,卷七收辩、文、篇、说、原、解、箴七类,卷八收记、铭、碑、墓志、杂著②五类。卷一赋类,选录从先秦到宋代共 10 篇赋作:宋玉《钓赋》、扬雄《太玄赋》、陆机《文赋》、黄文疆(即黄香)《九宫赋》、杜牧《阿房宫赋》、杨炯《浑天赋》、李白《明堂赋》、苏轼《前赤壁赋》《后赤壁赋》、欧阳修《秋声赋》。其中唐宋赋有 6 篇,占 60%,这是对祝尧以来复古派"祖骚宗汉"、贬斥唐宋赋的一种反拨。

四、徐师曾《文体明辨》

徐师曾(1517—1580)③,字伯鲁,号鲁庵,江苏吴江人。嘉靖三十二年(1553)进士,选庶吉士。历任兵科、吏科给事中等,隆庆五年(1571)因病上疏致仕。《文体明辨》61 卷,纲领 1 卷,目录 6 卷,附录 14 卷,附录目录 2卷,共 84 卷,最易见的版本是北京大学图书馆藏明万历游榕铜活字印本,收在《四库全书存目丛书》集部 310—312 册。

据徐师曾书前自序④,此书始撰于嘉靖三十三年(1554)春,成于隆庆四年(1570)秋,乃取吴讷《文章辨体》而损益之。《文章辨体》分正集、外集,涉及文体 59 类,《文体明辨》"欲以繁富胜之"⑤,正集与附录,分文体为 127类,其中正集 101 类,附录 26 类。就赋而言,其对吴讷《文章辨体》的损益如下表所示:

① 钱钟义:《集古文英引》,《集古文英》卷首,四库全书存目丛书集部 381 册,第 494 页。

② 按:此类收有枚乘《七发》、陆机《七征》等七体作品。

③ 王世懋:《徐鲁庵先生师曾墓表》,《国朝献征录》卷 80,续修四库全书 529 册,上海古籍出版社 2002 年版,第 333 页。按:《文体明辨序说》附录参考资料所录《墓表》云:"嘉靖庚午,先生年二十四矣",嘉靖无庚午,从《国朝献征录》可知,乃误庚子(嘉靖十九年,1540)为庚午。(人民文学出版社 1962 年版,第 174 页)

④ 徐师曾:《文体明辨》,四库全书存目丛书集部 310 册,第 359 页。

⑤ 纪昀等:《钦定四库全书总目》卷 192,中华书局 1997 年版,第 2692 页。

吴讷《文章辨体》有关"赋"的部分			徐师曾《文体明辨》有关"赋"的部分		
正集卷二古赋	楚	屈原/离骚/九歌（缺国殇、礼魂，共九篇)）/九章/远游/卜居/渔父、宋玉/九辩/招魂	卷一	屈原/离骚/远游、宋玉/招魂	古赋之祖
				屈原/九歌（十一篇)/九章、宋玉/九辩	
卷三古赋	两汉	贾谊/吊屈原赋/鵩/惜誓、司马相如/子虚赋/上林赋/长门赋、班婕妤/自悼赋/捣素赋、扬雄/甘泉赋、班固/两都赋、祢衡/鹦鹉赋	卷二 楚辞	屈原/卜居/渔父	文赋之祖
	附录	高帝/鸿鹄歌、武帝/秋风辞、淮南小山/招隐士		贾谊/惜誓、吊屈原、庄忌/哀时命、淮南小山/招隐士、荆轲/易水歌、越人/越人歌、汉高帝/大风歌、汉武帝/瓠子歌/秋风辞、细君/乌孙公主歌、元结/引极、王维/山中人/望终南、顾况/日晚歌、韩愈/讼风伯、王安石/书山石辞/寄蔡氏女、邢居实/秋风三叠	模拟楚辞
卷四古赋	三国六朝	王粲/登楼赋、陆机/文赋、潘岳/藉田赋/秋兴赋、谢惠连/雪赋、谢庄/月赋、鲍照/舞鹤赋	卷三 古赋	司马相如/长门赋、班婕妤/自悼赋/捣素赋、张衡/思玄赋、陆机/叹逝赋、潘岳/秋兴赋、韩愈/闵己赋/别知赋、柳宗元/闵生赋/梦归赋、张耒/病暑赋、贾谊/鵩赋、祢衡/鹦鹉赋、张华/鹪鹩赋、王粲/登楼赋、孙绰/游天台山赋、扬雄/甘泉赋、秦观/黄楼赋、苏辙/超然台赋/屈原庙赋、苏轼/屈原庙赋	正体，而俳体间出于其中
	附录	陶渊明/归去来辞、孔稚圭/北山移文			
	唐	骆宾王/萤火赋、李白/大鹏赋/剑阁赋、韩愈/闵己赋/别知赋、柳宗元/闵生赋、杜牧/阿房宫赋			
	附录	韩愈/吊田横文/讼风伯、柳宗元/吊屈原文			
卷五古赋	宋	欧阳修/秋声赋、苏轼/服胡麻赋/屈原庙赋/前赤壁赋/后赤壁赋、苏辙/屈原庙赋、秦观/黄楼赋、张耒/大礼庆成赋、朱熹/感春赋/空同赋	卷四	司马相如/子虚赋/上林赋、班固/两都赋、潘岳/藉田赋、张耒/大礼庆成赋、苏辙/黄楼赋	变体，而流于文赋之渐
	附录	邢居实/秋风三叠、朱熹/虞帝庙乐歌词、杨万里/延陵怀古辞	卷五 赋 / 俳赋	陆机/文赋、鲍照/芜城赋/野鹅赋/舞鹤赋、谢惠连/雪赋、谢庄/月赋、成公绥/啸赋、颜延之/赭白马赋、骆宾王/萤火赋	
	元	黄溍/太极赋、吴莱/索居赋/贫女赋、虞集/木斋赋、杨维桢/哀三良赋/八阵图赋	文赋	扬雄/长杨赋、杜牧/阿房宫赋、欧阳修/秋声赋、苏轼/前赤壁赋/后赤壁赋、苏过/飓风赋	
	附录	袁桷/垂纶亭辞			
	明	胡翰/少梅赋、宋濂/蟠桃核赋	律赋	王勃/寒梧栖凤赋、韩愈/明水赋、柳宗元/披沙拣金赋、王成/有物混成赋、范仲淹/金在镕赋、范镇/长啸却胡骑赋、秦观/郭子仪单骑见虏赋	
	附录	胡翰/吊董生文、王祎/招游子辞			
外集卷一律赋		韩愈/省试明水赋、范镇/长啸却胡骑赋、范仲淹/金在镕赋			

从表中可以看出：1. 吴讷基本上是在祝尧《古赋辩体》所分"楚辞体""两汉体""三国六朝体""唐体""宋体"基础上，按时代的先后反映古赋的发展历程，唐宋元明各代所录，也是古赋和文赋，而将"律赋"作为变体附于外集。徐师曾则"进律赋、律诗于正编，赋以类从"①，以文体为标准，将赋分为古赋、俳赋、文赋、律赋四类。

2. 吴讷是骚、赋不分的，屈原、宋玉等人的赋作被作为古赋的第一个阶段"楚赋"，这与祝尧"楚辞体"的划分是一脉相承的。徐师曾则将骚、赋区别开来，屈原的《离骚》等作、宋玉的《九辩》等作被称为"古赋之祖"；屈原《卜居》《渔父》被称为"文赋之祖"；而汉及汉以后的骚辞，被称为"模拟楚辞"。

3. 吴讷认为"律赋为古赋之变"②，故"律赋"在外集，以此显示正变。徐师曾则进一步认为古赋内部也是有正变之分的，有"正体，而俳体间出于其中"，也有"变体，而流于文赋之渐"。

但是，徐师曾对吴讷《文章辨体》的"损益"，也并不是什么发明创造，而是对祝尧《古赋辩体》相关论述的整合、改造，比如将《离骚》《九辩》等屈、宋的作品称作"古赋之祖"，在《古赋辩体》中则是这样表述的，卷一"楚辞体序"云："宋景文公曰：'离骚为词赋祖，后人为之，如至方不能加矩，至圆不能过规，则赋家可不祖楚骚乎？'然骚者，诗之变也……但世号楚辞，初不正名曰赋，然赋之义实居多焉。自汉以来，赋家体制大抵皆祖原意，故能赋者要当复熟于此，以求古诗所赋之本义。"③卷二屈宋等作之后，则云："右屈、宋之辞，家传人诵，尚矣。删后遗音，莫此为古者，以兼六义焉尔……如但知屈宋之辞为古，而莫知其所以古，及其极力摹仿，则又徒为艰深之言以文其浅近之说，摘奇难之字以工其鄙陋之辞，汲汲焉以辞为古，而意味殊索然矣，夫何古之有？能赋者必有以辨之。"④又如将屈原《卜居》《渔父》称为"文赋之祖"，也是来源于祝尧：

　　赋也，中用比义，此原阳为不知善恶之所在，假托著龟以决之，非果未能审于所向而求之神也，居谓立身所安之地，非居处之居。洪景卢云，"自屈原词赋假为渔父、日者问答之后，后人作者，悉相规仿，司马相如《子虚》《上林》以子虚、乌有先生、亡是公，扬子云《长杨赋》以翰

① 徐师曾：《文体明辨序》，四库全书存目丛书集部 310 册，第 359 页。
② 吴讷：《文章辨体·凡例》，四库全书存目丛书集部 291 册，第 6 页。
③ 祝尧：《古赋辩体》卷 1，《赋话广聚 2》，北京图书馆出版社 2006 年版，第 27 页。
④ 祝尧：《古赋辩体》卷 2，《赋话广聚 2》，第 126 页。

林主人、子墨客卿,班孟坚《两都赋》以西都宾、东都主人,张平子《两京赋》以冯虚公子、安处先生,左太冲《三都赋》以西蜀公子、东吴王孙、魏国先生,皆改名换字,蹈袭一律,无复超然新意稍出于规矩法度者。"愚观此言,则知词赋之作,莫不祖于屈原之骚矣。(《卜居》)①

赋也,格辙与前篇同,渔父盖古巢由之流、荷蓧丈人之属。或曰,亦原托之也,篇中句末用"乎"字,疑辞亦与前篇义同,其即荀卿诸赋句末"者邪""者欤"等字之体也,古今赋中或为歌,固莫非以骚为祖。他有"讹曰""重曰"之类,即是乱辞,中间作歌如前赤壁之类,用"倡曰""少歌曰"体,赋尾作歌如齐梁以来诸人所作,用此篇体。(《渔父》)②

其实徐师曾赋论的基本观点,包括被后人所称道的赋体四分法,都可以从《古赋辩体》中找到渊源:

徐师曾《文体明辨》卷三赋体总序③	祝尧《古赋辩体》
古者诸侯卿大夫交接邻国,揖让之时,必称诗以喻意,以别贤不肖而观盛衰……皆以吟咏性情,各从义类,故情形于辞则丽而可观,辞合于理则则而可法。使读之者有兴起之妙趣,有咏歌之遗音,扬雄所谓诗人之赋丽以则者是已,此赋之本义也。春秋之后聘问咏歌不行于列国,学诗之士逸在布衣,而贤士失志之赋作矣。即前所列楚辞是也。扬雄所谓词人之赋丽以淫者,正指此也。然自今而观楚辞,亦发乎情而用以为讽,实兼六义而时出之,辞虽太丽而义尚可则,故朱子不敢直以词人之赋目之,而雄之言如此,则已过矣。	《汉艺文志》曰,古者诸侯卿大夫交接邻国,揖让之时,必称诗以喻意,以别贤不肖而观盛衰焉。春秋之后聘问咏歌不行于列国,学诗之士逸在布衣,而贤士失志之赋作矣……子云悔曰"词人之赋丽以淫"。愚谓骚人之赋与词人之赋虽异,然犹有古诗之义,辞虽丽而义可则,故晦翁不敢直以词人之赋视之也。……诗人所赋,因以吟咏情性也;骚人所赋,有古诗之义者,亦以其发乎情也。其情不自知而形于辞,其辞不自知而合于理,情形于辞故丽而可观,辞合于理故则而可法,然其丽而可观,虽若出于辞而实出于情;其则而可法,虽若出于理而实出于辞。有情有辞,则读之者有兴起之妙趣;有辞有理,则读之者有咏歌之遗音。今故于此备论古今之体制,而发明扬子"丽则丽淫"之旨,庶不失古赋之本义云。④
赵人荀况游宦于楚,考其时在屈原之前,所作五赋,工巧深刻,纯用隐语,若今人之揣谜,于诗六义不啻天壤,君子盖无取焉。	(荀)卿,赵人,其时在屈原先,楚赋于斯已盛矣。愚今先屈后荀,固诚逆舛,但以屈子之骚,赋家多祖之,卿赋措辞工巧,虽有足尚,然其意味终不能如骚章之渊永,若欲置之于首,恐误后学。⑤

①　祝尧:《古赋辩体》卷2,《赋话广聚2》,第106页。
②　祝尧:《古赋辩体》卷2,《赋话广聚2》,第109页。
③　徐师曾:《文体明辨》,四库全书存目丛书集部310册,第554、555页。
④　祝尧:《古赋辩体》卷3"两汉体"序,《赋话广聚2》,第137页。
⑤　祝尧:《古赋辩体》卷2"荀卿",《赋话广聚2》,第127页。

续表

徐师曾《文体明辨》卷三赋体总序	祝尧《古赋辩体》
两汉而下，作者继起，独贾生以命世之才，俯就骚律，非一时诸人所及，他如相如长于叙事而或昧于情，扬雄长于说理而或略于辞，至于班固辞理俱失，若是者何，几以不发乎情耳。	晦翁云，自原之后，作者继起，独贾生以命世英杰之材，俯就骚律，非一时诸人所及。若长卿、子云、孟坚之徒诚有可论者，盖其长于叙事则于辞也长而于情或昧，长于说理则于理也长而于辞或略，只填得腔子满，则辞尚未长而况于理，要之皆以不发于情。①
然《上林》《甘泉》极其铺张，而终归于讽谏，而风之义未泯，《两都》等赋极其眩曜，终折以法度，而雅颂之义未泯。《长门》《自悼》等赋缘情发义，托物兴词，咸有和平从容之意，而比兴之义未泯。故虽词人之赋，而君子犹有取焉，以其为古赋之流也。	间如《上林》《甘泉》极其铺张，终归于讽谏，而风之义未泯，《两都》等赋极其眩曜，终折以法度，而雅颂之义未泯。《长门》《自悼》等赋缘情发义，托物兴辞，咸有和平从容之意，而比兴之义未泯。一代所见，其与几何？诚以其时经焚坑之秦，故古诗之义未免没而或多淫；近风雅之周，故古诗之义犹有存而或可则。②
三国两晋以及六朝，再变而为俳，唐人又再变而为律，宋人又再变而为文。夫俳赋尚辞，而失于情，故读之者无兴起之妙趣，不可以言则矣。文赋尚理而失于辞，故读之者无咏歌之遗音，不可以言丽矣。至于律赋其变愈下，始于沈约四声八病之拘，中于徐庾隔句作对之陋，终于隋唐宋取士限韵之制，但以音律谐协、对偶精切为工，而情与辞皆置弗论。呜呼极矣，数代之习乃令元人洗之，岂不痛哉？故今分为四体，一曰古赋，二曰俳赋，三曰文赋，四曰律赋，各取数首以列于篇，将使文士学其如古者，戒其不如古者，而后古赋可复见于今也。	如或失之于情，尚辞而不尚意，则无兴起之妙，而于则乎何有？后代赋家之俳体是已。又或失之于辞，尚理而不尚辞，则无咏歌之遗，而于丽乎何有？后代赋家之文体是已。③ 又观士衡辈《文赋》等作，全用俳体。流至潘岳，首尾绝俳，然犹可也。沈休文等出，四声八病起，而俳体又入于律……徐庾继出，又复隔句对联，以为骈四俪六，簇事对偶，以为博物洽闻，有辞无情，义亡体失。④ 夫古赋之体其变久矣，而况上之人选进士以律赋，诱之以利禄耶？此唐以来进士赋体所由始也。后生务进干名，声律大盛，句中拘对偶以趋时好，字中描声病以避时忌，孰肯学古哉？⑤ 然宋之古赋往往以文为体，则未见其有辩其失者。愚考唐宋间文章，其弊有二，曰俳体，曰文体。本以恶俳，终以成文。舍高就下，俳固可恶；矫枉过正，文亦非宜。⑥

① 祝尧:《古赋辩体》卷3"两汉体"序,《赋话广聚2》,第141页。
② 祝尧:《古赋辩体》卷3"两汉体"序,《赋话广聚2》,第142页。
③ 祝尧:《古赋辩体》卷3"两汉体"序,《赋话广聚2》,第139页。
④ 祝尧:《古赋辩体》卷5"三国六朝体"序,《赋话广聚2》,第266页。
⑤ 祝尧:《古赋辩体》卷7"唐体"序,《赋话广聚2》,第353页。
⑥ 祝尧:《古赋辩体》卷8"宋体"序,《赋话广聚2》,第418页。

徐师曾《文体明辨》卷三赋体总序	祝尧《古赋辩体》
然则学古者奈何,曰发乎情止乎礼义。其赋古也,则于古有怀;其赋今也,则于今有感;其赋事也,则于事有触;其赋物也,则于物有况。以乐而赋,则读者跃然而喜;以怨而赋,则读者愀然以吁;以怒而赋,则令人欲按剑而起;以哀而赋,则令人欲掩袂而泣。动荡乎天机,感发乎人心,而兼出于六义,然后得赋之正体,合赋之本义。苟为不然,则虽能脱乎俳、律,而不知其又入于文矣。	尝观古之诗人,其赋古也,则于古有怀;其赋今也,则于今有感;其赋事也,则于事有触;其赋物也,则于物有况。情之所在,索之而愈深,穷之而愈妙。彼其于辞,直寄焉而已矣。① 故欲求赋体于古者,必先求之于情,胸中有成思,笔下无费辞。以乐而赋,则读者跃然而喜;以怨而赋,则读者愀然以吁;以怒而赋,则令人欲按剑而起;以哀而赋,则令人欲掩袂以泣。动荡乎天机,感发乎人心,而兼出于风比兴雅颂之义焉,然后得赋之正体,而合赋之本义。苟为不然,虽能脱于对语之俳,而不自知又入于散语之文。②

不过,徐师曾的观点虽然渊源于祝尧,但他毕竟对古赋、俳赋、律赋、文赋从体例上加以命名和固定,使辞赋文体明晰化,影响到清代甚至当代的赋体分类,功绩还是不可磨灭的。

第二节　复古运动的第二次高潮
——后七子派

陈田《明诗纪事》云:"嘉靖之季,以诗鸣者,有后七子,李、王为之冠,与前七子隔绝数十年,而此唱彼和,声应气求,若出一轨。海内称诗者,不奉李、王之教,则若夷狄之不遵正朔。而啖名者以得其一顾为幸,奔走其门,接裾联袂,绪论所及,嘘枯吹生。沧溟(李攀龙)高亢,门墙稍岐。弇洲(王世贞)道广,观其后五子、续五子、广五子、末五子,递进递衍,以及于四十子。而前后《四部稿》中,或为一序一传一志者,又不在此数焉。此又沧溟所无,即李、何亦无此声气之广也。盖弇洲负沈博一世之才,下笔千言,波谲云诡,而又尚论古人,博综掌故,下逮书画、词曲、博弈之属,无所不通。硕望大年,主持海内风雅之柄者四十余年,吁云盛矣!综观七子之诗,沧溟律绝,足以弹压一世。弇洲诸体无所不工,苦存诗太多,若汰其中驷以下,便称佳集。茂秦(谢榛)专长五律,公实(梁有誉)质美中夭。子相(宗臣)、子与(徐中行)习气太甚。明卿(吴国伦)亦享大年,精研此道,而质地未优。若升瑶石(黎民表)、少楩(卢楠)于七子之列,便可无憾。暨乎随波之流,

---

① 祝尧:《古赋辩体》卷5"三国六朝体"序,《赋话广聚2》,第262页。
② 祝尧:《古赋辩体》卷8"宋体"序,《赋话广聚2》,第421页。

摹仿太甚,为弊滋多,黄金紫气之词,叫嚣亢壮之章,千篇一律,令人生厌。临川攻之于前,公安、竟陵掊之于后,待牧斋《列朝诗集》,诋諆不遗余力,而沧溟丛矢尤甚,且诟病及空同(李梦阳)焉。余略为论列七子之诗派盛衰如此。"①

据陈田所言,则嘉靖、隆庆时期是以王世贞为领袖的后七子复古派风行天下之时。《明史·李攀龙传》说到"后七子":"攀龙之始官刑曹也,与濮州李先芳、临清谢榛、孝丰吴维岳辈倡诗社,王世贞初释褐,先芳引入社,遂与攀龙定交。明年,先芳出为外吏。又二年,宗臣、梁有誉入,是为五子。未几,徐中行、吴国伦亦至,乃改称七子。诸人多少年,才高气锐,互相标榜,视当世无人,七才子之名播天下。摈先芳、维岳不与,已而,榛亦被摈,攀龙遂为之魁,其持论谓,'文自西京,诗自天宝而下,俱无足观',于本朝独推李梦阳,诸子翕然和之,非是则诋为宋学。攀龙才思劲鸷,名最高,独心重世贞,天下亦并称王、李。又与李梦阳、何景明并称何、李、王、李。"②故所谓后七子,是指李攀龙、王世贞、谢榛、徐中行、吴国伦、宗臣、梁有誉等七人,为区别李梦阳、何景明等前七子,被称为后七子。虽然后来"谢榛以布衣被摈"③,但他与李先芳、吴维岳的情况是不一样的,"当七子结社之始,尚论有唐诸家,各有所重。(谢)榛曰:'取李、杜十四家最胜者,熟读之以会神气,歌咏之以求声调,玩味之以裒精华。得此三要,则浩乎浑沦,不必塑谪仙而画少陵也。'诸人心师其言,厥后虽合力摈榛,其称诗指要,实自榛发也。"④所以还是视谢榛为后七子代表人物之一。除了以上七人,作为当时统领文坛的大派别,它的代表作家并不局限于七个人。《明史·王世贞传》云:"世贞自号凤洲,又号弇州山人,其所与游者,大抵见其集中,各为标目。曰前五子者,攀龙、中行、有誉、国伦、臣也。后五子则南昌余曰德、蒲圻魏裳、歙汪道昆、铜梁张佳胤、新蔡张九一也。广五子则昆山俞允文、浚卢楠、濮州李先芳、孝丰吴维岳、顺德欧大任也。续五子则阳曲王道行、东明石星、从化黎民表、南昌朱多煃、常熟赵用贤也。末五子则京山李维桢、鄞屠隆、南乐魏允中、兰溪胡应麟,而用贤复与焉。"⑤故有赋作留存的后七子派代表作家如下表所示:

---

① 陈田:《明诗纪事》已签序,《明代传记丛刊14》,台北明文书局1991年版,第435页。
② 张廷玉:《明史》卷287《文苑传》,第7377页。
③ 张廷玉:《明史》卷288《文苑传》,第7388页。
④ 张廷玉:《明史》卷287《文苑传》,第7376页。
⑤ 张廷玉:《明史》卷287《文苑传》,第7381页。

	后七子派代表作家（赋作篇数）
第一个层次	李攀龙(1)、王世贞(18)、宗臣(2)
第二个层次	汪道昆(2)、张佳胤(1)、俞允文(15)、卢柟(22)、欧大任(1)、王道行(1)、黎民表(3)、赵用贤(1)、李维桢(3)、屠隆(7)

王世贞万历十八年去世后，吴国伦、汪道昆继续领导复古运动，朱彝尊云："明卿（吴国伦）在七子列，最为眉寿，元美（王世贞）即世之后，与汪伯玉（汪道昆）、李本宁（李维桢）狎主齐盟。"①他们产生的影响，孙鑛有云："第以弇山（王世贞）、太函（汪道昆）语，今庸夫竖子皆能道之。"②

一、后七子派赋论

（一）王世贞《艺苑卮言》

四库馆臣云："明代文章自前后七子而大变，前七子以李梦阳为冠，何景明附翼之；后七子以攀龙为冠，王世贞应和之。后攀龙先逝，而世贞名位日昌，声气日广，著述日富，坛坫遂跻攀龙上。"③

王世贞④，字元美，号凤洲，又号弇州山人。太仓人。嘉靖二十六年（1547）进士，授刑部主事，屡迁员外郎、郎中，又为青州兵备副使。累官至南京刑部尚书，以疾辞归。有《弇州山人四部稿》《弇州山人续稿》《艺苑卮言》。存赋17篇。《艺苑卮言》共八卷，主要论诗，也有少数论赋，比较常见的是丁福保《历代诗话续编》本。据作者自序，此书成于嘉靖三十七年戊午（1558），经不断增补，于嘉靖四十四年乙丑（1565）最终定稿⑤。综观其论赋之语，其赋论观点如下：

1. 认同司马相如赋说。如卷一云"作赋之法，已尽长卿数语。大抵须包蓄千古之材，牢笼宇宙之态，其变幻之极，如沧溟开晦；绚烂之至，如霞锦照灼。然后徐而约之，使指有所在。若汗漫纵横，无首无尾，了不知结束之妙。又或瑰伟宏富，而神气不流动，如大海乍涸，万宝杂厕，皆是瑕璧，有损连城。然此易耳。惟寒俭率易，十室之邑，借理自文，乃为害也。赋家不患

---

① 朱彝尊：《静志居诗话》卷13"吴国伦"，人民文学出版社1990年，第390页。
② 孙鑛：《月峰先生居业次编》卷3《与余君房论文书》，四库禁毁书丛刊集部126册，北京出版社1997年版，第194页。
③ 纪昀等：《钦定四库全书总目·沧溟集》，第2324页。
④ 张廷玉：《明史》卷287《文苑传》，第7379页。
⑤ 王世贞：《艺苑卮言》序："余始有所评骘于文章家曰《艺苑卮言》者，成自戊午耳。然自戊午而岁稍益之，以至乙丑而始脱稿。"历代诗话续编，中华书局1983年版，第949页。

无意,患在无蓄;不患无蓄,患在无以运之。"①所谓"长卿数语",即司马相如所说"合綦组以成文,列锦绣而为质。一经一纬,一宫一商,此赋之迹也。赋家之心,包括宇宙,总览人物,斯乃得之于内,不可得而传。"②

2. 辞赋与诗、文别为一类。如卷一云"骚赋虽有韵之言,其于诗文,自是竹之与草木,鱼之与鸟兽,别为一类,不可偏属。骚辞所以总杂重复、兴寄不一者,大抵忠臣怨夫恻怛深至,不暇致诠,亦故乱其叙,使同声者自寻,修隙者难摘耳。今若明白条易,便乖厥体。"③

3. 骚与赋不同。如卷一云"拟骚赋,勿令不读书人便竟。骚览之,须令人裴回循咀,且感且疑;再反之,沉吟歔欷;又三复之,涕泪俱下,情事欲绝。赋览之,初如张乐洞庭,褰帷锦官,耳目摇眩;已徐阅之,如文锦千尺,丝理秩然。歌乱甫毕,肃然敛容。掩卷之余,彷徨追赏。"④虽然王世贞区分了骚与赋的不同,但在整体上,骚也属于赋类。其《弇州四部稿》卷一和卷二俱为"赋部",卷一收"赋十首",俱为以赋名篇的赋作,卷二收"骚十七首",包括《离闵》《续九辨》(九首)、《沈骚》《吊夷齐》《少歌三章》(哀宗臣之作)、《悲逝》《哀梁有誉》等骚辞。

4. 推尊楚骚、汉赋,尤其是屈原之骚与司马相如之赋。如卷二云"屈氏之骚,骚之圣也;长卿之赋,赋之圣也。一以风,一以颂,造体极玄,故自作者,毋轻优劣。"⑤"杂而不乱,复而不厌,其所以为屈乎?丽而不俳,放而有制,其所以为长卿乎?以整次求二子则寡矣。子云虽有剽模,尚少蹊径,班张而后,愈博愈晦愈下。"⑥

他评价司马相如的《子虚赋》《上林赋》云:"材极富,辞极丽,而运笔极古雅,精神极流动,意极高,所以不可及也。长沙有其意而无其材,班张潘有其材而无其笔,子云有其笔而不得其精神流动处。"⑦又评价其《长门赋》云:"《国风》好色而不淫,《小雅》怨诽而不乱,《长门》一章,几于并美。"⑧《史记·屈原贾生列传》云:"《国风》好色而不淫,《小雅》怨诽而不乱,若《离骚》者,可谓兼之矣。"⑨王世贞以之评价《长门赋》,可见其对《长门赋》

① 王世贞:《艺苑卮言》卷1,历代诗话续编,第962页。
② 王世贞:《艺苑卮言》卷1引,历代诗话续编,第951页。
③ 王世贞:《艺苑卮言》卷1,历代诗话续编,第962页。
④ 王世贞:《艺苑卮言》卷1,历代诗话续编,第962页。
⑤ 王世贞:《艺苑卮言》卷2,历代诗话续编,第976页。
⑥ 王世贞:《艺苑卮言》卷2,历代诗话续编,第982页。
⑦ 王世贞:《艺苑卮言》卷2,历代诗话续编,第982页。
⑧ 王世贞:《艺苑卮言》卷2,历代诗话续编,第982页。
⑨ 司马迁:《史记》卷84《屈原贾生列传》,中华书局1959年版,第2482页。

的推崇。他认为这些赋高于宋玉赋:"长卿《子虚》诸赋,本从《高唐》物色诸体,而辞胜之。《长门》从骚来,毋论胜屈,故高于宋也。"①

5. 对六朝赋也有欣赏、认同。如卷三云:"吾于文虽不好六朝人语,虽然,六朝人亦那可言。皇甫子循(皇甫汸)谓'藻艳之中有抑扬顿挫,语虽合璧,意若贯珠,非书穷五车,笔含万化,未足云也。'此固为六朝人张价。"②不过,他对于六朝赋的欣赏是有限度的,对于评价过高的作品,颇不以为然,如"庾开府事实严重而寡深致,所赋《枯树》《哀江南》,仅如郐方回奴,小有意耳,不知何以贵重若是。"③毕竟他是以"屈氏之骚""长卿之赋"为"造体极玄"。

王世贞在《艺苑卮言》卷六评价前七子李梦阳等人的赋,提到诸人有六朝特色,如李梦阳"骚赋上拟屈宋,下及六朝";何景明"骚赋启发拟六朝者颇佳";徐祯卿"其乐府、选体、歌行、绝句,咀六朝之精旨,采唐初之妙则"④。可见,虽然王世贞"于文不好六朝人语",但对于六朝赋的杰作也不完全否定,对前七子的六朝赋特色也有认同。

6. 批评唐宋律赋与文赋。如卷四云"人谓唐以诗取士,故诗独工,非也,凡省试诗类鲜佳者,如钱起湘灵之诗亿不得一,李肱霓裳之制万不得一。律赋尤为可厌,白乐天所载《玄珠》(《求玄珠赋》)、《斩蛇》(《汉高祖斩白蛇赋》),并韩柳集中存者,不啻村学究语。杜牧《阿房》,虽乖大雅,就厥体中,要自峥嵘擅场,惜哉其乱数语,议论益工,面目益远。"⑤"今人以赋作有韵之文,为《阿房》《赤壁》累,固耳"⑥。又卷二云"子云服膺长卿,尝曰:'长卿赋不是从人间来,其神化所至耶?'研摹白首,竟不能逮,乃谤言欺人云:'雕虫之技,壮夫不为'。遂开千古藏拙端,为宋人门户。"⑦

7. "七体"之作,愈后愈下。如卷三:"枚生《七发》,其原、玉之变乎?措意垂竭,忽发观潮,遂成滑稽。且辞气跌荡,怪丽不恒。子建而后,模拟牵率,往往可厌,然其法存也。至后人为之而加陋,其法废矣。"⑧可见,对枚乘之作,王世贞的评价本不高,至于后世"七体"之作,则认为愈后愈下。

① 王世贞:《艺苑卮言》卷2,历代诗话续编,第981页。
② 王世贞:《艺苑卮言》卷3,历代诗话续编,第1000页。
③ 王世贞:《艺苑卮言》卷3,历代诗话续编,第999页。
④ 王世贞:《艺苑卮言》卷6,历代诗话续编,第1044—1045页。
⑤ 王世贞:《艺苑卮言》卷4,历代诗话续编,第1015页。
⑥ 王世贞:《艺苑卮言》卷4,历代诗话续编,第1016页。
⑦ 王世贞:《艺苑卮言》卷2,历代诗话续编,第982页。
⑧ 王世贞:《艺苑卮言》卷3,历代诗话续编,第986页。

（二）谢榛《四溟诗话》

四库馆臣云："李攀龙、王世贞辈结诗社,惟榛为长。及攀龙名盛,榛与论生平,颇相刻责,攀龙辈遂怒相排挤,削其名于七子、五子之列。然当结社之始,尚论有唐诸家,定称诗三要,皆自榛发,诸人实心师其言也。后薄游诸藩邸,并为上客,虽终于布衣,而声价重一时。赵康王至辍侍姬以赠之,如姜夔小红故事,其救卢枏一事,尤见气谊。攀龙送榛西游诗,所谓'明时抱病风尘下,短褐论交天地间'者,颇肖其实,其诗亦不失为作者。七子交口诋诃,乃一时恩怨之词,固不足据为定论矣。"①

谢榛②,字茂秦,临清人。嘉靖间,挟诗卷游京师,与李攀龙、王世贞等结诗社,为"后七子"之一,倡导为诗摹拟盛唐。后为李攀龙排斥,削名"七子"之外。客游诸藩王间,以布衣终其身。其《四溟诗话》常见的有丁福保《历代诗话续编》本,中颇有论赋之语,综观其言,其赋论观点如下:

1. 诗、赋各有体制,赋可使难字,诗不宜尚难字。如卷四云,"诗赋各有体制,两汉赋多使难字,堆垛联绵,意思重叠,不害于大义也。诗自苏李五言暨十九首,格古调高,句平意远,不尚难字,而自然过人矣。"③

2. 反对以文为戏,主张有所托寓。如卷二云,"宋玉《大言赋》曰:'并吞四夷,饮枯河海,跋越九州,无所容止。'《小言赋》曰:'无内之中,微物生焉。比之无象,言之无名。视之则渺渺,望之则冥冥。离娄为之叹闷,神明不能察其情。'二赋出于《列子》,皆有托寓。梁昭明太子《大言诗》曰:'观修鲲其若辙鲋,视沧海之如滥觞。经二仪而局踏,跨六合以翱翔。'《细言诗》曰:'坐卧邻空尘,凭附蟭螟翼。越咫尺而三秋,度毫厘而九息。'此祖宋玉而无谓,盖以文为戏尔。"④又云,"傅咸《萤火赋》:'虽无补于日月兮,期自照于陋形。当朝阳而戢景兮,必宵昧而是征。进不竞于天光兮,退在晦而能明。'骆宾王赋:'光不周物,明足自资。处幽不昧,居照斯晦。'二子皆有托寓,繁简不同。"⑤

3. 推尊楚骚、汉赋,尤其屈原《离骚》与司马相如之赋。如卷二云,"屈、宋为辞赋之祖。荀卿六赋,自创机轴,不可例论。相如善学楚词,而驰骋太过。子建骨气渐弱,体制犹存。庾信《春赋》,间多诗语,赋体始大变

---

① 纪昀等:《钦定四库全书总目·四溟集》,第 2330 页。
② 张廷玉:《明史》卷 287《文苑传》,第 7375 页。
③ 谢榛:《四溟诗话》卷 4,历代诗话续编,第 1205 页。
④ 谢榛:《四溟诗话》卷 2,历代诗话续编,第 1160 页。
⑤ 谢榛:《四溟诗话》卷 2,历代诗话续编,第 1176 页。

矣。"①并说屈原《离骚》,"语虽重复,高古浑然,汉人因之,便觉费力。"②卷二又云,"汉人作赋,必读万卷书,以养胸次。《离骚》为主,《山海经》《舆地志》《尔雅》诸书为辅。又必精于六书,识所从来,自能作用。若扬袘、戍削、飞襳、垂髾之类,命意宏博,措辞富丽,千汇万状,出有人无,气贯一篇,意归数语,此长卿所以大过人者也。"③

4. 认为陆机所云"浏亮"并非两汉之体。如卷一云"陆机《文赋》曰:'诗缘情而绮靡,赋体物而浏亮',夫'绮靡'重六朝之弊,'浏亮'非两汉之体。徐昌谷曰:'诗缘情而绮靡,则陆生之所知,故魏诗之渣秽耳。"④

5. 不排斥唐古赋佳作。如卷四云,"扬子云《逐贫赋》曰:'人皆文绣,予褐不完;人皆稻粱,我独藜殕。贫无宝玩,予何为欢。'此作辞虽古老,意则鄙俗,其心急于富贵,所以终仕新莽,见笑于穷鬼多矣。韩昌黎作《送穷文》,其文势变化,辞意平婉,虽言送而复留。段成式所作,效韩之题,反扬之意,虽流于奇涩,而不失典雅。较之扬子,笔力不同,扬乃尺有所短,段乃寸有所长,惟韩子无得而议焉。"⑤

6. 对于《七发》和后世"七体"分别对待。如卷一云,"枚乘始作《七发》,后有傅毅《七激》、张衡《七辩》、崔骃《七依》、马融《七广》、刘向《七略》、刘梁《七举》、崔琦《七蠲》、桓麟《七说》、李尤《七欵》、刘广世《七兴》、曹子建《七启》、徐干《七喻》、王粲《七释》、刘邵《七华》、陆机《七征》、孔伟《七引》、湛方生《七欢》、张协《七命》、颜延之《七绎》、竟陵王《七要》、萧子范《七诱》,诸公驰骋文词,而欲齐驱枚乘,大抵机括相同,而优劣判矣。"⑥

7. 反对集句为赋。如卷一云:"晋傅咸集七经语为诗,北齐刘昼缉缀一赋,名为六合。魏收曰:'赋名六合,其愚已甚,及观其赋,又愚于名。"⑦

（三）胡应麟《诗薮》

四库馆臣说胡应麟,"其所作《诗薮》,类皆附合世贞《艺苑卮言》,后之诋七子者,遂并应麟而斥之。考七子之派,肇自正德,而衰于万历之季,横踞海内,百有余年。其中一二主盟者,虽为天下所攻击,体无完肤,而其集终不可磨灭。非惟天资绝异,笼罩诸家,亦由其学问淹通,足以济其桀骜,故根柢深固,虽败而不至亡也。末俗承流,空疏不学,不能如王、李剽剟秦汉,乃从

① 谢榛:《四溟诗话》卷2,历代诗话续编,第1163页。
② 谢榛:《四溟诗话》卷1,历代诗话续编,第1155页。
③ 谢榛:《四溟诗话》卷2,历代诗话续编,第1175页。
④ 谢榛:《四溟诗话》卷1,历代诗话续编,第1146页。
⑤ 谢榛:《四溟诗话》卷4,历代诗话续编,第1229页。
⑥ 谢榛:《四溟诗话》卷1,历代诗话续编,第1151页。
⑦ 谢榛:《四溟诗话》卷1,历代诗话续编,第1143页。

而剽剟王、李,黄金白雪,万口一音,一时依附门墙,假借声价,亦得号为名士,时移事易,转瞬为覆瓿之用,固其所矣。应麟虽仰承余派,沿袭颓波,而记诵淹通,实在隆、万诸家上,故所作芜杂之内,尚具菁华。"①

胡应麟②,字符瑞,号少室山人。兰溪人。万历四年(1576)举人,尝与李攀龙、王世贞辈游,一生布衣。《诗薮》常见的有上海古籍出版社 1979 年排印本。综观其中论赋之语,胡应麟的赋论观点如下:

1. 重申了李梦阳提出的"汉无骚""唐无赋"的观点。如《内编》卷一云,"骚盛于楚,衰于汉,而亡于魏。赋盛于汉,衰于魏,而亡于唐。""汉诗文赋皆极至,独骚不逮。"③《内编》卷二,"有意于工而无不工者,汉之赋。有意于工而不能工者,汉之骚。"④《续编》卷二,"骚不如楚,赋不及汉,古诗不逮东西二京,则唐与明一也。"⑤

2. 骚赋虽与诗、文有别,但仍属于"诗"。如《内编》卷一云,"诗文之有骚、赋,犹草木有竹,禽兽有鱼,难以分属。然骚实歌行之祖,赋则比兴一端,要皆属诗近之。若荀卿《成相》《云》《礼》诸篇,名曰诗赋,虽谓之文可也。"⑥

3. 考辨楚骚的名称衍变。如《杂编》卷一云,"世率称楚骚、汉赋,《昭明文选》分骚、赋为二,历代因之,名义既殊,体裁亦别。然屈原诸作,当时皆谓之赋。《汉艺文志》所列诗赋一种,凡百六家,千三百一十八篇,而无所谓骚者。首冠屈原赋二十五篇,序称'楚臣屈原,离谗忧国,作赋以风',则二十五篇之目,即今《九歌》《九章》《天问》《远游》等作明矣。所谓《离骚》,自是诸赋一篇之名。太史传原,末举《离骚》而与《哀郢》等篇并列,其义可见。自荀卿、宋玉,指事咏物,别为赋体,扬、马而下,大演波流,屈氏诸作,遂俱系《离骚》为名,实皆赋一体也。"⑦

4. 骚与赋体裁不同。如《内编》卷一云,"骚与赋句语无甚相远,体裁则大不同:骚复杂无伦,赋整蔚有序。骚以含蓄深婉为尚,赋以夸张宏巨为工。"⑧

5. 认为陆机赋说乃六朝赋特色,非汉赋特色。如《外编》卷二云,"《文

---

① 纪昀等:《钦定四库全书总目·少室山房类稿》,第 2330 页。

② 张廷玉:《明史》卷 287《文苑传》,第 7382 页。

③ 胡应麟:《诗薮·内编》卷 1,上海古籍出版社 1979 年版,第 6 页。

④ 胡应麟:《诗薮·内编》卷 2,第 22 页。

⑤ 胡应麟:《诗薮·续编》卷 2,第 364 页。

⑥ 胡应麟:《诗薮·内编》卷 1,第 4 页。

⑦ 胡应麟:《诗薮·杂编》卷 1,第 248 页。

⑧ 胡应麟:《诗薮·内编》卷 1,第 6 页。

赋》云:'诗缘情而绮靡',六朝之诗所自出也,汉以前无有也;'赋体物而浏亮',六朝之赋所自出也,汉以前无有也。"①

6. 推尊汉赋,考辨汉赋篇目。胡应麟在《杂编》中说:"汉人赋冠古今,今所共称,司马、扬、班十余曹而已。余读《汉志》,西京以赋传者六十余家,而东汉不与焉,总之当不下百家。范史不志艺文,东汉诸人制作,遂概湮没无稽,《志》之所系如此。然班氏本《七略》而芟之者也,志之于略仅三之一,则西汉诸词赋家,亦仅半存而已。如司马相如友盛览,梁孝王客路乔如、公孙诡乘、邹阳、羊胜、韩安国,又庆虬之有《清思赋》,中山王《文木赋》,并载《稚川杂记》,志皆不收,则知西京之赋,已不啻百家,不必东汉也。"②他不仅据《汉书·艺文志》列出西汉诸赋,因为《汉书·艺文志》无"离骚楚辞类",他认为庄忌《哀时命》等骚辞也应入汉赋。此外,他还根据《昭明文选》《古文苑》等书,考证出一些两汉赋作,以续《汉书·艺文志》:

> 中山王赋一篇(《文木》)
> 邹阳赋二篇(《酒》,又代作《几赋》一篇)
> 羊胜赋一篇(《屏风》)
> 公孙乘赋一篇(《月》)
> 路乔如赋一篇(《鹤》)
> 公孙诡赋一篇(《文鹿》)——以上皆西京赋
> 刘歆赋二篇(《遂初》《甘泉宫》)
> 班彪赋二篇(《北征》《游居》)
> 班婕妤赋二篇(《自悼》《捣素》)——以上并西京赋。外,庆虬之《清思》,盛览二赋,俱不传。
> 冯衍赋一篇(《显志》)
> 傅毅赋二篇(《舞赋》,又《琴》,见《古文苑》末)
> 班固赋五篇(《两都》《幽通》《终南》《竹扇》)
> 班昭赋二篇(《东征》《针缕》)
> 张衡赋九篇(《西京》《东京》《南都》《思玄》《归田》《观舞》《骷髅》《冢》《温泉》)
> 梁竦赋一篇(《悼骚》)
> 崔篆赋一篇(《慰志》)

---

① 胡应麟:《诗薮·外编》卷2,第146页。
② 胡应麟:《诗薮·杂编》卷1,第252页。

　　　　马融赋二篇(《长笛》《围棋》)

　　　　崔实赋一篇(《大赦》)

　　　　黄香赋一篇(《九官》)

　　　　杨乂赋一篇(《云》)

　　　　李尤赋一篇(《函谷关》)

　　　　边让赋一篇(《章华》)

　　　　蔡邕赋八篇(《述行》《汉津》《弹棋》《短人》《笔赋》,又《古文苑》末有《琴胡栗》《协和》《昏赋》三篇)

　　　　赵壹赋二篇(《穷鸟》《疾邪》)

　　　　杜笃赋二篇(《论都》,又《首阳山》)

　　　　张超赋一篇(《诮青衣》。按:超见《后汉文苑传》,虽东京末,非邈弟也。《古文苑》注有《青衣赋》,称蔡邕)

　　　　延寿赋三篇(《灵光》《王孙》《梦赋》。东京文字崛奇,无若文者。《梦赋》用字,韩《李皋碑》实出此)

胡应麟还审慎地指出:"右诸赋杂见众选,然亦往往有伪撰错其中。盖范史既缺《艺文》,而六朝好学两汉,如江淹《兔园》、陶潜《不遇》之类,赖名姓了然,不尔,后世便谓汉人作。惟昭明所选,略无可疑。即东汉赋自《两京》《三都》《灵光》《东征》《北征》《思玄》《归田》《幽通》《长笛》诸篇外,余存者非词义寂寥,章旨断缺,即浅鄙可疑,未有越轶《文选》之上者。西京虽作者众多,亡从悉考,律以选外所存,亦概可知。世人自大苏不满,百犬吠声,今较其衡鉴若斯,庸可轻忽?"并在段末注云:"祢衡、王粲以涉三国,故不录。然汉赋终于此,而赋亦尽于此矣。"①可见其推尊汉赋的倾向。

二、后七子派代表作家赋作

(一) 辞赋内容

1. 馆课、祥瑞等赋

　　马积高《历代辞赋总汇》据陈元龙《历代赋汇》收赵用贤②《万宝告成赋》,此赋又见于王锡爵《增定国朝馆课经世宏辞》卷十一,故为馆课赋,赵用贤是隆庆五年(1571)进士,选庶吉士,赋应作于庶吉士在馆期间。

---

① 以上俱见胡应麟《诗薮·杂编》卷1,第257—259页。

② 赵用贤,字汝师,常熟人。隆庆五年进士。历春坊赞善、南京国子祭酒、吏部侍郎等。有《松石斋集》,存赋1篇。朱彝尊:《明诗综》卷47,康熙四十四年六峰阁刻本。

李维桢①有《日方升赋》《经筵赋》,王锡爵《皇明馆课经世宏辞续集》卷十二收了隆庆二年进士沈一贯《经筵赋》,题注"隆庆戊辰(隆庆二年,1568)阁试"。《增定国朝馆课经世宏辞》卷十一收了王家屏、徐显卿、田一俊、陈于陛、张一桂等人《日方升赋》,诸人俱为隆庆二年进士,选庶吉士②,赋应为馆课赋,作于在馆期间③。李维桢亦为隆庆二年进士,选庶吉士,两篇赋虽未收入馆课集,亦应与诸吉士同作。

屠隆④有《滇海波恬赋》《五色云赋》,《五色云赋》是一篇祥瑞赋,《滇海波恬赋》,据《屠隆年谱》⑤,作于万历元年(1573),全篇 2022 字,赋设为西岳山人与东海生的问答之辞,描写东海之胜,而着重"滇海波恬",并以此象征政治的清明。《明诗纪事》说屠隆之诗:"长卿才气纵横,长篇尤极恣肆。惟任情倾泻,不自检束,未免瑜为瑕掩。"⑥但对于赋这种以"铺叙"为特色的文体,"任情倾泻"反而非常适合,如:

> 又如飓风不作,海若大喜。平波展镜,深不见底。天朗气清,廓落万里。曜灵出于旸谷,朝暾射乎扶桑。乘蹻郁而缥缈,沆瀣浮而苍茫。六合清尘,王风四张。百粤底定,物无灾伤。配美周京,海波不扬。若乃岛夷卉服,穷发荒陬。新罗高丽,朝鲜琉球。鸟衣黑齿,穿心飞头。海外之国,类千百计。雕题文身,兽形鸟语。天界夷夏,隔绝中土。莫不梯山航海,间关长征。重译款塞,来朝圣明。献琛质子,顿首阙庭。妖氛涤荡,寰宇澄清。海无惊波,东方以宁。于是玉帐昼闲,高牙夜寂。鸣笳不动,刁斗不击。元戎坐笑,围棋对客。椎牛飨士,超距投石。战卒解甲,健儿橐弓。水犀三千,貔貅万营。艅艎巨舰,舳舻艨艟。锦帆彩幔,青雀黄龙。莫不维缆海滨,横槊相连。高歌鼓吹,击榜叩舷。三

---

① 李维桢,字本宁,湖北京山人。隆庆二年进士。官南京礼部尚书。有《大泌山人集》,存赋 2 篇。《明史》卷 288《文苑传》,第 7385 页。

② 张居正等《明穆宗实录》卷 21:"(隆庆二年六月)选进士徐显卿、陈于陛、张一桂、沈一贯、李长春、韩世能、贾三近、王家屏、沈位、田一俊、朱赓、沈懋孝、张位、李熙、林景旸、徐秋鹗、张道明、邵陛、何维椅、李维桢、郭庄、王乔桂、刘东星、于慎行、范谦、张书、李学一、习孔教、刘应麒、郑国仕三十人,为翰林院庶吉士。""中央研究院"历史语言研究所 1962 年版,第 569 页。

③ 据《国榷》卷 65、66(中华书局 1958 年版,第 4087 页、第 4129 页),此科庶吉士于隆庆二年六月入馆,隆庆四年三月散馆授职。按:《皇明馆课经世宏辞续集》卷 12 收了沈一贯和张位《日方升赋》,这两人亦为隆庆二年进士,但沈赋题注"壬午作",张赋题注"万历壬午(万历十年,1582)阁试",存疑待考。

④ 屠隆,字长卿,浙江鄞县人。万历五年进士。曾任颍上县令、青浦县令、礼部主事等职,以逸去官,林居二十载。有《由拳集》等,存赋 7 篇。《明史》卷 288《文苑传》,第 7388 页。

⑤ 秦皖春:《屠隆年谱》,复旦大学 2003 年硕士学位论文,第 24 页。

⑥ 陈田:《明诗纪事》已签卷 6,《明代传记丛刊 14》,第 536 页。

军欢谑，喧阗彻天。或观涛于浦口，或弄潮于急湍。或试射钱塘之强弩，或戏掷驱石之长鞭。渔者垂詹何之纶，投任公之钓。搜潆洄之流，穷幽眇之岛。总江豚，罗海豨。取蚷蟹，索王鳣。帆樯相戛，和歌击鲜。

2. 咏怀、吊古等赋

咏怀赋卢柟①诸作较有特色。浦铣说卢柟："博闻强记，落笔数千言。为人踮弛，好使酒骂座，尝为邑令捕系狱。柟居狱中，益读所携书，作《幽鞫》《放招》二赋，词旨沉郁。"②《幽鞫赋》以《离骚》式骚体抒发了自己的抑郁之情，如：

> 縶鹏鸟之巢蚊睫兮，焉能戢此躯也。枕雕虎以燕憩兮，又谁知不我虞也。悲时晷之遄迈兮，曜灵忽其西藏。微霜沦而下降兮，恐瑶草之不芳。高驰志乎云中兮，乘精气而相伴。王乔衙衙而弗顾兮，赤松告余又荒唐。行偊偊独日暮兮，安放乎不死之乡。横冲波而微舟楫兮，天吴摇首而振怒。历泰山之坎轲兮，魍魉绞盼以当路。猨狄塞以在椆兮，虽轻捷其焉去。凤凰之罹罦罗兮，缚芟芟之华羽。抱郁轸以颓处兮，呼苍天以为直。戒五岳与向服兮，禅河海使听瘛。咎繇远以不闻兮，玄武违而莫恻。何群神之丰丰兮，灵炳耀而困恤。

《放招赋》序云："卢柟系狱三年，形容枯槁，智虑殙怒，若就死亡，"故赋招魂之词。顾起纶《国雅品》云："晋渡江来，赋几亡矣。自兹而作，有卢生焉，涉屈宋之华津，步班扬之高衢，弘音夕振，恍乎渔阳操挝，渊渊有金石声，眇觌创制，亦一代之赋手也……读《蠛蠓集》所载《幽鞫赋》，并狱中所上诸书，迹类韩囚，情同魏械，据愤郁之辞，于钳赭之顷，号哀迫切，良亦勤矣。竟大困十余年而始脱。斯人也，乃有斯厄。平反甫释，而年算靡永，卒槁槔于空门，此天之未定者也。假令置之金马、石渠间，则《上林》《羽猎》不足润色鸿业邪！"③王世贞《卢次楩集序》云："至读诸赋，则未尝不爽然自失也。三闾家言，忠爱悱恻，怨而不怒，悠然诗之风乎！"④卢柟又有骚辞《九骚》，其序云：

---

① 卢柟，字少楩，浚县人。以赀为太学生，负才忤县令。令诬以杀人，榜掠论死，系狱数年。谢榛走京师，为称冤，适平湖陆光祖代为县令，乃平反其狱，得不死。后遍游吴会，无所遇。有《蠛蠓集》，存赋 22 篇。《弇州四部稿》卷 83《卢楩传》，四库全书 1280 册，台湾商务印书馆 1986 年版，第 371 页。

② 浦铣著、何新文等校证：《历代赋话正集》卷 14，上海古籍出版社 2007 年版，第 128 页。

③ 顾起纶：《顾起纶诗话》，《明诗话全编 4》，江苏古籍出版社 1997 年版，第 3936 页。

④ 王世贞：《弇州四部稿》卷 64，四库全书 1280 册，第 123 页。

"《九骚》者,浚人卢柟之所作也。柟被诬抵法,逮系诏狱十年余,上官考验,率避嫌,弗肯原。庚戌(嘉靖二十九年,1550),平湖陆公宰邑,治政廉明,为法不苛,察其冤,平反之。今年秋,以不事权,乃迁南京祠部主事。柟痛失所天,不胜其悲哭别离之思,于是作《九骚》以摅其志云。"此赋分为九篇小赋,有全篇《离骚》式的,如第四、五、八、九章,有全篇《九歌》式的,如第三、七章,也有杂言式的,如第一、二、六章。其中《九歌》式的形式变幻多样,与《离骚》式一起,构成了此赋哀感愤发的基调,淋漓尽致地抒发了作者的"悲哭别离之思",如第一章:

> 嗟夫,山川之郁块也!胤秀兮揭日月而载光。矫节兮若出浮云,凌厉横处兮超未央。发轫兮聊将与行,决嚳兮径度乎紫宫。翩翱容与兮圜视之无垠,踆踚攘袂兮抉茂而辅新。酿化兮士女要蔑而流诵声。欻逝兮物爱之不可憖,悯怆兮而私自沦。雉渐渐以飞雊兮,蝉嘒嘒而摇鸣。燕翩翩以窥巢兮,蟋蟀哀响于户庭。悼犬马之余齿兮,荷君子之明馨。仰涓涘之无报兮,徒呕裂乎血衷。独竭思而忘寝兮,若羁旅之无雠邻。望南云以慨叹兮,心摇摇于旆旌。

马积高先生说:"卢楠以辞赋著称,为王世贞等所推许,实则情寡辞繁,不称其名。"①颇过于苛求,卢柟辞赋自有他人不及之处,"今观其集,虽生当嘉、隆之间,王李之焰方炽,而一意往还,真气坌涌,绝不染钩棘涂饰之习。盖其人光明磊落,藐玩一时,不与七子争声名,故亦不随七子学步趋。然而榛救之,世贞称之,柟反以是重于世,亦可谓毅然自立,无所依附者矣。"②

　　其他诸人的咏怀赋,宗臣③《叹逝赋》为代作,叹息"当青鬓之盛年,奄乘云以归帝乡"。汪道昆④《闵世》、俞允文⑤《离愍赋》、王道行⑥《闵赋》、王

---

① 马积高:《历代辞赋研究史料概述》,中华书局 2001 年版,第 142 页。

② 纪昀等:《钦定四库全书总目·蠛蠓集》,第 2330 页。

③ 宗臣,字子相,江苏兴化人。嘉靖二十九年进士。以御倭寇功,升福建提学副使,卒于官。有《宗子相集》,存赋 2 篇。《明史》卷 287《文苑传》,第 7378 页。

④ 汪道昆,字伯玉,歙县人。嘉靖二十六年进士,累官兵部左侍郎。有《太函集》,存赋 2 篇。《明史》卷 287《文苑传》,第 7382 页。

⑤ 俞允文,字仲蔚,昆山人。年十五作《马鞍山赋》,人争称之。十七岁以《易》学出试郡学,补为郡庠弟子员。后闭户读书,以诗文自娱。有《仲蔚先生集》,存赋 16 篇。本集附王世贞《俞仲蔚先生墓志铭》,四库全书存目丛书集部 140 册,第 803 页。

⑥ 王道行,山西阳曲人。嘉靖二十九年进士。存赋 1 篇。朱保炯、谢沛霖:《明清进士题名碑录索引》,上海古籍出版社 1980 年版,第 267 页。

世贞《离闵》等赋，或悯世，或悯己，或骚体，或骈体，不拘一格。黎民表①《释志赋》抒发个人不平心志，"风骨典重，无绮靡涂饰之习。"②

吊古赋值得一提的是王世贞《登钓台赋》，此赋作于隆庆三年（1569）秋，写作者与"金华栝苍之伯"登游严陵钓台，赋的写法颇似苏轼《赤壁赋》，赋末表达"渭川钓利，桐江钓名"的评价，颇有翻案的意味在内。《中国辞赋发展史》云，"表现出他精卓的历史观，又显示其对现实虚矫的鞭挞"③，其实这种观点并没有多"精卓"，自明太祖朱元璋笔伐严子陵之后，这样的观点并不在少数。朱元璋《严光论》云："昔汉之严光，当国家中兴之初，民生凋敝，人才寡少，为君者虑恐德薄才疎，致生民之受患，礼贤之心甚切，是致严光、周党于朝，何期至而大礼茫无所知，故纵之飘然而往，却乃栖岩滨水以为自乐。吁，当时举者果何人欤？以斯人闻上，及至不仕而往，古今以为奇哉，在朕则不然。且名爵者，民之宝器，国之赏罚，亘古今而奔走天下豪杰者是也。《礼记》曰：'君命赐，则拜而受之'，其云古矣。聘士于朝，加以显爵，拒而弗受，何其侮哉！朕观此等之徒，受君恩罔知所报，禀天地而生，颇钟灵秀，故不济人利物。愚者虽不知斯人之奸诡，其如鬼神何！且彼乐钓于水际，将以为自能乎？不然，非君恩之旷漠，何如是耶？假使赤眉、王郎、刘盆子等辈混殽未定之时，则光钓于何处？当时挈家草莽，求食顾命之不暇，安得优游乐钓欤？今之所以获钓者，君恩也。假使当时聘于朝，拒命而弗仕，去此而终无人用，天子才疎而德薄，民受其害，天下荒荒，若果如是，乐钓欤？优游欤？朕观当时之罪人，罪人大者，莫过严光、周党之徒，不正忘恩，终无补报，可不恨欤？"④沈德潜云："明人咏严陵者，以此章（张以宁《严陵钓台》）为最。如'羞见先生面，黄昏过钓台。''不有云台诸将力，钓台亦在战争中'，皆风雅之魔道也。"⑤在明祖之笔伐下，这种"风雅之魔道"并不在少数，王世贞也受了时代的影响。宗臣也有《钓台赋》，作于嘉靖三十六年（1557）秋，但还是传统观点，赞美严陵"何佳人之夸姣以抗行兮，乃独抱孤贞而自全"。

① 黎民表，字惟敬，广东从化人。嘉靖十三年举人。授翰林院孔目，迁吏部司务，以能文用为制敕房中书，后官河南布政参议。有《瑶石山人稿》，存赋3篇。《明史》卷287《文苑传》，第7366页。

② 纪昀等：《钦定四库全书总目·瑶石山人稿》，第2322页。

③ 郭维森、许结：《中国辞赋发展史》，江苏教育出版社1996年版，第720页。

④ 朱元璋：《明太祖文集》卷10，四库全书1223册，第104页。

⑤ 张以宁：《严陵钓台》注，沈德潜《明诗别裁集》卷1，河北人民出版社1997年版，第6页。

欧大任①《南粤赋》,赋序云:"嘉靖丁酉(嘉靖十六年,1537),余经泷口任将军故城,溯浈水,问尉陀万人城所在。还登越王台,求秦汉遗迹,于是作赋。"故此赋为吊古赋。黎民表《粤王台赋》,此粤王台即欧大任《南粤赋序》之"越王台",乃汉初南越王赵佗所筑,赋写作者登上粤王台,抒发吊古之情。

3. 咏物、山水等赋

王世贞的咏物赋较多,他的《弇州四部稿》和《续稿》都收有赋,作于不同时期,"《四部正稿》为世贞抚郧阳时所刊,《续稿》则世贞乞休后,手衰晚岁之作,以付其少子士骏者,至崇祯间其孙始锓以行世。"②《二鹤赋》《二鸟赋》《金鱼赋》《锦鸡赋》等出自《四部稿》,作于前期,《白鹦鹉赋》《红鹦鹉赋》《红倒挂鸟赋》《驯鸽赋》等出自《续稿》,作于晚年。《二鹤赋》写尚书刑部省中的二鹤,日食官廪,优游长年,然每一骧首,云霄之翼,嘹唳踯躅,若有所恨慕者,作者悲其翮铩而不得飞,嗦结而不能言,故为此短赋。《二鸟赋》,所谓"二鸟",乃一蝉一萤。之所以称为"鸟",来自《大戴礼记》:"丹鸟羞白鸟。丹鸟者,谓丹良也。白鸟,谓蚊蚋也。其谓之鸟,何也?重其养者也,有翼者为鸟。羞也者,进也,不尽食也。"③丹良即萤。《金鱼赋》描写作者所养金鱼。《锦鸡赋》描写郧阳山中之锦鸡。《白鹦鹉赋》,此白鹦鹉乃徐中行所赠,作者赋之。《红鹦鹉赋》,此红鹦鹉乃张春宇赠于作者之弟王世懋,后薄命而夭,作者赋之。《红倒挂鸟赋》描写作者所买一红倒挂鸟。《驯鸽赋》写作者所养驯鸽,"颇极美丽,飞雏循性,饮啄得所",作者为赋之。

世贞博学,作赋重考证,除了《二鸟赋》据《大戴礼记》以考,《锦鸡赋》的赋序也有考证:"郧山中多锦鸡,五色可爱,古不经见。至明而定为二品服章,人始称之。按《尔雅》纪雉有数种,曰鷩者,似山鸡而小冠,背毛黄,腹赤,项绿色鲜明,疑即此物也。又《尚书》'山龙华虫'注:华虫,雉也,一云鷩雉也,当时服章所取,意或由此。"《红倒挂鸟赋》的赋序考证,甚至超过了赋正文。这些咏物赋不仅状物貌,而且传物神,有较高的艺术水准。

他还有《玄岳太和山赋》,玄岳太和山即武当山,又称仙室山,永乐帝时尊为"太岳",《明史·方伎传》:"(永乐帝)乃命工部侍郎郭琎、隆平侯张信等,督丁夫三十余万人,大营武当宫观,费以百万计。既成,赐名太和太岳

---

① 欧大任,字桢伯,广东顺德人。由岁贡生历官南京工部郎中。有《思玄堂集》《蘧园集》。存赋1篇。《明史》卷287《文苑传》,第7366页。
② 纪昀等:《钦定四库全书总目·弇州四部稿》,第2325页。
③ 黄怀信:《大戴礼记汇校集注》,三秦出版社2004年版,第282页。

山。"①嘉靖帝时复尊为"玄岳"。赋作于万历三年(1575)春三月,谢榛《四溟诗话》卷四云,"诗赋各有体制,两汉赋多使难字,堆垛联绵,意思重叠,不害于大义也。"②王世贞虽无此语,似也认同,此赋"多使难字,堆垛联绵",如写武当山宫阙之建造:

> 于是太史觇土,奉常告时。五鸠鸠民,将作庀材。左驸马而右中涓,六传骚以趀催。襄邓宛洛之民,蹄击毂隐。楚甡蜂午以逆上,陇木骈阗而顺来。于于禺禺,千唱万随。陆啸激湍,冬欢骤雷。乃使倕输穷巧,获万既力。分模紫宫,取则宸极。又以踔翼乎九阊,历清微而叩大赤。命觜陬而佐之,俾象锵锵之积石。怳若入于函谷,历落兮离宫之四百。净乐依稀乎东朝,玉虚仿佛乎未央。紫霄桀骜乎甘泉,南岩差池乎阿房。五龙窈窕乎馺娑,迎恩雍和乎鼓簧。观则复真胚始,仁威慑降。元和迁校之府,龙泉气炼之场。莫不堞岭隍堑,冠峰带冈。分背寒暑,别成阴阳。潺湲琼涩,絪缊象郎。里郁律而径廷,表巉嵯以直当。彩栭扻扔以戢香,文楣鞞鞢而纵横。晨星荧煌乎壁镜,雌蜺夭蟜乎茄梁。乃复发重饟氏之所藏,使和氏选而攻之。玢瓈枝斯,庑璊玗琪。像帝之真,理别须麇。璘瞱辇瓃珸,壁瑀珪珽。琢为宸座,蠼跪虬螭。乃籍濞邓,付区稽。和合鉥釽,鼓鞴垆椎。细则禹鼎之颣靡,巨则秦廷之欺慝。锯牙凿齿,燕颔虥翼。之类足方,良手蚑魃。晼蜂眸而欲搏,夅血吻以将噬。感丰融之胅夅,意嫫婺而求退。药房寡窣,栌栭肤致。鹤盖棽丽,鸾吹流利。馂㹠余之泔淡,眠归云之黮黭。此其陶然乐而跳尘世者也。

卢柟《天目山赋》题注:"为孝丰封君南山吴公作",赋设为吴王夫差与王孙弥庸、大夫申叔仪的问答之辞,以赋天目山。张佳胤③《昆仑洞赋》描写福建泉州永春之昆仑洞,从远、近、阴、阳、东、西、上、下等各个方位描写昆仑洞,展示了昆仑洞的全貌。

屠隆《霞爽阁赋》为其族孙晙之霞爽阁作,赋设为玄览先生息心丘壑,建霞爽阁以骋情,在霞爽阁之快意生活。其描写霞爽阁之阴晴景色,颇有范仲淹《岳阳楼记》的风神:

---

① 张廷玉:《明史》卷299《方伎传》,第7641页。
② 谢榛:《四溟诗话》卷4,历代诗话续编,第1205页。
③ 张佳胤,字肖甫,四川铜梁人。嘉靖二十九年进士,累官至兵部尚书。有《崌崃集》,存赋1篇。《明史》卷222《张佳胤传》,第5857页。

尔其疾风崩云，海水若惊。白波相摧，山岳鼓舞。乘蹻翕张，烟沙莽互。氤氲霾霧，挥霍吞吐。砰磅訇礚，谺呀吼怒。大声振谷，余响排户。凭虚一览，黮不可睹。激悲壮之长言，收跌宕于灵府。

至若万里无翳，天高气朗。明月照而雕阑空，天河低而朱扉敞。江青海碧，飒然萧爽。若标霞光而孤映，溯元化而敬往。

其《明月榭赋》为沈明臣作，也是设为"隐侯""退栖中林"，筑高阁，开芳榭，在明月榭之登览、读书生活。卢柟《水亭赋》为太原王公作，写王公"爱构水亭，汾堤之下"，并托游于此。其《嘉禾楼赋》，为张佳胤所建嘉禾楼作，颂扬张之美政。

4. 人事、应酬等赋

屠隆《逍遥子赋》塑造了一个"悦荡而少营""清虚而寡欲"的逍遥子形象，此逍遥子实际上就是作者的化身。王世贞《老妇赋》设为楚王与宋玉的问答之辞，描写一老妇：

晚娶败媪，厥字嫫母。五逐长鳏，三嫠不售。曷鼻皵肩，挛膝昂肘。额若蒙箕，颊若丛玑。耳若张蝠，齿若焦犀。指若蚵蟘，踵若蹲鸥。舌若橐蛋，目若含弹。发若刺猬，眉若结蔓。顶若峨阜，尻若承案。掐心若呕，学步若跛。龋笑若哭，振袖若裸。咳唾兢发，津汗潦堕。高春乍起，沐不及栉。剽攘中厨，嘈杂织室。百艺莫解，小善淫泆。夜媚主父，肩胁肤战。捐辅属体，披靡婉孌。甘辞泉涌，投主之宴。媚言焱出，乘主之间。捶捞炮烙，淫刑百端。侧目摇手，噤曷敢言。嫡孽流离，淑美弃捐。乃发主藏，胪积资。黄金为介，白金为媒。珊瑚为矢，明珠为罘。招要轻薄，挑媚游冶。昏旦无间，妍恶莫舍。畴不掩鼻，唯贿是藉。淫目耽耽，揄袂以嬉。淫声喷喷，溢臣之居。牝鸡司晨，枯杨生梯。

此赋出自《弇州四部稿》，是王世贞前期赋作。结合当时时政，知此赋乃影射嘉靖朝权臣严嵩。据《明史》卷308《奸臣传》，严嵩于"二十一年八月，拜武英殿大学士，入直文渊阁，仍掌礼部事。时嵩年六十余矣，精爽溢发，不异少壮。"[1]"嵩无他才略，惟一意媚上，窃权罔利。帝英察自信，果刑戮，颇护己短，嵩以故得因事激帝怒，戕害人以成其私。张经、李天宠、王忬之死，嵩

① 张廷玉：《明史》卷308《奸臣传》，第7915页。

皆有力焉。"①"士大夫辐辏附嵩,时称文选郎中万寀、职方郎中方祥等为嵩文武管家。尚书吴鹏、欧阳必进、高耀、许论辈,皆惴惴事嵩。"②赋写老妇之丑、淫、媚等特点,正与严嵩吻合。马积高《赋史》云:"此赋结构虽较简单,却颇为生动地反映出老贼严嵩与世宗之间的丑恶关系,给人以深刻的印象。"③

表彰节妇的赋有屠隆《闵贞赋》,为翟节妇作。黎民表《双节赋》则赞美"高梁之淑媛",她不仅"从一而终",而且认为"庇宗之为大",抚养遗孤,正如赋末乱辞所云"匪惟女仪,实母则兮",是双节之仪范。

卢柟曾被诬系狱十余年,得各方营救,方得出狱,他的《酬德赋》为酬谢赵王而作,此赋序云:"柟自庚子岁(嘉靖十九年,1540)被诬系狱十年余,自分朽骸,永绝人世。赵王殿下悯然锡柟四赋,洒以睿藻,用雪梧台之冤。壬子(嘉靖三十一年,1552)冬,柟既以上命平反,乃如赵朝谢,王哀其穷,锡之珍馔肉药,宠龙涣瀚,天日迭耀,方之宣城所感,为德何如? 然神以理超,情以文遣,匪辞之丽,斯焉取酬。于是因谢名篇,聊著鄙赋。"除此之外,卢柟还有一些应酬赋。其《梦洲赋》为陆光祖作(陆光祖号梦洲,卢柟有《送陆明府梦洲入觐》诗),此赋序云:

　　柟曰:鄙人朴质,蒙侍君子。于罗太公为《云滨赋》、王别驾《龙池赋》、董封君《邃养赋》、李郡伯(李攀龙)《沧溟赋》、张户部(张佳胤)《嶐山赋》(即《嶐昆山赋》),陆大人作《梦洲赋》。

上述赋除《邃养赋》外,其它俱存。这些赋的序往往叙写对受知诸人的感激之情,如《嶐昆山赋》序:"嶐昆山,即古巴岳也,为梁蜀雄镇,俯临巴江,而其上多名观,产仙茅。长庆中有服之者辄仙去。铜梁张公(张佳胤)爱其岩岫峻崿,遂自称为嶐山云……仆不肖,偎侍公颜范,偃仰缔思,聊著斯赋,下里之音,谅见诮于郢匠焉尔。"除此之外,卢柟《嵩阳赋》题注:"为汝南刘嵩阳作",《泰宇赋》题注:"为孙滑县(指上海人孙应魁)作",亦为应酬之作。王世贞云:"赋至何、李,差足吐气,然亦未是当家。近见卢次楩繁丽浓至,是伊门第一手也。惜应酬为累,未尽陶洗之力耳。"④今观卢赋,确然。

――――――――――

　　① 张廷玉:《明史》卷308《奸臣传》,第7916页。
　　② 张廷玉:《明史》卷308《奸臣传》,第7917页。
　　③ 马积高:《赋史》,上海古籍出版社1987年版,第530页。
　　④ 王世贞:《艺苑卮言》卷6,历代诗话续编,第1048页。

（二）辞赋艺术

1．"祖骚"

后七子派代表作家共留存 76 篇赋作,骚体赋有 19 篇,占总数的 25%,相比前七子,骚体赋的比率下降不少。

《离骚》式骚体赋有王世贞《二鹤赋》《静姬赋》《后静姬赋》、卢楠《幽鞠赋》、宗臣《钓台赋》《叹逝赋》、汪道昆《闵世》、黎民表《释志赋》《双节赋》、俞允文《离愍赋》《玉屏山居赋》《黄蔷薇赋》《悼往赋》《午山赋》等 14 篇,仍然占骚体赋总数的绝大多数。

卢楠《惜毁赋》《怀隐赋》是《九歌》式骚体赋,而且,其句式也不拘《九歌》正式"□□□兮□□□",而是不断变换句式。

《橘颂》式,陈绎曾称为"四言兮字式",与"四言只字式"都是具有楚辞特点的"兮""只""些"等字出现在偶句句末。卢楠《放招赋》全篇用"且"字,也属于此式范围,如"魂兮归来,憩华夏且。"

杂言式骚体赋的组合形式有二种:《离骚》式+《九歌》式,如赵用贤《万宝告成赋》;《九歌》式+《橘颂》式+句句兮+非兮,如卢楠《广招隐赋》。

2．"宗汉"

后七子派宗汉的赋作有王世贞《玄岳太和山赋》《土木赋》《二鸟赋》《老妇赋》《愁赋》《白鹦鹉赋》《红鹦鹉赋》《驯鸽赋》、俞允文《蟋蟀赋》《拟艳赋》《瑞室赋》《来雁赋》《白鹦鹉赋》《桃赋》《菊赋》《谖草赋》、屠隆《溟海波恬赋》《霞爽阁赋》《闵贞赋》《逍遥子赋》《明月榭赋》《欢赋》《五色云赋》、李维桢《经筵赋》、张佳胤《昆仑洞赋》、卢楠《嵩阳赋》《天目山赋》《梦洲赋》《龙池赋》《云滨赋》《沧溟赋》《昆仑山人赋》《水亭赋》《泰宇赋》《寿成皋王赋》《秋赋》《遂虚赋》①等近 40 篇,超过了祖骚的骚体赋,其中不仅有像王世贞《玄岳太和山赋》那样近三千字的长篇巨制,也有二三百字的短篇佳构,如俞允文《拟艳赋》。

七体有王世贞《七扣》与汪道昆《七进》。汪道昆《七进》描述为襄王祝寿进贺之礼。王世贞《七扣》设为齐大夫有疾,吴使者问疾,说七事以起大夫之疾。前六事都未能起大夫之疾,唯最后一事方陈,大夫"揖让之间,疾病良已"。

王世贞《锦鸡赋》有荀卿赋的特色,而多了乱辞:"乱曰:唉喋禾黍,聊容

---

① 按:四库全书本《蠛蠓集》卷 3《遂虚赋》,误把《遂虚赋》与《广招隐赋》混为一篇,从"明月屿兮珊瑚洲"句起至结尾,实为《广招隐赋》之结尾,而《广招隐赋》漏收。《总汇》第 8 册 6726 页据四库本《蠛蠓集》收《遂虚赋》,结尾有误,《遂虚赋》的正确结尾,应为"校记"所列。第 8 册 6732 页据明刻本《蠛蠓集》收入《广招隐赋》。

裔兮。不自知贱,安知贵兮。食子之食,匪以惠兮。所苦笼絷,愿从此逝兮。"

3. 骚汉杂糅

后七子派也有一些骚汉杂糅式的赋作:如卢柟《嘉禾楼赋》《酬德赋》《嚧昆山赋》、欧大任《南粤赋》、俞允文《九日赋》、李攀龙①《锦带赋》、王世贞《金鱼赋》《竹林七贤图赋》等。

4. 承唐袭宋

李维桢《日方升赋》,上文说到是一篇馆课赋。"调元云'有明馆阁课试,率由学士命题,未有定式,于是天(八)韵之作歇绝者几四百年'。是工于律赋者,推李维桢、黄辉矣。"②明朝的馆试赋没有规定用律赋或古赋,赋家创作沿袭长久以来的传统作古赋,但也间有律赋。李赋对仗工整,音律和谐,如:

> 远而望之,红葩灿烂,玉井莲花之初发;迫而察之,朱盘的皪,楚江萍实之半渡。敛积雾于千峰,文腾赤乌;映朝霞之五采,象出金乌。觉曙天鸡,递吁音于翠落;欣旸威凤,咔清吭于苍梧。重轮表瑞,驾羲驂而容与;两珥呈祥,缓仙佩以翩翻。蚌甲新分,目炫火齐之色;蜃楼肇启,枝悬若木之暾。葵倾心而待景,叟攘臂以迎暄。群蒙渐晰,万物含辉。影未遍于八纮,虚闻杖逐;次始行于三舍,岂借戈挥。星启明以前导,雪见睍而咸消。夜旦齐山,罢饭牛之浩叹;曦回蜀郡,闻林犬之争嚪。望长安而尚远,离蓬岛以非遥。待漏求衣,宸极寝未央之间;耕田凿井,康衢播出作之谣。学士清严,砖未过于倍四;幽人旷逸,竿甫见于函三。童子何知,聚车轮而构辨;宣尼非圣,揽去辔以增惭。

李调元评价"远而望之"几句,"可谓精金美玉,不减唐人,而一种秀润之气浮于笔端。"③

王世贞《登钓台赋》不仅语言似苏轼《赤壁赋》,赋末"渭川钓利,桐江钓名"的议论,也与宋赋喜发议论的手法相似。黎民表《粤王台赋》结尾的议论也体现了宋赋的特色:"乘时者先奋,守险者莫当。龙洲非表里之地,鹏溟岂百二之乡。卜洛者处其中,入关者搤其吭。彼宴安于江介,夫安取乎允

---

① 李攀龙,字于鳞,历城人。嘉靖二十三年进士。初授刑部主事,历陕西提学副使,官至河南按察使。有《沧溟集》,存赋 1 篇。《明史》卷 287《文苑传》,第 7377 页。
② 铃木虎雄:《赋史大要》第五篇"律赋时代",《赋话广聚 6》,第 706 页。
③ 李调元:《雨村赋话》卷 6,续修四库全书 1715 册,第 671 页。

长。然而窃国者百祀,称制者五王。岂不以藩篱足以自卫,琛赆可以争强。使吕嘉悔祸而内属,南武裂地而分疆。安知不与卯金乎竞爽,而自底于灭亡。虽天运之匪忱,亦人谋之不臧。谅覆车之当戒,奚高台之怵伤哉?"

第三节　复古派的盛行

一、赋作的繁盛

（一）馆课应制、祥瑞京都、文治武功等赋

嘉靖时期,庶吉士制度已趋于完善,王锡爵、沈一贯辑《增定国朝馆课经世宏辞》卷 11 和王锡爵、陆翀之辑《皇明馆课经世宏辞续集》卷 12 都收入一些馆课赋,现结合其它材料,列馆课赋如下①:

《京闱秋试举人廷见赋》（正德十六年—嘉靖元年②）　李默③

《春初赋》/《初春赋》（嘉靖四十四年—隆庆元年④）　　王弘诲⑤　陈经邦⑥

《嘉禾赋》（嘉靖四十五年—隆庆元年⑦）　陈经邦（2）　许国⑧　沈鲤⑨

---

① 按:《增定国朝馆课经世宏辞》提要:"其中搜采极富,而所收多课试之作。"（四库全书存目丛书补编 18 册,齐鲁书社 2001 年版,第 673 页）但不全是课试之作,《皇明馆课经世宏辞续集》亦然。如《续集》卷 12 收姚涞《白兔赋》,题注"嘉靖癸未（嘉靖二年,1523）阁试",误。姚涞是嘉靖二年状元,此赋序云"属者西蜀宪臣获白兔以贡于阙下",指嘉靖十一年（1532）十一月,四川抚臣献白兔的事,不是嘉靖二年的阁试题。

② 李默此赋题注曰"馆课",应为馆课赋。据《国榷》卷 52（第 3229 页、第 3270 页）,此科庶吉士于正德十六年五月入馆,嘉靖元年十一月散馆授职,赋应作于在馆期间。

③ 李默,字时言,瓯宁人。正德十六年进士。嘉靖间累官翰林学士,为赵文华所构,入狱死。有《群玉楼集》,存赋 1 篇。《明史》卷 202《李默传》,第 5337 页。

④ 王弘诲《天池草》卷 14 收入《春初赋》,并标"馆课"。陈经邦题作《初春赋》,收在陈经邦《皇明馆课》卷 43（四库禁毁书丛刊补编 49 册）。此科庶吉士于嘉靖四十四年六月入馆（《明世宗实录》卷 547,第 8836 页）,隆庆元年三月散馆授职（《国榷》卷 65,第 4048 页）。

⑤ 王弘诲,字忠铭,广东定安人。嘉靖四十四年进士。累官南京礼部尚书。有《天池草》,存赋 1 篇。本集卷首区大伦《忠铭王先生传》,四库全书存目丛书集部 138 册,第 11 页。

⑥ 陈经邦,字公望,莆田人。嘉靖四十四年进士。累官至礼部尚书。有《群玉山房诗稿》,存赋 4 篇。《明诗纪事》己签卷 15,《明代传记丛刊 14》,第 676 页。

⑦ 按:陈经邦等三人俱为嘉靖四十四年进士,选庶吉士。沈鲤《嘉禾赋》有"粤惟我皇践祚",赋作于嘉靖四十五年十二月穆宗即位,至隆庆元年三月散馆之间。

⑧ 许国,字维桢,歙县人。嘉靖四十四年进士。万历十一年,以礼部尚书兼东阁大学士,入参机务。有《许文穆公集》,存赋 3 篇。《国朝献征录》卷 17 王家屏《许公国墓志铭》,续修四库全书 525 册,第 695 页。

⑨ 沈鲤,字仲化,归德人。嘉靖四十四年进士。累官礼部尚书。存赋 1 篇。《明史》卷 217《沈鲤传》,第 5733 页。

《圣驾临雍赋》(隆庆元年①)　许国　戴洵②　陈经邦

《经筵赋》(隆庆二年—隆庆四年③)　沈一贯④　罗万化⑤　张道明⑥

　　　陈于陛⑦　李长春⑧　范谦⑨

　　　王家屏⑩　李维桢

《日方升赋》(隆庆二年—隆庆四年⑪)

　　　李维桢"维此曜灵"篇　韩世能"原夫一元既辟"篇⑫

　　　张位"上天之载"篇⑬　沈一贯"繄大明之炳曜兮"篇⑭

---

①　按:《皇明馆课经世宏辞续集》卷 12 收入许国赋,题注云"乙丑(嘉靖四十四年,1565)阁试",然许国赋中有"岁初元之丁卯(隆庆元年,1567),月载纪乎王春",赋应为庶吉士期间,作于隆庆元年的馆课赋。

②　戴洵,奉化人。嘉靖四十四年进士。存赋 1 篇。《明清进士题名碑录索引》,第 1397 页。

③　据《国榷》卷 65、66(第 4087 页、第 4129 页),此科庶吉士于隆庆二年六月选入馆,隆庆四年三月散馆授职,赋作于在馆期间。沈位、于慎行各有《经筵赋》,因是反复古派,此处不列。

④　沈一贯,字肩吾,鄞县人。隆庆二年进士。累官户部尚书,武英殿大学士。有《喙鸣诗集》,存赋 11 篇。《明史》卷 218《沈一贯传》,第 5755 页。

⑤　罗万化,字一甫,会稽人。隆庆二年状元,累官礼部尚书。有《世泽编》,存赋 1 篇。《明诗综》卷 51。

⑥　张道明,浙江余姚人,隆庆二年进士。存赋 1 篇。《明清进士题名碑录索引》,第 473 页。

⑦　陈于陛,字元忠,南充人。隆庆二年进士。万历二十一年,拜礼部尚书,领詹事府事。寻以本官兼东阁大学士,入阁参政。有《万卷楼稿》,存赋 2 篇。《国朝献征录》卷 17 陈懿典《陈公于陛墓志铭》,续修四库全书 525 册,第 702 页。

⑧　李长春,四川富顺人,隆庆二年进士。存赋 1 篇。《明清进士题名碑录索引》,第 1315 页。

⑨　范谦,字含虚,江西丰城人。隆庆二年进士。累官礼部尚书。有《双柏堂集》,存赋 1 篇。《明诗综》卷 51。

⑩　王家屏,字忠伯,山西山阴人。隆庆二年进士。万历十九年至二十年任内阁首辅。有《复宿山房集》,存赋 2 篇。《国朝献征录》卷 17 于慎行《王文端公传》,续修四库全书 525 册,第 698 页。

⑪　作《日方升赋》的诸人俱为隆庆二年进士,选庶吉士,赋作于在馆期间。《皇明馆课经世宏辞续集》卷 12,张位《日方升赋》题注"万历壬午(万历十年,1582)阁试"(四库禁毁书丛刊集部 93 册,第 272 页),不知何故,存疑。沈位有《日方升赋》"观夫太阳之为照"篇,因是反复古派,此处不列。

⑫　韩世能,字存良,长洲人。隆庆二年进士。历侍读、祭酒、礼部侍郎等。有《云东拾草》,存赋 1 篇。《明史》卷 216《韩世能传》,第 5701 页。

⑬　张位,字明成,新建人。隆庆二年进士。累官礼部尚书。有《闲云馆集钞》,存赋 1 篇。《明史》卷 219《张位传》,第 5777 页。

⑭　按:《总汇》第 8 册 6882 页据沈一贯《喙鸣诗集》卷 1 收入《日方升赋》"于赫大明"篇为沈一贯作,而王锡爵、沈一贯《增定国朝馆课经世宏辞》卷 11 则以"于赫大明"篇为张一桂作。《喙鸣诗集》为沈一贯曾孙所重校(续修四库全书 1357 册,第 518 页),年代久远,有误,应据《宏辞》。《皇明馆课经世宏辞续集》卷 12,沈一贯《日方升赋》为"繄大明之炳曜兮"篇(四库禁毁书丛刊集部 93 册,第 271 页),即误收于第 8 册 6887 页徐显卿《日方升赋》,应据《宏辞续集》。

　　　徐显卿"曜灵出震"篇①　　田一俊"伊曜灵之霍烁兮"篇②
　　　王家屏"圆盖垂象"篇③　　陈于陛"伊高天之沈寥"篇
　　　张一桂"于赫大明"篇④

　　除了馆课试赋，在其它一些考试场合，也间有试赋。如刘成穆⑤《嘉禾赋》，朱孟震《浣水续谈》卷1"刘玄倩"条："嘉靖辛卯（嘉靖十年，1531），朝绅（刘成穆父）督饷江西，留玄倩侍其母，柱史熊云梦、宗宪张南溟檄有司起试，试《嘉禾赋》、经义各一，比成，日未中，读之蔚然，因强入试院，以《春秋》举乡试第三。"⑥又如马一龙⑦《春日登凤凰台前赋》，题注："吏部以失期试题"。

　　嘉靖帝统治时间长达四十五年，他兴致所至，也创作一些辞赋，臣下的应制之作就更多了。现依时间为序，胪列如下：

　　嘉靖六年（1527）十二月，河南灵宝、山西芮城地段黄河水清，七年（1528）十一月，廖道南⑧效杨士奇《河清赋》作《瑞应河清赋》。

---

①　徐显卿，字高望，长洲人。隆庆二年进士。官至吏部侍郎。有《天远楼集》，存赋3篇。《钦定四库全书总目·天远楼集》，第2480页。按：《总汇》第8册6887页，据陈元龙《历代赋汇》收入"繁大明之炳曜兮"为徐显卿之作，而据王锡爵《增定国朝馆课经世宏辞》卷11，徐显卿之作为"曜灵出震"篇。应据王锡爵所收。

②　田一俊，字德万，福建大田人。隆庆二年进士。累官礼部左侍郎。有《钟台遗稿》，存赋2篇。《明诗综》卷51。按：《总汇》第8册6885页据《历代赋汇》收《拟日方升赋》"圆盖垂象"，据《钟台先生文集》收《日方升赋》"伊曜灵之霍烁兮"、《铅粉赋》，共3篇。《拟日方升赋》实为王家屏之作。

③　按：《总汇》第8册6858页，收入"伊高天之沈寥"篇为王家屏之作，第8册6838页重收，作者为陈于陛。此文实为陈于陛作（《南充县志》卷12收陈于陛赋，《中国地方志集成·四川府县志辑55》，巴蜀书社1992年版，第542页）。王家屏《日方升赋》据《增定国朝馆课经世宏辞》卷11，应为"圆盖垂象"篇，即误收于《总汇》第8册6885页田一俊名下的《拟日方升赋》。

④　张一桂，字稚圭，祥符人。隆庆二年进士。历翰林院编修、南京国子祭酒、礼部左侍郎。存赋1篇。《国朝献征录》卷35赵志皋《张公一桂墓志铭》，续修四库全书526册，第689页。按：《总汇》第9册7871页，据《历代赋汇》收入"伊曜灵之霍烁兮"篇为张一桂之作，第8册6886页重收，作者为田一俊。而据田一俊《钟台先生文集》与《增定国朝馆课经世宏辞》卷11，此文应为田一俊作。王锡爵、沈一贯《增定国朝馆课经世宏辞》卷11收入"于赫大明"篇为张一桂作。

⑤　刘成穆，一名嘉寿，字玄倩，又字文孙。崇庆人。嘉靖十年举人。有《刘玄倩集》，存赋1篇。《明人小传》（《孤本明代人物小传2》，全国图书馆文献缩微中心2003年版，第256页。按：《总汇》第8册6786页，刘成穆作新淦人。误。

⑥　朱孟震：《浣水续谈》，四库全书存目丛书子部104册，第714页。

⑦　马一龙，字负图，溧阳人。嘉靖二十六年进士。历官国子监司业。有《游艺集》，存赋19篇。《农书》提要，四库全书存目丛书子部38册，第39页。按：《总汇》第7册6495页，"字员图"，误。

⑧　廖道南，字鸣吾，蒲圻人。正德十六年进士。官至侍讲学士。有《殿阁词林记》等。存赋11篇。《湖广通志》卷51《人物志》，四库全书533册，第139页。

嘉靖八年(1529)十一月,嘉靖帝率百官露祷于天地宗庙社稷,天降瑞雪,廖道南作《瑞应灵雪赋》。①

嘉靖九年(1530)十一月,嘉靖帝禋祀昊天上帝于圜丘,廖道南作《大祀圜丘赋》。

嘉靖十年(1531),三月,建土谷祇先蚕坛于西苑,嘉靖帝作《西苑视谷祇先蚕坛位赋》(已佚)②,夏言③作《恭和御制西苑视谷祇先蚕坛位赋》。八月,郑府献白鹊二只,廖道南作《瑞应白鹊赋》、张衮④作《灵鹊赋》。同月,祀帝社帝稷于西苑,廖道南作《帝苑农蚕赋》。

嘉靖十一年(1532),十一月既望,四川抚臣献白兔⑤。廖道南《瑞应白兔赋》、姚涞⑥《白兔赋》。冬至,嘉靖帝祀圜丘。雷礼⑦《躬祀员(圜)丘赋》、王梅⑧《拟圣驾恭祀圜丘赋》。

嘉靖十二年(1533)正月,河南巡抚都御史吴山献白鹿。二月"辛丑……礼部尚书夏言、左侍郎湛若水、右侍郎席春、学士蔡昂、修撰姚涞、编修张衮、祭酒林文俊各献赋。"⑨除湛若水、席春赋已佚外,其他诸人赋俱存。夏言《白鹿赋序》:"皇上龙飞之一纪……乃献岁嘉月,有白鹿至自灵宝"。蔡昂⑩《瑞鹿赋》:"尔其秀发桃林……维我皇之御极,方逸驾于唐虞。一纪

① 按:皇甫汸《祷雪南郊赋》亦同时作,赋有"岁屠维(己)赤奋若(丑)""历固闭于畅月(十一月)",己丑即嘉靖八年。其为反复古派,此处不列。

② 浦铣:《历代赋话续集》卷12:"嘉靖十年三月,建土谷祇先蚕坛于西苑,名曰'土谷坛',曰'帝社''帝稷',召大学士张孚敬、尚书李时至太液池,使中官操舟济之入见,于旧仁寿宫赐酒馔,出御制《西苑视谷祇先蚕坛位赋》,手授孚敬曰:'朕偶有作,卿和之。'"第326页。

③ 夏言,字公谨,江西贵溪人。正德十二年进士。历侍读学士、礼部尚书等。后被严嵩排挤,嘉靖二十七年正月夺官俸致仕,十月被杀。有《夏桂洲先生文集》,存赋14篇。《明史》卷196《夏言传》,第5191页。

④ 张衮,字补之,江阴人。正德十六年进士。官至南京光禄寺卿。有《水南集》,存赋6篇。《明诗综》卷37。

⑤ 按:廖道南《瑞应白兔赋序》:"壬辰(嘉靖十一年,1532)十一月既望,四川抚臣宋沧献白鹿(兔)一。"姚涞《白兔赋》序:"属者西蜀宪臣获白兔以贡于阙下。"《皇明馆课经世宏辞续集》卷12收姚涞赋,题注"嘉靖癸未(嘉靖二年,1523)阁试",误。

⑥ 姚涞,字维东,浙江慈溪人。姚镆子。嘉靖二年状元。累官侍读学士。有《明山集》,存赋3篇。《明史》卷200《姚镆传》附,第1279页。

⑦ 雷礼,字必进,江西丰城人。嘉靖十一年进士。官至工部尚书。有《明大政记》。存赋9篇。《钦定四库全书总目·明大政记》,第669页。

⑧ 王梅,字时魁,浙江平湖人。嘉靖十一年进士。官刑部主事,谪判滁州。有《柘湖集》,存赋1篇。《明诗纪事》戊签卷18,《明代传记丛刊14》,第329页。

⑨ 徐阶、张居正等:《明世宗实录》卷147,第3407页。

⑩ 蔡昂,字衡仲,号鹤江,直隶淮安人。正德九年进士。官礼部左侍郎。有《颐贞堂稿》,存赋3篇。《明人小传》,《孤本明代人物小传2》,第22页。按:《总汇》第7册5931页,"蔡昂,字卫中,福建人",误。

兴道……矧兹瑞物，产于中界。"姚涞《白鹿赋序》："夫以三载之间，祯祥屡见。白鹊白兔未足尽觌，而中州近壤，白鹿生焉"。张衮《瑞应白鹿赋序》："嘉靖癸巳（嘉靖十二年）元春，先期白鹿见河南灵宝县，至是抚臣按史联章表上，遣使驰贡阙庭。"林文俊①《瑞鹿赋序》："皇帝临御之十一年冬十一月，有白鹿见于河南灵宝县。越明年春正月，守臣献至阙下。"

嘉靖十三年（1534）仲夏，嘉靖帝幸南宫，召辅臣，以祀器新成，命作赋②。夏言作《奉制纪乐赋》。

嘉靖十四年（1535）正月，天降瑞雪。夏言作《天赐时玉赋》。

嘉靖十五年（1536）三月，嘉靖帝谒祀七陵，并作《谒陵礼成奉圣母舟还京纪事抒怀赋》（已佚）③。顾鼎臣④作《七陵谒祀礼成赋》，夏言作《恭和御制谒陵礼成奉圣母舟还京记事述怀赋》与《侍上奉圣母观玉泉山赋》。

嘉靖十五年⑤，皇史宬建造其间，君臣视工遇雨。嘉靖帝作《五月九日视工遇雨赋》（已佚），顾鼎臣作《恭和圣制五月九日视工遇雨赋》、夏言作《恭和御制五月九日视工遇雨赋》。

嘉靖十六年（1537）孟夏，嘉靖帝作《初夏西游奉圣母舟行赋》（已佚），群臣作赋⑥：夏言作《恭和御制初夏西游奉圣母舟行赋》、顾鼎臣、蔡昂、姚涞各作《恭和圣制初夏西游奉圣母舟行赋》。

嘉靖十七年（1538）九月，嘉靖帝加尊朱棣为成祖，其父为睿宗，并制《福瑞赋》（已佚）。顾鼎臣作《恭和御制福瑞赋》、夏言作《恭和御制皇考睿宗献皇帝袝祭太庙（福）瑞赋》。

嘉靖十八年（1539）仲春，嘉靖帝南巡。夏言、赵文华⑦各作《大驾南巡

---

① 林文俊，字汝英，莆田人。正德六年进士。官至南京吏部右侍郎。有《方斋存稿》，存赋1篇。《国朝献征录》卷27费寀《林公文俊墓志铭》，续修四库全书526册，第410页。

② 按：作品于次年集录成帙。《明世宗实录》卷173，十四年三月，"上以祀天重器始成，召辅臣等同赴重华殿瞻看，命各为赋以纪之，命之曰《奉制纪乐赋》。上亲洒宸翰，作《纪乐同述》诗一章、序一篇。辅臣集录成帙。"第3765页。

③ 顾鼎臣《七陵谒祀礼成赋序》："嘉靖丙申（嘉靖十五年），我皇上御极十有五年矣……（三月）上御龙舟，制《谒陵礼成奉圣母舟还京纪事抒怀赋》一篇。"

④ 顾鼎臣，字九和，昆山人。弘治十八年状元。嘉靖十七年，以礼部尚书兼文渊阁大学士，入参机务。卒谥文康。有《顾文康公集》，存赋4篇。《明史》卷193《顾鼎臣传》，第5115页。
按：《总汇》第7册5640页，收顾鼎臣赋5篇，《躬耕帝藉赋》为陆可教作，即收在第8册7066页的陆可敬《圣驾躬耕帝籍赋》，陆可敬为陆可教之误。

⑤ 按：顾鼎臣与夏言赋韵脚一致，夏言赋并有"繁皇史宬之有作"，皇史宬始建于嘉靖十三年七月，建成于嘉靖十五年七月，二人之赋乃和嘉靖帝之作，或作于嘉靖十五年即将完工之时。

⑥ 严嵩亦有《恭和圣制初夏圣母舟行赋》，其为反复古派，此处不列。

⑦ 赵文华，字元质，慈溪人。嘉靖八年进士。累官至通政使，进工部尚书。后被黜革职。存赋4篇。《明史》卷308《奸臣传》，第7921页。

赋》，廖道南作《圣皇南巡江汉赋》。八月二十日，出现瑞云承月之瑞应，夏言《瑞云承月赋》借此颂嘉靖帝之德。

其中祥瑞赋常拟永乐、仁宣之时的写法，如廖道南《瑞应河清赋序》："窃效杨士奇《河清赋》"，《瑞应灵雪赋序》："乃仿国初诸体"，都有刻意模仿的意味在内。白悦①《拟侍臣献灵雪赋》也是一篇祥瑞赋，不知作年，为拟作。《洛原遗稿》提要："(悦)家世显贵而独刻意学诗，句调华赡，神理颇清，视当时襞积者差胜，特格律未能变化，往往雷同。"②说的是诗，赋亦未见出色。

谈迁《枣林杂俎》云，"御史江宁余光、贡士盛时泰、南京刑部郎中临川帅机并作《两京赋》。"③余光④是嘉靖时人，《南京赋》已佚，《北京赋》近3500字，篇幅庞大，与此类赋作稍有不同的是，此赋还铺叙了帝京物产之丰饶：

> 海有神鳌，巨蟜赑屃。蜃楼蚌珠拥剑，八带甲鲨青鲻。巨灵驾而往来，海若鼓而驰驱。奇鳞蜿蜿而变龙，舍利颭颭而化车。长鲸负山而若沤，修鲵吞舠而罔濡。又有鹪鹏鹍鸡，环薄于扶桑；鸀鳿鵁鵝，浮荡于渤澥。大鹏巨鲲，扶摇于云衢；轻鸥修鹇，漂没于澎湃。青骹奋隼以鹰扬，白羽纷惊而沉介。何风举云摇之匪常，而倏忽莫穷其幻怪。山有昆骎撕猢，巨狿犴貆。狻猊狒猥，蛩蛩巨虚。文豹隐雾于崖谷，白虎啸风而负隅。狒狒操管于幽岭，射干跳伏而避罴。又有猨狖腾捷于林莽，飞鼯垂蔦而捕雀。游鼲踆踆于盘磴，鹰鹘奋翅而莫搏。异鸟回翔而择木，猛兽陆梁以趋壑。易貌分形，牢落羣散而惊猼。河则洲浮鸿雁鹔鹖归凫之鸟，渚戏鮰鲦鳠鲤鳣鳡之鱼。汀蒌蒌而兰芷，泊蓬葺而苇蒲。野则枞栝棕梓，紫榆白杨。檀梗枫槭，赤柏甘棠。榆椮薆薱，蔚乎千章。其离离者则有真定之梨，信都之枣。固安之栗，清流之稻。蓁实胡桃，花红苹婆。海东青翠，朱实垂柯。其腓腓者则青骢狮子，赤汗玉騳。骅骝腰褭，騄骐騄駒。奔红腾黄，拥甲鸣镳。其蔚蔚者则石菌天花，蔓荆葳莎。菅蒯荔芜，莔苔婆娑。王刍怀羊，苯蓴弥皋。其莹莹者则丹锡玄精，赭磁水晶。紫斑矾绿，玉沙铁银。玄滋素液，墨井盐冰。蓟门石鼓，援桴而若击；玉田白璧，志柱而难名。

---

① 白悦，字贞夫，武进人。嘉靖十一年进士。官至江西按察司佥事。有《白洛原遗稿》，存赋8篇。本集卷首王维桢《白公墓碑》，四库全书存目丛书集部96册，第100页。

② 白悦：《白洛原遗稿》，四库全书存目丛书集部96册，第192页。

③ 谈迁：《枣林杂俎·圣集》"两京赋"，元明史料笔记丛刊，中华书局2006年版，第242页。

④ 余光，江宁人。嘉靖十一年进士。存赋1篇。《明清进士题名碑录索引》，第2335页。按：《总汇》第8册7274页，据《明史》卷203《潘珍传》附，认为余光"万历十六年为广东巡按御史"，误，《明史》记载的是嘉靖十六年。

黄佐①也有《北京赋》《南京赋》，虽未有效仿永乐京都赋的表述，但无疑也有模仿并超越的意图在。《北京赋》长达 5000 余字，比永乐时陈敬宗《北京赋》、李时勉《北京赋》等更富有气势。黄佐还有《粤会赋》，铺叙广州风物，属于都邑赋，全文洋洋洒洒，近 3800 字。《泰泉集》提要云，黄佐"才力博赡，摛词搯藻，足以雄视一时，海内亦奉为坛坫，岭南自南园五子以后，风雅中坠，至佐始力为提倡，如梁有誉、黎民表等皆其弟子，广中文学复盛。论者称佐有起衰救弊之功。"②《北京赋》《南京赋》《粤会赋》都颇见其"才力博赡"的一面。

　　黄佐的《乾清宫赋》是一篇宫殿赋，描写北京大内乾清宫。张铨③《皇史宬赋》则描写皇史宬，"以颂圣德之万一"。皇史宬，始建于嘉靖十三年七月，建成于嘉靖十五年七月。孙承泽《春明梦余录》卷 13"皇史宬"："皇史宬在重华殿西，建于嘉靖十三年（1534）……中贮列朝实录及宝训，每一帝山陵则开局纂修，告成焚稿椒园，正本贮此。实录中诸可传诵宣布者曰宝训。"④徐显卿《皇极殿赋》描写皇极殿，应作于隆庆时。皇极殿本名奉天殿，明皇宫正殿，"迄我世宗肃皇之季，始承天意而鼎新之，榜正殿曰皇极，标建极、中极，以更谨身、华盖。而左右二顺，则以会极、归极题焉……钦惟我皇践祚，始于斯殿朝万国而莅四海焉。"

　　此外还有描写典章制度、文治武功的赋，如陈棐⑤《大庆赋》作于嘉靖二十一年（1542），赋近 2000 字，描写"元旦令节"的朝会庆典。《大宝赋》赋传国大宝。《大诰赋》序云"我明封赠之制，首即诰命"，赋即写此封赠之制。《大册赋》序云"我皇朝颁封亲王、郡王及妃，用金册，并镀金银册，重亲亲也"，赋即写此大册之制。毛纪⑥《西成赋》写"零白露之为霜"之时，"告西成于平秩"之事。吕希周⑦《四郊庆成赋》写冬至日"四郊庆成"之典礼。徐显卿《大阅赋》写三年一次的阅兵礼，此赋作于隆庆三年（1569），全文近

---

① 黄佐，字才伯，广东香山人。正德十六年进士。历官至少詹事，兼翰林学士。有《泰泉集》，存赋 4 篇。《明史》卷 287《文苑传》，第 7365 页。
② 黄佐：《泰泉集》卷首，四库全书 1273 册，第 299 页。
③ 按：《皇史宬赋》出自张铨《张纯江先生存笥集》。赵完璧《海壑吟稿》卷 3"夏日同张纯江太守海游得海字即席偶成"（四库全书 1285 册，第 571 页），赵完璧为嘉、隆时人，张铨亦应为此时人。另赋序云"恭惟我皇上，圣德中兴，聿新厥典，四郊底定，九庙奕奕，继作皇史宬焉"，皇史宬建于嘉靖十三年。
④ 孙承泽：《春明梦余录》卷 13"皇史宬"，北京古籍出版社 1992 年版，第 161 页。
⑤ 陈棐，字文冈，河南鄢陵人。嘉靖十四年进士。官至甘肃巡抚。有《文冈集》，存赋 14 篇。《陈文冈集》提要，四库全书存目丛书集部 103 册，第 837 页。
⑥ 毛纪，字维之，山东掖县人。成化二十三年进士。正德十年，拜礼部尚书，十二年兼东阁大学士，入预机务。有《鳌峰类稿》，存赋 1 篇。《明史》卷 190《毛纪传》，第 5045 页。
⑦ 吕希周，字师旦，浙江崇德人。嘉靖五年进士。官至通政使。有《东汇诗集》，存赋 10 篇。《东汇诗集》提要，四库全书存目丛书集部 88 册，第 398 页。

4500 字,赋设为远裔者与觐德近臣的问答之辞,借"大阅"歌颂大明"时日昌""形胜强""军威扬""马匹良""兵革钢""食货康""阵略臧""四夷来王""天地降祥"。廖道南《南征赋》,此赋写宸濠之乱时,明武宗南征之事。齐之鸾①有《回銮赋》,写正德十五年(1520)孟秋,宸濠之乱已经平定多时,但明武宗逗留南京,"好游民间,乐为褻态""不图盛世,乃踵秦隋之所以败",故赋作设为徐子与老父的问答之辞,希望明武宗回銮北京。张俭②《东征赋》设为怀远校士与昭勇将军的问答之辞,写嘉靖时平定四川之乱。

(二) 咏怀言志、行旅吊古、人事应酬等赋

咏怀赋有申述一己之志向或抒发个人喜怒哀乐忧愁,甚至思乡之情的,如童承叙③《申志赋》④,此赋写于正德元年(1506),写作者托迹闃寂之荒林,"思前修之遗矩",愿"骋足高驰""弃人寰而游乎天外""终老而无累"。叶良佩⑤《誓志赋》抒发"余独好修以没世""退山栖亦余所善兮,吾将致虚以观其复"之志。《闵独赋》抒发"闵谅贞之独立""忳郁邑余烦冤"之情。吕希周《闵命赋》悲闵"余生之偃蹇"。靳学颜⑥《崇志赋》崇尚"玩苍云以舒啸"之志。魏圻⑦《桧罨村园赋》抒发归隐桧罨村园之情怀。许应亨⑧《内咎赋》作于嘉靖十八年(1539)孟秋,作者"悼过往之寖深,惧将来之易溺",故

---

① 齐之鸾,字瑞卿,桐城人。正德六年进士。官终河南按察使。有《蓉川集》,存赋 1 篇。《明史》卷 208《齐之鸾传》,第 5489 页。

② 张俭,字存礼,浙江仙居人。正德九年进士。官工部主事、江西丰城佥事、福建参政等。有《圭山近稿》,存赋 1 篇。《光绪仙居志》卷 13"人物",《中国地方志集成·浙江府县志辑 48》,上海书店出版社 2000 年版,第 191 页。

③ 童承叙,湖北沔城人。正德十六年进士。历左春坊左庶子。有《内方集》,存赋 8 篇。本集卷首陈文烛《内方童先生传》,四库未收书辑刊 5 辑 26 册,北京出版社 2000 年版,第 263 页。按:《童先生传》说童承叙"庚辰(正德十五年)中会试",本科进士于会试后,因武宗南巡,殿试未及举行,辛巳(正德十六年)二月武宗殁,世宗即位后方举行殿试,故辛巳科进士亦称庚辰科进士。

④ 《总汇》第 7 册 5890 页收童承叙《申志赋》,第 7 册 6114 页丰坊《申志赋》重收,按:此赋应为童承叙之作。陈文烛《童先生传》:"年十二,赋《行路难》以见志,与《申志赋序》"知君子出处之难""学为古赋以申其志"有异曲同工之处。

⑤ 叶良佩,字敬之,台州人。嘉靖二年进士。除新城知县,改贵溪,入为刑部郎中。有《海峰堂前稿》,存赋 3 篇。《明诗纪事》戊签卷 15,《明代传记丛刊 14》,第 268 页。

⑥ 靳学颜,字子愚,济宁人。嘉靖十四年进士。累官吏部左侍郎。高拱任首辅,把持朝政,靳学颜称病归。有《两城集》,存赋 14 篇。《明史》卷 214《靳学颜传》,第 5668 页。

⑦ 魏圻,江西宜丰人。嘉靖时人。存赋 1 篇。按:国家图书馆藏魏圻《丰村集》36 卷为嘉靖刻本,其《桧罨村园赋序》:"丰村子怀铅炙椠,既三十年于兹矣……爰归桧罨村园,慨焉作之赋",赋有"繄闃寂村园兮,蹲宜丰之西隅。"则魏圻为江西宜丰人。

⑧ 许应亨,钱塘人。嘉靖二十三年进士。有《石屋存稿》,存赋 2 篇。《明清进士题名碑录索引》,第 161 页。

作此赋。乐護①《幽怀赋》抒发"独处空山"之幽怀。张文宿②《逋归赋》，"以辩隐显之迹，以叙得失之由，以定从违之志"。张治道③《逐愁赋》设为太微子隐居终南，终朝忘欢，戚然而愁，因呼愁而逐之。《闷赋》抒发"余心之闷"，《放神赋》"放吾神之寥廓，绝五情之纷糜"。《枉生赋》，作者谢病归十二年，不复愿仕，有大人先生劝仕，曰恐枉此生，作者感之而作赋。陈如纶④《感遇赋》，作于嘉靖十五年（1536），这年十月，作者"缩墨绶往拊赤县"，因此表达"生乃际夫昌期""溶承宠而受益"的情怀。崔桐⑤《怀逸赋》作于嘉靖十五年（1536），作者"多病思归，赋此自广"。《喜晴赋》，楚省久雨，一祷而晴，赋此志喜。高岱⑥《幽思赋》，作者在"拙宦之多暇"时，"感吾生之趑趄"，希望"旋余马分返余师"，归隐山泽。屠侨⑦《悲暮春赋》，"羡万物之有时，哀吾生之未休"。夏鍭⑧《居闵赋》"居邑邑以无故""厕孤愤于群喜"。顾可久⑨《闲居赋》，"恬漠闲居，唯委顺而怡。与道为息，以至人为仪"。周廷用⑩《释愁赋》，作者在归途中由"念羁思之沉沦""顾内省以自伤"到"神潇疎而觉爽，心夷犹而长喻"。《怀归赋》，作者"按部贵阳，荏苒二载"，作此赋以纾愤懑。《喜归赋》"喜行镳之可即，意归憾之能

① 乐護，字鸣殷，江西临川人。弘治十八年进士。历光禄寺少卿、河南金事、陕西参政等。有《木亭杂稿》，存赋5篇。《明诗纪事》丁签卷10，《明代传记丛刊13》，第713页。

② 张文宿，字拱辰，仁和人。正德八年乡荐，屡试南宫不第。嘉靖二年，任晋江令。遭逸落职。存赋1篇。《明分省人物考》卷43，《明代传记丛刊133》，第184页。按：《总汇》第7册5959页，张文宿，"即张拱辰，顺德人。正德十二年进士。"误。

③ 张治道，字孟独，长安人。正德九年进士。授长垣知县，迁刑部主事。不乐为官，年三十余引疾归。有《张太微文集》，存赋20篇。《国朝献征录》卷47乔世宁《张公治道墓碑》，续修四库全书527册，第477页。

④ 陈如纶，字德宣，江苏太仓人。嘉靖十一年进士。累官至福建布政使司参议。有《冰玉堂缀逸稿》，存赋3篇。本集附王锡爵《陈公墓志铭》，四库全书存目丛书集部96册，第578页。

⑤ 崔桐，字来凤，江苏海门人。正德十二年进士。累升国子祭酒、礼部右侍郎。有《崔东洲集》，存赋4篇。《明史》卷179《崔桐传》，第4762页。

⑥ 高岱，字伯宗，湖北钟祥人。嘉靖二十九进士。除刑部主事，出为景王府长史。有《居郧西曹集》，存赋5篇。《明诗综》卷45。

⑦ 屠侨，字安卿，浙江鄞县人。正德六年进士。世宗时，为都察院左都御史。有《屠简肃公集》，存赋1篇。《明史》卷202《屠侨传》，第5331页。

⑧ 夏鍭，字德树，天台人。夏壄子。成化二十三年进士。孝宗时任南京大理寺评事。有《赤城集》，存赋4篇。《明诗综》卷25。按：《总汇》第6册5131页，收夏壄《居闵赋》《道上赋》《山行及春赋》《三心图赋》，前3篇与第6册5435页所收夏鍭3篇赋重复。4篇赋俱为夏鍭之作，录自夏鍭《赤城集》卷1（四库全书存目丛书集部45册）。

⑨ 顾可久，字与新，无锡人。正德九年进士。官至广东按察副使。有《清溪庄遗集》，存赋1篇。《皇甫司勋集》卷52《顾公墓志铭》，四库全书1275册，第844页。

⑩ 周廷用，字子贤，华容人。正德六年进士。官至江西按察使。有《八崖集》，存赋20篇。本集卷首孙宜《八崖周公传》，四库全书存目丛书补编57册，第14页。

图"。孙宜①《乐田赋》,"从遁栖之末计,矢耕凿之余闲。"《惜遇赋》,嘉靖
四年(1525),作者试艺武昌,"触时轨,系焉,既解狱",作此赋以抒"不遇"
之怀。

赵完璧②《寒宵赋》较有代表性,《海壑吟稿》提要云:"王三锡序其诗
集,谓嘉靖间筮宦司城,抗直忤权奸,与杨椒山公同厄……继盛死西市,完璧
作《杨烈妇词》以哀之,有《小雅》怨悱之遗,可谓志节之士。其诗多触事起
兴,吐属天然,绝无叫嚣怒张之态,亦与有明末造矫激取名者有殊,徒以名位
未高,史不立传,遂几于湮没不彰,仅赖此集之存,犹得略见其始末,亦足见
正直之气,有不得而销蚀者矣。"③此赋出自《海壑吟稿》,抒写作者在冬夜
的长宵中,愁不能寐,虽被斥于"遐荒",仍然忧心国事的心情。杨爵④《梦
游山赋》则以梦游的形式抒发自己的情怀。《杨忠介集》提要,"世宗时斋醮
方兴,士大夫率以青词取媚,而爵独据理直谏,如所陈时雪之不可以为符瑞,
左道之不可以惑众,词极剀切。下狱以后,犹疏谏以冀一悟,其忠爱悱恻,至
今如见。"⑤杨爵嘉靖二十年因直言下诏狱,此赋作于嘉靖二十一年(1542),
为狱中所作,赋借山神之口劝慰自己:

> 尔不闻曲其躬而圆其行兮,取封侯以相先。或有贞直方而末少回
> 兮,死固不免于道边。当行而吾行之兮,当止而即止。斯先达之明训而
> 可敬服兮,胡不珍身而量处。道固不能无消息兮,感斯有常而有不苟。
> 相几而或少戾兮,夫孰与祸灾而自取。惟明哲之见高一世兮,动自远于
> 坎坷。识隐机而尚肥遁兮,泛长江之一舸。乃有迷检括而允谐兮,拂潜
> 晦以自颐。衔昆山之良璧兮,人共惜夫楚和。履大闲而不苟措兮,固自
> 谓世所尚也。当柄凿之不类而欲强置兮,孰不指身心以为讹。
>
> 呜呼小子,而今后其尚矗矗焉以克励,未可以一蹶而遽挫。思福堂
> 之玉汝于成兮,方一念之偏颇。惟古良士之坚志于患难兮,日尚友以切
> 磋。宁雉介之耿于罗网兮,勿狡兔其爰爰。宁松柏挺挺于岁寒兮,勿桃

---

① 孙宜,字仲可,湖南华容人。嘉靖七年举人。有《洞庭渔人集》,存赋18篇。《明诗综》
卷48。

② 赵完璧,字全卿,胶州人。由贡生官至巩昌府通判。有《海壑吟稿》,存赋1篇。《钦定四
库全书总目·海壑吟稿》,第2326页。

③ 纪昀等:《钦定四库全书总目·海壑吟稿》,第2326页。

④ 杨爵,字伯修,富平人。嘉靖八年进士。时年岁频旱,帝日夕建斋醮,经年不朝。爵上疏极
谏,下诏狱,历五年得释。抵家甫十日,又被逮系狱,二年始还。有《杨忠介集》,存赋1篇。
《国朝献征录》卷65吴时来《杨先生爵传》,续修四库全书528册,第617页。

⑤ 纪昀等:《钦定四库全书总目·杨忠介集》,第2321页。

李其灼灼。何所往而非吾可安之地兮，慎无怵中而怀忧。彼皇矣之全赋于有生之初兮，惟反身而是求。听吾诲尔之谆谆兮，尚不忝于前修。苟迷途其终不悟兮，乃脂韦以自羞。

其"盖以正直之操，处杌陧之会，幽居远念，寄托良深，有未可以经生常义律之者。然自始至终，无一字之怨尤，其所以为纯臣欤！"①其赋亦是如此。

又有感慨亲友遭际的赋，如崔桐《永思赋》，此赋为其从弟槐生作，槐生弱龄丧父，嘉靖十八年（1539）秋，风涛大作，二母沦没，槐生悲思无极，而妻女之爱，又不暇戚矣。作者哀之，托槐生之辞而作此赋。许宗鲁②《悯穷赋》，为其师宾玉先生作，宾玉先生学古行洁，仕宦不达，行年五十，穷困而死，作者为赋之。

还有抒发思念、离别，甚至哀吊亲朋故旧的赋，如彭辂③《述思赋》，此赋为王稚川作，王材，字子难，号稚川，江西抚州人。夏邦谟④《思友赋》"寄杨用修（杨慎）"。马一龙《思亲赋》，从"何严君之许国兮，今尚滞此一官""蹇谔不容于朝""乃殊荒之播迁"等句，盖作者之父被谪遥远的滇南，作者表达思亲之情。《都门赋别送戴士瞻》，从"念西蜀之在天涯兮，目飞鸿于万里"，戴氏去西蜀，作者送之。《哀赋》，吊友人李一松。靳学颜《寄弟赋》，作于嘉靖十四年（1535），作者"愧予独泥此遐方"，感"鹡鸰之相从"，希望"归欤兮，袯吾庐与子俱。"童承叙《感别赋》，写龙湖君辞阙造湘，作者感别而作。许宗鲁《秋离赋》，为作者送别舍弟宗伊而作。白悦《怀贤赋》"赠王静斋中丞致政还庐陵"。顾梦圭⑤《别知赋》，离别"倾盖而如故"的友人。王崇庆⑥《吊马东田先生赋》，马东田先生，即马中锡，字天禄，

---

① 纪昀等：《钦定四库全书总目·周易辨录》，第45页。
② 许宗鲁，字伯诚，陕西咸宁人。正德十二年进士。历官都御使、副都御使等。有《少华山人文集》，存赋5篇。《国朝献征录》卷62乔世宁《许公宗鲁墓志铭》，续修四库全书528册，第389页。
③ 彭辂，字子殷，嘉兴人。嘉靖二十六年进士。官南京刑部主事，以察典罢归。有《冲溪集》，存赋3篇。《明诗纪事》己签卷9，《明代传记丛刊14》，第590页。按：《彭比部集》提要作"海盐人"，据《冲溪集》卷22《生垄志》（四库全书存目丛书集部116册，第273页）谓祖先南迁，"谓嘉禾乐国，遂拥赀土著"，应为嘉禾人。
④ 夏邦谟，四川涪州人。正德三年进士。嘉靖中为吏部尚书，致仕后，李默接任。存赋1篇。《明清进士题名碑录索引》，第360页。《明史》卷202《李默传》，第5338页。
⑤ 顾梦圭，字武祥，昆山人。嘉靖二年进士。官至江西右布政使。有《疣赘录》，存赋6篇。《震川集》卷22《顾公权厝志》，四库全书1289册，第329页。
⑥ 王崇庆，字德征，开州人。正德三年进士。累官户部尚书。有《端溪先生集》，存赋9篇。《明诗综》卷33。

号东田,河北故城人。成化十一年进士,官至右都御史。潘滋①《哀鸢赋》,从赋中"昔与余同来兮,今不与子同归""称孟光之举案""乘鸢之子逝以远兮"等语,此赋应为悼亡赋。林炫②《送思泉叔赋》,春季,思泉叔北征,作者送之。孙宜《瘗儿赋》,嘉靖二十五年二月,作者瘗儿石山之麓,洒涕荒原,述而赋之。

此期的行旅赋,或述行旅之苦,或吊沿途之地,不拘一格。顾梦圭《南征赋》写作者从家乡到广东的行役之途。孙宜《稚游赋》四章,"壬午岁(嘉靖元年,1522)南归作,时年十五",写作者游"帝京""黄河""汉江""洞庭"的经历。苏志皋③《纪行赋》乃嘉靖十年(1531)为诸生时作,写校艺文安途中的行旅之苦。汪来《寒村集序》说苏志皋,"文皆类秦汉,不作秀才语,诗祖风骚、宗汉魏,尤长于赋,赋纪行等篇,可等《长杨》《上林》诸作。"④

此期的吊古赋,如杜柟⑤《受禅台赋》,受禅台位于临颍西北的繁城,是当年魏王曹丕接受汉献帝禅让、登基称帝的地方。王崇庆《吊颛顼陵赋》,古帝王颛顼之陵,在今河南安阳内黄,《吊巡远赋》,睢阳有张巡、许远祠庙。靳学颜《登坛赋》,赋序:"汉南郭外,有土一篑,云是淮阴拜将坛",作者为赋之。彭大治⑥《登九成台赋》,九成台原名闻韶台,相传舜南巡奏乐于此,在今广东曲江。许宗鲁《吊安乐窝赋》,安乐窝,宋儒邵雍曾居于此。叶良佩《吊古赋》,作者"登高丘以骋望""曼流视乎原野之古迹",抒发吊古之情。程诰⑦《谒漂母祠赋》《吊韩信城赋》都与韩信有关。李宗木⑧《卧龙冈赋》,卧龙冈,诸葛亮躬耕之地。从"访春陵之遗迹兮,继余马于龙冈",卧龙冈在

---

① 潘滋,新安人。嘉靖时人。有《浮槎稿》,存赋2篇。按:《总汇》第8册6777页,认为潘滋"登州人",误,《浮槎稿》卷首"嘉靖三十年岁在辛亥三月既望,新安潘滋书于登州之廓然堂。"北京图书馆古籍珍本丛刊110册,书目文献出版社1998年版,第2页。

② 林炫,字贞孚,闽县人。正德九年进士。官礼部主事,终通政司参议。有《林榕江集》,存赋3篇。《明诗纪事》戊签卷12,《明代传记丛刊14》,第184页。

③ 苏志皋,字德明,河北固安人。嘉靖十一年进士。累官右副都御史。有《寒村集》,存赋2篇。本集附郭秉聪《苏公合葬墓志铭》,四库全书集存目丛书集部99册,第320页。

④ 苏志皋:《寒村集》附,四库全书存目丛书集部99册,第323页。

⑤ 杜柟,字子才,河南临颍人。正德十六年进士。授户部主事,官至右金都御史。有《研冈集》,存赋1篇。《内台集》卷6《研冈杜公墓志铭》,《王廷相集3》,中华书局1989年版,第1006页。

⑥ 彭大治,字宜定,莆田人。正德九年进士。累官长芦运使。有《定轩集》,存赋1篇。《明诗纪事》戊签卷12,《明代传记丛刊14》,第184页。

⑦ 程诰,字自邑,歙县人。杖策游华山,从李梦阳游。有《霞城集》,存赋11篇。《明诗纪事》丁签卷17,《明代传记丛刊13》,第825页。

⑧ 李宗木,字继仁,内乡人。嘉靖十九年举人。隐于白崖香岩之间,以子李蓘贵,两受封赠。有《杏山集》,存赋1篇。《内乡县志》卷8"人物志",《中国方志丛书·华北地方483》,成文出版社1976年版,第538页。

春陵。

　　此期有一些人事赋，或赞扬女子之贞节，如向洪迈①《表贞赋》，作于嘉靖二十一年（1542），为双墩薛先生之太夫人作。周廷用《完节赋》，为詹夫人赋。陈棐《表贞赋》，为弓冈翁周煦之母作。顾梦圭《征洁堂赋》，为淀湖丁子之母许硕人作。孟思②《遂贞赋》，作于嘉靖四十三年（1564），绛人郭某女，年茂心一，以死殉夫。或赞扬士子之德行，如陈霆③《清痴生赋》中清痴生之"清"与"痴"。陈棐《志穷赋》作于嘉靖二十三年（1544），为弓冈翁周煦作。弓冈翁被朝廷施以三封（大父母、父母及弓冈翁）之诰，而又曾绘三穷之图（大父母、父母及弓冈翁独寡孤离之状），作者认为"既达而不忘其穷，久而常慕乎亲，此之谓圣德，此之谓大孝"，故作此赋。

　　更多的则是表彰士大夫的德政和功劳。如苏志皋《赠李侯御寇有功赋》，据赋序，"侯，河南安阳人，名玟，以乡荐宰吾县，仁厚有惠政"，作者为赋以赞。苟汝安④《三异赋》，从赋序"汝安领部檄，赴浚庠教谕"及赋中"越翼祀之丙戌（嘉靖五年）"，可知作者嘉靖五年（1526）在浚县任教谕。当时，浚县出现"麦穗两岐""马育双驹""牛生二牺"这样"三异并彰"的瑞应之象，作者以此歌颂浚县父母官"杨侯"（杨麒）的德政。赵良⑤《赠储相杨侯父母大人德政赋》也为杨麒作，写杨侯第进士，擢任浚县令，期月未周，烜赫政声，当道荐举，作者作赋以颂。张衮《麦穗两岐赋》，此赋写浚县令杨麟（应为杨麒），为治依于仁厚，其邑之居仁里，麦穗两岐，作者美之。彭辂《成城赋》，此赋序云，倭奴扰乱檇李，柱史周际岩公"咨诹牧伯，用缉坚城。表里河山，屹然天险"，作者作赋"以纪盛民之烈"。童承叙《东征赋》写巨川李

---

① 向洪迈，慈溪人。嘉靖二十三年进士。存赋1篇。《明清进士题名碑录索引》，第904页。

② 孟思，字叔正，河南浚县人。嘉靖四年举人。选南阳通判，未赴。有《孟龙川文集》，存赋9篇。《明诗纪事》戊签卷15，《明代传记丛刊14》，第270页。

③ 陈霆，字声伯，浙江德清人。弘治十五年进士，授刑科给事中。正德二年，刘瑾擿其罪下锦衣卫狱，杖三十。瑾诛，任山西提学佥事。致仕归，隐居渚山卒。有《水南稿》，存赋6篇。《钦定四库全书总目·唐余纪传》，第915页。《浙江通志》卷237"陵墓"，四库全书525册，第401页。

④ 苟汝安，字省夫，山西蒲州人。举人。嘉靖中任四川佥事。存赋1篇。《明伦汇编·氏族典》卷446，古今图书集成373册，上海中华书局1934年版，第23页。

⑤ 按：《总汇》第7册5777页，据《明史》卷306《阉党传》认为赵良，"弘治时为指挥同知，按事福建还，馈刘瑾白金二万，因而被治罪。"误。此赋出自嘉靖三十九年（1560）刻本杨麒《杨司空文集》，储相杨侯应为杨麒。据《江西通志》卷86，"杨麒，字仁甫，上饶人。正德进士。历官工部尚书。"（四库全书515册，第885页）又据《明清进士题名碑录索引》（第1654页），杨麒是正德十六年（1521）进士。此赋歌颂杨麒的德政，作者应为嘉靖初浚县人。

侯在宸濠之乱中东征乱兵的功绩。胡缵宗①《西征赋》，歌颂彭少保西征蜀盗的功绩。张治道《揭旱赋》，赞颂西安守六泉公祷而得雨、旱气如揭的功德。张治道《下马陵赋》，下马陵乃汉董仲舒陵，久荒弃不治，西安守六泉先生封筑表显，作者因作此赋，赞扬六泉公与董仲舒同一"内美"。孟思《折冲赋》"为滑张垆山明府作"，张垆山即张佳胤，赋写张佳胤在滑令任内因擒获大盗，升任户部郎中的事。

此外还有一些应酬赋，如陈霆《南冈赋》，为闽人朱鸣阳作，其号南冈，旧尝司谏事。《东畲赋》，据此赋序，吴启阳治田于溪北，岁恒有秋，作者嘉其勤生殖本，因加号东畲。赋文铺叙东畲子耕稼之乐，并认为东畲子之所以"享其成"，在于时代之清平。徐文沔②《宾岩赋》，玄真公子栖止于括苍之梅山，赋文写其所处之地以及"以岩为宾"的志向。汪应轸③《石斋赋》"为新都杨少保作"，杨少保指杨廷和，其号石斋。周大章④《晴川赋》，作于嘉靖四十五年(1566)，晴川为延安杨公之号。杨公治理越州三年，四月十六日，杨公生日之际，"适膺专钺之命"，作者作赋以贺。靳学颜《复斋赋》，复斋者，承休王别号也。费寀⑤《竹岩赋》，作于正德十二年(1517)，竹岩乃故方伯程公之号，赋文先从形似的角度分赋"竹"与"岩"，又从性真的角度铺叙竹之"道"与"义"。孟思《乔松赋》，题注"为抚州处士张乔松赋"，赋赞美乔松，并以比张子之德。

此期还出现不少寿赋，如何良俊⑥《寿赋》，作于嘉靖二十七年(1548)，为妻兄之母七十寿辰而作。马一龙《原寿赋》，"寿邃庵杨相公(杨一清)"。陈霆《重庆四寿赋》，为少眉谭先生之大父若父及其重闱之并庆。孙宜《明寿赋》"赠学使田氏"，作于嘉靖十六年(1537)，为田母寿辰作。夏言《寿萱仙桂图赋》"为黎侍御乾德作"，《寿同年白良甫乃尊东野翁赋》，为东野翁祝

① 胡缵宗，字孝思，甘肃秦安人。正德三年进士。由检讨出为嘉定判官，历山东巡抚，改河南。有《鸟鼠山人集》，存赋8篇。《国朝献征录》卷61《胡公缵宗墓志铭》，续修四库全书528册，第354页。

② 徐文沔，开化人。嘉靖二十六年进士。存赋2篇。《明清进士题名碑录索引》，第947页。

③ 汪应轸，字子宿，浙江山阴人。正德十二年进士。正德十四年，谏武宗南巡，受廷杖几毙，出任泗州知府。嘉靖时，出任江西佥事。有《青湖集》，存赋1篇。《列朝诗集小传》丙集，《明代传记丛刊11》，第408页。

④ 周大章，字章之，吴江人。嘉靖三十一年举人。官至瑞安县知县。有《周禹川集》，存赋1篇。《钦定四库全书总目·周禹川集》，第2463页。

⑤ 费寀，铅山人。正德六年进士。费宏弟。官至礼部尚书。存赋2篇。《明史》卷193《费宏传》附，第5110页。《明清进士题名碑录索引》，第1856页。

⑥ 何良俊，字符朗，华亭人。嘉靖贡生，荐授南京翰林院孔目，仕途失意，隐居著述。有《四友斋丛说》。存赋1篇。《明史》卷287《文苑传》，第7364页。

寿之作。来汝贤①《绛桃赋》为光禄太夫人陆母王氏祝寿之作，《后绛桃赋》为叶母王太夫人祝寿之作。王崇庆《海鹤赋》题注"寿郡大夫陈历田"。乐韺《庆寿赋有序》为李君茂之母七十寿辰作，《古初赋》为郑君顺之"伯氏"七十初度作，《庆寿赋》为"饶粲二母"作。许宗鲁《蓬岛长春赋》，祝颂实斋王先生之父母"寿而康"。胡缵宗《荣寿赋》，赋序云："凤村侍御张公以大典成，未考绩即封其父母如制，其父母寿亦皆六袤矣。"作者为之赋。《寿赋》，为中丞南皋先生母作。靳学颜的《寿赋》比较特殊，它是一篇自寿赋，当72岁寿辰来临之际，作者回首往事，不禁感慨欷歔，有悲凉的色彩，可以说是另一种形式的抒怀赋。

（三）咏物山水、园林楼台等赋

此期的咏物赋，植物赋有张治道《葵赋》《柳赋》《安石榴赋》、黄姬水《葵阳赋》、顾梦圭《摘荔枝赋》、程诰《听松赋》《五九菊赋》、缪一凤②《荒菊赋》（菊之生于丛荒中）、周廷用《柏赋》、童承叙《观仙坛落花赋》、靳学颜《梧桐落叶赋》《莽草赋》、汪伟③《落叶赋》等。

动物赋中，以禽鸟、蚊虫之类赋居多，如张治道《毙鹤赋》《孔雀赋》、许宗鲁《驯雉赋》、陆埛④《散鹤赋》、高岱《羁鹤赋》、周廷用《白鹭赋》《沙燕赋》、程诰《笼鹤赋》《鹊巢庭树赋》《蜘蛛赋》、周用⑤《鸥鸟赋》、曹大章⑥《盆池鱼赋》、杨廉⑦《梦蛙赋》、马一龙《赋白蜘蛛》、周复俊⑧《苍蝇赋》《络纬

---

① 来汝贤，字子禹，萧山人。嘉靖十一年进士。官至礼部主事。有《菲泉存稿》，存赋3篇。本集卷8许应元《菲泉来君墓志铭》，四库全书存目丛书集部96册，第93页。

② 缪一凤，字朝雍，福安人。嘉靖三十一年举人。任石城、宁都县令。有《丁阳稿》，存赋2篇。《光绪福安县志》卷22"人物"，《中国方志丛书·华南地方78》，成文出版社1967年版，第248页。

③ 汪伟，字器之，弋阳人。弘治九年进士。与兄俊皆忤刘瑾，调南京礼部主事。屡迁南京国子祭酒，后至吏部右侍郎，转左侍郎。存赋1篇。《明史》卷191《汪俊传》附，第5060页。《明清进士题名碑录索引》，第2486页。

④ 陆埛，字秀卿，浙江嘉善人。嘉靖五年进士。历官太仆寺少卿、南京光禄卿、右佥都御史等。有《篑斋集》，存赋5篇。《国朝献征录》卷63《陆公埛传》，续修四库全书218册，第473页。

⑤ 周用，字行之，吴江人。弘治十五年进士。官至吏部尚书。有《周恭肃公集》，存赋2篇。《明诗综》卷28。

⑥ 曹大章，字一呈，江苏金坛人。嘉靖三十二年进士。授翰林编修。有《含斋集》，存赋1篇。《华阳洞稿》卷7《曹公行状》，四库全书存目丛书集部132册，第602页。

⑦ 杨廉，字方震，江西丰城人。成化二十三年进士。官南京光禄寺少卿、南京礼部右侍郎等。世宗即位，迁礼部尚书。有《月湖集》，存赋1篇。《明史》卷282《儒林传》，第7247页。

⑧ 周复俊，字子吁，昆山人。嘉靖十一年进士。官至南京太仆寺卿。存赋3篇。《谷城山馆文集》卷20《周公墓志铭》，四库全书存目丛书集部147册，第588页。按：《全蜀艺文志》提要作"嘉靖庚戌（嘉靖二十九年，1550）进士"，误。

赋》、林炫《蝉赋》、吕希周《吊夏蚊赋》《诘蝇赋》、骆文盛①《怜寒蝇赋》、缪一凤《除竹虫赋》、颜木②《戮蚊赋》、钱薇③《萤赋》《蚊赋》等。

器物赋,如张治道《风筝赋》《拂赋》、吕希周《梦宝剑赋》、周廷用《扇赋》、陈柏④《转注壶赋》、凌瀚⑤《风筝赋》、毛恺⑥《续蒲团赋》、靳学颜《水晶盏赋》《兕觥赋》、程诰《傀儡赋》等。

瑞物赋,如蔡昂《瑞榴赋》,题注"内庭所植者,为叶叔晦侍讲作。"黄姬水⑦《瑞泉赋》,描写"中丞之甲宅""醴泉之斯出"。孟思《瑞柳赋》,写笔山陈公(陈耀文)出丞于魏,厅事焚楣枯柳再生,作者为赋之。张衮《来雁赋》为瑞物赋,"中书舍人顾汝嘉氏,苏人也。尝以能书受上知赏。一日有来雁之祥,其事尤异。"胡缵宗《嘉禾赋》也是描写"嘉禾"这一瑞物,与借各地上贡的嘉禾以歌颂帝德的祥瑞赋有所不同。

其它有描写天气气象的,如张治道《愁霖赋》《悲淫雨赋》、孟思《风赋》《悲秋雨赋》、崔桐《祝雪赋》、申旒⑧《泰山观日出赋》等。描写人身之物的,如靳学颜《罪须赋》,此赋序云,"予试童生,见有魁梧而甚须者,命作此词,不谐吾意,遂援笔制此,以示风焉。"又有图画赋,如夏鍭《三心图赋》、高岱《青牛度关图赋》、陈棐《画菊赋》、王崇庆《赋孔子悲麟图》、乐護《余检校英行乐图赋》、白悦《紫芝玄石图赋》等。邵经邦⑨《四寿延祥赋》,丹青哲士所

①　骆文盛,字质甫,武康人。嘉靖十四年进士。授翰林院编修。时权相当道,每窃愤之。值内艰,服除不起。有《骆两溪集》,存赋1篇。《国朝献征录》卷21孙升《骆公文盛墓志铭》,续修四库全书526册,第142页。

②　颜木,字维乔,湖北应山人。正德十二年进士。任许州知州,改亳州。有《烬余稿》,存赋7篇。《明诗纪事》戊签卷13,《明代传记丛刊14》,第204页。

③　钱薇,字懋垣,海盐人。嘉靖十一年进士。由行人擢礼科给事中,转右给事中。疏谏南巡,斥为民。有《承启堂稿》,存赋2篇。《明史》卷208《钱薇传》,第5508页。

④　陈柏,字子坚,湖北沔阳人。嘉靖二十九年进士。历官按察副使。有《苏山集》,存赋1篇。《明诗综》卷44。

⑤　凌瀚,字德容,兰溪人。嘉靖四年举人。选泰宁教谕,升周府纪善,卒于官。有《群书类考》。存赋1篇。《兰溪县志》卷13"人物"、卷14"选举",《中国方志丛书·华中地方518》,成文出版社1983年版,第407页、第646页。按:《总汇》第7册6081页收凌瀚赋1篇,第9册8463页收文1篇,一人分列两处,并沿袭了《明文海》的错误,把凌瀚写成凌翰。

⑥　毛恺,字达和,江山人。嘉靖十四年进士。累官刑部尚书。有《介川文集》,存赋2篇。《明史》卷214《毛恺传》,第5666页。

⑦　黄姬水,吴县人,黄省曾子。嘉靖中叶,岛夷作孽,携妻子侨居金陵。有《白下集》,存赋4篇。《国朝献征录》卷115冯时可《黄淳甫姬水传》,续修四库全书531册,第542页。

⑧　申旒,直隶魏县人。嘉靖二十三年进士。存赋1篇。《明清进士题名碑录索引》,第1809页。

⑨　邵经邦,字仲德,仁和人。正德十六年进士。授工部主事,进员外郎。会日食,上疏论劾张孚敬、桂萼,谪戍镇海卫,卒于戍所。有《弘艺录》,存赋1篇。《明史》卷206《邵经邦传》,第5451页。

画灵椿、灵鹊、灵芝、灵丹,此四灵乃"开老寿之灵圃"之物。张衮《忆兰余馥赋》赋序:"忆兰余馥者,工部郎中郏君鷪和,思其先大夫而作也。"赋中有"睇嘉植之殊尤兮,媚空谷而幽独",故"忆兰余馥"应为图画。无法归类的,如杨育秀①《井赋》。孙宜《五字壁赋》,五字,盖"廉勤公慎恕"五字,元华容令李有书。喻时②《钟石赋》,"肆神物之奇生,屹崴磈于上饶。"

这些咏物赋有单纯描摹物之形状与特性的,也有借物抒怀、托物寓理的,比如程诰《笼鹤赋》是托物抒怀的,其序云:"永宁介戎、泸之间,盖古蔺州也。其地险隘,民夷杂居,俗陋肆悍。嘉靖中,泔溪子久稽斯土,卫廨舍旁有孤鹤被絷于笼者,见人辄伸颈长鸣,若将欲翀举者。予心悲焉,窃感夫子居夷之义,作《笼鹤赋》以自广。"骆文盛《怜寒蝇赋》也颇受好评,"此赋虽从'怜'字着笔,但不是真怜,而是居高临下,将行将没落的丑恶事物作一种幽默、诙谐的刻画,所以最后仍归结到'除恶之务尽'。赋史上写蝇的赋颇多,从晋傅咸的《青蝇赋》到宋欧阳修的《憎苍蝇赋》、孔武仲的《憎蝇赋》,都托物寄意,对苍蝇般的恶人有所讽刺。但傅作已不全,难窥全豹;欧赋太散漫,物的特点与人的特点未能融洽;孔赋稍好,然立意过分宽厚,文辞亦少风趣。此赋则曲折多姿,逸趣横生,在诸赋中当为第一。"③《骆两溪集》提要云:"文盛官翰林时,以不附严嵩,遂移疾不出,后贫病垂死。"④赋亦或有讽刺严嵩之意。而且,此赋除了托物寄意,也有托物说理的成分,"盖有所肆,尚有所避也。"一个人如不知进退,必将丧亡。

除了咏物赋,还有一些感物赋。如潘希曾⑤《感雪赋》,此赋序云,正德十二年(1517)冬,环滁大雪,作者縻于官,为之兴怀,方闻銮舆北幸,弥增感恋,作《感雪赋》。赋末所云"北裔""豺狼伥伥兮虎豹出没""美人之游兮辕不及攀"等语,指正德十二年十月,蒙古鞑靼小王子率五万兵马南下,武宗大喜,调集五、六万兵马亲征。双方数日内激战,最后,蒙古小王子被迫撤兵,明军取得了一场难得的胜利,史称"应州大捷"。《明史》卷16《武宗纪》云,"(正德十二年)冬十月癸卯,驻跸顺圣川。甲辰,小王子犯阳和,掠应

---

① 杨育秀,江西贵溪人。嘉靖五年进士。存赋4篇。《明清进士题名碑录索引》,第1651页。
② 喻时,字中甫,河南光山人。嘉靖十七年进士。官至南京兵部侍郎。有《吴皋先生文集》,存赋5篇。《明史》卷210《谢瑜传》附,第5551页。《明清进士题名碑录索引》,第2523页。
③ 马积高:《赋史》,第550页。
④ 骆文盛:《骆两溪集》,四库全书存目丛书集部100册,第711页。
⑤ 潘希曾,字仲鲁,浙江金华人。弘治十五年进士。因不赂刘瑾,廷杖除名。瑾诛,起迁吏科右给事中。嘉靖中,历太仆卿、工部右侍郎、兵部左侍郎等。有《竹涧集》,存赋1篇。本集附湛若水《潘公墓志铭》,四库全书1266册,第811页。

州。丁未,亲督诸军御之,战五日。辛亥,寇引去,驻跸大同。"①《竹涧集》提要说潘希曾,"平生虽不以诗文得名,而气体浩瀚,沛然有余,亦复具有矩矱,非浅中饰貌者可比。"②参诸此赋亦然。

程诰《感龟赋》,其序云:"程子游于江阳之市,见鬻龟甲者,怛然有动于中,作《感龟赋》",作者有感于龟的命运,认为它与"鱼丰肌以见醢,禽珍羽而遭罗"同类,都是"无辜以取毙"。童承叙《闵水赋》,此赋设为玉沙公子与汉津父老的问答之辞,叙写汉沔之墟,淫雨、洪水造成的灾难。虽然作者也说"今圣明昭烛,德意恳恻,遴选台司,赈出帑积",使广大灾民"不沦没于陷阱,展转于沟洫也",但对于灾难的铺叙仍然触目惊心:

> 殷雷震威,蝃蝀构虐。云浡风迅,电激雨作。郁气溎溎,繁湮濡滋。林树雾迷,寰宇昼失。瑷瑐氤氲,栄潏崩湝。潏沱硉矹,沉沙漱石。韬三光,潜列曜。溢天潢,泻丹壑。浸淫雕瘵之心,沉瀹颠颔之身。烟寂寥而绝炊,室垂罄以无营。愁鸡鸣于如晦,嗟羵羊之昼行。尔其蒙溜涟㴠,霧沸滂沛。既弥月以逾旬,众沴瘁而虹溃。物胥浑而靡孑,路淤汙而罕通。遂藉疾而嬛疢,爰抱瘘而长终……居飘飘于惊飙,舟推折于深湍。或挈妻以蹈溺,或抱子以赴沉。或委体于盘涡,或托骨于濡浔。偃仰兮混沦之府,踯躅兮鱼龙之区。或载浮而载沈,羌孰谂其止居。
>
> 岁暮时昏,风起云沈。掩霞翳日,积晦累阴。霰兮渐沥,雪兮纷翻。密兮若绝,疎兮若连。穿细微透,乘危暗摧。掇之指裂,亲之体亏。如圭斯方,如璧斯圆。如缟斯白,如玉斯寒。斯时也,火井灭,温泉冰。炎风劲,阳谷凝。起瑶城于粉野,攒琼枝于玉树。天地闭而严肃,蕴隆结而寒沍。于是蔽繻之夫,枵腹之民。髊发刺其骨,栗烈钻其形。乃彷徨而僵仆,偃塞而悙㷀。暴枯骸于交逵,横遗骼于芜城。使肉饱乎饥乌,臭避乎过客。盖终古之大眚,亿类之极阨也。

许相卿③《哀逝水赋》也是有感于水,但写法却有区别,盖借逝水以说理:"维斯水也,一六之符。气入而盈,气缩而虚。穷邃古而一轨,岂斯今之可疑。"

此期的山水赋,涉及的范围还是比较广泛的,既有名山大川,也有一地

---

① 张廷玉等:《明史》卷16《武宗纪》,第209页。
② 潘希曾:《竹涧集》卷首,四库全书1266册,第645页。
③ 许相卿,字伯台,海宁人。正德十二年进士。嘉靖时授兵科给事中。直谏三年,皆不见从,遂称病归里。隐居三十余年,累征不起。有《云村集》,存赋3篇。《明史》卷208《许相卿传》,第5492页。

之名胜,如马一龙《泰山赋》、许赞①《华山赋》、王昺②《恒山赋》、徐问③《黄山赋》、刘泉④《武功山赋》、卢岐嶷⑤《游大岳赋》(指武当山)、胡容⑥《游君山赋》、孙宜《玄石山赋》(即华容县东山)、盛恩⑦《金山赋》《焦山赋》《北固山赋》、旷宗舜⑧《金山赋》、周用《南海赋》、田汝籽⑨《黄鹤楼赋》《岳阳楼赋》、程诰《经滟滪堆赋》、颜木《石城赋》《后石城赋》、张治道《太微赋》(终南山太微峰)、顾梦圭《中流底柱赋》、夏良胜《砥柱赋》、毛恺《续中流砥柱赋》、周廷用《吕梁赋》(吕梁水)、王尚䌹⑩《风穴赋》(汝州风穴)、王廷表⑪《万象洞赋》(云南境内)、许论⑫《雪屏赋》(点苍山)、白悦《雪屏赋》(点苍山)、周良会⑬《乳峰寺登高赋》(江西境内)、赵廷瑞⑭《龙湫赋》(开州绝胜)、王綖⑮《拟龙湫赋》、马一龙《虹江赋》、朱淛⑯《天马山赋》(莆田文峰)、

---

① 许赞,字廷美,河南灵宝人。弘治九年进士。官刑部尚书、户部尚书、吏部尚书等。卒谥文简。有《松皋集》,存赋1篇。《明史》卷186《许赞传》,第4927页。

② 王昺,字文晦,侯官人。嘉靖元年乡荐。官海门教谕、户部主事等。有《晴川集》,存赋1篇。《明诗纪事》戊签卷8,《明代传记丛刊14》,第122页。

③ 徐问,字用中,常州武进人。弘治十五年进士。历广东左布政使、兵部右侍郎、南京户部尚书等。有《山堂萃稿》,存赋2篇。《国朝献征录》卷31张衮《徐公问传》,续修四库全书526册,第568页。

④ 刘泉,江西安福人,正德六年进士。存赋1篇。《明清进士题名碑录索引》,第1988页。

⑤ 卢岐嶷,字希稷,福建长泰人。嘉靖二十三年进士。历官江西按察佥事、云南布政司参议、贵州按察使等。存赋1篇。《福建通志》卷46"人物",四库全书529册,第569页。

⑥ 胡容,婺源人。嘉靖间,任岳州同知。存赋1篇。《光绪巴陵县志》卷70,《中国地方志集成·湖南府县志辑7》,江苏古籍出版社2003年版,第496页。

⑦ 盛恩,生平不详。存赋3篇。其《金山赋》:"英庙巽申而晋锡,武皇驻跸而来临。"应为正德以后人。

⑧ 旷宗舜,醴陵人。嘉靖七年举人。存赋1篇。《明伦汇编·氏族典》卷491,古今图书集成376册,第23页。

⑨ 田汝籽,字勤甫,祥符人。弘治十八年进士。累官湖广副使。后归田养母,以经籍自娱。存赋2篇。《河南通志》卷65,四库全书538册,第129页。

⑩ 王尚䌹,字锦夫,河南郏县人。弘治十五年进士。官至浙江右布政使。有《苍谷集》,存赋1篇。《明诗综》卷28。

⑪ 王廷表,字民望,阿迷(今云南开远)人。正德九年进士。历浙江台州推官、四川按察司佥事。后遭诬陷,勒令致仕。有《桃川剩集》,存赋1篇。本集附杨慎《王钝庵墓碣铭》,丛书集成初编115册,商务印书馆1935年版,第136页。

⑫ 许论,字廷议,河南灵宝人。许赞弟。嘉靖五年进士。历官右副都御史、兵部侍郎、兵部尚书等。有《默斋集》,存赋2篇。《明史》卷186《许论传》,第4928页。

⑬ 周良会,字际之,江西新淦人。举人。嘉靖二年任庐江县令。存赋1篇。《光绪庐江县志》卷6"职官",《中国地方志集成·安徽府县志辑9》,江苏古籍出版社1998年版,第169页。

⑭ 赵廷瑞,直隶开州人。正德十六年进士。存赋1篇。《明清进士题名碑录索引》,第1765页。

⑮ 王綖,字邃伯,开州人。弘治十八年进士。历山西参政、大理卿、山东参政等。存赋1篇。《畿辅通志》卷62"进士"、卷75"政事",四库全书505册,第462页、第827页。

⑯ 朱淛,字必东,莆田人。嘉靖二年进士。授湖广道监察御史。后斥归,家居三十余年。有《天马山房遗稿》,存赋2篇。《明史》卷207《朱淛传》,第5463页。

陈棐《西双洎赋》《东双洎赋》(鄢陵之北)、冯惟健①《圣泉赋》(指贵阳圣泉)、王崇庆《游仙堂赋》(仙堂山)、孟思《山下出泉赋》(题注"颂璞山与虹泉也")、胡松②《游香泉赋》(滁州香泉)、陈霆《游碧岩赋》(湖州碧岩)、徐珊③《卯洞赋》(在今湖北来凤),甚至一些"不载于图经,不列于郡国之记"的无名之山水,如吴鼎④《后山赋》(邯郸"张子之室之背"之后山)、颜木《后湖赋》(赋有"孕王气于千秋""吴晋六朝曾不足以当之"等语,湖或在金陵)、张衮《缨泉赋》("苍山之野,滇南之阳",可以"濯缨乎高洁"之泉),或嘉靖皇帝之父兴献帝之山陵(颜木《山陵赋》)也被纳入笔底。体制上,既有超过 3500 字的散体大赋,如颜木《山陵赋》,也有一二百字的小赋,如朱淛《如川小赋》。

有些赋还运用了比拟的手法,如夏良胜⑤《砥柱赋》,写中州砥柱之壮,并以"大人君子,忠臣义士"作比:"是故大人君子,忠臣义士。振尔颓波,奋激陈义。不知刀锯鼎镬之在前,而任天下之重。足以扶危而持颠,将举是而名旃。"《东洲初稿》提要云"良胜两以直谏谪,风节凛然。其诗文无意求工,而皆岳岳有直气,虽不以词藻著名,要非雕章绘句之士所可同日语也。"⑥此赋亦"岳岳有直气"。

还有一类山水赋,因为是为友人而作,故不仅描写山水,还与友人联系起来进行赞美。如杨育秀《中洲赋》(郴江之中洲,邑司训谢君实居之)、孙升⑦《阳峰赋》(阳峰为南郡群山之一,大宗伯张公取以为己号)、江瓘⑧《竹泉赋》(在"灵丘""剑水"之上,有竹寄生,故曰"竹泉",题注"为休令林君乃翁作")、张治道《竹山赋》(为唐沛之先生赋)、白悦《甘溪赋》(王子川家于

---

① 冯惟健,字汝强,山东临朐人。嘉靖七年举人。有《陂门山人集》,存赋 1 篇。《明诗综》卷 45。

② 胡松,字汝茂,滁州人。嘉靖八年进士。累官吏部尚书,卒谥庄肃。有《胡庄肃公文集》,存赋 2 篇。《明诗综》卷 41。

③ 徐珊,号三溪,浙江余姚人。官辰州府同知。嘉靖间,以庙工采木于卯洞,积其二年中所作公牍、杂文、诗歌等,为《卯洞集》,存赋 1 篇。《卯洞集》提要,四库全书存目丛书集部 146 册,第 330 页。

④ 吴鼎,字维新,钱塘人。正德十二年进士。官终广西布政司参议。有《泉亭集》,存赋 2 篇。本集附许相卿《泉亭先生墓志铭》,四库全书存目丛书集部 75 册,第 196 页。

⑤ 夏良胜,字子中,江西南城人。正德三年进士。官刑部主事、考功员外郎、茶陵知州等。后谪戍辽东,卒于戍所。有《东洲初稿》,存赋 1 篇。《明史》卷 189《夏良胜传》,第 5020 页。

⑥ 纪昀等:《钦定四库全书总目·东洲初稿》,第 2315 页。

⑦ 孙升,字志高,浙江余姚人。孙鑨父。嘉靖十四年进士。官至南京礼部尚书。有《孙文恪公集》,存赋 1 篇。《明史》卷 224《孙鑨传》,第 5893 页。

⑧ 江瓘,字民莹,歙县人。尝补县诸生,因病弃而学医,其《名医类案》成于嘉靖二十八年(1549)。存赋 1 篇。《钦定四库全书总目·名医类案》,第 1358 页。

甘溪之上,尝周览燕都,将返,作者为作此)、《东麓赋》(为恽宪副作)、顾梦圭《铁桥赋》(罗浮有铁桥峰,少司马岭南黄公取以自号)、陈棐《黄花洞赋》(适斋翁致仕后,在金华黄花洞诛茅结屋以适性)、马一龙《巨麓赋》(为吏部李文选作)等。

轩斋室宇、园囿楼台赋大致分为两种情况,一种是某地胜处、自然景观。如沈奎①《烟雨楼赋》,此赋写嘉禾之烟雨楼,赋先写烟雨楼所在之嘉禾美景,然后写烟雨楼修葺之后,焕然一新。王文禄②《烟雨楼赋》序云,"壬申(隆庆六年,1572)秋仲,重葺经画,本兵宪剑南沈翁且赋之,王生文禄步韵",赋与沈奎《烟雨楼赋》同一韵脚,亦应写嘉禾烟雨楼。彭辂也有《烟雨楼赋》,"况兹楼兹地,介吴越之襟喉,控全浙之上游",应即嘉禾烟雨楼。周复俊《春园赋》,据此赋序,周生久客京华,于载阳之侯,集邸池而适焉,遂作此赋,赋写作者与"吾党"之人春日游园之雅兴。陈棐《拱辰楼赋》,作于嘉靖三十五年(1556),麓泉王翁于晋阳之拱辰楼宴客,作者与会,因作此赋。潘滋《蓬莱阁赋》,蓬莱阁在山东登州,赋写登州名胜。

更多的则是个人居处之所,如高鹏③《白云深处亭赋》(白云深处亭,乃"荆藩睿主寄乐之处")、李尚实④《江郭赋》(沈王"江郭"馆)、黄姬水《玄圃赋》("玄圃者,玄洲史子作之")、《餐英室赋》(白门赵子实之餐英室)、徐问《松石赋》(南郭子所居之松石斋)、陈如纶《南斋赋》(南斋主人之居)、《岁寒居赋》(太史氏张子之岁寒居)、瞿景淳⑤《览辉楼赋》(冯虚子之览辉楼)、许相卿《萝补堂赋》(董从吾之居)、《愍斋赋》(查原博燕居之所)、靳学颜《竹庵赋》(一"巨人"在"中江之奥区"结竹庵以居)、费寀《葵轩赋》("为张仪曹乃翁作",翁隐于鄞之槎湖,"值葵千本,著轩其中")、白悦《容堂赋》("为杨总戎作")、《雪亭赋》("主人寄嘉兴于其间")、陈棐《世芳楼赋》(少傅许松皋翁"怡老"之楼)、孙宜《楝塘赋》("楝塘者,余师六峰先生父隐居

---

① 沈奎,字文叔,江阴人。嘉靖三十八年进士。除户部主事,历郎中,出为浙江按察佥事,分巡嘉湖,迁江西布政司参议。有《归兴集》,存赋 1 篇。《明诗综》卷 44。

② 《总汇》第 8 册 6683 页收《烟雨楼赋》,认为作者王文禄为海盐人,此人嘉靖十年(1531)举人,隆庆六年(1572)不应自称"王生",或为同名另一人。

③ 高鹏,字汝南,蕲州人。正德十二年进士。历淳安县令、重庆知府、蜀府长史等。存赋 1 篇。《光绪蕲州志》卷 12,《中国地方志集成·湖北府县志辑 23》,江苏古籍出版社 2001 年版,第 257 页。

④ 李尚实,山西长治人。嘉靖三十一年举人,任裕州知州。有《萧然亭集》,存赋 2 篇。《明诗纪事》己签卷 10,《明代传记丛刊 14》,第 615 页。

⑤ 瞿景淳,字师道,江苏常熟人。嘉靖二十三年进士。累官南京吏部右侍郎。有《文懿公集》,存赋 1 篇。《明诗综》卷 43。

也"）、胡缵宗《梅塘赋》（"梅塘，封君盛翁别墅也"）、程瑶①《东园赋》（"幽人"在东城之偏作园以居）、马卿②《秋斋赋》（秋斋主人之居室）、陆坤《爱山亭赋》（东林主人之亭）、丰坊《真赏斋赋》（东沙华子之真赏斋）、陈霆《松云楼赋》（楼主人之先父所构筑）等。

这种赋一般有两种写法：第一种，不仅描写轩斋室宇之状貌，而且联系主人，有赞美之意。如陈如纶《岁寒居赋》，为太史氏张子之岁寒居而作，"盖将侈其美营，而抑以抒夫素臆"。瞿景淳《览辉楼赋》，作于嘉靖二十六年（1547），赋冯虚子之览辉楼，并赞美冯虚子乃"圣贤合德于凤者"。第二种，完全抛开轩斋室宇之状貌，就其命名之义深加探究。如王楫③《与同轩赋》，先赋轩名"与同"之义，又评价对"与同"之义的理解。王尚纲《亹庵赋》，序云"所谓亹亹者，致力于是焉尔矣。奈何时命不常，为说久废"，赋乃讨论"亹亹"之义。

另外，还有一些关于书院、郡学的赋，孟思《东山书院赋》写浚县东山书院。胡缵宗《东湖书院赋》，赋写楚之东湖与粤之东湖，并赞扬"系于楚而产于粤"之御史大夫吴公之德。陆坤《思贤书院赋》描写嘉善思贤书院，《嘉禾郡学赋》题注"郡守白泉徐公命作"，赋铺叙嘉禾郡学，并歌颂"侯"之治绩。廖道南《凤山书院赋》，此赋序云，蔡潮（字巨源，别号霞山）为湖广督学，寓蒲圻，肇修凤山书院。赋文写霞山先生建书院于凤冈，并从各个方面铺叙书院，赋文超过二千字。钱谦益云"庶子（童承叙）与茶陵张治、蒲圻廖道南，并以世庙初元入中秘，世庙以从龙侍臣遇之，张登宰执，而童、廖止于宫僚，廖才名甚著，其诗尤芜浅不及录。"④钱谦益说的是诗，廖道南的赋还是有汉大赋的气势的。

二、赋艺的追求

（一）"祖骚"

此期430余篇赋作，骚体赋174篇，占赋作总数的40%，其中《离骚》式骚体赋有120篇，占骚体赋总数的69%。千字以上的大体有12篇：孟思《折

---

① 程瑶，直隶德州左卫人。嘉靖十一年进士。存赋1篇。《明清进士题名碑录索引》，第880页。

② 马卿，字敬臣，河南林县人。弘治十八年进士。历浙江右布政使、云南参政、副都御史等。存赋1篇。《明分省人物考》卷89，《明代传记丛刊138》，第49页。

③ 王楫，字子长，浙江象山人。嘉靖十一年进士。历工部员外郎、江西参议、山东副使等。有《徐徐集》，存赋1篇。《浙江通志》卷168"人物"，四库全书523册，第456页。

④ 钱谦益：《列朝诗集小传》丁集，《明代传记丛刊11》，第422页。

冲赋》、向洪迈《表贞赋》、王邦瑞①《大宗祠赋》、陈棐《表贞赋》、廖道南《南征赋》、高岱《忆金陵赋》、周廷用《感知赋》、孙宜《惜遇赋》《五字壁赋》《玄石山赋》、张文宿《遄归赋》、卢岐嶷《游大岳赋》。

千字以下五百以上的中体有 54 篇：白悦《怀贤赋》、张衮《麦穗两岐赋》、马一龙《莫知赋》《谈吾赋》《灵鹤寿真赋》、顾鼎臣《七陵谒祀礼成赋》、顾梦圭《别知赋》《中流底柱赋》、胡松《游香泉赋》、潘滋《哀鸾赋》、靳学颜《寄弟赋》《兰淙赋》、王尚纲《风穴赋》《楚歌赋》、田汝籽《黄鹤楼赋》《岳阳楼赋》、孟思《怡萱赋》《乔松赋》《瑞柳赋》、陈棐《世芳楼赋》、刘成穆《嘉禾赋》、夏邦谟《思友赋》、张治道《太微赋》《隧赋》《揭旱赋》《下马陵赋》、许宗鲁《悯穷赋》《秋离赋》《蓬岛长春赋》、乐护《古初赋》、夏言《奉制纪乐赋》、杨育秀《悼溺赋》、童承叙《感别赋》、高岱《幽思赋》《松下悬筋赋》、孙宜《六赋·寓思赋》《六赋·申游赋》《六赋·矜逝赋》《六赋·宣交赋》、夏鏦《居闵赋》、曹大同②《静胜轩赋》、徐文沔《仰赋》、赵文华《大驾南巡赋》《秀野楼赋》《西墅赋》《少谷赋》、叶良佩《闵独赋》《誓志赋》、许应亨《内咎赋》、陆坤《思贤书院赋》《紫阳裔山赋》《散鹤赋》、彭辂《述思赋》、张时宜③《新城赋》。或许是受后世散文的影响，有些《离骚》式的偶句变成了整齐的"也"字式，如孟思《瑞柳赋》、刘成穆《嘉禾赋》、夏鏦《居闵赋》、彭辂《述思赋》等，这是此前的骚体赋少有的现象，夏鏦《居闵赋》：

> 其一举以该辅兮，一从彭咸之故也。岂累其劣而溢兮，固兴亡之数也。苟此理其或然兮，吾将荡而不慕也。乐得此以卒岁兮，兹未久其又寤也。

这些都增加了《离骚》式骚体赋的变化。而张时宜《新城赋》虽然形式上是《离骚》式骚体赋，但其铺叙鹤庆新城之地理形胜，却用了汉赋空间方位的表达方式：

> 其东则襟石宝而带蛟河兮，每对峙而俯流。

---

① 王邦瑞，字惟贤，河南宜阳人。正德十二年进士。历官南京吏部郎中、陕西参政、兵部左侍郎等。有《王襄毅公集》，存赋 1 篇。《明史》卷 199《王邦瑞传》，第 5270 页。

② 曹大同，字子贞，南通人。嘉靖间，以岁贡生选授光禄寺署丞。有《玉芝楼稿》，存赋 1 篇。《弇州续稿》卷 72《曹子贞传》，四库全书 1283 册，第 66 页。

③ 张时宜，字仲衡，先世宁波人，占籍云南剑川。嘉靖十一年入太学，后除四川崇庆州学正，寻迁贵州程蕃府教授，二十五年补江西建昌教授。有《东山诗草》，存赋 1 篇。《国朝献征录》卷 87 李元阳《张公时宜墓志铭》，续修四库全书 529 册，第 699 页。

其西则枕鹿池而瞰龙潭兮，顾霞朗而鸥浮。

南曙文山之微茫兮，江湖廊庙之长途。

北背雪山之皓皓皫皫兮，文身椎髻之受呼。

这种骚形汉神的表达，更是前所未有，也显示了赋家们在固有的形式下，翻新出奇的努力。

五百字以内的小体有 54 篇：黄姬水《瑞泉赋》《葵阳赋》、白悦《甘溪赋》《容堂赋》、崔桐《喜晴赋》、马一龙《一笑赋》《都门赋别送戴士瞻》《晓谷赋》、包节①《愁霖赋》、顾鼎臣《恭和御制福瑞赋》《恭和圣制初夏西游奉圣母舟行赋》《恭和圣制五月九日视工遇雨赋》、蔡昂《恭和圣制初夏西游奉圣母舟行赋》、程诰《鹊巢庭树赋》《经滟滪堆赋》《感龟赋》《谒漂母祠赋》《吊韩信城赋》、胡松《赞治堂赋》、苏志皋《赠李侯御寇有功赋》、靳学颜《崇志赋》《别燕赋》、王崇庆《吊颛顼陵赋》《吊巡远赋》《卧龙赋》《吊马东田先生赋》《吊展禽赋》、杜柟《受禅台赋》、张治道《竹山赋》《促织赋》、胡缵宗《荣感赋》、魏坅《桧翳村园赋》、乐護《庆寿赋有序》《幽怀赋》、夏言《恭和御制皇考睿宗献皇帝祔祭太庙（福）瑞赋》《恭和御制初夏西游奉圣母舟行赋》《恭和御制西苑视谷祇先蚕坛位赋》《恭和御制谒陵礼成奉圣母舟还京记事述怀赋》《恭和御制五月九日视工遇雨赋》《侍上奉圣母观玉泉山赋》《瑞云承月赋》、童承叙《申志赋》、廖道南《洞庭赋》、周廷用《沙燕赋》《远览赋》《慕玄赋》、孙宜《六赋·览时赋》、徐珊《卯洞赋》、汪应轸《石斋赋》、姚淶《恭和御制初夏西游奉圣母舟行赋》、吕希周《闵命赋》、许相卿《惩斋赋》、孙升《阳峰赋》、王文禄《烟雨楼赋》。

从题材内容上说，不少应制、祥瑞赋也大量采用《离骚》式的形式，彻底改变了骚体赋固有的哀怨色彩。骚体赋独有的"兮"字句式的感叹色彩，使骚体赋比较擅长抒情，但此时的赋家则借鉴汉赋注重图画性的特点，把四季描写融入其中，如张治道《竹山赋》："春垂条之蟠纆兮，夏激熛而猗狔。秋布叶之葰楙兮，冬停雪而泠泠。"

《九歌》式骚体赋有 12 篇，如崔桐《永思赋》、王尚纲《哀有灵赋》、胡缵宗《寿赋》、夏言《寿萱仙桂图赋》、孙宜《离思赋》《稚游赋》四章、夏鍭《道上赋》、吕希周《雪斋篇》、林炫《送思泉叔赋》等。

"四言只字"式，可视为《橘颂》式的特例。孟思《遂贞赋》就是全篇"四

---

① 包节，字符达，先世嘉兴人，徙居华亭。嘉靖十一年进士。历官御史，巡按云南，再按湖广。被人陷害，下诏狱掠掠，谪戍庄浪卫。念母不能终养，忧病而卒。有《包侍御集》，存赋 1 篇。《明史》207《包节传》，第 5477 页。

言只字"式的形式,如:"魂兮时游,或东或西,或南或北只。"

杂言式骚体赋有 41 篇,占骚体赋总数的 24%,其组合形式大致有以下几种:

(1)《离骚》式+《九歌》式+非兮。如白悦《紫芝玄石图赋》、顾可久《闲居赋》、陈如纶《感遇赋》、周广①《太平冈赋》、申旟《泰山观日出赋》、亢思谦②《登春台赋》、赵完璧《寒宵赋》、许论《世芳楼秋兴赋》、张治道《悲淫雨赋》《放神赋》、吕希周《吊夏蚊赋》《春游赋》《怀仙赋》、彭大治《登九成台赋》、王昺《恒山赋》、靳学颜《寿赋》、周用《鸥鸟赋》、周大章《晴川赋》、喻时《心镜赋》、乐護《余检校英行乐图赋》等。

(2)《离骚》式+《九歌》式。如乐護《庆寿赋》、张衮《忆兰余馥赋》《灵鹊赋》、张治道《愁霖赋》、孙宜《六赋·讯隐赋》、潘希曾《感雪赋》、丰坊《瑶华阁赋》等。

(3)《离骚》式+非兮。如黄姬水《餐英室赋》、徐问《黄山赋》、顾彦夫③《听泉赋》、赵良《赠储相杨侯父母大人德政赋》、李宗木《卧龙冈赋》、张治道《毙鹤赋》、杨育秀《中洲赋》、高岱《羁鹤赋》、周廷用《远游赋》、叶良佩《吊古赋》等。

(4)《九歌》式+非兮。如白悦《东麓赋》、崔桐《怀逸赋》等。

(5)《离骚》式+《九歌》式+《橘颂》式。如王尚絅《罋庵赋》。

(6)《离骚》式+《九歌》式+《橘颂》式+非兮。如周广《沅之山赋》。

(二)"宗汉"

此期宗汉的赋作近 150 篇,占赋作总数的 34%,其中千字以上的大体有44 篇,设为主客的有 30 篇:马一龙《东郊赋》《虹江赋》《春日登凤凰台前赋》、潘滋《蓬莱阁赋》、冯惟健《圣泉赋》、陈棐《志穷赋》《大宝赋》、杨育秀《士未遇赋》、童承叙《闵水赋》、陈霆《重庆四寿赋》、徐文沔《宾岩赋》、张俭《东征赋》、顾鼎臣《躬耕帝藉赋》、旷宗舜《金山赋》、齐之鸾《回銮赋》、盛恩《金山赋》《焦山赋》《北固山赋》④、靳学颜《复斋赋》、李尚实《江郭赋》、胡

---

① 周广,字克之,昆山人。弘治十八年进士。历监察御史、福建按察使、南京刑部右侍郎等。存赋 2 篇。《明史》卷 188《周广传》,第 5000 页。

② 亢思谦,山西临汾人。嘉靖二十六年进士。存赋 1 篇。《明清进士题名碑录索引》,第 6 页。

③ 顾彦夫,字承美,无锡人。正德五年举人,官河间府通判。有《瀛海集》,存赋 1 篇。《明诗综》卷 37。

④ 按:三赋本为一篇《京口三山赋》,《京口三山志》编者按语:"盛恩《三山赋》仿左思《三都》之联络,而少其总序,《赋汇》分收为三。"《中国方志丛书·华中地方 150》,成文出版社1974 年版,第 3062 页。

缵宗《荣寿赋》、夏良胜《砥柱赋》、孙宜《明寿赋》、彭辂《烟雨楼赋》、来汝贤《青龙桥赋》、褚其高①《新乡境赋》、孟思《东山书院赋》、廖道南《凤山书院赋》、颜木《山陵赋》、丰坊《真赏斋赋》；未设主客的有 14 篇：喻时《讼往赋》、廖道南《瑞应河清赋》《大祀圜丘赋》《帝苑农蚕赋》、孙宜《铁桥赋》《栋塘赋》、陈霆《游碧岩赋》、钟夏嵩②《南海庙赋》、陈棐《大庆赋》、黄佐《乾清宫赋》《粤会赋》《北京赋》、李循义③《沧海遗珠赋》、吴可大④《游雁荡山赋》。

　　千字以下五百以上的中体有 38 篇，设为主客的有 24 篇：曹大章《盆池鱼赋》、陈如纶《岁寒居赋》、瞿景淳《览辉楼赋》、马一龙《原寿赋》、顾梦圭《铁桥赋》、周复俊《苍蝇赋》、靳学颜《罪须赋》、马卿《秋斋赋》、陈棐《画菊赋》、赵廷瑞《龙湫赋》、王綖《拟龙湫赋》、胡缵宗《东湖书院赋》《西征赋》、高鹏《白云深处亭赋》、童承叙《桂洲赋》、廖道南《槐厅赋》、陈霆《清痴生赋》《东畲赋》、吴鼎《后山赋》、吕希周《似野赋》、邵经邦《四寿延祥赋》、戴洵《圣驾临雍赋》、钱薇《萤赋》、许相卿《萝补堂赋》等；未设主客的中体有 14 篇：马一龙《钟山堂赋》、顾梦圭《南征赋》、许赞《华山赋》、孟思《风赋》、许宗鲁《驯雉赋》《吊安乐窝赋》、汪必东⑤《愍惑赋》、颜木《戮蚊赋》、廖道南《瑞应灵雪赋》、周廷用《怀归赋》、孙宜《乐田赋》、陈霆《南冈赋》、毛恺《续中流砥柱赋》、朱湎《天马山赋》等。

　　陈绎曾在《汉赋谱》中说："凡赋汉赋，短篇以格为主，中篇以式为主，大篇以制为主，而法一也。"⑥他所列大篇的"汉赋制"为：

　　　　起端：问答、颂圣、序事、原本、冒头、破题、设事、抒情
　　　　铺叙：体物、叙事、引类、议论、用事
　　　　结尾：问答、张大、收敛、会理、叙事、设事、抒情、要终、歌颂

所列中篇的"汉赋式"为：

---

① 其《新乡境赋》有"归皇明之版图，已二百之春秋。"应为隆庆末人。
② 钟夏嵩，番禺人。嘉靖十九年举人，曾任太仆丞。存赋 1 篇。《广东通志》卷 33"选举"，四库全书 563 册，第 423 页。
③ 李循义，浙江鄞县人。嘉靖二年进士。存赋 1 篇。《明清进士题名碑录索引》，第 1235 页。
④ 吴可大，惠州海丰人。嘉靖十九年岁贡生，曾为训导。存赋 1 篇。《光绪惠州府志》卷 22"选举"，《中国方志丛书·华南地方 3》，成文出版社 1966 年版，第 433 页。
⑤ 汪必东，字希会，湖北崇阳人。正德六年进士，历官河南参政。有《南隽集》，存赋 1 篇。《明诗综》卷 34。
⑥ 王冠：《赋话广聚 1》，第 375 页。

设问、设事、六言、四六言、四言、散韵语、兮字

所列小篇的"汉赋格"为：

> 上庄严、中典雅、下布置（右汉格，变化无方，其详已具《古文谱》中，此三格乃其正体，故特著之）①

可以看出，"汉赋制"中有"问答"，"汉赋式"中有"设问"，而"中篇以式为主，大篇以制为主"，故汉赋体的创作，大体与中体设为问答的现象比较普遍。至于小体，"以格为主"，基本是不设问答的，此期汉赋体小体（五百字以内）也是以不设问答者居多，有 33 篇：马一龙《哀赋》、周复俊《络纬赋》、蔡昂《瑞鹿赋》、程诰《五九菊赋》《傀儡赋》《峒獠赋》、胡容《游君山赋》、程珤《东园赋》、靳学颜《兼山遗叟赋》《水晶盏赋》、许论《雪屏赋》、孟思《山下出泉赋》、张治道《葵赋》《柳赋》《安石榴赋》《风筝赋》《拂赋》、胡缵宗《至乐楼赋》、夏言《白鹿赋》、高岱《青牛度关图赋》、周廷用《戎王出猎赋》《姑射仙赋》《释游赋》《吕梁赋》、徐珊《文木赋》、凌瀚《风筝赋》、许应亨《龙舟竞渡赋》、骆文盛《怜寒蝇赋》、缪一凤《荒菊赋》、林文俊《瑞鹿赋》、李默《京闱秋试举人廷见赋》、王廷表《万象洞赋》、王烨②《楠树赋》等；小体而设为问答的有 8 篇：马一龙《走笔赋寿松图》《赋美人》、王崇庆《海鹤赋》、杨廉《梦蛙赋》、费寀《葵轩赋》、夏言《天赐时玉赋》、吕希周《东沙赋》、徐问《松石赋》等。

需要提出的是王廷表《万象洞赋》，此赋写主客同游万象洞，虽有主客，却无问答，"有才有德，如春如璆，怀庡宇而宁域，抚煦妪而溢讴者，非主乎？文旆映日，笛声倚楼，坐瑶花于冬霁，飞逸兴于芳洲者，非客乎？"同游万象洞之后，又以"主与客欢，洞与人乐"结束游览。这种形式是对传统主客问答方式的改变。此外，写万象洞之"万象"毕呈，也不同于传统汉赋多短句两两相对的形式，而是以散句排比而下：

> 于是入洞而游，伏洞而睨。璈珬玓而潲泚缀，不可劙也；锦缋铺而

---

① 王冠：《赋话广聚1》，第 367—375 页。
② 王烨，字韬孟，金坛人。嘉靖十四年进士。授吉安推官，召拜南京吏科给事中，后至山东兵备佥事。存赋1篇。《御选明诗姓名爵里三》，四库全书1442 册，第 56 页。《明史》卷 210《王晔传》，第 5550 页。按：《历代赋汇》《御选明诗》俱作王煜，《明史》作王晔，盖诸书俱编于康熙时，避帝讳而改。

湫溜暄,不可瞋也;虎豹蹲而山鹿瘴,不可触也;珉墉联而鸦蝠慇,不可相也;窦旭丽而藤绿屩,不可刬也;华盖敞而龙伯隶,不可俪也。

四六言句式是汉赋体的基本句式,上文所列陈绎曾"汉赋式"中就有"六言、四六言、四言"。但相对于四六句为主体,与其它句式夹杂成赋的汉赋体,纯粹的四言赋和六言赋还是比较特殊。郭建勋先生曾把四言赋与五、七言赋归为"诗体赋",说四言赋"语言保持着《诗经》质朴而典雅的风格",与五、七言诗体赋"语言流丽,风格纵恣"①,大不相同。此期的四言赋有7篇:张治道《逐愁赋》、孙宜《瘥儿赋》《巧赋》、马一龙《赋白蜘蛛》、杨育秀《井赋》、周廷用《丑女赋》《扇赋》。孙宜《巧赋》,其中有一段"矣"字式,有骚体《橘颂》式的风味,增加了赋的抒情性:

> 於戏噫嘻! 天坠赋性,醇朴章矣。人曰受形,厥有常矣。廉洁弗驰,真原固矣。强梗弗桡,本始复矣。此谓吾能,实云贼矣。彼谓吾智,实云拙矣。

六言赋有8篇:王崇庆《登西岩台赋》《赋孔子悲麟图》、胡缵宗《嘉禾赋》、童承叙《观仙坛落花赋》、周廷用《释愁赋》《喜归赋》《柏赋》《行思赋》。此外,拟荀子《赋篇》的也有一些,如靳学颜《兕觥赋》、吕希周《梦宝剑赋》《诘蝇赋》等。

对于后世模拟枚乘《七发》形成的"七体",复古派领袖基本上是持反对态度的,如李梦阳:"枚氏七,非心于七也,文涣而成七。后之作者无七而必七,然皆俳语也。夫宫室、服食、游猎诸等,君子耻言之,而乃侈之,又相袭言之邪。汉之崔傅、魏之王曹、晋之张陆,皆一代之伟也,亦尔尔耶。"②王世贞:"枚生《七发》,其原、玉之变乎? 措意垂竭,忽发观潮,遂成滑稽。且辞气跌荡,怪丽不恒。子建而后,模拟牵率,往往可厌,然其法存也。至后人为之而加陋,其法废矣。"③谢榛:"枚乘始作《七发》,后有傅毅《七激》、张衡《七辩》、崔骃《七依》、马融《七广》、刘向《七略》、刘梁《七举》、崔琦《七蠲》、桓麟《七说》、李尤《七欵》、刘广世《七兴》、曹子建《七启》、徐干《七喻》、王粲《七释》、刘邵《七华》、陆机《七征》、孔伟《七引》、湛方生《七欢》、张协《七命》、颜延之《七绎》、竟陵王《七要》、萧子范《七诱》,诸公驰骋文

---

① 郭建勋:《辞赋文体研究》,中华书局 2007 年版,第 26—30 页。
② 李梦阳:《空同集》卷 66《论学》上篇,四库全书 1262 册,第 603 页。
③ 王世贞:《艺苑卮言》卷 3,历代诗话续编,第 986 页。

词,而欲齐驱枚乘,大抵机括相同,而优劣判矣。"①但是,此期出于复古的宗尚,也有仿效《七发》的作品。

孙宜《七游》,仿枚乘、曹植七体之作,赋设为洞庭子与先生的问答之辞,崇尚"守静高致"者之神游。朱廷立②《七问》,赋写焦涯林侯将离开通山,梅原刘子等偕其门下士委言于两崖子,通过两崖子之七问,对林侯在通山之政绩作了全面的铺陈。林炫《适斋七释》,设为九曲山人与适斋主人的问答之辞,解释"适斋"之"适"。

颜木有两篇"七体",都是寿赋。《七祝》,此赋设为槎溪张子六十初度,亲朋故旧为其祝寿,鹤鹿翁祝其长寿,千金公祝其富,郡大夫祝其贵,宜男生祝其多子孙,安乐先生祝其康宁,忠信夫子祝其"年德俱邵",而张子则赞同忠信夫子之言,愿用力于德,有自寿之意。《七陈》,作于嘉靖十七年(1538),赋写作者寿辰,环溪使君王子以"嘉制"为其祝寿,作者陈七事以答谢。

（三）骚汉杂糅

此期作家"祖骚宗汉",除了骚体赋或汉赋体之外,骚汉杂糅的赋作较多。这种形式与杂言式骚体赋是有本质不同的,杂言式的骚体赋,非兮句式是很少的,赋作从整体上看,骚体句式占有绝对优势,是骚体赋。而这种形式,赋作总体上是汉赋,或者汉赋的形式体现地很明显、很突出,骚体形式也占有一定比重,固称"骚汉杂糅"式。这种形式的赋作有88篇,其组合形式有以下几种:

1. 汉赋+《离骚》式+《九歌》式

此式大体有7篇:周用《南海赋》、刘泉《武功山赋》、陆坤《爱山亭赋》、王梅《拟圣驾恭祀圜丘赋》、马一龙《泰山赋》、陈孟章③《碧玉泉赋》、冯惟健《南征赋》;中体有15篇:黄姬水《玄圃赋》、靳学颜《竹庵赋》、孟思《悲秋雨赋》、张治道《闷赋》、周良会《乳峰寺登高赋》、童承叙《嘉志赋》、廖道南《圣皇南巡江汉赋》、方豪④《知音赋》、吴鼎《笔山赋》、邵经邦《祥婺迎辉赋》、来汝贤《绛桃赋》《后绛桃赋》、许相卿《哀逝水赋》、毛恺《续蒲团赋》、彭辂《成城赋》;小体有9篇:张衮《缨泉赋》《来雁赋》、顾梦圭《摘荔枝赋》、靳学颜

---

① 谢榛:《四溟诗话》卷1,历代诗话续编,第1151页。
② 朱廷立,字子礼,湖北通山人。嘉靖二年进士。官诸暨知县、南太仆少卿、礼部右侍郎等。有《两崖集》,存赋1篇。《明诗综》卷39。
③ 陈孟章,号静斋,安宁人。嘉靖十九年举人,官南京户部主事。存赋1篇。《滇文丛录作者小传》卷上,丛书集成续编153册,上海书店1994年版,第50页。
④ 方豪,字思道,开化人。正德三年进士。官昆山知县、刑部主事、湖广副使等。有《棠陵集》,存赋1篇。《明诗综》卷33。

《梧桐落叶赋》、喻时《舒阳赋》、胡缵宗《梅塘赋》、夏言《寿同年白良甫乃尊东野翁赋》、屠侨《悲暮春赋》、周天佐①《赠丁少山闽海奇游赋》。

2. 汉赋+《离骚》式

此式大体有 13 篇：马一龙《思亲赋》、苏志皋《纪行赋》、陈棐《讼崇鬼赋》《黄花涧赋》《大册赋》《逐枭神赋》《大诰赋》、夏言《大驾南巡赋》、丰坊《报慈阡赋》、张治道《枉生赋》、童承叙《石斋赋》、吕希周《四郊庆成赋》、李尚实《五世同堂赋》；中体有 17 篇：白悦《拟侍臣献灵雪赋》、马一龙《瀛海长春赋》、何良俊《寿赋》、周复俊《春园赋》、程诰《笼鹤赋》、毛纪《西成赋》、苟汝安《三异赋》、陈棐《拱辰楼赋》、喻时《骇奥赋》《钟石赋》、张治道《孔雀赋》、杨爵《梦游山赋》、颜木《后湖赋》、廖道南《瑞应白兔赋》、陈霆《松云楼赋》、钱薇《蚊赋》、林炫《蝉赋》；小体有 11 篇：沈奎《烟雨楼赋》、马一龙《巨麓赋》、顾梦圭《征洁堂赋》、程诰《听松赋》《蜘蛛赋》、张治道《蠛蠓赋》、张敬②《兰石赋》、廖道南《瑞应白鹊赋》、吕希周《剔胡赋》、缪一凤《除竹虫赋》、周廷用《白鹭赋》。

3. 汉赋+《九歌》式

此式大体有 1 篇：陆埁《嘉禾郡学赋》；中体有 5 篇：费寀《竹岩赋》、童承叙《东征赋》、周廷用《完节赋》、姚涞《白鹿赋》《白兔赋》；小体有 9 篇：陈如纶《南斋赋》、蔡昂《瑞榴赋》、江瓛《竹泉赋》、靳学颜《登坛赋》、汪伟《落叶赋》、夏言《惊风散人赋次韵》、周廷用《秋夜赋》《渡江赋》、朱湖《如川小赋》。

4. 汉赋+《离骚》式+《橘颂》式

如卢琼③《保厘西江赋》。

（四）六朝特色

复古派领袖虽然"祖骚宗汉"，但对六朝赋作并不排斥。如王世贞《艺苑卮言》卷三云："吾于文虽不好六朝人语，虽然，六朝人亦那可言。皇甫子循(皇甫汸)谓'藻艳之中有抑扬顿挫，语虽合璧，意若贯珠，非书穷五车，笔含万化，未足云也。'此固为六朝人张价。"④李梦阳等人的赋，也有六朝特

① 周天佐，字子弼，晋江人。嘉靖十四年进士，授户部主事。存赋 1 篇。《明史》卷 209《周天佐传》，第 5528 页。

② 张敬，字叔成，江西德兴人。弘治十四年举人。任国子监助教、礼部员外郎等。有《雅乐发微》。存赋 1 篇。《同治德兴县志》卷 8，《中国方志丛书·华中地方 259》，成文出版社 1975 年版，第 983 页。

③ 卢琼，字献卿，江西浮梁人。正德六年进士。由固始知县入为御史。嘉靖改元，出按畿辅。后谪戍边，赦还，卒。存赋 1 篇。《明史》卷 206《卢琼传》，第 5431 页。

④ 王世贞：《艺苑卮言》卷 3，历代诗话续编，第 1000 页。

色,李梦阳"骚赋上拟屈宋,下及六朝";何景明"骚赋启发拟六朝者颇佳";徐祯卿"其乐府、选体、歌行、绝句,咀六朝之精旨,采唐初之妙则"。① 他们也间有骈偶色彩很浓的赋或五七言诗体赋的创作。

影响所及,出现了一些骈化或诗化色彩很浓的赋,但这些赋又不是纯粹的骈赋或五七言诗体赋,而是在同一篇赋中,骈偶句式或五七言诗体句与其他体式相互杂糅,显示出与楚骚汉赋相区别的"六朝"特色。如陈柏《转注壶赋》:

> 伊谁氏兮巧思,爰范锡兮为壶。既藏水以作鼎,更畜火而为炉。口孤悬兮峭直,肠九曲兮回迂。其酌而注也,随多寡以为乘除;其泻而出也,任缓急以为盈虚。不寒不烈,匪疾匪徐。制既备夫众美,名应取诸六书。尔其青春方丽,白日未晡。皓月流彩,素雪平铺。奏妙曲于下庑,饬嘉肴于中厨。集文园之词客,会高阳之酒徒。因攘袂而长啸,爰拍手而狂呼。兴既乘兮不浅,情复浃兮未疏。相与款洽,宁复趑趄。将千巡兮不足,且一饮兮无余。历舞筵兮佌佌,入醉乡兮薨薨。曾知夫光阴之为过客,与天壤之为寄居。

赋中有不少散句、偶句,甚至《九歌》式骚体句都是骈对的。又如靳学颜《莽草赋》,赋首是一段"《九歌》式+《离骚》式"的骚体,中间是一段四六言相间的汉赋体,然后是一段五言诗体赋,结尾再有一段四言汉赋体。其五言诗体赋部分:

> 后皇申嘉锡,淑愿均化光。覆露渥涵湛,阴阳宣昭明。受命诚不迁,美利咸各正。厉浑何偏滞,范兹不肖形。矜已若不足,害物为有赢。

此外,赋末乱辞与赋中系诗的诗化也是六朝特色的体现,如何良俊《寿赋》赋末之歌即是五言诗。七言诗多一些,如周用《南海赋》歌、靳学颜《竹庵赋》歌、《寿赋》乱、《登坛赋》乱、《莽草赋》辞、李尚实《江郭赋》歌、孟思《山下出泉赋》歌、张治道《放神赋》歌、《揭旱赋》乱、廖道南《洞庭赋》重等都是。

（五）承唐袭宋

复古派主张"唐无赋",反对唐律赋与宋文赋,这两种赋体是留存比较少的。尤其是律赋,只在馆课或应制时偶有创作。此期馆课赋留存32篇,

---

① 王世贞:《艺苑卮言》卷6,历代诗话续编,第1044—1045页。

律赋 8 篇,占馆课赋的 25%,而尤以隆庆二年选庶吉士的诸人律赋为多。《明史》云"馆阁文字,是科(隆庆二年)为最盛"[①],其中《日方升赋》现存 9篇,6 篇为律赋。隆庆五年选庶吉士的诸人,有馆课赋《越裳献雉赋》,刘虞夔赋也是律赋。

宋文赋的创作中,有不少是模拟苏轼前后《赤壁赋》的,如马一龙有《春日登凤凰台前赋》,题注"吏部以失期试题",是一篇汉赋体,其《春日登凤凰台后赋》序云:"赤壁有前后一赋,古今传诵。然苏子瞻模写景物,感慨豪雄,以发胸中浩浩者。此赋文不及赤壁,而情亦与子瞻异,人才世道,又可观矣。"因为苏轼有前后《赤壁赋》,马一龙又作《后赋》以追拟苏轼。他的《后赋》在写法上效法苏赋,不仅有写景抒情,更有藉此发表的感慨议论:"亦孰知身亦物也,台亦物也,凡物皆妄也,又奚追夫昔之有无,而为今之征也乎。"与此类似的,还有陈棐《西双洎赋》《东双洎赋》、颜木《石城赋》《后石城赋》等。王崇庆《游仙堂赋》写正德十二年(1517)重九与友人游仙堂山,写法也同《赤壁赋》,赋末从"仁者乐山,智者乐水",生发出"仁与智之同观"的道理。

夏鍭《山行及春赋》虽然不是模拟《赤壁赋》,但其笔调的轻盈,借山行遇雨而阐发道理的写法,却与苏赋一脉相承:"噫!寻常行路,而忧乐随之。况乎冒权窃柄,宠禄是持。夫然而曰恣乐而无忧,我则弗知。"

王樴《与同轩赋》是一篇轩斋楼台赋,与其它铺叙轩斋楼台地理方位或外在景观的写法不同,它探讨轩名"与同"之义,并评价对"与同"之义的理解,文末还发表对"天地之道"的看法,全篇体现的是宋赋的特色。王尚纲《亹庵赋》也是如此,完全集中于"亹亹"之义的探讨,如:"繄大人之亹亹兮,象乾元之健德。岂违俗以矫名兮,鉴往圣而取则……惟大圣之合德兮,乃观察于天地。穷下上其几千祀兮,达亹亹而罔异。"

第四节　非复古派的吟唱

在复古派大盛的时候,大多数赋家自觉不自觉地受其影响,成为复古潮流的一部分。但也有些赋家,开始或受其影响,后来却认为"文辞无益",从中脱离出来,王守仁就是这样。他"己未(弘治十二年,1499)登进士,观政工部,与太原乔宇、广信汪俊、河南李梦阳、何景明、姑苏顾璘、徐祯卿、山东

边贡诸公,以才名争驰骋,学古诗文。"①王世贞《王守仁传》云,"前是守仁与诸所善太原乔宇、广信汪俊、泰州储巏、河南李梦阳、何景明、山东边贡相切劘,为古文辞,名籍籍,已而厌之曰:'滑我精,耗我神,我且为之役耶?'"②作为一个思想家,文辞的创作的确"滑精耗神",甚是无谓。他留存的7篇赋,大都作于早期。追随王学的人,称为"姚江学派",后分化为七派,他们即便作赋,也不是复古派能牢笼的。

还有一些赋家,对复古派的观点深不以为然,如孙绪,四库馆臣云,"其文沉着有健气,其《无用闲谈》有曰,'文章与时高下,人之才力亦各不同,今人不能为秦汉战国,犹秦汉战国不能为六经也。世之文士尺寸步骤,影响摹拟,晦涩险深,破碎难读'云云,其意盖为李梦阳发,可以见其趋向矣。"③徐献忠,"长谷以作者自期,持论谓'诗人之作,代出意匠,以增前人之能',旨哉言也!"④这些人作赋自然不肯受复古派的约束。

也有一些赋家,虽然没有赋论留存,但其创作上却以宋赋为多,与复古派鄙薄唐律赋与宋文赋的主张背道而驰,如刘乾,现存11篇赋,有一半具有鲜明的宋赋特点,喜欢议论说理,四库馆臣云:"是集诗、词二卷,赋、记、杂文四卷。其以'鸡土'命名者,《自序》谓梦入太极宫见玉鸡,以为文章之兆。其说颇荒唐不经,诗文亦不入格,而《梦上天诗》《梦戚赋》《纪梦文》诸篇,乃屡屡见之集中,何其好说梦欤?"⑤显然也不是复古派。

更有一些赋家,对赋坛的风云变幻漠不关心,只以我手写我心,独立于复古潮流之外。如丘云霄,四库馆臣云,"朱彝尊《明诗综》引徐梦阳评,称其诗雅澹劲古,景真情得,今读之信然。要之不肯蹈袭前人,异乎七子之派者也。"⑥这些非复古派的赋家与当时的复古派赋家一样,都是"盛明风雅"的组成部分。

一、题 材 内 容

(一)咏怀、吊古、人事等

王守仁⑦咏怀赋主要作于武宗正德初,《明史》本传云,"正德元年冬,

---

① 黄绾:《阳明先生行状》,《王文成全书》卷37,四库全书1266册,第161页。
② 王世贞:《弇州史料前集》卷25,四库禁毁书丛刊部49册,第106页。
③ 纪昀等:《钦定四库全书总目·沙溪集》,第2311页。
④ 朱彝尊:《静志居诗话》卷14,第400页。
⑤ 纪昀等:《钦定四库全书总目·鸡土集》,第2452页。
⑥ 《止山集》提要,四库全书1277册,第205页。
⑦ 王守仁,字伯安,余姚人。弘治十二年进士。历任刑部主事、贵州龙场驿丞、右佥都御史等职。晚年官至南京兵部尚书、都察院左都御史。因平定宸濠之乱,被封新建伯。隆庆间追赠新建侯,谥文成。有《王文成公全书》,存赋7篇。《明史》卷195《王守仁传》,第5159页。

刘瑾逮南京给事中御史戴铣等二十余人,守仁抗章救,瑾怒,廷杖四十,谪贵州龙场驿丞。"①《明史》说的较简略,其实他是先被下锦衣卫狱,然后才被谪贵州的。其《咎言》序云,"正德丙寅(正德元年,1506)冬十一月,守仁以罪下锦衣狱,省愆内讼,时有所述,既出而录之",此赋写尽了当时心情的抑郁愤懑:

> 何玄夜之漫漫兮,悄予怀之独结。严霜下而增寒兮,皦明月之在隙。风呶呶以憎木兮,鸟惊呼而未息。魂营营以惝恍兮,目窅窅其焉极。懔寒飙之中人兮,杳不知其所自夜。展转而九起兮,沾予襟之如泗。胡定省之弗遑兮,岂荼甘之如荠。怀前哲之耿光兮,耻周容以为比。何天高之冥冥兮,孰察予之衷。予匪戚于累囚兮,牿匪予之为恫。沛洪波之浩浩兮,造云阪之蒙蒙。税予驾其安止兮,终予去此其焉从。孰瘿瘰之在颈兮,谓累足之何伤。熏目而弗顾兮,惟盲者以为常。孔训之服膺兮,恶讦以为直。辞婉娈期巷遇兮,岂予言之未力。皇天之无私兮,鉴予情之靡他。宁保身之弗知兮,膺斧锧之谓何。蒙出位之为愆兮,信愚忠而蹈诬。苟圣明之有禆兮,虽九死其焉恤。乱曰:予年将中,岁月逍兮。深谷崆峒,逝息游兮。飘然凌风,八极周兮。孰乐之同,不均忧兮。匪修名崇,仁之求兮。出处时从,天命何忧兮。

《吊屈平赋》作于谪贵州途中,其序云,"正德丙寅(正德元年,1506),某以罪谪贵阳,取道沅湘,感屈原之事,为文而吊之。"赋可与贾谊《吊屈原赋》相媲美。

王守仁是在仕途中受到挫折,沈祐②则"行未登途,屡致颠踬",其《秋雨赋》序云,"余少学文,将以求达,行未登途,屡致颠踬,遂谢初志终老,作《秋雨赋》",赋以《楚辞》香草美人的象征手法,抒发其理想陨落之无奈之情。沈恺③《景初赋》抒发自己"茕居"不遇之情,沈恺嘉靖八年中进士,此赋作于嘉靖十五年(1536)之秋,看赋中之意,已归隐于家。赋写自己"不谐于今之世",因而"偃蹇而弗扬",又不愿"改辙以从时",不得已归隐于乡。

---

① 张廷玉:《明史》卷195《王守仁传》,第5160页。

② 沈祐,字天用,浙江海宁人。正德间,官周府典膳。卜居紫微山下,构园曰淳朴,留题分咏,皆一时名士。尝受业于王阳明。有《淳朴园稿》,存赋1篇。《海宁州志稿》卷12《艺文志》,《中国方志丛书·华中地方562》,第1340页。

③ 沈恺,字舜臣,华亭人。嘉靖八年进士。历官宁波知府,升湖广右参政。以母老乞归。穆宗即位,召为太仆少卿,不赴。有《环溪集》,存赋3篇。《明诗综》卷41。

丘云霄①有很长时间的隐逸经历,其《逸士赋》抒发有陶渊明"清风"的逸士之志,其中不乏夫子自道之意。《升平赋》,作者读《高士传》及《桃花源记》,深感当时"民生之如露晞",悲其"与世相遗"之无奈,歌颂明时之升平,百姓之安居乐业。

一些宗室也留下不少抒怀赋。如朱勋澈②《登台赋》"舒百年之啸傲",《感物赋》"慨物变而随化",《述志赋》"惟则天以常健兮,乃终日以乾乾",《悯心赋》"嗟厥心之劳劳"。朱宪㸅③《楼居赋》,作于嘉靖三十四年(1555)夏季之望,抒发作者的"江湖山蔬之思"。明朝宗室制度不同于汉晋唐宋,太祖时即"令世世皆食岁禄,不授职任事"④,宗室不得参政,不得干涉地方政治、军事事务,不得擅自离开封地,结交地方官员。从《楼居赋》颇能见出这些宗室平日的生活状态:

> 羌偃息于北窗兮,傲羲皇之朴宷。鼓南熏以自乐兮,每犹废乎寝食。或焚香于宝鼎兮,诵先天之系易。或瀹茗于金铛兮,消澈叨之胸臆。或临池以书墨兮,仿钟王之真迹。或握管以骋艺兮,效李杜之无敌。凡绮纨之美丽兮,与弦歌而俱斥。唯散发以嚣嚣兮,袒胸襟而脚赤。劝碧筒以畅饮兮,信忘忧于旦夕。怆曾冰之不可踏兮,游华胥之上国。若乃缅忆匡庐,邈思震泽。心倾五湖,神游八极。俯钓长流,仰飞纤缴。苟纵心于物外,则吾无所庸于帝力。

此期的"海岱诗社"创作了一些同题吊古赋,"海岱诗社"是山东青州的一个文人社团,主要作家有石存礼、蓝田、冯裕、刘澄甫、陈经、黄卿、刘渊甫、杨应奎等八人。嘉靖十四、五年,陈经以礼部侍郎丁忧里居,蓝田除名闲住,刘渊甫未仕,石存礼等五人并致仕,乃结诗社于北郭禅林,后编辑所作成帙,为《海岱会集》12卷。"八人皆不以诗名,而其诗皆清雅可观,无三杨台阁

---

① 丘云霄,字凌汉,崇安人。嘉靖十七年贡生。官至南京国子监典簿,迁柳城知县。有《止山集》,存赋3篇。《列朝诗集小传》丁集中,《明代传记丛刊11》,第545页。

② 朱勋澈,朱元璋二十一子沈简王模之四世孙。封唐山王,其《云仙集》有嘉靖刻本。存赋9篇。《乾隆潞安府志》卷12"封建":"他如沁源王允杨、唐山王勋澈、德平王恬焻、珵颢,或鼓吹风雅,或闭户怡神,皆贤王也。"《中国地方志集成·山西府县志辑30》,凤凰出版社2005年版,第158页。另参见宋石青《明沈藩简王朱模及其子孙们》所附《沈简王府亲王、郡王世系表》(《晋东南师范专科学校学报》2004年第4期)。

③ 朱宪㸅,朱元璋第十五子辽简王植之六世孙。嘉靖十六年嗣位,后被劾,废为庶人。有《种莲文略》,存赋5篇。《明史》卷117《太祖诸子传》,第3580页。

④ 张廷玉:《明史》卷82《食货志》,第2001页。

之习,亦无七子摹拟之弊。故王士禛称其各体皆入格,非苟作者。盖山间林下,自适性情,不复以文坛名誉为事,故不随风气为转移。而八人皆闲散之身,自吟咏外,别无余事,故互相推敲,自少疵类。其斐然可诵,良亦有由矣。"①其中杨应奎②有《怀鲁仲连赋》《琅琊台赋》《吊田横赋》,黄卿③有《怀鲁仲连赋》《琅琊台赋》《吊田横义士赋》,杨应奎的三篇赋都是骚体,黄卿《怀鲁仲连赋》《吊田横义士赋》也是骚体赋,唯《琅琊台赋》在凭吊琅琊台之后,有感慨议论,体现了宋赋的特色:

> 嗟乎!君以望秩省方之典,文夸诩盘游之思。臣以谀辛媚受之智,谓竖儒黔首之可欺。曰不师古而何羡鼎湖之奇,既曰予圣而何类八骏之遥驰。卒之孽贯稔极,倚伏盈虚。郦官阿房,一旦燹墟。兹台与泰峰之罘四铭者,崖裂镌毁横卧草莱之区矣。何未百年,汉有侈者。于海于山,于台上下。仙则逾邈矣,民何重勤也。

陈田《明诗纪事》云"《编苕诗》特矜练,在《海岱会集》中,别自一格"④,黄卿不仅诗歌"别自一格",赋也"别自一格"。

徐献忠⑤的一些人事赋反映了倭寇侵扰的时事,如《祸首赋》,"祸首"出自老子"不为祸首,不为福先"之语,此赋乃"感而悲张君也"。据赋序,张君讳仲,豫章人,少陟甲科,仕更佐守,励志勤民,廉平公恕,民共怀之。嘉靖三十二年(1553)季春,倭夷犯境,氓庶受灾,横被锋镝者数千,张君先十日身为祸首。阖郡悲酸,荐绅惊悼。作者为文以吊。《旧林赋》序云,倭夷寇掠海上,诸转徙入城者,故丘咸荒莽,不堪返服。董君子元沙冈旧业桑梓尚无恙,因扫除而居焉,作《旧林赋》。

孙绪⑥也有人事赋,《恤徭赋》为豫章陈侯作,赋序云"恤徭赋者,颂吾景贤守豫章陈侯也。我国家酌定古制,每三年一编征徭,轻重随其亏盈,簿书狥以迁就,饰治蛊坏,更张条格。今年实当其期,侯精察缜密,物无遁情,

① 纪昀等:《钦定四库全书总目·海岱会集》,第 2643 页。
② 杨应奎,字文焕,益都人。正德六年进士。历任仁和知县、临洮知府、南阳知府。有《渑谷集》,存赋 17 篇。《明诗纪事》丁签卷 14,《明代传记丛刊 13》,第 783 页。
③ 黄卿,字时庸,益都人。正德三年进士,累官江西布政使。有《编苕集》,存赋 13 篇。《明诗纪事》丁签卷 14,《明代传记丛刊 13》,第 782 页。
④ 陈田:《明诗纪事》丁签卷 14,《明代传记丛刊 13》,第 782 页。
⑤ 徐献忠,字伯臣,松江华亭人。嘉靖四年举人,任奉化县令。有《长谷集》,存赋 11 篇。《国朝献征录》卷 85 王世贞《徐先生献忠墓志铭》,续修四库全书 529 册,第 566 页。
⑥ 孙绪,字诚甫,河北故城人。弘治十二年进士,官至太仆寺卿。有《沙溪集》,存赋 7 篇。《钦定四库全书总目·沙溪集》,第 2311 页。

而矜怜恻怛,时溢发于伸纸点笔之下,故以《恤徭》名篇。"《莎汀赋》为友人戈君作,"古莜戈君字清,爱漳水之胜,自号曰莎汀主人。"作者为赋之。《凝神赋》为韩南园明府祝寿作,韩南园年登八袠,"惟志中于圣贤,庶神凝于象罔",内心冲和,故得寿若此。刘乾①《续王母宴瑶池赋》为友人范氏母祝寿作。朱勋㳤《祝寿赋》乃为大明祝寿,正文仅八句,无论是内容,还是形式,在寿赋中都独树一帜:

> 惟旃蒙大渊献,临祝融哉生明。乡云霭而呈祥,旭日晓以融融。灵雨收,天风清。南极耀,寿星明。歌曰:惟长兮东海波,惟永兮昆仑阿。惟坚兮松柏柯,惟尔与寿宜无何。又歌曰:仰皇明兮万年,天潢兮派千。宗藩兮瓜瓞绵,玉叶兮惟贤,酌酒兮愿永延。

(二) 咏物、山水、楼台等

钱谦益说徐献忠,"《白莲》《羽扇》《芦汀》《灵泉》诸赋,皆为时人传诵。悯松民解布之苦,作《布赋》一篇,读者咸酸鼻焉。"②《吴中白莲花赋》,据赋序,作者放舟吴门,见白莲盛开,诸女郎游冶其中,兰桡容与,箫鼓错杂,竞相采撷以侑觞酌。作者感伤白莲芳心未成,遂为儿女子所废,灵根秀朵,委为腐壤,遂为此赋。《白扇赋》,赋友人所赠白团扇。《芦汀赋》描写秋天"长芦翳目,接岸弥谷"的景象,《灵泉赋》描写灵泉,《吴兴品水赋》描写吴兴的灵泉水,都较有特色。《布赋》与民生有关,其序云,"邑人以布缕为业,农畎之困,藉以稍济。然其为生甚疲苦,非若他郡邑蚕缲枲苎之业,力少利倍者可同语也,然天下所共衣被而详其衰者甚寡。于是核其事,告诸观风者。"赋设为客与下邑之士的问答之辞,借布写民之"劳且病",如:

> 工以习胜,巧自技生。伤末路之靡滛,变素朴为华英。始力作以助农,终缛丽以耀名。竞良工之巧思,幻化国之神能。于是飘絮若蓬,刻缕若髦。积岁成匹,累纤敌绒。广倍乎东海之二尺,袤齐乎别渚之五虹。凿以团凤,绕以飞龙。缀金章以错缘,变猩草之鲜红。烂太霞之朝采,夺景乌之晶莹。袆巳浮乎龙水,绡何羡乎鲛宫。盖其技巧始于渡海之黄姬,彰闻出自恋阙之巨公。忘万家之膏腴,邀一日之欢惊。传观内近,遂入公宫。一匹遂抵于千缗,联筐始达于重瞳。民已穷而益偪,霜

---

① 刘乾,字仲坤,保定人。嘉靖十七年进士,官国子监丞。有《鸡土集》,存赋11篇。《钦定四库全书总目·鸡土集》,第2452页。

② 钱谦益:《列朝诗集小传》丁集,《明代传记丛刊11》,第445页。

既结而冰从。

前文提到"海岱诗社"的杨应奎和黄卿，也有一些同题的咏物和山水赋，杨应奎有《云门山赋》《石涧赋》《雪霁赋》《海市赋》《潍水赋》《星石赋》，黄卿也有《云门山赋》《石涧赋》《雪霁赋》《海市赋》《潍水赋》《星石赋》。杨应奎《迎春花赋》序云，"嘉靖己亥（嘉靖十八年，1539）仲春初吉，文会于海亭（黄卿之号）之第。阶除之间有盆草焉，灼然其花，名曰迎春。因而赋之。"据此，黄卿也应有《迎春花赋》，今已不存。杨应奎《义酒赋》和《岱宗赋》，也为黄卿所无。《岱宗赋》描写泰山，一般写泰山的赋多用散体，而杨应奎则用骚体：

> 抚往事以感慨兮，矫矩步而上攀。盘石磴以载道兮，历屈曲而难前。经天门以上诣兮，望云峰之插天。瞻鸡笼之嵯峨兮，启箧策以卜年。觉莲华之峭拔兮，岚光蓊郁而迁延。想嵩华之岢嶒兮，非秩祀之所铨。及云亭之嵚崟兮，焉能比而相连。彼蒿里之嶓嵝兮，梁甫偪仄而陂偏。开锦绣之石屏兮，啸声振而万壑传。飞涧谷之流泉兮，绝巇响而松风圆。倚崩崖于崿嶂兮，洞门闭而不寒。望蓬瀛之远岛兮，总青青其如蓝。袭天光之倒影兮，白浪雪起而飞翻。扪藤萝以扣关兮，求松乔之神丹。觉八极之宏阔兮，目力尽而长空。

他们"山间林下，自适性情，不复以文坛名誉为事，故不随风气为转移。而八人皆闲散之身，自吟咏外，别无余事，故互相推敲，自少疵类。其斐然可诵，良亦有由矣！"①

王守仁也有此类赋作，如《来雨山雪图赋》写石田画师所画《来雨山雪图》，《九华山赋》写游安徽池州九华山，《游大伾山赋》写与"二三子"同游浚县大伾山，《黄楼夜涛赋》设为子瞻与客的问答之辞，描写黄楼夜涛，《太白楼赋》写登任城太白楼，《思归轩赋》写作者官于虔时在廨后所构"思归轩"。《王文成全书》提要云，"守仁勋业气节，卓然见诸施行，而为文博大昌达，诗亦秀逸有致，不独事功可称，其文章自足传世也。"②其《来雨山雪图赋》即有"博大昌达"之特色：

---

① 纪昀等:《钦定四库全书总目·海岱会集》，第 2643 页。
② 纪昀等:《钦定四库全书总目·王文成全书》，第 2311 页。

昔年大雪会稽山，我时放迹游其间。岩岫皆失色，崖壑俱改颜。历高林兮入深峦，银幢宝纛森围圜。长矛利戟白齿齿，骇心栗胆如穿虎豹之重关。涧溪埋没不可辨，长松之杪，修竹之下，时闻寒溜声潺潺。杳嶂连天，凝华积铅。嵯峨崭削，浩荡无颠。嶙峋眩耀势欲倒，溪回路转，忽然当之，却立仰视不敢前。嵌窦飞瀑，忽然中泻。冰礌峻嶒，上通天罅。枯藤古葛，倚岩嶔而高挂。如瘦蛟老螭之蟠纠，蜕皮换骨而将化。举手攀援足未定，鳞甲纷纷而乱下。侧足登龙虬，倾耳俯听寒籁之飕飕。凌风蹀躞，直际缥缈恍惚最高之上头。乃是仙都玉京，中有上帝遨游之三十六瑶宫，旁有玉妃舞婆娑十二层之琼楼。下隔人世知几许，真境倒照见毛发，凡骨高寒难久留。

颇有李白七言古诗奇宕纵恣的艺术感受。《游大伾山赋》借游大伾山抒发"兹山之常存"与人生短暂之慨叹，有苏轼赋的特色：

吁嗟乎！流者而有湮，峙者其能无彝？则斯山之不荡为沙尘而化为烟云者，几希矣。况吾与子集露草而随风叶，曾木石之不可期。奈何忘其飘忽之质，而欲较久暂于锱铢者哉？吾姑与子达观于宇宙，可乎？

山河之在天地也，不犹毛发之在吾躯乎？千载之于一元也，不犹一日之于须臾乎？然则久暂奚容于定执，而大小未可以一隅也。而吾与子固将齐千载于喘息，等山河于一芥。遨游八极之表，而往来造物之外。彼人事之倏然，又乌足为吾人之芥蒂者乎？

湛若水①是陈献章晚年的得意弟子和学术继承人，也是当时的"心学"思想家，与王守仁"心学"并称"王湛之学"。他的赋没有王守仁多，但艺术成就不在王守仁之下，《放二鸟赋》写山客送甘泉翁二鸟，甘泉翁闵而放之。《交南赋》，作者奉命往封安南国王，正德七年二月出京，八年正月抵达，因作此赋。弘治初董越出使朝鲜，曾作《朝鲜赋》，以散体描绘朝鲜的地理山川、礼义风俗，借以歌颂明朝作为宗主国的影响力，是域外地理赋的杰作。《交南赋》则全用骚体，文章长达3187字，描绘古代越南地理沿革、民俗风情，借其民物风俗之"黠陋"，反衬宗主国之文明：

① 湛若水，字元明，广东增城人。弘治十八年进士。嘉靖间，任南京国子监祭酒、南京礼部尚书、南京兵部尚书等。有《甘泉集》，存赋2篇。本集卷32洪垣《湛甘泉先生墓志铭》，四库全书存目丛书集部57册，第245页。

眺有姒之娴女兮，觌蒙山之都姝。羌雪白而漆黑兮，亦蛾眉而曼肤。上衣古而过骭兮，又闿裳而重襦。袖飘飘其仍风兮，跣双足而泥涂。资珍髦以弗售兮，齿黝黝而牙聱。仍葛洪之丹砂兮，将博访乎勾漏。逢鲍靓于南海兮，余亦与之幽遘。观民居之鸟翼兮，恒居高而檐低。方甍瓦而锐下兮，概厥形如短圭。爰乘茸而平敷兮，象鳞鳞其鱼鱼。岂水族相感而则然兮，乃厥类而象诸。鸟翼堂而里置兮，日中市于墟落。环四面以施楣兮，中市官而均榷。国无马之千乘兮，又何择乎骥与驵。曰国君之称富也，又曷数以为对。兵裸以靡甲兮，亦焉用夫犀兕。岂厥家之罔藏兮，恐其德之未改。

其他人此类赋作，还有穆孔晖①《灯赋》描写灯，刘乾《灯花赋》《续灯花赋》描写灯花这种瑞应，孙绪《召和赋》描写音律之"象物理以召和"。魏良弼②《此斋赋》为兄长之斋室"此斋"而作，徐献忠《亦乐园赋》描写云山子在亦乐园之生活。孙绪《超然楼赋》描写柳塘先生在超然楼的超然生活，《沙冈赋》，沙冈为作者家族别业，从侄执砚耕凿于中，作者为赋之。赋主要描写了沙冈"冬春之季，乘风而起"与"夏秋之交，遇雨而受"时的情况，表达了热爱故园的情怀。汪禔③《东山书院赋》，东山即祁门城东眉山，山间旧有梅鋗别墅，后改为东岳庙。正德十六年(1521)，改建为东山书院。四库馆臣评价汪禔："其诗则全作《击壤集》体，不以声律论矣！"④其赋倒无《击壤体》特色，此赋即写这次改建，表彰"侯"之功劳。

沈恺《横云山赋》写游松江之横云山，王渐逵⑤《游罗浮赋》写游惠州罗浮山，《青萝山赋》写作者的居处之地——青萝山。朱彝尊说王渐逵，"青萝诗文如骐骥在御，虽鸣銮节奏，而若灭若没之气，终不可掩。"⑥《青萝山赋》

① 穆孔晖，字伯潜，山东堂邑人。王守仁主山东乡试主考官时，录为举人。弘治十八年进士。历任翰林院检讨、翰林院侍讲学士、南京太常寺卿等。存赋1篇。《明儒学案》卷29"北方王门学案"，《黄宗羲全集7》，第740页。

② 魏良弼，字师说，新建人。嘉靖二年进士。授松阳知县，后历官刑科给事中、太常少卿。在丹陵书院讲学达四十二年之久，深得乡人尊重。受学于王守仁，与钱德洪等往复论学，阐扬王学。有《水洲文集》，存赋1篇。《明儒学案》卷19"江右王门学案"，《黄宗羲全集7》，浙江古籍出版社1992年版，第535页。

③ 汪禔，字介夫，祁门人。精于礼学，有《樊庵集》，存赋1篇。本集卷首王讽《樊庵先生行状》，四库全书存目丛书集部146册，第335页。按：《总汇》第9册8380页，误为江禔。

④ 纪昀等：《钦定四库全书总目·樊庵集》，第2476页。

⑤ 王渐逵，字用仪，番禺人。正德十二年进士，官刑部主事。有《青萝集》，存赋2篇。《明诗综》卷36。

⑥ 朱彝尊：《明诗综》卷36。

中的青萝山,是作者家乡番禺的一座小山,作者隐居于此,与世邈隔已十余年。虽然它并不"大而奇",但作者却从它居罗浮山、西樵山、白云山、黄岭之中的地理位置上,探求其胜,并从其"岿然中正"的位置,联系到人之进学。写法上,也不象其他汉赋体一样,直接铺叙其东南西北的地理形势,而是采取问答式的形式:

> 王子与客顾而指之曰:"今夫东,溟然而窿若云若烟者,非罗浮乎?"客曰:"然"。
>
> "今夫西亘焉而齐若坐若眠者,非西樵乎?"客曰:"然"。
>
> "今夫北攀焉而崛断而后连者,非白云乎?"客曰:"然"。
>
> "今夫南屹然而关瞰于无埏者,非黄岭乎?"客曰:"然"。

宗室也有此类赋作,朱宪㸅有《红鹦鹉赋》《茉莉花前赋》《茉莉花后赋》《草堂酌月赋》等。朱勋澂《承运殿赋》,承运殿是沈王府邸(在今山西长治)正殿。《友二鹿赋》写"侣余数年,朝暮在侧"的二鹿,《登五龙山赋》写游潞安(今山西长治)五龙山。朱让栩①《长春赋》,作者文集名为《长春竞辰稿》,赋中的"长春翁"盖作者自拟,赋按照地理方位写自己的府邸胜景。

二、辞赋艺术

(一)"祖骚"

在非复古派110余篇赋作中,骚体赋共52篇,占赋作总数的46%。《离骚》式骚体赋共38篇:沈恺《景初赋》、杨应奎《怀鲁仲连赋》《琅琊台赋》《岱宗赋》《吊田横赋》《修禊赋》《星石赋》《释闷赋》《秋成赋》《义酒赋》《杏坛赋》《梦蝶赋》、王守仁《太白楼赋》、南大吉②《蓼国赋》《朱明赋》《前忆昔赋》《暑夜御琴赋》《温先生山水图赋》《墨竹赋》、魏良弼《此斋赋》、沈恺《景初赋》、黄卿《怀鲁仲连赋》《吊田横义士赋》《潍水赋》《梦蝶赋》《修禊赋》《杏坛赋》、朱勋澂《可悼赋》《登台赋》《感物赋》《述志赋》《悯心赋》、徐献忠《祸首赋》、汪褆《东山书院赋》、穆孔晖《灯赋》、刘乾《静坐赋》、丘云霄

---

① 朱让栩,朱元璋十一子蜀献王椿之五世孙。正德三年嗣位为蜀成王。贤明儒雅,不近声伎,创义学,修水利,赈灾恤荒。有《长春竞辰稿》,存赋2篇。《明史》卷117《太祖诸子传》,第3588页。

② 南大吉,字元善,渭南人。正德六年进士。授户部主事,历郎中。嘉靖二年,出任绍兴知府。有《瑞泉集》,存赋10篇。《明儒学案》卷29"北方王门学案",《黄宗羲全集7》,第760页。

《逸士赋》、王暐①《三穷图赋》等。

《九歌》式骚体赋有 4 篇：王守仁《吊屈平赋》、南大吉《谒四皓庙》《度伊阙》《叶上人过问津铺作》等。《橘颂》式骚体赋，如朱让栩《海潮图赋》。

杂言式骚体赋有如下几种组合形式：(1)《离骚》式+《九歌》式+非兮。如杨应奎《潍水赋》、朱勋潪《登五龙山赋》、沈祐《秋雨赋》。

(2)《离骚》式+《九歌》式。如湛若水《交南赋》、南大吉《后忆昔赋》、孙绪《凤鸟赋》、黄卿《海市赋》。

(3)《离骚》式+非兮。如赵贞吉②《庆源堂赋》、朱宪㸅《楼居赋》。

(二)"宗汉"

非复古派宗汉的赋作共 36 篇，占赋作总数的 32%。千字以上的大体有 7 篇，设为主客的有 5 篇：孙绪《凝神赋》《超然楼赋》《沙冈赋》、朱让栩《长春赋》、徐献忠《布赋》；未设主客的有 2 篇：王守仁《九华山赋》、朱勋潪《承运殿赋》。

千字以下五百以上的中体有 14 篇，设为主客的有 6 篇：徐献忠《亦乐园赋》、孙绪《召和赋》、刘乾《鹤林寺赋》、黄卿《雪霁赋》《云门山赋》、丘云霄《适赋》；未设主客的有 8 篇：徐献忠《吴兴品水赋》、杨应奎《云门山赋》《石涧赋》《雪霁赋》、刘乾《续王母宴瑶池赋》、丘云霄《升平赋》、孙绪《恤徭赋》《莎汀赋》。

五百字以内的小体有 11 篇，未设主客问答的有 7 篇：徐献忠《灵泉赋》《白扇赋》、刘乾《续灯花赋》、朱宪㸅《茉莉花后赋》、朱勋潪《友二鹿赋》《祝寿赋》、沈恺《横云山赋》；以问答方式行文的有 4 篇：王守仁《思归轩赋》、湛若水《放二鸟赋》、黄卿《星石赋》、朱宪㸅《草堂酌月赋》。

非复古派没有四言赋以及模拟荀子《赋篇》的赋，六言赋有 3 篇：徐献忠《旧林赋》《宾兴嘉会赋》、刘乾《梦戚赋》。

七体只有沈恺《七启》，此赋写适斋主人居于东海之滨，"撤藩去篱，若有所适"，好华子以七事启发，终使适斋主人得"适"而喜。前六事分别从子聪氏之音乐、子容氏之美女、子蔀氏之匠石、子膏氏之食物、子车氏之车驾、达观氏之遨游等六个方面启发适斋主人，而只有第七事"无意子之处世"，

---

① 王暐，句容人。正德十二年进士。从王守仁平定宸濠之乱，迁大理寺副。历右副都御史、户部侍郎、户部尚书等。有《克斋集》，存赋 1 篇。《明史》卷 202《王暐传》，第 5330 页。

② 赵贞吉，字孟静，四川内江人。嘉靖十四年进士。隆庆初，为礼部尚书、文渊阁大学士。与高拱不协，乞休归。有《文肃集》，存赋 2 篇。《衡庐续稿》卷 11《赵文肃公传》，四库全书 1287 册，第 183 页。按：《明史》卷 193《赵贞吉传》，赵贞吉卒于万历十年，误，应据《传》作万历四年。

得到适斋主人之赞同。

（三）骚汉杂糅

非复古派"骚汉杂糅"的赋作共 13 篇，其组合方式有如下几种：

1. 汉赋+《离骚》式+《九歌》式。如黄卿《还山赋》《石涧赋》、杨应奎《海市赋》、刘阳①《小阁夜雨赋》、赵贞吉《掌石赋》、袁尊尼②《听弹琵琶赋》《梦游春赋》。

2. 汉赋+《离骚》式。如刘乾《灯花赋》、朱宪㸅《红鹦鹉赋》。

3. 汉赋+《九歌》式。如杨应奎《迎春花赋》、徐献忠《芦汀赋》《吴中白莲花赋》《品惠泉赋》。

（四）五七言诗体赋

除了前述王守仁《来雨山雪图赋》之外，还有朱宪㸅《茉莉花前赋》，也是一篇五七言诗体赋：

奇葩来自五羊城，天然骨格秉幽清。绿云攒叶厚且密，白玉琢花洁更莹。栽培亭亭无俗气，赏玩频频得高名。分列堂前花正盛，花神诗兴相峥嵘。珠帘照明月，轻风度余馨。气味欺兰蕊，颜色陋桃英。把清香而醒醉，睹素色而失晴。南熏酝酿芬愈茂，赤日烘灼烂弥盈。观兹可耻夫国色，不数乎天香。莫向春风夸芍药，休言宝槛称花王。棱棱玉质浑无涅，软软柔枝静且长。宜称之为上品，岂复视乎寻常。采花临日暮，泛水激晨光。点滴玉瓯生爽气，调和春茗散诗狂。饮罢香留于玉齿，啜之不亚于琼浆。娱辰夕之雅趣，续夏秋之繁芳。宫娃时采妆云鬟，摇柳微风□香信。晓来睡起北窗前，纤手玉盘相捧进。纷纷新雨生嫩凉，叶愈荣兮花愈香。花有情而独笑，人无赋而可伤。杜陵海棠不入句，千古之下还所慕。斯花殊域来天朝，宁忍束手不为赋。有客献我数十株，盆盆盎盎皆扶疏。呼童罗植西楼下，日嗅清香俗破除。娇态依围竹，花气上轻衣。奇香荡漾时袭袭，仙根盘郁非凡姿。细观自歉赋不足，濡毫几度穷吾思。

其婉转流丽的风格，可以和五七言诗歌相媲美。

赋末乱辞或赋中系诗用七言诗的，如杨应奎《海市赋》载歌、《岱宗赋》

---

①　刘阳，字一舒，安福人。嘉靖四年举人。知砀山县，升福建道监察御史。存赋 1 篇。《明儒学案》卷 19"江右王门学案"，《黄宗羲全集 7》，第 511 页。

②　袁尊尼，字鲁望，吴县人。袁袠子。嘉靖四十四年进士。官至山东提学副使。有《袁鲁望集》，存赋 3 篇。《明史》卷 287《文苑传》，第 7363 页。

歌、刘阳《小阁夜雨赋》歌等,往往也增加了赋作的诗意。

（五）宋赋色彩

刘乾的《招隐寺赋》《甘露寺赋》《焦山寺赋》《金山寺赋》《虎山寺赋》、袁福征①《龙窟寺赋》等,都有宋赋的特色。四库馆臣说刘乾"诗文亦不入格"②,有一定道理,除此之外,其赋还显示出某些宋赋的特征,试举《甘露寺赋》以见一斑。赋先写甘露寺所在地理位置以及建构：

> 北固山,大奇也。狭而长,峻而回。首动尾拨,若惊鳝之出于大江,而甘露寺乘其背。京口城郭,因冈附岭,萦纡曲曲,若蚯蚓然,适当夫四塞之会。城南山色,愈出愈奇,青意滚滚,若千兵万马从天而坠也。其北,江声震撼,巨鱼出没,明灭惨澹,水云腥恶。波浪掀揭,银山雪屋。一起一倒,天地欲覆。江上人烟,其形如玦。草树差差,楼台孑孑。高下苍然,气埋金铁。爰有精舍,雄据中央。基势磅礴,响答空谾。削碧玉以为瓦,筑丹霞以为墙。编鹏毛以庇宇,截彩虹而构梁。磨补天之石以为础,集贝叶之书以为窗焉。

文笔散乱,不太讲究章法,更像散体文的创作,而不似有韵的赋体。接着叙写登甘露寺,结构和语辞都有模拟苏轼赋的痕迹：

> 七月七日,刘子与客携酒,乃登翠微而望八荒。目睫巢乎吴楚,咳唾落于徐淮。泰山若砺,黄河若带。云中诸山,若鞭龙驱虎而南来。於戏伟矣,若吞此物八九胸中,能无蒂芥者乎? 又见异云生于幽谷,触石而起,肤寸而合。初若挂匹练于木杪,抱□气以挥霍,挟雷电而深窅。拔地脉而上天,布甘润之洪造。忽当面而化龙,垂空碧而夭矫。客神惊而色变,予举酒而一笑。

最后模拟苏赋以主客问答的形式抒发感慨,发表议论。以苏轼的大才力,还被后人指为"今观《秋声》《赤壁》等赋,以文视之,诚非古今所及。若以赋论之,恐（教）坊雷大使舞剑,终非本色"③,更何况"画虎不成反类犬"之类的作品。而且,刘乾赋模拟苏赋的部分,已与其主题"甘露寺赋"相

---

① 袁福征,字履善,华亭人。嘉靖二十三年进士,授刑部主事。后谪官归,以著述自娱。存赋1篇。《江南通志》卷166《人物志》,四库全书511册,第761页。
② 纪昀等:《钦定四库全书总目·鸡土集》,第2452页。
③ 祝尧:《古赋辩体》卷8,《赋话广聚2》,第420页。

去甚远。他的其它赋作亦与此类似,被四库馆臣讥为"诗文不入格",亦其宜矣!

上文提到的黄卿《琅琊台赋》、王守仁《游大伾山赋》等有宋赋议论说理的特色。此外,又如朱昭①《蠹木赋》,赋末由蠹木生发出一通"惟人物之理一"的议论。王守仁《黄楼夜涛赋》作于弘治十七年(1504),赋设为苏轼与客宴于黄楼之上,夜听夜涛之声。此赋虽没有宋赋常有的议论说理,但因其设为苏轼之语,故行文的气势颇似苏文:"吾文如万斛泉源,不择地皆可出,在平地,滔滔汩汩,虽一日千里无难。及其与石山曲折,随物赋形,而不可知也。所可知者,常行于所当行,常止于不可不止,如是而已矣。"②如下面一段,是赋中假设的苏轼之语,颇似苏轼的行文风格:

> 噫嘻,予固疑其为涛声也。夫风水之遭于濆洞之滨而为是也,兹非南郭子綦之所谓天籁者乎? 而其谁倡之乎? 其谁和之乎? 其谁听之乎? 当其滔天浴日,湮谷崩山,横奔四溃,茫然东翻,以与吾城之争于尺寸间也。吾方计穷力屈,气索神惫,懔孤城之岌岌,觊须臾之未坏。山颓于目慒,霆击于耳聩,而岂复知所谓天籁者乎? 及其水退城完,河流就道,脱鱼腹而出涂泥,乃与二三子徘徊兹楼之上而听之也。然后见其汪洋涵浴,潏潏汩汩,澎湃掀簸,震荡浑渤,吁者为竽,喷者为簌,作止疾徐,钟磬柷敔,奏文以始,乱武以居,吹者嘀者,嚣者噪者,翕而同者,绎而从者,而喁喁者,而嘤嘤者。盖吾俯而听之,则若奏箫咸于洞庭;仰而闻焉,又若张钧天于广野。是盖有无之相激,其殆造物者将以写千古之不平,而用以荡吾胸中之抑郁者乎? 而吾亦胡为而不乐也?

也有汉赋体与宋赋体结合的作品,比如上文提到的王渐逵《青萝山赋》,它以空间方位的结构形式描写青萝山东南西北的地理形势,体现了汉赋体的特色;而以青萝山的"岿然中正"联系到人之进学,以发表议论,则显示了宋文赋的特点。

---

① 朱昭,字用晦,惠安人。参政一龙父,冒郑姓,一龙登第后复原姓。存赋1篇。《惠安县志》卷26"文苑",《中国地方志集成·福建府县志辑26》,上海书店出版社2000年版,第111页。按:《蠹木赋》亦收于《惠安县续志》卷9。《总汇》第6册5062页作郑昭,"永乐时人,鲁国长史。"误。据《明清进士题名碑录索引》(第2365页),郑一龙嘉靖二十九年进士,则郑昭应为嘉靖初人。

② 苏轼:《东坡全集》卷100《论文》,四库全书1108册,第591页。

林廷玉①《东轩赋》和《西轩赋》甚至有理学赋的特色。据《西轩赋》"南涧居士默坐于洣江书院之西轩",二赋盖作于弘治十六年作者任湖南茶陵知州,倡建洣江书院后。《东轩赋》设为东轩主人与客的问答之辞,解释"东轩"之"东",并进行"居敬以存吾心,格物而穷众理"的说教。《西轩赋》设为南涧居士与翁的问答之辞,解释南涧居士"朝居东轩""夕居西轩"的原因以及"西轩"之"西",阐发居西轩以存养之意,并引程子与朱子之语以自证:

> 盖人之心体静则专,动则杂。静则虚明,动则窒暗。苟不存此心之灵,于端庄静一之中,以为穷理之本,则眩瞀迷惑,虽朝诗暮书,亦终不能有所发明矣。故程子教人"无事时且去静坐",朱子亦曰"观书察理,草草不惊,皆由此心,杂而不一。莫若收敛身心,静扫杂虑。令其光明洞达,作得主宰,方能见理"。夫动为阳而静为阴,故吾则居东轩则诵读,居西轩则存养,亦阴阳之义也。

---

① 林廷玉,字粹夫,福建侯官人。成化二十年进士。弘治十二年,因涉唐寅考场舞弊案,被贬海州判官,十六年升任茶陵知州,倡建洣江书院。有《南涧文录》,存赋2篇。《福建通志》卷43"人物",四库全书529册,第461页。

第五章　万历泰昌朝
——风雅再阐

第一节　概　　述

隆庆六年(1572)，穆宗崩，10岁的朱翊钧即位，是为神宗，明年(1573)改元万历，明代历史进入了长达48年的万历时期。万历登基初期，面临内忧外患，由内阁首辅张居正主持新政，政府面貌焕然一新，经济状况也大为改善。20岁以后亲政，初期尚能勤于政务，在军事上发动"三大征"，平定了哱拜叛乱和杨应龙叛乱，对外帮助朝鲜击败侵朝日军，从而巩固了汉家疆土。中后期因立太子之事与内阁争执长达十余年，最后索性三十年不出宫门、不理朝政、不郊、不庙、不朝、不见、不批、不讲。在这一时期内，江南一带的商品经济高度发展，出现了资本主义生产关系的萌芽，全国的经济总量达到了中国古代的巅峰，但是阶级矛盾也日益加剧，文官集团的党争使得政治日益腐败黑暗，东北的女真趁虚兴起，种下了明朝灭亡的种子。万历四十四年(1616)，后金政权正式建立，终于成为明朝的主要威胁。万历四十七年(1619)萨尔浒之战，明军四路大军，三路全军覆没，败局遂成。万历四十八年(1620)七月，神宗驾崩，长子朱常洛即位，是为光宗，年号泰昌。泰昌帝在位一月即驾崩，明宫三大疑案(梃击案、红丸案、移宫案)均与其有关。《明史》云："神宗冲龄践阼，江陵秉政，综核名实，国势几于富强。继乃因循牵制，晏处深宫，纲纪废弛，君臣否隔。于是小人好权趋利者驰骛追逐，与名节之士为仇雠，门户纷然角立。驯至悊、愍，邪党滋蔓。在廷正类无深识远虑以折其机牙，而不胜忿激，交相攻讦。以致人主蓄疑，贤奸杂用，溃败决裂，不可振救。故论者谓明之亡，实亡于神宗，岂不谅欤！光宗潜德久彰，海内属望，而嗣服一月，天不假年，措施未展，三案构争，党祸益炽，可哀也夫！"[①]

可见，万历泰昌朝在政治上，已被公认为是一个衰世。但是我们应该从两面看问题，"我们不能否认这一时期政治的黑暗腐败，社会伦理道德的堕

---

① 张廷玉：《明史》卷21，中华书局1974年版，第294页。

落等等,但这只是事实的一个方面。我们还必须看到这个时期繁荣富庶、生机勃勃、充满活力、蕴含新的社会质素的一面。"①尤其是在文学上,万历泰昌朝不仅不是衰世,反而是一个可以与"春秋战国、建安、'三元'(开元、元和、元祐)"等相提并论的盛世,廖可斌先生在《万历为文学盛世说》中谈道,"明朝万历年间的文学活动极为活跃,文学现象空前丰富,拥有代表性的作家、文学理论家、作品,在文体和文学理论创新方面有重要突破,文学总体形态的演进发生了具有划时代意义的转变,因此万历年间不仅是明代文学的盛世,也堪称整个中国古代文学史上的盛世之一。以往人们没有将万历年间确认为文学盛世,与清王朝对整个明代的妖魔化及对明代文学的贬斥有关,也与人们受传统文学观念束缚及分科研究的学术体制有关。确认万历为文学盛世,有利于凸显万历文学的重要地位,有利于更完整地把握中国古代文学发展的过程和脉络,还可能促使我们对传统的文学观念进行反思。"②

就文坛而言,万历年间也是复古派与反复古派从激烈斗争、水火不容,到互相吸取彼此合理成分,论争渐渐消解的时期。万历二十年(1592)之前,文坛上的复古运动仍未消歇,但是复古派一味师古的弊端,越到后来表现得越明显,"嘉靖之季以诗鸣者,有后七子。李、王为之冠。与前七子隔绝数十年,而此唱彼和,声应气求,若出一轨。海内称诗者,不奉李、王之教,则若夷狄之不遵正朔……暨乎随波之流,摹仿太甚,为弊滋多。黄金紫气之词,叫嚣亢壮之章,千篇一律,令人生厌。"③"当嘉、隆之季,学者惟以模仿、剽窃为事,而空疏弇陋,皆所不免。"④复古派人物也在反思、变化,并提出救弊之方,如王世贞云"至所结撰,必匠心缔而发性灵"⑤,王世懋云"今之作者,但须真才实学,本性求情,且莫理论格调"⑥,吴国伦提出"发抒性灵""诗以情志为本,以成声为节"⑦。屠隆《论诗文》云:"至我明之诗,则不患其不雅,而患其太袭;不患其无辞采,而患其鲜自得也。""杜撰则离,离非超脱之谓。格虽自创,神契古人,则体离而意未尝不合。程古则合,合非模拟

① 廖可斌:《万历为文学盛世说》,《文学评论》2013年第5期。
② 廖可斌:《万历为文学盛世说》,《文学评论》2013年第5期。
③ 陈田:《明诗纪事》己签序,《明代传记丛刊14》,台北明文书局1991年版,第435页。
④ 《少室山房集》提要,四库全书1290册,台湾商务印书馆1986年版,第1页。
⑤ 王世贞:《弇州续稿》卷35《封侍御若虚甘先生六十序》,四库全书1282册,第467页。
⑥ 王世懋:《艺圃撷余》,四库全书1482册,第515页。
⑦ 吴国伦:《甔甀洞稿》卷41《楚游稿序》,四库全书存目丛书集部123册,齐鲁书社1997年版,第204页。

之谓。字句虽因，神情不传，则体合而意未尝不离。"①李维桢《方于鲁诗序》云："取材于古而不以模拟伤质，缘情于今而不以率易病格。"②杨于庭《抒志赋序》云："诗有六义，其一曰赋。班、扬、张、蔡之属，流传可睹已。潘、左、颜、谢，代递降而旨寝以微，唐以后吾不欲观之矣。谅乎北地生有言，'唐无赋，宋无诗'，岂所谓时代所压自不能超耶？抑力不至而强辞谓之无可也？果比物丑类，辩而有体，则明之诗固已轶宋而上，骎骎乎大历、开元矣。岂其为赋必欲起两汉诸学士于地下哉？"③

莫是龙，"颇亦奉琅琊、历下之坛坫"④，其《笔麈》云："独我朝号为复古，文师左、国、两汉，诗必唐人，铢铢而求，寸寸而度，今以为远驾唐宋矣，不知异代观之，竟作何状？岂唐人之不能及汉，宋诗之不能及唐，其才识皆出我朝诸公之下？吾不信也。然则不当师古哉？曰：非然，探古人之理窟，用古人之法律，纵吾心匠以合一代之气运，而无徒铢铢寸寸，若优孟之为叔敖，其将有俟于命世之杰者乎？"⑤王文禄，"论文体则推六朝《文选》"⑥，唐诗之中尤为推崇杜甫，属于复古派，其《杂论》云："司马相如《长门》、扬子云《反骚》、贾谊《鹏鸟》、班昭《自悼》，岂曰无骚？李太白《大猎》《明堂》、杨炯《浑天仪》、李庾《两都》、杜甫《三大礼》、李华《含元殿》、柳宗元《闵生》、卢肇《海潮》、孙樵《出蜀》，岂曰无赋？"⑦由此种观点，进而推导出反复古的文学主张，也就一步之遥了。罗宗强在谈到明代文学思想时说："万历十年，屠隆在青浦任上，与莫是龙等人交往的诗，均纵情发抒，行云流水，没有任何理的约束。他的许多书信，更是没有任何道德约束的思想道白。他们的抒情观，就是求真。"⑧

从复古派的旧营垒中突围出来，持类似观点的人，当时不在少数，于慎行云："近代一二宗工，倡为复古，大振先秦西京之业，岂不斐然。而末学小夫依傍影响，酿醋醯醯，大者模拟篇章，细者剽剥字句，以为作者之技尽于此矣，然而形腴神索，表泽中枯，溯之无源，挹之立涸，奚以称于世焉？"⑨冯时可《文说》云："我明……至敬皇帝朝治益融昌，士益肤敏，于是李、何出，而

---

① 屠隆：《鸿苞》卷17，四库全书存目丛书子部89册，第248页。
② 李维桢：《大泌山房集》卷21，四库全书存目丛书集部150册，第766页。
③ 马积高：《历代辞赋总汇8》，湖南文艺出版社2014年版，第7111页。
④ 唐孙华：《云间二韩诗序》，莫是龙、顾斗英《云间二韩诗》，上海图书馆藏。
⑤ 卞永誉：《式古堂书画汇考》卷27，四库全书828册，第159页。
⑥ 纪昀等：《钦定四库全书总目·文脉》，中华书局1997年版，第2770页。
⑦ 王文禄：《文脉》卷2，四库全书存目丛书集部417册，第106页。
⑧ 罗宗强：《明代文学思想发展中的几个理论问题》，《文学遗产》2012年第5期。
⑨ 于慎行：《谷城山馆文集》卷11《朱光禄集叙》，四库全书存目丛书集部147册，第428页。

削涤卑琐,振濯高华,学士大夫望风追尘,文必左谷班马,以逮于韩柳欧苏,诗必骚选曹刘,以逮于开元大历,乾坤秀色无余藏矣。沿至嘉隆之际,历下欲高之而调失中和,江东欲大之而词滥靡丽,嗣是递剿递袭,事与情背,情与境背,境与时背,读之斐然,察之茫然,盖所谓不循其始而沿其极者也。"①其《谈艺录》认为"文章要在发抒胸臆,不失古人规格,不必栉句比字,一一模拟之也……吾辈求诸心而得其所谓虚明静一,徐取古人之言之善者,以为之法则,天机所至,不假模拟而自合矣。若以影响依附,此狗外自欺之大者,宁可弗戒哉?"②

但由于他们的创作未达到理论要求的高度,因而无法摆脱复古派的模拟痼疾而为人诟病。这为反复古派的兴起和壮大创造了有力条件,徐渭云:"古人之诗本乎情,非设以为之者也。"③汤显祖云:"世总为情,情生诗歌,而行于神。"④又云"予谓文章之妙,不在步趋形似之间,自然灵气恍惚而来,不思而至,怪怪奇奇,莫可名状,非物寻常得以合之。"⑤李贽云:"天下之至文,未有不出于童心焉者也。苟童心常存,则道理不行,闻见不立,无时不文,无人不文,无一样创制体格文字而非文者。诗何必古选,文何必先秦,降而为六朝,变而为近体,又变而为传奇,变而为院本,为杂剧,为《西厢记》,为《水浒传》,为今之举子业,皆古今至文,不可得而时势先后论也。"⑥

于是在诗文领域,以袁宗道兄弟为核心的公安派形成了强有力的反复古派别。他们提出了自己的"性灵"说理论,袁宏道云:"大都独抒性灵,不拘格套,非从自己胸臆流出,不肯下笔。"⑦"要以出自性灵者,为真诗尔。"⑧袁中道云:"至于今天下之慧人才士,始知心灵无涯,搜之愈出,相与各呈其奇,而互穷其变,然后人人有一段真面目溢露于楮墨之间。"⑨雷思霈《潇碧堂集序》云:"夫惟有真人,而后有真言。"⑩

---

① 冯时可:《冯元成选集》卷26,四库禁毁书丛刊补编62册,北京出版社2005年版,第118页。
② 冯时可:《冯元成选集》卷67,四库禁毁书丛刊补编63册,第691页。
③ 徐渭:《徐文长三集》卷19《肖甫诗序》,中华书局1983年版,第534页。
④ 汤显祖:《汤显祖诗文集》卷31《耳伯麻姑游诗序》,上海古籍出版社1982年版,第1050页。
⑤ 汤显祖:《汤显祖诗文集》卷32《合奇序》,第1078页。
⑥ 李贽:《焚书》卷3《童心说》,内蒙古人民出版社2006年版,第104页。
⑦ 袁宏道著、钱伯城笺校:《袁宏道集笺校》卷4《叙小修诗》,上海古籍出版社1981年版,第187页。
⑧ 江盈科:《敝箧集叙》引,钱伯城笺校《袁宏道集》附录三,第1685页。
⑨ 袁中道:《珂雪斋集》卷11《中郎先生全集序》,上海古籍出版社1989年版,第522页。
⑩ 钱伯城笺校:《袁宏道集》附录三,第1695页。

针对复古派的"文必秦汉""诗必盛唐",袁宏道《张幼于》云"世人喜唐,仆则曰唐无诗;世人喜秦汉,仆则曰秦汉无文;世人卑宋黜元,仆则曰诗文在宋元诸大家"①,针对复古派提出的"唐无赋",袁宏道《江进之》云:

> 近日读古今名人诸赋,始知苏子瞻、欧阳永叔辈见识真不可及……世道既变,文亦因之,今之不必摹古者也,亦势也。张、左之赋,稍异扬、马,至江淹、庾信诸人,抑又异也。唐赋最明白简易,至苏子瞻直文耳。然赋体日变,赋心益工,古不可优,今不可劣。若使今日执笔,机轴尤为不同。何也? 人事物态,有时而更,乡语方言,有时而易。事今日之事,则亦文今日之文而已矣。卢楠诸君,不知赋为何物,乃将经史《海篇》字眼,尽意抄誊,谬为复古,不亦大可笑哉?②

于是,"中郎之论出,王、李之云雾一扫,天下之文人才士始知疏瀹心灵,搜剔慧性,以荡涤模拟涂泽之病,其功伟矣!"③从时间上来说,"从万历十七年袁宗道任职翰林院,到二十三年袁宏道授吴县知县,为酝酿期,核心人物是袁宗道,其文学主张主要是针对复古派的文学观点予以反驳。从万历二十三年袁宏道仕吴,到二十五年离开吴县,为形成期,核心人物是袁宏道,提出标榜自我,注重个性的鲜明的流派观点。万历二十五年到二十八年,三袁汇聚北京,为兴盛期,核心人物仍是袁宏道,继续求新求变的文学主张。公安派的衰微则又可以分为两个阶段,从万历二十八年袁宏道归隐公安,到三十八年袁宏道去世,为反省期,以袁宏道为中心,文学主张趋于'淡'和'质',流派的中心从北京移至公安。此后是公安派的修正期,以袁中道为中心。"④公安派流行二三十年之久之后,也出现了弊端,以至于其末流"机锋侧出,矫枉过正。于是狂瞽交煽,鄙俚公行,雅故灭裂,风华扫地。"⑤

为了肃清积弊,竟陵派应运而生。钟惺云:"内省诸心,不敢先有所谓学古不学古者,而第求古人真诗所在,真诗者,精神所为也。察其幽情单绪,孤行静寄于喧杂之中,而乃以其虚怀定力,独往冥游于寥廓之外。"⑥"夫诗,道性情者也,发而为言,言其心之所不能不有。"⑦谭元春云:"夫作诗者一情

① 钱伯城笺校:《袁宏道集》卷11,第501页。
② 钱伯城笺校:《袁宏道集》卷11,第515页。
③ 钱谦益:《列朝诗集小传》丁集中"袁宏道",《明代传记丛刊11》,第607页。
④ 宋俊玲:《公安派研究》,首都师范大学2004年博士学位论文。
⑤ 钱谦益:《列朝诗集小传》丁集中"袁宏道",《明代传记丛刊11》,第607页。
⑥ 钟惺:《隐秀轩集》卷16《诗归序》,上海古籍出版社1992年版,第236页。
⑦ 钟惺:《隐秀轩集》卷17《陪郎草序》,第275页。

独往,万象俱开,口忽然吟,手忽然书。即手口原听我胸中之所流,手口不能
测;即胸中原听我手口之所止,胸中不可强。"①"诗以道性情也,则本末之路
明,而古今之情见矣。"②竟陵派兴起的时间,王运熙《中国文学批评通史》
认为当在万历三十八年(1610)至四十八年(1620)之间,廖可斌《明代文学
复古运动研究》则认为在万历四十五年(1617)左右。要之,竟陵派在万历
末年兴起之后,历明末清初而不衰,"浸淫三十余年,风移俗易,滔滔不
返"③,影响范围之广,既囊括东南楚地士子,也有山东、陕西、河南等地的
文人。

　　从理论的标举看,竟陵派的"精神"与公安派的"性灵"有相通之处,二
者都强调诗的"真性情",正如钱谦益所云:"世之论者曰:'钟、谭一出,海内
始知性灵二字'"④,似乎竟陵派是"公安派的变种""公安派的余绪"。但仔
细考察,二者是不同的。"公安的'性灵'追求新奇,竟陵的'精神'追求续接
古今。""公安派为达'真性灵',只'师心',反对模拟,甚至不注重表达形式
的完美,而竟陵派极力克服这个极端,立足向古人学习,寻找贯穿古今的
'真精神'"。⑤

　　实际上,竟陵派以"师心"而不废"师古"的观念对公安派的纠偏,从公
安派内部就已经开始了。万历三十八年袁宏道去世以后,公安派进入修正
期,以袁中道为中心。袁中道云"友人竟陵钟伯镜(敬)意与予合……予三
人(还有周伯孔)誓相与宗中郎(袁宏道)之所长,而去其短"⑥,又云"文法
秦汉,古诗法汉魏,近体法盛唐,此词家三尺也。"⑦他还评价了前后七子与
公安派的功过:

　　　　国朝有功于风雅者,莫如历下,其意以气格高华为主,力塞大历后
　　之窦,于时宋元近代之习,为之一洗。及其后也,学之者浸成格套,以浮
　　响虚声相高,凡胸中所欲言者,皆郁而不能言,而诗道病矣。先兄中郎
　　矫之,其意以发抒性灵为主,始大畅其意所欲言,极其韵致,穷其变化,
　　谢华启秀,耳目为之一新。及其后也,学之者稍入俚易,境无不收,情无

①　谭元春:《谭元春集》卷23《汪子戊己诗序》,上海古籍出版社1998年版,第622页。
②　谭元春:《谭元春集》卷23《王先生诗序》,第613页。
③　钱谦益:《列朝诗集小传》丁集中"钟惺",《明代传记丛刊11》,第611页。
④　钱谦益:《列朝诗集小传》丁集中"谭元春",《明代传记丛刊11》,第612页。
⑤　李桂芹:《竟陵派的诗学观》,华南师范大学2003年硕士学位论文。
⑥　袁中道:《珂雪斋近集》卷6《花雪赋引》,续修四库全书1376册,上海古籍出版社2002年版,第617页。
⑦　袁中道:《珂雪斋前集自序》,《珂雪斋集》卷首,第19页。

不写,未免冲口而发,不复检括,而诗道又将病矣。由此观之,凡学之
者,害之者也;变之者,功之者也……夫昔之功历下者,学其气格高华,
而力塞后来浮泛之病。今之功中郎者,学其发抒性灵,而力塞后来俚易
之习。有作始自宜有末流,有末流自宜有鼎革,此千古诗人之脉,所以
相禅于无穷者也。①

可见,万历年间,复古派与反复古派都已经认识到"师古"和"师心"可以互
相补充,两派观点逐渐融合。正如陈文新先生所说:"信古与信心,明代诗
学中这两种区划井然的理念分别由前后七子和公安派所代表。信古的核心
是尊重文体规范,信心的要害是尊重自我的'性灵',二者的融合有其内在
的学理依据。信心论与信古论的融合在屠隆、李维桢、邹迪光、袁中道等人
的折中态度中已露端倪,竟陵派的理论建构则进一步使之趋于完善。"②
　　就赋而言,这一阶段近50年的时间共留存1300余篇赋作,比起弘治至
隆庆(1488—1572)80余年的近1300篇赋作,略有超出。从选赋与赋论上
说,这一时期出现了诸多赋选与赋论,数量大大超过人们一贯标榜的明朝文
学繁盛时期的弘治、正德、嘉靖、隆庆四朝,是盛明文学的"风雅再阐"时期。

第二节　选赋与赋论的炽盛

一、广续选评《文选》系

　　罗国威先生《〈文选〉研究文献辑刊序》说,"明代的文选学研究,在其时
代风气的影响下,删注和评点成为文选学研究主流。这批著作约可分为二
类:一类是删注类,一类是删注兼点评类。"③删注类,罗先生主要举了四种:
张凤翼《文选纂注》12卷、陈与郊《文选章句》28卷、王象乾《文选删注》12
卷、冯惟讷《选诗约注》7卷;删注评点兼具类,也举了四种:闵齐华《文选瀹
注》30卷、凌蒙初《合评选诗》7卷、邹思明《文选尤》14卷、凌迪知《文选锦
字录》21卷。《选诗约注》《合评选诗》与赋无关,不论。《文选锦字录》为词
汇学著作,亦不论。《文选尤》是启祯朝选本,此期选本有张凤翼《文选纂
注》、陈与郊《文选章句》、闵齐华《文选瀹注》(又称《孙月峰先生评文选》,

---

① 袁中道:《珂雪斋集》卷10《阮集之诗序》,第462页。
② 陈文新:《信心论与信古论在晚明融合的学理依据及其历程》,《山东社会科学》2002年第
　　2期。
③ 宋志英、南江涛选编:《〈文选〉研究文献辑刊》卷首,国家图书馆出版社2013年版。

乃孙鑛评、闵齐华注)、王象乾《文选删注》。《文选删注》最易见的是北京大学图书馆藏明万历刻本,收入《〈文选〉研究文献辑刊》第24—27册,"此书较之他书,异者有二,一为目录前除萧序、吕表、李表外,有《文选姓氏》,系《文选》百二十八位作家传略。二为版框分三栏,上栏载注文,中栏载《文选》正文,下栏列音释,取便阅读也。注文删节六臣,间从《纂注》,无多发明。"①亦不论。此外,此期的广续选评《文选》系列,还有郭正域《选赋》、周应治《广广文选》、汤绍祖《续文选》等。

（一）张凤翼《文选纂注》

张凤翼②,字伯起,长洲人。嘉靖四十三年(1564)举人。与弟献翼、燕翼并有才名,时人号为"三张"。有《处实堂集》,存赋9篇。其《文选纂注》12卷,最易见的是广西师范大学图书馆藏明万历刻本,收入《四库全书存目丛书》集部285册。

张凤翼作于万历八年(1580)的《序》云,他因不满传统的李善注和五臣注,"错综则纷沓而无伦,杂述亦纠缠而鲜要,或旁引效颦,或曲证添足,或均简而重出,或比卷而三见,盖稽古则有余,发明则不足,宜眉山氏有俚儒荒陋之讥,而坐览者不终篇而倦生也",于是"闭门却扫,凝神纂辑。语有背驰则取其长而委其短,事多叠肆则笔其一而削其余。时或鼎新乎己意,亦期不诡于圣经,故每因一字之益而义以彰,缘片言之损而辞以达"③,对《昭明文选》进行纂注。

四库馆臣对此书引文不注出处有所不满:"是书杂采诸家诠释《文选》之说,故曰纂注,然所引多不著所出。夫诠释义理,可以融会群言,至于考证旧文,岂可不明依据？言各有当,不得以朱子《集传》《集注》借口也。"④这其实与此书"橐钥后进"⑤,即为初学者指示门径的目的有关,郝幸仔《明代文选学研究》分析道:"明人注《文选》,基本取材于李善与五臣注本。多为删削,不时按照己意增述。原因在于明人认为二注多重复且李善注繁琐,缺乏要点,某些注文读过之后仍然不知就里,不适合初学者学习。因此他们删去自己认为重复、艰深、释义不明之处,代以简明扼要的注解,并不时增加指导读者揣摩注解、把握文本的文字,将卷帙浩繁、难以卒读的六臣注本改装

① 罗国威:《〈文选〉研究文献辑刊序》,《〈文选〉研究文献辑刊》卷首。
② 朱彝尊:《明诗综》卷45,康熙四十四年六峰阁刻本。
③ 张凤翼:《文选纂注》,四库全书存目丛书集部285册,第22页。
④ 《文选纂注》提要,四库全书存目丛书集部285册,第527页。
⑤ 梅鼎祚《鹿裘石室集·书牍》卷4《答张伯起书》:"《文选纂注》删繁会简,提要钩玄,兼以剖剔都工,豕鱼悉正,一加拭目,便知苦心,实足羽翼斯文,岂徒橐钥后进。"续修四库全书1379册,第514页。

成简约浅显、方便阅读的'指南性'读本，""从指南性的角度去看，既然只求认知，不求细解；注重简明快捷地占有信息，偏重疏通文意的注解形式，那么引文不标出处与这一删注理念在精神内核上就是完全一致的。""清人站在朴学的立场上，对明代《文选》删述本颇多不屑，自是一家道理。今人观之，不能清云亦云，对其价值一概抹杀。以张凤翼《文选纂注》一书而论，刻本与序跋、批校者达二十多人次，泽被明清二代，对民间社会的文化普及，乃至童蒙教育影响深远"。① 虽然《文选纂注》有"裁择未精，踳驳时见"②的缺点，但它仍然有力地推进了明代选学的复兴与经典化，"它因袭六臣注而删繁就简，杂采旧注而不注明出处，正满足了当时追求通俗简易的一般士子的需求。又因刻印精良，行世不久即大兴，翻刻、重订之本层出不穷。"③如：

（1）万历十年余碧泉重刻本《文选纂注》十二卷

（2）万历二十四年余碧泉刻《文选纂注评苑》二十六卷

（3）万历二十八年《鼎雕增补单篇评释昭明文选》八卷（郑维岳增补、李光缙评释）

（4）万历二十九年悻绍龙刻本《文选纂注评林》十二卷

（5）叶敬溪刻本《文选纂注评林》十二卷

（6）何敬塘刻本《文选纂注评林》十二卷

（7）明末刻本《文选纂注评林》十二卷

（8）万历二十九年三衢舒氏四泉刻本《文选纂注评林》十二卷

（9）万历十四年刻本张凤翼纂注《新纂六臣注汉文选》二十四卷

（10）万历刻本张凤翼纂注《梁昭明文选》十二卷

（11）天启六年卢之颐刻本张凤翼纂注《梁昭明文选》二十四卷

（12）万历二十二年刻本《新刊续补文选纂注》十二卷④

可见当时的流行程度，再加上其注的简明通俗，对《文选》一书在明代的流布，起过积极的作用。

（二）陈与郊《文选章句》

陈与郊⑤，字广野，海宁人。万历二年（1574）进士。官至太常少卿。其

---

① 郝倖仔：《明代文选学研究》，北京大学 2011 年博士学位论文。

② 柯维桢：《文选渝注序》："《文选》注行于今者李善、五臣各有名家，大抵援引浩博，其多倍于本书。明张凤翼氏始删繁就约，厘为纂注，盛行于代，顾其间裁择未精，踳驳时见。"闵齐华注、孙月峰评《文选渝注》，清康熙刻本。

③ 赵俊玲：《余碧泉万历十年刻〈文选纂注〉评述》，《西南交通大学学报》2010 年第 4 期。

④ 以上参见赵俊玲《〈昭明文选〉评点研究》，复旦大学 2008 年博士学位论文。郝倖仔《明代文选学研究》，第 21 页。

⑤ 纪昀等：《钦定四库全书总目·檀弓辑注》，第 304 页。

《文选章句》28 卷,最易见的是中国人民大学图书馆藏明万历二十五年
(1597)刻本,收入《四库全书存目丛书》集部 285、286 册。

　　据郝倖仔《明代文选学研究》①,当时的各种《文选》删注本,五臣注被
采用的比例占绝对优势,李善注只保留了少部分,而陈与郊的《文选章句》
则"独依善注"②,在明代《文选》诸删注本中是最贴近李善注精神的一本。
但在具体的删注工作中,陈与郊削弱了李善注的学术性,以文章内容为出发
点进行删述,使《文选章句》也具有了面对初学者的指南性。这得到了四库
馆臣有褒有贬的评价:"此书以坊刻《文选》颠倒棼乱,每以李善所注窜入五
臣注中,因重为厘正,汰其重复,斥五臣而独存善注,凡善所录旧注,如《楚
辞》之王逸,《两都赋》之薛综,《咏怀诗》之颜延之、沈约,皆仍存之,亦时时
正其舛误,较闵齐华、张凤翼诸本,差为胜之。然点窜古人,增附己说,究不
出明人积习,不如存其原本之愈也。"③

　　为了方便读者阅读,陈与郊克服了传统注本中正文与注释混成一团,看
上去支离破碎,让人难以卒读的弊端,他将正文分章,将原来穿插在正文中
的注解汇集起来,置于每章之后,目的如他在《序》中所说,"句裂字缀,若断
若续,疾读则遗雅故,寻解则令正义差池,故分章。"④

　　《文选章句》的前六卷为赋,从书前之《序》也可看出陈与郊的复古思
想,"《子虚》《上林》包括宇宙,蔚为赋颂之首,故裨益释名。"⑤这与王世贞
等复古派的观点是一脉相承的,是复古派兴盛的一个侧面。

　　(三) 孙鑛评、闵齐华注《孙月峰先生评文选》

　　孙鑛⑥,字文融,号月峰,浙江余姚人。万历二年(1574)进士。累官南
京兵部尚书。存赋 1 篇。闵齐华⑦,乌程人。崇祯中由岁贡任沙河知县。
《孙月峰先生评文选》30 卷,最易见的是广西师范大学图书馆藏明末乌程闵
氏刻本,收入《四库全书存目丛书》集部 287 册。

　　此书本名《文选瀹注》,乃"以六臣注本删削旧文,分系于各段之下,复
采孙鑛评语列于上格,盖以批点制艺之法施之于古人著作也"⑧,闵齐华首
刻即录入孙鑛评语,此书遂亦名《孙月峰先生评文选》。不过《存目》所收并

---

① 郝倖仔:《明代文选学研究》,第 28 页。
② 陈与郊:《文选章句序》,四库全书存目丛书集部 285 册,第 533 页。
③ 《文选章句》提要,四库全书存目丛书集部 286 册,第 394 页。
④ 陈与郊:《文选章句序》,四库全书存目丛书集部 285 册,第 533 页。
⑤ 陈与郊:《文选章句序》,四库全书存目丛书集部 285 册,第 534 页。
⑥ 朱彝尊:《明诗综》卷 52。
⑦ 《文选瀹注》提要,四库全书存目丛书集部 287 册,第 677 页。
⑧ 《文选瀹注》提要,四库全书存目丛书集部 287 册,第 677 页。

无孙鑛评语,据赵俊玲《〈昭明文选〉评点研究》①,明清出现的《孙月峰先生评文选》有四个版本,《存目》所收为崇祯七年重刻本,钱谦益为此本作序,由于钱谦益反对孙氏评点,书商重刊时删去孙评。北京大学图书馆藏天启二年初刻本有孙鑛之评。

此书之注,乃约取六臣注,兼下己意,眉批录孙鑛评点。孙鑛评点《文选》的时间为"万历二十五年(1597)因忤尚书石星而被罢免回籍,至万历三十三年(1605)起复为南京兵部尚书"②之八年中。此时王世贞已去世,复古运动方兴未艾,孙鑛以其评点表达了复古的思想。如《离骚》文首眉批:

> 前世未闻,后人莫继,亘古奇作也。刘勰曰:"不有屈原,岂见《离骚》?"信哉!风格自是从诗来,然铸词却全祖《易》,总是凿空乱道,瑰玮奇肆,真是惊心动魄。

《东京赋》首段眉批:

> 此等诘折议论处,态极浓,语绝腴,力最劲,打成一片,可谓百炼精刚。玩之久,意趣欲长。古来文字,惟《檀弓》《左氏》有此境。

《九辩》"悲哉秋之为气也"一段眉批:

> 攒簇景物、景事,句句警策,一层逼一层,音调最悲切,骨气最遒紧,真是奇绝。

《鵩鸟赋》文首眉批:

> 大约是齐祸福之论,借鵩来发端耳。宏阔雄肆,读之快然,第微乏精奥之致。

《上林赋》"地可垦辟……与天下为更始"数语眉批:

> 是千锤百炼语,虽平淡而实腴,文字须入此境。

---

① 赵俊玲:《〈昭明文选〉评点研究》,第81页。
② 赵俊玲:《〈昭明文选〉评点研究》,第80页。

《七发》车马一段眉批:

> 此段比前章尤简,然构法却净,四层意次第出,味态自浓。

《三都赋》文首眉批:

> 太冲笔力,非但不及班、张,似犹在安仁之下,惟只苦心琢炼,字争奇,句争巧,暨后凑合成章,遂文彩烂然。

《羽猎赋》"妄发期中"四字眉批:

> 《上林》云:"先中而命处",此乃云"妄发期中",此所谓"换骨"。

《东京赋》"且高既受命建家"一段眉批:

> 此即《东都》同符高祖、允恭孝文、仪炳世宗意,却变如此调,是脱胎法。

可见,孙鑛"通过评点《文选》来宣扬自己的复古思想,来提倡心目中精腴简奥的理想文风,并具体探讨了达到这种理想文风的途径,那就是掌握为文之法和对作品进行反复锤炼,"[1]毕竟"他们(明代复古派)的批评活动基本上是试图整理一套值得学习的典范,而不是单纯的作品诠释和鉴赏。"[2]随着天启崇祯朝《孙月峰先生评文选》的不断刊刻,复古派的影响不断延续。

(四) 郭正域《选赋》

郭正域[3],字美命,江夏人。万历十一年(1583)进士,选庶吉士,授编修。累迁礼部右侍郎,卒谥文毅。有《黄离草》,存赋 1 篇。其《选赋》6 卷,笔者有明吴兴凌氏凤笙阁朱墨套印本,上有"哈佛大学汉和图书馆珍藏印"的书章,南京图书馆亦有此朱墨套印本。

此本前有凤笙阁主人识语、昭明传、昭明序、李善行略、李善上注表,后附"选赋名人世次爵里"。凤笙阁主人识语云,"余见词坛操觚,拟都丽娴

---

① 赵俊玲:《〈昭明文选〉评点研究》,第 92 页。
② 陈国球:《明代复古派唐诗论研究》,北京大学出版社 2007 年版,第 1 页。
③ 朱彝尊:《明诗综》卷 54。

雅,动称昭明选赋云,顾文繁意奥,句裂字缀,每为呫哔所苦,江夏郭明龙先生削以丹铅,加之品骘,瓮牖绳枢之子亦得侧弁而哦矣。先儒用修(杨慎)当世博雅,著籍几百种,或间有发明者,聊复缀之首,玉屑盈车,兼润全璧耳。若句字,独李善详确,五臣荒陋,识者所欿。力加校订,实不敢悖。"《选赋》①所录赋作皆《文选》所选,分类、次序也依《文选》之例。

卷一	京都	班固/两都赋序/西都赋、东都赋、张衡/西京赋/东京赋、南都赋
卷二		左思/三都赋序/蜀都赋/吴都赋/魏都赋,附:皇甫谧/三都赋序
卷三	郊祀	扬雄/甘泉赋
	耕籍	潘岳/籍田赋
	田猎	司马相如/子虚赋/上林赋、扬雄/羽猎赋/长杨赋、潘岳/射雉赋
	纪行	班彪/北征赋、曹昭/东征赋、潘岳/西征赋
卷四	游览	王粲/登楼赋、孙绰/游天台赋、鲍照/芜城赋
	宫殿	王延寿/鲁灵光殿赋、何晏/景福殿赋
	江海	木华/海赋、郭璞/江赋
	物色	宋玉/风赋、潘岳/秋兴赋、谢惠连/雪赋、谢庄/月赋
	鸟兽	贾谊/鵩鸟赋、祢衡/鹦鹉赋、张华/鹪鹩赋、颜延之/赭白马赋、鲍照/舞鹤赋
卷五	志	班固/幽通赋、张衡/思玄赋/归田赋、潘岳/闲居赋
	哀伤	司马相如/长门赋、向秀/思旧赋、陆机/叹逝赋、潘岳/怀旧赋/寡妇赋、江淹/恨赋/别赋
	论文	陆机/文赋
卷六	音乐	王褒/洞箫赋、傅玄/舞赋、马融/长笛赋、嵇康/琴赋、潘岳/笙赋、成公绥/啸赋

郭正域《选赋》与《文选》选赋的不同之处在于,卷二末附有皇甫谧《三都赋序》,郭氏按语云:"愚按:昭明集三都,而独不同载玄晏(皇甫谧号)一序,未必无意,然赋之原委指要,亦具于此。余窃附之赋末,见当世必假重玄晏而后行。"而且,郭正域《选赋》意不在选,而重在评注,评注以其主观鉴赏性评语为主体,多有"用修云",直引杨慎之评。从这些评语中,可略见其赋

---

① 按:据赵俊玲《〈昭明文选〉评点研究》(第57页),郭正域还评点过《新刊文选批评》前集十四卷后集十三卷,其中自然有对《文选》赋的评价,《选赋》虽后出,但所录郭正域评并不出自《新刊文选批评》,而是另有所依,所依者应是当时流传的郭氏评本。《新刊文选批评》虽刊于万历三十年郭氏生前,但并不是郭氏最早的《文选》评本,不能完整反映郭氏评点的面貌,刊印者进行了一定程度的选择。"

学观点：

1. 重自然创造，轻人工模拟

如卷一张衡《西京赋》文首眉批："用修云，平子《二京》，时作奇语，其自然处固逊孟坚。"《东京赋》尾批："全学孟坚而藻饰过之，然格调近于太袭。"

卷二左思《三都赋序》文首眉批："格不太袭《两都》《二京》。"

卷三司马相如《子虚赋》文首眉批："逞奇斗丽，遂为赋家滥觞。然譬之徒牢，自有神力。诸家费尽气力，终难凑泊到。"

卷四宋玉《风赋》文首眉批："造语虽奇，不如庄生天籁，画出元形。"

卷五班固《幽通赋》文首眉批："拟骚郁悒之作，然意多自创，宜于《思玄》并存者。"

卷五江淹《别赋》末段眉批："用修云，'春草碧色，春水绿波'，取之目前，不雕琢而自工，可谓天然之句。他如梁元帝'秋水文波，秋云似罗'，罗昭谏'与子伫立，徘徊思多'，抑其次也。"

2. 重作品的讽谏或寄托之意

如卷三司马相如《上林赋》题下注"乱之以正，令人侈心泠然而销，可谓讽矣。彼谓'曲终奏雅'者，非耶！"

卷四祢衡《鹦鹉赋》文首眉批："赋家小致须有寄兴，文乃不朽。此篇纵恣磊砢，托喻自异，绝无伎巧，信是异才。"张华《鷦鷯赋》文首眉批："寓意之作，亦自兴长。"

3. 重作者的立身人品

如卷四谢惠连《雪赋》文首眉批："用修云，雪、月二赋，词林珍之。唐子西谓月不如雪，谬矣。论体状景物，蕴藉风流，则无优劣。然《月赋》终篇有'好乐无荒'之意，近于诗人之旨。《雪赋》之终云，'节岂我名，洁岂我贞'，无节无洁，殆成何人！惠连、希逸，终身人品，亦于二赋之尾叶焉。世徒赏其春华，不可不考其秋实也。"

4. 骚、赋有别

如卷五张衡《思玄赋》文首眉批："骚人之致，宛而多风。""用修云，《幽通》《思玄》，皆自骚来，《思玄》似稍畅，然其踪迹屈平，谭理尤多，可立拟骚之帜。"卷四贾谊《鵩鸟赋》文首眉批："不事藻饰，自运伟议，已步骚坛，不在赋轨。"

5. 推崇屈宋、司马相如、扬雄等人的赋作

如卷六宋玉《高唐赋》文首眉批："矫捷神奇，卓然大雅，屈先生而下一人。""用修云，窅冥变幻，纵横恣肆，情语、理语、险语、易语、壮语、眇语，无所不有。后来词人任意道出，谁能越其宇下？扬马辈竞衍其绪，稍尽秩然，而元气已漓，下及陆谢，意可知矣。"《神女赋》文首眉批："屈宋二家，神贯乎

词。后代作者,辞掩乎神。"卷三扬雄《甘泉赋》文首眉批:"赋家往往铺张数段以示宏丽,一气写就,奇字警语层见叠出,独相如、子云耳。孟坚辈不免填塞。"《羽猎赋》文首眉批:"子云之赋在孟坚之上,相如之下。""用修云,战国讽谏之妙,唯司马相如得之;相如上林之旨,唯扬子云《羽猎》得之。"

6. 扩大了复古的范围,对六朝的优秀赋作表示赞赏

如卷三潘岳《射雉赋》文首眉批:"巧思繁响,备形容之妙。"末段眉批:"以上雉有六种,其入场之状,拟射雉之形,皆描写曲尽,安仁之文,盖胜其诗。"卷四鲍照《芜城赋》文首眉批:"凄凉之调,千古含愁。文奚贵于多也!"木华《海赋》文首眉批:"博言繁称,不负此题。"郭璞《江赋》文首眉批:"景纯既注《尔雅》,包罗宇宙,想下笔时,珠玑错落也。"题下注:"用修云,海赋雄,江赋苍;海赋错出,江赋条理。以此求之景纯、玄虚之优劣,可以无言矣。"卷五陆机《文赋》文首眉批:"曲尽文章之妙"。卷六嵇康《琴赋》文首眉批:"韩退之诗,曲尽琴中之妙,此文似之。"琴声一段眉批:"广陵散虽不传,以此想象,其文真是绝调。"

（五）周应治《广广文选》

周应治[1],字君衡,人称鼎石先生。鄞县人。万历八年(1580)进士,历南京吏部主事、山东提学佥事、广东左参议等。其《广广文选》24 卷,最易见的是清华大学图书馆藏崇祯八年周元孚刻本,收入《四库全书存目丛书补编》第 19 册。

《广广文选》编于万历二十四年(1596),周应治《自序》云,"梅国广昭明（刘节《广文选》）,而余复广梅国之所未广"[2],全书沿袭《文选》的体例,录先秦至隋之赋、骚、诗等 55 类文体。赋列首类,按题材分为象数、京都、田猎、纪行、游览、宫殿、江海、时令、物色、鸟兽、草木、志、哀伤、论文、音乐、情、器具、寺观、杂等 19 类。相较《广文选》17 类,增加了"象数""时令""器具""寺观"四类,删除了"天地""郊祀"两类,把"江山"恢复为《文选》的"江海"。具体情况如下表:

《广文选》		《广广文选》	
天地 1	成公绥/天地赋	象数 2	张渊/观象赋、阳固/演赜赋
京都 3	扬雄/蜀都赋、杜笃/论都赋、阮籍/东平赋	京都 2	徐干/齐都赋、刘桢/鲁都赋

---

① 纪昀等:《钦定四库全书总目·霞外麈谈》,第 1741 页。

② 周应治:《广广文选》,四库全书存目丛书补编 19 册,齐鲁书社 2001 年版,第 8 页。

续表

《广文选》		《广广文选》	
郊祀 1	扬雄/河东赋		
田猎 1	孔臧/谏格虎赋	田猎 2	虞世基/讲武赋、庾信/三月三日华林园马射赋
纪行 4	蔡邕/述行赋、王粲/浮淮赋、陆机/思归赋、江淹/去故乡赋	纪行 6	谢灵运/西征赋、张缵/南征赋、左贵嫔/离思赋、谢朓/思归赋、沈炯/归魂赋、袁翻/思归赋
游览 3	班彪/游居赋、曹植/节游赋、陆云/登台赋	游览 2	梁孝元帝/玄览赋、鲍照/游思赋
宫殿 3	枚乘/菟园赋、边让/章华赋、江淹/学梁王菟园赋	宫殿 3	萧子云/玄圃园讲赋、庾信/小园赋、高允/鹿苑赋
江山 9	杜笃/首阳山赋、班固/终南山赋、张衡/温泉赋、蔡邕/汉津赋、应场/灵河赋、张载/蒙汜池赋、成公绥/大河赋、阮籍/首阳山赋、江淹/江上之山赋	江海 1	张融/海赋
		时令 2	江淹/四时赋、谢朓/七夕赋
物色 10	荀况/云赋、贾谊/旱云赋、公孙乘/月赋、杨乂/云赋、缪袭/喜霁赋、陆云/愁霖赋、夏侯湛/雷赋、湛方生/风赋、张镜/观象赋、江淹/赤虹赋	物色 8	庾倏/冰井赋、傅玄/喜霁赋、李颙/雷赋、顾恺之/雷电赋、陆云/喜霁赋、傅亮/喜雨赋、刘璠/雪赋、谢灵运/怨晓月赋
鸟兽 13	王延寿/王孙赋、曹植/蝉赋、傅玄/走狗赋、应场/愍骥赋、阮籍/鸠赋、猕猴赋、傅咸/萤赋、夏侯湛/玄鸟赋、潘岳/萤火赋、陆云/寒蝉赋、成公绥/鸟赋、鲍照/野鹅赋、江淹/翡翠赋	鸟兽 13	公孙诡/文鹿赋、孔臧/鸮赋、蓼虫赋、赵壹/穷鸟赋、曹植/神龟赋、鹍雀赋、贾岱宗/大狗赋、鲍照/尺蠖赋、谢庄/舞马赋、刘义恭/白马赋、张率/舞马赋、卢思道/孤鸿赋、卢元明/剧鼠赋
草木 13	枚乘/忘忧馆柳赋、孔臧/杨柳赋、中山王/木赋、曹丕/柳赋、槐赋、傅玄/桃赋、张协/安石榴赋、夏侯湛/浮萍赋、陆机/瓜赋、江淹/灵丘竹赋、莲花赋、青苔赋、庾信/枯树赋	草木 10	傅玄/柳赋、李赋、左九嫔/松柏赋、鲍照/芙蓉赋、园葵赋、王俭/和萧子良高松赋、谢朓/和萧子良高松赋、梁简文帝/梅友赋、沈约/高松赋、桐赋
志 15	宋玉/微咏赋、董仲舒/士不遇赋、司马相如/大人赋、司马迁/悲士不遇赋、扬雄/逐贫赋、崔篆/慰志赋、冯衍/显志赋、潘岳/思游赋、陆云/逸民赋、陶潜/感士不遇赋、谢灵运/山居赋、谢朓/酬德赋、沈约/郊居赋、江淹/知己赋、思北归赋	志 12	颜之推/观我生赋、陆倕/感知己赋赠任昉、任昉/答陆倕感知己赋、江总/修心赋、辞行李赋、隋萧后/述志赋、李骞/释情赋、李谐/述身赋、梁宣帝/愍时赋、沈约/愍途赋、谢灵运/归途赋、梁简文帝/悔赋

续表

《广文选》		《广广文选》	
哀伤7	汉武帝/悼李夫人赋、刘歆/遂初赋、梁竦/悼骚赋、曹植/九愁赋、庾信/哀江南赋、江淹/哀千里赋、伤友人赋	哀伤6	梁武帝/孝思赋、宋孝武帝/拟汉武帝悼李夫人赋、鲍照/伤逝赋、庾信/伤心赋、谢灵运/伤己赋、沈约/伤美人赋
论文3	荀况/礼赋/知赋、扬雄/太玄赋	论文1	阳泉/草书赋
音乐3	宋玉/笛赋、张衡/观舞赋、江淹/横吹赋	音乐3	钮滔母孙氏/箜篌赋、梁简文帝/筝赋/金錞赋
情6	班婕妤/捣素赋/自悼赋、张超/诮青衣赋、阮籍/清思赋、陶潜/闲情赋、江淹/水上神女赋	情2	沈约/丽人赋、江淹/丽色赋
杂赋32	荀况/蚕赋/箴赋、宋玉/大言赋/小言赋/钓赋、刘安/屏风赋、黄香/九宫赋、马融/围棋赋、王延寿/梦赋、李尤/函谷关赋、赵壹/疾邪赋、张衡/冢赋、曹植/酒赋、左思/白发赋、阮籍/元父赋、陆云/岁暮赋/南征赋、江统/函谷关赋、傅玄/镜赋、枣据/船赋、挚虞/观鱼赋、张协/洛禊赋、潘尼/火赋/钓赋、张载/酃酒赋、鲍照/观漏赋、傅亮/感物赋、谢朓/游后园赋、江淹/灯赋/丹砂可学赋/金灯草赋/泣赋	器具7	羊胜/屏风赋、胡综/黄龙大牙赋、昭明太子/铜博山香炉赋、甄玄成/车赋、庾信/灯赋/竹杖赋/对烛赋
		寺观4	梁宣帝/游七山寺赋、王锡/宿山寺赋、李颙/大乘赋、释慧命/详玄赋
		杂7	荀卿/与春申君书后赋、蔡邕/青衣赋、傅咸/小语赋、束晳/饼赋、陆机/应嘉赋、江淹/石劫赋

就赋而言,《文选》选以"赋"名篇的赋作56篇,《广文选》增广补遗127篇,《广广文选》则增补93篇,赋作的时代分布如下图所示:

	先秦		两汉		魏晋		南北朝		隋	总数
文选	4	7%	21	37.5%	24	43%	7	12.5%		56篇
广文选	10	8%	41	32%	50	39%	26	21%		127篇
广广文选	1		7		20(4+1+15)		62(45+17)		3	93篇

从上表可以看出,《广广文选》的增补主要集中在魏晋南北朝,三国时期除增补魏赋4篇,也关注到吴赋,选1篇;南北朝则不仅增补了更多的南朝赋作,还增补了17篇北朝赋作(其中庾信占6篇)。四库馆臣云"其舛漏踳驳与节书(刘节《广文选》)亦鲁卫之政。"①确然如此。如《广文选》卷2

① 《广广文选》提要,四库全书存目丛书补编20册,第200页。

"物色"中张镜《观象赋》,与《广广文选》卷 1"象数"中张渊《观象赋》内容相同,唯张镜赋为节选,张渊赋为全篇,未知谁非。但"昭明意在垂后,故其裁取也严;君衡意在稽古,故其搜收也广"①,其搜收的广泛也是其优点所在。

(六) 汤绍祖《续文选》

汤绍祖②,字公孟,海盐人。东瓯王汤和裔也。其《续文选》32 卷,最易见的版本是浙江图书馆藏万历三十年(1602)希贵堂刻本,收入《四库全书存目丛书》集部 334 册。

此书成于万历三十年(1602),采自唐及明诗文以续昭明《文选》。作者《自序》云,"(《文选》)其代自晋宋齐梁而上,其人由屈宋贾马以还",而"胤是以降,齐周病于棰朴,陈隋伤于浮艳,虽逊前古,尚存逸轨。若李唐嗣兴,斯体大变,什一仟佰,仅尔庶几。逮入我明,日月重朗,文章篇翰,并为一新,然当时刘、宋数公,犹且屯而未畅。至弘、正以后,此道渐辟,昌谷、勉之、子循诸君子,后先摛藻,郁尔具体,天之未丧,抑或在兹。"此书"远自昭明以后,近自不佞以前。格稍肖似,即为收采,若其人与昭明同日,则惧为所弃,及与不佞并世,则未见其止。洎夫五代局于促运,宋元沦于卑习,并文太纤靡,诗涉近体,以非本旨,并从删黜。"③其收录赋作情况见下表:

卷一	田猎	李白/大猎赋	5
	纪行	梁元帝/玄览赋、张缵/南征赋、高适/东征赋、袁袠/远游赋	
卷二	游览	梁宣帝/游七山寺赋、刘禹锡/楚望赋、卢柟/昆仑山人赋、嵩阳赋/梦洲赋、俞允文/会芳园赋、王世贞/玄岳太和山赋/土木赋	8
卷三	宫殿	李白/明堂赋、卢柟/嘉禾楼赋	8
	山海	李梦阳/大复山赋、卢柟/天目山赋/鑪昆山赋/沧溟赋/云滨赋/龙池赋	
卷四	物色	庾信/枯树赋、郑惟忠/古石赋、卢柟/秋赋、俞允文/九日赋/菊赋/萱草赋、王世贞/竹林七贤图赋	20
	鸟兽	俞允文/来雁赋/蟋蟀赋、王世贞/白鹦鹉赋	
	志	梁简文帝/悔赋、江总/修心赋、隋萧皇后/述志赋、李梦阳/省愆赋、杨慎/戎旅赋、夏邦谟/思友赋、王廷相/悼时赋、袁袠/思归赋、卢柟/酬德赋/寿成皋王赋	

---

① 周应宾:《广广文选序》,四库全书存目丛书补编 19 册,第 6 页。
② 纪昀等:《钦定四库全书总目·续文选》,第 2704 页。
③ 汤绍祖:《续文选》,四库全书存目丛书集部 334 册,第 1 页。

续表

卷五	哀伤	李白/拟恨赋、何景明/寡妇赋、卢柟/惜毁赋、王世贞/静姬赋/后静姬赋/愁赋	16
	论文	萧子云/玄圃园讲赋、徐祯卿/反反骚赋	
	音乐	梁简文帝/筝赋/金錞赋、李百药/笙赋、谢偃/听歌赋/观舞赋	
	情	七夕赋(按:唐阙名)、唐寅/娇女赋、李攀龙/锦带赋	

《续文选》首五卷为赋,卷一辑"京都""郊祀""耕籍""田猎""纪行"5类,前三类缺失,后两类存赋5篇;卷二辑"游览"类8篇;卷三辑"宫殿""山海",共8篇;卷四"物色""鸟兽""志",共20篇;卷五"哀伤""论文""音乐""情"共16篇。全编存赋57篇,赋作的时代分布如下表所示:

	六朝	隋	唐	宋元	明	总数
续文选	9	1	10	0	37	57

从上表可以看出,《续文选》选赋以明赋最多,唐赋仅取李白、李百药、刘禹锡诸家之古体。故此书实六朝、隋唐、明之赋,缺五代、宋、元诸朝,四库馆臣云,此书"所录止唐人、明人,无五代、宋、金、辽、元。又明人惟取正、嘉后七子一派,而洪、永以来刘基、高启诸人仅录一二(赋无选)。盖恪守太仓、历下之门户,而又加甚焉。所分门目,一从《文选》。惟赋阙京都、郊祀、耕籍三类,而易江海为山海。物色一门谓'昭明惟取天文,殊似未该,今用广之是也'。然王世贞《竹林七贤图赋》谓之物色,则亦孰非物色乎?卢柟《寿成皋王赋》入志,徐祯卿《反反骚赋》入论文,是何体例也?"①而从《续文选》的选赋倾向看,它反映了七子复古派的赋学思想。

二、赋　集　系

关于明代赋集,《明史·艺文志》著录有:刘世教《赋纪》100卷,俞王言《辞赋标义》18卷,陈山毓《赋略》50卷②。《千顷堂书目》列有:李鸿《赋苑》8卷、刘世教《赋纪》100卷、王志守《赋藻》□卷、俞王言《辞赋标义》18卷,陈山毓《赋略》50卷又《赋略外篇》15卷、施重光《赋珍》8卷等③。除了《赋纪》和《赋藻》,其他俱存。

---

①　纪昀等:《钦定四库全书总目·续文选》,第2704页。
②　张廷玉:《明史》卷99《艺文志·总集》,第2494页。
③　黄虞稷:《千顷堂书目》卷31,上海古籍出版社2001年版,第753页。

（一）李鸿《赋苑》

李鸿①，字渐卿，吴人。其《赋苑》八卷，最易见的版本是山东图书馆藏万历刻本，收入《四库全书存目丛书》集部384册。

此书始辑于万历二十二年（1594），是明代首部辞赋专集，"凡六朝以前，及荀宋而后，厘为上下八卷"②，收录先秦至隋代赋作875篇。从《凡例》，可以见出其编选标准：

> 此书断自陈隋以上，厥后作者，代不乏人，乃其气象萎薾，兼亦不能遍收，故率置不载。

> 赋者，古诗之流，六艺之一也。要之，非大雅博闻，乌能像物比类？非殊才异致，乌能穷妍极精？自隋唐以还，《艺文志》无载，岂博览家委于子云雕虫之悔，共相弃置与？呜呼，才士用心，焉可忽也。余因汇成一家之书，非敢信其毕收，比于《乐赋》《乐苑》，庶几乎辞林之巨观矣。

> 嗟乎，赋讵易言哉？其风咏似歌诗，谏诤愈书疏，事实类《尔雅》，感托胜滑稽。矧孙卿、屈平，皆离谗忧国，其言辞出于忠厚恻隐，故子长、孟坚每以孟轲孙卿并称，《离骚》篇目世亦以经名之，然则余是役也，信可鼓吹经传，宁独享之千金已哉。③

其收赋情况如下表：

	卷一	卷二	卷三	卷四	卷五	卷六	卷七	卷八	总计
朝代	先秦	西汉	东汉	三国	两晋		南北朝		
篇数	15	40	75	166	107	242	90	144	879

从表中可以看出，《赋苑》收先秦赋15篇，两汉赋115篇，魏晋六朝赋749篇，共879篇（按：《西都赋》《东都赋》《西京赋》《东京赋》《魏都赋》《蜀都赋》《吴都赋》分开算，如合到一起，则《两都赋》《二京赋》《三都赋》，共875篇），四库馆臣评云："所录诸赋始于周荀况，终于隋萧皇后，以时代为编次，大抵多取之《艺文类聚》诸书，故往往残缺，又次序颠倒殊甚，黄香《九宫赋》已见于汉，又见于南北朝中，题其字曰黄文疆；张超《诮青衣赋》已见于

---

① 黄虞稷：《千顷堂书目》卷31，第753页。
② 蔡绍襄：《赋苑序》，四库全书存目丛书集部384册，第2页。
③ 李鸿：《赋苑·凡例》，四库全书存目丛书集部384册，第4页。

汉,改其题曰《讥青衣赋》,改其名曰张安超,又见于南北朝中,仍其故题而题其字曰张子并;至公孙乘《月赋》,则一见汉,一见南北朝,显然复出,亦全不检,盖明季选本大抵如斯也。"①虽然《赋苑》收辑存在着诸多弊端,但除去重复的赋作,仍然有 870 余篇,其收罗唐以前赋作,显示了复古派的赋学思想。

（二）俞王言《辞赋标义》

俞王言②,字皋如,安徽休宁（三国时称海阳）人。万历时人。有《金刚标指》《心经标指》《楞严标指》《圆觉标指》《辞赋标义》等书。其《辞赋标义》18 卷,有万历二十九年（1601）休宁金氏浑朴居刻本,收在《历代赋学文献辑刊》第 13、14 册。

俞王言作于万历二十九年（1601）的《辞赋标义序》云"昭明之衮钺,诚凛凛千载,乃私心所向往,有不忍并捐者。用增三十余篇,以时婆娑燕乐乎其间,而常苦汗漫之难窥也。故为之寻究其原,贯穿其旨,扫旧疏之繁芜,补《纂注》之遗佚"③。在辞赋编选方面,主要"恢拓昭明":"是编所选,恢拓昭明,收其逸也。旁及《七发》《封禅》等篇,聚其类也。中间如《高唐》《神女》诸作,漫而少致,然为赋家之祖,姑依昭明录之。"④

前六卷收录骚辞 41 篇:《离骚》《九歌》（11 篇）《天问》《九章》（9 篇）《远游》《卜居》《渔父》《九辨》（9 篇）《招魂》《大招》《惜誓》《吊屈原》《招隐士》《哀时命》《反离骚》。卷七至卷十七,收以赋名篇的作品,《文选》收以赋名篇的赋作 56 篇,此书增加了 17 篇:扬雄《河东赋》、司马相如《大人赋》、枚乘《菟园赋》、杨乂《云赋》、鲍照《野鹅赋》、王延寿《王孙赋》、班婕妤《捣素赋》《自悼赋》、司马相如《哀二世赋》、汉武帝《悼李夫人赋》、扬雄《太玄赋》、赵壹《疾邪赋》、中山王《文木赋》、庾信《枯树赋》、夏侯湛《浮萍赋》、司马相如《美人赋》、陶潜《闲情赋》。卷十八收七体等杂文 6 篇:枚乘《七发》、曹植《七启》、张协《七命》、司马相如《封禅》、扬雄《剧秦美新》、班固《典引》。

在增收的 17 篇以"赋"名篇的赋作中,汉代 12 篇,魏晋 3 篇,南北朝 2 篇。虽然俞氏说其所收"以雄浑典丽为主,故虽两汉六朝诸名家,亦时有采择焉,至骈偶靡曼之音,则一概不录"⑤,但还是收了骈赋名家庾信的

①　《赋苑》提要,四库全书存目丛书集部 384 册,第 620 页。
②　张廷玉:《明史》卷 98《艺文志》,第 2455 页。俞王言:《辞赋标义》,《历代赋学文献辑刊13》,国家图书馆出版社 2017 年版。
③　俞王言:《刻辞赋标义序》,《历代赋学文献辑刊 13》,第 6 页。
④　俞王言:《辞赋标义凡例》,《历代赋学文献辑刊 13》,第 11 页。
⑤　俞王言:《辞赋标义凡例》,《历代赋学文献辑刊 13》,第 11 页。

《枯树赋》。

在辞赋评点方面，《辞赋标义》则"扫旧疏之繁芜，补《纂注》之遗佚"，俞王言以释词解句、便于理解为主，既不满旧注的繁芜，又认为张凤翼《文选纂注》有过简之处，故折衷诸家，重为厘定。

在体例方面，《辞赋标义》有解题、眉批、随文注释，"原为注繁难阅，欲标义以便观，故将字句之义标训在旁，章段之义标训在上，其有事多、旁不能尽者，亦间标列上方，取低一字为别，仍分句读断截。"①

从《辞赋标义序》可以看出俞王言的赋学倾向：

> 艺林之技，首推辞赋。辞则屈子从容于骚坛，赋则马卿神化于文苑。宋玉、景差嗣其风，扬雄、贾谊振其响，班、张、潘、左、曹、陆之徒寻其绪……然屈子发愤于忠肝，存君兴国之外，无他肠焉，而篇各异轴，语各殊制，触意成声，矢口成响，譬之橐钥，屈而不虚，动而愈出，其天行者乎！马卿藻思渊涵，才情霞起，立乎四虚之地，游乎万有之途，有境必穷，无象不肖，譬之大壑，舟焉者浮，饮焉者饱，其泉涌者乎！……故侪马卿于屈平，兄弟也；宋、景、杨、贾，父子也；班、张、潘、左、曹、陆辈，祖孙也；其余皆曾、玄耳。后之作者如林，然唐以绮偶，宋以淡泊，古道衰矣。

这与复古派标榜先秦两汉、鄙薄唐律赋宋文赋的思想吻合，可以视为复古派的辞赋选集。

（三）施重光《赋珍》

施重光②，字庆征，号裕吾，山西代州人。万历七年（1579）举人，万历二十九年（1601）进士，官刑部郎中，以刚直罢归。其《赋珍》8卷，有万历住刑部街韩铺刻本，收在《历代赋学文献辑刊》第10—12册。

《赋珍》编于万历二十九年（1601）至三十二年（1604），亦为"采昭明之遗英，汇耳目之奇赏。鸿纤毕简，今古并收"③之辑。"本书选录历代赋四百三十七篇（含节选之篇），按其内容和题材分类编集，次序大致为：天象、岁时、地理、山川、朝会、礼仪、音乐、伎艺、京殿、苑囿、草木、鸟兽、虫鱼、补遗，但未标类目。审其格式，可知编者将历代赋篇分级编录。大凡名篇，皆以大字刻印。其中顶格刻印者，实为必读篇目；凡底一格排印者，则为参考篇目。

---

① 俞王言：《辞赋标义凡例》，《历代赋学文献辑刊13》，第12页。

② 《光绪代州志》卷10，《中国地方志集成·山西府县志辑11》，凤凰出版社2005年版，第460页。

③ 吴宗达：《赋珍序》，《历代赋学文献辑刊10》，第5页。

此外,编者在选赋之余,还辑录了一些与本题相关的历史资料和诗文作品,刻成双行小字,为读者聚材征事、锤炼辞藻提供参考。"①其中"必读篇目"各卷情况如下表:

卷次	顶格刻印的必读篇目②(275)							
	卷一	卷二	卷三	卷四	卷五	卷六	卷七	卷八
篇数	28	32	35	28	25	32	28	67

"参考篇目"各卷情况如下表:

卷次	底一格排印的参考篇目(221)							
	卷一	卷二	卷三	卷四	卷五	卷六	卷七	卷八
篇数	58	34	17	30	10	36	35	1

其中顶格刻印的必读篇目275篇,底一格排印的参考篇目221篇,共496篇。参考篇目中有一些颂(如卷六简文帝《大法颂》《菩提树颂》)、九体(如卷八何景明《九咏》)与记(如卷五佚名《测景台记》,卷六李颙《婆罗树碑记》)、序(如卷四陈希夷《龙图序》)、赞(如卷六梁肃《三如来赞》)等其它文章,颂和九体属于广义的辞赋,可计入,记、序、赞等文体去掉,则有492篇。而《赋珍》实际收赋还不止这些,比如卷五苏子由《服茯苓赋》之后,编者用"双行小字"辑录的诗文作品如下:江淹《菖蒲颂》、张文昌(张籍)《寄菖蒲》诗、江淹《黄连颂》、陈达叟《本心斋蔬食谱·枸杞》、萧颖士《莲蕊散赋》、孙楚《茱萸赋》、佚名《槟榔赋》、庾肩吾《答陶隐居赍术煎启》、简文帝《谢敕赍益州天门冬启》、谢灵运《山居赋》、王绩《采药》诗,以"赋"名篇者即有4篇。这种情况在全书也较普遍,如果把这些也算上,则赋作数量更多。

此外,还有一些未收录的"参考篇目"和诗文作品,如卷3在用双行小字解释"九宫之神"之后,有大字标注"《九宫赋》见黄香著",唐穆寂《南蛮北狄同日朝见赋》之后有大字标注"《四夷来王赋》见钱熙著"。卷6唐崔镇

---

① 施重光《赋珍》简介,《历代赋学文献辑刊10》。

② 按:《历代赋学文献辑刊》所收有缺页造成的未见赋作。如卷5昭明太子《博山赋》,因为缺原书的"六十六"页,故未见此赋。卷7郑宗哲《温洛赋》、江衍《百川理赋》,因为缺原书的"五""六"两页而未见。程章灿先生《赋珍目录》(见《赋学论丛》,中华书局2005年版,第129页)所列,自卷二以后基本为必读篇目,可参看。

《梧桐赋》题注云"陈骞赋见《桐谱》第十篇"。卷8何景明《九咏》之后有何
景明《七述》、王世贞《演连珠》等赋体文,并云"《续九咏》见《弇州四部集》
(王世贞)""《七扣》见《弇州四部集》",如加上这些,数量还会有所增加。

正如《赋珍序》所云"鸿纤毕简,今古并收",《赋珍》为一部通代赋选,
"就资料来源来看,汉赋、魏晋南北朝赋、隋赋多采于《古文苑》《艺文类聚》
《玉海》等书,唐赋采自《文苑英华》,宋赋采自《宋文鉴》,元、明之赋多采自
作家文集"①,汉魏六朝部分皆"采昭明之遗英",为《文选》所不录。从各个
朝代赋的分布来看,唐赋近250篇,占一半比重,"这些作品基本出自《文苑
英华》,就体格而言,绝大多数为律赋。从全书来看,《赋珍》采录唐以前赋
偏重其题材,采择唐以后赋则根据其体格与题材以定去取"②,这反映了施
重光不同于复古派以骚汉为古、贬斥唐以后赋作的通变的赋学观。

元代以古赋取士,陈绎曾谆谆告诫士子曰:"古赋,有楚赋,当熟读朱子
《楚辞》中《九章》《离骚》《远游》《九歌》等篇,宋玉以下未可轻读。有汉赋,
当读《文选》诸赋,观此足矣。唐、宋诸赋,未可轻读。有唐古赋当读《文粹》
诸赋,《文苑英华》中亦有绝佳者。有唐律赋备见《文苑英华》。"③从《文苑
英华》中的少数古赋,到采择《文苑英华》中的大多数律赋,显示了元明两朝
赋坛风会的转移。

程章灿先生说"在明代科举制度中,考选翰林庶吉士时颇重作赋本领,
本书之选亦着眼于此,故所选赋多为试赋献赋时常见的咏物、颂圣、应制等
题材。除选录作品之外,编者还时或对赋中涉及的有关典实、制度、历史等
加以笺释,亦间有品评,涉及词义、题旨及典实等,列在书眉或篇末,以备读
者参考。""编者还别出心裁地在选赋之后附列同一题材的作品,以诗、赋为
主,兼及其它文体,以备观览互参……这无疑都是为作赋聚材比事而准备
的,也构成为本书的显著特色之一。"④把此书的编选与庶吉士考赋联系起
来,的确独具慧眼。此书标有"住刑部街韩铺刊",显示了此书的官刻性质。

李调元云"有明馆阁课试,率由学士命题,未有定式,于是八韵之作歇
绝者几四百年,自郐无讥,姑从阙略。"⑤李调元是从律赋的角度说的,认为
明朝律赋不值一提。万历朝现存42篇馆课赋中(1篇疑残,不计),其中律
赋17篇,占总数40%。其它汉赋体6篇,占14%;骚体赋5篇,占12%;汉骚

①　饶福婷:《明代汉赋选研究》,南京大学2013年博士学位论文。
②　程章灿:《赋学论丛·〈赋珍〉考论》,第127、128页。
③　陈绎曾:《文说》,四库全书1482册,第250页。
④　程章灿:《赋学论丛·〈赋珍〉考论》,第127、128页。
⑤　李调元:《赋话》卷6,续修四库全书1715册,第670页。

杂糅式 14 篇,占 33%。可见,明人的馆课考试,体裁上没有严格的限制,反而因为复古派的盛行,体格上以祖骚宗汉为多。施重光《赋珍》的编选或有意引导庶吉士们多读《文苑英华》的唐代律赋乎?

而在赋选中,更明显地显现出施重光受复古派影响的痕迹,比如《赋珍》第一篇成公绥《天地赋》,施重光有评语云:"《文苑英华》载唐赋几千首,求其矫矫若子安言,少双矣,余谓《选》后更无赋,是耶非耶?"①言语中是以《文选》为尊的。吴宗达《赋珍序》也可借以窥见施重光之赋学思想:

> 迫夫三闾眷楚,憔悴湘潭,指帝神以陈词,假渔卜而寄志,义存讽谕,无取荒淫,赋之权舆,于兹可睹。西京之文,号为尔雅,而揽藻宣华,特赋为甚。投湘问鹏之外,似已不免作法于奢,然鲜丽少俳,纵横多致,于长卿见风雅之遗焉。子云逊美,所称神化所至,不从人间来者也。东京递降,性情远于雕镂,体裁弊于声律,而矫枉之过,直率胸怀,则有若《赤壁》《阿房》夷于论、记,失步班、张,无论溯源骚雅矣。明兴,孝、肃两朝,作者蔚起,前标何、李,后帜王、卢,谆谆者何知,乃形神离合之致,亦略可言,牛耳中原,未知谁属。②

其也是以骚汉为尊的。卷 8 司马相如的《大人赋》之前,称作者为"赋圣",也源于王世贞:"屈氏之骚,骚之圣也;长卿之赋,赋之圣也。一以风,一以颂,造体极玄,故自作者,毋轻优劣。"③卷 12 所选明代赋 12 篇,也以复古派赋作为主,"国朝赋家,始推毂金华丈人,而后稍落落也。孝皇时,此道崛起,嘉靖中乃见卢生柟,无似既之渤海,一个行李,不能尽挚之与俱,则采其铸古而足型来兹者,得数阙殿之左方,皆骚胤也。故观唐人士悛悛刁斗间,然后知大将之旗鼓自别。"④评李梦阳《大复山赋》曰"学菀园,江(指江淹)得其貌,李得其髓",评王世贞《二鸟赋》曰"学庄子,前瞻(指苏轼)后美,美岂瞻后身耶?"这些评论似与前述其选赋倾向相矛盾,"其实,在看似矛盾的背后实蕴融通……这种融通本身是为偏执一端的反拨,是明代后期赋学理论走向总结和成熟的标志。"⑤

---

①　施重光:《赋珍》卷 1,《历代赋学文献辑刊 10》,第 15 页。
②　吴宗达:《赋珍序》,《历代赋学文献辑刊 10》,第 2 页。
③　王世贞:《艺苑卮言》卷 2,历代诗话续编,中华书局 1983 年版,第 976 页。
④　施重光:《赋珍》卷 8,《历代赋学文献辑刊 12》,第 489 页。
⑤　饶福婷:《明代汉赋选研究》,第 154 页。

（四）陈山毓《赋略》

陈山毓①，字贲闻，私谥靖质，浙江嘉善人。万历四十六年（1618）举人。有《靖质居士集》，存赋 14 篇。其《赋略》56 卷，包括正集 34 卷，外集 20 卷，另有绪言 1 卷（分为源流、历代、品藻、志遗、统论），列传 1 卷。有崇祯七年（1634）刻本，收在《历代赋学文献辑刊》第 17—19 册。

《赋略》编于万历四十六年（1618），集赋选、赋评、赋论为一体。《赋略》正集共 34 卷，选录情况如下表所示：

楚赋	卷 1—4	屈原/离骚/九歌/天问/九章/远游/卜居/渔父/宋玉/九辩/招魂/风赋/高唐赋/神女赋/佚名/大招/荀卿/礼赋/知赋/云赋/蚕赋/箴赋/遗春申君赋
两汉	卷 5—13	贾谊/惜誓/吊屈原赋/服赋（即鵩鸟赋）、庄忌/哀时命/枚乘/七发、汉武帝/悼李夫人赋、淮南小山/招隐士、司马相如/子虚赋/哀二世赋/大人赋/长门赋、东方朔/七谏、王褒/洞箫赋、刘向/九叹、班婕妤/自悼赋、扬雄/反离骚/甘泉赋/河东赋/羽猎赋/长杨赋、刘歆/遂初赋、班彪/北征赋、冯衍/显志赋、傅毅/舞赋、班固/幽通赋/两都赋、曹大家/东征赋、张衡/二京赋/南都赋/思玄赋、马融/广成颂/长笛颂、王延寿/鲁灵光殿赋、蔡邕/述行赋、边让/章华赋、祢衡/鹦鹉赋
魏晋南北朝	卷 14—25	王粲/登楼赋、曹植/洛神赋/七启、何晏/景福殿赋、嵇康/琴赋、张华/鹪鹩赋、木华/海赋、成公绥/啸赋、潘岳/籍田赋/秋兴赋/西征赋/闲居赋/寡妇赋/笙赋/射雉赋、左思/三都赋、陆机/文赋/叹逝赋、陆云/岁暮赋、挚虞/思游赋、张协/七命、郭璞/江赋、孙绰/天台山赋、陶渊明/归去来、谢灵运/山居赋、鲍照/芜城赋/舞鹤赋、颜延之/赭白马赋、谢惠连/雪赋、谢庄/舞马赋/月赋、张融/海赋、沈约/郊居赋、江淹/恨赋/别赋/学梁王兔园赋、张率/舞马赋、张缵/南征赋、简文帝/筝赋、佚名/捣素赋、张渊/观象赋、阳固/演赜赋、卢思道/孤鸿赋、萧皇后/述志赋
唐	卷 26—27	李白/明堂赋/大猎赋/拟恨赋、柳宗元/惩咎赋/闵生赋/梦归赋/晋问/乞巧
国朝	卷 28—31	李梦阳/述征赋/省愆赋/疑赋/钝赋/大复山赋、何景明/述归赋/寡妇赋、徐祯卿/反反骚赋、杨慎/戎旅赋、袁袠/远游赋/思归赋/七称、卢柟/幽鞫赋/放招赋/惜毁赋/广招隐赋/怀隐赋/酬德赋/秋赋、俞允文/蟋蟀赋、王世贞/离闵/沈骚/续九辩/玄岳太和山赋/土木赋/愁赋/七扣、刘凤/九命/齐云山赋/小山赋/

从上表至少可以看出两点：一是选赋不限于以"赋"名篇的作品，除屈宋之辞，还有颂、七体以及后世之骚辞。他在作于万历四十六年的《赋略

---

① 高攀龙：《高子遗书》卷 11《陈贲闻墓志铭》，四库全书 1292 册，第 654 页。按：黄虞稷《千顷堂书目》卷 31（第 753 页），"天启丁卯（天启七年，1627）解元"，误。

序》中表达"赋、颂一原"的观点：

> 古人云，不歌而诵谓之赋。夫词非己作，春秋列国大夫之赋也；体由自制，郑庄晋蒍之赋也，皆不歌而诵之义也。披览三百，赋体未昌，然遵路之谣，两肩之咏，厥绪亦萌。是赋者，权舆于衰周，而蝉连于风雅。《艺文志》云，屈原赋二十五篇，《贾傅传》云，楚贤臣被谗作《离骚》赋，史迁亦云《怀沙》之赋，是则屈子诸什皆赋也。而或者目连类比物为赋，讴吟情事为骚，粤自何人，殊暗厥旨。夫骚者，忧也，又扰动也，试绎其义，是可以为篇章之一目乎？斯盖由来之蔽也。又颂者，赋之别目，特其类四言诗者，分路扬镳，不可一侪耳。《九章》有《橘颂》，子渊《洞箫》，孟坚曰颂，安仁《藉田》，臧书曰颂，昭明曰赋，是其共出一原、同归一致者也。①

二是骚汉为古的选赋倾向。先秦选 19 篇，两汉 36 篇，魏晋南北朝 44 篇，唐 8 篇，明代 30 篇，共 137 篇。唐赋选了李白、柳宗元的古赋，律赋无一入选。明朝选赋以复古派为主。这正如作者在《赋略绪言》所云："按：唐之俳，宋之俚，元之稚，无赋矣。国朝宋、刘诸君子，犹言季习，暨李献吉出，人始知有屈宋马扬云，厥功伟矣。"②他在《赋集自序》中又说："赋无右献吉、次楗，《述征》《省愆》，绳武九章，次楗袭楚八代而并驾之。然李局而不尽变，卢善为摹而不能自创，故曰未至也。夫方出于矩，员出于规，规矩谁者出乎？出于方员也。方员以起矣，得五人焉，曰屈原、宋玉、枚乘、淮南八公、司马长卿。因矩为方，仍规为员，方员亦尽矣，得一人曰子云。非拟而发，非傍而秀，天下之为方员者，亦匪是出也，得二人焉，曰荀卿、贾谊。若夫沿波为沦，趋风为靡，祖辙合冶者，不可胜数也。"③其外集 20 卷，选录情况如下表：

楚	卷 1	宋玉/登徒子好色赋/讽赋/钓赋/大言赋/小言赋/笛赋、荀卿/成相
两汉	卷 2—3	枚乘/梁王菟园赋、中山王胜/文木赋、董仲舒/士不遇赋、司马相如/美人赋、王褒/九怀、扬雄/蜀都赋/太玄赋/逐贫赋、崔篆/慰志赋、杜笃/论都赋、马融/围棋赋、张衡/归田赋、王逸/九思、王延寿/王孙赋

① 陈山毓：《赋略序》，《历代赋学文献辑刊 17》，第 3 页。
② 陈山毓：《赋略绪言》，《历代赋学文献辑刊 17》，第 56 页。
③ 陈山毓：《靖质居士集》卷 5《赋集自序》，四库禁毁书丛刊集部 14 册，北京出版社 1997 年版，第 619 页。

魏晋 南北朝	卷4—10	向秀/思旧赋、左贵嫔/离思赋、成公绥/天地赋、潘岳/怀旧赋、陆机/吊魏武帝、陆云/逸民赋、寒蝉赋、李嵩/述志赋、陶渊明/感士不遇赋、闲情赋、谢灵运/撰征赋、傅亮/感物赋、宋孝武帝/拟李夫人赋、鲍照/野鹅赋、伤逝赋、游思赋、观漏赋、谢朓/思归赋、酬德赋、江淹/戴罪江南思北归赋、江山神女赋、丽色赋、赤虹赋、陶弘景/寻山志、吴均/岩栖赋、萧子云/玄圃园讲赋、梁简文帝/悔赋、金錞赋、梁元帝/玄览赋、袁翻/思归赋、李骞/释情赋、李谐/述身赋、颜之推/观我生赋、沈炯/归魂赋、庾信/枯树赋、江总/修心赋
唐宋	卷11—14	虞世南/琵琶赋、李百药/笙赋、谢偃/听歌赋、观舞赋、李华/含元殿赋、李庚/两都赋、郑维忠/古石赋、七夕赋、高适/东征赋、韩愈/复志赋、送穷文、柳宗元/佩韦赋、吊屈原、吊苌弘、招海贾、刘禹锡/楚望赋、范缜/拟招隐士(梁)、苏轼/屈原庙赋
明	卷15—20	李梦阳/宣归赋、绪寓赋、寄儿赋、泛彭蠡赋、泊云梦赋、吊申徒狄赋、吊康王城、禹庙、双忠祠、朱槿赋/感音赋、画鹤赋、王廷相/悼时赋、巫阳祠辞、黄省曾/闺哀赋、卢柟/九骚、寿成皋王赋、昆仑山人赋、嵩阳赋、梦州赋、天目山赋、嶫昆山赋、沧溟赋、云滨赋、龙池赋、嘉禾楼赋、俞允文/九日赋、菊赋、王世贞/静姬赋、吊夷齐、红鹦鹉赋、白鹦鹉赋、竹林七贤图赋、人问、刘凤/菊花赋、凌秋赋、清暑赋

先秦选7篇,两汉14篇,魏晋南北朝38篇,唐宋17篇,明朝37篇。其中《拟招隐士》的作者范缜为梁人,应入南北朝而误入宋。可以看出,外集与正集的选赋倾向一样,虽然入选了更多的唐宋赋,但都是古赋,苏轼也没选其更负盛名的《赤壁赋》,而是选了《屈原庙赋》这一骚体古赋。其以骚汉为古,排斥唐律宋文的倾向在它处也有显示:

> 凝情屈宋,不数张左,下则枚马,无取潘陆。巧因思浚,奇由情会,吁谟定命,雅志愿存。杨柳依依,五色斯贵,灵均非乏瑰奇,长卿亦是员丽。①
>
> 二赋(按:指李白《明堂赋》《大猎赋》)构体博大,造语魁梧,汉晋梗概,犹存十一二。②
>
> 刊落铅华,独存风骨,洗齐梁之陋而规橅灵均,其失也槁而无致,所可读者尽此五篇(按:指柳宗元《惩咎赋》《闵生赋》《梦归赋》《晋问》《乞巧》)矣。③
>
> 大凡赋擅于楚,昌于西京,丛于东都,沿于魏晋,敝于宋,萎荼于齐

① 陈山毓:《赋略序》,《历代赋学文献辑刊17》,第16页。
② 陈山毓:《赋略》卷26评李白《明堂赋》,《历代赋学文献辑刊18》,第374页。
③ 陈山毓:《赋略》卷27评柳宗元《惩咎赋》,《历代赋学文献辑刊18》,第399页。

梁,迄律赋兴而子遗鲜矣。宋俚而元稚,又弗论焉。当贞元中,以昌黎、河东之徒之挺出,而韩赋凡浅,柳赋槁寂,卒不获浣污,沿而振丽,则可叹也。固知一代雄撰,多专而不能为通。西京以上无论,如黄初之五言,唐之古律,擅其一隅,独标当时,昭后世,然方员难周,修短不掩,故八代无文,唐室无赋矣。①

当然,他以骚汉为古,但并不十分排斥六朝骈赋,这与复古派领袖李梦阳等人也是一样的。他自作赋就是这样:"尝为《七夕》《感逝》诸篇矣,陶垆谢、陆,旁及江鲍,是绮绘之遗也。为《愁霖》诸章矣,品拟《江》《海》,上延枚、扬,是闳衍之系也。为《重离骚》《九辩》诸什矣,献吉云'袭其意而异其言',是婉恻之概也。为《撰志》之咏矣,非拾泽畔,非袭扬、班,其欲成一家言者乎?"②

三、文 总 集 系

（一）袁黄《评注八代文宗》

袁黄③,初名表,字坤仪,号了凡,浙江嘉善人。万历五年(1577)会试,初拟取第一,因策论违逆主试官而落第。后更名黄。万历十四年(1586)进士,官兵部主事。有《两行堂集》《评注八代文宗》等。存赋 1 篇。其《评注八代文宗》8 卷,有南京大学图书馆藏明作德堂叶仪廷刻本。

此书依《文选》的编排次序,选录西汉、东汉、后汉魏吴、西晋、东晋、宋、齐、梁,共八代的论、序、书、表、笺、奏记、册文、令、教、策文、檄文、符命、连珠、七、赋等 15 类文体 120 篇。其《凡例》说赋:"赋者,古诗之流也。比物连事,钩沉致远,义兼劝讽,曲合风雅,斯亦华国之事,黼扆之箴也,故以赋终焉。"而且,"是集大抵清而润,丽而雅,""□场用之,可以骈股,可以偶句,可以发藻,可以扬菁,且长于攻击,工于缲绩。论用之转折不穷,表用之灿烂生色,至于囊括古今,网罗宇宙,上穷碧落,下及黄泉,昆虫草木,鸟兽鳞介,无所不该。射策者少加时务,岂惟润涸资枯,抑且赏心愉目,此场屋之储笥,云路之指南也。"④

四库馆臣对此书评价不高,"是编取《文选》中之近于举业者掇拾成书,

---

① 陈山毓:《靖质居士集》卷 5《赋集自序》,四库禁毁书丛刊集部 14 册,第 618 页。
② 陈山毓:《靖质居士集》卷 5《赋集自序》,第 619 页。按:《七夕赋》《感逝赋》《愁霖赋》《重离骚》《重九辩》《撰志赋》,俱为陈山毓赋作。
③ 朱鹤龄:《愚庵小集》卷 15《赠尚宝少卿袁公传》,四库全书 1319 册,第 188 页。
④ 《评注八代文宗·凡例》,南京大学图书馆藏明作德堂叶仪廷刻本。

有全删者,有节取数段者。舛谬百出,不能缕举,在坊刻中亦至陋之本。黄
虽不以文章鸣,亦未必纰缪至是也。"①从其选赋倾向看,它显示了复古派的
赋学宗旨。与《文选》置赋于卷首不同,《评注八代文宗》置赋于卷末,选30
篇,所选赋俱为《文选》所载,序次也与《文选》无异,而尤重视六朝之文,"嘉
靖间士喜读韩、欧四大家,模其句字,辄以为惊人;既而厌之也,进而入于史
汉;而又厌之也,进而入于老庄诸子;而又厌之也,进而入于周秦之书,古雅
而正,斯亦极矣。近而趋于六朝,由近而古,由雅而靡,物之理也。"②"六朝
之文多靡丽而少风骨,然其锻字炼句,炉以古今,铜以名物,煽以风流。若云
霞丽天际,而熠耀眸睐也。若后氏之室,明月骇鸡杂陈而前也。若太真牡丹
之园,深红浅紫,淡白浓黄,百树俱发也。学者栉比其句字,亦足夺观者之目
而愉其心,若□其神骨,可以名家。"③

　　(二) 汪廷讷《文坛列俎》

　　汪廷讷④,字昌朝,自号无如,别号坐隐,徽州休宁人。万历十五年试棘
闱,未终场而归。有《环翠堂集》,存赋4篇。其《文坛列俎》10卷,最易见
的是南京图书馆藏万历三十五年(1607)环翠堂刻本,收在《四库全书存目
丛书》集部348册。

　　焦竑《文坛列俎序》云:"近代李氏倡为古文,学者靡然从之,不得其意
而第以剽略相高,非是族也,摈为非文,噫,何其狭也!……新安汪昌朝氏幼
而绩学,读书之暇,纂集是编,自经翼以逮诗概,凡为十卷。君之言曰:'途
有殊而一致,学有博而归约',以故冥搜经子,捃摭玄释,哀达人之短章,采
英儒之鸿撰,汉宋毕收,古今咸载。"⑤此书以题材为别,选录自汉至明各种
文体,分经翼、治资、鉴林、史摘、清尚、掇藻、博趋、别教、赋则、诗概等十类,
类各一卷,与赋有关的是第九卷"赋则",其前序曰:

　　　　无如子(指汪廷讷)曰:班固曰:"赋者,古诗之流也",然则流为赋
　　而诗亡矣,君子曷取焉? 毋其忠愤激发而托讽于辞令,犹是无邪之指,
　　于所谓"义薄云天""词润金石",千载寡俦矣。宋玉嗣响,颇得邯郸之
　　步,而后之作者虽递相颉颃,要以微入无垠,或合或离。独司马长卿最

　　① 纪昀等:《钦定四库全书总目·评注八代文宗》,第2702页。
　　② 《评注八代文宗·凡例》,明作德堂叶仪廷刻本。
　　③ 敖文祯:《八代文宗引》,《评注八代文宗》,明作德堂叶仪廷刻本。
　　④ 顾起元:《坐隐先生传》,《环翠堂集》卷首,四库全书存目丛书集部188册,第517页。按:
　　　《环翠堂坐隐集选》提要,"字无如,休宁人"(第2504页),《文坛列俎》提要"字昌期,号无
　　　我,新都人"(第2709页),字号均误,新都是徽州古称。
　　⑤ 焦竑:《焦氏澹园续集》卷2,续修四库全书1364册,第560页。

为杰出,次贾长沙,又次扬子云、班孟坚,又次张平子、曹子建、陆士衡,噫,难言哉！唐宋以还,亦同祖风骚,然皆自以其赋为赋,绳以古法,若培塿之与泰岱。今录骚及汉魏名家凡若干首,而赋法具是矣。复择唐宋之最为人炙嗜者数篇,以见体之由变,非取其文也。①

其选赋情况见下表：

楚	屈原/九歌(6)/九章(1)、宋玉/九辩(5)/招魂/风赋	14
汉	贾谊/吊屈原赋/鵩鸟赋、司马相如/子虚赋/上林赋/长门赋、班固/两都赋、扬雄/羽猎赋/长杨赋、张衡/西京赋/东京赋	10
魏晋	曹植/洛神赋、陆机/文赋	2
唐	李白/大鹏赋、杜牧/阿房宫赋、刘禹锡/问大钧赋	3
宋	苏轼/前赤壁赋	1

四库馆臣评云:"所录上及周秦,下迄明代,如无名氏之雕传、佛家之心经,俱载入之,特为冗杂。其'诗概部'序曰:'六朝以上去四言,无四言也。于唐去五言古,无五言古也。'知为依附太仓、历下者矣。"②体现的亦为复古一派的赋学观点。

（三）陈翼飞《文俪》

陈翼飞③,字符明,浙江平湖人。万历三十八年(1610)进士。官宜兴知县。所著有《慧阁》《长梧》二集,大抵墨守七子流派,音节宏壮而切响甚稀,间附以四六序,尚颇工整。其《文俪》,最易见的是南京图书馆藏明末刻本,此本14卷,收入《四库全书存目丛书补编》25册。另外,上海图书馆藏有18卷本《文俪》,为万历四十年(1612)刻本。

顾起元《文俪序》云:"盖自西京以后,浸而及于六代三唐,其间高文典册之雄,比事属词之巧,山毫海墨之奇,点翠裁红之丽,惊艳绝采,瑰意瑰辞,靡不咀彼菁英,糅其雕蔚。上林之弋,中必叠双;赤帝之琛,瑞惟辑合。譬艺都之娟媸,体并神仙;类越水之明光,姿均姝丽。平原所称'绤旨星稠、藻思绮合'者,冈不襄举而捃载焉。或雍容大篇,烂云霞之五色;寂瀄片语,掇孔翠之一毛。触目琳琅,盈囊组钏,良既博而既精,诚可歌而可诵,丽矣美矣,广矣大矣。"④可知陈翼飞所选重在"绤旨星稠、藻思绮合"的"俪语"。其选

① 汪廷讷:《文坛列俎》,四库全书存目丛书集部348册,第682页。
② 《文坛列俎》提要,四库全书存目丛书集部348册,第788页。
③ 纪昀等:《钦定四库全书总目·慧阁诗》,第2500页。
④ 陈翼飞:《文俪》,四库全书存目丛书补编25册,第4页。

文的时代断限,则如毕懋康《文俪序》所云"上自炎汉,下暨终唐,综其骈言,缉之积帙,盖语不独兴而文以绮合,汇而成书,名曰文俪。"①

全书以文体分类,录自汉至唐之赋、七、连珠、诏、玺书等作品,18 卷本②有 44 种文体,每体之下按作者时序分列篇目,选赋 46 篇,包括汉赋 2 篇(中山王《文木赋》、班婕妤《捣素赋》,均为《文选》所不录)、魏晋赋 32 篇(《文选》不录者 24 篇,其中包括庾信赋 9 篇)、唐赋 12 篇。

《四库全书存目丛书补编》所收 14 卷本录 24 种文体,选赋 19 篇,七体 4 篇。其分布情况如下表:

卷数	时代	赋作	19+4
卷1	汉	班婕妤/捣素赋	1
	魏晋南北朝	潘岳/笙赋、颜延之/赭白马赋、谢惠连/雪赋、谢庄/月赋、江淹/别赋、丽色赋、筝赋、鲍照/舞鹤赋、沈约/郊居赋、梁孝元帝/玄览赋	14
卷2		庾信/三月三日华林园马射赋/小园赋/哀江南赋/枯树赋	
	唐	王勃/游北山赋/采莲赋、陆龟蒙/幽居赋、皇甫松/大隐赋	4
卷3	魏晋南北朝	张协/七命、梁简文帝/七励、昭明太子/七契/七召	4

可见其选了魏晋南北朝以至唐朝的不少骈赋。四库馆臣云:"是书所录,自汉及唐皆以骈俪为主,略依《文选》之例。"③显示了复古派"不废六朝"的赋学观。

(四) 邹迪光《文府滑稽》

邹迪光④,字彦吉,号愚谷。无锡人。万历二年(1574)进士。授工部主事,官黄州知府、福建提学副使等。有《调象庵集》,存赋 4 篇。其《文府滑稽》12 卷,最易见的是湖北省图书馆藏万历三十七年(1609)邹同光刻本,收入《四库全书存目丛书》集部 322 册。

王稚登《文府滑稽序》云,除六经之外,"何莫非滑稽乎! 庄周、列御寇、枚马班扬之流,东方朔、束广微、曹刘苏李之辈,仪秦、犀首、淳于髡、公孙衍诸人,说客也,滑稽而奔走诸侯;优㫋、优孟、黄幡绰、敬新磨数子,俳优也,滑

① 陈翼飞:《文俪》,四库全书存目丛书补编 25 册,第 3 页。
② 饶福婷:《明代汉赋选研究》,第 112、113 页。
③ 《文俪》提要,四库全书存目丛书补编 25 册,第 408 页。
④ 陈田:《明诗纪事》庚签卷 7,《明代传记丛刊 14》,第 918 页。

稽而感悟人主。乃若词林艺苑之士，羽流缁侣之英，以藻缋纂组寓诙谐，以蕊珠贝叶兼排调，谈言微中可以解纷，游戏三昧可以入圣，方内方外，率是道耳……邹先生之善为滑稽，盖合古今，该子史，兼儒墨，会中夏外夷，搜青牛白马之函，采侏儒傀儡之记，于焉解颐，于焉抵掌，于焉喷饭满案，于焉仰天绝缨，咸不出此编矣……当夫钟吕倦听，将倾耳于筝笛胡琴；膏粱厌饫，愿适口于盐豉蒜酪尔矣。"①

《文府滑稽》12卷，全书分"文""说"二部，其中文部八卷，说部四卷，围绕"滑稽"之旨，录先秦至宋"滑稽"之作，囊括论、文、传、记、赋、说、喻、对、说、颂、赞、规、铭等各种文体。赋在卷八文部之末，其选赋情况如下表：

	赋作	共21篇
楚赋	宋玉/登徒子好色赋/风赋/钓赋/大言赋/小言赋	5篇
汉赋	司马相如/美人赋、扬雄/逐贫赋、张衡/骷髅赋	3篇
魏晋	左思/白发赋、庾信/小园赋	2篇
唐	牛应贞/魍魉问影赋、杨炯/卧读书架赋、吕温/由鹿赋、刘禹锡/何卜赋、何讽/梦渴赋、杜牧/晚晴赋	6篇
宋	欧阳修/黄杨树子赋/秋声赋/憎苍蝇赋、苏轼/黠鼠赋/秋阳赋	5篇

从上表可以看出，邹迪光选赋不同于复古派，选唐宋赋作11篇，占赋作总数21篇的52%，其中包括文赋名篇欧阳修《秋声赋》，一反复古派的选赋标准。四库馆臣云："是书选周秦迄于唐宋寓言俳谐之文，故以滑稽为名。而正言庄论，时亦采入，为例已自不纯。或录全篇，或摘数语，亦漫无体例。又虽分文部、说部二目，而配隶实无定轨……其编次无绪可知矣。"②

四、赋　　论
——许学夷《诗源辩体》

许学夷③，字伯清，江阴人。性疏略，不理生产，不应科举，杜门绝轨，惟文史是娱。《诗源辩体》38卷，最常见的是人民文学出版社1987年杜维沫校点本，周维德集校《全明诗话》也有收录。

据许学夷《诗源辩体自序》，此书自万历二十一年（1593）撰写，至万历四十年（1612）初成，后二十年又进行修饰、增益，前后历四十年之久。《诗

---

① 邹迪光：《文府滑稽》，四库全书存目丛书集部322册，第330页。
② 《文府滑稽》提要，四库全书存目丛书集部322册，第723页。
③ 恽应翼：《许伯清传》，《诗源辩体》附，人民文学出版社1987年版，第432页。

源辩体》主要辨"诗之源流、正变、消长、盛衰"①，也稍及辞赋。许学夷论诗乃推重、阐扬复古派之论，贬斥师心派的公安派、竟陵派诸人，其《自序》云："近袁氏、钟氏出，欲背古师心，诡诞相尚，于道为离。"②其论赋主要集中在《诗源辩体》卷二"楚"，多赞同元祝尧、明王世贞、胡应麟之论。赋论观点如下：

1. 诗别出乃为骚

严沧浪云"风雅颂既亡，一变而为《离骚》（屈宋《楚辞》总名），再变而为西汉五言。"愚按：《三百篇》正流而为汉魏诸诗，别出而乃为骚耳。

胡元瑞云"昔人言诗文之有骚赋，犹草木之有竹，禽兽之有鱼，难以分属。然骚实歌行之祖，赋则比兴一端，要皆属诗近之。"祝君泽云"骚人之赋与诗人之赋虽异，然犹有古诗之义，辞虽丽而义可则。诗人所赋，因以吟咏情性也。骚人所赋，亦以其发乎情也。其情不自知而形于辞，其辞不自知而合于理。情形于辞，故丽而可观；辞合于理，故则而可法。"愚按：诗骚之变，斯并得之。

2. 骚变而为赋，为赋之一体，然体裁有不同

屈原《卜居》，思若涌泉，文如贯珠，妙不容言；《渔父》警绝稍逊，而整齐有法，皆变骚入赋之渐，故《文选》特录之。

胡元瑞云"世率称楚骚、汉赋，《昭明文选》分骚、赋为二，历代因之。名义既殊，体裁亦别。然屈原诸作，当时皆谓之赋。《汉艺文志》所列诗赋一种，而无所谓骚者，首冠屈原赋二十五篇。自荀卿、宋玉指事咏物，别为赋体，扬马而下，大演波流，屈氏诸作，遂俱系《离骚》为名，实皆赋一体也。"此论前人所未发明。

胡元瑞云"骚与赋句语无甚相远，体裁则大不同：骚复杂无伦，赋整蔚有序。骚以含蓄深婉为尚，赋以夸张宏巨为工"，又云"骚盛于楚，衰于汉，而亡于魏。赋盛于汉，衰于魏，而亡于唐。求骚于汉之世，其《招隐》乎？求赋于魏之后，其《三都》乎？"愚按：屈原《卜居》《渔父》、宋玉《招魂》、唐勒《大招》，皆赋体也。相如《大人赋》《宜春宫赋》、班固《幽通赋》、张衡《思玄赋》，皆骚体也。学者不可不辨。

3. 屈、宋为辞赋之宗，然而后世学骚者得骚辞"深永之妙"者少

淮南王、宣帝、扬雄、王逸皆举（《离骚》）以方经，而班固独深贬之，勰始折衷，为千古定论。盖屈子本辞赋之宗，不必以圣经列之也。

---

① 许学夷：《诗源辩体》卷34"总论"，《全明诗话4》，齐鲁书社2005年版，第3362页。
② 许学夷：《诗源辩体·自序》，《全明诗话4》，第3159页。

屈、宋《楚辞》,为千古词赋之宗,不特意味深永,而佳句可摘。然有秀雅之句,有瑰玮之句……后人为楚辞者,但能窃其糟粕,饾饤成篇,至其佳句,了不可得矣。

王元美云"骚辞所以总杂重复、兴寄不一者,大抵忠臣怨夫恻怛深至,不暇致诠,亦故乱其绪,使同声者自寻,修郄者难摘耳。"愚按:骚辞虽总杂重复,兴寄不一,细绎之,未尝不联络有绪,元美所谓"杂而不乱,复而不厌"是也。学者苟能熟读涵泳于窈冥恍惚之中,得其脉络,识其深永之妙,则骚之真趣乃见。后人学骚者,于六义亦未尝缺,而深永处实少,此又君泽所未悉也。

祝君泽云"屈宋之辞,家传人诵,尚矣。删后遗音,莫此为古者,以兼六义焉尔。赋者(赋即骚也)诚能隽永于斯,则知其辞所以有无穷之意味者,诚以舒忧泄思,粲然出于情。故其忠君爱国,隐然出于理。自情而辞,自辞而理,真得诗人'发乎情,止乎礼义'之妙,岂徒以辞而已哉? 如但知屈宋之辞为古,而莫知其所以古,及其极力摹仿,则又徒为艰深之言以文其浅近之说,摘奇难之字以工其鄙陋之辞,汲汲焉以辞为古,而意味殊索然矣。夫何古之有?"又云,"赋之为古,亦观六义所发何如尔。若夫雾縠组丽,雕虫篆刻,以从事于侈靡之辞而不本于情,其体固已非古,况乎专尚奇难之字以为古? 吾恐其益趋于辞之末,而益远于辞之本也。"味君泽之说,则近代之为骚者可知矣。

《离骚》宏丽,《九歌》秀美,然《九歌》可学而《离骚》不易学也。国朝诸先辈竞力学骚,纷纷模拟,一时屈子群然在目矣。

4. 赞同祝尧所论赋体之变

祝君泽云:"《子虚》《上林》《两都》《二京》《三都》,首尾是文,中间乃赋。世传既久,变而又变。其中间之赋,以铺张为靡而专于辞者,则流为齐梁、唐初之俳体;其首尾之文,以议论为使而专于理者,则流为唐末及宋之文体。性情益远,六义渐灭,赋体遂失。"又云:"俳体始于两汉(汉渐入于俳也),律体始于齐梁。俳者,律之根;律者,俳之蔓。陈后山云:'俳体卑矣而加以律,律体弱矣而加以四六。'此唐以来进士赋体之所由始也。"愚按:古今赋体之变,此为尽之。

综上所述,其论赋多就复古派之论发表自己的看法,也有祝尧以来"赋以代降"、以骚汉为古的思想倾向,"古今诗赋文章,代日益降,而识见议论,则代日益精。诗赋文章,代日益降,人自易晓;识见议论,代日益精,则人未易知也。"[1]

---

[1] 许学夷:《诗源辩体》卷35"总论",《全明诗话4》,第3381页。

第三节　复古派之继盛

一、赋作的继盛

（一）馆课应制、祥瑞京都、文治武功等赋

万历时期的馆课赋、应制赋更多,是盛明"风雅再阐"的一部分。现列举如下:

《越裳献白雉赋》(万历元年①)　　吴中行②　刘元震③

　　　　　　　　　　　　　　　刘虞夔④　刘克正⑤

《雍肃殿赋》(万历七年⑥)　　　顾绍芳⑦　余继登⑧

　　　　　　　　　　　　　　　沈自邠⑨　庄履丰⑩

《圣驾躬耕帝藉赋》(万历七年⑪)　陆可教⑫　庄履丰

---

① 吴中行《赐余堂集》卷 3 收此赋,题注"癸酉(万历元年,1573)三月朔日阁试第五名"(四库全书存目丛书集部 157 册,第 56 页)。存此赋的吴中行、刘元震、刘虞夔、刘克正、张元忭俱为隆庆五年进士,选庶吉士。张元忭非复古派,此处不列。

② 吴中行,字子道,武进人。隆庆五年进士,授编修。以建言廷杖为民,寻起用,迁右中允,进侍读。有《复庵集》,存赋 1 篇。《明诗综》卷 51。

③ 刘元震,字元东,河北任丘人。隆庆五年进士。万历中,历官吏部侍郎。存赋 1 篇。《明史》卷 230《刘元震传》,第 6015 页。

④ 刘虞夔,字直卿,山西高平人。隆庆五年进士。历官太常寺少卿,兼翰林院侍读学士,詹事府詹事等职。有《宫詹文集》,存赋 2 篇。《国朝献征录》卷 18 王家屏《刘公虞夔墓志铭》,续修四库全书 525 册,第 744 页。

⑤ 刘克正,字懋一,广东从化人。隆庆五年进士,授简讨。存赋 1 篇。《明诗综》卷 51。

⑥ 顾绍芳四人俱为万历五年进士,选庶吉士,赋应为庶吉士在馆期间作。万历七年,张居正向万历帝上《雍肃殿箴》,赋或为当年馆课试题。

⑦ 顾绍芳,字实甫,太仓人。万历五年进士。官左春坊左赞善。有《宝庵集》,存赋 2 篇。《明诗综》卷 53。

⑧ 余继登,字世用,河北交河人。万历五年进士。累官礼部尚书。有《淡然轩集》,存赋 1 篇。《明诗综》卷 53。

⑨ 沈自邠,字茂仁,浙江秀水人。万历五年进士。授检讨,历修撰。有《沈修撰诗文集》,存赋 1 篇。《明诗综》卷 53。

⑩ 庄履丰,字中熙,晋江人。万历五年进士。以奉兄丧归里,遘疾早卒。有《梅谷集》,存赋 2 篇。《钦定四库全书总目·梅谷集》,第 2487 页。

⑪ 王锡爵《增定国朝馆课经世宏辞》卷 11 收《圣驾躬耕帝藉赋》(四库禁毁书丛刊集部 92 册,第 361 页),知此赋为馆课赋。惟作者作顾鼎臣,有误,陆可教《陆学士先生遗稿》卷 1 亦收此赋,应为陆可教之作。陆可教万历五年进士,此赋有"帝在位之八载兮",马象乾《拟圣驾躬耕藉田赋》有"皇帝嗣服之七载也",万历帝隆庆六年六月即位,次年改元,应为万历七年馆课赋。

⑫ 陆可教,字敬承,浙江兰溪人。万历五年进士,官至南京礼部侍郎。有《陆学士先生遗稿》,存赋 3 篇。《金华文略》"姓氏",四库全书存目丛书集部 395 册,第 640 页。按:《总汇》第 8 册 7066 页,误为"陆可敬"。

曾朝节①　马象乾②

《郊禋赋》(万历十一年)　邹德溥③　邵庶④

李廷机⑤　刘应秋⑥

叶向高⑦　杨元祥⑧

葛曦⑨

《万宝告成赋》(万历十一年⑩)　叶向高　邹德溥

王萱⑪　赵用贤⑫

---

① 曾朝节,字直卿,湖南临武人。万历五年进士。累官礼部尚书。有《紫园草》,存赋 1 篇。《明诗综》卷 53。按:《总汇》第 8 册 7088 页收其《帝藉赋》,有"帝亲藉分训三农",应为同时馆课赋。

② 马象乾,京师人。举于乡。官濮州知州,方里居,贼入,率妻及子女五人并自缢。存赋 1 篇。《明史》卷 266《金铉传》附,第 6874 页。按:其《拟圣驾躬耕藉田赋》为拟作,姑附于此。

③ 邹德溥,字汝光,安福人。万历十一年进士。官编修、中允、洗马等。存赋 2 篇。《明诗综》卷 54。按:据《皇明馆课经世宏辞续集》卷 12,邹德溥《郊禋赋》题注"万历癸未(万历十一年,1583)馆试"(四库禁毁书丛刊集部 93 册,第 274 页)。

④ 邵庶,直隶休宁人,万历十一年进士。存赋 1 篇。朱保炯、谢沛霖:《明清进士题名碑录索引》,上海古籍出版社 1980 年版,第 621 页。按:《郊禋赋》有"日时仲夏",则时在仲夏。

⑤ 李廷机,字尔张,晋江人。万历十一年进士。累官礼部尚书、东阁大学士。有《李文节文集》,存赋 1 篇。《明史》卷 217《李廷机传》,第 5739 页。

⑥ 刘应秋,字士和,江西吉水人。万历十一年进士。官至国子监祭酒。存赋 1 篇。《明史》卷 216《刘应秋传》,第 5709 页。

⑦ 叶向高,字进卿,福清人。万历十一年进士。累官礼部尚书,兼东阁大学士。万历后期至天启年间任首辅。有《苍霞草》,存赋 2 篇。《明史》卷 240《叶向高传》,第 6231 页。

⑧ 杨元祥,山西蒲州人,锦衣卫籍。万历十一年进士。存赋 1 篇。《明清进士题名碑录索引》,第 1656 页。按:《总汇》第 8 册 7241 页,据《历代赋汇》作"杨元梓",并说"疑杨元梓为杨元祥之讹",甚是。

⑨ 葛曦,字仲明,山东德平人。万历十一年进士。授检讨。有《太史集》,存赋 1 篇。《明诗纪事》庚签卷 14,《明代传记丛刊 15》,第 106 页。按:《总汇》第 8 册 7133 页据《历代赋汇》,题为《拟北郊赋》,而《葛太史公集》卷 2 则作《郊禋赋》(四库全书存目丛书集部 170 册,第 267 页),叶向高《郊禋赋》题注"北郊馆课",故所赋相同。

⑩ 叶向高、邹德溥、王萱俱万历十一年进士,赋应在馆期间作。《皇明馆课经世宏辞续集》卷 12 收萧云举《万宝告成赋》,题注"阁试",作者注"检讨"(四库禁毁书丛刊集部 93 册,第 276 页)。萧云举,万历十四年进士,选庶吉士。又赵用贤隆庆五年进士,选庶吉士。据陈经邦《皇明馆课·凡例》(四库禁毁书丛刊补编 48 册,第 6 页):"间有异科而同题者,并汇为一帙",盖不同时期有相同的馆课赋题。萧云举为公安派一员,此处不列。

⑪ 王萱,字季孺,慈溪人。万历十一年进士。授编修。存赋 1 篇。《明诗综》卷 54。

⑫ 赵用贤,字汝师,常熟人。隆庆五年进士。终南京吏部侍郎。有《松石斋集》,存赋 1 篇。《明诗综》卷 47。

《玉壶冰赋》(万历十四年①)　李沂②　黄汝良③

《秋日悬清光赋》(万历十四年)　林承芳④　唐文献⑤

《日重光赋》(万历十七年⑥)　冯有经⑦　周如砥⑧

《登瀛赋》(万历十七年)　傅新德⑨

《读秘阁藏书赋》(万历二十年⑩)　翁正春⑪　史继偕⑫

　　　　　　　　　　　　　　高克正⑬　张同德⑭

　　　　　　　　　　　　　　陈懿典⑮　韩爌⑯

《东宫/朝储学赋》(万历二十三年)　何宗彦⑰　南师仲⑱

---

① 按:有《玉壶冰赋》留存的,有李沂、黄汝良、袁宗道三人,三人俱万历十四年进士,选庶吉士,赋应作于在馆期间,姑系于入馆之年。袁宗道是公安派代表人物,此处不列。

② 李沂,字景鲁,嘉鱼人。万历十四年进士。授吏科给事中。指控张鲸,帝怒,廷杖六十,斥为民。家居十八年,未召而卒。存赋1篇。《明史》卷234《李沂传》,第6096页。

③ 黄汝良,字名起,晋江人。万历十四年进士。历官大司成、詹士府詹事。有《河干集》,存赋1篇。《福建通志》卷45"人物",四库全书529册,第549页。

④ 林承芳,三水人,万历十四年进士。存赋2篇。《明清进士题名碑录索引》,第1622页。按:其《秋日悬清光赋》题注"馆课"。

⑤ 唐文献,字元征,华亭人。万历十四年状元。官至礼部右侍郎,掌翰林院事。有《唐文恪公文集》,存赋1篇。《明史》卷216《唐文献传》,第5711页。

⑥ 黄辉、冯有经赋收入《皇明馆课经世宏辞续集》卷12,周如砥《日重光赋》有题注"馆课"。三人同为万历十七年进士,选庶吉士,赋应作于在馆期间,姑系于入馆之年。黄辉为公安派作家,此处不列。

⑦ 冯有经,字正子,锦衣卫,籍慈溪。万历十七年进士。掌司经局,转庶子,后赠礼部侍郎。存赋1篇。《明诗综》卷55。

⑧ 周如砥,字季平,山东即墨人。万历十七年进士。官至国子监祭酒。有《青藜馆集》,存赋1篇。本集卷4董其昌《周如砥传》,四库全书存目丛书集部172册,第373页。

⑨ 傅新德,字元明,山西定襄人。万历十七年进士。历官国子祭酒。有《傅文恪公文集》,存赋1篇。《明诗综》卷55。

⑩ 翁正春等人俱万历二十年进士,史继偕《读秘阁藏书赋》序有"执徐(辰)之岁",万历二十年为壬辰年。

⑪ 翁正春,字兆震,侯官人。万历二十年状元。累官礼部尚书,协理詹事府事。有《青阳集》,存赋1篇。《明史》卷216《翁正春传》,第5708页。

⑫ 史继偕,字联岳,晋江人。万历二十年进士。历詹事,入阁预机务。熹宗时加太子太保。存赋1篇。《福建通志》卷45"人物",四库全书529册,第550页。

⑬ 高克正,福建海澄人。万历二十年进士。存赋1篇。《明清进士题名碑录索引》,第42页。

⑭ 张同德,祥符人。万历二十年进士。存赋1篇。《明清进士题名碑录索引》,第2574页。

⑮ 陈懿典,字孟常,秀水人。万历二十年进士。官史局二十年,晋南院学士,后乞假归。存赋1篇。邓渼《陈孟常初集序》,四库禁毁书丛刊集部78册,第588页。

⑯ 韩爌,字象云,蒲州人。万历二十年进士。历任少詹事、礼部尚书等。存赋1篇。《明史》卷240《韩爌传》,第6243页。

⑰ 何宗彦,字君美,江西金溪人。万历二十三年进士。官至吏部尚书,兼建极殿大学士。存赋1篇。《明史》卷240《何宗彦传》,第6252页。

⑱ 南师仲,陕西渭南人。万历二十三年进士。有《玄簏堂集》,存赋2篇。《明清进士题名碑录索引》,第1197页。

《鹰化为鸠赋》(万历二十九年)　　郑以伟①　　眭石②

　　　　　　　　　　　　　　　许獬③

《七月流火赋》(万历二十九年)　　眭石　许獬

《轮台赋》(万历二十九年)　　王衡④

《瀛洲亭赋》(万历三十七年⑤)　　徐养量⑥　唐大章⑦

　　　　　　　　　　　　　　　李光元⑧　傅振商⑨

　　　　　　　　　　　　　　　张广⑩　梅之焕⑪

　　　　　　　　　　　　　　　张翀⑫

---

① 郑以伟,字子器,江西上饶人。万历二十九年进士。累官礼部尚书,兼东阁大学士。有《灵山藏集》,存赋6篇。《明史》卷251《徐光启传》附,第6494页。按:其《鹰化为鸠赋》题注"阁试"。

② 眭石,字金卿,丹阳人。万历二十九年进士。选庶吉士,升检讨。有《东苏集》,存赋2篇。《明伦汇编·氏族典》卷47,古今图书集成344册,上海中华书局1934年版,第29页。

③ 许獬,字子逊,福建同安人。万历二十九年进士。有《许钟斗集》,存赋2篇。《明诗综》卷59。

④ 王衡,字辰玉,太仓人。王锡爵子。万历二十九年进士,授翰林院编修。后辞官归隐,中年早卒。有《缑山集》,存赋1篇。唐时升《三易集》卷15《王君行状》,伟文图书出版社1977年版,第710页。按:沈一贯《新刊国朝历科翰林文选经济宏猷》17卷(正卷16卷续卷1卷)(见四库禁毁书丛刊集部153册),续卷收录万历二十九年辛丑科馆课,王衡《轮台赋》在其中,知为馆课赋。

⑤ 《新刻重校订丁未科(万历三十五,1607)翰林馆课全编》(万历三十七年刻本,收在故宫珍本丛刊619册)卷8收赋5篇,徐养量、唐大章、李光元、傅振商、张广《瀛洲亭赋》各1篇。目录中《瀛洲亭赋》标"己酉(万历三十七年,1609)五月上旬馆课"。梅之焕、张翀为万历三十二年进士,据《明史》卷248《梅之焕传》,"万历三十二年举进士,改庶吉士,居七年,授吏科给事中"。按:不同时期馆课有相同题目,刘虞夔《宫詹先生文集》卷1收《瀛洲亭赋》,刘虞夔隆庆五年(1571)进士,选庶吉士,卒于万历二十六年(1598)。陈经邦《皇明馆课》卷44收王祖嫡《拟瀛洲亭赋》,王祖嫡隆庆五年进士,选庶吉士。

⑥ 徐养量,湖广应城人。万历三十五年进士。存赋1篇。《明清进士题名碑录索引》,第987页。

⑦ 唐大章,江西丰城人,万历三十五年进士。存赋1篇。《明清进士题名碑录索引》,第67页。

⑧ 李光元,江西进贤人,万历三十五年进士。存赋1篇。《明清进士题名碑录索引》,第1331页。

⑨ 傅振商,河南汝阳人。万历三十五年进士。存赋1篇。《明清进士题名碑录索引》,第741页。

⑩ 张广,山西蒲州人,万历三十五年进士,存赋1篇。《明清进士题名碑录索引》,第400页。

⑪ 梅之焕,字彬父,湖北麻城人。万历三十二年进士。累官右佥都御史,巡抚甘肃。有《梅中丞遗稿》,存赋2篇。《明史》卷248《梅之焕传》,第6417页。

⑫ 张翀,世调,松江华亭人。万历三十二年进士。历国子监司业、礼部右侍郎等。有《宝日堂集》,存赋2篇。《明诗综》卷59。按:《总汇》第6册5353页,张翀,字用和,历城人。成化十一年(1475)进士。误,作《瀛洲亭赋》与《万寿无疆赋》的是华亭张翀,而非历城张翀。《瀛洲亭赋》有"世庙勒其徽籤",世庙指明世宗嘉靖帝,历城张翀未活到嘉靖登基。

《万寿无疆赋》(万历三十七年)　　张萱①

《瀛洲赋》(万历四十一年)　　李国樗②　　罗喻义③

《日升月恒赋》(万历四十七年)　　姚希孟④

万历皇帝后期二十多年不理朝政,但前期还是有一番作为,故应制赋也多作于前期。胪列如下:

万历八年(1580)季春,祀山陵,魏学礼⑤作《大祀山陵赋》。

万历十四年(1586)春,诏观寿宫(万历帝之陵寝),群臣五大夫而上,及百官之长咸从。已,自驻跸西巡,以观于河而还。王嘉谟⑥作《西豫赋》。

万历十四年(1586)秋,瑞莲产于慈宁新宫,一时阁臣咸作《瑞莲赋》⑦。许国⑧、王锡爵⑨有《瑞莲赋》,申时行⑩有《瑞莲赋》《后瑞莲赋》。郭正域⑪《瑞莲赋》序:"万历丙戌(十四年),禁中重台瑞莲盛开,上以示臣等。既被之声歌矣,尤以其韵简而语寂,不足扬盛美也。乃奉命作赋。"林承芳《瑞莲赋》序:"今年秋七月,慈圣皇太后宫中瑞莲生焉,有旨令阁中诸臣赋之。"俱作于此时。

---

① 按:张萱《宝日堂初集》卷14,此赋下有题注"阁试"(四库禁毁书丛刊76册,第387页)。另,此赋有"于今三十有七年""月维仲秋,浃旬八辰"等语,赋应作于万历三十七年。

② 李国樗,字元治,河北高阳人。万历四十一年进士。官至吏部尚书、中极殿大学士。有《李文敏公遗集》,存赋3篇。《明史》卷251《李国樗传》,第6480页。按:《总汇》第8册7135页,误为李国檟。

③ 罗喻义,字湘中,湖南益阳人。万历四十一年进士。累官礼部右侍郎,协理詹事府。存赋1篇。《明史》卷216《罗喻义传》,第5717页。

④ 姚希孟,字孟长,长洲人。万历四十七年进士。累官南京少詹事。有《文远集》,存赋1篇。《明史》卷216《姚希孟传》,第5718页。按:《总汇》第8册7235页,"万历癸未(万历十一年,1583)进士",误。应据《明史》。

⑤ 魏学礼,字季朗,长洲人。以岁贡除镇江训导,擢国子学正,升广平同知。时与刘凤齐名,合刻诗曰《比玉集》。存赋1篇。《明诗综》卷48。

⑥ 王嘉谟,字伯俞,直隶豹韬卫人。万历十四年进士。除行人,选礼科给事中,官至按察使。有《蓟丘集》,存赋10篇。《明诗综》卷55。

⑦ 沈榜《宛署杂记》卷20《志遗六》"敕赐慈寿寺内瑞莲赋碑":"万历丙戌(万历十四年,1586),瑞莲产于慈宁新宫,一时阁臣咸为赋之,适慈宁新建寺于宛平西八里庄,赐名慈寿,因碑志诸赋,屋竖之寺左云。"北京古籍出版社1982年版,第289页。

⑧ 许国,字维桢,歙县人。嘉靖四十四年进士。万历十一年,以礼部尚书兼东阁大学士,入参机务。有《许文穆公集》,存赋3篇。《国朝献征录》卷17王家屏《许公国墓志铭》,续修四库全书525册,第695页。

⑨ 王锡爵,字元驭,太仓人。嘉靖四十一年进士。累官礼部尚书,兼文渊阁大学士。存赋1篇。《国朝献征录》卷17《王先生锡爵行状》,续修四库全书525册,第689页。

⑩ 申时行,字汝默,长洲人。嘉靖四十一年进士。累官吏部尚书。有《赐闲堂集》,存赋2篇。《国朝献征录》卷17《申公时行神道碑》,续修四库全书525册,第682页。

⑪ 郭正域,字美命,江夏人。万历十一年进士。累官礼部右侍郎。有《黄离草》,存赋1篇。《明诗综》卷54。

　　明朝馆课、应制赋之体裁并没有严格的限制,骚体、散体、律体均宜。如万历十四年,瑞莲产于慈宁新宫,诸大臣俱有应制。申时行《瑞莲赋》为律赋,王锡爵《瑞莲赋》为汉赋体,许国《瑞莲赋》序云"慈宁宫瑞莲,臣既应制,按图作赋。然体摹唐律,韵局八声,未足以当巨观,称明旨。爰竭心思,效子虚、乌有之伦,说问辩之词,宣畅厥义,推广其象。"许国此赋为汉赋体,而序所云与诸大臣"应制,按图作赋"之赋已不存,从"体摹唐律,韵局八声"可知,许国当时之应制赋为律赋。诸大臣按图应制不久,许国与申时行又就此事作赋,许国赋即为上述汉赋体,申时行则为《后瑞莲赋》,赋为杂言式骚体赋,组合方式为"《离骚》式+非兮"。

　　而且,不管采用哪种体裁,此类赋作大多充斥着歌功颂德之意,风格典雅雍容。如杨元祥《郊禋赋》:

　　　　帝秉图而御宇兮,翔仁风于一纪。坤轴奠而常宁兮,泰阶平而若砥。嘉禾连畛以铺芬兮,甘泉涌而若醴。西棘纳照于白环兮,东漘移珍于楛矢。洵阇泽之退畅兮,乃圣心虚而弗恃。曰惟玄功之默佑兮,俾予一人以臻上理。秉宿心而告虔兮,展明禋于返始。既觞享于苍郊兮,复荐馨于玄阯。惟阏逢之驭岁兮,望舒亦亘于敦牂。律方应于蕤宾兮,正大火之当阳。旦初丽于苍龙兮,昏玄武以为房。景风煽于南陆兮,旭日高标于穹苍。乃命群像以稽旧典兮,将绍虞夏而缵皇唐。太卜奉龟而揆吉兮,宗伯秩祀而陈常。辟阴泽而展玄郊兮,将致礼乎地皇。属灵辰之既届兮,筮吉日其惟辛。鸡人彻漏而送晓兮,初日上而如轮。摄丰隆使御驾兮,命雨师以清尘。六玉虬以扶毂兮,鸣八鸾之振振。抗蜺旌之葳蕤兮,曳虹斾之缤纷。朱鸟晃朗而错映兮,犀甲杂沓而嶙峋。屯千毂以霆转兮,罗万骑而星陈。赫皇仪之孔肃兮,瞻泰坼之咫尺。总七萃以连镳兮,齐九斿而按策。炎炎焱焱以先后兮,不踰时而至乎方泽。

自屈原《离骚》以来,《离骚》式骚体赋是有悲愤哀怨的语体色彩的,但在《郊禋赋》中,这种色彩早已被荡涤净尽,与元人的科举赋相类似。正如浦铣所云,"明刘球《至日早朝赋》,杨元梓(祥)《郊禋赋》,绝似元人笔意。"①也有少数赋作流露出规讽之意,如陆可教《圣驾躬耕帝藉赋》:

---

　　①　浦铣:《复小斋赋话》卷上,浦铣著、何新文等校证《历代赋话》,上海古籍出版社2007年版,第383页。

时则有大宗伯捧策而进曰："臣闻民之天在食,国之本惟民。伊藉田之大礼,实累代之攸遵。善乎虢公之言!上帝之粢盛于是乎出,民之蕃庶于是乎生。事之供给于是乎在,和协辑睦于是乎兴。财用蕃殖于是乎始,敦庞纯固于是乎成者也。彼千亩之不藉,固取诮乎麟经。伊元嘉与泰始,亦徒具乎弥文。今我陛下应农祥而发令,顺阳气以时行。举百王之令典,循列圣之法程。藉千亩于畿甸,勤万乘以躬耕。劝三农以崇教本,播四海而扬颂声。想余粮之栖亩,将腐粟之如京。载在国章,既以示勤民之政;藏诸御廪,抑以荐明德之馨。大矣哉,此之为礼。盖将迈前休而建极,启来哲而为经者矣!"

此赋超过1500字,体裁为汉赋体,被评为:"抽扬盛美,黼黻典章,綦组缤纷,规颂互见,宁如《长杨》《羽猎》徒快艳闻,《叹逝》《思玄》无关国宪者耶!"①

此时的祥瑞赋,如韩敬②《五色云赋》,据《明史》卷236《孙振基传》,万历三十八年(1610),韩敬师汤宾尹越房搜卷,强录韩敬为第一。后被东林党揭发,三十九年(1611)汤宾尹被罢,韩敬亦称病去。赋应作于京师时,为律赋。叶维荣③有《白鹊赋》,赋中有"择一枝而栖安,报皇眷于冲漠",似有借物自比之意,叶维荣为万历二十三年进士,赋或作于之后不久。

京都赋或都邑赋现留存盛时泰④《北京赋》、帅机⑤《两京赋》、戴庭槐⑥《两都赋》、董应举⑦《皇都赋》、顾起元⑧《帝京赋》、范槲⑨《蜀都赋》等。盛时泰原作《两都赋》,《南京赋》不存,《北京赋》全文超过3000字,刘凤《题盛仲

① 《金华文略》卷2阮霞屿评,四库全书存目丛书集部395册,第683页。
② 韩敬,归安人。曾受业汤宾尹,万历三十八年,侍郎王图主持会试,汤宾尹越房搜卷,强录韩敬为第一。后被东林党揭发,三十九年汤宾尹被罢,韩敬亦称病去。存赋1篇。《明史》卷236《孙振基传》,第6153页。
③ 叶维荣,浙江慈溪人,万历二十三年进士。有《詹炎集》,存赋8篇。《明清进士题名碑录索引》,第1593页。
④ 盛时泰,字仲交,上元人。嘉靖贡生。万历初,曾携《两都赋》谒王世贞。有《苍润轩集》,存赋1篇。《明诗综》卷63。
⑤ 帅机,字惟审,江西临川人。隆庆二年进士。历官国子监学正、礼部郎中、南刑部郎中等。存赋4篇。《阳秋馆集》卷1《惟审先生履历》,四库禁毁书丛刊集部139册,第202页。
⑥ 戴庭槐,字元植,福建长泰人。隆庆二年恩贡,官淳安知县。有《制锦堂集》,存赋9篇。《乾隆长泰县志》卷9《人物·芳躅传》,民国二十一年铅印本。
⑦ 董应举,字崇相,闽县人。万历二十六年进士。官终工部右侍郎。有《董崇相集》,存赋1篇。《明诗综》卷58。
⑧ 顾起元,字太初,江宁人。万历二十六年进士。累官南京国子监祭酒,终吏部右侍郎,兼翰林侍读学士。有《遁园漫稿》,存赋7篇。《明诗综》卷58。
⑨ 范槲,字惟著,安徽休宁人。万历时人,邑生。存赋1篇。参见陈伦敦、朱锐泉《明〈蜀都赋〉考论》,《四川师范大学学报》2017年第2期。

交《两都赋》》评云"盛子之赋,即今之宫室制度、章服声乐,灿然华盛矣。"①范槲《蜀都赋》作于万历三十年(1602),赋设为巢栖处士与悬弧先生的问答之辞,描写蜀都"山川、土毛、人伦、谣俗之概",全文超12000字,与其它都邑赋不同的是,作者还写到了杨应龙在四川为乱,明廷的"播州之役"。萧崇业②《航海赋》,写作者作为使者册封琉球之过程。赋设为昀町痴人与镜机子的问答之辞,铺叙此次"海外之壮游,人世之奇瞩"以及琉球之山川之美、风物之异。

此期值得一提的还有高道素③《上元赋》,赋序云"至今万历,尤称极治",又云"上岁秋首建皇储,大赦天下,以慰天地神明之望。今春又纳侍臣之言,举废官,罢一切非额之征,海内莫不北面稽首称万岁,太和之景象复见矣",则赋应作于万历三十年(1602)上元节。作者为万历四十七年进士,赋作于中进士前,非应制之作,是作者有感于时代之治平,故"以奏夫升平云尔"。赋文超过2500字,以骈俪化色彩很浓的雄文大篇,描述了上元时节君臣、士庶欢度佳节的景象,形象地再现了万历朝的盛世图景,如:

> 尔其阳律乍转,斗柄初东。倏条风以宣邑,勃佳气以郁葱。解严凝而寒送,沛膏沐而春逢。驰春光于万里,颂悦豫于九重。值椒盘之既彻,继彩胜之新缝。官吏燕休,士民闲放。启化国之华思,发盛时之逸想。分藻火于天庭,彻恩光于穷壤。乃有陇西旧家,上林遗子。巧自天成,技或师与。伺节呈能,因时射利。剪绮攒花,裁罗拨蕊。偷桃李之先春,围群芳之鲜丽。化工出其指下,瑰怪凭于胸臆。斗鸡走马之奇,攀猴跃鲤之异。迭素带以风回,展花笺而霞起。烁景色以炫时,更藏幽而寓谜。观览难周,心赏不既。故虽乡村郊野,鄙邑井廛。乐不择地,费何惜钱。黎老夜歌于宇下,稚子索笑于灯前。卖薪杏市,沽酒茅庵。幽林发焰,疏井起烟。洵山隩之寂寞,亦炎热之喧填。

(二) 咏怀、吊古、人事等赋

刘凤④存赋22篇,咏怀吊古赋不少,如《斋居赋》《登楼赋》《眺后园赋》

---

① 刘凤:《刘子威集》卷20,四库全书存目丛书集部120册,第160页。

② 萧崇业,字允修,上元人,占籍云南临安卫(今云南建水)。隆庆五年进士。奉使册封琉球,归报命,升兵科都给事中。官至南京都察院右金都御史。有《南游漫稿》,存赋1篇。《滇文丛录作者小传》卷上,丛书集成续编153册,上海书店1994年版,第48页。

③ 高道素,字玄期,浙江嘉兴人。万历四十七年进士,历官工部郎中。有《景玄堂诗集》,存赋1篇。《明诗综》卷61。

④ 刘凤,字子威,长洲人。嘉靖二十三年进士。官监察御史、兴化府推官、河南按察司金事等。有《刘子威集》,存赋22篇。《列朝诗集小传》丁集,《明代传记丛刊11》,第524页。按:《列朝诗集小传》称刘凤嘉靖庚戌(嘉靖二十九年,1550)进士,误,《明诗综》卷43称嘉靖甲辰(嘉靖二十三年,1544)进士,《明清进士题名碑录索引》列嘉靖二十三年甲辰科进士第三甲第三名。

《拙赋》《有所遇赋》《吊华先生赋》《怀旧赋》《送远赋》《凌秋赋》等。钱谦益云"子威博览群籍，苦心钩索，著骚赋、古文数十万言，观者惊其繁复，惮其奥僻，相与骇掉栗眩，望洋而叹，以为古之振奇人也，尝试为之解驳疏通，一再寻绎，肌劈理解，已而索然，不见其所有矣。余尝得子威所诵读遗书，观其丹铅，考索大概，于篇中撷句，于句中撷字，而所撷之字，自一字至数字而止，如唐人所谓碎金荟蕞者耳。其有所撰述也，累僻字而成句，字稍夷更刺僻字以盖之；累奥句而成篇，句稍顺更搋奥句以窜之。而字之有训故，句之有点读，篇之有段落，固茫如也。饾饤堆积，晦昧诘屈，求如近代之江宣爰、李沧溟且不可得，而况于古人乎？韩子曰'降而不能乃剽贼'，子威其剽贼之最下者与？"①《子威集》提要亦有类似评价：

> 其文皆僻字奥句，尤涩体之饾饤者。《江左脞谈》载刘侍御子威好为诘屈聱牙之文，里有卜士袁景休者，每向人抉摘其字句钩棘、文义紕缪者以为姗笑。子威闻之怒，诉于邑尉，摄而笞之。尉数之曰，"若复敢姗笑刘侍御文章耶？"景休仰而对曰："民宁再受笞数十，终不能改口咶舌，妄谀刘侍御也。"是亦可资笑噱者矣！②

今观其赋，确然如此。其赋以大体、中体为多，但语言之"繁复""奥僻"所在多有。如《拙赋》，乃有感于李梦阳《钝赋》、何景明《塞赋》而作。李、何之赋俱为不满500字的小体，刘凤赋则为超过1000字的大体，有正文，有接近正文字数的"重"，还有收束的乱辞，不仅结构繁复，用语也没有李、何直白。

方承训③存赋43篇，咏怀吊古赋有《哀稚赋》《倒植赋》《省躬赋》《秋思赋》《甘拙赋》《南征赋》《隐涧赋》《吊屈原赋》《谢靡赋》《吊褒忠祠赋》《征宁赋》《答友赋》《占月赋》《追玄赋》《远游赋》《闲赋》《怀兄赋》等17篇，除《南征赋》是汉赋体之外，其他均为《离骚》式骚体赋。《复初集》提要云，"集首冠以《原初漫谈》七条，大抵扬何、李之余波，而变本加厉，于唐以来诗文如李、杜、韩、柳无不排击，然核其所作，乃了不异人。"④其实不仅诗文，其赋亦是如此。如《吊屈原赋》"文拟贾生之同吊"，与贾谊《吊屈原赋》之"追

---

① 朱彝尊：《明诗综》卷43引。
② 纪昀等：《钦定四库全书总目·子威集》，第2460页。
③ 方承训，号郯邮，徽州人。万历时人。家世业商，不乐仕进。有《方郯邮复初集》，存赋43篇。《复初集》提要，四库全书存目丛书集188册，第237页。
④ 《复初集》提要，四库全书存目丛书集部188册，第237页。

伤之,因自喻"(贾谊赋序)的主旨不同,此赋只是单纯的凭吊屈原之"爱且忠"。赋虽亦以骚体成文,文章的感染力却不如贾赋,与后世之同题赋作略无二致。

杨于庭①存赋5篇,《述归赋》《驱懑赋》《抒志赋》《哀邹生赋》《病赋》,俱属此类作品。《驱懑赋》模仿扬雄《逐贫赋》与韩愈《送穷文》,虽然作者序云"比之二氏,敢云肖哉",但形式上与《逐贫赋》更接近一些,通篇为四言诗体赋,并且有些用词也极为相似:

> 杨子既逐,屏于田间。众犹喋喋,聚蚩成山。哆彼文贝,群飞刺天。九关峨峨,一斥不还。好我者劝,庶其复然。然即溺之,众曰甚旆。众曰甚旆,亦既哗只。雕虫厚诟,借箸蒙耻。市虎啮人,蜮沙含矢。厥詟所縣,懑故之以。乃叩灵台,呼懑与语。胡汝从余,斤斤自喜。进不程时,退不量己。不谐舆人,不洞事始。自典方州,汝则余迓。幸而无邮,汝食寝此。钱谷甲兵,余则户之。方枘圆凿,职汝之为。人皆胸臆,低眉解颐。汝独抗颜,研研若茧。人皆嚅唲,呫詟栗斯。汝独阔论,视人如遗。人皆炙輠,如珠在匦。汝独螳臂,怒而当车。怨汝之的,祸则余罹。怀璧其辜,谁为我辞。他人朝夕,灵通与处。曲钩公侯,从车上傞。而汝误我,龉龉龋龋。辱在泥途,偕褐之父。妻孥尤余,咎实在汝。余静汝懑,余动汝鼓。岂无他人,繄我是主。借曰未知,厥效可睹。汝其行矣,则莫余侮。

浦铣云:"扬子云《逐贫赋》,昌黎《送穷文》所本也。至宋、明而《斥穷》《驱懑》《礼贫》之作纷纷矣。"②杨于庭赋是此类作品中较有代表性的。

王时济③此类赋也较多,如《北征赋》《北归赋》《愆阳赋》《感旧赋》《叹逝赋》《哀赋》《助哀赋》等,《北征赋》写其由"虒祈"到"燕都"征途中的所见所感。《北归赋》写作者"淹都邑""一纪",有怀土之思,在"仲春之令月""选良辰以徂归"。其他则以叹逝居多,如《感旧赋》感友人燕京巨人刘怀叟之亡,《叹逝赋》叹太原高朝列之逝,《哀赋》哀富平令子阳之母逝,《助哀

①　杨于庭,字道行,安徽全椒人。万历八年进士。官至兵部职方司郎中。有《杨道行集》,存赋5篇。《明诗综》卷53。

②　浦铣:《复小斋赋话》卷下,《历代赋话》,第403页。

③　王时济,字道甫,山西稷山人。万历十一年进士。除户部主事,历郎中,终卫辉知府。有《龙坞集》,存赋17篇。《明人小传》,《孤本明代人物小传2》,全国图书馆文献缩微中心2003年版,第373页。

赋》助哀太原任舜举之母逝等等。

沈一贯①存赋11篇，大多为抒怀赋，如《讼志赋》《卜居赋》《伤蹉跎赋》《景愚赋》《任运赋》《感畴昔赋》《幽通赋》《采苓赋》《悠心赋》等。《讼志赋》抒发作者"荡余志兮逍遥乡，纵余生兮烂熳园"之志。《感畴昔赋》，作者感念"为臣之不易"，认为"盖大臣之为务，几灵犀之一通。在弼违而匡救，亦长善而扩充。靖皇纪以固国，布帝咨以立庸。旷冥策以玄运，询远猷以瀹聪。"班固有《幽通赋》，作于班固突遭家庭变故之际，幽居家乡之时，赋以《离骚》式骚体成篇，陈述了作者对宇宙、历史、人生诸问题的思考，是班固的思想自白书，也是他发愤著述的誓词。沈一贯的《幽通赋》则反映了作者幽居时的思想状态：

> 沈子幽居，立其四壁。幡经既勒，敛容退息。耳竟于声，目穷于色。无倪无端，荡荡默默。充然有得，恍乎有即。载浮云而徂游兮，任清飙之所之。御神车而横奔兮，组气马而四驰。吉胡不日兮，良胡不时。往宓妃于潇湘，来西母于瑶池。歌曰："江头柳色青青归，万里桥边人未回。玉窗筝声调十指，细细明珰迎上巳。别有元君乘满月，丈六金光照西阙。"又微吟曰："青眼乍回看，淹留烛未残。阑干凭遍处，金璧夜团团。"盖若雅而若艳，意非人而非仙。觉而诧之以为异，爰呼火而赋焉。

沈一贯一生志得意满，即使幽居，也无凄厉之音，而是一派闲雅之调。五七言诗体句的使用，也增加了赋文的流畅雅丽。

陈山毓②的抒怀赋有《撰志赋》《悲士不遇赋》《后悲士不遇赋》《拟招隐士赋》《感逝赋》《抒吊赋》《秋赋》《北征赋》《伤夭赋》等，《撰志赋》类似《离骚》，以超过3000字的大篇，抒发自己"服义以卒岁""将保其修名"之志意。《悲士不遇赋》，类似董仲舒等人的《士不遇赋》，作者作此"以哀董生（董仲舒）、追子长（司马迁）而悲元亮（陶渊明）。始言贞良之摧折，继申发愤之言，而后折中之以正论，以明董道俟命之义。"（《悲士不遇赋》序）《拟招隐士赋》拟淮南小山之《招隐士》。《秋赋》类似于宋玉《九辩》，写在此"凋景愁辰"，作者"窃独悲此金方"之情。《感逝赋》有感于时光之流逝。除了以赋名篇的抒怀赋，陈山毓还有模拟屈原的《重离骚》和模拟宋玉的《重九

---

① 沈一贯，字肩吾，鄞县人。隆庆二年进士。累官户部尚书，武英殿大学士。有《喙鸣诗集》，存赋11篇。《明史》卷218《沈一贯传》，第5755页。

② 陈山毓，字贲闻，浙江嘉善人。万历四十六年举人。有《靖质居士集》《赋略》。存赋14篇。《高子遗书》卷11《陈贲闻墓志铭》，四库全书1292册，第654页。

辩》。《重离骚》全文超过 2000 字,写法、甚至语辞都与《离骚》类似。《重九辩》则与宋玉《九辩》区别较大。首先,宋玉《九辩》每一段是没有小标题的,而《重九辩》有小标题:《九阳》《末秋》《九旻》《西皇》《离尤》《四时》《时俗》《周道》《帝妠》。其次,宋玉《九辩》虽也是骚体赋,但其中夹杂不少非兮句式;而《重九辩》却没有非兮句式的夹杂。因作者删去了《九阳》《末秋》《九旻》等三"辩",这三章情况不明。剩余的《西皇》《时俗》是"离骚式+九歌式",《四时》《周道》《帝妠》是"离骚式",《离尤》是"九歌式"。

邓迁①的抒怀赋有《清居赋》《咏思赋》《春行赋》《寻真赋》《忧旱赋》《春思赋》《闵俗赋》《喑贤赋》《过东山赋》《释嘲赋》等。《春行赋》写侄春日北上,表达惜别之情。《释嘲赋》模拟扬雄《解嘲》,赋设为青霞道人退处田里,"以述以删",西里三老为之"言利"而失之鄙,东里丈人为之言"行乐"而失之奢,上庠文学则解释说,道人乃"缀拾绪言,托诸不朽",道人认为上庠文学之"释嘲"约略得之,自己欲"傲坟典之文,弘述作之规",以此"黾勉以终老"。

此期抒怀赋有一个很显著的特点是,往往模拟前人之作。除前述诸篇外,又如莫是龙②《游后园赋》序云:"因忆谢宣城(谢朓)有《游后园赋》,含毫舒素,拟而成篇。末复伸其久羁之抱,非敢厕于作者,归各畅其襟期云尔。"冯时可③《秋兴赋》序云:"昔安仁(潘岳)三十有二,寓直散骑之省,以《秋兴》命篇。余直赤龙署,差少安仁,爰感时事,辄念归与,聊嗣其响,恐洛阳道上见者,不免掷瓦耳。"卢龙云④《郊居赋》序云:"沈赋(沈约《郊居赋》)业已有传,余因而窃拟之,庶观览者或亦知其志之所存也。"浦铣云:"雅不喜明人赋,以其模仿而无真味也。"⑤大概前人名作在前,明人无论如何模拟,也是屋下架屋,不能有所超越吧!

士子因为各种原因征行于路途,也产生了不少征行抒怀赋,如前所述方承训《南征赋》、陈山毓《北征赋》、王时济《北征赋》,此外又有潘恩⑥《南征

---

① 邓迁,闽县人。嘉靖七年举人。有《山居存稿》,存赋 17 篇。《福建通志》卷 38 "选举",四库全书 529 册,第 216 页。按:《总汇》第 8 册 6843 页,误为"郑迁"。

② 莫是龙,字云卿,更字廷韩,松江华亭人。不喜科举业,而攻古文辞及书法、绘画,以贡生终。有《石秀斋集》,存赋 10 篇。《明诗综》卷 62。

③ 冯时可,字元成,松江华亭人。隆庆五年进士。历官浙江按察副使、湖广布政司右参政等。有《冯元成选集》,存赋 4 篇。《云间志略》卷 20 "人物",《明代传记丛刊 147》,第 207 页。

④ 卢龙云,字少从,广东南海人。万历十一年进士,累官贵州参议。有《四留堂稿》,存赋 10 篇。《广东通志》卷 45 "人物志",四库全书 564 册,第 108 页。

⑤ 浦铣《复小斋赋话》卷上,《历代赋话》,第 379 页。

⑥ 潘恩,字子仁,号湛川,更号笠江,上海人。嘉靖二年进士。累官刑部尚书,改左都御史。有《笠江集》,存赋 7 篇。《明史》卷 202《潘恩传》,第 5342 页。按:《总汇》第 7 册 6100 页收潘恩赋 5 篇,第 8 册 6783 页收潘立江赋 7 篇,有 5 篇赋重收。潘立江应为潘笠江之误。

赋》、何三畏①《南征赋》、郭汝霖②《南征赋》、林大春③《北征赋》、郭子章④《西征赋》、林章⑤《秋征赋》等等，除了模拟前人边叙行边抒情的方式外，也写出了各自的特点，如何三畏《南征赋》即有"忧时悯事"的时代特色，其序云"壬辰(万历二十年，1592)仲秋，余驾车有南中之役，盖访旧也。维时岛夷窃发，祸将中于东南。士大夫不无枕戈之惧，此赋稍稍及之，亦以见忧时悯事，情不能已已云。"

　　人事赋多赞美士子之节操与德政，如王毓宗⑥《旌义赋》，"李心湖翁，亮节清风，海宇岳岳"，故作赋以旌"夫人之义"。方承训《邑侯陈公感霖赋》写万历十一年(1583)季夏，徽郡亢旱，黍稷就槁，邑侯陈公祈祝得雨，作者赞之。邢云路⑦《河渠赋》，从"汾阳之地""身禄位而窃素"等语，赋应作于作者知临汾县时，写作者带领民众修河渠，以期造福一方的过程。

　　或者褒扬女子的贞烈，如王圻⑧《陈烈女赋》为御史中丞陈公之仲女作，王时济《吊三烈赋》，乃吊"铜仁人梧州别驾刘仁妾张氏、郭氏、女秀辰也。仁之官梧州卒，三烈扶榇归，至羌藤滩，遇猺獞劫逼，悉赴水死。"王毓宗《哀贞赋》哀"节妇连氏之烈"，陈山毓《贞妇赋》为翰林检讨姚希孟之母作，邓迁《二贞母赋》赞二贞母"艰贞之操"，戴庭槐《悯烈赋》悯烈妇方氏。卢龙云《冰节流芳赋》则为友人吴用章母夫人作。郭造卿⑨《愍贞赋》序云"贞烈何氏淑静者，太康诸生刘用九妻也。刘生疾不可起，何即夫死以相从"，赋发为

---

①　何三畏，字士抑，松江华亭人。万历十年举人，授绍兴推官。有《芝园集》，存赋4篇。《明诗综》卷53。

②　郭汝霖，字时望，江西永丰人。嘉靖三十二年进士，官至南京太常寺卿。有《石泉山房文集》，存赋9篇。《钦定四库全书总目·石泉山房文集》，第2465页。

③　林大春，字井丹，潮阳人。嘉靖二十九年进士，累官浙江提学副使。有《井丹集》，存赋3篇。《明诗纪事》已签卷10，《明代传记丛刊14》，第613页。

④　郭子章，字相奎，泰和人。隆庆五年进士，累官兵部尚书。有《青螺公遗书》，存赋2篇。《郭公青螺年谱》，《北京图书馆藏珍本年谱丛刊52》，北京图书馆出版社1999年版，第497页。

⑤　林章，字初文，福清人。万历初举于乡。有《林初文先生诗选》，存赋4篇。本集卷首徐𤊹《林初文传》，续修四库全书1358册，第574页。

⑥　王毓宗，四川嘉定州人。万历二十六年进士。有《玉馨山房遗稿》，存赋2篇。《明清进士题名碑录索引》，第323页。

⑦　邢云路，字士登，河北安肃人。万历八年进士。官终河南按察使。有《泽宇集》，存赋8篇。《明诗综》卷53。

⑧　王圻，字元翰，上海人。嘉靖四十四年进士。历官湖广佥事、陕西布政参议等。有《王侍御类稿》，存赋1篇。本集卷16何尔复《王公行实》，四库全书存目丛书集部140册，第507页。

⑨　郭造卿，字建初，福建福清人。隆庆元年戚继光镇守蓟门，造卿从之塞上十余年。有《海岳山房存稿》，存赋2篇。《苍霞草》卷17《海岳郭先生墓志铭》，四库禁毁书丛刊集部124册，第449页。

哀愍之意。

也有一些寿赋，如潘恩《北堂荣寿赋》为侍御合川王君母寿辰作，方承训《德寿赋》为从叔祖母张氏七旬寿辰作，王时济《寿赋》为邑侯孙公寿。徐敷诏①《凤山遥寿赋》为封君太翁祝寿之作，阙名②《晚香堂赋》为王叔杲祝寿之作，顾允默③《瑞菊图赋》乃为"大司马四明东沙公（张时彻）"祝寿之作。张凤翼④《自寿赋》作于"丙午之岁（万历三十四年，1606）"，是作者八十岁自寿之作，与为他人祝寿赋多祝颂之语不同，此赋是一篇抒怀赋，作者回顾了自己一生的经历，现在已经心境平和，能够"任性天以从容"。

（三）咏物、山水、楼台等赋

此时的咏物赋，植物赋有莫是龙《山茶赋》、徐师曾⑤《梅花赋》、刘凤《荷花赋》《修竹赋》《后修竹赋》《菊花赋》、赵枢生⑥《石榴花赋》《松赋》、瞿汝稷⑦《苑莲赋》、孙七政⑧《秋浦芙蓉赋》、吴敏道《荷花赋》、方承训《孤桐赋》《默林赋》《凋柳赋》《朱榴赋》、程大约⑨《徂崃之松赋》、郭汝霖《采莲赋》《牡丹赋》、吴桂芳⑩《木芙蓉赋》、郭孔建⑪《宋槐赋》、方逢时⑫《黄杨

---

① 徐敷诏，阆中人。嘉靖间领乡荐。有《徐定庵先生文集》，存赋2篇。《四川通志》卷36《选举》，四库全书561册，第133页。

② 按：王叔杲《玉介园存稿》附录收《晚香堂赋》，《晚香堂赋》序"旸谷王公以武选郎出守天雄……而余又公年家子也，辄为赋之。"作者乃王叔杲年家子。《总汇》第8册6639页作"王叔杲"，误。

③ 顾允默，字懋仁，昆山人。顾梦圭之子。幼习家学，至中岁，始游成均，晚年病噎死。存赋1篇。傅惜华：《明代传奇全目》，人民文学出版社1959年版，第90页。

④ 张凤翼，字伯起，长洲人。嘉靖四十三年举人。与弟献翼、燕翼并有才名，时人号为"三张"。有《处实堂集》，存赋9篇。《明诗综》卷45。

⑤ 徐师曾，字伯鲁，江苏吴江人。嘉靖三十二年进士。历任兵科、吏科给事中等。有《文体明辨》《湖上集》。存赋4篇。《国朝献征录》卷80王世懋《徐师曾墓表》，续修四库全书529册，第333页。

⑥ 赵枢生，字彦材，太仓人。有《含玄斋遗编》，存赋15篇。《寒山志传·含玄先生墓志铭》，丛书集成续编39册，第303页。

⑦ 瞿汝稷，字元立，常熟人。瞿景淳之子。以父荫受职，累官至太仆少卿。有《瞿冏卿集》，存赋4篇。《明史》卷216《瞿景淳传》附，第5697页。

⑧ 孙七政，字齐之，常熟人。十试锁院不第。与王世贞诸人游。有《松韵堂集》，存赋4篇。《明诗纪事》己签卷20，《明代传记丛刊14》，第772页。

⑨ 程大约，字幼博，歙县人。制墨家。万历年间在世。有《程氏墨苑》《幼博集》，存赋3篇。翟屯建《程大约生平考述》，《中国文化研究》2000年秋之卷。

⑩ 吴桂芳，字子实，江西新建人。嘉靖二十三年进士。累迁两广提督、工部尚书。有《师暇曩言》，存赋1篇。《国朝献征录》卷59王宗沐《吴公桂芳行状》，续修四库全书528册，第234页。

⑪ 郭孔建，字建公，泰和人。郭子章（1543—1618）长子，早逝。有《垂杨馆集》，存赋1篇。梅守箕《垂杨馆集序》，四库未收书辑刊6辑29册，北京出版社2000年版，第374页。

⑫ 方逢时，字行之，嘉鱼人。嘉靖二十年进士。累进兵部尚书，兼右副都御史。有《大隐楼集》，存赋3篇。《明史》卷222《方逢时传》，第5844页。

赋》、詹莱①《秋江芙蓉赋》、杨承鲲②《菊赋》、张瀚③《庭柏赋》、王龙起④《落花赋》《桃花赋》、邓迁《猗兰赋》《折杨柳赋》、戴庭槐《茂葵赋》、卢龙云《寒松赋》《蟠桃赋》《葵心向日赋》、叶维荣《月梅赋》《牡丹赋》、费元禄《梅花赋》等。

动物赋有莫是龙《相思鸟赋》、顾大典⑤《听秋蚤赋》、徐师曾《蚊赋》、张凤翼《苦蚊赋》、刘凤《蟋蟀赋》《去鹤来归赋》、王士骐⑥《调鹦鹉赋》、赵枢生《鹤赋》《鹳赋》、瞿汝稷《云鹤赋》、叶权⑦《慈乌赋》、方承训《川山甲赋》《鳖宝赋》《异鸟赋》《鸦鹊赋》《玩鹤赋》、程大约《螽斯羽赋》、程涓⑧《百雀赋》、王嘉谟《麟赋》、邢云路《愍牛赋》、穆文熙《鸦阵赋》、刘绘⑨《孤鹤赋》、赵统⑩《乳异鸡赋》、郭汝霖《喜鹊赋》、朱孟震⑪《买鹤赋》、屠大山⑫《双虎赋》、张时彻⑬《憎蚊赋》、陆可教《蟋蟀赋》、王龙起《翡翠赋》《孤雁赋》、郭造卿《夕蛾赋》、邓迁《良马赋》《来鹤赋》、张之象⑭《叩头虫赋》、叶维荣《孤鹤赋》《观鱼赋》《金鱼赋》、费元禄《孤鹤赋》《斗鱼赋》等。其中不少借物说

---

①　詹莱,字时殷,浙江常山人。嘉靖二十六年进士。有《招摇池馆集》,存赋5篇。《明人小传》,《孤本明代人物小传2》,第183页。

②　杨承鲲,字伯翼,鄞县人。万历时人。有《碣石编》,存赋1篇。《明诗纪事》庚签卷25,《明代传记丛刊15》,第273页。

③　张瀚,字子文,仁和人。嘉靖十四年进士。万历元年为吏部尚书,任满,加太子少保。有《奚囊蠹余》,存赋4篇。《明史》卷225《张瀚传》,第5911页。

④　王龙起,字震孟,闽漳人。万历时人。有《王震孟诗文集初选》,存赋5篇。本集卷首朱之蕃《王鳞长诗文初稿引》,龙光堂万历四十七年刻本。

⑤　顾大典,字道行,吴江人。隆庆二年进士。历官福建提学副使,谪禹州知州,改开州。有《清音阁集》,存赋5篇。《明诗综》卷51。

⑥　王士骐,字冏伯,太仓人。王世贞子。万历十七年进士,官至吏部员外郎。有《醉花庵诗选》。存赋1篇。《明人小传》,《孤本明代人物小传2》,第398页。

⑦　叶权,字中甫,祖籍休宁,寄籍杭州。隆庆、万历间人。有《沙南遗草》,存赋2篇。王平《明代文人叶权三考》,《安徽师范大学学报》2012年第3期。

⑧　程涓,字巨源,安徽休宁人。万历时人。有《巨源集》,存赋1篇。《道光休宁县志》卷14"人物",《中国地方志集成·安徽府县志辑52》,江苏古籍出版社1998年版,第344页。

⑨　刘绘,字子素,光州人。嘉靖十四年进士。官户科给事中、重庆知府。有《嵩阳集》,存赋7篇。《明史》卷208《刘绘传》,第5507页。

⑩　赵统,字伯一,临潼人。嘉靖十四年进士。历官户部郎中。有《骊山集》,存赋1篇。石磊《赵统年谱》,西北大学2013年硕士学位论文。

⑪　朱孟震,字秉器,新淦人。隆庆二年进士。累官通政使,以右副都御史巡抚山西。有《秉器集》,存赋2篇。《明诗综》卷51。

⑫　屠大山,字国望,鄞县人。嘉靖二年进士。累官南京兵部侍郎,应天巡抚,兼提督军务,参与抗击倭寇,因军事失利而遭罢黜。存赋1篇。《明诗综》卷39。

⑬　张时彻,字维静,鄞县人。嘉靖二年进士。官至南京兵部尚书。有《芝园集》,存赋8篇。《国朝献征录》卷42余有丁《张时彻传》,续修四库全书527册,第252页。

⑭　张之象,字月麓,上海人。由诸生入国学,授浙江按察司知事。存赋1篇。《国朝献征录》卷84莫如忠《张公之象墓志铭》,续修四库全书529册,第527页。

理，或借物讽喻，并不单纯咏物，虽是前人习见的题材，却写出了新意。如张之象《叩头虫赋》序云："《叩头虫赋》者，晋傅咸之所作也，以其'谦卑自牧，无往不利'。余乃谓士之进退，必由礼义，而得之不得，固有命也。彼之抑首胁息，情态可嗤，殆类夫奔谄焰热者，枉己辱身，颇伤志操。虽时或有遇，非君子砥节之训矣。故反其意述此赋，以讽当今之士，并以自鉴焉。"赋曰：

> 吁嗟而头，辛苦无益。千丑万辱，同彼施戚。羡舐痔之得车，忘吮痈之遇厄。徒自病于领颐，又谁愍其烂额。如浼苏则之膝，必忿恨而弗怿；借有朱云之剑，虽斩斫以何惜。况穷通之有定，信运命之难更。千人者未必果获，屈膝者安可复伸。是以非义之钱而赵勤弗屑，阉人之势则高允所轻。不有简介之熙载，将无严整之曜卿。仲孙敢言而甚切，子高抗手而遂行。王无功久厌于繁礼，向玄季自处以素情。田子方骄人以贫贱，宋使者正对于会盟。韦仁约独立以司宪，江休映无屈于延明。愿与璧而俱碎，慕蔺如之敢于抗秦；触屏风而就睡，感陈咸之笃于讽亲。若夫兽取獬廌，咋邪是任；草称屈轶，指佞于庭。睹正气之犹在，征直道之可循。懦夫闻风而立志，壮士怒发而挺身。与其曲钩之取贵，孰若如弦之守贞。宁同此强项之贤令，毋似彼黄头之小人。

浦铣评云："予读傅长虞（傅咸）《叩头虫赋》，以其'谦卑自牧，无往不利'，心窃鄙之。及读明人张之象赋，乃谓'士之进退，必以礼义，枉己辱身，颇伤志操。'洋洋洒洒，几九百言，实获我心矣。"①

器物赋有徐肇惠《竹夫人赋》、张凤翼《端溪砚赋》、顾绍芳《孤灯赋》、赵枢生《火珠赋》《风辇赋》、孙七政《破砚赋》《闻笛赋》、刘绘《晓钟赋》、方逢时《棕拂赋》《画角赋》、刘伯燮②《朝钟赋》、王光蕴③《江心塔灯赋》、诸万里④《鼎石赋》、朱赓⑤《听琴赋》、邓迁《棋赋》《海上鸣琴赋》等；瑞物赋有何

①　浦铣：《复小斋赋话》卷下，《历代赋话》，第400页。
②　刘伯燮，字元甫，湖北孝感人。隆庆二年进士。有《鹤鸣集》，存赋4篇。本集卷首蒋以忠《重刻小鹤刘元甫遗稿序》，四库未收书辑刊5辑22册，第230页。
③　王光蕴，字季宣，浙江永嘉人。嘉靖四十年举人。任宁都令、宁国郡丞、衡府长史等。有《太玉洞斋稿》。存赋1篇。《乾隆温州府志》卷20"循吏"，《中国地方志集成·浙江府县志辑58》，上海书店出版社2000年版，第414页。
④　诸万里，字继明，山阴人。万历末人。存赋1篇。按：北京图书馆善本书胶片有《诸继明如缕编》六卷，附《心经注解》一卷，明诸万里撰，《心经注解》序称"万历丁巳（万历四十五年，1417）中秋日来云居士继明诸万里序"，卷首称"来云居士山阴诸万里注"。
⑤　朱赓，字少钦，浙江山阴人。隆庆二年进士。累官至吏部尚书，兼文华殿大学士。有《文懿公集》，存赋1篇。《国朝献征录》卷17邹元标《朱公赓行状》，续修四库全书525册，第707页。

三畏《瑞芝赋》《瑞兰赋》、叶权《瑞鸠赋》、邢云路《瑞雪赋》、刘伯燮《金芝赋》、张继志①《瑞芝赋》等。

此外,描写天气气象的有冯时可《月赋》、莫是龙《云影赋》、刘凤《明月赋》《江上之云赋》、赵枢生《观东海日月出赋》《浮云赋》、吴敏道《灵雨赋》、穆文熙②《大雪赋》、张四维③《秋霖赋》、刘伯燮《客星赋》、张时彻《玩月赋》、陈山毓《霖赋》《日赋》、谢杰④《海月赋》等;又有图画赋,如邢云路《蟾宫折桂图赋》、王邦才⑤《辋川图赋》、黄凤翔⑥《松茂兰馨图赋》、戴庭槐《上林春鸟图赋》等;还有一些无法归类的,如俞安期⑦《歌赋》、张凤翼《清舞赋》、赵枢生《风声赋》、瞿汝稷《松声赋》、马经纶⑧《酒赋》、王元宾⑨《跻云桥赋》、王时济《砧声赋》、刘绘《龙舟赋》、郭汝霖《歌赋》、袁黄⑩《诗赋》、田一俊《铅粉赋》、钟万禄⑪《寿元桥赋》、费元禄《茶赋》等。

此期的山水赋,涉及的范围既有名山大川,也有一地之名胜,如俞安期《衡岳赋》《游中隐山赋》(广西桂林中隐山)、《河赋》(黄河)、徐显卿《登岱赋》、刘凤《齐云山赋》、赵枢生《登狮子山赋》《铜井山赋》《虞山赋》《张公洞

① 张继志,武冈人。万历改元,诏征天下隐逸之士,有司敦迫,固辞不赴。存赋 1 篇。《湖广通志》卷 58"人物",四库全书 533 册,第 344 页。按:《总汇》第 9 册 7739 页,《瑞芝赋》作《瑞志赋》,误。

② 穆文熙,字敬止,山东东明人。嘉靖四十一年进士,官吏部员外郎。有《七雄策纂》《逍遥园集》。存赋 4 篇。《钦定四库全书总目·七雄策纂》,第 722 页。

③ 张四维,字子维,山西蒲州人。嘉靖三十二年进士。累官吏部尚书,进中极殿大学士。有《条麓堂集》,存赋 2 篇。《国朝献征录》卷 17 王锡爵《张公四维墓表》,续修四库全书 525 册,第 677 页。

④ 谢杰,字汉甫,福建长乐人。万历二年进士。历官户部尚书。有《北窗吟稿》,存赋 1 篇。《明诗综》卷 52。

⑤ 王邦才,字汝抡,卢氏人。万历四年举人。历任蓝田知县、户部浙江司员外郎等。存赋 1 篇。《光绪卢氏县志》卷 8"人物",《中国方志丛书·华北地方 478》,成文出版社 1976 年版,第 418 页。

⑥ 黄凤翔,字鸣周,晋江人。隆庆二年进士。累官礼部尚书。有《田亭草》,存赋 3 篇。《明史》卷 216《黄凤翔传》,第 5699 页。

⑦ 俞安期,字羡长,吴江人。颇有才名,终身布衣。尝以长律一百韵投赠王世贞。有《翏翏集》,存赋 5 篇。《列朝诗集小传》丁集,《明代传记丛刊 11》,第 670 页。

⑧ 马经纶,字主一,顺天通州人。万历十七年进士,官终大理卿。有《诚所公文集》,存赋 1 篇。《明史》卷 234《马经纶传》,第 6103 页。

⑨ 王元宾,字国贤,滕县人。嘉靖四十四年进士。任鄱县知县、江西道监察御史等。有《茹芝园集》,存赋 1 篇。《道光滕县志》卷 7"人物",《中国地方志集成·山东府县志辑 75》,凤凰出版社 2004 年版,第 159 页。按:《总汇》第 9 册 8415 页,据《历代赋汇补遗》卷 6 收录《跻云桥赋》,作者为"明滕阳王",误。

⑩ 袁黄,字坤仪,嘉善人。万历十四年进士,官兵部主事。有《评注八代文宗》。存赋 1 篇。《愚庵小集》卷 15《袁公传》,四库全书 1319 册,第 188 页。

⑪ 钟万禄,广东清远人。万历十四年进士。存赋 2 篇。《明清进士题名碑录索引》,第 2340 页。

赋》、瞿汝稷《武夷山赋》、吴敏道《范光湖赋》（作者家乡宝应之范光湖）、汪
子祜①《登白石峰赋》、冯复京②《虞山赋》、江东之③《鳌矶赋》、方承训《瀹江
赋》《泛涟湖赋》《游西湖赋》《登齐云山赋》《泛桐江赋》《过金山江赋》《泛
宝应湖赋》《翠屏山赋》《紫阳山赋》、王嘉谟《游盘山赋》、刘绘《玄湖赋》、王
祖嫡④《太华赋》、范守己⑤《登太华赋》《泰山赋》《三泖赋》《洧上赋》、雷
礼⑥《登敬亭山赋》、郭子章《太行山赋》、刘文卿⑦《游雁荡山赋》、陈士元⑧
《观海赋》（渤海）、王文祯⑨《海赋》、詹莱《游石鼓山赋》、张时彻《浮沅赋》、
王叔果⑩《半山赋》（在今温州）、《东山赋》（作者家乡东之华盖山）、骆问礼⑪《钟
山赋》（诸暨之唐家山）、苏志乾⑫《岱山赋》、杨巍⑬《滹沱源赋》、周光镐⑭《黄

① 汪子祜，字受夫，安徽祁门人。有《石西集》，存赋 7 篇。《石西集》提要，四库全书存目丛书集部 146 册，第 599 页。

② 冯复京，字嗣宗，江苏常熟人。有《六家诗名物疏》。存赋 1 篇。徐超《关于〈六家诗名物疏〉》，《山东大学学报》1998 年第 4 期。按：《总汇》第 8 册 7216 页，据《四库全书》所收《名物疏》的作者为冯应京，而认为《明史艺文志》《中国人名大辞典》把《名物疏》的作者作冯复京有误。实际上，对于《四库全书》的错误，王重民作《〈四库总目〉纠谬》称，《四库提要》之"冯应京"实为"冯复京"之误。

③ 江东之，字长信，歙县人。万历五年进士。累官右佥都御史，巡抚贵州。复以遣指挥杨国柱讨杨应龙，败绩，黜为民。有《瑞阳阿集》，存赋 1 篇。《明史》卷 236《江东之传》，第6146 页。

④ 王祖嫡，字胤昌，信阳人。隆庆五年进士。有《师竹堂集》，存赋 2 篇。《国朝献征录》卷 19陆可教《王公祖嫡行状》，续修四库全书 526 册，第 6 页。

⑤ 范守己，字介儒，河南洧川人。万历二年进士，官至按察司佥事。有《肃皇外史》《御龙子集》。存赋 5 篇。《钦定四库全书总目·肃皇外史》，第 751 页。

⑥ 雷礼，字必进，江西丰城人。嘉靖十一年进士，官至工部尚书。有《明大政记》《镡墟堂稿》。存赋 9 篇。《钦定四库全书总目·明大政记》，第 669 页。

⑦ 刘文卿，江西广昌人。万历十七年进士，累官南京兵部员外郎。有《直洲集》，存赋 1 篇。《明诗纪事》庚签卷 16，《明代传记丛刊 15》，第 128 页。

⑧ 陈士元，字心叔，湖北应城人。嘉靖二十三年进士，任滦州知州。有《易象钩解》。存赋 1篇。《钦定四库全书总目·易象钩解》，第 46 页。

⑨ 王文祯，字世隆，浙江海盐人。万历时人。游齐鲁间，老为衡府记室。有《湖海长吟》，存赋 1 篇。《六艺之一录》卷 370，四库全书 837 册，第 848 页。

⑩ 王叔果，字育德，永嘉人。嘉靖二十九年进士。历官湖广右参议、广东按察副使等。有《半山藏稿》，存赋 2 篇。《浙江通志》卷 177，四库全书 523 册，第 628 页。

⑪ 骆问礼，诸暨人。嘉靖四十四年进士，官至湖广副使。有《万一楼集》，存赋 2 篇。《明史》卷 215《骆问礼传》，第 5680 页。

⑫ 苏志乾，即苏眉山，字志乾，莆田人。迁居金陵。万历十年举人，知新会县。有《绣佛阁藏稿》，存赋 2 篇。《延平府志》卷 31，《中国方志丛书·华南地方 99》，成文出版社 1967 年版，第 591 页。

⑬ 杨巍，字伯谦，广东海丰人。嘉靖二十六年进士，官终吏部尚书。有《存家诗稿》，存赋 2篇。《明史》卷 225《杨巍传》，第 5916 页。

⑭ 周光镐，字国雍，潮阳人。隆庆五年进士，任大理寺卿。有《明农山堂集》，存赋 1 篇。《千顷堂书目》卷 24，第 619 页。《明清进士题名碑录索引》，第 2235 页。

河赋》、李元畅①《小函谷关赋》(在今广东高州)、《文笔山赋》(即今广东高州笔架山)、《限门赋》(在今广东吴川)、刘守元②《曙海赋》、唐尧官③《盘龙山赋》(作者家乡晋宁之盘龙山)、费元禄《庐山赋》、谢廷赞④《黄山赋》等。甚至一些无名之山水,也成为作者叙写的对象,如顾大典《东坞赋》、杨时乔⑤《云洞赋》、莫是龙《泛秋水赋》、刘凤《小山赋》等。

这些山水赋题,有不少是前人已经摹写过的,而明人又喜模拟,要写出个人特色,确实不易。如俞安期《河赋》描写黄河,就与前人摹写黄河的赋有不同之处,"极其源委,以颂河之德,且折衷近者议治之异同焉":

> 历睹往昔利害之所由,深慨夫今时之所治。不察夫常变之宜,以极会通之致。夫彼一石之浊流,兼六斗之泥滓。缓行则为之分滞,急疾乃为之并驶。放乎海潴而成壤,又梗夫尾闾之所委。其控清以引浊,亦非曩者之失谋。独兼三渎于枝准,曾弗灾异之为忧。岂容使一衣带之广,克任夫七州之洚流。不经本而障末,难乎图远之鸿猷。独不见夫乘四载者之疏导,凿上流而行乎高地。度迅悍之怒湍,非弱土之能载。恐一川之不胜,浚九道以分杀。虞暴溢之为蓄,委旷土以储偫。自玄圭之告成,阅千春而罔害。后乃淤故道而不修,并屯氏而偕废。即炎祚置重使,而堤防捐亿万之岁费。竭薪石而徒劳,亦屡塞而屡败。此已然之效,曷不缵神圣之上计。并贾让之首策,犹可备采于近世。顾泥古者拘拘旧迹,守经者安于小利。司农惜少府之藏,司土重膏沃之弃。其孰肯建非常之弘业,而以天下为吾事。遂终无不拔之吁谟,是岂河焉之为崇耶?

吴敏道⑥《范光湖赋》描写作者家乡宝应之范光湖,赋设为玉虚公子与浚野

① 李元畅,广东茂名人。万历十年举人。存赋3篇。《广东通志》卷33"选举",四库全书563册,第436页。

② 刘守元,广东饶平人,嘉靖四十三年举人。官通判。存赋1篇。《广东通志》卷33"选举",四库全书563册,第430页。

③ 唐尧官,字廷俊,云南晋宁人。嘉靖四十年解元。有《五龙山人集》,存赋1篇。《滇文丛录作者小传》卷上,丛书集成续编153册,第48页。

④ 谢廷赞,字曰可,江西金溪人。万历二十六年进士。任刑部主事。有《绿屋游草》,存赋1篇。《明史》卷233《谢廷赞传》,第6086页。

⑤ 杨时乔,字宜迁,上饶人。嘉靖四十四年进士。累官吏部左侍郎。有《杨端洁公文集》,存赋1篇。《明史》卷224《杨时乔传》,第5906页。

⑥ 吴敏道,字日南,宝应人。万历中贡生。有《吴日南集》,存赋6篇。《明诗纪事》庚签卷25,《明代传记丛刊15》,第273页。

鄙人的问答之辞,不仅铺写了范光湖之风景、物产、游乐等"美盛"之况,还写了其危害以及朝廷的治理。王世贞《弇州山人续稿》云,"日南诗,辞旨清丽,神采流畅,发端必工,尾结必遒,隆万之际,灼然巨擘也。"①其赋亦是如此。

此期的地理赋有卞洪勋②《魏里赋》、费元禄《洪都赋》等。《魏里赋》设为魏里主人与客的问答之辞,描写魏里(嘉善故名)"人才、物产、风俗、山川之盛"。《洪都赋》,"赋称洪都者,亦犹之以王子安序滕王阁也",铺写南昌之历史人文、山川物产等方面的情况。

轩斋室宇、园囿楼台赋仍然分为两种情况,一种是某地胜处、自然景观。如方承训《义亭赋》("分廪以兴义兮,结构而鼓民之来")、《登报恩浮图赋》《心远堂赋》("堂构大梁旅邸")、陶允宜③《太白楼赋》("济上"之太白楼)、陈益祥④《登八闽第一楼赋》、黄凤翔《登孤山塔赋》("郡城南海滨,有虎岫岩,又稍南,则孤山塔在焉",在晋江)、苏志乾《海珠寺赋》("咨岭表之奥衍,结丛灵于五羊",寺在今广州)、张瀚《上达楼赋》("伊隆崇之飞阁,奠畿辅之坤隅",楼在大名府)、梁景先⑤《邻天阁赋》(肇庆星岩上之邻天阁)等。

更多的则是个人居处之所,如潘恩《爱日堂赋》("西江之彦士""揭爱日以名堂")、张凤翼《缶歌馆赋》(客问予"子之以缶歌名馆"之因)、汪子祜《邻溪草堂赋》(为邻溪子汪舜作)、方承训《心亭赋》("为从侄道泮君作")、穆文熙《逍遥园赋》("余舍东有园一区")、王时济《秋园赋》("绕秋园而独步")、《齐云楼赋》(为裴受齐云楼作,裴受为唐裴耀卿之裔)、《三桂堂赋》(为河东三梁之"三桂堂"作)、范守己《读书台赋》(为大司马潘时良作)、徐敷诏《双桂堂赋》(为南部傅明府作)、雷礼《桧亭赋》(为钱君望"桧亭"作)、《牧庵赋》(为司谏魏水洲"牧庵"作)、陈于朝⑥《玄觉楼赋》("因以玄觉名

①　陈田:《明诗纪事》庚签卷25,《明代传记丛刊15》,第273页。

②　卞洪勋,字世甫,浙江嘉善人。官东乡主簿。万历后期,与支如玉等结"魏塘七子社"。有《漱石居集》,存赋1篇。《明诗综》卷62。

③　陶允宜,字懋中,会稽人。万历二年进士。除刑部主事,官至黄州府同知。有《镜心堂集》,存赋1篇。《明诗综》卷52。

④　陈益祥,字履吉,侯官人。弱冠归闽,补怀安博士,后弃举子业,耽于山水。有《采芝堂集》,存赋4篇。本集卷首王稚登《陈履吉墓志铭》,四库全书存目丛书集部195册,第422页。按:《采芝堂集》提要(第2513页),"周益祥撰,崇祯末贡生",误。

⑤　梁景先,万历时肇庆府岁贡生。存赋1篇。《道光肇庆府志》卷14"选举",续修四库全书史部714册,第326页。

⑥　陈于朝,字叔达,诸暨人。与徐渭为忘年交,屠隆称以"文中麟凤""道中貙狖"。有《苎萝山稿》,存赋1篇。《乾隆诸暨县志》卷26"文苑",《中国方志丛书·华中地方598》,成文出版社1983年版,第1152页。

吾楼")、郭汝霖《夏馆赋》("抚琴书分徙倚")、《藏拙楼赋》(黄大夫之楼)、詹莱《雪园赋》("暇豫逍遥,徙倚彳亍,小园偶陟,徘徊四顾")、陈所志①《甫柏台赋》(为其师翼轩先生之甫柏台作)、张时彻《拙客窝赋》(为横山陈子之"拙客窝"作)、卢龙云《独秀轩赋》(余守廷尉,公署旁之小轩)、《众芳亭赋》("曩在郊居,临池而构斯亭")等。

二、赋艺的继承

(一)"祖骚宗汉"

1."祖骚"

此期 520 余篇赋作,骚体赋共 195 篇,占赋作总数的 37%,其中《离骚》式骚体赋有 122 篇,占骚体赋总数的 63%。千字以上的大体有 11 篇:费元禄《秋兴》、郑明选②《东归赋》、陆可教《神伤赋》、郭造卿《愍贞赋》、刘凤《斋居赋》《拙赋》、吴敏道《求心赋》、范守己《登太华赋》、王嘉谟《闵思赋》、戴庭槐《悯烈赋》、阙名《晚香堂赋》等。

千字以下五百以上的中体有 35 篇:潘恩《南征赋》、莫是龙《悼殇赋》、张凤翼《自寿赋》《攀恋赋》、刘凤《吊华先生赋》《怀旧赋》《秋霁赋》《去鹤来归赋》、吴敏道《感二毛赋》《灵雨赋》、方承训《吊屈原赋》《谢靡赋》《追玄赋》《邑侯陈公感霖赋》《孤桐赋》《默林赋》、杨于庭《哀邹生赋》、王嘉谟《幽居赋》《悼逝赋》《除夕赋》、王时济《吊三烈赋》《北征赋》《北归赋》、王毓宗《旌义赋》、雷礼《俟命赋》《桧亭赋》《怡庵赋》、詹莱《吊贾生赋》、张时彻《拙客窝赋》《哀贞赋》、沈一贯《卜居赋》、戴庭槐《体斋望龙赋》、程一极③《感赋》、俞安期《游中隐山赋》、杨元祥《郊禋赋》等。

五百字以内的小体有 76 篇:潘恩《平山赋》《丰村赋》《北堂荣寿赋》《爱日堂赋》、王圻《陈烈女赋》、顾大典《伤逝赋》、徐师曾《述志赋》《刺舟赋》、张凤翼《蒙毁赋》、安绍芳④《登玄揽阁赋》、汪子祜《悼生赋》《山居赋》《复初赋》《汉江春梦赋》《登白石峰赋》《春日登东山书院赋》《邻溪草堂赋》、方承训《哀稚赋》《倒植赋》《省躬赋》《秋思赋》《德寿赋》《甘拙赋》《隐

---

① 陈所志,蕲水人,号见衡。万历举人。《中国人名大辞典》,商务印书馆 1998 年版,第 1076 页。其《甫柏台赋》序有"予师翼轩先生",李维桢,字本宁,号翼轩,湖北京山人。

② 郑明选,字侯升,浙江归安人。万历十七年进士。除安仁知县,擢南京刑科给事中。有《鸣缶集》,存赋 6 篇。《明诗纪事》庚签卷 16,《明代传记丛刊 15》,第 135 页。

③ 程一极,其《程会父青山草》,有万历二十四年刻本。存赋 1 篇。按:《总汇》第 9 册 7739 页,误为"程一级"。

④ 安绍芳,字茂卿,无锡人。国子监生。有《西林集》,万历四十七年刻本。存赋 1 篇。《明诗综》卷 63。

凋赋》《吊褒忠祠赋》《征宁赋》《答友赋》《占月赋》《远游赋》《闲赋》《怀兄赋》《川山甲赋》《瀹江赋》《义亭赋》《鳌宝赋》《异鸟赋》《鸦鹊赋》《凋柳赋》《泛涟湖赋》《登报恩浮图赋》《心亭赋》《碧松赋》《游西湖赋》《登齐云山赋》《泛桐江赋》《过金山江赋》《泛宝应湖赋》《心远堂赋》《翠屏山赋》《金山书舍赋》《朱榴赋》《玩鹤赋》、杨于庭《述归赋》、王嘉谟《吊古赋》、邢云路《孤魂赋》、王时济《感旧赋》《叹逝赋》《哀赋》《助哀赋》、张时彻《讼志赋》、沈一贯《任运赋》、戴庭槐《问玄造赋》、卢龙云《惜阴赋》《寒松赋》、赵枢生《浮云赋》、孙七政《闻笛赋》、叶权《慈乌赋》、钟万禄《喜雨赋》、杨巍《滹沱源赋》、杨承鲲《菊赋》、张继志《瑞芝赋》、方逢时《棕拂赋》、李茂春①《仰止赋》、萧含誉②《祖德赋》《忧旱赋》等。

《九歌》式骚体赋有12篇：潘恩《怀归赋》、邢云路《招魂赋》(2)、《喜雨赋》《蟾宫折桂图赋》、林章《伤春赋》《居幽赋》、林大春《闵友赋》《遣闷赋》、顾大典《东坞赋》、郭汝霖《采莲赋》《牡丹赋》等。需要指出的是，此期赋家扩展了《九歌》式骚体赋的运用范围。比如之前的抒情赋，多用《离骚》式骚体，但上述诸篇抒情赋有潘恩《怀归赋》、邢云路《喜雨赋》、林章《伤春赋》《居幽赋》、林大春《闵友赋》《遣闷赋》等6篇，采用的却是《九歌》式骚体。又如之前的招魂辞，多用《橘颂》"些"字式，而此时邢云路的两篇《招魂赋》都用了《九歌》式骚体。

杂言式骚体赋61篇，占骚体赋总数的31%。其组合形式有以下几种：

（1）《离骚》式+《九歌》式+非兮。此式大体有2篇：刘凤《齐云山赋》、许乐善③《乐春赋》；中体有12篇：王时济《寿赋》、赵统《元宵吊月赋》、朱孟震《海屋赋》、魏文焲④《伤秋赋》、邓迁《二贞母赋》、戴庭槐《寿仙赋》、张四维《秋霖赋》、卢龙云《众芳亭赋》、王叔果《半山赋》、叶向高《郊禋赋》、骆问

①　李茂春，字蔚元，杞县人。万历十一年进士。有《盐梅志》《烟鬟子集》。存赋15篇。《钦定四库全书总目·盐梅志》，第863页。按：《总汇》第8册7142页，李茂春"字正青，龙溪人。隆武二年(1646)举人。"误，《烟鬟子集》的作者应为杞县李茂春，其《仰止赋》亦有"春杞人不类，来牧名封"。

②　萧含誉，湖北罗田人。举明经。尝游王世贞之门。有《多云馆稿》，存赋3篇。《瓿甊洞续稿·文部》卷7《多云馆稿序》，续修四库全书1350册，第917页。按：《总汇》第9册8094页，误为"萧誉"。

③　许乐善，华亭人。隆庆五年进士。有《适志斋集》，存赋2篇。《明清进士题名碑录索引》，第166页。

④　魏文焲，字德章，侯官人，福清籍。嘉靖二十三年进士。初为兵部郎中，历官广西按察使。有《石室私钞》，存赋1篇。《乾隆福清县志》卷13"人物"，《中国地方志集成·福建府县志辑20》，上海书店出版社2000年版，第326页。按：《总汇》第9册7845页，误为"魏文焌"。

礼《度湘赋》、王亮《观海赋》①；小体有 7 篇：王时济《愆阳赋》、卢龙云《悲秋赋》、骆问礼《钟山赋》、张时彻《南山赋》、刘伯燮《客星赋》、邢云路《瑞雪赋》、许獬《鹰化为鸠赋》。

（2）《离骚》式+《九歌》式。此式大体有 6 篇：陈山毓《撰志赋》、梅鼎祚②《释闵赋》、杨于庭《抒志赋》、邢云路《忧思赋》、戴庭槐《朝元赋》、吴敏道《支川庄赋》；中体有 8 篇：陈山毓《悲士不遇赋》《贞妇赋》《伤夭赋》、邹德溥《郊禋赋》《拟万宝成赋》、王毓宗《哀贞赋》、诸万里《鼎石赋》、汪廷讷《棋赋》；小体有 9 篇：潘恩《乐闲赋》、陈山毓《拟招隐士赋》、王叔果《东山赋》、邓迁《春行赋》、王材③《梦归赋》、李茂春《詈囚赋》《偯囚赋》《稳囚赋》《勖囚赋》。

（3）《离骚》式+非兮。此式大体有 3 篇：郭子章《西征赋》、梅鼎祚《遵南赋》、杨于庭《病赋》；中体有 5 篇：邓迁《闵俗赋》《喧贤赋》、雷礼《躬祀圜丘赋》、刘凤《登楼赋》、萧含誉《北征赋》；小体有 5 篇：赵枢生《松赋》、王嘉谟《游盘山赋》、冯时可《登城赋》《秋兴赋》、何三畏《南征赋》。

（4）《九歌》式+非兮。如郭汝霖《南征赋》《夏馆赋》。

（5）四言短句+《橘颂》式。如刘凤《小山赋》。

（6）《离骚》式+《九歌》式+《橘颂》式+非兮。如邓迁《海上鸣琴赋》。

2.“宗汉”

此期宗汉的赋作共 144 篇，占赋作总数的 28%，超过千字的大体有 34 篇，其中设为主客的有 17 篇：徐敷诏《凤山遥寿赋》、邓迁《释嘲赋》、卢龙云《三友赋》、范守己《三泖赋》《泰山赋》、梁景先《邻天阁赋》、陆可教《圣驾躬耕帝藉赋》、王嘉谟《西豫赋》、吴敏道《范光湖赋》、卜洪勋《魏里赋》、雷礼《登敬亭山赋》、邢云路《河渠赋》、戴庭槐《两都赋》、萧崇业《航海赋》、徐显卿《大阅赋》、范榷《蜀都赋》、汪道会④《墨赋》；未设主客的有 17 篇：赵枢生《思中原赋》、陈山毓《抒吊赋》《霖赋》、刘凤《蟋蟀赋》《明月赋》、张时彻《石溪赋》、徐敷诏《双桂堂赋》、董应举《皇都赋》、谢廷赞《黄山赋》、刘绘

---

① 王亮，字稚玉，浙江临海人。万历五年进士。存赋 1 篇。《临海县志》卷 8，《中国方志丛书·华中地方 509》，第 721 页。按：《总汇》第 6 册 5082 页，王亮，“顺天府大城人，宣德八年进士。”误。

② 梅鼎祚，字禹金，宣城人。国子监生。有《鹿裘石室集》，存赋 2 篇。《明诗纪事》庚签卷 8，《明代传记丛刊 14》，第 951 页。

③ 王材，字子难。建昌新城人。嘉靖二十年进士，官南京太常寺少卿。有《念初堂集》，存赋 1 篇。《明诗纪事》戊签卷 21，《明代传记丛刊 14》，第 417 页。

④ 汪道会，字仲嘉。徽州休宁人。与兄汪道昆、汪道贯皆以能诗而名。有《小山楼稿》，存赋 1 篇。《明诗综》卷 62。

《玄湖赋》《荣乐赋》、苏志乾《岱山赋》、徐显卿《皇极殿赋》、俞安期《衡岳赋》《河赋》、周光镐《黄河赋》、盛时泰《北京赋》。

　　千字以下五百以上的中体有57篇,设为主客的有15篇:唐文献《秋日悬清光赋》、刘凤《优笑赋》、雷礼《茫湖浪叟赋》《梅花山人赋》《牧庵赋》、陈益祥《雪楼道人赋》、程大约《螽斯羽赋》、范守己《洧上赋》、刘守元《曙海赋》、卢龙云《独秀轩赋》、谢杰《海月赋》、陈山毓《七夕赋》、朱赓《听琴赋》、杨时乔《云洞赋》、王萱《万宝告成赋》;不设主客的有42篇:张凤翼《感遇赋》、刘凤《眺后园赋》《清暑赋》《修竹赋》、赵枢生《止渔赋》、刘绘《燕台赋》《阳春赋》、詹莱《南极老人星赋》《游石鼓山赋》、邓迁《清居赋》《良马赋》、林大春《北征赋》、卢龙云《冰节流芳赋》、张之象《叩头虫赋》、莫是龙《相思鸟赋》、邢云路《愍牛赋》、穆文熙《大雪赋》、唐尧官《盘龙山赋》、钟万禄《寿元桥赋》、戴庭槐《上林春鸟图赋》、苏志乾《海珠寺赋》、黄凤翔《登孤山塔赋》《松茂兰馨图赋》、王龙起《孤雁赋》《落花赋》《桃花赋》、陈山毓《五月五日赋》《日赋》《感逝赋》、王光蕴《江心塔灯赋》、王文祯《海赋》、陈士元《观海赋》、高克正《读秘阁藏书赋》、马象乾《拟圣驾躬耕藉田赋》、沈自邠《雍肃殿赋》、南师仲《东朝储学赋》、李元畅《限门赋》、叶维荣《孤鹤赋》《金鱼赋》、费元禄《斗鱼赋》、李茂春《引曲赋》、王廷谏①《画舫斋赋》。

　　五百字以内的小体有37篇,设为主客的有7篇:郭汝霖《惜时赋》《歌赋》、马经纶《酒赋》、穆文熙《阳春赋》、邓迁《来鹤赋》、方逢时《黄杨赋》、郑明选《虹赋》;不设主客的有30篇:潘云献②《春湖美人骑射赋》、方承训《南征赋》《紫阳山赋》、沈一贯《景愚赋》、邓迁《咏思赋》《寻真赋》、杨巍《吊白骨赋》、莫是龙《山茶赋》《云影赋》《巨奸赋》、徐师曾《梅花赋》、张凤翼《清舞赋》、刘凤《荷花赋》、顾绍芳《孤灯赋》、赵枢生《登狮子山赋》《虞山赋》《火珠赋》《鹤赋》《鹳赋》《凤辇赋》、叶权《瑞鸠赋》、程大约《徂崃之松赋》、程涓《百雀赋》、郭造卿《夕蛾赋》、张时彻《玩月赋》、屠大山《双虎赋》、詹莱《秋江芙蓉赋》、郭汝霖《喜鹊赋》、郑明选《甘露赋》、沈朝焕③《春蚕作茧赋》。

　　四言赋有10篇:冯时可《疑赋》《月赋》、杨于庭《驱蠮赋》、张时彻《憎

---

　　①　王廷谏,河南项城人,万历二十六年进士。存赋1篇。《明清进士题名碑录索引》,第206页。

　　②　潘云献,上海人。万历时人。潘恩孙,潘允端子。存赋1篇。《赐闲堂集》卷31《潘公(允端)墓志铭》,四库全书存目丛书集部134册,第646页。

　　③　沈朝焕,字伯含,钱塘人。万历二十年进士。历官四川按察佥事、福建布政司参议。有《泊如斋全集》,存赋3篇。《浙江通志》卷158"人物",四库全书523册,第267页。

蚊赋》、詹莱《雪园赋》、王时济《姑汾子赋》《震龙子赋》、邓迁《忧旱赋》、李茂春《景行赋》、郑明选《礓赋》;六言汉赋有3篇:沈一贯《感畴昔赋》《伤蹉跎赋》、卢龙云《蟠桃赋》。

此期七体,雷礼《七诘》,诘者,诘问也,其序云,"予索居贫甚,客有侈富丽以诘予者,不忍更操,作《七诘》。"孙鑛①《七解》,设为博询公子与庸忽子的问答之辞,从七个方面解释少傅吕公(吕本,号南渠)之子之号——肖渠。这些七体虽也"规仿"枚乘《七发》,但也有若干新变。如雷礼《七诘》,作者认为前人"七体"未符"圣贤之旨",故作《七诘》以见"君子固穷",试图从思想主旨上超越前人。

不过,变化最突出的是支大纶②《九发》,他已经不再局限于以"七"名篇,而以"九"名篇,但内容并没有如"九体"那样以骚辞成文,仍然属于赋体,是"七"体的量变形式。此赋超过3500字,全赋设为支子与文学二人的问答之辞,谈论有关"势"的问题,支子从九个方面解释"势",以启发文学。而费元禄③《七哀》,虽名为"七",却是辞体,序云"七哀者何,哀楚屈原也",全文分"闵志""悲放""思美人""天门开""快鞫""涉江""愍命"七章,类似《九章》,每章俱为《九歌》式骚体。与支大纶《九发》名"九"而实为"七体"正相反,可以看出此期赋家创作"九体"与"七体"的交叉变异。

3. 骚汉杂糅

万历时期的骚汉杂糅式更复杂一些,首先是一些骚体占优势的杂糅式。有些骚汉杂糅式赋作,其骚体部分占绝对优势,但又不能称之为杂言式骚体赋,因为其非分部分已经不是简单的散、偶句式,而是汉赋体的结构形式。如何三畏《瑞兰赋》,先是一段《离骚》式骚体赋,叙述瑞兰之曾盛又枯,然后有一段汉赋体的感叹语:"余尝顾而叹曰:'此兰凋谢长年,生意索然尽矣。忽而三春含郁,九畹抽英。孤根始发,萌芽顿生。'"接着又以一段《离骚》式骚体写其"抽一茎""发三花"之"瑞祯",最后又以汉赋体的感叹语作结:"余骤见之而复叹曰:'昔年枯兰,凄怆北堂。今看挺秀,遂有芬芳。草犹如此之异状,人乌得而不慨慷。'"类似的赋作还有何三畏《瑞芝赋》、陈益祥《美人赋》等。或者虽然骚体占优势,但汉赋体的描写部分也不少,成为很

---

① 孙鑛,字文融,浙江余姚人。万历二年进士。累官南京兵部尚书。有《居业编》,存赋1篇。《明诗综》卷52。

② 支大纶,字华平,嘉善人。万历二年进士。官泉州府推官、江西布政司理问、奉新知县等。有《世穆两朝编年史》《支子余集》。存赋1篇。《钦定四库全书总目·世穆两朝编年史》,第671页。

③ 费元禄,字无学,铅山人。其《甲秀园集》为万历三十五年刻本。存赋9篇。《明诗纪事》庚签卷26,《明代传记丛刊15》,第308页。

重要的组成部分,如王时济《秋园赋》《砧声赋》、刘文卿《游雁荡山赋》、陈益祥《登八闽第一楼赋》、王龙起《翡翠赋》、费元禄《孤鹤赋》等。

其次是汉赋体在一篇赋作中占优势的骚汉杂糅式,这种形式的赋作有104篇,占此期赋作总数的20%。

(1)汉赋+《离骚》式+《九歌》式

此式大体有10篇:费元禄《洪都赋》《庐山赋》《茶赋》《欢赋》、何宗彦《东宫储学赋》、沈朝焕《抱膝赋》、沈一贯《讼志赋》、瞿汝稷《武夷山赋》、王时济《齐云楼赋》、刘应秋《郊禋赋》;中体有28篇:张凤翼《感遗赋》、刘凤《送远赋》、王衡《轮台赋》、孙七政《邂逅赋》《秋浦芙蓉赋》、刘伯燮《示儿赋》、张瀚《士不遇赋》《上达楼赋》《庭柏赋》、黄凤翔《忻秋赋》、赵枢生《铜井山赋》、瞿汝稷《苑莲赋》《云鹤赋》、穆文熙《逍遥园赋》、王元宾《跻云桥赋》、范守己《读书台赋》、陆可教《蟋蟀赋》、张霈《万寿无疆赋》《瀛洲亭赋》、傅新德《登瀛赋》、庄履丰《圣驾躬耕帝藉赋》、曾朝节《帝藉赋》、翁正春《读秘阁藏书赋》、梅之焕《瀛洲亭赋》、李廷机《郊禋赋》、叶维荣《幽闺赋》、费元禄《梅花赋》、陈勋①《江月轩赋》;小体有9篇:顾允默《瑞菊图赋》、沈一贯《采苓赋》、戴庭槐《留春赋》、赵枢生《风声赋》、黄猷吉②《假山赋》、张瀚《平山赋》、方逢时《画角赋》、刘伯燮《金芝赋》、李茂春《迎神湫赋》。

(2)汉赋+《离骚》式

此式大体有6篇:陈山毓《北征赋》、刘凤《凌秋赋》、俞安期《歌赋》、陶允宜《太白楼赋》、王祖嫡《太华赋》、郭子章《太行山赋》;中体有17篇:艾可久③《静赋》、俞安期《江妃赋》、王嘉谟《酬隐赋》、刘凤《后修竹赋》《江上之云赋》《有所遇赋》、江东之《鳌矶赋》、邓迁《棋赋》、冯复京《虞山赋》、魏学礼《大祀山陵赋》、姚希孟《日升月恒赋》、叶向高《万宝告成赋》、王时济《三桂堂赋》、郭孔建《宋槐赋》、叶维荣《月梅赋》、郑明选《蟹赋》、罗喻义《瀛洲赋》;小体有13篇:如梁梦龙④《九日登高赋》、沈一贯《幽通赋》、张凤翼《苦蚊赋》、赵枢生《石榴花赋》、王嘉谟《七夕赋》、穆文熙《鸦阵赋》、张四维《工师求大木赋》、刘绘《孤鹤赋》、卢龙云《葵心向日赋》、刘伯燮《朝钟赋》、许

---

① 陈勋,字元凯,闽县人。万历二十九年进士。历南京户部主事,转郎中。有《元凯集》。存赋1篇。《福建通志》卷43"人物",四库全书529册,第480页。

② 黄猷吉,浙江山阴人。隆庆二年进士。存赋1篇。《明清进士题名碑录索引》,第1570页。

③ 艾可久,上海人。嘉靖四十一年进士。存赋1篇。《明清进士题名碑录索引》,第2546页。

④ 梁梦龙,字乾吉,真定人。嘉靖三十二年进士。累官吏部尚书。有《赐麟堂集》,存赋1篇。《明史》卷225《梁梦龙传》,第5914页。

乐善《过磨儿庄紧溜赋》、沈朝焕《放部鹤赋》、许獬《七月流火赋》。

（3）汉赋+《九歌》式

此式大体有 2 篇：葛曦《拟北郊赋》、袁黄《诗赋》；中体有 6 篇：徐汝翼①《怀山赋》、王龙起《悲秋赋》、徐师曾《蚊赋》、瞿汝稷《松声赋》、吴敏道《荷花赋》、郑明选《蚊赋》；小体有 12 篇：莫是龙《送春赋》《泛秋水赋》《游后园赋》、郭汝霖《仰止赋》、王士骐《调鹦鹉赋》、刘绘《龙舟赋》、陈山毓《秋赋》《后悲士不遇赋》、张时彻《浮沅赋》、朱孟震《买鹤赋》、吴桂芳《木芙蓉赋》、李茂春《喜雨赋》。

（4）汉赋+《离骚》式+《橘颂》式。如刘凤《菊花赋》。

（二）"不废六朝"

1. 骈赋

方承训《碧松赋》"慕庾蔡之骈俪兮，亦拟步而陈辞。"②此期赋作除了"祖骚宗汉"，对六朝骈赋也不废弃，出现不少骈俪化色彩很浓的作品。除了上文提到的高道素的《上元赋》之外，林章《秋征赋》是千字以上的大体，此赋不仅非兮句式骈对，骚体句亦对偶工整。中体如莫是龙《感别赋》、何三畏《悼友赋》、陈益祥《销魂赋》、卢龙云《郊居赋》、顾大典《听秋蛩赋》、李荫③《芭蕉夜雨赋》等；小体如张凤翼《端溪砚赋》、顾大典《秋怀赋》、程大约《笔花生梦赋》等。

赋末乱辞的骈俪化倾向也日益突出，如李元畅《限门赋》乱："阃不在高，所重御戎；阈不在深，所贵能容。蜀阁高矣，揖盗而入；龙门深矣，扫轨而急。惟兹限也，通一箭也，藏污瀚也，锁宇县也。闭而席毋折而屦，敢告执戟；寂如水毋嚣如市，敢告行李。"

2. 五七言诗体赋

此期没有纯粹的五七言诗体赋，邓迁《折杨柳赋》为中体杂糅式，其基本形式是以七言为主，杂有五言、《九歌》式和偶句。刘绘《晓钟赋》题注"用庾子山体"，为小体杂糅式，基本形式是"七言+骈赋"。

赋末乱辞或赋中系诗诗化的倾向也比较突出，五言诗的如莫是龙《送春赋》和语、沈一贯《幽通赋》又歌；七言诗的如汪子祜《悼生赋》乱辞、张凤

①　徐汝翼，直隶上海人。嘉靖四十四年进士。存赋 1 篇。《明清进士题名碑录索引》，第970 页。

②　马积高：《历代辞赋总汇 8》，第 6948 页。

③　李荫，字袭美，号岵峪，河南内乡人。李宗木次子。嘉靖四十三年举人。历临海教谕、阳谷知县、刑部广东司主事等。存赋 1 篇。《内乡县志》卷 8，《中国方志丛书·华北地方 483》，第 539 页。按：《总汇》第 7 册 6059 页，李荫"正德朝曾为指挥"，误。

翼《自寿赋》歌、《攀恋赋》谣、杨于庭《抒志赋》系、刘绘《阳春赋》辞、吴敏道《支川庄赋》系、邓迁《良马赋》歌、郭正域《瑞莲赋》歌、王时济《秋园赋》歌、沈一贯《幽通赋》歌、罗喻义《瀛洲赋》歌；"五言+七言"式的如莫是龙《送春赋》歌；"五言+四言"式的如莫是龙《凤筇赋》歌；"七言+骚句"式的如沈朝焕《抱膝赋》吟、李裕《山居赋》歌。

3. 骈赋或诗赋与其他各式的杂糅

（1）骚赋与诗赋杂糅。陈绎曾认为《离骚》式："'正：上一字单，次二字双，中一字单，下二字双。变：上二字双，次一字单。变：中二字双，下一字单。变：中不用单字。变：七言。变：八言。变：九言。变：五言。变：四言。变：三言。'凡楚赋以六言长句为正式，其间变化无方。"①但如果《离骚》式的上下句俱为七言，并基本对偶时，骚体赋就有了诗的韵味，如李茂春《游华山赋》：

> 幽亭淑景净俗眸兮，病骨醒魂啜香泉。翠壁雨余云作槛兮，碧霄烟冷月为帏。万古乾坤长屹立兮，一溪风雨自含烟。山容浓淡无常色兮，花气氤氲可比荃。鬼神夜守烧丹灶兮，鹤鹿闲眠种玉田。只有层阴生涧谷兮，总无尘嚣翳井莲。春深不解凝寒冰兮，日落还看倒夕县。溪路夜随明月入兮，亭皋春伴白云翻。紫陌几人知进山兮，白帝许我独翩迁。涉世风波真险恶兮，忘机鸥鸟自悠然。无心握符登台座兮，有意学仙到洞天。采药欲向名山老兮，辟谷爱诵黄石篇。支官六载客右辅兮，八度山前诗数联。佳句且将谢朓让兮，问天可并谪仙传。何处龙眠欲往寻兮，结茅好住碧岩前。

（2）骚赋与骈赋杂糅。如李裕②《山居赋》。

（3）汉赋与诗赋杂糅。如叶维荣《牡丹赋》。

（4）汉赋与骈赋杂糅。如李元畅《文笔山赋》、李茂春《怀李孺龙赋》、叶维荣《观鱼赋》、林章《思美人赋》。

（5）汉赋、骚赋、诗赋杂糅。如李茂春《春游赋》、孙七政《破砚赋》、费元禄《荡子从军赋》、叶维荣《玄冬赋》、沈一贯《悠心赋》。

（6）汉赋、骚赋、骈赋杂糅。如赵枢生《观东海日月出赋》、顾大典《怀故园赋》、邓迁《猗兰赋》、莫是龙《凤筇赋》、李茂春《古漆桥赋》。

---

① 王冠：《赋话广聚 1》，北京图书馆出版社 2006 年版，第 359 页。
② 李裕，湖北京山人。李维桢父。福建布政使。存赋 1 篇。《明史》卷 288《李维桢传》，第 7385 页。

(7)汉赋、骚赋、骈赋、诗赋杂糅。如李茂春《秋兴赋》《游暖泉赋》、邓迁《春思赋》。

(三) 模唐仿宋

1. 律赋

在万历朝所存 40 余篇馆课赋中,骚赋 6 篇,汉赋体 8 篇,各体杂糅 20 篇,律赋 6 篇。律赋占总数的 15%,比重并不大,故李调元云"有明馆阁课试,率由学士命题,未有定式,于是八韵之作歇绝者几四百年,自郐无讥。"①万历七年,张居正向万历帝上《雍肃殿箴》,余继登万历五年进士,选庶吉士,其《拟雍肃殿赋》作于万历七年在馆期间,体裁是律赋。

除了馆课、应制,在一般的场合,也有赋家作律赋。如戴庭槐《茂葵赋》,仿舒元舆《牡丹赋》与苏颋《长乐赋》而作,通篇律赋。田一俊《铅粉赋》题注云"以母德女仪为韵,韵各六句,不犯铅粉字",也是一篇律赋。

2. 宋赋

宋赋的显著特色在于议论说理。赵统《乳异鸡赋》有宋赋特色,此赋写赵子乳异鸡,此异鸡为鹤鸡,誉人以为预兆赵子之归,赵子则不以为然,认为"天之归不归,命也",自己之归"固无待于鹤,而又奚以鸡为",通篇议论说理的特色非常明显。《骊山集》提要云:"前有朱勤美序,称其命意搜微,多出己见,大都骨力莽苍,学殖淹博,稍稍融透,莫难雁行献吉。然则明讥其未融透矣,何不悟而犹刊以弁集也。"②此赋的宋赋特色盖"未融透"之作乎?毕竟李梦阳提倡"唐无赋",更何论"宋"!李元畅《小函谷关赋》在描述了小函谷关的地势形胜之后,也生发出一段"险不在地"的议论。其他如张凤翼《缶歌馆赋》解释以"缶歌"名馆的缘由,陈于朝《玄觉楼赋》赋玄觉楼之"玄觉"之义,郭汝霖《藏拙楼赋》探讨楼以"藏拙"命名之真义,都有宋赋特点。

除了上述诸作,此期还有些赋作,类似唐宋的山水游记或苏轼的前后《赤壁赋》,显示了赋家的宗宋倾向。如王邦才《辋川图赋》:

> 出郭而南十里之许,名曰辋峪,两山相斗,水自南出。深崖临谷,无路可通。就山凿石,栈栈砎砎,宽不过尺。必须振衣怯步,走出三里,而后大川即焉……其文杏、竹里二馆,与南北二坨,年远无存。曰辛夷坞,曰漆园,曰木兰柴,曰茱萸沜,今不复见矣。虽有华子冈、孟城坳、欹湖、

<hr />

① 李调元:《雨村赋话》卷 6,续修四库全书 1715 册,第 670 页。
② 《骊山集》提要,四库全书存目丛书集部 102 册,第 222 页。

柳浪、栾家滩、金屑泉，不越寺之东西，亦不能辨其孰此而孰彼也。止有白石二方，在水之浒，其直如案，四角有孔，相去数尺，即昔之白石滩者是也。坐于其上，对客款酌，宁不爽然自适乎！寺后有斤竹岭，乃维之手植，叶如斧斤，干不盈尺。每年所产，仅有数株，翩翩翠袖，其质如玉，多被牛羊所践踏。僧不知其贵重，而我始严以护持。至于奇花美卉，逞姿斗颜，缘时开放，烂熳重岩。时有珍禽异鸟，鸣飞咿轧，毛羽绚彩，繙繙喈喈，听之笙歌迭奏，共我所适者也。面南森荫苍翠，懋林丛密。有虎豹猿鹿，昼吼夜啼，伯千为群，而樵采牧猎之子唱和出林。余与客举杯而叹，抑何悠游之自得。既而烟光晚浓，揽辔而归。夕阳已下，灯月交辉。依依乎再歌再咏，又何知尘世之靡靡。时在万历癸卯秋也。

除了王邦才《辋川图赋》，类似的赋作还有邓迁《过东山赋》、赵枢生《张公洞赋》、王时济《述梦赋》等。

综上所述，此期赋家在"祖骚宗汉"、六朝骈赋与诗体赋、唐律赋与宋文赋方面都有不少模拟，对于杂糅各体也有大量创作，但这还是在赋体内部翻新出奇。除此之外，此期赋家还试图将赋体与其它文体交叉，如叶维荣《四宜阁序》标注"赋体"，此篇序文设为霖伯黄子与客（神游子、天游子）的问答形式，叙写四宜阁，用宋赋体的形式探讨四宜阁之"四宜"之义。

第四节　反复古派之对弈

此期的反复古派首先是公安派，但在公安派之前，也有与复古派趋向不一致的作家，如被称为"公安一派之先鞭"[1]的徐渭，又有汤显祖，"义仍与袁中郎善，舍七子而另辟蹊径，趋向则一。"[2]此外又如严果，其《天隐子遗稿》"卷首有王思任序云：'弇州盱衡海内，才子俱上赞贡。所不能致者，会稽徐文长，临川汤若士，其乡则严毅之。'可谓卓然自立之士。然其诗文则尚非徐渭、汤显祖之匹。"[3]至于公安派的成员，贾宗普《公安派成员考》[4]列有45人，其中有赋作留存的，有袁宗道、黄辉、陶望龄、虞淳熙、汪道会、梅守箕、江盈科、龙膺、周楷九人。有些还是从复古阵营脱离出来，加入公安派，

① 纪昀等：《钦定四库全书总目·徐文长集》："故其诗遂为公安一派之先鞭，而其文亦为金人瑞等滥觞之始。"第2474页。

② 陈田：《明诗纪事》庚签卷2，《明代传记丛刊14》，第849页。

③ 纪昀等：《钦定四库全书总目·天隐子遗稿》，第2471页。

④ 贾宗普：《公安派成员考》，《廊坊师范学院学报》2006年第4期。

如龙膺，"官徽州时，入汪道昆㴑中社，以交王世贞。识袁氏兄弟后，诗风一变。锻炼精严，才气横溢。"①

此外又有竟陵派，竟陵派的得力主将为钟惺和谭元春，《明史·文苑传》云"自宏道矫王、李诗之弊，倡以清真，惺复矫其弊，变而为幽深孤峭。与同里谭元春评选唐人之诗为《唐诗归》，又评选隋以前诗为《古诗归》，钟、谭之名满天下，谓之竟陵体。"②钟惺存赋 3 篇，谭元春无赋留存。钱钟书说："以作诗论，竟陵不如公安，公安取法乎中，尚得其下，竟陵取法乎上，并下不得，失之毫厘，而谬以千里。"③说的是诗，其实也适用于赋。作赋，竟陵也不如公安。

陈田《明诗纪事》庚签序云："万历中叶，王、李之焰渐熸。公安、竟陵狙起而击，然公安之失，曰轻曰俳；景陵之失，曰纤曰僻。其始作之俑者，中郎（袁宏道）俊脱，尚有才颖可喜；伯敬（钟惺）幽秀，尚有思致可赏……其变而多歧者，如关西文太青（文翔凤）、浙江王季重（王思任）、楚北尹宣子（尹民兴），牛鬼蛇神，支离怪诞，然独唱无和，世鲜讥弹。若专与弇州为难者，江右汤若士（汤显祖）变而成方，不离大雅。显砭于麟之失者，山左于无垢（于慎行）、公孝与（公鼏），识虽绝特，才乏殊尤……若区海目（大相）之清音亮节，归季思（子慕）之澹思逸韵，谢君采（三秀）之声情激越，高孩之（出）之骨采骞腾，并足以方轨前哲，媲美昔贤。汤若士、李伯远（应征）、谢在杭（肇淛）、程松圆（嘉燧）、董遐周（斯张）、吴凝父（鼎芳）、孙宁之、晋安二徐（徐𤋮、徐𤊰），抑其次也。"④这些"不袭历下遗派"⑤者，均可归为反复古派。

一些信奉"心学"的赋家也非复古派阵营，如张元忭，"《明史·儒林传》称其自未第时，即与邓以赞从王畿游，传良知之学，然皆励志潜修，躬行实践。是集凡文六卷、诗一卷，亦无语录粗鄙之习，但于是事非当行耳。"⑥刘必绍，"其书皆讲明《四书》而间及时事，以'天德''王道'为指归，以心学为宗旨，亦王文成之流，而与朱子相依附。"⑦王襞，字宗顺，号东崖，泰州人。父王艮。有《东崖遗集》⑧。"其父子皆刻意讲学，非以文章为事者"⑨。霍

①　袁宏道著、钱伯城笺校：《袁宏道集》卷 1《夏日同龙君超（龙襄）、君善（龙膺）、家伯修（袁宗道）郊外小集》，第 33 页。

②　张廷玉：《明史》卷 288《文苑传》，第 7399 页。

③　钱钟书：《谈艺录》第二九"竟陵诗派"，三联书店 2001 年版，第 297 页。

④　陈田：《明诗纪事》庚签序，《明代传记丛刊 14》，第 791 页。

⑤　朱彝尊：《明诗综》卷 58。

⑥　《不二斋文选》提要，四库全书存目丛书集部 154 册，第 484 页。

⑦　《增修登州府志》卷 63《艺文志》，《中国地方志集成·山东府县志辑 49》，第 311 页。

⑧　纪昀等：《钦定四库全书总目·东崖遗集》，第 2477 页。

⑨　纪昀等：《钦定四库全书总目·东崖遗集》，第 2477 页。

与瑕,湛若水弟子①。

此外又如孙鑨,"诗句清隽,不入前后七子之派,文则不免于平衍。"②吴士奇,"其文虽不能步趋归、唐而文从字顺,尚不蹈王、李赝古之习,惟韵语牵率颇甚。"③都可归入反复古派。

一、赋作内容

(一)馆课、典礼、祥瑞等赋

反复古派的馆课赋有袁宗道④《玉壶冰赋》、萧云举⑤《万宝告成赋》、陶望龄⑥《述志赋》、黄辉⑦《拟述志赋》《日重光赋》等,"尔时馆课文字,皆沿袭格套,熟烂如举子程文,人目为翰林体。及李、王之学盛行,则词林又改步而从之,天下皆诮翰林无文。"⑧而"伯修(袁宗道)在词垣,当王、李词章盛行之日,独与同馆黄昭素(黄辉)厌薄俗学,力排假借盗窃之失,于唐好香山,于宋好眉山,名其斋曰白苏,所以自别于时流也。其才或不逮二仲,而公安一派实自伯修发之。"⑨万历十七年是公安派的形成之年,袁宗道与黄辉、陶望龄等人,在此时的馆课文学中已经就反拟古形成共识。钱谦益说此时的黄辉,"平倩入馆,乃刻意为古文,杰然自异。馆阁课试之文,颇取裁于韩、欧,后进稍知向往,古学之复,渐有端倪矣。"⑩说陶望龄,"在词垣,与同官焦竑、袁宗道、黄辉,讲性命之学,精研内典……万历中年,汰除王、李结

---

① 任建敏:《从"理学名山"到"文翰樵山"》附录三《霍与瑕行实考释》,广西师范大学出版社2012年版。

② 纪昀等:《钦定四库全书总目·松菊堂集》,第2477页。

③ 纪昀等:《钦定四库全书总目·绿滋馆稿》,第2493页。

④ 袁宗道,字伯修,公安人。万历十四年进士,官至右庶子。有《白苏斋类稿》,存赋1篇。《明史》卷288《文苑传》,第7397页。

⑤ 萧云举,字允升,广西宣化人。万历十四年进士。历国子祭酒、礼部右侍郎、礼部尚书等。有《青萝集》,存赋1篇。《牧斋初学集》卷63《萧公神道碑》,四库全书1390册,第245页。按:《皇明馆课经世宏辞续集》卷12收此赋,题注"阁试",作者注"检讨"(四库禁毁书丛刊集部93册,第276页)。

⑥ 陶望龄,字周望,会稽人。万历十七年进士。累官国子监祭酒。有《歇庵集》,存赋1篇。《列朝诗集小传》丁集下,《明代传记丛刊11》,第662页。按:《皇明馆课经世宏辞续集》卷12,陶望龄赋题注"万历己丑(万历十七年)阁试"(四库禁毁书丛刊集部93册,第277页)。

⑦ 黄辉,字昭素,南充人。万历十七年进士。官少詹士兼侍读学士。有《怡春堂集》,存赋2篇。《明诗综》卷55。按:黄辉二赋收入《皇明馆课经世宏辞续集》卷12。

⑧ 钱谦益:《列朝诗集小传》丁集下"黄辉",《明代传记丛刊11》,第661页。

⑨ 钱谦益:《列朝诗集小传》丁集中"袁宗道",《明代传记丛刊11》,第606页。

⑩ 钱谦益:《列朝诗集小传》丁集下"黄辉",《明代传记丛刊11》,第661页。

习，以清新自持者，馆阁中平倩、周望为眉目云。"①不过，这指的是诗文，就现存诸人的赋看，反拟古的色彩体现得并不明显。袁宗道《玉壶冰赋》是汉赋体，赋设为姑射主人与凭虚丈人的问答之辞，赋玉壶冰。萧云举《万宝告成赋》是汉赋体，赋设为父老与予的问答之辞描写万宝告成。陶望龄《述志赋》、黄辉《拟述志赋》俱是骚体赋。从反对复古派"唐无赋"的角度看，只有黄辉《日重光赋》是一篇律赋，如：

　　　天无二日，瑞有重光。郁赤文兮内溢，䶄丹霞兮外扬。俪醇精而圆抱，属盛魄以旁张。卷一体之分气，遂合彩而为章。彬璘兮郁仪媿英，掩抑兮羲和丽祥。旦旦重华，差足征于姚帝；离离两作，良有取于庖皇。尔其露渥晨疏，星绳漏转。隐瑶圃兮乍还，出金门兮甫炼。乌连嬉以耸谷，龙扶光而服缠。虽若盘以凉凉，已辅规而电电。逮夫温源谢浴，曲阿腾晞。群阴吞霭，积阳吐霏。散方宫之淑景，习圆罗以曾晖。选十辉之回惑，薄三素以希微。若乃暴侧衡阳，圭茊昆吾。中崇盖而交景，属利眼以分胪。何两珥之足拟，即四彗其犹殊。纷绬绬兮匪众燎之绕殿，炜煜煜兮宁群焰之随珠。于是黄道扬旌，赤熛安辔。偶丰明以再中，继离照而不易。气独䈴乎丹甋，精恍承于火燧。三千里之围径，荫贯连环；十六所之周驱，文弥决骥。

此赋格律规整，不减唐人。李调元云"明之工于律赋者，惟黄辉与此君（李维桢）而已。"②李维桢是后七子复古派代表作家之一，可知复古派与非复古派在赋的创作上，并不像诗文创作那样畛域分明。

　　典礼赋有孟化鲤③《拟大祀山陵赋》，赋有"惟皇御极，于兹八载"，盖作于万历八年（1580），前文复古派魏学礼有《大祀山陵赋》，作于万历八年季春，孟化鲤赋为拟作。梅守箕④《大阅赋》写万历九年"大阅"，《明史》卷57《礼志》"大阅"云："万历九年大阅，如隆庆故事"，所谓"隆庆故事"，指的是隆庆三年八月的大阅礼⑤。此赋超2500字，铺叙了大阅盛况，如：

---

①　钱谦益：《列朝诗集小传》丁集下"陶望龄"，《明代传记丛刊11》，第662页。
②　李调元：《雨村赋话》卷6，续修四库全书1715册，第671页。
③　孟化鲤，字叔龙，河南新安人。万历八年进士。官户部主事，吏部文选司郎中。后被削职，斥为民。有《云浦孟先生集》，存赋1篇。《明儒学案》卷29"北方王门学案"，《黄宗羲全集7》，浙江古籍出版社1992年版，第754页。
④　梅守箕，字季豹，宣城人。诸生。梅鼎祚之叔。秀才不第，贫不能糊口，死于白下。有《居诸前后集》，存赋16篇。《明诗综》卷62。
⑤　张廷玉：《明史》卷57《礼志》，第1438页。

其左则列侯将军,世家拂士。帅以五兵,督以十二。冠缋緌之冠,衣山云之衣。位以六符,导以执殳。具蔺石而布渠答兮,询路路之军容。信媣媣而妩修兮,带茀谒而离光。羞为伍于绛灌兮,当晋楚之齐盟。

其右则列卿肃肃,司马桓桓。班秩以典,阶效其官。俨乎壁立,周旋犩宣。襟朱华之芳泽,佩夭蟜之长虹。御参干之差错兮,修剑锷之芙蓉。威暨然而颙颙兮,摄真气而即戎。

其前则朱雀之旗,龙章凤翼。百步之表,虎文虎质。珧鸠之弓,三属之甲。缦胡之缨,百常之戟。炭然四著,山乎委藉。若駬隐赫赫兮,听誓发而先栗。

后则王轪从从,襂褷陆离。辒轩旆旆,矢石苨苨。葊葊扬旌,云树似飞。此实王鈇之所出,玄冥其厥司。由震固以靓深兮,覆熛阙而方来。

于慎行①有《阁试经筵赋》,于慎行隆庆二年进士,选庶吉士,此赋为庶吉士馆课赋题,盖作于隆庆二年六月至隆庆四年三月在馆其间。其《鲁藩三瑞承恩赋》是一篇祥瑞赋,写鲁藩以芝草、嘉禾、松巢三瑞祝颂皇帝。

（二）咏怀、吊古、人事等赋

汤显祖②"晚岁以词赋倾海内"③,现存赋作31篇,咏怀赋有《广意赋》《龄春赋》《感士不遇赋》《怀人赋》《哀黄生赋》《感宦籍赋》《怀恩念赋》《酬心赋》《哀伟朋赋》等,《广意赋》作于万历五年(1577),作者时年28岁,"为累试不第以自广之词"④。汉晋以来多有《士不遇赋》,汤显祖之《感士不遇赋》在体制上与同类赋作不同的是,除了赋首的叹辞之外,全篇为《离骚》式骚体赋,如:

客有叹于余者曰:"歔哉,何独士之不遇乎!"道开天而制易兮,五

---

① 于慎行,字可远,东阿人。隆庆二年进士。累迁礼部尚书。有《谷城山馆集》,存赋6篇。《国朝献征录》卷17叶向高《于公慎行墓志铭》,续修四库全书525册,第712页。

② 汤显祖,字义仍,号若士。江西临川人。万历十一年进士,历官礼部主事、遂昌知县等。有《玉茗堂集》,存赋31篇。《明史》卷230《汤显祖传》,第6015页。按:本传称"字若士",非,参见徐朔方《汤显祖年谱》,上海古籍出版社1980年版,第1页。另,其《秋夜绳床赋》,《总汇》第8册7210页据《汤显祖集》卷50与《明文海》卷4收录,徐朔方笺校《汤显祖诗文集》卷50:"赋所述事实与汤氏生平不合,文笔亦不类,作者为谁,殊为可疑。"甚是。从"忆昔十一读《易》兮,七年鼎革",盖明遗民乎?

③ 徐朔方笺校:《汤显祖诗文集》附录,上海古籍出版社1982年版,第1553页。

④ 徐朔方笺校:《汤显祖诗文集》卷5,第142页。

期辅以三名。井原疆而列食兮，世贤圣以功能。爵阴阳而遍置兮，正班荣而伙勋。何伴伴之屑能兮，裔车马之如云。入端楼而讽议兮，出避人于道陈。左右顾其严庄兮，似皇天之贵神。称须颜之鬎锦兮，时煤耀于冠纶。交容并其卷姣兮，抗从容而吐论。岂天人之绝趾兮，胡云士之不同。计不耐为商贾兮，又屈力于畴桑。恶末时之功令兮，乃学筹于古王。穷枯屠而无营兮，志婪婪之遨唐。身服义以严絜兮，处宦昧以加章。非善正其不交兮，拙持绳而倍工。征贵道于丘坟兮，苞意决之纵横。爰出身而上事兮，投岂圈于王明。

《怀人赋》作于万历八年夏，乃"怀乐安令沈公兼也"，于"悲悼之中，英雄气骨自存。聊托想于忘名，深睒怀于知己。直是组愁织恨！"①

　　其人事赋有《西音赋》《大司马新城王公祖德赋》《奇喜赋》《池上四时图赋》《高致赋》《金堤赋》等，《西音赋》为友人周无怀作，"西音所以怀思故土，赋言周无怀将归茸园亩，故以《西音》为题也。"②《大司马新城王公祖德赋》为王象乾作，称颂其祖德。《奇喜赋》为庚阳丁右武作，写其"殊喜惊怪奇特"之事。《金堤赋》，万历五年（1578），抚州知府梁山古之贤募越人水工陈琛等五十人筑千金堤，以同知宣城阆达、徐楠董其事，次年堤成③，赋文赞颂古之贤等人造福一方的政绩。沈际飞《玉茗堂赋集题词》云：

　　　　嗟乎，赋岂易言哉！其讽咏类歌诗，谏诤拟书疏，事实愈《尔雅》，感托寓滑稽。自唯屈平离谗忧国，而辞旨一本于忠厚恻隐，世乃以经目之。若徒夸宏衍，比于唐人对语之俳；而或能脱略，又入于宋人散语之文，未见其能赋也！玉茗堂赋有二体：一祖骚，如至方不能加矩，至圆不能过规，多僻字险句。一祖汉晋，感物造端，材智深美，洋洋洒洒，而浮曼浅俚处亦不乏。大抵铺张扬厉，长于序述，于风比兴雅颂之义，未之有获焉。④

其中贬斥"唐人对语之俳"与"宋人散语之文"，与复古派排拒唐律赋、宋文赋的主张毫无二致。说汤显祖的辞赋创作"祖骚""祖汉晋"，也与复古派"祖骚宗汉""不废六朝"的赋学倾向吻合。可见，到万历时期，复古派与非

---

① 徐朔方笺校：《汤显祖诗文集》卷22，第927页。
② 徐朔方笺校：《汤显祖诗文集》卷23，第943页。
③ 徐朔方笺校：《汤显祖诗文集》卷50，第1464页。
④ 徐朔方笺校：《汤显祖诗文集》附录，第1535页。

复古派在各体文学领域都逐渐融合。至于"长于序述",则是汤显祖赋的独特之处。他的赋大多有序,有的赋序还比较长,《大司马新城王公祖德赋》序即超过 1000 字,沈际飞赞云"叙事佳,似有此序,可无此赋。"①

梅守箕存赋 16 篇,也有较多的抒怀赋,如《幽赋》《怀春赋》《屯赋》《小怀春赋》《市居赋》《弃故乡赋》《婆嗟赋》《绎思赋》《伤夏儿赋》《荡心赋》《渡淮赋》《哀旧赋》等,其中值得注意的是《屯赋》,此赋作于万历十三年(1585),赋仿李、何二人《钝赋》《蹇赋》而作,而篇幅更大,抒写自己"困苦""赢敝""顿踬"之况与不平之气。

田艺蘅②的咏怀行旅赋有《涉江吊吴行人伍子胥赋》《钓赋》《悲穷冬赋》《愧衷赋》《南观赋》等,《钓赋》抒写自己"屏居"时的垂钓之乐。《愧衷赋》,作者曾从唐顺之游,今岁得伏谒辕门,献诗文数千百篇,后数日,唐公以手札驰报:"英迈博雅,足继家学。"作者觉得不足以当之,"实惭于心",作此赋以申谢。

谢肇淛③的咏怀吊古赋有《闽志赋》《南归赋》《吊鲁灵光殿赋》等,东汉王延寿有《鲁灵光殿赋》,细腻生动地描写了灵光殿的建筑美与装饰美,而谢肇淛的《吊鲁灵光殿赋》重在伤吊,伤吊"其形影湮销,宵不可得而诘矣。"

霍与瑕④的抒怀赋有《怀归赋》《新秋归樵赋》《送郭平川黄门归太和》《山斗遐思》《春城送别》《上元见喜蛛》《盘谷》等,《上元见喜蛛》题注:"时丁丑(万历五年,1577)归自南昌,元日舟中有感",赋写归途中见喜蛛,认为"抑言归而返初服""卧林泉而独乐",是作者"素心之所为真喜""将永矢而弗亏"。《盘谷》抒写"谷之盘兮聊归处,终吾生兮永弗喧"之愿望。

反复古派也有寿赋,如徐渭《寿吴家程媪》《画赋》,《画赋》乃以《寿山福海图》为通参公六十大寿。汤显祖《百仙图赋》题注"寿郭年伯相奎父",张元忭⑤《晚香堂赋》乃为王叔杲祝寿之作。于慎行《剑泉赋》"寿黄封君",《双寿堂赋》为刘畏所父母祝寿之作。霍与瑕《陆地生莲》题注"寿王绩斋乃翁",《谪锄芝草》题注"寿王绩斋乃翁",《中山遐祉》有"君子寿兮寿且康"

① 徐朔方笺校:《汤显祖诗文集》卷 24,第 952 页。
② 田艺蘅,字子艺,浙江钱塘人。田汝成子。以岁贡生任徽州训导,罢归。有《田子艺集》,存赋 19 篇。《明史》卷 287《文苑传》,第 7372 页。
③ 谢肇淛,字在杭,福建长乐人。万历二十年进士。历广西按察使,左布政使。有《小草斋集》,存赋 13 篇。《明诗综》卷 57。
④ 霍与瑕,广东南海人。嘉靖三十八年进士。官慈溪知县、兵部员外郎、广西佥事等。有《霍勉斋集》,存赋 14 篇。《广东通志》卷 45"人物志",四库全书 564 册,第 105 页。
⑤ 张元忭,字子荩,山阴人。隆庆五年状元。历官左谕德兼侍读。有《不二斋稿》,存赋 2 篇。《明史》卷 283《儒林传》,第 7288 页。按:《总汇》第 7 册 6004 页收《晚香堂赋》,第 8 册 6927 页收《拟越裳献雉赋》,一人分列两处。

"届此八旬分初度"等语,亦为寿赋。

（三）咏物、山水、楼台等赋

徐渭①咏物赋较多,如《牡丹赋》《鞠赋》《荷赋》《梅赋》《前破械赋》《后破械赋》《缇芝赋》《画鹤赋》《十白赋》《胡麻赋》《梅桂双清赋》《瑞麦赋》等。其中《十白赋》乃描写十种白色之物:鹿、兔、鹊、猴、鹳鸲、鹦鹉、龟甲、麂、鼠、黄头,体制上俱为不满百字的短赋,少则32字,多则61字,有汉赋体、四言赋、六言赋、汉骚杂糅等形式,如《鹿二只》:

> 爰有二鹿,雪皓霜莹。后先互呈,以雌以雄。合八蹄而两角,蹲并璧以交穹。桓桓抚臣,敢告世宗。谢山海之萍实,仰刍豢于上宫。谅遭遇之有时,胡人与物而匪同。

汤显祖的咏物、山水楼台赋有《庭中有异竹赋》《疗鹤赋》《嗤彪赋》《匡山馆赋》《铜马湖赋》《吏部栖凤亭小赋》《游罗浮山赋》《秦淮可游赋》《青雪楼赋》《四灵山赋》《霞美山赋》《浮梁县新作讲堂赋》《豫章揽秀楼赋》等。《嗤彪赋》写一老虎经道士驯养之后,虎威尽失,常以娱宾。作者嘲笑老虎为了贪图一只羊,把自己的前途废了,以至受到如此多的屈辱。序文有柳宗元散文体物神妙、峻洁清深之特点:

> 予郡巴丘南百折山中,有道士善槛虎。两函,桁之以铁,中不通也。左关羊,而开右入虎,悬机下焉。饿之。抽其桁,出其爪牙,楔而鋸之,絙其舌。已,重饿之。饲以十铢之肉而已。久则羸然弨然。始饲以饭一杯,菜一盂,未尝不食也,亦不复有一铢之肉矣。以至童子皆得饲之。已而出诸囚,都无雄心,道士时与扑跌为戏,因而卖与人守门,以为常。率虎千钱,大者千五百钱。初犹惊动马牛,后反见犬牛而惊矣。或时伸腰振首,辄受呵叱,已不复尔,常置庭中以娱宾。月须请道士诊其口爪,镵剔扰洗各有期。道士死,其业废。予独嗤夫虎,雄虫也,贪羊而穷,以至于斯辱也。

赋就序文所言展开铺叙,沈际飞云"事奇,一序已足"②,认为赋有续貂之嫌,

---

① 徐渭,字文长,山阴人。曾入胡宗宪幕府,出奇计大破倭寇。后胡宗宪被捕自杀,徐渭一度因此发狂,三次自杀,皆不死。因发狂杀妻下狱七年,被赦出狱已53岁,晚年穷困潦倒。存赋19篇。《明史》卷288《文苑传》,第7387页。

② 徐朔方笺校:《汤显祖诗文集》卷23,第945页。

确为的评。《游罗浮山赋》作于万历十九年(1591)十一月,时汤显祖在贬官徐闻典史途中,迂道往游罗浮,遂作此赋。《豫章揽秀楼赋》作于万历三十六年(1608)九月家居之时,赋序"事详致尽,《滕王阁序》流风。"赋文"累累数万余言,物华天宝,有美必传,无胜不具。"①序与赋相得益彰,各具风采。帅机云"其所为《罗浮山》《青雪楼赋》,编星濯锦,当令天台汗颜……如汤义集最多,而所选极精严。可谓六朝之学术,四杰之俦亚,卓然一代之不朽者矣!"②除此"六朝之学术,四杰之俦亚",汤显祖《答张梦泽》亦有:"弟十七八岁时,喜为韵语,已熟骚赋六朝之文。"③所谓"六朝之文",就赋而言,就是骈赋。除了上述诸文,汤显祖赋作的"六朝"气息所在多有,《吏部栖凤亭小赋》乃一小体骈赋:

> 游龙巨川,栖凤名园。萍池蔽景,竹町笼暄。吹台之梧对植,暗河之桂双掀。果多梅萸,草则兰荪。锦云披而花笑,珠露零而叶翻。地则铨流之署,人非华竞之轩。况复选部郡公,简要清通。并挺瑶山之干,俱韵竹林之风。赏心惟会,镜影弥空。缓带而临清燕,搦管而和雕虫。可以永庆朝伦之穆,均欢臣誉之融。汰灵襟于草陌,送柔抱于花丛。芳尊之友无恙,折杨之调谁工。有如仆者,周行有命,孔德无容。虽焕发于霞藻,终睇缅于云松也。

翠娱阁评此赋云:"声嗺嗺其和雅,乘的的而辉煌。"④

田艺蘅的咏物、山水赋有《蟫赋》《水仙花赋》《游小小洞天赋》《玉簪花赋》《小镜赋》《白鹿赋》《虱赋》《蜘蛛网雀赋》《释鷾鸸赋》《绦鹰赋》《雨赋》等,《释鷾鸸赋》仿赵壹《穷鸟赋》、卢照邻《穷鱼赋》而作⑤。《虱赋》,在田艺蘅之前,唐李商隐、陆龟蒙,元杨维桢,之后明顾大韶等,都作过此赋,"李止讥其啮臭,未尽其罪也;陆更赏其恒德,则几好人所恶矣"(顾大韶《又后虱赋》序),杨维桢之作通过骂壁虱的作恶多端,抨击元末贪官恣行、民不聊生的黑暗时政。顾大韶之作"请数其恶",并诛杀之,是"鞭挞宦官乱政的力作"⑥。田艺蘅赋则直继李、陆二作,"在玉溪生固知其一而未知其二,在天

---

①　徐朔方笺校:《汤显祖诗文集》卷27,第991页。

②　《玉茗堂文集序》,徐朔方笺校:《汤显祖诗文集》附录,第1519页。

③　徐朔方笺校:《汤显祖诗文集》卷47,第1365页。

④　徐朔方笺校:《汤显祖诗文集》卷22,第928页。

⑤　浦铣:《复小斋赋话》卷下:"明田艺蘅《释鷾鸸赋》,赵壹《穷鸟》、卢照邻《穷鱼》之类。"《历代赋话》,第404页。

⑥　郭维森、许结:《中国辞赋发展史》,江苏教育出版社1996年版,第742页。

随子亦知其二而未知其三者也。"于是从洁与垢的角度,"以解其嘲",认为洁与垢在人自取,与虱是没什么关系的。赋云:

> 何回何跐,何瘠何腴。彼垢而聚,此洁而无。清斯缨濯,浊与足俱。顾人自取,以为去趋。噫,垢乎洁乎,虱乎何诛。

谢肇淛此类赋有《鹢雀赋》《尘赋》《东方三大赋》《灯花赋》《聚八仙赋》《济水赋》《闸赋》《瘿杯赋》等,《东方三大赋》,所谓"东方三大",其一泰山,其二东海,其三孔子,此赋超过5000字,先设为震旦丈人铺叙"岱岳之至高",又设为垂白海翁铺叙"东海之无隅",再设为都水使者对"通天地人,挟泰山而超北海"的孔子的赞美,对前二者加以否定。浦铣云:"谢在杭肇淛《东方三大赋》,冠以总序,分为三首,盖仿太冲《三都》也。"①《灯花赋》题注:"时钟伯敬(钟惺)、林茂之(林古度)同赋,即席立成"②,类似魏晋时人的同题共赋。《闸赋》有荀子赋谜语的性质。

高出③此类赋有《文雉赋》《山黄花赋》《吊亡鹤赋》《登景室山赋》等,《登景室山赋》有序,序文先考证王嘉《拾遗记》所云"老君居景室之山"之景室山,非洛阳景山太室少室山,疑是他山,再写"至卢氏,闻南境有山,巍峨际天,俗传为老子之居,即老君名之",遂易名为"景室山"而赋之。郭棐④有《石门泉赋》《滟滪堆赋》,《石门泉赋》通过描写广州石门"贪泉",歌颂晋末吴隐之的廉洁与贞节。浦铣云:"雅不喜明人赋,以其模仿而无真味也。读郭棐《石门泉赋》,庶可与宋元人争席矣。"⑤

二、赋 作 艺 术

(一)"祖骚宗汉"

1."祖骚"

反复古派有180余篇赋作,骚体赋44篇,占赋作总数的24%。其中《离骚》式骚体24篇,占骚体赋总数的55%。大体5篇:梅守箕《幽赋》《屯赋》

---

① 浦铣:《复小斋赋话》卷下,《历代赋话》,第404页。
② 谢肇淛:《小草斋集》卷1,续修四库全书1366册,第484页。
③ 高出,字孩之,山东莱阳人。万历二十六年进士。历任南京户部郎中、河南按察使、西平堡监军等。有《镜山庵集》,存5篇。《明诗综》卷58。
④ 郭棐,字笃周,广东南海人。师事湛若水。嘉靖四十一年进士。历夔州知府、云南右布政、光禄卿等。有《粤大记》《广东通志》等。存赋4篇。《广东通志》卷45,四库全书564册,第105页。
⑤ 浦铣:《复小斋赋话》卷上,《历代赋话》,第379页。

《绎思赋》、汤显祖《广意赋》、谢肇淛《闵志赋》;中体 8 篇:汤显祖《龄春赋》、张元忭《晚香堂赋》、梅守箕《寡妇赋》《荡心赋》、田艺蘅《愧衷赋》、归子慕①《自讼赋》、于慎思②《凤翥石赋》、徐阶③《别知赋》;小体 11 篇:刘必绍④《日影赋》、梅守箕《市居赋》《伤夏儿赋》《弃故乡赋》、钟惺⑤《秦淮灯船赋》、田艺蘅《反玄赋》《涉江吊吴行人伍子胥赋》、霍与瑕《怀归赋》《新秋归樵赋》《李太华死事》《上元见喜蛛》。

杂言式骚体赋 20 篇,占骚体赋总数的 45%。其组合方式如下:

(1)《离骚》式+《九歌》式+非兮。如霍与瑕《中山遁祖》、张元忭《拟越裳献雉赋》、于慎思《吊梁王太傅赋》、徐阶《井鮒赋》。

(2)《离骚》式+《九歌》式。如陶望龄《述志赋》、黄辉《拟述志赋》、刘必绍《笔赋》、吴士奇⑥《襁亭驿赋》、田艺蘅《水仙花赋》、霍与瑕《山斗遁思》《陆地生莲》。

(3)《离骚》式+非兮。如徐渭《画赋》、钟惺《灯花赋》、霍与瑕《送郭平川黄门归太和》、梅守箕《婆嗟赋》《渡淮赋》、王稚登⑦《广襟赋》。

(4)《九歌》式+非兮。如霍与瑕《春城送别》《谪锄芝草》《盘谷》。

2.“宗汉”

反复古派汉赋体 68 篇,占赋作总数的 37%。千字以上的大体 10 篇,设为主客的有 5 篇:汤显祖《四灵山赋》、周楷⑧《渔仙洞莎罗庵赋》、谢肇淛《病赋》《东方三大赋》、陈鸣鹤⑨《残骼赋》;未设主客的有 5 篇:汤显祖《游

---

① 归子慕,字季思,昆山人。归有光子。万历十九年举人。再试礼部不第,屏居江村。有《陶庵遗稿》,存赋 1 篇。《明史》卷 287《归有光传》附,第 7383 页。

② 于慎思,字无妄,东阿人。善古歌行,尤工古赋。有《庞眉生集》,存赋 6 篇。《谷城山馆文集》卷 24《航隐先生墓志铭》,四库全书存目丛书集部 147 册,第 715 页。

③ 徐阶,字子升,号少湖,松江华亭人。嘉靖二年进士。累官礼部尚书、文渊阁大学士。卒谥文贞。有《经世堂集》《少湖文集》。存赋 2 篇。《明史》卷 213《徐阶传》,第 5631 页。

④ 刘必绍,字绍文,文登人。隆庆二年选贡生,官保安州知州。有《观我亭集》,存赋 4 篇。《增修登州府志》卷 63“艺文”,《中国地方志集成·山东府县志辑 49》,第 311 页。

⑤ 钟惺,字伯敬,竟陵人。万历三十八年进士,累官福建提学佥事。有《隐秀堂集》,存赋 3 篇。《明史》卷 288《文苑传》,第 7398 页。

⑥ 吴士奇,字无奇,歙县人。万历二十年进士,官至太常寺卿。有《绿滋馆稿》《史裁》。存赋 1 篇。《钦定四库全书总目·史裁》,第 899 页。

⑦ 王稚登,字伯谷,长洲人。嘉靖、万历间,布衣、山人以诗名者十数,声华烜赫,以稚登为最。有《王伯谷全集》,存赋 4 篇。《明史》卷 288《文苑传》,第 7389 页。

⑧ 周楷,字伯孔,湘潭人。为童子,即称诗,钟惺赏之。年五十死贼中。存赋 1 篇。《列朝诗集小传》丁集下,《明代传记丛刊 11》,第 704 页。

⑨ 陈鸣鹤,字汝翔,怀安人。万历中诸生。有《泡庵诗选》。存赋 1 篇。《明诗纪事》庚签卷 30,《明代传记丛刊 15》,第 353 页。

罗浮山赋》《霞美山赋》《感宦籍赋》、龙膺①《九芝赋》、高出《登景室山赋》。

千字以下五百以上的中体 18 篇,设为主客的有 8 篇:袁宗道《玉壶冰赋》、萧云举《万宝告成赋》、田艺蘅《雨赋》、谢肇淛《尘赋》、高出《耘庄赋》、徐肇惠②《竹夫人赋》、陈荐夫③《爪赋》、于慎行《鲁藩三瑞承恩赋》;未设主客的有 10 篇:徐渭《瑞麦赋》、汤显祖《疗鹤赋》《庭中有异竹赋》《嘻彪赋》《高致赋》、孙鑨④《梦登蓬莱阁赋》、于慎行《菊斋赋》《剑泉赋》《双寿堂赋》、于慎思《陇城闻笛赋》。

五百字以下的小体 29 篇,除了田艺蘅《错言赋》设为主客,其它均未设主客:徐渭《缇芝赋》《十白赋》(《鹿二只》《兔》《鹊》《猴》《麂》《黄头》)《女芙馆赋》《梅桂双清赋》、严果⑤《憨菊赋》《憎蚊赋》、刘必绍《憎壁虱赋》、江盈科⑥《憎蚊赋》⑦、梅守箕《长人赋》、王襞⑧《中秋雅会赋》、田艺蘅《蟫赋》《玉簪花赋》《释好鸳赋》《绦鹰赋》、谢肇淛《聚八仙赋》《济水赋》《闸赋》《瘿杯赋》《吊鲁灵光殿赋》、区大相⑨《感去燕赋》《草虫投灯赋》、王稚登《蛏赋》。

四、六言赋也属于汉赋体,反复古派的四言赋有 9 篇:徐渭《后破械赋》《胡麻赋》《十白赋》(《鹳鸰》《鹦鹉》)、汤显祖《哀黄生赋》《和尊言赋》、田艺蘅《蜘蛛网雀赋》《虱赋》、谢肇淛《鸱雀赋》。六言赋有 1 篇:汤显祖《十白赋》(《龟甲》)。

七体有于慎思《七述》,此赋设为玄虚主人有病,客述七事以"发膏肓"

---

① 龙膺,字君御,武陵人。万历八年进士,官至南京太常寺卿,有《九芝集选》,存赋 2 篇。《明诗纪事》庚签卷 13,《明代传记丛刊 15》,第 82 页。

② 徐肇惠,字蓂夫,华亭人。徐阶孙,善属文。万历时人。有《臆说》,存赋 1 篇。《松江府志》卷 55"古今人传",《中国方志丛书·华中地方 10》,成文出版社 1970 年版,第 1237 页。

③ 陈荐夫,名藻,以字行。闽县人。万历二十二年举人。与谢肇淛、邓原岳、安国贤、曹学佺、徐熥、徐𤊹称"闽中七子"。有《水明楼集》,存赋 2 篇。《钦定四库全书总目·水明楼集》,第 2494 页。

④ 孙鑨,字端峰,余姚人。工部尚书升之子。官上林苑丞。晚归烛湖,于宅东构漆园居之。有《松菊堂集》,存赋 1 篇。《钦定四库全书总目·松菊堂集》,第 2477 页。

⑤ 严果,字毅之,震泽人。以布衣终其身。有《天隐子遗稿》,存赋 4 篇。《钦定四库全书总目·天隐子遗稿》,第 2471 页。

⑥ 江盈科,字进之,湖南桃源人。万历二十年进士。历任吏部主事、四川提学佥事等。有《雪涛阁集》,存赋 1 篇。《明诗综》卷 57。

⑦ 《总汇》第 8 册 7321 页据《桃源县志》卷 14 收江盈科《憎蚊赋》,第 9 册 7565 页《历代赋汇》收陈继儒《憎蚊赋》,此赋应为江盈科作。

⑧ 王襞,字宗顺,泰州人。父王艮。有《东崖遗集》,存赋 1 篇。《钦定四库全书总目·东崖遗集》,第 2477 页。

⑨ 区大相,字用孺,高明人。万历十七年进士。历赞善、中允、南京太仆寺丞等。存赋 2 篇。《广东通志》卷 47"人物志",四库全书 564 册,第 284 页。

"起废疾"。主题虽仍沿袭《七发》"问疾",但形式有些许变化。如《七发》"音乐"一节,文中之歌用《九歌》式,而此赋文中之歌词,除了《九歌》式,还有四言诗、七言诗,比《七发》有更多的表现形式。

3. 骚汉杂糅

上文提到汤显祖《感士不遇赋》,除开头"客有叹于余者曰:'猷哉,何独士之不遇乎!'",下文全为《离骚》式骚体赋,即属于骚汉杂糅式。汤显祖《金堤赋》,绝大部分是杂言式骚体赋,而结尾以汉赋体收束。谢肇淛《广招赋》,除了绝大部分"些"字式招魂词外,赋的开头是"骚辞+汉赋问答"的形式:

> 秋懰慓而沉潦兮,浮云冉而上征。驾素辀于荒原兮,白骖踯躅而酸鸣。蔓薋菔以芜秽兮,气智暂而黝暝。羌何为遴此穷奇兮,恍惘懆而匿明。曜灵瞠视以弗及兮,帝乃命诸巫真曰:"广陵有侠骨焉,魂匼愿而不复。女筮予之招兮,余且畀之南服。"巫真对曰:"夫干贞固者所以为修也,魄摺榱者所以浮游也。幸帝命之不延,未及附诸粪草,予无所用筮焉。"乃下招曰。

这些都属于骚汉杂糅式中骚体占优势的情况。更多的骚汉杂糅式,骚体在赋中只占一部分,其组合形式有如下几种:

(1)汉赋+《离骚》式+《九歌》式。此式有9篇:徐渭《鞠赋》、梅守箕《哀旧赋》、龙膺《蘧庐赋》、徐𤊹①《乍见赋》、谢肇淛《灯花赋》、霍与瑕《病鹤独舞赋》、田艺蘅《小镜赋》《悲穷冬赋》、高出《吊亡鹤赋》。

(2)汉赋+《离骚》式。此式有12篇:梅守箕《大阅赋》、田艺蘅《南观赋》《钓赋》、霍与瑕《跃鱼赋》、高出《文雉赋》、徐渭《寿吴家程媪十白赋》(《鼠》)、严果《感白髭赋》、钟惺《鹊巢赋》、郭棐②《桂华楼赋》、王稚登《悼物赋》《告蛇赋》。

(3)汉赋+《九歌》式。此式有10篇:汤显祖《大司马新城王公祖德赋》《哀伟朋赋》《奇喜赋》《怀恩念赋》《铜马湖赋》、孟化鲤《拟大祀山陵赋》、

---

① 徐𤊹,字惟起,闽县人。兄熥为万历十六年举人。𤊹以布衣终,万历中与曹学佺狎主闽中诗坛。有《红雨楼集》,存赋1篇。《民国闽侯县志》卷71"文苑",《中国地方志集成·福建府县志辑2》,第745页。

② 郭棐,字乐周,南海人。兄郭棐。嘉靖四十年举人。官岳州府同知、桂阳知州。存赋1篇。《同治桂阳直隶州志》卷9,《中国地方志集成·湖南府县志辑32》,江苏古籍出版社2003年版,第190页。《广东通志》卷45,四库全书564册,第106页。按:《桂阳直隶州志》"字霞谷",今从《广东通志》。

霍与瑕《粤山烟树赋》、严果《菊赋》、田艺蘅《游小小洞天赋》、高出《山黄花赋》。

（4）汉赋+《离骚》式+《橘颂》式。如梅守箕《卖山赋》。

（二）崇尚六朝

于慎行《赋叙》云："班氏有言，赋者，古诗之流也。盖云雅颂不作，流而为骚赋尔。五言既兆，又赋之流而为诗，去古远矣。然自屈宋以下，所谓古赋者，犹有雅颂之遗，若《二京》《三都》，则辞类纪述；江左六朝，则体沦俳偶。于诗道益辽然哉。予兄无妄，好拟楚骚，予雅慕之。久涉风尘，曾无暇晷，竟不能为也，徒从应酬，搁笔间作俳赋，于古无当焉。为其列于六义，稍存二三，以附诗体云尔。"①虽知俳赋"于古无当"，仍然"搁笔间作"。汤显祖"十七八岁时，喜为韵语，已熟骚赋六朝之文。"②反复古派赋家对"六朝之文"的积极态度，使他们创作出不少骈俪化色彩非常浓厚的赋，如徐渭《荷赋》《梅赋》《前破械赋》《画鹤赋》《龙溪赋》《醉月寻花赋》、汤显祖《怀人赋》《吏部栖凤亭小赋》《百仙图赋》《池上四时图赋》《匡山馆赋》《愁霖赋》《秦淮可游赋》《青雪楼赋》《西音赋》《酬心赋》《豫章揽秀楼赋》、刘必绍《对月赋》、田艺蘅《楚王幸章华台观美人博弈赋》、陈荐夫《神剑化龙赋》等。

反复古派也有骈赋或五七言诗体赋与其他体式杂糅的赋作，大致有以下两种组合形式：

A.骚赋、汉赋、骈赋杂糅。如来知德③《游峨赋》、于慎思《鹦鹉赋》《北印山赋》。

B.骚赋、汉赋、诗赋杂糅。如梅守箕《怀春赋》《小怀春赋》、谢肇淛《南归赋》。

此外，赋末乱辞或赋中系诗也有诗化倾向。如梅守箕《绎思赋》乱是七言诗，汤显祖《霞美山赋》颂是"七言+骚辞"，谢肇淛《尘赋》歌是"五言+骚辞"。

（三）宗唐尚宋

除了上文所说黄辉《日重光赋》为馆试时所作律赋外，徐渭《世学楼赋》题注："为钮大夫赋"，田艺蘅《白鹿赋》是一篇祥瑞赋，俱为律赋。

---

① 于慎行：《谷城山馆诗集》卷20《赋叙》，四库全书1291册，第183页。

② 汤显祖：《答张梦泽》，《汤显祖诗文集》卷47，第1365页。

③ 来知德，字矣鲜，梁山（今重庆梁平）人。嘉靖三十一年举人。万历三十年，以荐授翰林待诏。有《釜山诗集》，存赋1篇。《明史》卷283《儒林传》，第7291页。

至于对喜议论说理的宋赋的宗尚,如虞淳熙①《隔百斋赋》,赋斋名"隔百"之义。徐渭《涉江赋》作于32岁,时作者"落名乡试,涉江东归""惧理道无闻而毛发就衰",因作此赋。赋中有不少议论说理的成分,如:"无形为虚,至微为尘。尘有邻虚,尘虚相邻。天地视人,如人视蚁。蚁视微尘,如蚁与人。尘与邻虚,亦人蚁形。小以及小,互为等伦。则所称蚁,又为甚大。小大如斯,胡有定界?"

宋赋体有时也与其它体式杂糅,如徐渭《牡丹赋》为宋赋与汉赋杂糅的形式,汤显祖《浮梁县新作讲堂赋》,主体部分是汉赋的形式,但也杂有宋赋喜议论的特色,如:

> 然则无清英之意者不可以及远,鲜阴阳之力者不可以致用。故夫通人学士,坐进此道。凿户牖以为室,则思其人以居之;观埏埴以为器,则思其人以仪之。必且撰杖履,侪衣冠,诊同文,发更端。举闻见而历落,依性命以盘桓。珠无燧而不引,响有叩而必还。盖将以映发于天人之际,流通乎师友之间。济济祁祁,便便反反。课规程而测美,执文句以攻坚。讲太极而中隐,赏良知而物捐。是皆拟日用于仁智,转天机于释玄。等疑虚而借实,鲜遗边而遇全。体用合而理正,粗妙函而事安。惟尊经而正业,得在意以酬诠。慨学人之多致,摄堂奥以良难。有同声而响隔,有殊风而意传。嘿则神而有信,辨且存而勿论。

沈际飞评"然则无清英之意者不可以及远,鲜阴阳之力者不可以致用"句云:"器赅道,即象寓理者,吾欣赏此。"又评"体用合而理正,粗妙函而事安"句云:"说得完"②,正印证了此赋说理的精辟。而李贽③的《琴声赋》完全就是一篇《琴声论》,如:

> 由此观之,同一心也,同一吟也,乃谓丝不如竹,竹不如肉,何也?夫心同吟同,则自然亦同。乃又谓渐近自然,又何也。岂非叔夜所谓未

---

① 虞淳熙,字长孺,浙江钱塘人。万历十一年进士。任兵部职方主事、主客员外郎。有《虞德园先生集》,存赋1篇。《寓林集》卷15《德园虞公墓志铭》,四库禁毁书丛刊集部42册,第352页。

② 徐朔方笺校:《汤显祖诗文集》卷26,第970页。

③ 李贽,福建泉州人。初姓林,名载贽,后改姓李,名贽,字宏甫,号卓吾。嘉靖三十一年举人。历共城教谕、国子监博士、姚安知府等。后被诬下狱,自刎死于狱中。存赋1篇。铃木虎雄著、朱维之译:《李卓吾年谱》,《李贽研究参考资料》第1辑,福建人民出版社1975年版。

达礼乐之情者邪？故曰，言之不足故歌咏之，歌咏之不足，故不知手之舞之。康亦曰，复之不足，则吟咏以肆志，吟咏之不足，则寄言以广意。傅仲武《舞赋》云，歌以咏言，舞以尽意。论其诗不如听其声，听其声不如察其形。以意尽于舞，形察于声也。由此言之，有声之不如无声也，审矣。尽言之不如尽意，又审矣。然则谓手为无声，谓手为不能吟，亦可。唯不能吟，故善听者，独得其心，而知其深也。其为自然，何可加者，而孰云其不如肉也邪？吾又以是观之，同一吟也，以是弹于袁孝尼之前，声何夸也；以之弹于临绝之际，声何惨也。琴自一耳，心固殊也。心殊则手殊，手殊则声殊，何莫非自然者，而谓手不能二声，可乎？而谓彼声自然，此声不出于自然，可乎？故蔡邕闻弦而知杀心，钟子听弦而知流水，师旷听弦而识南风之不竞，盖自然之道得手应心，其妙固若此也。

这正是自元人祝尧《古赋辩体》以来所批评的宋赋体，"宋之古赋往往以文为体，则未见其有辩其失者……若以文体为之，则专尚于理，而遂略于辞昧于情矣……以论理为体，则是一片之文，但押几个韵尔。赋于何有？"①也是明代复古派文人理论上所反对的。而袁宏道②《陋仆赋》也"入于宋人散语之文，未见其能赋也。"③

第五节　古今存赋第一人
——周履靖

周履靖④，字逸之，自号梅癫道人，浙江嘉兴人。博通经史、诸子百家之书，专力为古文词。郡县交辟数次，不应。王世贞、皇甫汸、文嘉、刘凤、徐中行、吴国伦、茅坤、屠隆、董其昌，皆为莫逆交。其赋作现存 615 篇，收在《赋海补遗》30 卷之中。

《赋海补遗》30 卷，有国家图书馆藏明万历年间金陵书林叶如春刻本，《历代赋学文献辑刊》第 2—4 册收录。《赋海补遗》卷首"沛国子威刘凤、嘉禾逸之周履靖、四明纬真屠隆同辑"，实际上为周履靖一人所辑，此书卷三十周履靖《螺冠子自叙》有云："螺冠子所著有《赋海补遗》三十卷"。据李

---

① 祝尧：《古赋辩体》卷 8，《赋话广聚 2》，第 418 页。
② 袁宏道，字中郎，号石公，湖北公安人。万历二十年进士。官国子助教、稽勋郎中等。存赋 1 篇。《明史》卷 288《文苑传》，第 7397 页。
③ 沈际飞：《玉茗堂赋集题词》，《汤显祖诗文集》附录，第 1535 页。
④ 《万历嘉兴府志》卷 22"隐逸"，《中国方志丛书·华中地方 505》，第 1355 页。

日华《味水轩日记》卷三"万历辛亥"（万历三十九年，1611）八月十九日记："梅墟周表叔七旬诞日"①，周履靖当生于嘉靖二十一年（1542），卒年不详。其《悲士不遇赋》序云："余少时和渊明《感士不遇赋》，越二十余载，终无知己之遇。呜呼老矣，感而步韵，赋此以写愚衷。"其《读书赋》序云："余颇识文字，尤嗜诗书，虽祁寒暑雨，未尝不披卷朗读，废食忘寝，年逼七旬，此心不怠。"故周履靖不仅高寿之人，其赋作的时间跨度也是很大的，从青年时代一直到晚年。

《赋海补遗》编于万历四十七年（1619）前，陈懿典《赋海补遗叙》云："周逸之士，傲寄北窗，才高东箭，著述之富，甲于一时。暇日探遗珠于学海，采夕秀于艺林，爰自汉初，讫于宋季，略耳目之所逮，搜僻隐之奇文，比类相从，都为二十八卷。或载赓前韵，或独创新裁，譬珪璧之蝉联，俨宫商之迭奏……是编之成，曾未四阅月，亦才人之极致也。"②可见，周履靖不少赋作就是在"四阅月"中创作出来的。而且，此编虽名为"赋海补遗"，而实际上除了前人之作，更多的是周履靖本人"载赓前韵"与"独创新裁"之赋作，几为周履靖个人赋集。其收录前人之作品，只是为了"载赓前韵"的方便而已。故《赋海补遗》大致分为两种情况，一种是周履靖赓和前人之作，先列前人赋作，后列自己次韵之作。一种是周履靖独创之作。其赓和前人之作270篇，占其赋作总数的44%，具体情况如下表：

	汉	魏/吴	晋	宋	齐	梁	陈	北周	隋	唐	总计
天文部	2	1	6	1						6	16
时令部		2	5	1		4					12
节序部			2					1			3
地理部	1	2	6	3		1	2		1		16
宫室部	2	4	6		1	1			1		15
人品部	1	1	2	1		5		1			11
身体部			2								2
人事部	6③	9	7	1		4④				2	29
文史部			5								5

① 李日华：《味水轩日记》卷3，《北京图书馆古籍珍本丛刊20》，书目文献出版社1989年版，第125页。
② 周履靖：《赋海补遗》卷首，国家图书馆藏万历年间金陵书林叶如春刻本。
③ 《悲士不遇赋》次韵司马迁《悲士不遇赋》，作者误为"司马相如"。
④ 《序愁赋》序："余数奇多蹶，愁绪种种，适检梁（简）文帝《序愁赋》，拟而和之。"但赋前未列简文帝赋。

续表

	汉	魏/吴	晋	宋	齐	梁	陈	北周	隋	唐	总计
珍宝部		2	1								3
冠裳部						1					1
器皿部	6	1/1	4			2				4	18
伎艺部			2				1				3
音乐部	1		6			2					9
树木部	1	2	10①		1					3	17
花卉部		2/1	7	1		6				2	19
果实部	1		6	3		1					11
芝草部			2		2	1				2	7
饮馔部			4							1	5
飞禽部	5②	2	14	5	1	5				4	36
走兽部	1	1	3			1				3③	9
鳞介部			2	1						5	8
昆虫部	2④	1	9⑤							3⑥	15
总计	29	32	111	17	5	34	3	2	2	35	270

《赋海补遗》选录的前人赋作共 269 篇,包括汉赋 28 篇,魏晋宋齐梁陈周隋赋 205 篇,唐赋 36 篇。其中除了个别唐赋是律赋外,其它均为古赋,如韦充《余霞散成绮赋》,《全唐文》所收有注"以题为韵";谢良辅《秋雾赋》,《全唐文》所收有注"以轻散长空、寒飞迥野为韵";崔琪《桂林一枝赋》,《全唐文》所收有注"以题为韵";樊晦《燕巢赋》,《全唐文》所收有注"以平入空极为韵";侯喜《秋燕辞巢赋》,《全唐文》所收有注"以秋令去急为韵"。故周履靖此类依韵之作亦是律赋,其《余霞散成绮赋》韵脚依次为"成、散、余、绮、霞、赋",《秋雾赋》韵脚依次为"轻、散、长、空、寒、飞、迥、野",《桂林一枝赋》韵脚依次为"枝、一、桂、林",《燕巢赋》韵脚依次为"极、空、入、平",

---

① 《朽槐赋》与《朽李赋》俱次韵晋张华《朽槐赋》,张华《朽槐赋》列在周履靖《朽槐赋》之前。

② 《鹗赋》与《擒鸟赋》俱次韵汉孔臧《鹗赋》,孔臧《鹗赋》列在周履靖《鹗赋》之前。

③ 《赋海补遗》误吴筠为梁人,盖与吴均混淆,而其《玄猿赋》实步唐吴筠《玄猿赋》之韵。

④ 《历代辞赋总汇》第 9 册 7722 页,《蚁赋》"校记":"次晋郭璞《蚁赋》韵",误,此赋实次汉孔臧《蓼虫赋》韵。

⑤ 《总汇》第 9 册 7723 页,《蜉蝣赋》"校记":"次晋傅咸《蜉蝣赋》韵",误,此赋实次晋郭璞《蚍蜉赋》韵。《总汇》第 9 册 7723 页,《蓼虫赋》"校记":"次汉孔臧《蓼虫赋》韵",误,此赋实次晋傅咸《蜉蝣赋》韵。

⑥ 《虱赋》之前收李商隐《虱赋》和陆龟蒙《后虱赋》,乃继二人之作,欲"与二君鼎立"。

《秋燕辞巢赋》韵脚依次为"秋、令、去、急"。有些虽未标明用韵,如王捧(奉)珪《日赋》,《全唐文》未标用韵,但也是律赋,故周履靖依韵之作《日赋》亦为律赋。

当然,周履靖也有改变,比如蔡邕《故栗赋》为《离骚》式骚体赋,而作者依韵创作的《故栗赋》却是汉赋体。向秀《思旧赋》亦为《离骚》式骚体赋,而作者依韵创作的《思旧赋》也是汉赋体。庾信《七夕赋》是骈赋,而周履靖《七夕赋》是汉赋体等等。

周履靖题识云:"余观作赋始祖风骚,创于荀宋,盛于两汉,迨至魏晋六朝,贾、曹、傅、陆之俦纵横玄圃,司马、江、王之辈驰骋艺苑,浩如河汉,灿若斗星,惭余管见,不能遍阅,仅纂题雅词玄、句寡意长者七百余篇,名曰《赋海补遗》,少俟暇时披览,倚韵追和,无暇计其工拙也。"①实际上周履靖所收赋作并不都是"句寡意长"的短篇,而是他所看到的前人赋作是残篇而已。如陆云《岁暮赋》,《陆士龙文集》所收为 758 字的中体赋(不算赋序),而周履靖依韵之《岁暮赋》仅有 86 字;江淹《丹砂可学赋》,《江文通集》所收为 620 字的中体赋(不算赋序),而周履靖之《丹砂可学赋》仅有 86 字;班昭《东征赋》,《文选》所收为 510 字的中体赋,而周履靖之《东征赋》仅有 70 字;夏侯湛《缴弹赋》全文不存,《北堂书钞》卷 124 收"张羽弓,理繁缴。心斫危巧,首习远耀。望大群以送丸,审放遣之必获。"而周履靖之《缴弹赋》只有"挽以弓,系以缴。俯远甸而发丸,纵鲲鹏亦能获";王徽《芍药花赋》全文不存,《艺文类聚》卷 81 和《历代赋汇》"逸句"卷 2 收"原夫神区之丽草兮,凭厚德而挺授。翕光液而发藻兮,飏风晖而振秀",而周履靖之《芍药花赋》为"若夫灵根于沃土兮,总花神之相授。孕锦英而浥露兮,俟暮春而敷秀",显然是据残篇而次韵。蔡邕《检逸赋》,《艺文类聚》卷 18 所收为:

> 夫何姝妖之媛女,颜炜烨而含荣。普天壤其无俪,旷千载而特生。余心悦于殊丽,爱独结而未并。情罔象而无主,意徙倚而左倾。昼聘情以舒爱,夜托梦以交灵。

周履靖《检逸赋》为:

> 夫何娉婷之淑质,如丽花之敷荣。鬓流云之乍敛,眉纤月之初生。畅鄌怀而眷恋,情与意之可并。思恍惚而难定,神一交而心倾。徒劳意

---

① 周履靖:《赋海补遗》卷 1,万历年间金陵书林叶如春刻本。

以缱绻,无妙计而通灵。

而《北堂书钞》卷110《检逸赋》又有"思在□而为簧鸣,哀声独而不敢聆"句,可见《艺文类聚》所收亦是节录,而非全篇。既然周履靖所录前人之作品大多残篇碎章,其依韵赓和之效果可想而知。有不少节文并不是连贯的一段,而是散落全文各处。比如《鲍参军集》所收鲍照《尺蠖赋》为:

> 智哉尺蠖,观机而作。伸非向厚,诎非向薄。当静泉渟,遇躁风惊。起轩躯以旷跨,伏累气而并形。冰炭弗触,锋刃靡迕。逢险蹙踏,值夷舒步。忌好退之见猜,哀必进而为蠹。每骧首以瞰途,常伫景而翻路。故身不豫托,地无前期。动静必观于物,消息各随乎时。从方而应,何虑何思?是以军算慕其权,国容拟其变。高贤图之以隐沦,智士以之而藏见。笑灵蛇之久蛰,羞龙德之方战。理害道而为尤,事伤生而感贱。苟见义而守勇,岂专取于弦箭。

而周履靖之《尺蠖赋》如下:

> 羡彼尺蠖,触物而作。屈何因窄,伸何违薄。遇水而止,值风而惊。任寸躯以旋转,藉尺土而藏形。故随处可息,不以定期。静则察之于物,动则探之乎时。赋形奚眇,无虑无思。

鲍照《尺蠖赋》节文收在《艺文类聚》卷97与《太平御览》卷948,周履靖必是依据节文而创作。此节文在原文中并不连贯,周履靖依节文之韵创作的《尺蠖赋》,其艺术效果必然大打折扣。

而且,因为缺少前人作赋之背景,以及未能一一把握前人写作个性,这些作品模拟之迹甚显,只能做到语句之相似。比如刘琬《神龙赋》,《艺文类聚》卷97所收如下:

> 大哉! 龙之为德,变化屈伸。隐则黄泉,出则升云。贤圣其似之乎,惟天神上帝之马。含胎春夏,房心所作;轩辕照形,角尾规矩。

周履靖《龙赋》为:

> 神哉! 龙之诞应,大小屈伸。潜隐九渊,飞跃五云。变化无穷者

乎，乃昊天沧海之马。升腾于夏，彩色金光；照映一身，罔有失矩。

又如钟毓《果然赋》，《艺文类聚》卷 95、《太平御览》卷 910 所收如下：

　　似猴象猨，黑颊青身。肉非嘉肴，唯皮为珍。

周履靖《果然赋》为：

　　若猿若猱，乌脸缁身。惟皮之贵，奚肉之珍。

再如蔡邕《协初赋》，《艺文类聚》卷 18 节录一段：

　　其在近也，若神龙采鳞翼将举。其既远也，若披云缘汉见织女。立若碧山亭亭竖，动若翡翠奋其羽。众色燎照，视之无主。面若明月，辉似朝日。色若莲葩，肌如凝蜜。

周履靖《协初赋》为：

　　惟逆观也，似洛水宓妃之形举。惟远视也，若广寒嫣然之仙女。秾兮夭桃艳树枝，动兮彩凤绚其羽。群葩难匹，姬中作主。颜如朝霞，色若春日。腕如雪藕，肤若蜂蜜。

这样的拟作，虽一日百篇何难！不作可也。

　　不过，当周履靖有感而发，不再刻意模拟前人的时候，一些次韵之作还是写出了自己的个性，如《朽李赋》，其序云："先大夫植李数株于苎村之傍，敷花甚繁，结实颇佳，奈岁久憔悴，睹之生感。昔张茂先《朽槐赋》以写盛衰之理，感而赋之，再押前韵后，成《朽李赋》，以贻一笑云耳。"赋云：

　　惟兹李之敷荣，于苎村之南隅。渐蟠根于芳圃，傍逸者之幽居。横雪葩于台榭，枝出墙于碍衢。历秋冬之霜霰，受日月之光射。畅游人之行乐，何条摧而干逆。忆昔芳春，叶茂森森。酒徒结伴，玩赏论心。浮樽列馔，纵笑花亭。兴狂鼓舞而卸袂，无嫌潦倒而开襟。悲今日之枯槁，终无时而垂阴。

赋作感慨李树的昔盛今衰,不输张华之《朽槐赋》。又如《擒鸟赋》,其序云:"甲午(万历二十二年,1594)秋夜,孤坐空斋,一禽下集,儿曹捕之,不知何名,却忆贾生见鹏鸟而为赋,余虽不文,漫仿孔臧《鸮赋》韵成之。"赋云:

> 甲午之秋,孤坐闲居。忽有一鸟,来自庭隅。昊童捕之,未卜何符。吉凶有定,用考于书。我心既正,何惮其妖?邪昧弗萌,典则莫瑜。朴素是敦,无为处士。以鸟为鹏,何能祸己?守黑守雌,意笃情真。一念之诚,可以通神。遭迍灭影,祯吉为邻。乖亦弗诬,福亦何求。素无妄念,正心静修。栖迟丘壑,猿鹤为福。山水取乐,胸臆忘忧。逃己辱荣,胡计顺逆?以义为常,以仁为宅。韬光邃养,克己为剧。

赋借物写志,虽不比贾谊深刻,但与其刻意模拟的赋作相比,显然更有价值。

周履靖不依前人之韵的独创之作有345篇,占其全部赋作的56%,具体情况见下表:

天文部20	时令部22	节序部6	地理部15	宫室部24	人品部22	身体部2	人事部21
文史部3	珍宝部9	冠裳部10	器皿部29	伎艺部12	音乐部7	树木部5	花卉部46
果实部20	芝草部4	饮馔部13	飞禽部22	走兽部20	鳞介部8	昆虫部5	总计:345

综观周履靖三百多篇独创之赋,有以下几点值得注意:1. 求全求备。周履靖把赋作分为23部类,相比其他赋家的分类,本已琐细。而且,在不少部类下,周履靖往往先安排一篇总括之赋,以概括此部类的整体情况,然后再分咏各个具体之物。如"果实部"先以《果赋》总括此部总体情况:

> 荔枝而进太真,龙目而益元神。蟠桃曼倩而窃,葡萄张骞而呈。梅止曹军之渴,杏植董医之林。交梨东海而贡,胡桃西域而生。赭柑绿柚,朱橘黄橙。瓜分几种,柿有八棱。汉园栗而享庙,安期枣而延龄。王戎而钻,李核不传;张掖而制,柰脯不贫。枇杷似乐之号,杨梅如龙之睛。樱桃色而绛紫,橄榄味而酸馨。石榴朱囊之象,莲房琼盏之形。芡实鸡头之呼,银杏鸭脚之称。瑶池中之雪藕,玉井侧之林檎。菱能济渴,蔗能生津。

然后分赋荔枝、龙眼、桃、梅、杏、李、柰、枇杷、林檎、樱桃、杨梅、安石榴、橄榄、葡萄、枣、栗、胡桃、梨、柑、橘、橙、柿、木瓜、银杏、莲房、瓜、鸡头、菱、藕、蔗等。如前人已有,则先列前人之赋,后列次韵之赋。若前人没有吟咏,则自己独创。"果实部"中,《荔枝赋》(汉王逸)、《桃赋》(晋傅玄)、《李赋》(晋傅玄)、《枇杷赋》(梁周祗)、《安石榴赋》(晋傅玄)、《葡萄赋》(晋荀勖)、《柑赋》(宋谢惠连)、《橘赋》(宋谢惠连)、《木瓜赋》(宋何承天)、《瓜赋》(晋傅玄)、《蔗赋》(晋张协)等,前人俱有创作,周履靖对这些赋依韵赓和,自己则独立创作了《龙眼赋》《梅赋》《杏赋》《奈赋》《林檎赋》《樱桃赋》《杨梅赋》《橄榄赋》《枣赋》《栗赋》《胡桃赋》《梨赋》《橙赋》《柿赋》《银杏赋》《莲房赋》《鸡头赋》《菱赋》《藕赋》等,以补前人之遗。

其它如"昆虫部"之下先有《虫赋》总括昆虫部情况,然后分赋之。"鳞介部"之下先有《鳞赋》总括此部情况,然后分赋之。"走兽部"之下先有《兽赋》总括此部情况,然后分赋之。"飞禽部"之下先有《鸟赋》进行总括,然后分赋之。"树木部"之下先有《木赋》总括,然后分赋之,都属于此类。

有的部类虽没有总括之赋,但也力求作到"全"和"备"。如"芝草部"不仅列了《芝赋》《草赋》,还列了属于"芝草部"的《杜若赋》《菖蒲赋》《艾赋》《荠赋》(两篇)《瓦松赋》《苔赋》《萍赋》《积薪赋》等;"冠裳部"不仅有《冠赋》《衣赋》,凡与"冠裳"有关的物,都是作者关注的对象,如《帐赋》《衾赋》《裘赋》《白狐裘赋》《巾赋》《帽赋》《袜赋》《履赋》《明眼囊赋》等;"花卉部"开列诸如《春花赋》《牡丹花赋》《芍药花赋》《梅友赋》《梅花赋》(两篇,一和宋璟《梅花赋》韵,一独创)《玉兰花赋》《杏花赋》《李花赋》《桃花赋》《梨花赋》《海棠花赋》《兰花赋》《山兰赋》《瑞香花赋》《蔷薇花赋》《木香花赋》《玫瑰花赋》《杜鹃花赋》《白绣球花赋》《辛夷花赋》《紫荆花赋》《棣棠花赋》《荼蘼花赋》《玉蕊花赋》《柳花赋》《槐花赋》《紫花赋》《含笑花赋》《鹿葱花赋》《萱花赋》《丽春花赋》《金钱花赋》《石竹花赋》《莲花赋》《芙蕖赋》《采莲赋》《蜀葵花赋》《夜合花赋》《茉莉花赋》《榴花赋》《凤仙花赋》《蓍葡花赋》《牵牛花赋》《玉簪花赋》《紫薇花赋》《桂花赋》《秋海棠花赋》《鸡冠花赋》《芙蓉赋》《秋葵花赋》《菊花赋》(两篇)《凌霄花赋》《蓼花赋》《芦花赋》《水仙花赋》《山茶花赋》《欵冬花赋》《花影赋》《藤萝赋》《芭蕉赋》《冬蕉卷心赋》《竹赋》《修竹赋》等,举凡一年四季之中与"花卉部"有关之物,作者都有拟或创;而"人品部"则分别描写各类人,如《列仙赋》《逸民赋》《高士赋》《幽人赋》《玄虚公子赋》《公子赋》《渔赋》《樵赋》《农赋》《牧赋》《商赋》《旅赋》《悬壶赋》《风鉴赋》《玩星赋》《卖卜赋》《堪舆赋》《山僧赋》《羽士赋》《贫士赋》《荡子赋》《美人赋》《蚕妇赋》《女冠赋》《节妇赋》《寡妇赋》《贫女赋》《名姝赋》《妒妇赋》《伤美人赋》《倡妇自悲赋》《荡妇秋思赋》《诮青衣赋》等。

　　这是大的部类中"求全求备"，在小的类别里也是如此。比如其"文史部"之《墨赋》序，提到其作《墨赋》的缘起："余尝作《笔赋》《砚赋》，次傅玄韵。作《纸赋》，次傅咸韵。第缺略赋墨之妙，何前人之无有耶？余作为之补缀云。"

　　2. 咏物追求形似，赋人讲求客观。周履靖所分 23 个部类，除"人事部"与"人品部"之外，基本可归于咏物赋。历来咏物赋，单纯咏物的并不多，大多托物以抒情，或借物以喻理，而周履靖的咏物赋正如他在"飞禽部"总括之赋《鸟赋》中所云，"聊穷其行迹"，以追求形似为多。如其《鸾赋》：

　　　　鸟族之贵，神灵之精。鸡头之状，燕颔之形。翎若鱼尾，胫如蛇身。羽文五彩，声按五音。集于梧桐，翔于青云。逐丹凤而颉颃，带云霞而飞鸣。屬宾而未悟，贤妃之发明。际文明之盛世，绚五彩之来临。

即便是竹松梅之类，最容易与人之德性联系起来，抒发岁寒之志的题材，作者也以追求形似为主，如《梅花赋》：

　　　　作花魁而独占，标物序而谁能？植庾岭之上，开汉水之滨。盛灵苑之曲径，茂层城之幽亭。带雪而增骨骼，含烟而倍精神。冷蕊而轻裁玉，寒梢而细点琼。乔柯而缀绿藓，繁干而悬碧晶。质清而能傲霙，体素而若披银。恍冰垂兮铁干，疑霜满兮丛林。暗香而绕虚室，斜影而度空庭。横纸窗而写魄，照池水而见形。郊墟几千而古，江路一枝而新。竹外清奇而耐冷，墙边的皪而传春。羌笛而吹雅调，寒驴而跨骚人。点寿阳之额，梦东阁之灵。味雪山之干腊，玩洛水之繁英。啖实而能咽润，咀仁而使目明。属凄凉而情洁，值凛冽而性真。嘉何逊之吟雅，羡广平之赋精。

前半赋梅花之形，后半捃扎一些关于梅花的典故成文，并无情志之寄寓。再联系到周履靖"性嗜梅，种梅几百株，环墟皆梅也"①，自号梅癫的事实，这种写法应是其一贯的追求。其中的原因也很简单，与第一点相联系，由于作者"求全求备"，在某一部类之下，对于前人并无赋作的情况，周履靖会找出一些题材自己创作。而正因为有"凑足"某部类的考虑，他是"题在笔先"，先

<hr>

①　周履靖：《闲云稿》卷 4《梅癫道人传》，丛书集成初编 2164 册，商务印书馆 1935 年版，第 209 页。

有了题目,然后再下笔。而不是"情在笔先",先有了某种情志,托物以抒情。陈懿典《赋海补遗叙》曾提到:"是编之成,曾未四阅月,亦才人之极致也",上文虽提到周履靖赋作的时间跨度是很长的,但并不排除有不少赋作正是在这"四阅月"中"凑足"的。

而这种"题在笔先"的情况,同样出现在"人事部"与"人品部"的赋中。在这类赋中,作者的态度是很客观的,或者说是作为局外人铺叙某种现象。比如"人事部"之《长门赋》:

> 徒买千金之赋,空题一叶之诗。堪惜妆梳云髻,悔教涂抹蛾眉。腰肢瘦损兮裙围带,玉骨清癯兮不胜衣。寂寞兮羊车还,凄凉兮凤辇稀。不识深宫兮慵整鬓,但闻别院兮笑弹棋。小苑蜂喧茂干,长门蝶恋芳枝。愁看双燕兮雕梁舞,忍听孤莺兮绿柳啼。银烛兮半流愁思泪,琵琶兮乱拨断肠词。牙床兮眠未稳,莲漏兮听还迟。兽炭消兮兰麝烬,鸳衾冷兮梦魂迷。宠极兮爱易歇,妒深兮情却疏。泪尽兮愁难尽,心知兮人不知。

司马相如有《长门赋》,赋以陈皇后之口吻写成,写她"从白天到黑夜,从伫立望幸到绝望悲哀的感情"[1],读之感人至深,令人伤心欲绝。周履靖之《长门赋》未依司马相如《长门赋》之韵,是其独创之赋,但赋作的感染力却不能同日而语。

其"人事部"中有《寄内赋》,历来有关夫妻之情的文学作品,因为作者感情的投入,往往写得很动人,如李商隐《夜雨寄北》、杜甫《月夜》等。但周履靖的《寄内赋》仍然没有写出自己的个性:

> 出门兮一载过,辞家兮千里余。淡烟兮迷路草,细雨兮湿征衣。漏长兮灯影暝,天旷兮雁声悲。乡心而思更切,客枕而梦偏依。邮亭时想兮自流涕,旅馆谁怜兮独咏诗。强把一樽而消雪鬓,莫将万事而上愁眉。念清贫而相守,愿白首而为期。寄书兮恨关山之迢递,举笔兮怅珠泪之淋漓。须效杨处士之妻而成别句,莫仿苏季子之妇而不下机。

又如"人品部"之《商赋》:

---

① 马积高:《赋史》,上海古籍出版社 1987 年版,第 78 页。

贸贱货贵,聚物交易。春届河南,冬登塞北。萍泛风雨无休,帆飏江湖不息。暮听潮声,晓看山色。掀蓬月明,抵岸日昃。通物言财而游山水,出途为利而辞乡国。陶朱三贾致富,刘晏四方货殖。傍舷而寝,临窗而食。事有千肠,恨无两翼。肢体而瘭,头颅而白。于是大路迢迢而险,长亭寂寂而幽。夜鼓洪江之棹,朝临古驿之楼。露餐江柳之堤,雪卧野芦之洲。锥刀而劳计较,乡思而入怀愁。客馆兮有鱼而惬,音信兮无雁而忧。旅酒兮排情而吸,归书兮洒泪而修。

在古代农业社会中,"士农工商",商人处于四民之末,作者能关注到商人的生活状态,是难能可贵的。但是《商赋》反映的是古代商人的普遍状况,明代商品经济发达,商人相对于前代有哪些不同,作者并未写到。

3. 体制短小。前文说过,周履靖选录的前人赋作,有一些本是五百字至千字的中体赋,只是由于其所依据的大多是残篇碎章,故次韵之作都很简短,但却无法说明周履靖赋作的体制大小。而其独创之赋则是完整的,可以说明周履靖的创作倾向。

其独创之赋中,只有"饮馔部"之《酒赋》是 751 字的中体赋,其他 344 篇全是五百字以内的小赋。而且,四五百字的赋较少,大部分是二三百字或一二百字的小赋,真正体现了其"题雅词玄、句寡意长"的选赋思想。

4. 体式多样,骈化突出。郭建勋先生说:"就章法结构言,小赋一般不设问答,而是直接咏物叙事或抒情。就句法言,整齐之作也较多,有通篇为诗体、骚体或文体者,当然也有杂用各体的。"①周履靖的独创之赋就是这样,有通篇诗体的,有通篇文体的,也有骚体和文体夹杂的。不过,这些赋作大多数骈化倾向比较突出,形成了骈赋。如《鹦鹉赋》是一篇四言诗体赋:

羽凌绿竹,嘴妒红英。形如凤彩,色若鸾荣。不作鹤舞,能效人声。

通篇文体的,如《秋声赋》:

凄风而穿净牖,斜日而坠疏林。颓檐看织蟏蛸之网,虚室酬和蟋蟀之吟。一轮印波之色,四野捣衣之声。庭畔梧桐而流乱影,帘前铁马而动清音。遥天淫雨而连溪岸,残夜寒潮而激海门。浩浩三江而渺,萧萧万籁而鸣。嘒嘒轻蝉老干,纷纷败叶荒村。何处清砧而切,谁家短笛而

---

① 郭建勋:《辞赋文体研究》,中华书局 2007 年版,第 116 页。

横？片云缥缈而停霄汉，群鸿嘹呖而下沙汀。燕山岭上丹枫而舞，楚塞城边白露而零。狂飙而掀贫士之屋，愁思而搅旅客之心。闺妇停机而听，征夫驻马而闻。醉余玉漏而促，梦彻晓钟而惊。

骚体和文体夹杂的，如《春郊赋》：

> 日丽群葩而媚，风暄百卉而熏。一江藻绿兮闲鸥而浴，万树桃红兮幽鸟而嘤。陂塘凫鸭喧闹兮，原野桑麻缤纷。临溪农舍而小兮，近廓酒旗而横。马嘶兮杨柳岸，人醉兮杏花村。燕衔泥而去，蜂扑面而侵。犬绕篱而吠，牛负犁而耕。水隔淡烟，疏竹而暝；路经微雨，落花而深。

这些作品，不仅文体句、诗体句可以形成骈对，甚至《九歌》式、《离骚》式等骚体句也可以形成骈对。而且，《秋声赋》通篇文体，如去掉虚字或助词，有五、七言诗体赋的韵味，程章灿先生说，"赋的深度骈化导致诗化"①，或许也可以从这个角度生发开去。

　　此外，他也有模拟苏轼《赤壁赋》的作品，如《鸳湖赋》《后鸳湖赋》即"有感苏长公之《赤壁》"，写法上属于宋文赋的范畴。

---

①　程章灿：《魏晋南北朝赋史》，江苏古籍出版社 2001 年版，第 242 页。

第六章　天启崇祯朝

——末世风雅

第一节　概　述

泰昌帝在位一月即驾崩，天启帝即位。天启帝在位期间，大宦官魏忠贤与天启帝乳母客氏勾结，把持朝政，制造了"乙丑诏狱""丙寅诏狱"等冤狱，残酷迫害企图改良政治的东林党人，因而不断激起民变。天启七年（1627）八月，落水生病的天启帝服用"仙药"身亡，崇祯帝即位。崇祯帝即位后大力铲除阉党，勤于政事，生活节俭，曾六下罪己诏，是位年轻有为的皇帝。可惜其生性多疑，无法挽救衰微的大明王朝。在位期间爆发农民起义，关外后金政权虎视眈眈，已处于内忧外患的境地。崇祯十七年（1644），李自成军攻破北京，崇祯帝于煤山自缢身亡，终年 34 岁。《明史》卷 24 评云："帝承神、熹之后，慨然有为。即位之初，沈机独断，刈除奸逆，天下想望治平。惜乎大势已倾，积习难挽。在廷则门户纠纷，疆场则将骄卒惰。兵荒四告，流寇蔓延。遂至溃烂而莫可救，可谓不幸也已。然在位十有七年，不迩声色，忧勤惕励，殚心治理，临朝浩叹，慨然思得非常之材。而用匪其人，益以偾事，乃复信任宦官，布列要地，举措失当，制置乖方，祚讫运移，身罹祸变，岂非气数使然哉？"[1]

崇祯帝自缢之年为甲申年，一时殉难之人颇多，《明史纪事本末》卷 80 "甲申殉难"云："考其时，阖门同死者：中允刘理顺、新乐侯刘文炳、惠安伯张庆臻、宣城伯卫时春、驸马巩永固、金吾高文采是也。父与子俱死者：少司寇孟兆祥、儒生张世禧是也。母与妻子俱死者：枢部郎成德、金铉是也。妻妾从死者：大学士范景文、左谕德马世奇、简讨汪伟、御史陈良谟、勋丞于腾蛟是也。独身效死者：大司农倪元璐、中丞施邦曜、廷尉凌义渠、少司马王家彦、太常卿吴麟征、庶子周凤翔、给谏吴甘来、御史王章、陈纯德、吏部郎许直、兵马姚成、中书宋天显、滕之所、阮文贵、百户王某、知事陈贞达、经历张应选、毛维张是也。闻难饿死者：长洲诸生许琰是也……若乃袁景倩之父子，并歼石头；江万里之夫妻，同趋止水。甚者一门伏剑，阖室自焚。虽祖宗

---

① 张廷玉：《明史》卷 24，中华书局 1974 年版，第 335 页。

鞠养之恩,亦愍帝拊循之效也……又若李国桢斩衰送葬,绝命陵前;王承恩扶服煤山,雉经亭下。以至菜佣汤之琼胁哭梓宫,触石而死,抑何尽节之多也。呜呼! 石窥河西,尽有吾君之痛;风车云马,犹闻杀贼之声。"①除此之外,明遗民屈大均的《皇明四朝成仁录》中也记载了更多在抗击清兵南下时的死难之人,这些都谱写了一曲曲感人的忠义之歌,构成明史的悲壮结局。

就文学而言,对于前代的文学作品,不再简单地字模句拟,而是要领会"古人之精神",写出个人的"性情之真",这是明季作家的普遍追求。吴应箕,复社领袖之一,少服膺复古派之论,"少即猎治诗、古文词,时时曰李何王李也"②,后来认识到复古派模拟的弊端,不再"剿袭其词",其《与刘舆父论古文诗赋书》云:"仆诗尚未至,然自来不受人习气,世相率以历下、公安、竟陵为聚讼,仆则皆弃之而求于古。虽好子建、渊明、子美之集,亦未剿袭其词。盖作诗拟古题者最为无情,学空灵者日趋恶道,此虽圣人复起,不易吾言。"③何乔远,早年遵循七子师古之论,晚年谪归里居之时,对"师古""师心"都有吸收,不再拘泥于某一派别,"近世诗人径户不同,而总不外于剿袭,袭唐而唐,袭宋而宋,袭六朝汉魏而六朝汉魏,于诗愈近而于性情愈远。若何公,则非唐非宋,非六朝非汉魏,而杰然为温陵何稚孝之诗。故读公诗,即可知公之性情也。"④

清初宋琬《周釜山诗序》云:"明诗一盛于弘治,而李空同、何大复为之冠;再盛于嘉靖,而李于麟、王元美为之冠……云间之学,始于几社,陈卧子、李舒章有廓清摧陷之功。于是北地、信阳、济南、娄东之言,复为天下所信从。"⑤这是就大体情况而言,此时的诗文家普遍能"取其所长""弃其所短",不再亦步亦趋,全盘接收。服膺复古派的如此,反对复古派的亦如此。李日华,为诗主性灵一派⑥,反对复古派"规随成袭"⑦,但也认为文章要在学古的基础上"自成步骤":"故夫论文于今难矣,必也入其鼎俎,剿腴苕鲜,别有至味,扫其轨辙,凌虚迅迈,自成步骤,离离即即,直以神脉取之,若文宪(宋濂)之于诸大家是矣"⑧,

---

① 谷应泰:《明史纪事本末》卷80"甲申殉难",中华书局1977年版,第1395页。
② 刘城:《峄桐文集》卷10《吴次尾先生传》,四库禁毁书丛刊集部121册,北京出版社1997年版,第500页。
③ 吴应箕:《楼山堂集》卷15,续修四库全书1388册,上海古籍出版社2002年版,第546页。
④ 叶向高:《苍霞续草》卷5《何匪莪先生诗选序》,四库禁毁书丛刊集部124册,第698页。
⑤ 宋琬:《安雅堂文集》卷1,《宋琬全集》,齐鲁书社2003年版,第13页。
⑥ 李日华:《恬致堂集》卷17《题项金吾竹君诗草》:"诗者,是人性灵浮动英妙之物。"四库禁毁书丛刊集部64册,第439页。
⑦ 李日华:《恬致堂集》卷14《陆水部嗣端诗稿序》:"昭代诸公,历下极意追新,竟又规随成袭。"四库禁毁书丛刊集部64册,第378页。
⑧ 李日华:《恬致堂集》卷11《李九皋先生文集序》,四库禁毁书丛刊集部64册,第317页。按:此文前边有论,宋濂之文"其神脉则唐宋六大家之法守也"。

这种折中的态度与此前的公安派是不同的。总之,此期文学出现了"'法古'与'师心''体法'与'性情'的合流。以复古派为代表的重'体法'的'法古'派与以公安派为代表的重'性情'的'师心'派,到启、祯时期虽自有承绪,分歧仍然存在,但两派思想互渗与合流的趋势已不可避免。"①

此时形成了以复社、几社为中心的第三次复古运动。不过,复社虽以"兴复古学"②为宗旨,但关注重心却在经学和政治,文学领域的复古主要由几社承担。"云间六七君子,心古人之心,学古人之学,纠集同好,约法三章,月有社,社有课,仿梁园、邺下之集,按兰亭、金谷之归"③,其中尤以陈子龙功劳最大,朱彝尊《明诗综》卷75:

> 王、李教衰,公安之派浸广,竟陵之焰顿兴,一时好异者,诗张为幻。关中文太青倡坚伪离奇之言,致删改《三百篇》之章句;山阴王季重寄谑浪笑傲之体,不免绿衣苍鹊之仪容。如帝释既远,修罗药叉,交起搏战;日轮就暝,鹏子鹍母,四野群飞。卧子张以太阴之弓,射以枉矢,腰鼓百面,破尽苍蝇蟋蟀之声,其功不可泯也。④

卧子即陈子龙,几社六子之一,他在《几社壬申合稿凡例》中明确提出:"拟立燕台之社,以继七子之迹。"⑤但正如上文所云,万历朝后期,无论是复古派,还是反复古的性灵派,都意识到彼此的弊端,有取长补短、渐趋融合的倾向,此次陈子龙等人发起的复古运动也融合了两派之长,而不是单纯地"继七子之迹",其《宋辕文诗稿序》(崇祯十年,1637)云:"情以独至为真,文以范古为合。今子之诗,大而悼感世变,细而驰赏闺襟,莫不措思微茫,俯仰深至,其情真矣。上自汉魏,下迄三唐,斟酌揣摩,皆供麾染,其文合矣。"⑥而这种"师古"与"师心"相融合的意识,使其宗尚的文学典范不仅是"秦汉""盛唐",而是有所扩展,如《几社壬申合稿凡例》所云:

> 文当规摹两汉,诗必宗趣开元,吾辈所怀,以兹为正。至于齐梁之赡篇,中晚之新构,偶有间出,无妨斐然。若晚宋之庸沓,近日之俚秽,

① 何宗美:《明末清初文人结社研究》,上海三联书店2016年版,第209页。
② 陆世仪:《复社纪略》卷1,笔记小说大观10编,台北新兴书局1977年版,第2071页。
③ 姚希孟:《壬申合稿序》,《几社壬申合稿》卷首,四库禁毁书丛刊集部34册,第485页。
④ 朱彝尊:《明诗综》卷75"陈子龙"注,康熙四十四年六峰阁刻本。
⑤ 杜骐征:《几社壬申合稿》卷首,四库禁毁书丛刊集部34册,第490页。
⑥ 陈子龙:《安雅堂稿》卷2,续修四库全书1387册,第697页。

大雅不道,吾知免夫。①

"齐梁之赡篇",就赋而言,就是骈赋和五七言诗体赋。在此期留存的 430
余篇赋作中,骈化明显的有 39 篇,诗化明显的有 32 篇,共 71 篇,占赋作总
数的 17%,已超过"祖骚"的比率(12%),标志着"祖骚宗汉""不废六朝"的
赋学宗尚在创作中的最终完成。

第二节　选赋与赋论的复盛

一、广续选评《文选》系
——邹思明《文选尤》

邹思明②,字见吾,归安人。其《文选尤》14 卷,最易见的是中央民族大学图
书馆藏天启二年(1622)刻三色套印本,收入《四库全书存目丛书》集部 286 册。

此书末有邹思明《镌〈文选尤〉叙》,"时天启二年春分日"③,乃此书付
梓时间。《文选尤》共十四卷,前三卷选赋,四五卷选诗,六至十四卷选文,
其书在《文选》原有类目上,赋体删除"耕籍""江海"两类,诗体删除"补亡"
"述德""劝勉""献诗""军戎""郊庙"等六类,文体删除"史述赞"类。篇目
上多则取十之六,如赋、诗、骚、七、表、笺、书、论等,少则不收,如四言诗。邹
思明在"凡例"中申明:《文选》出之昭明,概全书而论,其弘丽古练,不待复
言。兹之所取,则于意致委婉,词气渊含,才情奇宕者耳。"④其选赋如下:

	篇目	篇数
卷 1 赋	班固/两都赋(两篇)、扬雄/甘泉赋、王延寿/鲁灵光殿赋、陆机/文赋	5
卷 2 赋	司马相如/子虚赋/上林赋、扬雄/长杨赋、王粲/登楼赋、孙绰/游天台山赋、鲍照/芜城赋、谢惠连/雪赋、谢庄/月赋、贾谊/鵩鸟赋、祢衡/鹦鹉赋、张华/鹪鹩赋、鲍照/舞鹤赋	12
卷 3 赋	张衡/思玄赋/归田赋、班彪/北征赋、司马相如/长门赋、江淹/别赋、嵇康/琴赋、傅毅/舞赋、成公绥/啸赋、宋玉/高唐赋/神女赋、曹植/洛神赋	11

---

① 杜骐征:《几社壬申合稿》卷首,四库禁毁书丛刊集部 34 册,第 489 页。
② 纪昀等:《钦定四库全书总目·文选尤》,中华书局 1997 年版,第 2667 页。
③ 邹思明:《文选尤》,四库全书存目丛书集部 286 册,齐鲁书社 1997 年版,第 723 页。
④ 邹思明:《文选尤·凡例》,四库全书存目丛书集部 286 册,第 401 页。

　　此书共选赋作 28 篇,与《文选》收赋 56 篇相比,删削了一半。既考虑
到大赋、小赋的典型性,又兼顾题材的丰富性,总体上是可取的。故朱国祯
《镌〈文选尤〉叙》云:"合观于众体中,有全收,有仅存其一,而精者定;析观
于各体中,有去其一二,有去其四五,而博者删。注有芜而障目者削,当而惬
心者笔,其修之也确。批评则酌人己之见,丹铅互加,务以中机而阐奥,其赞
之也玄。"①

　　此书有评有注,并以颜色区分,如《凡例》所言:

　　　　是集独于脉络指陈处,细为分析,而隐微幽远之言,聊为解释,俾观
　　者了然于心目间,可神游往古,而不以繁辞起厌怠也。
　　　　批评或采诸别简,或出诸愚衷,总期阐发作者心事,融会作者精神,
　　非敢以虚词涂饰也。
　　　　缀言有朱有绿有墨,各有所取。总评分脉则用朱,细评探意则用
　　绿,释音义、解文辞、考古典,则用墨。②

书中除约取六臣注外,还辑录了刘勰、杨慎、王世贞等多家评语,但总量并不
多,邹思明的自评还是主体。而且,他以比喻象征的手法品评《文选》,形成
了显著特色。比如陆机《文赋》:"于是沈辞怫悦,若游鱼衔钩,而出重渊之
深;浮藻联翩,若翰鸟缨缴,而坠曾云之峻",邹氏眉批云:"璧飞章华台,珠
走绮毂堂"。陆机《文赋》虽为论文之作,却辞藻华美,上引几句是比较典型
的表现,邹氏之评以比喻的方式说明了此点。又如孙绰《游天台山赋》总评
云:"此赋摘天上云锦之章,疑怀连城而佩明月;离人间烟火之气,若饮坠露
而餐云霞。异姿异想,异色异声,艺海词坛,英英楚楚。"从文辞和内容两方
面进行评价,评语本身也颇富美感。王延寿《鲁灵光殿赋》总评云:"奇异怪
丽,雄竦陆离。若丹霞飞华顶之峰,接天峻拔;紫雾锁方瀛之路,峭壁崔巍。
惊心骇目,疑鬼疑神。"评价赋作风格的独特。比喻象征的手法在文学批评
史上有悠久的历史,从东汉末年的人物品评开始,到东晋南朝广泛应用于书
法和文学评论中,唐代李杜、皎然评论诗歌亦是运用此种手法,到唐末司空
图等人发展到极致。不过,用这种手法评论赋作,以前还很少,邹思明的
《文选尤》表现得比较集中和突出,形成了自己的特色。

　　邹思明说《文选尤》所取为"才情奇宕者",其尚"奇"的思想在评点中

① 邹思明:《文选尤》,四库全书存目丛书集部 286 册,第 396 页。
② 邹思明:《文选尤·凡例》,四库全书存目丛书集部 286 册,第 401 页。

亦有表现,如扬雄《甘泉赋》总评:

> 此赋瑰伟踔丽,奔逸绝尘。炼字、炼句、炼词,离奇变化,烨烨煌煌。

《上林赋》"临坻注壑……悠远长怀"几句眉批:

> 声调句字,迥异凡流。

《子虚赋》"于是郑女曼姬"一段评云:

> 插入美人一段,此文之奇幻变化处。复入游清池而歌讴齐发,水石皆鸣,诚为信手拈来,头头是道,愈出愈奇,愈灵愈怪。

谢惠连《雪赋》起首"岁将暮……为寡人赋之"几句眉批:

> 起有奇致。

赵俊玲《〈昭明文选〉评点研究》说,邹思明的这些评点特点,"是受当时社会风气、文学思潮、八股文写作及评选风气、小说评点等诸多因素影响的结果"[1],是有一定道理的。

二、赋 集 系
——袁宏道辑、王三余补《精镌古今丽赋》

袁宏道[2],字中郎,湖北公安人。万历二十年(1592)进士。官国子助教、稽勋郎中等。存赋1篇。王三余,字学慎,固陵(今浙江萧山)人。《精镌古今丽赋》10卷,有陕西图书馆藏崇祯四年(1631)刻本,三秦出版社2015年据此出版影印本。

原书卷首为"崇祯辛未(崇祯四年)开雕,袁选古今丽赋,固陵王氏瑞桂轩藏版",接以王三余崇祯四年(1631)《古今丽赋叙》,其中有云:

> 赋权舆三百篇,沿于汉,浸淫于唐宋。至为状也,体物浏亮,要惟

"丽以则"一语足以蔽之。子云以"雕虫篆刻,壮夫不为",观其《太玄》诸赋,抑何必逊升堂于贾生,而推入室于长卿,乃知英雄欺人语,不可尽信。余少冥搜遐览《六朝文选》《唐文粹》《宋文苑》所搜萃,以及昭代诸名公,作者如林,至律以丽则之矩,不无嗣响于云间。石公先生向有骚赋选,脍炙海内。顷余习教明台湖上,与二三友人扬摧今囊,得是集读之,因为增订而布之同志,更以丽名,不敢为中郎帐中秘也。①

据此,则此书乃袁宏道所选,原为骚赋选,王三余加以增订,更为今名,此书每卷卷首亦有"公安袁宏道中郎甫原选,固陵王三余学慎甫增补、李毓禧稚鸿甫校订"字样。但现今学者对此却颇有异议,如饶福婷博士根据袁中道的叙述以及明代出版的假托之风等情况,认为此书乃托名袁宏道,实则王三余自著,"其文末总评也非袁氏之论,而是王氏所评。"②这种说法有一定道理,不过,赋末之评也并非王氏所评,而是其辑评。如《古今丽赋》卷6在评价陶潜《闲情赋》时,引用了"华闻修曰",华闻修,即华淑(1589—1643),相对于袁宏道(1568—1610),属后辈。而且此人一生不慕荣利,其《题〈闲情小品〉序》云:"闲中自计,尝欲挣闲地数武,构闲屋一椽,颜曰'十闲堂',度此闲身"③,在当时声名未广,袁宏道不大可能引用他的话,而更像是后来的王三余所辑。不过,王三余通过编选《古今丽赋》,不仅彰显了自己的反复古倾向,也代表了当时一批具有反复古倾向的文人的思想,而袁宏道作为公安派的代表人物,也是反复古的,这也许是此书托名袁宏道的原因之一。

此书依类书体例,按题材分为天象、地理、岁时、宫殿、游览、田猎、物色、纪行、器用、志、情、文学、哀伤、礼乐、虫鱼、鸟兽、花木等17类,录先秦至明代赋230篇,其中卷9《憎蚊赋》《莺嗉赋》2篇不能确定作者。各时代选赋情况如下表:

	先秦	汉	魏晋南北朝	唐	宋	明	不详	总计
卷一	1		2	24	1	1		29
卷二		1	4	24	2	5		36
卷三		1	5	4	4	4		18
卷四		5	1	13				19

① 袁宏道、王三余:《精镌古今丽赋》,三秦出版社2015年版,第1页。
② 饶福婷:《明代汉赋选研究》,南京大学2013年博士学位论文。
③ 朱剑心选注:《晚明小品选注》,浙江人民美术出版社2015年版,第59页。

	先秦	汉	魏晋南北朝	唐	宋	明	不详	总计
卷五		1	3	7				11
卷六	2	1	9	8	1	5		26
卷七	2	3	6	7	2	1		21
卷八		4	5	6				15
卷九	1	2	5	9	2	9	2	30
卷十			4	11	2	8		25
总计	6	18	44	113	14	33	2	230

综观此书所选,结合赋后之评,至少有两个方面值得注意:

一是明显的反复古倾向。收录唐赋达 113 篇,为各朝代之冠,这与复古派"唐无赋"、贬抑唐之后赋作的主张背道而驰。对唐赋的称赞之语触目皆是,如:

（李程《黄云捧日赋》）唐以诗赋取士,此即今之墨卷也。故其体庄严容与,以期合式,似少艳色,然而写出一段泰交气象,便非浅学所到。（卷一）

（王泠然《初月赋》）状初月之景,不即不离,是摩诘之有用画并诗也。（卷一）

（林滋《秋霜赋》）有兴比之义,乃唐赋中之杰出者。（卷一）

（李邕《春赋》）初以圣化感物,既极摹其融和之景,是则而丽者。（卷二）

（王勃《七夕赋》）绮词丽句,不减徐庾诸人,乃唐赋中之最丽者。（卷二）

（韦充《余霞散成绮赋》）唐伯虎曰,落笔不假铺叙,而机调格局,若天丝锦裳,是凌云赋手。（卷四）

（王奉珪《明珠赋》）杨升庵曰,其色之莹如夜光,其机之圆如走盘。当以洞光滴翠,上清照乘比之。（卷四）

（白居易《鸡距笔赋》）有典有则,不纤不僻,非巨手笔不能成此。（卷五）

（白居易《赋赋》）原本赋之所由作,而寓其品评,非乐天不敢出此。（卷七）

（杜甫《朝献太清宫赋》）陈明卿曰,见政事之才,非直诗赋之雄也。

（卷八）

（李太白《大鹏赋》）、前有南华，后有青莲，此二禽者，直作蝴蝶梦观也可。《大鹏赋》得其荡，《赤壁赋》得其空，予每读此，亦几羽化矣。（卷九）

（舒元舆《牡丹赋》）奇赡艳丽，极牡丹之致矣。可与宋之梅花，皮之桃花并美。（卷十）

对宋赋的评价也不同于复古派：

（苏叔党《飓风赋》）笔玄驰骋，真得家传。（卷一）

（秦少游《汤泉赋》）叙致闲雅，前段得秦汉之度，后段得齐梁之体，少游真不愧古人。（卷二）

（苏辙《黄楼赋》），自汉以来，赋者知赋之当丽，而不知赋之当则。自宋以来，赋者知赋之当则，而又不知赋之当丽。各堕于一偏，正所谓矫枉过正者也，此篇有丽则意思。（卷三）

（黄庭坚《悼往赋》）意味隽永，韵致悠扬，山谷诸赋之冠。（卷七）

（欧阳公《黄杨树子赋》）唐顺之曰，士君子有德而不见知于人者，亦类此树也。诵此赋倍增感慨。深得托物比兴之义。（卷十）

（黄庭坚《煎茶赋》）以问答成赋，却亦无俗态。（卷十）

（来镕《梧影赋》）非月无此影，非公无此赋，知个中趣者，其惟坡翁乎！末一段逼真《前赤壁》。（卷十）

另外，此书选了不少明代赋作，共 17 家 33 篇：屠隆《五色云赋》《霞爽阁赋》《欢赋》、李梦阳《大复山赋》《观瀑布赋》《钝赋》、汤显祖《铜马湖赋》《秦淮可游赋》《游罗浮山赋》《酬心赋》《愁霖赋》《池上四时图赋》、来日升《飞峰赋》、陆文星（量）①《夜声赋》、唐寅《娇女赋》、袁宏道《陋仆赋》、王世贞《金鱼赋》《锦鸡赋》《红倒挂鸟赋》《白鹦鹉赋》、姚涞《白兔赋》、蔡昂《瑞鹿赋》、朱静庵《双鹤赋》、罗汝敬《龙马赋》、徐渭《画鹤赋》《梅赋》《牡丹赋》《荷赋》《菊赋》、吴宁野《摘花赋》、宋濂《蟠桃核赋》、来汝贤《绛桃赋》、来镕②《梧

---

① 按：收在卷 2"岁时"。原书作陆文星，误，应为陆文量。陆容（1436—1497），字文量，江苏太仓人。其集中有《夜声》诗，与所选《夜声赋》内容相同，惟诗末比赋多出"赋愧拟欧阳，聊以诗自叙"十字。另，此处错误与《文致》增删本（天启三年）错误巧合。

② 按：收在卷 10"花木"。来镕，即来集之，字元成，萧山人。崇祯十三年进士。任安庆府推官、太常少卿等。康熙十七年，被荐应博学宏辞，隐居拒仕。周伟娟：《来集之及其戏曲研究》，南京师范大学 2011 年硕士学位论文。

影赋》。其中有复古派的赋作，也有反复古派诸人的赋作，比复古派以骚汉为宗的艺术趣味稍显宽广，而对这些赋作的评价，更可以看出他们的反复古倾向，如：

(屠隆《五色云赋》)描写精工，超宋轶唐。(卷一)
(王世贞《白鹦鹉赋》)丽词雅韵，远胜唐人。(卷九)
(徐渭《梅赋》)有徐庾之丽，而徐庾无其峭。(卷十)
(徐渭《牡丹赋》)风华典赡，岂次楩诸君可辨。(卷十)

对于复古派以司马相如为"赋圣"的观点，评语也显示了不同的思考，如：

(扬雄《羽猎赋》)子云谓相如之赋靡丽，劝百讽一，读此赋，有真过之矣。(卷四)

(司马相如《美人赋》)琴心挑而孀妇奔，好色莫相如若也，此赋其善文过者邪，其善补过者邪？《好色赋》已近于亵，非君臣答问之辞，相如效之，殆有甚焉，亦未见奇丽，岂后人托名为之耶？(卷六)

二是将诗论之分品法引入赋评，分赋为仙品、神品、能品、逸品、艳品。进入五品的赋作如下表所示：

仙品	谢庄/月赋、梁元帝/荡妇秋思赋/采莲赋	3
神品	苏叔党/飓风赋、李梦阳/大复山赋、来日升/飞峰赋、卢照邻/秋霖赋、欧阳修/秋声赋、杜牧/阿房宫赋、苏辙/黄楼赋、王粲/登楼赋、鲍照/芜城赋、苏轼/前赤壁赋/后赤壁赋/黠鼠赋、庾信/竹杖赋、陶潜/闲情赋、宋玉/高唐赋、曹植/洛神赋、张文潜(欧阳修)/病暑赋、江淹/恨赋/别赋、黄庭坚/悼往赋、贾谊/鵩鸟赋、宋璟/梅花赋	22
能品	林滋/小雪赋、许敬宗/掖庭山赋、唐太宗/小山赋、木华/海赋、郭璞/江赋、侯圭/割鸿沟赋、喻龢/仙掌赋、陆文星(量)/夜声赋、汤显祖/池上四时图赋、郑湊/吹笛楼赋、汤显祖/游罗浮山赋、司马相如/子虚赋/上林赋、扬雄/羽猎赋/长杨赋、潘岳/射雉赋、乔彝/立走马赋、谢偃/尘赋、白居易/鸡距笔赋、谢灵运/山居赋、谢观/得意忘言赋、康僚/汉武帝重见李夫人赋、唐寅/娇女赋、刘知几/思慎赋、陆机/文赋、班婕妤/捣素赋、杜甫/朝献太清宫赋/朝享太庙赋/有事于南郊赋、傅毅/舞赋、骆宾王/萤火赋、鲍照/舞鹤赋、谢观/越裳献白雉赋、徐渭/画鹤赋/牡丹赋、来镕/梧影赋	36

续表

逸品	秦少游/汤泉赋、庾信/小园赋、枯树赋、李梦阳/钝赋、陆龟蒙/中酒赋、张衡/观舞赋	6
艳品	王勃/春思赋、七夕赋、采莲赋、梁简文帝/筝赋	4

虽然这种分品出现在目录，只标注在赋名之下，并没有说明分品的依据，但从赋后评语可约略看出，"仙品"大致指风韵翩然、不染尘俗之气的赋作；"神品"指琢句挟韵别具匠心、若有神助非关学力的千秋绝唱；"能品"指或丽或则、即丽即则，极赋家之能事的赋作；"逸品"指风神韵致有飘逸之姿、笔底时存挥洒之趣的赋作；"艳品"指炼句炼字、极其艳丽的赋作。

三、文 总 集 系

（一） 刘士鏻辑、王宇增删《删补古今文致》

刘士鏻[①]，杭州人。崇祯四年（1631）进士。王宇[②]，字永启，闽县人。万历三十八年（1610）进士，官山东督学参议、户部员外郎等。有《厚斋集》。《删补古今文致》10 卷，有辽宁大学图书馆藏明天启刻本，收在《四库全书存目丛书》集部 373 册。笔者另有不分卷《文致》，天启元年（1621）闵氏朱墨套印本。

不分卷本《文致》前有天启元年（1621）沈圣岐[③]所作序，收录之文有十七种：赋、辞、骚、序、记、传、碑、书、表、文、赞、铭、墓铭、诔、哀文、纪事、题跋等，赋共 31 篇。增删本前有刘士鏻（万历四十年，1612）、金维城、王宇（天启三年，1623）等三篇序，收录赋、序、引、记、书、传、疏、檄、歌、行、文、词、篇、纪、铭、喻、表、骚、反、墓铭、墓志铭、祭文、诔、志、碑、颂、碣、略、书后、记语、题、跋、评、品、论、解、述、赞、说、拟书、对、问答、辩、言、诘、感语、露布等 47 类，颇为琐碎，赋居前二卷，共 47 篇。增删情况如下表所示[④]：

---

① 刘士鏻：《文致》，四库全书存目丛书集部 373 册，第 653 页。
② 《福建通志》卷 51《文苑传》，四库全书 529 册，台湾商务印书馆 1986 年版，第 721 页。
③ 据《御选明诗·姓名爵里六》："沈圣岐，字千秋，乌程人，万历丁未（万历三十五年，1607）进士，历官工部郎中，出知济南府。"四库全书 1442 册，第 90 页。
④ 按：【】表示删去的赋作，││表示增加的赋作。

《文致》不分卷本			《文致》增删本		
司马相如/美人赋、班婕妤/捣素赋、蔡邕/短人赋	汉 3	卷一	司马相如/美人赋、班婕妤/捣素赋、[左芬/松柏赋]、蔡邕/短人赋、陶潜/闲情赋、谢朓/游后园赋、江淹/别赋/恨赋、鲍照/芜城赋/游思赋、庾信/小园赋/枯树赋、梁元帝/采莲赋/荡妇秋思赋、梁简文帝/梅花赋/采莲赋	汉 3 魏晋六朝 14 唐 16	
陶潜/闲情赋、谢朓/游后园赋、江淹/别赋/恨赋、鲍照/芜城赋/游思赋、庾信/小园赋/枯树赋、梁元帝/荡妇秋思赋/采莲赋、梁简文帝/梅花赋/采莲赋	魏晋六朝 12				
			卢照邻/秋霖赋、江采苹/楼东赋、宋璟/梅花赋、舒元舆/牡丹赋、[王勃/寒梧栖凤赋]、张何/蜀江春日文君濯锦赋、张说/江上愁心赋、韦充/余霞散成绮赋、刘禹锡/伤往赋、[白居易/荷珠赋]、杜牧/晚晴赋、[王奉珪/明珠赋]		
卢照邻/秋霖赋、宋璟/梅花赋、梅妃/楼东赋、舒元舆/牡丹赋、刘禹锡/伤往赋、张说/江上愁心赋、张何/蜀江春日文君濯锦赋、杜牧/晚晴赋、陆龟蒙/中酒赋、薛稷/茅茨赋	唐 10	卷二	[谢灵运/雪赋][何据/镜花赋][刘知几/韦弦赋]、陆龟蒙/中酒赋、薛稷/茅茨赋		
苏轼/【前赤壁赋】/后赤壁赋、白玉蟾/懒翁斋赋	宋 3		苏轼/后赤壁赋、白玉蟾/懒翁斋赋	宋 2	
祝允明/顾司封伤宠赋 王世贞/【老妇赋】 汤显祖/【感宦籍赋】	明 3		[陆文量①/夜声赋][姚涞/白兔赋][罗汝敬/龙马赋][朱静庵/双鹤赋][蔡昂/瑞鹿赋][屠隆/五色云赋][溟海波恬赋][唐寅/娇女赋][祝允明/顾司封伤宠赋、[王世贞/锦鸡赋/金鱼赋][袁宗道/玉壶冰赋]	明 12	

从上表可以看出,汉朝赋作没什么变化,魏晋六朝比原本多出 2 篇,唐朝增加 6 篇,宋朝减少 1 篇,变化最大的是明朝,只保留了祝允明《顾司封伤宠赋》,删去王世贞、汤显祖共 2 篇赋作,增加 11 篇赋作。《文致》不分卷本原录汉魏晋六朝赋作 15 篇,唐宋时期赋作 13 篇,重视唐宋赋作,就已经有反复古倾向,增删本加强了这种倾向,汉魏六朝赋作 17 篇,而唐宋赋作达到 18 篇。

从明代赋作的增删看,王宇删去了原选中的批判讽刺之作,选入了不少歌颂性的赋作,比如王世贞的《老妇赋》是影射讽刺严嵩的,王宇删去,换成

---

① 按:增删本作陆文星,误,应为陆文量。陆容(1436—1497),字文量,太仓人。其集中有《夜声》诗,与所选《夜声赋》内容相同,惟诗末比赋多出"赋愧拟欧阳,聊以诗自叙"十字。

了王世贞的两篇咏物赋,其中《金鱼赋》与明朝馆课的赋题相类①。新增袁宗道《玉壶冰赋》也是明代馆阁试题,其赋后评语云:

> 李九我曰,玉幡与余同拈此题,玉幡赋出,同馆俱为笑服。及甲辰(万历三十二年,1604)馆课,又出此题,……诸学士妙想凌空,奇情创获,玉幡而后,代明作者,文运之隆,此足占其概矣。②

此外,还增加了许多祥瑞赋,如姚涞《白兔赋》、罗汝敬《龙马赋》、蔡昂《瑞鹿赋》、屠隆《五色云赋》等都是祥瑞赋。屠隆《溟海波恬赋》虽不是祥瑞赋,也是歌颂时代清明。而唐代王勃《寒梧栖凤赋》的增入,也与当时明朝出现祥瑞有关:

> 王季木曰,天启二年,凤凰集于河南之大块山,从鸟数万,人近之,飞鸣作势,三日始去。考此山古有凤凰台,即汉颍川也,汉黄霸为颍川太守,凤凰来仪,迄今千年矣,而今始一见,因志喜而选此赋云。③

从这个意义上讲,增删本是弱化了原选重视文之"致"的标准的。比如姚涞《白兔赋》,陈眉公评曰:"篇中深得忠爱之旨,而庄重整饬,有风人之致。"沈晴峰评曰:"姚公之忠爱见矣。"④首先重视的是"忠爱之旨",然后才是"风人之致"。

不分卷本和增删本都有评语,增删本大大增加了评语的份量。不分卷本除了选者刘越石(刘士鏻)的评注,还有沈千秋(沈圣岐)、陶遗则、郭明龙(郭正域)、杨用修(杨慎)、方胥城、闵康侯、闵以平、屠赤水(屠隆)、谢叠山(谢枋得)、茅鹿门(茅坤)、袁中郎(袁宏道)等人的评语,而增删本除了上述诸人的评语外,又增加了王凤洲(王世贞)、李性学(李淦)、董中峰(董玘)、华闻修(华淑)、李西崖(李东阳)、唐伯虎(唐寅)、王阳明(王守仁)、陆贞山(陆粲)、钱鹤滩(钱福)、徐文长(徐渭)、王辰玉(王衡)、宗子柏、陶石簣(陶望龄)、王季木(王象春)、袁小修(袁中道)、李于麟(李攀龙)、王永启

---

① 按:《金鱼赋》赋后评语云"丁未阁试,以《瀛洲亭新水观游鱼》(诗)为题",并举施羽皇、韩若海两人诗中之语,后云"两太史咏语,深得赋中意趣,录以参看云"。《文致》卷2,四库全书存目丛书集部373册,第472页。
② 刘士鏻:《文致》卷2,四库全书存目丛书集部373册,第473页。
③ 刘士鏻:《文致》卷1,四库全书存目丛书集部373册,第444页。
④ 刘士鏻:《文致》卷2,四库全书存目丛书集部373册,第460页。

（王宇）、虞伯生（虞集）、王百谷（王稚登）、陈眉公（陈继儒）、沈晴峰（沈懋孝）、王守溪（王鏊）、吴匏庵（吴宽）、陈居一、雷何思（雷思霈）、李九我（李廷机）等人的评语，从各个方面对赋作进行点评，丰富了评注内容。

（二）陈仁锡《三续古文奇赏广〈文苑英华〉》

陈仁锡[①]，字明卿，号芝台，长洲人。天启二年（1622）进士。授翰林编修，因得罪魏忠贤被罢职，崇祯初复官，官至南京国子监祭酒。福王时谥文庄。其《三续古文奇赏广〈文苑英华〉》26卷，又称作《奇赏斋广〈文苑英华〉》，最易见的版本是浙江图书馆藏天启刻本，收在《四库全书存目丛书》集部355册。

据《三续古文奇赏序》，此书编成于天启四年（1624）[②]，乃增广宋代《文苑英华》。《文苑英华》是上继《文选》的文章总集，宋太宗时由李昉、宋白、徐铉等受命编纂，上起萧梁，下至晚唐五代，分赋、诗等38类，选录作家二千二百人，作品近两万篇，其中以唐代作品最多，约占十分之九。嘉靖四十五年（1566），在福建巡按御史胡维新的倡议及巡抚涂泽民和总兵戚继光的资助下，《文苑英华》重新修订刊刻，于隆庆元年（1567）完毕。万历年间，《文苑英华》又进行了重印和修补。

《三续古文奇赏》收录了赋、骚、诏、敕等30类文体，赋体方面大致沿《文苑英华》之体例，仅作局部的调整合并。它将大致相近的类目进行了合并，如将"水"归于"地"类，将"朝会""禋祀""行幸""讽谕""儒学""治道""耕籍""田猎"等归于"礼"类，"钟鼓""杂伎""饮食"并入"乐"类。又将"邑居""射""博弈""工艺""服装""图画""舟车""薪火""道释"等删减，增加"仙""文学""闲适""情""茶"等类，使类目从《文苑英华》的42类，删并至天、岁时、地、都、宫殿、苑囿、礼、乐、符瑞、治理、仙、文学、志、闲适、游览、纪行、哀伤、情、器用、茶、宝、丝帛、虫鱼、鸟兽、草木等25类。赋收在卷一至卷四，各代选赋情况如下表：

	先秦	汉	魏晋六朝	唐	宋	总计
人数	2	14	20	49	4	89
篇数	3	29	40	67	4	143

从上表可以看出，此书共选先秦至宋赋作143篇，包括先秦2家3首，

---

① 张廷玉：《明史》卷288《文苑传》，第7394页。

② 陈仁锡：《三续古文奇赏》，四库全书存目丛书集部355册，第41页。

汉代14家29首,魏晋六朝20家40首,唐代49家67首,宋代4家4首。增录的篇目也不多,仅有杜牧《晚晴赋》、刘禹锡《秋声赋》、皮日休《霍山赋》、崔伯易《感山赋》、卢肇《海潮赋》、李白《大猎赋》、阙名《述圣赋》、刘禹锡《谪九年赋》、苏轼《屈原庙赋》、欧阳修《黄杨树子赋》等。

（三）李宾《八代文钞》

李宾,字烟客,梁山人①。其《八代文钞》106卷,最易见的是天津图书馆藏明刻本,收在《四库全书存目丛书》集部341—345册。

李宾《八代文钞叙》云"六朝《金荃》《玉树》,顾属绮靡,然婉而多致,纤而有质,拟之诗,两京如雅颂,六朝如十五国风,实自出一机轴,未可便谓衰。何也? 昌黎'鸦鸣与蝉噪',非讥六朝语乎? 而所尊称者'光焰万丈'之李杜,夫清新开府、俊逸参军,阴何庾鲍诸人,未尝不为李杜所心折。故一代自有一代之体裁,一人自有一人之情实,虽代有盛晚,业有甘苦,才有兼长、有偏至,学有师承、有独造,譬彼寒暑燥湿各乘其运,楂梨橘柚各有其美,胡可概优劣也? ……然正不得是古而非今,亦以文之为物,善行而数变也。东西京而下,由晋唐,历宋元,迄皇明,宗工巨匠,在在可数,每欲聚录一函,既苦夫牛腰莫载,亦虑非蚁力可负矣。乃暇日遴撮诸家之胜,别为一小集以便披览,而以屈宋冠之,以此文人之宗祖也……兹选由诏制序论以及碑志,要亦以人定体,以文征代而已。人虽一代之冠冕,文只数篇之瑰伟,则不敢收以自具,《文选》《文粹》业不胜收也。唯人自有集,集自名家,近代则盖棺论定者乃录之,得百其人。"②看来,李宾有着与复古派不同的编选观念,认为"一代自有一代之体裁"。此书收录自汉迄明八代104家之作,其中汉7家,魏4家,晋7家,南北朝11家,唐32家,宋20家,元4家,明19家,而以屈、宋二家冠首,共106家。各代之下按作者先后为序,各家之下首选赋类,次以书、记、文、赞、铭等文体。其收录赋作情况如下表:

卷 1/2	屈原/离骚/天问/九歌/九章/大招/远游/卜居/渔父、宋玉/神女/高唐赋/登徒子好色赋/风赋/钓赋/笛赋/讽赋/舞赋/大言赋/小言赋/对楚王问/九辩/招魂	楚
卷 3/4/6/7/9	司马相如/子虚赋/大人赋/美人赋/长门赋、董仲舒/士不遇、班固/终南山赋/竹扇赋、扬雄/反骚/逐贫赋、蔡邕/琴赋/弹棋赋/胡栗赋/短人赋	汉 13 篇

① 《八代文钞》提要,四库全书存目丛书集部345册,第372页。

② 李宾:《八代文钞》,四库全书存目丛书集部341册,第1页。

续表

卷 10/12/13	王粲/浮淮赋/羽猎赋/大暑赋/柳赋、曹丕/浮淮赋/弹棋赋/临涡赋、曹植/洛神赋/九华扇赋/宝刀赋/车渠椀赋/迷迭香赋/芙蓉赋/七启	魏 14 篇
卷 14/16/17/20	嵇康/琴赋、潘岳/秋兴赋、陆机/文赋/七征、陶渊明/闲情赋	晋 5 篇
卷 22/24/25/26/31	谢灵运/岭表赋/长溪赋(附:谢朓/拟宋玉风赋)、梁昭明/铜博山香炉赋、梁简文/梅花赋、江淹/别赋、庾信/枯树赋	南北朝 7 篇
卷 33/37/38/45/56/58/59/60	张说/江上愁心赋、杨炯/卧读书架赋、卢照邻/拟骚/秋霖赋、柳宗元/晋问、杜牧/阿房宫赋、皮日休/反招魂、陆龟蒙/后虱赋、罗隐/秋虫赋	唐 9 篇
卷 64/69/73	欧阳修/秋声赋、苏轼/前赤壁赋/后赤壁赋、黄庭坚/苦笋赋	宋 4 篇
卷 88	宋濂/奉制撰蟠桃核赋	明 1 篇

　　此书收录汉代赋作 13 篇,魏晋南北朝共 26 篇,唐宋共 13 篇,明代除收宋濂赋 1 篇外,其他作家未收赋作,这些作家是:刘基、王祎、崔铣、李梦阳、何景明、徐祯卿、杨慎、王守仁、唐顺之、归有光、王维桢、李攀龙、王世贞、汪道昆、徐渭、袁宏道、汤显祖、钟惺等 18 家,连宋濂共 19 家,乃所谓"盖棺论定者"。四库馆臣评云,"《汉志》词赋首屈原、宋玉,《隋志》集部首荀况、宋玉,宾所采录,惟取有集者删之,故托始二人,然文章不止词赋,以二人为宗祖,则未免失词。且所选明代十七(九)人中,如袁宏道、钟惺,亦未能抗行古之作者,其去取殆不足凭也。"①

　　(四) 华国才《文璙清娱》

　　华国才②,号鹤溪闲叟,长洲人。万历二十八年(1600)举人。其《文璙清娱》48 卷,最易见的是扬州图书馆藏崇祯四年(1631)刻本,收在《四库全书存目丛书》集部 333 册。

　　此书编于崇祯三年(1630)至崇祯四年(1631),"大约以文人世次为主,论世则始于姬汉而终于宋元,论人则始于楚之宋玉,而终于元之倪瓒。其所选之文虽为赋、为诗、为歌行、为辞、为书、为记、为序、为赞铭、为碑碣,不异梁昭《文选》之体,然非依仿《文选》分门聚类也,止随朝代、文人列为先后之次序。盖一代之人有先有后,而一人之文或少或多,文多者所录或诸体具备,文少者或止录一首二首,备则由赋而诗,以及诸体,固自井然不紊,少则

---

① 《八代文钞》提要,四库全书存目丛书集部 345 册,第 372 页。
② 《文璙清娱》提要,四库全书存目丛书集部 333 册,第 827 页。

但按世次,随文采录"①,录先秦至元各家之作,赋体是其中重要的编选类别。

其选录标准,除《凡例》所云"兹选但取雅逸韵文、篇章简约者,以便讽诵……至若班孟坚《两都赋》、张平子《东西京赋》、左太冲《三都赋》、扬子云《甘泉赋》、司马长卿《子虚》《上林》等赋,以至历代名人,间有高文大篇,每欲别选一编,曰《古今鸿制》,恨力未逮耳,盖此等文章必须纵览全篇,始可宏肆耳目,仅如类书割裂其文,吾无取也,故俱不载云。"②作家小传或评注也有补充说明,如"王粲,字仲宣,登楼一赋,多悲词,今不录。"③又如"文通(江淹)篇章,艳丽殊绝,不觉录选甚富,如《别赋》《青苔赋》等篇,以至诗文中之传诵于世者,殆未易枚举也,或因过悲,或涉时事,遂尽删去。"④又如"赋(庾信《七夕穿针赋》)虽不睹其全,而妙句亦自不可舍"。⑤ 其选录赋作各朝代分布见下表:

	朝代	人数	篇数
卷1	楚	2	5
卷2—3	汉	21	29
卷4—19	魏晋南北朝	70	142
卷20—37	隋唐	67	82
卷38—47	宋	18	31
卷48	元	1	1
总计		179	290

从表中可以看出,《文瀫清娱》共选赋作290篇,其中先秦5篇,汉朝29篇,魏晋南北朝142篇,隋唐82篇,宋元32篇,隋唐以后选赋篇数占选赋总数的39%,与复古派鄙薄唐以后赋的观点是不同的,"观其见解,盖陈继儒一流。"⑥

---

① 华国才:《文瀫清娱自序》,四库全书存目丛书集部333册,第15页。
② 华国才:《文瀫清娱·凡例》,四库全书存目丛书集部333册,第17页。
③ 华国才:《文瀫清娱》,四库全书存目丛书集部333册,第73页。
④ 华国才:《文瀫清娱》,四库全书存目丛书集部333册,第252页。
⑤ 华国才:《文瀫清娱》,四库全书存目丛书集部333册,第304页。
⑥ 《文瀫清娱》提要,四库全书存目丛书集部333册,第827页。

四、赋　论
——郝敬《艺圃伧谈》

郝敬①,字仲舆,号楚望,湖北京山人。万历十七年(1589)进士。历知缙云、永嘉二县,并有能声,授礼科给事中,乞假归养。久之,补户科,数有所论奏。坐事谪知江阴县。其《艺圃伧谈》,最易见的是周维德集校《全明诗话》本,收在第4册。

郝敬《艺圃伧谈题辞》②写于天启三年(1623),此书应成于此年。共分四卷,卷一为古诗,卷二为辞赋与乐府,卷三为唐体诗,卷四为杂文与闲燕语。考察其论辞赋之语,主要表达了以下观点:

1. 诗与骚有别,后世辞赋为骚之遗,故诗与赋亦有别。"骚者,古诗之流,而与诗略异。诗,志也;骚,躁也。心中躁扰不宁,发为长歌,曼衍周折,鼓舞跌宕,以宣其扰扰不宁之思,谓之骚。诗体静正,骚体动荡;诗言志,骚言辞也。故志诚为诗,如《礼》云:'诗负诗怀'是也。震惊为骚,如《大雅》'徐方绎骚',《礼记》'骚骚尔则野'是也。后世歌行长短辞赋,皆骚之遗也,与《诗三百》有辨,《诗三百》醇乎雅,而骚浸淫入郑矣。"③

2. 高度评价屈、宋之作,尤其是屈原之作,认为后人模拟之辞,不足称道。如"《离骚》悲矣,《九歌》婉矣,《天问》怨矣,《九章》直矣,《远游》放矣,此真屈子之作。其《卜居》《渔夫》二篇,意味浅率,将是后人模拟。""《离骚》《天问》《九章》,别是一段肝膈,一副话言,与《三百篇》苍素不同,而温柔敦厚,委蛇旁魄之情同。适得事父事君,可兴可怨之体,《三百篇》后,妙于学诗者,无如屈平。"④又如"楚辞以屈宋为真骚,非独其辞至,情本至也。屈原伤君而隐痛,宋玉哀师而含凄,故情迫而文深,意结而语塞。后人无其情绪,空拟其辞,悯其穷而吊之,高其洁而赞之,语虽佳,天趣乏矣。文采声华之仿佛,只觉重赘,如剪彩为花,终非含烟带露之姿。故辞赋惟始作为擅场,再三蹈袭,同刍狗矣。"⑤"刘勰谓《离骚》'朗丽绮靡,金相玉式,艳溢锱毫',其实楚骚之靡丽者,宋玉以下诸家,非屈原也。屈原只是情至。后人无其情,学其靡丽,遂以朗丽目骚,肤于骚者耳。"⑥

①　张廷玉:《明史》卷288《文苑传》,第7386页。
②　郝敬:《艺圃伧谈》,《全明诗话4》,齐鲁书社2005年版,第2875页。
③　郝敬:《艺圃伧谈》卷2,《全明诗话4》,第2894页。
④　郝敬:《艺圃伧谈》卷2,《全明诗话4》,第2892页。
⑤　郝敬:《艺圃伧谈》卷2,《全明诗话4》,第2893页。
⑥　郝敬:《艺圃伧谈》卷2,《全明诗话4》,第2894页。

3. 高度评价相如之赋,批评扬雄之赋,认为过于雕琢。"《子虚》遒宕,无扬雄艰苦之态,无左思重赘之累,洋洋洒洒,然情与文称,尚觉情溢于辞表。叙山川草木,鸟兽渔猎,种种行乐,语不多而兴致勃然,所以为赋家之正始也。盖辞赋有天则,辞境虚,而太虚则浮;赋境实,而太实则笨。"①"赋本敷衍凑砌之文,而相如《子虚》尚存风骨。其次班固《两都》,肉骨均称,有典有则。张衡绵丽,多奇藻。左思丰博典要,而人不厌。至扬雄《甘泉》诸作,自谓学长卿,不胜杜撰结涩之苦,谓之肠出,诚然诚然。曾不如潘岳《籍田》《西征》之朗历条畅,典雅有致。《甘泉》绝乏典故,惟浮响凑瞀,时见鄙拙……大抵赋虽尚富丽,而太肥亦可厌。子云平生步趋相如,相如富丽中有疏爽,子云如千斤老辅,肉多骨少。"②"扬雄《羽猎》不及《甘泉》,《长杨》又不及《羽猎》,大抵模拟相如,而伤于胶刻。杜撰而不顾其安,堆积丰腴而不胜肥笨,凡雄诸作类此……凡雄文多卤拙,少森秀,尚雕琢而乏天真,难与耳食士道也。"③

4. 批评后世辞赋因袭模拟,缺乏性情。如"诗变为辞,辞变为赋。世运递降,渐染成习气矣。人世间浑是习气用事,而文章一途为甚。文章习气,辞赋一途为尤甚。辞自屈、宋首唱称新声,自东方朔以下成习气矣。赋惟司马相如首唱,扬雄以下成习气矣。自是愈趋愈下,迄于今滥恶而不可胜道也。"④又如"古今文章,敝于模拟。不摹而肖者,人物之于天地是也。夫善肖者不齐而同,新丰之作,门巷鸡犬相似而实非也。骚何曾模拟《三百篇》?以拟《三百篇》亦似。《子虚》《上林》何曾模拟《楚辞》? 以拟《楚辞》亦似。若夫扬雄之摹屈原为《反骚》,摹相如为《大人》等赋,颦笑步趋皆效之,如优孟学叔孙敖,死者不复生,只觉生者为徒劳。"⑤"辞赋小伎,无甚关名理,而扬葩挦藻,别自当家,轮奂维新,则有目快睹,转相蹈藉,神奇化朽腐,不欲观之矣。辞始屈平,赋始相如,《离骚》《子虚》,天真逸趣,浮于毫楮之间。至宋玉《招魂》,极丰腴而情至,不失为骚。东方朔、扬雄以下,遂成烟灰矣。如班固、张衡、左思拟《子虚》,亦极丰腴而不失为《子虚》,至扬雄以后,则肥赘为糟粕矣。"⑥

5. 重视创新,故亦欣赏杜牧、苏轼之赋。"《子虚》《上林》同赋也。《子

①　郝敬:《艺圃伧谈》卷2,《全明诗话4》,第2895页。
②　郝敬:《艺圃伧谈》卷2,《全明诗话4》,第2895页。
③　郝敬:《艺圃伧谈》卷2,《全明诗话4》,第2896页。
④　郝敬:《艺圃伧谈》卷2,《全明诗话4》,第2891页。
⑤　郝敬:《艺圃伧谈》卷2,《全明诗话4》,第2892页。
⑥　郝敬:《艺圃伧谈》卷2,《全明诗话4》,第2894页。

虚》烦简适节,斫削无痕,《上林》未免凑砌,时见重复。盖《子虚》作于游梁,无意挥霍,而《上林》承旨,有心装衍。其所以掩盖百世者,为其创始耳。如司马迁《史记》,愦谬处多,惟其创裁,无所因袭,故冠冕后代。文章惟作者堪传,此之谓也。"①"《三百篇》之变而为骚也,骚之变而为赋也,又变而为古诗,古诗变而为近体,近体变而为小辞,当其变也,不可谓非日新,沿袭久,蛊滥不可收,亦不足贵矣。其间如宋玉之拟屈平,班固、张衡、左思、陆机、潘岳之拟相如,重焗而加盐梅之和,故足鲭也。扬雄、马融以其浓腻,溃为臭腐,不如杜牧《阿房》、苏轼《赤壁》二首,清臛可餐。鱼馁而肉败,不若寒泉一杯,足以解醒也。"②

　　纵观其论赋之语,其赞赏屈原之骚、司马相如之赋,与王世贞等复古派的观点差同,但其重视创新,欣赏杜牧、苏轼之赋,则又显示了反复古派的赋学倾向,总体而言,有折衷两派的观念,这反映了明代后期文学发展的大趋势。

第三节　赋作的再盛

一、内容的繁富

（一）馆课、社集、时事等赋

　　韩日缵《开馆纪事》写崇祯七年(1634)甲戌科的开馆情况时提到"馆规六款",其一云:"练经济。史局优闲,正可究心世务,凡吏治民风、虏情边险、钱谷兵马之数,律令漕河之书,人材消长之故,朝政因革之宜,各宜搜采讲求,每月上下旬馆课即此命题。错综参伍以观其擘画,俱限即日完篇,不得越宿经纬,既裕他日,措之军国,有余地矣。"③可见,此时的馆课赋还要求与当时的时政相结合。但由于各种原因,留存下来的却不多。赵东曦④有《饮酎用礼乐赋》,内有"今日者天心眷佑,屡丰降祥","时序清和、国家无事"等语,赵东曦为万历四十七年进士,或为馆课赋。王道通⑤《日方升赋》

---

① 郝敬:《艺圃伧谈》卷2,《全明诗话4》,第2895页。

② 郝敬:《艺圃伧谈》卷2,《全明诗话4》,第2896页。

③ 韩日缵:《韩文恪公文集》卷首,四库禁毁书丛刊补编70册,北京出版社2005年版,第50页。

④ 赵东曦,直隶上海人。万历四十七年进士。存赋2篇。朱保炯、谢沛霖:《明清进士题名碑录索引》,上海古籍出版社1980年版,第1787页。

⑤ 王道通,生平不详,其《简平子集》有崇祯九年刻本,存赋2篇。《日方升赋》有云"是时太府朱衡岳老师合试七县一州",朱衡岳即朱燮元,《明史》卷249有传,为明末人。

则是朱燮元于吴下试士,以馆课赋题考试诸生,并不是馆课赋。祝谦吉①
《皇帝耕藉赋》描写崇祯七年(1634)的帝王耕藉之礼,是此期难得一见的典
礼赋。

此期较为普遍的现象是文人社集时的同题共作,留下不少同题赋。据
何宗美《明末清初文人结社研究》,此时的主要社团为复社,而复社是"由众
多文社统合而成","除其本身外,还统合了十五个地区的十七家社团","当
时除与阉党有关的极少数社团外,其他文人社团没有不加入复社的"②,如
南社、匡社、应社、几社、读书社、山左大社等。在论述"复社的文学活动"
时,此书列举了京师、吴中、云间、金陵、杭州等五地的文学活动。不过就赋
而言,现在留存的仅有云间几社的《几社壬申合稿》。《合稿》收录了崇祯三
年(1630)至崇祯五年(1632)社中人的作品,其中有赋33篇。王沄《春藻堂
宴集序》云:"我郡之有古文也,自崇祯壬申(崇祯五年)昉也。先是辛未(崇
祯四年)陈黄门卧子(陈子龙)、夏考功彝仲(夏允彝)、宋太守尚木(宋存
楠)、彭司李燕又(彭宾)、杜职方仁趾(杜麟征)同上公车,与吴中徐詹事九
一(徐汧)、杨孝廉维斗(杨廷枢)、张庶常天如(张溥)、吴祭酒骏公(吴伟
业)、豫章杨太史伯祥(杨廷麟)、彭城万孝廉年少(万寿祺)诸公会于京师,
拟集燕台之社,以继七子之迹。会杜职方、张庶常、杨太史登第,黄门四公报
罢归,乃与同里周太学勒卣(周立勋)、徐孝廉暗公(徐孚远)、李舍人舒章
(李雯)、顾征君伟南(顾开雍)、宋待诏子建(宋存标)、朱郡丞宗远(朱灏)、
王文学默公(王元玄),共肆力为古文辞。上溯《三百》,下迄六朝,靡不扬
扢,至壬申而集成。吴中姚文毅公(姚希孟)为之序,天下所称《几社壬申文
选》是也。"③

几社选文的宗旨,据陈子龙《几社壬申合稿·凡例》:"拟立燕台之社,
以继七子之迹。"④以接续复古派自任。其标准则如张溥《〈壬申文选〉序》
所云:"读之体不一名,折衷者广。大都赋本相如,骚原屈子,乐府古歌由
汉、魏,五七律断由三唐,赞序班、范,诔铭张、蔡,论学韩愈,记仿宗元,至时
事著策,经义赋说,别为一书。"⑤赋在全书首四卷:

① 祝谦吉,字尊光,常熟人。曾参加崇祯二年在吴江举行的复社成立大会。有《澹远集》,存
　　赋11篇。《复社纪略》卷1,笔记小说大观10编,第2073页。
② 何宗美:《明末清初文人结社研究》,第144页。
③ 陈子龙:《陈子龙诗集》附录二,上海古籍出版社1983年版,第647页。
④ 《几社壬申合稿》卷首,四库禁毁书丛刊集部34册,第490页。
⑤ 《几社壬申合稿》卷首,四库禁毁书丛刊集部34册,第482页。

	赋作（33 篇）
卷一	李雯①/秋云赋、彭宾②/避暑赋、陈子龙③/秋望赋、朱灏④/逃暑赋、徐孚远⑤/睿修赋、李雯/整思赋
卷二	徐孚远/文皇宾远赋、顾开雍⑥/武皇南巡赋、陈子龙/皇帝东郊赋
卷三	夏允彝⑦/太湖赋、宋存楠⑧/和汉武帝伤李夫人赋、朱灏/和汉武帝伤李夫人赋、陈子龙/采莲赋、朱灏/采莲赋、陈子龙/幽草赋、周立勋⑨/幽草赋、夏允彝/幽草赋、彭宾/幽草赋、王元玄⑩/幽草赋、宋存楠/幽草赋、朱灏/蕉赋、陈子龙/红梅花赋、周立勋/海棠赋、徐孚远/石菖蒲赋
卷四	陈子龙/垂丝海棠赋、夏允彝/垂丝海棠赋、顾开雍/垂丝海棠赋、王元玄/垂丝海棠赋、朱灏/纨扇赋、蝶赋、陈子龙/蚊赋、朱灏/蚊赋、李雯/诘蚊赋

　　《合稿》选了陈子龙、夏允彝、王元玄、周立勋、朱灏、李雯、彭宾、宋存楠、徐孚远、顾开雍等十人的赋作。十人在当时各有所长，杜麟征《壬申文选序》云："文章起江南，号多通儒，我郡为冠。以余之所交，彝仲（夏允彝）擅论议之长，勒卣（周立勋）通修雅之度，暗公（徐孚远）迈沈博之论，伟南（顾开雍）盛玮丽之观，宗远（朱灏）赴幽崄之节，默公（王元玄）娟秀，大宋

① 按：李雯存赋 11 篇，收在《总汇》第 10 册 8568 页，入清后出仕，为清人。《壬申合稿》收 3 篇。

② 按：彭宾存赋 2 篇，收在《总汇》第 10 册 9102 页，入清后出仕，为清人。《壬申合稿》收录。

③ 陈子龙，字卧子，华亭人。崇祯十年进士。弘光朝官兵科给事中，清兵陷南京，起兵抗清，事败后被捕，投水殉国。有《陈忠裕公全集》。存赋 20 篇，《壬申合稿》收 7 篇。《明史》卷 277《陈子龙传》，第 7096 页。

④ 朱灏，字宗远，华亭人。曾加入几社。《壬申合稿》收赋 7 篇。《莲子居词话》卷 3"补明词"，《词话丛编》，中华书局 1986 年版，第 2462 页。王沄《春藻堂宴集序》，《陈子龙诗集》附录二，第 647 页。

⑤ 徐孚远，华亭人。崇祯二年，与陈子龙、夏允彝、彭宾、杜麟征、周立勋等组成"几社"。崇祯十五年举人，明亡后曾起兵抗清，后追随郑成功到台湾。有《钓璜堂存稿》。《壬申合稿》收赋 3 篇。钱仲联《清诗纪事 1》"明遗民卷"，凤凰出版社 2004 年版，第 25 页。

⑥ 顾开雍，字伟南，娄县人。诸生。几社成员。《壬申合稿》收赋 2 篇。《嘉庆松江府志》卷 56，续修四库全书 689 册，第 10 页。

⑦ 夏允彝，字彝仲，华亭人。崇祯十年进士。官长乐知县，吏部考功主事。南京下，投水死。《壬申合稿》收赋 3 篇。《明史》卷 277《夏允彝传》，第 7098 页。

⑧ 宋存楠，字尚木，后更名征璧，华亭人。崇祯十六年进士。几社成员。入清为潮州知府。有《抱真堂集》。《壬申合稿》收赋 2 篇。《嘉庆松江府志》卷 56，续修四库全书 689 册，第 9 页。

⑨ 周立勋，字勒卣，华亭人。县学生，屡试不第，客死南雍。几社成员。有《符胜堂集》。《光绪重修奉贤县志》卷 21"人物"，《中国地方志集成·上海府县志辑 9》，上海书店出版社 2010 年版，第 924 页。按：周立勋存赋 2 篇，《总汇》收入"清代卷"（第 10 册 9073 页），误，周立勋卒于明亡前。

⑩ 王元玄，字默公。华亭人。明诸生，陈子龙出其门。《壬申合稿》收赋 2 篇。《嘉庆松江府志》卷 56，续修四库全书 689 册，第 14 页。王沄《春藻堂宴集序》，《陈子龙诗集》附录二，第 647 页。按：《松江府志》作"王元一"，姑从《壬申合稿》作"王元玄"。

（宋存标）坦通，燕又（彭宾）隐质而撷藻，小宋（宋征璧）敏构而繁昌，舒章（李雯）雄高而杰盼，卧子（陈子龙）恢肆而神骧。人文之美，具于是矣。"①十人当中，李雯、彭宾、宋存楠入清后出仕，为清人，徐孚远、顾开雍为明遗民，其他五人要么卒于明亡前，要么明亡之际死于义烈，陈子龙、夏允彝尤以忠烈著称。

　　选赋的题材首先是反映当时以及明朝盛时的文治武功。陈子龙《皇帝东郊赋》写崇祯四年崇祯帝东郊祭祀之事，徐孚远《文皇宾远赋》作于崇祯五年，乃缅怀成祖时使远夷宾服的盛况，顾开雍《武皇南巡赋》未写作年，赋序有"先是同郡臣孚远《宾远》，臣子龙作《东郊》，故以敷畅威礼，扬答佑助"，应写于崇祯五年，赋文铺陈正德十四年明武宗南巡以讨伐宸濠之乱的事。武宗南巡本是场闹剧，因为王守仁在七月底即平定叛乱，而武宗仍然自封"镇国公"，以平乱为由，于八月开始南巡。顾开雍以此为题材，不过反映了身处末世的文人对盛明时代的缅怀之情。

　　除这几篇"义尚光大"的赋作外，《合稿》则以咏怀、咏物赋居多，陈子龙《秋望赋》写于崇祯五年，是一篇抒怀赋。金末元好问有《秋望赋》，写作者对于国势的忧伤以及希望金朝能够有所奋起的愿望，气势磅礴而苍凉，堪称金赋的压卷之作。陈子龙《秋望赋》作于作者二十五岁时，对于明末时局也有忧虑，但思想还不很成熟，更多的是个人的身世之悲，有为文造情的倾向，艺术感染力不如元好问之赋。咏物赋有同题共作的现象，比如陈子龙、朱灏、李雯俱有《蚊赋》，朱灏《蚊赋》为单纯摹物之作，李雯《诘蚊赋》犹如《天问》体，对蚊的性状、恶行等提出一连串诘问，有疑有愤，厌恶之情溢于言表。陈子龙《蚊赋》，从"信极贪之所营，鲜祸福之足忌""君子向明，莫予殃兮""戢手燎烟，悉焚俘兮""珍此凶族，永欢娱兮"等语，似有以物拟人的意味。

　　除了几社的社集创作，卓人月②《桃叶渡种桃赋》序云"乃开种花之社，征诗盈箧"，郑元勋③《十三楼赋》序云"花烛之夕，社中各为诗词"，何乔远④《攀龙社赋》序云"吕纯阳仙翁与安平诸子结社赋诗，名其社曰'攀龙'"。可见明末的社集活动是一个普遍的现象，其中必也作赋，惜《几社壬申文

<hr>

①　陈子龙：《陈子龙诗集》附录三，第 755 页。
②　卓人月，字珂月，仁和人。贡生。有《蕊渊集》，存赋 7 篇。《明诗综》卷 71。
③　郑元勋，歙县人。进士。福王时，高杰攻扬州，元勋责以大义，城获全，后为乱兵所杀。存赋 2 篇。《钦定胜朝殉节诸臣录》卷 10，四库全书 456 册，第 635 页。
④　何乔远，字稚孝，晋江人。万历十四年进士，累官户部侍郎。有《镜山何氏前后集》，存赋 1 篇。《明诗综》卷 55。

选》之外，其它未见流传。

　　钱谦益《列朝诗集》谓潘一桂[①]，"无隐年未三十，有赋数十篇，卜居京口，览江山之胜，与友人钱玄密纬以辞赋相砥砺，作《东征》《昌言》诸赋，为时所称"[②]，其《东征赋》写万历四十七年春，明廷东征后金的战争，虽未及于战事的结果，但对于明军的不利之处以及当时的"外侮""内忧"都有触及，如：

> 维丑虏之哮阚，若游光之铦闪。方鸷桀以鸱集，倏退匿于荒塞。几我忘而骇动，肆骊发而莫掩。虽一剑之可屠，亦虑忧而计鲜。惧不戢之自焚，致皇灵之不展。驱白徒以即戎，望旌旗而色戁。虽鼟鼓之是策，宁洞习乎退险。悬孤军而威失，斗犬羊而命贱。矧国储之匮耗，饷靡靡其日捐。屯膏泽而不究，徒征索而益焉。缦铚穗与秸服，遂履亩而缗兼。追率割以雠敛，利即立而怨连。远千里以飞挽，若转石而上乎青天。岂玄象之虚示，在转移之惟权。固外侮之可虞，亦内忧之是先。

　　《昌言赋》以超过2400字的长篇，铺叙了天启时魏阉乱政造成的种种恶果，以及崇祯帝即位后"戡乱""歼凶"的功绩和"与时维新"的作为。其它如《流民赋》写万历四十五年（1617），"天祸齐鲁，旱魃肆虐"，造成"三麦不收，九谷不登"、流民转徙的惨状。《闵涝赋》写天启四年（1624）夏，"洪霖浃月，吴越垫溺，湮禾败稼，百谷不登"之惨状，希望"庙堂之上"能"恤灾应变"，使民获救。《瑞石赋》写天启七年（1627）"京口载罹凶荒，天眚地孽，割我稼穑。万姓嗷嗷，无所寄命。圌山之阴，天产石粉。"虽是记载奇异之文，但客观上反映了京口的凶荒灾难。《圣政赋》则歌颂崇祯帝即位以后之"圣政"。

　　吴应箕[③]的《吊忠赋》《悯乱赋》也反映了当时的时事。《吊忠赋》序云，"吊忠者，吊天启时死珰祸诸臣也"，其述当时珰祸之酷烈云：

> 非殚焚坑之残忍，奚改玉步于呼吸。逐宰衡，更揆席。首垣驱，长

---

①　潘一桂，字无隐，吴江人。年十六补邑诸生。崇祯五年，唐世孙延四方宾客，一桂至，居一月辞归。有《中清堂集》，存赋20篇。《乾隆吴江县志》卷32，《中国地方志集成·江苏府县志辑20》，江苏古籍出版社1991年版，第130页。

②　陈田：《明诗纪事》辛签卷22引，《明代传记丛刊15》，台北明文书局1991年版，第905页。

③　吴应箕，字次尾，贵池人。八试南闱不第，49岁中副榜。清兵渡江，应箕在家乡起兵，兵败被擒，慷慨就死。有《楼山堂集》，存赋10篇。《明史》卷277《吴应箕传》，第7093页。

宪逸。矫诏旨,工罗织。计郎抗疏而廷糜,杨尹感吟而伏锧。然犹以为不坐之朋党,可可得而芟尽也。周内清流于伪录,锻炼要典为陷阱。斥凤凰以为枭,指麒麟而曰獍。夷惠为跖,逄干则佞。翊东朝者穷奇,阿后宫者秉正。骊姬之菀可集,专诸之匕听进。止弑不必书,吕王不当诤。冤平反为囹狱,蔽讲学以逆命。乙丑拷者六君,丙寅逮者七姓。尔其宁郐伏鸷,俊兴奋虺。并而苤者,睒睗而受牍;囚而伏者,匍匐以陈词。或仰天而呼圣,或抢地而饮酖。或喷血以肆詈,或垂首而甘笞。莫不三木横加,五毒历苦。长贯银铛,动遭捶楚。拉髂折胁,穴胸断股。脑涂脉绝,肌坼骸腐。酷等屠切,惨均醢脯。血沁苌碧,魄沈圜土。此固卒隶见而椎心,行道闻而泣雨者也。

《悯乱赋》伤悯崇祯朝的“寇燹”,其序云:“自江之北,十年于兹矣。□□既再,寇燹无时。人生观此,其能已于悲乎? 既予摧悼于厥心,爰作赋以悯之”,赋对明末李自成、张献忠等农民起义军所造成的纷乱景象作了细致地描绘,以“哀此鲜民之莫拯”。戴澳[1]《文园赋》,所谓文园,即“留都之文部园”,赋作于崇祯十年(1637),虽着重写文园之变迁,但对当时时事的艰危也有反映,如“览时事之艰危,增怀抱之偪侧。甫惊虏薄都城,复传寇逼江北。入援都是空名,扼剿竟无长策。虏既饱掠而出口,寇犹整居而荐食。”

杜文焕[2]《西征赋》序云:“乙卯(万历四十三年,1615)秋仲,套酋吉能逞狼贪之性,纠鸥奋之徒。入寇柏林,东辖之全军覆没;分攻砖井,西夏之邻境阽危。焕督率三镇之精锐,幸奏两捷之微功。既解围于定西,并扬威于塞外。”其中写到“定边之捷”:

当杀气之浸盛,适胡氛之交午。渠酋鸥张于瓯脱,杂虏蜂屯于疆圉。乘秋风以披猖,因夜月而啸聚。惟十事之是求,倾阖套而大举。五原发其累卵,两边殆其履虎。或昼蹶其贰师,或夜歼其众旅。虔刘弥乎关榆,掳掠暨乎河浒。概天府而震惊,窜地角而潜处。于是烽烟电耀,羽檄星驰。军门受律,帅闻誓师。遵简书之共服,急邻境之阽危。鞠三

① 戴澳,字有斐,奉化人。万历四十一年进士。终顺天府丞。有《杜曲集》,存赋7篇。《光绪奉化县志》卷24,《中国方志丛书·华中地方204》,成文出版社1975年版,第1315页。

② 杜文焕,字弢武,延安卫人。由荫叙历延绥游击将军,历官宁夏总兵官、右都督等。李闯王逼畿辅,统兵入援。福王立南都,提督京城捕务,进少保、少师,兼太子太师。国变后,归原籍昆山卒。有《太霞洞集》,存赋8篇。《明诗纪事》庚签卷24,《明代传记丛刊15》,第255页。

镇之貔虎,亘七萃之熊罴。扼狂锋于西泮,折退冲于东陲。奏三捷于终日,宁一月以为期。雪延绥之深耻,慰圣主之遐思。

叶宪祖①《榆征赋》则写天启六年(1626)宁远大捷后,作者作为使臣赴山海关的征行之旅。

米万钟②《招宝山阅兵观海赋》写天启二年"傅公"在句章"大阅"之况,时"水陆并举,继之以夜",颇为壮观。杜文焕以武臣而能文,其《军容赋》序说自己"每从塞垣之间,熟睹车骑之盛,""适当教练,遂赋军容"。赋依次写了明军之"壁垒""行阵""旌旗""甲仗""火器""车骑"之容以及"演武"之盛况。

(二) 咏怀、吊古、祝寿等赋

清乾隆皇帝《御题刘宗周黄道周集》云"盖二人(刘宗周、黄道周)当明政不纲,权移阉宦,独能守正不阿,多所弹劾,至今想见其风节凛然。而且心殷救败,凡有指陈,悉中时弊,假令当日能用其言,覆亡未必如彼之速。卒之致命遂志,以身殉国,允为一代完人。"③刘宗周④《知命赋》是一篇抒怀赋,作于崇祯元年(1627),赋颇有国事之忧:

> 世滔滔其不返兮,哀吾道之屡困。洵苍生之不幸兮,抑世主之多蹇也。意造物实为权舆兮,何人事之多舛也。幸苍昊之我质兮,垂元听于九京。神湛湛以无言兮,网恢恢以何凭。忽飙风之怒号兮,列缺闪光怪以耀冥。斧霹雳以震迭兮,聊以写予心之不平。予乃鞭风雷以叱咤兮,辞帝庭而凤驾。拥欃枪以挥斥八极兮,扫魍魉于幽夜。总山川于指掌兮,行历览乎荒夏。首泰岳之巀嶪兮,带蓬瀛以出没。藉封禅之遗址兮,求灵药以何物。伤中土之坏乱兮,发乘桴之叹咄。蹈鲁连于东海兮,驾鲸鲵而倏忽。转驰骋于南州兮,跃龙泉之孤雄。湘流浩以石沈兮,衡岳差以云封。陟苍梧之渺渺兮,二妃胡为而弗从。薰风凯以流响兮,解吾民之蕴隆。想皇王之遗化兮,遂西次于雍丘。阅尧舜之故墟兮,及周秦之短修。马与鹿其何似兮,汉亦烬于党钩。镜百代以如新

① 叶宪祖,字美度,浙江余姚人。万历四十七年进士。崇祯间累官湖广副使、广西按察使。有《青锦园集》,存赋9篇。《浙江通志》卷180"人物",四库全书524册,第57页。
② 米万钟,字友石。万历二十三年进士。官江西按察使,太仆少卿。存赋1篇。《明史》卷288《文苑传》,第7397页。
③ 刘宗周:《刘蕺山集》卷首,四库全书1297册,第301页。
④ 刘宗周,字起东,山阴人。万历二十九年进士。累官工部侍郎,擢右都御使。杭州失守,绝食卒。有《刘蕺山集》,存赋2篇。《明史》卷255《刘宗周传》,第6573页。

兮,洒涕泗于幽州。

赵东曦《涉江赋》序云:"仆以樗材,早登仕籍。遂游闽越,历中州……政成,谬膺内召,旋入谏垣。悃款之诚,不自遏抑。一言摈斥,左调南旋。驱车寂寞之滨,税驾大江之侧。临流问渡,极目洪波。对此茫茫,百感交集。检点奚囊,《离骚》一卷而已。慨然有怀,乃以《涉江》命篇。"赋写作者怀诚被斥,虽回归乡园仍然忧国思君。浦铣云:"灵均后学骚赋者,多规仿其词句,而不得其忠君爱国、眷恋不忘之志。明人赵东曦《涉江》一赋,其深于骚者欤?"①

李蛟祯②《抒怀赋》序云:"抒怀赋者,余为涂山司理所作也。余自离蒲邑来,既遭迁谪,复罹干戈。方负剑以入秦,又凭轼而走楚。羽檄频飞,烽烟在望,装薄而驱驰易。每游虎口鲸呷之中,官微而性命轻。时虑巢倾卵覆之变,止犹幕燕,行似山麏。追念平生,曷胜悲悼,因含毫作赋,以志流离漂泊之感云尔。"赋即抒其在乱世中"流离漂泊之感"。

魏学洢③的抒怀赋有《抒怀赋》《离思赋》《定志赋》《凛秋赋》等,其《凛秋赋》抒发悲秋之情,除了受宋玉《九辩》的影响外,也有《诗经·蒹葭》的影子。陈子龙《秋兴赋》作于崇祯十二年,乃续潘岳《秋兴赋》作,其序云"虽文谢往美,而旨与昔殊",其文采固不如潘赋,但旨趣却不同。李雯云:"顷见卧子《秋兴赋》,明淡闲雅,安仁不足道也……卧子宦情不深,解巾以来,便思投闲以养太夫人。又存念素交,欲共娱草泽,以视望尘干没者何如耶?则又不独以文胜矣!"④

陈邦瞻⑤的抒怀、吊古赋有《释忧赋》《申志赋》《登铜雀台赋》《西湖吊岳坟赋》等。《登铜雀台赋》写登铜雀台感怀曹操之霸业,认为曹操"奸杰乘危之夫,么麽窃据之子。假狐媚而盗权,伺鹿逐而干纪。虽威灵之赫炳,亦义士之所鄙。"《西湖吊岳坟赋》哀吊岳飞忠而被戮,感慨"信为臣之不易,亘古今而一概"。从"世之季兮道以隳",似有借古伤今之意。

① 浦铣:《复小斋赋话》卷上,浦铣著、何新文等校证《历代赋话》,上海古籍出版社 2007 年版,第 379 页。
② 李蛟祯,河南嵩县人,崇祯四年进士。有《增城集》,存赋 1 篇。《明清进士题名碑录索引》,第 1297 页。
③ 魏学洢,字子敬,嘉善人。魏大中长子。有《茅檐集》,存赋 6 篇。《明史》卷 244《魏大中传》附,第 6336 页。
④ 李雯:《蓼斋全集》卷 35《与宋辕文书》,四库禁毁书丛刊集部 111 册,第 508 页。
⑤ 陈邦瞻,字德远,江西高安人。万历二十六年进士。天启初任兵部左侍郎,兼户、工二部侍郎,专理军需。存赋 5 篇。《明史》卷 242《陈邦瞻传》,第 6277 页。

夏完淳①《大哀赋》作于隆武二年(1646),时作者年十六,父夏允彝、师陈子龙已殉国,他独自漂流,空负报国之志,"寄愁心于诗酒","聊为此赋,以抒郁怀"。赋文近4000字,模拟庾信《哀江南赋》,以骈偶的形式铸就,其中有对明末繁荣表面下的重重危机以及朝廷之上朝臣的争斗、边关将帅之无能等情况的揭露:

> 天子端拱无为,塞聪而治。羽猎灰五柞之场,歌舞纳三云之地。震筵分枯菀之形,泰阶起蜩螗之异。议论庙谟,干戈儿戏。有道咏瞻乌而长叹,索靖指铜驼而下泪。山未颓而黯然,海不波而潜沸。然四极未亏,三伦不易。草木寒于北街,星日耀于南极。间左多游侠之徒,京华无憔悴之客……于时五帅不戒,三城莫复。□在背肩,□侵肘腋。元子所以伤心,江统于焉太息。且也朝堂多水火之争,边徼有沙虫之戚。未拜郭隗,先诛李牧。熊罴夜而星沦,猿鹤秋而天覆。自蔽日之借丛,卒终星而丧国。继以中常侍之窃政,大长秋之尸祝。圣娆定中禁之谋,节让起北宫之狱。顾厨祸酷于三君,累若权延于五鹿。璇庭之璧月几沦,虞渊之曜灵步浴。孤臣饮恨于属镂,硕士含辛而囊木。况夫疆场多事,边境传烽。恒落鱼门之胄,空夸马服之功。卫青未闻其破敌,魏绛不见其和戎。庸邀汗马,策卖卢龙。及夫星明少海,天浮大潢。殷丁河亳之志,周宣江汉之风。诛司隶之王甫,焚诬史之蔡邕。然兵由弱积,政以贿崇。

也有对自己国亡家破、军败身全的哀伤,并追原亡国破家之因:

> 推本先朝,追原祸始。神宗之垂拱不朝,熹庙之委裘而理。罪莫炽于赵高,害莫深夫褒姒。惟屈牦之下狱,与朱浮之赐死。虽大臣之无刑,非圣人之得已。至于五世偏安,三朝旧事。指触瑟为贞规,目采芝为佞轨。使□□之北风,陷泥途于南纪。殷深源之方略空空,王夷甫之风流尔尔。若乃威虏偏裨,长兴文吏。原非将帅之才,未有公侯之器。兴怀鸿鹄之言,颇见龙蛇之志。日日胡床之卧,夜夜钧天之醉。既一战之未申,沦九死而靡悔。黄土一抔,丹青万禩。

全文大气磅礴,不亚于庾信《哀江南赋》,屈大均云:"读其《大哀》一赋,淋漓

---

① 夏完淳,字存古,华亭人。夏允彝子。抗清,被捕就义。存赋12篇。《明人小传》,《孤本明代人物小传3》,全国图书馆文献缩微中心2003年版,第260页。

呜咽,洋洋万余言,而犹似未尽。呜呼!《麦秀》《黍离》之短,《大哀》之长,固皆与风雅同流,《春秋》一贯,为一代之大文。"①马积高说:"其文辞的老练苍劲,虽稍逊于庾信的《哀江南》,而其思想境界却高过了它,这是由他们的境界、思想、品格不同所决定的。"②

四库馆臣评价倪元璐③:"元璐少师邹元标,长从刘宗周、黄道周游,均以古人相期许,而尤留心于经济,故其擘画设施、勾考兵食,皆可见诸施行,非经生空谈浮议者可比。其诗文虽不脱北地、弇州之旧格,至其奏疏则详明剀切,多军国大计、兴亡治乱之所关,尤为当世所推重。"④然其留存的三篇赋,却俱为寿赋,《寿华赋》为文林先生祝寿之作,《寿朋赋》为阮旭青谏议之两太君作,《寿贞赋》为封太安人许母李太君寿。此外,何伟然⑤《紫芝堂赋》为程居士寿,何白⑥《素丝堂赋》"为陆衷虚令君寿",吴奕⑦《寿母赋》为董母堵太君六十大寿作。徐济忠⑧《捴初赋》"聊以自寿兮,聊以永矢",是一篇自寿赋。

(三) 咏物、山水、楼台等赋

此期描写植物的赋,如谢焜⑨《红蕉赋》、邓云霄⑩《绿槐赋》《红蓼赋》、黎遂球⑪《素馨赋》《槟榔赋》《荔枝赋》、蒋德璟⑫《荔支赋》、韩上桂⑬《蟠木

---

① 谢国桢:《晚明史籍考》引,《夏完淳集笺校》,上海古籍出版社 1991 年版,第 5 页。

② 马积高:《赋史》,上海古籍出版社 1987 年版,第 562 页。

③ 倪元璐,字玉汝,浙江上虞人。天启二年进士。官至户部尚书,兼翰林院学士。李自成入京,自缢死。有《倪文贞集》,存赋 3 篇。《明史》卷 265《倪元璐传》,第 6835 页。

④ 纪昀等:《钦定四库全书总目·倪文贞集》,第 2337 页。

⑤ 何伟然,字仙臞,仁和人。有《梨云馆集》,存赋 7 篇。《钦定四库全书总目·快书》,第 1764 页。

⑥ 何白,字无咎。永嘉人。龙膺为延誉海内,遂有盛名。隐于梅屿山中。有《汲古堂集》,存赋 3 篇。《浙江通志》卷 193"人物",四库全书 524 册,第 299 页。

⑦ 吴奕,宜兴人。万历三十八年进士。有《观复庵集》,存赋 1 篇。《明清进士题名碑录索引》,第 820 页。

⑧ 徐济忠,字良夫,又字子公,常熟人。有《缀闲集》,存赋 2 篇。《明诗纪事》辛签卷 31,《明代传记丛刊 15》,第 1120 页。

⑨ 谢焜,生平不详,有《墨巢集》,存赋 3 篇。其《万石山赋》序云"万石山者,张聘君绍和之所居也。先生多携壶榼,毕集风骚,焜每从坐隅,获与眺咏",张绍和即张燮,谢焜应为明末人。

⑩ 邓云霄,字玄度,东莞人。万历二十六年进士,官至广西布政司参政。有《百花洲集》,存赋 7 篇。《钦定四库全书总目·百花洲集》,第 2496 页。

⑪ 黎遂球,字美周,广东番禺人。天启七年举人。死赣州之难。有《莲须阁诗集》,存赋 9 篇。《明诗综》卷 74。

⑫ 蒋德璟,字若椰,晋江人。天启二年进士。累官礼部尚书,文渊阁大学士。有《敬日草》,存赋 2 篇。《明诗综》卷 66。

⑬ 韩上桂,字孟郁,广东番禺人。万历二十二年举人。官国子监丞,永平通判。有《韩节愍公遗稿》,存赋 17 篇。《广东通志》卷 45《人物志》,四库全书 564 册,第 124 页。

赋》、戴澳《盆梅赋》、钱文荐①《枫赋》《苔赋》《早梅赋》《樱桃赋》、叶宪祖
《落花赋》《禁体雪赋》、王思任②《莎角赋》《罕山灵福寺松赋》、秦舜昌③《方
竹赋》、洪云蒸④《古柏连理赋》、袁子让⑤《香国海棠赋》、夏云鼎⑥《海棠
赋》、涂伯昌⑦《山中松树赋》、李云鸿⑧《菊赋》、侯恪⑨《杜鹃花赋》、理鬯
和⑩《木芍药赋》、张凤翼《菊花赋》、吴应箕《雪竹赋》、盛于斯⑪《吊芙蓉
赋》、杨云鹤⑫《浮萍赋》、夏树芳⑬《浮萍赋》、祝谦吉《庭中三竹赋》《菊赋》
《八月红梅花赋》《梧桐赋》《蕉赋》、吴履中⑭《枯树根赋》、汤传楫⑮《紫薇
赋》、叶襄⑯《秋海棠赋》、潘一桂《橘赋》等。

---

① 钱文荐,字仲举,慈溪人。万历三十五年进士。为工部主事。有《丽瞩楼集》,存赋11篇。
《明诗综》卷60。

② 王思任,字季重,山阴人。万历二十三年进士。清兵破南京后,鲁王监国,以思任为礼部右
侍郎,进尚书。顺治三年,绍兴为清兵所破,绝食而死。存赋15篇。《罪惟录》卷18《王思
任传》,续修四库全书323册,第284页。

③ 秦舜昌,字虞卿,浙江鄞县人。崇祯间以贡授台州府学训导。有《林衣集》,存赋4篇。吴
文治:《明诗话全编7》,江苏古籍出版社1997年版,第7918页。

④ 洪云蒸,攸县人。万历三十八年进士。有《紫云全集》,存赋2篇。《明清进士题名碑录索
引》,第1150页。

⑤ 袁子让,郴州人。万历二十九年进士,曾任主事。有《香海堂集》,存赋2篇。《湖广通志》
卷32"选举",四库全书531册,第276页。

⑥ 夏云鼎,字四云,湖北石首人。天启四年举人。官涪州知州。存赋1篇。《湖广通志》卷
53,四库全书533册,第219页。

⑦ 涂伯昌,字子期,江西南丰人。崇祯三年举人。隆武元年,南明唐王朱聿键在福州即位,召
伯昌入朝,授兵部职方主事,后升太仆卿。永历二年,集众杀清朝所置宁都知县田思,四年
城破,自缢死。有《涂子一杯水》,存赋4篇。《甲申朝事小纪》第4编卷8,书目文献出版
社1987年版,第863页。

⑧ 李云鸿,字叔宾,内乡人。万历二十年进士李云鹄之弟。有《李秋羽集》,存赋1篇。《六
李集》序,四库全书存目丛书补编14册,齐鲁书社2001年版,第1页。《明清进士题名碑
录索引》,第1216页。按:《总汇》第9册8097页,李云鸿"通许人,崇祯四年进士",误。

⑨ 侯恪,字若木,河南商丘人。万历四十四年进士。有《遂园诗集》,存赋1篇。《侯方域集》
卷5《司成公家传》,中州古籍出版社1992年版,第228页。

⑩ 理鬯和,字寒石,河南西华人。本姓李,耻与李自成同姓,改姓理。有《寒石先生文集》,存
赋2篇。《文献征存录》卷1,《清代传记丛刊10》,台北明文书局1985年版,第37页。

⑪ 盛于斯,字此公,安徽南陵人。崇祯时,补郡博士弟子员。有《休庵杂钞》,存赋4篇。《赖
古堂集》卷18《盛此公传》,清人别集丛刊,上海古籍出版社1979年版,第694页。

⑫ 杨云鹤,江西临川人,占籍四川彭县。崇祯四年进士。存赋1篇。《明清进士题名碑录索
引》,第1658页。

⑬ 夏树芳,字茂卿。江阴人。万历十三年举人。有《消暍集》,存赋2篇。《光绪江阴县志》
卷16"人物",《中国方志丛书·华中地方457》,成文出版社1983年版,第1833页。

⑭ 吴履中,金坛人。天启五年进士。有《余廉堂集》,存赋5篇。《明清进士题名碑录索引》,
第868页。

⑮ 汤传楫,字子辅,更字卿谋,吴县人。年二十五值明亡,伤心而死。有《湘中草》,存赋3篇。
《明诗纪事》辛签卷28,《明代传记丛刊15》,第1024页。

⑯ 叶襄,字圣野,长洲儒学生。存赋1篇。《明诗综》卷77。

描写动物的赋,如董梦桂①《吐绶赋》(一种山鸡)、谢焜《鸳鸯赋》、黄以升②《义鱼赋》《树鹭赋》《悯鹤赋》《寡鹤赋》《配鹤赋》、李日华《锦鸡赋》、陈子壮③《太平鹊赋》《沙鸡赋》、张燮④《蠹虫赋》、韩上桂《穷马赋》《病鹤赋》《归燕赋》、吴晋昰⑤《憎鸣蛙赋》《伤饥鼠赋》、廖大亨⑥《佛现鸟赋》、卓人月《香鹤赋》、钱文荐《寒鸦赋》《蝶赋》、叶宪祖《相思鸟赋》《后相思鸟赋》、王�澹⑦《蠹鱼赋》、刘铎⑧《粉蝶赋》、郑以伟⑨《双伊尼赋》("一麛一麚")、吴道南⑩《驱鼠赋》、张拱机⑪《红鹦鹉赋》、钟羽正⑫《鸣鸡赋》、王乐善⑬《后憎苍蝇赋》、葛麟⑭《孝乌赋》《山犬赋》、祝谦吉《蝶赋》、顾大武⑮《飞将军赋》(白

① 董梦桂,嘉兴人,万历三十七年举人。存赋1篇。《浙江通志》卷140《选举》,四库全书522册,第639页。按:《总汇》第7册6367页作"济阳(今属山东)人。嘉靖十四年(1535)进士。"误,此人为戴梦桂。

② 黄以升,字孝翼,龙溪人。太学生,崇祯中以举荐官云南布政使照磨。有《蟫窠集》,存赋7篇。黄虞稷《千顷堂书目》卷27,上海古籍出版社2001年版,第669页。按:《史说萱苏》提要作"字孝义"(第1820页)。

③ 陈子壮,字集生,广东南海人。万历四十七年进士。历礼部右侍郎、礼部尚书等,家居,殉难。有《云淙集》,存赋2篇。《明诗综》卷74。

④ 张燮,字绍和,龙溪人。万历二十二年举人,有《东西洋考》。存赋2篇。《钦定四库全书总目·东西洋考》,第978页。

⑤ 吴晋昰,字接侯,海盐人。明末人。有《蓬蒿园诗集》,存赋2篇。《千顷堂书目》卷28,第675页。按:《总汇》第9册8276页,误为"吴晋画"。

⑥ 廖大亨,临安人,进士。四川巡抚。存赋2篇。《四川通志》卷30"职官",四库全书560册,第608页。《峨眉县志》卷9,《中国地方志集成·四川府县志辑41》,巴蜀书社1992年版,第549页。按:《峨眉县志》中,廖大亨赋在来知德(1526—1604)赋之前。

⑦ 王澹,字澹翁,会稽人。一生不得志,以知县幕宾终老。曾师事徐渭,而与王骥德同门。有《墙东集》,存赋3篇。张增元《明末戏曲作家新考续编》,《淮阴师范学院学报》1999年第1期。

⑧ 刘铎,字我以,安福人。万历四十四年进士。历扬州知府。愤魏忠贤乱政,终以罹祸身亡。魏忠贤败,赠太仆少卿。有《来复斋集》,存赋2篇。《江西通志》卷79"人物",四库全书515册,第718页。

⑨ 郑以伟,字子器,江西上饶人。万历二十九年进士。累官礼部尚书,兼东阁大学士。有《灵山藏集》,存赋6篇。《明史》卷251《徐光启传》附,第6494页。

⑩ 吴道南,字会甫,崇仁人。万历十七年进士。官至礼部尚书,兼东阁大学士。有《曙谷集》,存赋3篇。《明史》卷217《吴道南传》,第5741页。

⑪ 张拱机,四川内江人。崇祯四年进士。存赋1篇。《明清进士题名碑录索引》,第504页。

⑫ 钟羽正,字叔濂,山东益都人。万历八年进士,累官工部尚书。有《崇雅堂集》,存赋1篇。《明史》卷241《钟羽正传》,第6273页。

⑬ 王乐善,字存初,霸州人。万历二十年进士。官吏部主事。有《扣角集》,存赋4篇。《明诗综》卷57。

⑭ 葛麟,字苍公,丹阳人。崇祯十五年举人。南京破,仗剑起兵,兵败而死。有《葛中翰遗集》,存赋5篇。《葛中翰年谱》,《北京图书馆藏珍本年谱丛刊63》,北京图书馆出版社1999年版,第165页。

⑮ 顾大武,字武仲,常熟人。大章从弟。存赋1篇。《列朝诗集小传》丁集下,《明代传记丛刊11》,第635页。

鸟)、顾大韶①《又后虱赋》、吴履中《白鹢鹆赋》《鱼腹蚌赋》、侯峒曾②《憎蝉赋》、陈子龙《蝶赋》《仓庚赋》等。

器物赋,如苏景熙③《木瘿瓢赋》、韩上桂《罗带赋》《鱼灯赋》《木瘿瓢赋》、钱文荐《无弦琴赋》、刘铎《灯帷赋》、杜文焕《剑器赋》、张泰阶④《琵琶赋》、吴履中《折刀赋》、夏完淳《寒灯赋》、秦舜昌《方石赋》、理邕和《小石赋》、王思任《雪中玄鹤赋》("英山石也,得之凌江郡堂")等;瑞物赋,如来临⑤《祥莲赋》、邹迪光⑥《灵芝赋》等。

又有与天气气象有关的,如韩上桂《月赋》、张凤翼《日蚀赋》、盛于斯《淫雨赋》《秋雨赋》、潘一桂《雪赋》、祝谦吉《秋星赋》、王思任《空雪赋》、钱文荐《霜赋》《夏云多奇峰赋》;文化用品赋,如姚履素⑦《南岳衡山墨赋》、祝谦吉《笔赋》、吴应箕《秃笔赋》、邹迪光《墨赋》;书画赋,如李日华⑧《五牛图赋》《昆石小山赋》(从"嘘笔花而雾瀹,沐砚波而雨洗",盖为书画赋);无法归类的也有一些,如杨兆京⑨《秋夜琴声赋》、韩上桂《蛛丝赋》、吴应箕《木山蜂房赋》、邹迪光《燕巢赋》、何伟然《醇酒赋》、戴澳《人影赋》、王思任《倒撑船赋》《老酒豆酒赋》《糟赋》《醋赋》、郑以伟《灯花赋》等。

其中杨云鹤《浮萍赋》与顾大韶《又后虱赋》分别代表了咏物赋两种不同的创作路径,高下迥别。浦铣云:"咏物题最忌肤泛,然用典沾滞,毫无生动之趣,又一病也。明杨云鹤《浮萍赋》,可谓不沾不脱,极体物之能事。"⑩

① 顾大韶,字仲恭,常熟人。顾大章孪生兄弟,大章万历三十五年进士,大韶老于诸生。有《炳烛斋随笔》。存赋 1 篇。《明史》卷 244《顾大章传》附,第 6342 页。

② 侯峒曾,字豫瞻,嘉定人。天启五年进士。曾任左通政使。乙酉(1645)秋县城破,赴水死。有《侯忠节公全集》,存赋 1 篇。《明史》卷 277《侯峒曾传》,第 7099 页。

③ 苏景熙,字汝载,广东碧江人。明末人。有《桐柏山房类稿》,存赋 1 篇。《五山志林》卷 5 "类稿奇冤",丛书集成初编 2965 册,商务印书馆 1935 年版,第 93 页。按:《总汇》第 9 册 7801 页作"苏汝载"。

④ 张泰阶,直隶上海人,万历四十七年进士。有《北征小草》,存赋 1 篇。《明清进士题名碑录索引》,第 500 页。

⑤ 来临,陕西三原人。选贡。崇祯时为蔚州知州。有《御风阁集》,存赋 2 篇。《光绪蔚州志》卷 1 "历代职官表",《中国方志丛书·塞北地方 29》,成文出版社 1968 年版,第 27 页。

⑥ 邹迪光,字彦吉,无锡人。万历二年进士。历工部主事、福建提学副使、浙江金事等。有《调象庵集》,存赋 4 篇。《明诗纪事》庚签卷 7,《明代传记丛刊 14》,第 918 页。

⑦ 姚履素,浙江仁和人,占籍应天府上元,万历二十九年进士。存赋 1 篇。《明清进士题名碑录索引》,第 1386 页。

⑧ 李日华,字君实,嘉兴人。万历二十年进士,官至太仆少卿。有《恬致堂集》,存赋 4 篇。《明史》卷 288《文苑传》,第 7400 页。

⑨ 杨兆京,生平不详。其《秋夜琴声赋》收于《明文海》卷 36,《明文海》卷 157 收其《与沈朗倩书》,沈朗倩即沈颢,明末画家,杨兆京应为明末人。

⑩ 浦铣:《复小斋赋话》卷下,《历代赋话》,第 404 页。

杨云鹤《浮萍赋》如下：

> 嗟杨花之漠漠，纷辞树而绵绵。乍飘飘于幕底，忽荡漾于池边。雨
> 过易质，浸久移妍。根无寸蒂，叶吐双骈。傍汀兰而戢戢，映岸草之芊
> 芊。鱼惊跳而忽破，风漪敛而还连。委柔姿兮晓涨，寄弱质兮春田。流
> 潦凝兮并止，归波逝兮均迁。商羊舞兮，保世以滋大；肥蟰见兮，聚族而
> 歼㳂。有似乎边塞征人，关河客子。去国辞家，流行坎止。意忽忽以何
> 之，惟苍苍之默使。感兹萍质，怅此萍踪。慨他乡之萍梗，怜知己之萍
> 逢。有如一枝暂栖，两心密契。不约而联，无根而蒂。始宛转而密依，
> 忽参商而遥逝。知宛在兮水中，恨长波之靡际。嗟嗟，每生有识，我辈
> 钟情。欣由合起，恨以离生。虽离合之皆幻，终怅怏而难平。若夫合不
> 心醉，离不骨惊。齐悲愉于一致，反寄羡无识之浮萍。

顾大韶《又后虱赋》，在顾大韶之前有李商隐《虱赋》、陆龟蒙《后虱赋》，二赋只着重虱的某一个特点进行刻画，赋文短小精警。顾大韶赋亦为四言赋，却衍为600余字的中体，赋先从"昆虫之丑，实繁有徒"说起，从"蚕丝蜂蜜"说到"蚊蚤"，然后引入虱，说明其特点，把它比作"肉食之鄙"，并要用"汤沐"之法将其除去。又设为虱子之辩，虱子认为自己只不过"微哂君肌"，吸一点血而已，比起那些"吸民之髓"的"朝士"，其罪不过"太仓一粟"。最后以"我"将虱子"尸诸棘端，以为大戮"作结。浦铣云"明人顾大韶《又后虱赋》，不作可也。"①的确，顾赋芜杂繁复，令人生厌，但也不是一无是处，比如他把虱比作"朝士"，还是写出了明末朝局的黑暗现状，有一定的现实意义：

> 君何不广，请观朝局。闻诸商君，吾友有六。皆赐天爵，皆赋天禄。
> 荣妻任子，亢宗润族。吸民之髓，蒙主之目。偾事无刑，废职无辱。嬉
> 游毕龄，考终就木。我羡我友，飞而择肉。我罪伊何，太仓一粟。君欲
> 我诛，盍速彼狱。

此期的山水赋有张维斗②《瓦屋山赋》(今四川洪雅)、周炳灵③《洪山

---

① 浦铣：《复小斋赋话》卷下，《历代赋话》，第400页。
② 张维斗，无锡人。举人，崇祯二年任荥经知县。存赋1篇。《雅州府志》卷8"循吏"，《中国方志丛书·西部地方28》，成文出版社1969年版，第210页。按：《总汇》第10册9176页以之为清人，误。
③ 周炳灵，字公含，江夏人。天启元年入北闱。任光化训导，升兴县令，卒于官。存赋1篇。《湖广通志》卷57"人物"，四库全书533册，第303页。

赋》(今湖北武汉)、谢焜《万石山赋》(张燮所居,在今福建漳州)、杨文骢①
《赤城山赋》(今浙江)、梁亭表②《茶山赋》(广东东北部大埔)、罗明祖③《大
姨滩赋》(古沙阳,今福建沙县)、黄道周④《梁山锋山赋》(都梁山、天锋山)、
《洞庭赋》、何乔远《孔泉赋》(泉在福建清源山)、张启贤⑤《金沙江赋》、黄尊
素⑥《浙江观潮赋》、廖大亨⑦《焕山明月赋》(云南建水焕文山,"焕山倒影"
乃建水古十景之一)、叶秉敬⑧《锦屏山赋》(今河南宜阳)、陈元旦⑨《登云
盖山赋》(今湖南资兴兴宁镇)、袁子让《燕泉赋》(郴州)、吴道行⑩《岳麓
赋》、吴愉⑪《岳麓赋》、邹枚⑫《太和山赋》、丘兆麟⑬《戚姑赋》(戚姑山在今
江西临川)、温日知⑭《具山赋》("先生"命名一岩峦)、王应熊⑮《蟹泉赋》

①　杨文骢,字龙友,贵阳人。万历末举于乡,崇祯时官江宁知县。福王时,为兵部主事。后被
　　清兵所获,不降被戮。存赋1篇。《明史》卷277《杨文骢传》,第7102页。

②　梁亭表,字无畸,番禺人。举人。官大埔教谕、吏部主事、南安知州等。时张献忠突犯湖
　　广,南安以西被占据,亭表与众死守,擢荆南兵备副使。北都陷,痛哭而死。存赋1篇。
　　《皇明四朝成仁录》卷1"崇祯朝在外死节传",《明代传记丛刊66》,第80页。

③　罗明祖,字宣明,福建永安人。崇祯四年进士。历任华亭令、繁昌令、襄阳令等。有《罗纹
　　山全集》,存赋5篇。《福建通志》卷46"人物",四库全书529册,第588页。

④　黄道周,字幼平,福建漳浦人。天启二年进士。福王监国南京,官吏部左侍郎,抗清被俘殉
　　国。有《黄石斋先生文集》,存赋3篇。《明史》卷255《黄道周传》,第6592页。

⑤　张启贤,字蓼怀,鹤庆人。万历二十六年副贡。有《蓼怀集》,存赋1篇。《滇文丛录作者
　　小传》卷上,丛书集成续编153册,上海书店1994年版,第50页。

⑥　黄尊素,字真长,余姚人。万历四十四年进士。天启初擢御史,力陈时政十失,忤魏忠贤,
　　被夺俸一年。后又上疏论事,再忤魏忠贤意,被削籍归。不久被逮入都,下诏狱,受酷刑
　　死。有《忠端公集》,存赋4篇。《明史》卷245《黄尊素传》,第6360页。

⑦　廖大亨,江西清江人,占籍云南建水州。天启二年进士。四川布政使司参议。存赋1篇。
　　《明清进士题名碑录索引》,第10页。《四川通志》卷30"职官",四库全书560册,第619页。

⑧　叶秉敬,字敬君,衢州西安人。万历二十九年进士。官开封知府、河南提学金事、荆西道布
　　政司参议等。存赋2篇。《浙江通志》卷177"人物",四库全书523册,第621页。

⑨　陈元旦,字明甫,湖南兴宁人。万历三十二年由恩选入京,授善化训导,升赣榆知县。天启
　　间,赴仁文书院讲学。存赋1篇。《兴宁县志》卷13"儒林",《中国方志丛书·华中地方
　　316》,成文出版社1975年版,第1184页。

⑩　吴道行,字见可,善化(今湖南长沙)人。诸生,家贫授徒,为惜阴书院山长。有《嵝山集》,
　　存赋1篇。孙静庵《明遗民录》卷12,浙江古籍出版社1985年版,第97页。

⑪　吴愉,善化人。贡生。乙酉(1645)张献忠部属攻浏阳,战于官渡,愉被挚不屈死。有《春
　　雪堂集》,存赋1篇。《湖广通志》卷61"忠臣",四库全书533册,第401页。

⑫　邹枚,字马卿,景陵人。明末人。有《邹获翁先生集》,存赋4篇。本集邹枚自注,四库禁毁
　　书丛刊补编75册,第115页。

⑬　丘兆麟,字毛伯,江西临川人。万历三十八年进士。官河南巡抚、兵部侍郎。有《玉书庭
　　集》,存赋4篇。《江西通志》卷55"选举"、卷82"人物",四库全书514册—515册,第809
　　页、第803页。

⑭　温日知,字与恕,三原人。万历四十三年举人。有《屿浮阁诗赋集》,存赋4篇。《海印楼
　　文集》卷7《先兄与恕先生行状》,《温氏丛书》第二集庚册,民国二十五年铅印本。

⑮　王应雄,字非熊,巴县人。万历四十一年进士。官终兵部尚书,兼文渊阁大学士。有《春石
　　集》,存赋1篇。《明史》卷253《王应熊传》,第6529页。

（四川巴县）、张论①《金门山赋》《嶕峣山赋》《阳虚山赋》《坛屋山赋》、傅梅②《太室十二峰赋》、李若讷③《浮玉矶赋》（蕲江之胜观）、傅国④《三一山钟乳洞赋》、顾起元《北邙山赋》、邹迪光《九龙山赋》（无锡惠山）、王在晋⑤《君山赋》、钱允治⑥《白岳赋》（安徽齐云山）、潘一桂《金山赋》《焦山赋》《游茅山赋》、叶世偶⑦《罗浮山赋》等。

地理赋有张凤翼⑧《晋国赋》，乃仿柳宗元《晋问》，铺叙山西之山川风物之美。祝谦吉《海虞赋》"盖以虞人序述虞土风谣俗产之思"。廖大亨《甄奥赋》乃描写四川峨眉山水之美，土产之异。夏允彝《太湖赋》是《几社壬申合稿》中仅有的地理赋，铺叙太湖风物。

亭台楼阁赋以个人居处为多，如邓云霄《漱玉斋赋》（作者之斋）、《湛园赋》（米仲诏之园）、韩上桂《栩园赋》（作者之居处）、《枝栖堂山池赋》（苏景熙之所居）、《李将军园亭赋》《同游米仲诏湛园赋》、魏学洢《茅檐赋》（伐檀君子之家）、何白《蔷如园赋》（邓虞一之园）、丘兆麟《学余园赋》（作者所治之园）、涂伯昌《空斋赋》《后空斋赋》、杜文焕《会教庵赋》（作者之庵）、温日知《汶墅赋》（李文若先生之墅）、吴伯与⑨《聊且园赋》（座师李先生之聊且园）、顾起元《西园赋》（"王孙氏之旧园"）、《永慕堂赋》（毅轩周公之永慕堂）、庄起元⑩《赵相国园亭赋》、王在晋《浮梅槛赋》（虎林黄寓庸先生之浮

① 张论，河南永宁人。万历三十八年进士。存赋4篇。《明清进士题名碑录索引》，第407页。
② 傅梅，字元鼎，邢台人。万历十九年举人。官刑部主事、台州知府。崇祯中，解职家居。崇祯十五年冬，佐知府吉孔嘉守顺德城，城破殉难，赠太常少卿。有《嵩书》。存赋1篇。《明史》卷241《张问达传》附，第6265页。《钦定四库全书总目·嵩书》，第1023页。
③ 李若讷，字季重，临邑人。万历三十二年进士。累官四川右参政。有《四品稿》《五品稿》，存赋1篇。《道光临邑县志》卷9"人物"，《中国地方志集成·山东府县志辑15》，凤凰出版社2004年版，第188页。
④ 傅国，字鼎卿，临朐人。万历四十一年进士，官至户部郎中。有《云黄集》，存赋2篇。《光绪临朐县志》卷14"人物"，《中国方志丛书·华北地方389》，成文出版社1976年版，第646页。
⑤ 王在晋，字明初，太仓人。万历二十年进士，累官兵部尚书。有《岵云集》，存赋3篇。《明史》卷257《王洽传》附，第6625页。
⑥ 钱允治，初名府，后以字行，长洲人。钱谷子。有《少室先生集》，存赋3篇。《明诗综》卷65。
⑦ 叶世偶，字声期，吴江人。叶绍袁二子。十五岁出试，潇洒自赏。后其父携同应试，忽呕血不起，卒年十八。有《百旻草》，存赋2篇。《明清文学群落：吴江叶氏午梦堂·午梦堂相关成员简介》，上海人民出版社2008年版，第266页。
⑧ 张凤翼，字九苞，代州人。万历四十一年进士，累官兵部尚书。有《句注山房集》，存赋5篇。《明史》卷257《张凤翼传》，第6631页。
⑨ 吴伯与，宣城人。万历四十一年进士。有《素文斋集》，存赋3篇。《明清进士题名碑录索引》，第837页。
⑩ 庄起元，字中孺，武进人。万历三十八年进士，官至太仆少卿。有《漆园卮言》。存赋4篇。《明诗综》卷60。

梅槛）、潘一桂《画材阁赋》《松石园赋》等。

也有少量属于自然名胜,如罗明祖《缥缈台赋》(在今安徽繁昌)、《黄鹤楼赋》、韩上桂《仰苏亭赋》(定武,在今河北)、王思任《五层楼赋》(即镇海楼,在今广州)等;还有一些属于佛寺道观、部门法署等,如丘兆麟《项山寺赋》(抚之临金与盱之南城之间)、庄起元《宝婺观赋》(婺州)、叶宪祖《白云高赋》(陪京比部法署之馆名)、《祥鹊堂赋》(莅任官署之室名)等。

二、赋艺的流衍

(一)"祖骚宗汉"

1."祖骚"

此期赋作共430余篇,骚体赋51篇,占赋作总数的12%。其中《离骚》式31篇,大体有4篇:魏学洢《定志赋》《抒怀赋》、潘一桂《玄览赋》《寒山赋》;中体有16篇:罗明祖《豳风赋》、何伟然《醉茶赋》、魏学洢《离思赋》、王澹《怀先茔赋》、陈邦瞻《申志赋》《西湖吊岳坟赋》、李蛟祯《抒怀赋》、李国樗《河图献瑞赋》、王乐善《绿窗赋》、吴应箕《述归赋》、顾起元《永慕堂赋》《幽思赋》、潘一桂《愍知赋》《入道至人赋》、夏完淳《湘巫赋》、陈子龙《为友人悼亡赋》;小体有11篇:姚履素《南岳衡山墨赋》、韩上桂《病鹤赋》、邹枚《真州晚泊赋》、涂伯昌《梦庄周赋》、侯恪《杜鹃花赋》、王乐善《后长门赋》、吴应箕《木山蜂房赋》、徐济忠《撰初赋》、朱灏《逃暑赋》、陈子龙《和汉武帝伤悼李夫人赋》、俞汝谐①《吊董庄愍公赋》。

杂言式骚体赋的组合形式如下:(1)《离骚》式+《九歌》式+非兮。此式10篇:王思任《一弹指顷赋》、吴道南《皇舆考赋》、刘宗周《知命赋》《淮南赋》、卓人月《桃叶渡种桃赋》、徐标②《霜夜游仙赋》、吴伯胤③《感秋赋》、魏学洢《凛秋赋》、胡敬辰④《狂言小赋》、郑以伟《灯花赋》。

(2)《离骚》式+非兮。此式9篇:黎遂球《惕志赋》、罗明祖《缥缈台赋》、陈元旦《登云盖山赋》、丘兆麟《思母赋》、潘一桂《释摈赋》、陈子龙《秋

---

① 俞汝谐,明末楚雄人。诸生,天资隽拔,学博词宏,尤长于诗赋。惜年不永。存赋1篇。《滇文丛录作者小传》卷上,丛书集成续编153册,第50页。按:《总汇》第21册21554页作清代江宁人,误。

② 徐标,字准明,济宁人。天启五年进士。任右佥都御史,巡抚保定。有《小筑迻言》。存赋1篇。《明史》卷266《金铉传》附,第6873页。

③ 吴伯胤,商丘人。举人。崇祯十五年,李自成破归德,吴伯胤死于难。存赋1篇。《明史》卷293《忠义传》,第7515页。

④ 胡敬辰,字直卿,余姚人。天启二年进士。官至江西驿传道,终光禄寺录事。有《檀雪斋集》,存赋6篇。《檀雪斋集》提要,四库全书存目丛书集部191册,第458页。

兴赋》、叶世俱《晓起赋》、周立勋《幽草赋》、李椿茂①《聚星台赋》。

(3)《离骚》式+《九歌》式。如戴重②《哀泮宫赋》。

2."宗汉"

此期汉赋体共 163 篇,占赋作总数的 38%。其中大体有 27 篇,未设主客的有 20 篇:米万钟《招宝山阅兵观海赋》、黄道周《洞庭赋》、何伟然《客社赋》、卓人月《雌君臣赋》、戴澳《文园赋》、王思任《大爷赋》、丘兆麟《项山寺赋》、张泰阶《琵琶赋》、吴应箕《吊忠赋》、陈子龙《寓山赋》、祝谦吉《海虞赋》、杜文焕《太霞隐居赋》、张凤翼《晋国赋》、夏允彝《太湖赋》、张懋忠③《客赋》、邹迪光《九龙山赋》、傅国《榴林赋》、潘一桂《东征赋》《昌言赋》《圣政赋》;设为主客的有 7 篇:倪元璐《寿贞赋》、袁子让《燕泉赋》《香国海棠赋》、廖大亨《甄奥赋》、夏云鼎《海棠赋》、祝谦吉《皇帝耕藉赋》、张论《金门山赋》。

中体有 58 篇,未设主客的有 39 篇:董梦桂《吐绶赋》、杨文骢《赤城山赋》、邓云霄《绿槐赋》、黎遂球《素馨赋》《荔枝赋》、倪元璐《寿华赋》《寿朋赋》、黄道周《梁山锋山赋》、韩上桂《仰苏亭赋》《栩园赋》、刘世教④《诶赋》、何伟然《紫芝堂赋》、卓人月《笑赋》、魏学洢《闲居赋》、戴澳《人影赋》、王思任《五层楼赋》、秦舜昌《登台赋》、吴愉《岳麓赋》、丘兆麟《学余园赋》、杜文焕《军容赋》《会教庵赋》《剑器赋》、李云鸿《菊赋》、张论《嶕峣山赋》、傅国《三一山钟乳洞赋》、王乐善《后憎苍蝇赋》、吴应箕《所欢赋》《悯乱赋》、邹迪光《墨赋》《燕巢赋》、吴奕《寿母赋》、庄起元《回畅楼赋》、王在晋《君山赋》、钱允治《白岳赋》《秋暑赋》《秋声赋》、叶世俱《罗浮山赋》、黄淳耀⑤《顽山赋》、木增⑥《雪山

① 李椿茂,字大椿,邢台人。万历三十四年举人。万历三十五年,任彰德府磁州武安知县,后升陕西临洮府同知。存赋 1 篇。《乾隆武安县志》卷 12"职官"、卷 14"宦迹",《中国方志丛书·华北地方 486》,成文出版社 1976 年版,第 394 页、第 561 页。

② 戴重,字敬夫,安徽和州人。弘光元年岁贡,廷试第一,授湖州推官。南京陷,结太湖义旅,三失三复湖州,后为流矢所中,居僧寺绝食而死。有《河村文集》,存赋 1 篇。《皇明四朝成仁录》卷 7"太湖死事传",《明代传记丛刊 66》,第 579 页。

③ 张懋忠,字圣标,肥乡人。以荫叙锦衣卫官,万历十七年武进士。累官都督。存赋 1 篇。《明诗纪事》庚签卷 24,《明代传记丛刊 15》,第 249 页。

④ 刘世教,字少彝,海盐人。万历二十八年举北闱。授闽清令。有《赋纪》,存赋 1 篇。《天启海盐县图经》卷 13"人物",四库全书存目丛书史部 208 册,第 577 页。

⑤ 黄淳耀,嘉定人。崇祯十六年进士,未授官归,福王立,不赴选,家居讲学。嘉定城破,与弟黄渊耀入僧舍自缢死。有《陶庵集》,存赋 1 篇。《明史》卷 282《儒林传》,第 7258 页。

⑥ 木增,纳西族。云南丽江土司,世袭土知府。以助饷征蛮功,进左布政使,年甫三十,即谢职。天启五年,特给诰命以旌其忠。有《云薖淡墨》。存赋 1 篇。《钦定四库全书总目·云薖淡墨》,第 1747 页。《滇文丛录作者小传》卷上,丛书集成续编 153 册,第 48 页。

赋》;设为主客的有 19 篇:黄儒炳①《海阔天空赋》、邓云霄《漱玉斋赋》、黄道周《闻雷赋》、何乔远《孔泉赋》、钱文荐《寒鸦赋》、黄尊素《浙江观潮赋》《虎丘看月赋》、何白《啬如园赋》、陈邦瞻《登铜雀台赋》、丘兆麟《戚姑赋》、徐奋鹏②《读书赋》、吴应箕《老娼赋》、顾起元《西园赋》、夏树芳《餐客赋》、王在晋《浮梅槛赋》《诅疥赋》、王思任《倒撑船赋》、来临《祥莲赋》、陈子龙《妒妇赋》。

小体有 69 篇,未设主客的有 55 篇:董梦桂《幽期赋》、黄以升《树鹭赋》《三阽赋》、苏景熙《木瘿瓢赋》、黎遂球《疑赋》《槟榔赋》、李日华《五牛图赋》《锦鸡赋》《昆石小山赋》《飞鸟知恩赋》、蒋德璟《荔枝赋》、韩上桂《蟠木赋》《枝栖堂山池赋》《木瘿瓢赋》、张启贤《金沙江赋》、何伟然《春山晓烟赋》《醉白赋》《行云赋》、魏学洢《茅檐赋》、胡敬辰《感士遇赋》、叶宪祖《白云高赋》、王思任《坑厕赋》《空雪赋》《糟赋》《醋赋》、秦舜昌《方竹赋》《方石赋》、洪云蒸《古柏连理赋》、刘铎《粉蝶赋》、吴道南《驱鼠赋》、杜文焕《逍遥子赋》、温日知《吸天元酒赋》、理岊和《小石赋》、李元调③《金陵斗牛垣一苇航赋》《瓶隐短赋》、吴应箕《雪竹赋》《园居赋》、盛于斯《秋雨赋》《思赋》、郑元勋《十三楼赋》、葛麟《感暮春赋》、顾起元《北邙山赋》、夏树芳《浮萍赋》、庄起元《赵相国园亭赋》、吴履中《枯树根赋》《墙头过浊醪赋》、潘一桂《画材阁赋》、叶世傛④《远游赋》、王道通《蒲华夫人赋》、陈继儒⑤《禜赋》、周立勋《海棠赋》、朱灏《蝶赋》、陈子龙《蚊赋》《拟恨赋》、陈衎⑥《宋徽宗画寒空棘鹊赋》;设为主客的有 14 篇:黄以升《悯鹤赋》《配鹤赋》、韩上桂《月赋》、何伟然《醇酒赋》、戴澳《盆梅赋》、钱文荐《枫赋》、王思任《罕山灵

---

① 黄儒炳,字士明,顺德人。万历三十二年进士。累官吏部左侍郎,兼翰林侍读学士。有《影木轩集》,存赋 1 篇。《明诗综》卷 59。

② 徐奋鹏,字自溟,临川人。有《徐笔峒先生十二部文集》,存赋 2 篇。《江西通志》卷 82"人物",四库全书 515 册,第 810 页。

③ 李元调,直隶太平人。万历二十六年进士。有《天东集》,存赋 3 篇。《明清进士题名碑录索引》,第 1212 页。

④ 叶世傛,字威期,吴江人。叶绍袁三子。邑诸生。生而颖慧,力学自强,与兄世佺仓皇应试,均获录取,然其咳疾日重,终因求名心盛,沉疴不起,卒于家庵,年二十二。有《灵护集》,存赋 2 篇。《明清文学群落:吴江叶氏午梦堂·午梦堂相关成员简介》,第 267 页。

⑤ 陈继儒,字仲醇,华亭人。诸生,屡被荐举,坚辞不就。有《陈眉公全集》,存赋 1 篇。《明诗综》卷 71。按:《总汇》第 9 册 7565 页收其《憎蚊赋》,第 8 册 7321 页收《憎蚊赋》,作者作江盈科,《憎蚊赋》实为江盈科作。

⑥ 陈衎,字磐生,闽县人。万历末为国学生。少受学于董应举,长与徐㶿、徐熥兄弟相切磨。又好谈边事利害及将相大略,穷老气不少衰。有《大江集》,存赋 6 篇。《明诗综》卷 67。《民国闽侯县志》卷 71"文苑",《中国地方志集成·福建府县志辑 2》,上海书店出版社 2000 年版,第 745 页。

福寺松赋》《雪中玄鹤赋》、徐奋鹏《登高望远赋》、杜文焕《游山赋》、吴应箕《旅中除夕赋》、盛于斯《淫雨赋》、洪翼圣①《海若赋》《审音赋》。

此期的四、六言赋也有一些。四言赋如:葛麟《贫士赋》、顾大韶《又后虱赋》、庄起元《浮桥中秋玩月赋》、蒋德璟《隐真赋》、韩上桂《穷马赋》、董暹②《又小赋》。六言赋如:陈子龙《感逝赋》。

七体有两篇,潘一桂《七引》,此赋设为尧之外臣"病之惫",入道至人述七事以解之。李国樯《七广》,此赋设为葆光处士"栖身畏垒,放志大庭",搴华先生述七事以"疏其湮郁""泻其寥廓",使其有所作为。

3. 骚汉杂糅

骚汉杂糅首先是骚赋占优势的赋作,如李元调《印月赋》、陈子龙《采莲赋》、徐应雷③《卜居赋》等。徐赋几乎全篇都是《离骚》式骚体赋,但在结尾却出现了汉赋体的形式:

> 于是返而宴坐,日月旷朗。酒至自斟,诗成自赏。间有幽人兮,如清风飒然而至。叹曰:"先生,五湖长也"。

其次是汉赋体在一篇赋作中占优势的骚汉杂糅式,这种形式的赋作有123篇,占此期赋作总数的29%。其组合形式有如下几种:

(1)汉赋+《离骚》式+《九歌》式

此式大体有12篇:邓云霄《春朝赋》《秋宵赋》、洪云蒸《游许昌赋》、吴道行《岳麓赋》、潘一桂《金山赋》《焦山赋》、汤传楹《病夜听秋赋》、叶世俗《梦游昆仑山赋》、钟羽正《鸣鸡赋》、郑以伟《升龙赋》、温日知《汶墅赋》、陈子龙《皇帝东郊赋》;中体有16篇:梁亭表《茶山赋》、卓人月《山中晚烟赋》《续秋霖赋》、罗明祖《大姨滩赋》、何白《九山归兴赋》、郑以伟《双伊尼赋》、陈邦瞻《感落叶赋》、盛于斯《吊芙蓉赋》、洪翼圣《菜羹赋》《观颐赋》、祝谦吉《绿珠坠楼赋》《庭中三竹赋》《菊赋》、汤传楹《秋窗灯火赋》《紫薇赋》、潘一桂《松石园赋》;小体有24篇:丁元荐④《鸿飞赋》、黄以升《酒家赋》《义鱼赋》、邓云霄《远水赋》、黎遂球《悲秋风赋》、吴晋昌《伤饥鼠赋》、罗明祖《贞

---

① 洪翼圣,歙县人。万历二十六年进士。存赋5篇。《明清进士题名碑录索引》,第1151页。
② 董暹,江夏人。万历三十二年进士。存赋1篇。《明清进士题名碑录索引》,第1410页。
③ 徐应雷,字声远,吴县人。曾写《书时大彬(1573—1648)事》。有《白毫集》,存赋1篇。《明诗综》卷65。
④ 丁元荐,字长孺,浙江长兴人。万历十四年进士。除中书舍人,历尚宝少卿。有《尊拙堂集》,存赋1篇。《明史》卷236《丁元荐传》,第6156页。

女赋》、胡敬辰《清言小赋》、叶宪祖《捶钱赋》《石田赋》《相思鸟赋》《后相思鸟赋》《禁体雪赋》《榆征赋》《祥鹊堂赋》、陈邦瞻《释忧赋》、洪翼圣《大观赋》、邹迪光《灵芝赋》、徐济忠《鼠赋》、祝谦吉《秋星赋》、夏允彝《幽草赋》、陈衍《陆槎赋》《鹳赋》《英石小山赋》。

（2）汉赋+《离骚》式

此式大体有 8 篇：胡敬辰《疏雨滴梧桐赋》、邹枚《愁霖瘁麦赋》、葛麟《闰元宵赋》、吴国琦①《幔亭雨舟赋》、陈子龙《歌赋》、袁定②《布衣赋》、赵东曦《涉江赋》《饮酎用礼乐赋》；中体有 16 篇：周炳灵《洪山赋》、韩上桂《苦雨赋》、何白《素丝堂赋》、邹枚《御乞赋》、郑以伟《梦酒赋》、温日知《具山赋》、张论《阳虚山赋》《坛屋山赋》、祝谦吉《笔赋》、庄起元《宝婺观赋》、陈子龙《蝶赋》《琴心赋》《湘娥赋》、潘一桂《退情赋》《流民赋》《闵涝赋》；小体有 14 篇：杨兆京《秋夜琴声赋》、黄以升《寡鹤赋》、钱文荐《樱桃赋》、胡敬辰《销夏赋》、理鬯和《木芍药赋》、张凤翼《日蚀赋》《中解山亭赋》、王乐善《固陋赋》、吴应箕《秃笔赋》、祝谦吉《蝶赋》、潘一桂《游茅山赋》《橘赋》《瑞石赋》、侯峒曾《憎蝉赋》。

（3）汉赋+《九歌》式

此式大体有 1 篇：张凤翼《喜雨赋》；中体有 12 篇：黎遂球《硕人可怀赋》《南国佳人赋》、卓人月《哭赋》、黄尊素《壮怀赋》、周应宾③《哀赋》、吴道南《双楼赋》、杜文焕《西征赋》、傅梅《太室十二峰赋》、顾大武《飞将军赋》、钱希言④《楚宫赋》、夏完淳《江妃赋》《秋郊赋》；小体有 14 篇：韩上桂《卧病江南赋》、陈子壮《太平鹊赋》《沙鸡赋》、黎遂球《花妖赋》、吴晋昼《憎鸣蛙赋》、卓人月《香鹤赋》、秦舜昌《滁怀赋》、杜文焕《栖真赋》、张凤翼《菊花赋》、郑元勋《雪狮赋》、陈子龙《垂丝海棠赋》、叶襄《秋海棠赋》、吴履中《鱼腹蚌赋》、陈衍《玻璃鸟赋》。

（4）汉赋+《离骚》式+句句分。如邹枚《太和山赋》。

（5）汉赋+《离骚》式+《九歌》式+《橘颂》式+句句分。如胡汝恒⑤《居

---

① 吴国琦，字公良，安徽桐城人。崇祯四年进士。除漳州推官，改兵部主事。存赋 1 篇。《明诗纪事》辛签卷 19，《明代传记丛刊 15》，第 850 页。

② 袁定，直隶上海人。崇祯十年进士。存赋 1 篇。《明清进士题名碑录索引》，第 1347 页。

③ 周应宾，字嘉甫，浙江鄞县人。万历十一年进士。累官礼部尚书，掌詹事府事。有《月湖草》，存赋 1 篇。《明诗综》卷 54。

④ 钱希言，字简栖，常熟人。钱谦益从高祖叔父。博览好学，刻意为诗。恃才负气，人争避之，卒以穷死。有《松枢十九山》，存赋 1 篇。《列朝诗集小传》丁集，《明代传记丛刊 11》，第 672 页。

⑤ 胡汝恒，安徽巢县人。万历三十二年贡生，官宁陵教谕。存赋 1 篇。《道光巢县志》卷 11"人物"，《中国地方志集成·安徽府县志辑 6》，江苏古籍出版社 1998 年版，第 313 页。

巢赋》。

(6)汉赋+《离骚》式+《九歌》式+《橘颂》式。如陈子龙《秋望赋》、陈衎《登南北城新楼赋》。

(7)汉赋+《橘颂》式。如李若讷《浮玉矶赋》、王应熊《蟹泉赋》。

(二) 崇尚六朝

此期430余篇赋作中,骈化明显的有39篇,诗化明显的有32篇,共71篇,占赋作总数的17%,已超过"祖骚"的比率,显示了"祖骚宗汉""不废六朝"的赋学宗尚在创作中的最终完成。

1. 骈赋

此期骈赋明显增多,不少赋家精于骈体。陈子龙,《明史》本传称其"兼治诗赋古文,取法魏晋,骈体尤精妙。"①比如《红梅花赋》《拟别赋》《仓庚赋》等皆为骈赋。夏完淳后来居上,其《大哀赋》《寒泛赋》等都是拟庾信骈赋的杰作。

其它骈赋,大体如:谢焜《万石山赋》;中体如:王澹《思赋》《蠹鱼赋》、韩上桂《鱼灯赋》、张拱机《红鹦鹉赋》、马朴②《闵雨赋》、邓云霄《湛园赋》、张燮《喜秋赋》;小体如:谢焜《红蕉赋》《鸳鸯赋》、王骥德③《千秋绝艳赋》、王思任《老酒豆酒赋》、钱文荐《霜赋》、廖大亨④《焕山明月赋》、廖大亨⑤《佛现鸟赋》、刘铎《灯帷赋》、韩上桂《李将军园亭赋》、吴履中《白鹳鸽赋》《折刀赋》、马朴《喜雨赋》。

2. 骈赋与其它各体杂糅

(1)骈赋与汉赋杂糅。如张燮《蠹虫赋》、顾起元《悲秋月赋》、钱文荐《蝶赋》《无弦琴赋》《夏云多奇峰赋》、王思任《大头和尚赋》《古月临松赋》《莎角赋》、杨云鹤《浮萍赋》。

(2)骈赋与骚赋杂糅。如陈子龙《幽草赋》、夏完淳《怨晓月赋》。

---

① 张廷玉:《明史》卷277《陈子龙传》,第7096页。

② 马朴,字敦若,同州人。万历四年举人。历景州、宜州、襄阳守等,后迁滇宪。有《天启同州志》《四六雕虫》。存赋2篇。《陕西通志》卷57"人物",四库全书554册,第513页。

③ 王骥德,字伯良,会稽人。早年受学徐渭,继与沈璟讨论音律,与吕天成为词友。卒于天启年间。有《方诸馆集》,存赋1篇。《明代杂剧全目》卷2,作家出版社1958年版,第116页。

④ 廖大亨,江西清江人,占籍云南建水州。天启二年进士。四川布政使司参议。存赋1篇。《明清进士题名碑录索引》,第10页。《四川通志》卷30"职官",四库全书560册,第619页。

⑤ 廖大亨,临安人,进士。四川巡抚。存赋2篇。《四川通志》卷30"职官",四库全书560册,第608页。《峨眉县志》卷9,《中国地方志集成·四川府县志辑41》,第549页。

(3)骈赋与汉赋、骚赋杂糅。如葛麟《孝乌赋》《山犬赋》、沈承[①]《惨赋》。

3. 诗赋与其它各体杂糅

(1)诗赋与汉赋杂糅。如韩上桂《长途赋》、戴澳《客窗春月赋》《畅中秋赋》、王思任《囊无一厘赋》、梅之焕《反乞巧赋》、钱文荐《苔赋》。

(2)诗赋与汉赋、骚赋杂糅。如张维斗《瓦屋山赋》、戴澳《风雨秋别赋》、祝谦吉《梧桐赋》《蕉赋》《八月红梅花赋》、黄尊素《清景赋》、顾起元《元夕赋》、潘一桂《雪赋》、蔡道宪[②]《月初生赋》、钱文荐《爱妾换马赋》《早梅赋》。

4. 骈诗杂糅

清人许梿云:"六朝小赋,每以五、七言相杂成文,其品致疏越,自然远俗。初唐四子,颇效此法"。[③] 黎经诰亦云:"梁简文帝集中有《晚春赋》,元帝集中有《春赋》,赋中多有类七言诗者。唐王勃、骆宾王亦尝为之,云效庾体,明是梁朝宫中庾子山创为此体也。"[④]六朝初唐的这些赋,除了具有骈偶化色彩,"赋的深度骈化导致诗化",也有五七言诗歌的韵味。叶宪祖《落花赋》序云:

> 武林张次公,旧有《落花赋》,脍炙人口,余未之见也。乙丑(天启五年,1625)秋日,晤次公于都门,始得快读。才艳鲜秾,情寄凄恻,已极词人之致。第赋与兴比不同,始末诠叙,各有厥体。兹赋纵横言之,若以入之歌行,可与卢骆同风。

张次公《落花赋》已不存,叶宪祖之作除骈化色彩突出外,还杂有七言诗句,如"河阳之仙令争看,邺下之清歌未歇。""豆蔻之相思散漫,酴醾之花事阑珊。"其所谓"卢骆之风",盖赋有歌行诗之韵味。

来临《春朝赋》序云"试《春朝赋》一篇,效梁陈体",赋除了有骈化色彩之外,即"有类七言诗者",如"廓鸣凤岭以张罗,濒跃龙池以垂钓。扬眉载酒而相过,促膝振林而长啸。""林色与香风澹澹,云容共酒气油油。"夏完淳《红莲落故衣赋》题注云"以诗句为题,用王卢体",赋中也有类七言诗者:

---

① 沈承,字君烈,太仓人。诸生。少负隽才,工诗、古文,一时声名甚著,年未四十卒,有《即山集》,存赋1篇。《江南通志》卷166"人物",四库全书511册,第792页。

② 蔡道宪,字元白,晋江人。崇祯十年进士。初授大理推官,后改长沙。张献忠破长沙,被执,拒降被杀。有《悔后集》,存赋1篇。《明诗综》卷72。

③ 许梿评选、黎经诰笺注:《六朝文絜笺注》卷1,上海古籍出版社1962年版,第38页。

④ 许梿评选、黎经诰笺注:《六朝文絜笺注》卷1,第38页。

"风来明汉女之珰,雨过滴鲛人之泪。一枝则春恨千丝,并蒂则秋波百媚。"其《夜亭度雁赋》序云"感陈后主《夜亭度雁》之赋,为广而成篇",赋作除了工于骈对之外,也杂有七言诗:"夜夜玉关之羌笛,年年锦字之乡书。斜度交河而风缩,高睐空闺而月虚。""灞亭射虎而醉归,青海牧羝而夜哭。"类似赋作还有戴澳《思赋》、夏完淳《端午赋》《寒城闻角赋》《冰池如月赋》《寒灯赋》、夏允彝《垂丝海棠赋》、韩上桂《罗带赋》《归燕赋》《蛛丝赋》、郑以伟《有客午睡赋》、钱文荐《望夫石赋》等。

此外,赋末乱辞与赋中系诗也增强了诗化倾向,不仅有纯粹的五七言诗歌,也有五七言诗与其它各式的杂糅形式:

(1)五七言诗歌。如谢焜《鸳鸯赋》歌、沈承《惨赋》歌、韩上桂《蟠木赋》歌、《同游米仲诏湛园赋》歌、罗喻义《瀛洲赋》歌、夏允彝《垂丝海棠赋》歌与乱、洪云蒸《古柏连理赋》谇、陈子龙《红梅花赋》乱辞。

(2)五七言诗与其它各式之杂糅。如韩上桂《罗带赋》重、《蛛丝赋》重、《罗带赋》少歌、夏允彝《垂丝海棠赋》又歌、何伟然《客社赋》歌、葛麟《孝乌赋》乱、王思任《倒撑船赋》歌、陈子壮《沙鸡赋》系、顾起元《北邙山赋》吟、黄儒炳《海阔天空赋》歌、侯恪《杜鹃花赋》重。

（三）宗唐袭宋

王道通《日方升赋》虽不是馆课赋,却是以馆课赋题为题目的考试赋,其体裁为律赋。此外则沿袭宋赋体为多。四库馆臣说胡敬辰,"其文故为涩体,几不可句读,诗格亦公安之末派。"[1]其赋也故为"涩体",还有宋赋喜议论的特色,如《有清园赋》：

> 故自其外者而观之,于四部之中有会稽佳山水,于佳山水中有此园,而园客且漫为泡影之拈。自其内者而观之,此园之精灵不有,化而为浮云,浮云不有,化而为电光,而园客绝不作平泉之钤。自其实者而观之,园中之禽鱼吾性情,园中之草木吾毛发,园中之高下其庭榭,吾骨脉之起伏洄转,而园客特为度近取之金针。自其虚者而观之,园梦吾而吾未梦园,在园不能让吾以清,而吾之清不在园。园不碍清,清不碍园,非吾非园,非有非清,即园即吾,即清即有,而园客若独会乎遁世之潜。

四库馆臣说涂伯昌,"集中多杂释、老之说……盖江右之学,多从陆氏,

---

① 《檀雪斋集》提要,四库全书存目丛书集部191册,第458页。

自宋、元已然也。诗多染竟陵末派。"①其赋则多宋赋色彩,其《空斋赋》《后空斋赋》,大谈斋名"空"之义。其《山中松树赋》亦如欧苏之散文,乃"一片之文,但押几个韵尔。"②

其它有议论说理倾向的赋,如南师仲《原心亭赋》、吴伯与《灯市赋》《非非石赋》《聊且园赋》,而类似唐宋散文的赋作,如韩上桂《同游米仲诏湛园赋》、叶秉敬《锦屏山赋》《灵山酌水赋》、温日知《秋涛赋》等,都显示了宋赋体的写作特点。

---

①　《涂子一杯水》提要,四库全书存目丛书集部 193 册,第 529 页。
②　祝尧:《古赋辩体》卷八"宋体",《赋话广聚 2》,北京图书馆出版社 2006 年版,第 420 页。

第七章 明遗民赋作
——风雅遗音

第一节 概　　述

　　1644 年是个特殊的年份，此年三月，李自成攻陷北京，崇祯帝自缢于煤山，明朝灭亡。四月，李自成西走。五月，清兵入北京，睿亲王多尔衮摄政，由此开始了二百多年的清朝统治时期。不过，明朝的遗民或投入到积极的抗清复国斗争中，或避居乡野，著书立说，进行消极抵抗。更何况此年五月，明凤阳总督马士英等迎立福王朱由崧于南京，开启了南明政权，使遗民们又有了内心指向。南明政权包括弘光政权、隆武政权、鲁王监国、绍武政权及永历政权，前后共历 18 年。1661 年，吴三桂率清军入缅，索求永历帝，十二月缅甸国王将永历帝交于清军。1662 年四月，永历帝与其子等被吴三桂处死于昆明。此后台湾的郑氏政权继续奉永历正朔。1683 年，延平郡王郑克塽降清，清军占领台湾，宁靖王朱术桂自杀殉国，标志着南明最后一个政权的覆灭。

　　每次改朝换代，都会出现遗民，正如归庄《历代遗民录序》所云：“遗民则惟在废兴之际，以为此前朝之所遗也。”[1]明朝遗民的数量，据谢正光、范金民《明遗民录汇辑》所录超过二千人，实际数量远不止此。同为异族入主，宋遗民也不少，但仍不能与明遗民相比。钱仲联云：“洎乎朱明之亡，南明志士，抗击曼殊者，前仆后继。永历帝殉国后，遗民不仕新朝，并先后图报九世之仇者，踵趾相接，伙颐哉！非宋末西台恸哭少数人所能匹矣。”[2]

　　在清军不断南下的过程中，明遗民由最初的讨“贼”（农民起义）复明转变为反清复明，黄淳耀、侯峒曾、陈子龙、夏允彝等人起兵抗清，都是著名的例证。除了死难者之外，他们在失败后大多隐居山林僻壤，保持遗民气节。也有不少祝发为僧，或隐为道士，成为方外之人。更有甚者，“弘光亡后东南沿海有不少明遗民，驾舟分往日本和东南亚菲律宾、马来亚、印度尼西亚

①　归庄：《归庄集》卷 3，中华书局 1962 年版，第 170 页。
②　《明遗民录汇辑序》，谢正光、范金民：《明遗民录汇辑》，南京大学出版社 1995 年版，第 1 页。

等地,他们远离故土,与隐居国内山林僻乡的遗民一样,既不肯辫发髡首,亦不肯与奸臣同党"①,这些都构成明遗民的生存方式。

(1)隐于山野

这部分人构成了遗民的大多数,如孔自来②,字伯靡,号句曲山人。本名朱俨鑲,字启宇,明太祖朱元璋九世孙,朱元璋十五子辽简王朱植之后。清初为避祸,隐遁于江陵三湖境内,潜心著史,现存《江陵志余》。王夫之③,字而农,衡州人。崇祯十五年举人。永历时官行人司行人,后隐居石船山,学者称船山先生。一生著述甚丰,其中以《读通鉴论》《宋论》为代表作。潘应星④,武冈人。由恩贡官礼部主事。潘一桂子,明亡与兄应斗偕隐。有《傅影集》。王一翥⑤,字子云,黄冈人。天启时游京师。崇祯三年举人。清入关后在庐山脚下隐居十余年,后归隐故乡。有《智林村稿》。邱维屏⑥,字邦士,号松下先生,江西宁都人。诸生。明亡,隐居翠微峰,以穷饿死。为"易堂九子"之一。有《邦士文集》。沈寿民⑦,字眉生,号耕岩,宣城人。县学生,崇祯九年举贤良方正。明亡后隐居不仕,与徐枋、巢鸣盛称"海内三遗民"。有《剩庵诗稿》《姑山遗集》。范又龏⑧,原名景仁,字小范,安徽怀宁人。崇祯间诸生,国亡隐于望江漳湖。有《钓吟》。钱澄之⑨,初名秉镫,字饮光,安徽桐城人。诸生。避永历党争,逃身江湖间。乱定归里,治经课耕以自给。有《田间诗文集》。许楚⑩,字芳城,号青岩。新安人。明诸生,入清后隐于黄山以终。有《青岩集》。孙永祚⑪,字子长,号雪屋,常熟人。崇祯间以选贡授推官,遭国变,隐居教授。有《雪屋集》《雪屋二集》。吴炎⑫,字赤溟,号愧庵,吴江人。诸生。明亡后以诗文自娱,隐居不仕。

---

① 韦祖辉:《明遗民东渡述略》,《明史研究论丛》(三),江苏人民出版社 1982 年版,第302 页。

② 钱仲联:《清诗纪事》"明遗民卷",凤凰出版社 2004 年版,第 256 页。

③ 钱仲联:《清诗纪事》"明遗民卷",第 158 页。

④ 《光绪湖南通志》卷 169,续修四库全书 665 册,上海古籍出版社 2002 年版,第 313 页。

⑤ 《湖广通志》卷 35"选举"、卷 52"人物",四库全书 532—533 册,台湾商务印书馆 1986 年版,第 375 页、第 180 页。

⑥ 孙静庵:《明遗民录》卷 37,浙江古籍出版 1985 年版,第 280 页。

⑦ 杨仲羲:《雪桥诗话余集》卷 1,北京古籍出版社 1992 年版,第 21 页。黄宗羲《沈耕岩先生墓铭》,《姑山遗集》卷首,四库禁毁书丛刊集部 119 册,北京出版社 1997 年版,第 7 页。

⑧ 蒋元卿:《皖人书录》卷 5,黄山书社 1989 年版,第 663 页。

⑨ 卓尔堪:《明遗民诗》卷 4,四库禁毁书丛刊集部 21 册,第 491 页。

⑩ 钱仲联:《清诗纪事》"明遗民卷",第 51 页。

⑪ 杨仲羲:《雪桥诗话余集》卷 1,第 14 页。

⑫ 钱仲联:《清诗纪事》"明遗民卷",第 194 页。

有《赤溟集》。徐枋①,字昭法,号俟斋,长洲人。崇祯十五年举人。入清,遵父遗命不仕异族,隐居于天平山麓,自称孤哀子。有《居易堂集》。宋存标②,字子建,华亭人。崇祯间贡生,候补翰林院孔目。明亡归隐。有《史疑》。

（2）隐于佛道

邵廷采《明遗民所知传》云:"至明之季年,故臣庄士往往避于浮屠,以贞厥志""僧之中多遗民,自明季始也。"③归庄《送筇在禅师之余姚序》亦云:"二十余年来,天下奇伟磊落之才,节义感慨之士,往往托于空门。亦有居家而髡缁者,岂真乐从异教哉? 不得已也!"④

如归庄⑤,字玄恭,号恒轩,昆山人。归有光曾孙,明末诸生。入清后更名祚明,又号普明头陀。晚岁居僧舍,又号圆照。有《归玄恭文钞》。陶汝鼐⑥,字仲调,一字燮友,号密庵,湖南宁乡人。贡生,弘光时为何腾蛟监军,永历时授翰林院检讨。晚年削发为僧,号忍头陀。有《荣木堂集》。唐访⑦,字周之,号汲庵,湖南武陵人。以桂林籍中崇祯十五年举人。南明时,授庶吉士,掌制诰,备顾问。知事不可为,痛哭祝发,筑食苦庵以终,号食苦和尚。方以智⑧,字密之,号鹿起,桐城人。崇祯十三年进士,授翰林院检讨。弘光时流离岭表。清兵入粤,出家为僧,法名弘智。发愤著述同时,秘密组织反清复明活动。康熙十年三月,因"粤难"被捕,十月,于押解途中自沉于江西万安惶恐滩。有《浮山文集》。阎尔梅⑨,字用卿,号古古,江苏沛县人。崇祯三年举人,为复社巨子。清初剃发,号蹈东和尚。有《白耷山人集》。叶绍袁⑩,字仲韶,吴江人。天启五年进士,官工部主事。明亡后,隐遁为僧。有《迁聊集》。万寿祺⑪,字年少,又字介若。徐州人。崇祯三年举人。曾参加抗清活动,兵败后隐居江淮一带。晚年僧服。有《隰西草堂集》。恽日初⑫,字仲升,江苏武进人。崇祯六年副榜。明亡,在福建抗清多年,兵败,

---

① 钱仲联:《清诗纪事》"明遗民卷",第 181 页。
② 纪昀等:《钦定四库全书总目·史疑》,中华书局 1997 年版,第 1184 页。
③ 邵廷采:《思复堂文集》卷 3,浙江古籍出版社 1987 年版,第 212 页。
④ 归庄:《归庄集》卷 3,第 240 页。
⑤ 钱仲联:《清诗纪事》"明遗民卷",第 117 页。
⑥ 钱仲联:《清诗纪事》"明遗民卷",第 31 页。
⑦ 孙静庵:《明遗民录》卷 4,第 28 页。
⑧ 钱仲联:《清诗纪事》"明遗民卷",第 89 页。
⑨ 钱仲联:《清诗纪事》"明遗民卷",第 34 页。
⑩ 朱彝尊:《明诗综》卷 66,康熙四十四年六峰阁刻本。
⑪ 钱仲联:《清诗纪事》"明遗民卷",第 33 页。
⑫ 钱仲联:《清诗纪事》"明遗民卷",第 28 页。

归常州,削发为僧。有《逊庵先生稿》。钱邦芑①,字开少,丹徒人。明末诸生。永历中,以御史巡按四川。后祝发为僧,自号大错和尚。

与其他朝代遗民为僧不同,明遗民削发为僧还有清廷下达剃发令的原因。满清入关伊始,即下剃发令,以至于"留头不留发,留发不留头",上演了一幕幕人间惨剧。削发为僧实为明遗民求生和守节的一种方式。如刘宗周之子刘汋、弟子周之瀚,"既而剃发令严,相与披缁兴福寺,事定还家。"②

除遁入佛门外,变服为道或栖身道观的遗民也不少,如周星③,字景虞,号九烟,湖南湘潭人。生于上元,育于黄氏,冒黄为姓。崇祯十三年进士,授户部主事。入清不仕,自称黄人,又号笑苍道人。文德翼④,字用昭,江西德化人。崇祯七年进士。除嘉兴府推官,擢吏部主事。明亡后隐居。其《雅似堂文集》序有"灯岩道人自题"⑤。傅山⑥,字青主,山西阳曲人。诸生。明亡为道士,隐居土室养母。康熙中举鸿博,屡辞不得免,至京,称老病,不试而归。顾炎武极服其志节。

(3)漂流海外

据病骥老人《明遗民录序》,涉海栖居苏门答腊岛的明遗民即达二千余人⑦。就赋家而言,如朱之瑜⑧,字鲁玙,号舜水。浙江余姚人。明诸生。明亡后,渡海至日本。鲁王监国,累征辟,皆不就。又赴安南,复至日本,遂流寓长崎。日本水户侯源光国待以师礼,日人谥曰文恭先生。有《朱舜水集》。

随着清朝的统治逐渐稳固,明遗民的生存环境日益严峻,"科举制、诏举遗逸,尤其是康熙十八年开博学鸿词科,使投靠清廷的汉族士人越来越多,遗民的生存空间变得更小,遗民的意志受到更严峻的考验。"⑨康熙十七年(1678)正月,康熙郑重谕内阁:"自古一代之兴,必有博学鸿儒振起文运,阐发经史,润色词章,以备顾问著作之选。朕万几余暇,游心文翰,思得博洽之士用资典学。我朝定鼎以来,崇儒重道,培养人材。四海之广,岂无奇材

---

①　朱彝尊:《明诗综》卷76。《滇文丛录作者小传》卷上,丛书集成续编153册,上海书店1994年版,第51页。

②　孙静庵:《明遗民录》卷24,第187页。

③　钱仲联:《清诗纪事》"明遗民卷",第75页。

④　朱彝尊:《明诗综》卷68。

⑤　文德翼:《雅似堂文集》,四库全书存目丛书集部193册,齐鲁书社1997年版,第709页。

⑥　钱仲联:《清诗纪事》"明遗民卷",第55页。

⑦　孙静庵:《明遗民录》附录,第372页。

⑧　钱仲联:《清诗纪事》"明遗民卷",第28页。南炳文《明末流亡日本二遗民朱舜水、戴笠生平考二则》,《东北师大学报》2008年第2期。

⑨　何宗美:《明末清初文人结社研究》,上海三联书店2016年版,第259页。

硕彦学问渊通,文藻瑰丽,可以追踪前哲者。凡有学行兼优、文词卓越之人,不论已仕未仕,令在京三品以上及科道官员,在外督抚布按,各举所知,朕将亲试录用。其余内外各官,果有真知灼见,在内开送吏部,在外开报督抚,代为题荐。务令虚公延访,期得真才,以副朕求贤右文之意。"①当时荐举共186人,应诏至京者143人。十八年二月,试以诗赋,入选者50人,皆授翰林,入馆纂修《明史》。此举使不少遗民失去了遗民身份,成为清人。

其中当然也有被征召,却以各种理由坚辞不受的,如傅山,"戊午(康熙十七年),给事中李宗孔、刘沛先以先生荐,时年七十有四,固辞不可,遂称疾。有司令役夫舁其床以行,至京师三十里不入城,益都冯公首过之,先生卧床不具迎送礼,蔚州魏公乃以老病上闻,诏免试,放还。"②钱仲联《清诗纪事》将他收在"明遗民卷"。又如黄宗羲,"戊午,学士叶子吉荐举先生,寓书止之。己未(康熙十八年),都御史徐立斋荐之,复以老病辞"③,乃以"患病"为由"行催不到",也被《清诗纪事》收在"明遗民卷"。再如王弘撰,《鹤征录》收在"与试未用九十七人"中,但其中作者小传却称:"己未,征至京师,居城西昊天寺,以老病辞,不入试,罢归"④,也被收入《清诗纪事》"明遗民卷"。不过,这些都不足以改变随着大清江山的日益稳固,明遗民逐渐凋零的事实,正如顾炎武所云:"于此之时,其随世以就功名者固不足道,而亦岂无一二少知自好之士,然且改行于中道,而失身于暮年",尤其是在江南,"昔时所称魁梧丈夫者,亦且改形换骨,学为不似之人"⑤,可为叹息也已!

就文学而言,明末复古派与反复古派即已互相调和,取长补短,这时候更没有门户之分了。如李邺嗣《杲堂诗文钞》,"宗羲序称其皆胸中流出,无比拟皮毛之习,盖破除王、李、钟、谭之窠臼,而毅然自为者也。"⑥徐世溥《榆溪诗钞》,"巨源诗陶汰间有未净,而取材博,用意远,不规规于汉魏唐宋诸家,而每窥其堂奥。"⑦

在赋作方面,此期现存380余篇作品,骚体赋62篇,汉赋体140篇,骚汉杂糅73篇,而骈化或诗化,有六朝特色的有70余篇,略超"祖骚"的比

① 李集:《鹤征录》,《清代传记丛刊13》,台北明文书局1985年版,第439页。按:《钦定四库全书总目》作《汇征录》(第1114页),误。
② 李集:《鹤征录》,《清代传记丛刊13》,第495页。
③ 李集:《鹤征录》,《清代传记丛刊13》,第507页。
④ 李集:《鹤征录》,《清代传记丛刊13》,第546页。
⑤ 顾炎武:《亭林文集》卷2《广宋遗民录序》,《顾亭林诗文集》,中华书局1983年版,第33页。
⑥ 李邺嗣:《杲堂诗文钞》,四库全书存目丛书集部235册,第710页。
⑦ 钱仲联:《清诗纪事》"明遗民卷"引宋荦序,第60页。

率,大致沿袭了启、祯朝"祖骚宗汉""不废六朝"的赋学倾向。与启、祯朝稍稍不同的是,此期律赋创作明显增加,且多注明韵字,盖明遗民处于清初,清初博学宏词等科以律赋试士,遗民虽未入仕,亦不免受到时代风气之影响乎?文坛风会悄然转移,有清近三百年赋风已然开启。

第二节　赋作内容

一、时政、旌忠、表节等赋

明遗民有一部分赋作作于明亡前,汤来贺①《循良赋》写如何做一个奉公守法的官吏,序中云"民之苦乐,世之治乱兴衰,胥于是乎出,""莅民者、居幕者于兹省览,或亦高深之一助",赋从廉洁奉公、赈济兴学、审狱养孤、读书观律等各个方面写循良之吏之所当为。《卓异赋》作于《循良赋》之后,赞美了历史上在吏治方面的卓异之士,如孔奋、胡质、张全义、虞允文等"翘然自命,而不以时势相委"者;如程子、张子、朱子、曾巩、刘珙等"为众人之所不为,故能独全其美,而当时遂莫与之京"者;如鲁恭、宋均等"允能孚乎异类,而克召乎天和"者。

傅山②《喻都赋》提到明末因为边患而起的迁都之议,其序云:"臣丙子(崇祯九年,1636)、丁丑(崇祯十年)以事再谒京师。京间民辄流言:'皇帝苦边患,宫操训武。命中官习兵阵,嫔妃以下学骑马驰纵,且南迁。'臣愚料皇帝无此意。先是己巳之变(崇祯二年,1629),有大臣某首议迁,有旨再言迁者死,人心乃安。迄今八九年,岁警烽火,边备日严。皇帝精察下问,学识日益定。喜为此言者,非庶人之福,作《喻都赋》。"赋反对迁都,并建议明廷安定内部,实行"宽徭""缓征"之策,"撤榷采之监使",以缓和社会矛盾。

崇祯时不仅有后金侵扰之外患,也有盗贼频发的内忧。谢泰宗③《征南赋》写崇祯十二年(1639),东粤盘古峒为五岭患,皇上授钺两广总制,分兵

---

① 汤来贺,字佐平,江西南丰人。崇祯十三年进士。官扬州推官、广东布政使。明亡隐居,康熙二十四年任白鹿洞书院主讲。有《内省斋文集》,存赋6篇。《明诗综》卷69。
② 傅山,字青主,山西阳曲人。诸生。明亡为道士,隐居土室养母。康熙中举鸿博,屡辞不得免,至京,称老病,不试而归。有《霜红龛集》,存赋12篇。《清诗纪事》"明遗民卷",第55页。
③ 谢泰宗,字时望,浙江定海人。崇祯十年进士。隆武时,擢兵科给事中。入清不仕。有《天愚山人文集》,存赋10篇。《清诗纪事》"明遗民卷",第24页。

进讨之事,作者时领南路之师,经历平叛的过程,因作此赋以记。张明弼①《制府湛虚张公平韶寇赋》歌颂张镜心荡平韶寇的功绩。黎景义②《我生赋》在回顾人生历程的时候,也忧心于后金之侵扰与南方之战乱,如:"日东事之孔棘兮,叹旄头之错落。望遐氛于辽海兮,无鸡声之膈膊。且侵京而犯辅兮,频摧城而陷郭。""近岭南尤多事兮,纷萑苻之蜂生。酿澳夷之蟊蠹兮,洋贼又肆其狂狞。遍嗷嗷而呼庚癸兮,荒而复加以兵。悲哉屠掠之惨凄兮,孰为之弥盗以安氓。"

　　明末不仅有人祸,天灾亦不断。张明弼《地震赋》题注"辛巳(崇祯十四年,1641)十月,揭阳地震,声如巨雷,余响间作,二旬不绝。"其写地震之不可抗拒之力量云:

> 彼何人兮,鲵居鲋伏而力偾于秋蝇。胡为以疲体弱脊兮,愤然九隅八柱之是承。爰萎腰叉手折胲绝筋而不得举兮,顾倩顽鳌之一足以枝撑。鳌又年老力衄而足跛倚兮,坐致天维地纽之溃惊。迩者钩钤之星已直兮,房心亦紊次而夺明。值海水之三岁而一周兮,流波喷薄而五行斗争。遂乃康回怒泄,女娲权倾。雷毂天发,鼍鼓地鸣。巢禽簸荡,冗蛰掀凌。人旋蚁磨,家触鱼罾。彭城之女墙瓜裂,鸿都之屋瓦豆零。扶桑踣折而作筋,八桂挫屍而为莛。

　　陶汝鼐③《哀湖南赋》题注"丙戌腊月作",乃隆武二年(顺治三年,1646)作,其序云:"杜少陵曰:'湖南清绝地,万古一长嗟。'今昔之感深矣,然未有予所遭之荼也。长沙山寇,始自戊寅(崇祯十一年,1638),时与观察高公婴城借箸。闉外庐舍,火十日殆尽。属邑伏莽者四起,兵燹相接。癸未(崇祯十六年,1643)夏,百日不雨,原野如焚。逆献(指张献忠)攻破武昌,惨毒万状。潭城十万户与左右邑,皆烬于官军。虽勋督诸公,重剪荆棘,抚降数万,与孑遗错处,生无聊矣。予被征监幕,极虑匡陈,时势阽危,眇无所补。偶咨略沉抚,冲雪入衡,湘南七百里,如行绝漠。武攸二镇,跋扈山间,所见惟兜鍪甲骑掠野之尘尔。"作者作赋以记之,表达哀伤之情。

---

①　张明弼,字公亮,句容人,占籍金坛。崇祯十年进士。为广东揭阳县令。有《萤芝集》,存赋11篇。《明诗综》卷68。朱保炯、谢沛霖:《明清进士题名碑录索引》,上海古籍出版社1980年版,第514页。

②　黎景义,一名内美,广东顺德人。诸生。明亡,奉母桃山,不出。有《二丸居集》,存赋10篇。《胜朝粤东遗民录》卷2,《清代传记丛刊70》,第177页。

③　陶汝鼐,字仲调,湖南宁乡人。贡生。弘光时为何腾蛟监军,永历时授翰林院检讨。晚年削发为僧,号忍头陀。有《荣木堂集》,存赋7篇。《清诗纪事》"明遗民卷",第31页。

　　清军南下的过程中,对抵抗激烈的地方进行了疯狂的屠杀,以赋记录此种史实的首推冒襄①《后芜城赋》,此赋作于 1664 年(永历十八年,康熙三年),赋后注云"此直是一篇有韵《扬州十日记》文",王秀楚《扬州十日记》,记述 1645 年(弘光元年,顺治二年)四月,多铎统帅的清军攻破扬州城后,对城中平民进行大屠杀的惨剧。《后芜城赋》作于扬州大屠杀的十九年之后,赋先写"全盛之日"扬州城之繁华,使接下来所描写的扬州城之芜废荒凉景象,更加触目惊心:

　　　　潜锋鍉以格斗,焚琬琰于疆场。狼烟日炽,天堑罗殃。怒雨惨烈,迅风飘飏。虎臣棱威而熏灼,孤忠硕画以怆惶。势分鱼贯,陈列雁行。岂八灵之震慑,奈九峻之苍茫。兵戈震荡,甲士流亡。青磷荧荧,白骨如霜。丛萝弥蔓,榛棘旁唐。琼台少色,月观无光。柳衰隋苑,钗没雷塘。木魅晨走,山鬼夜藏。楼台既倾圮,城郭复荒凉。时会变化,天道靡常。人生视此,能不悲伤。若夫东阁西亭,重峦湮没。钓台舆浦,磴道已灰。周览者抚毂轵而伤怀,吊古者望曜灵而心摧。伊郁谁诉,对此盘回。乃遗音莫按,夜月春花。陈娥隋艳,尽委泥沙。既伤反侧,后此空嗟。我心孔棘,曷为可已。忆文选之楼,怅太傅之里。遗风欲追,怅惘徒倚。俯念今日,尘埃莫起。柳垂阴,车渐止。月满桥,歌才始。梅花芍药,赖有骚人;云水甘泉,徒存旧址。山川改色,于邑若何。

　　清廷"留头不留发,留发不留头"的剃发令下达以后,虽然大多数人不得不剃发求生,但"身体发肤,受之父母"的传统观念,却是明遗民解不开的心结,他们被剃发的痛苦所折磨,有的把所剃之发保存收藏,表示对故昔的缅怀。屈大均②《藏发赋》序云"友人某子,拾平生所剃之发,藏于安定山中",赋以近 1400 字的长篇四言赋表达头发被剃成满清金钱鼠辫的沉痛心情。

　　向于宸③《忠赋》历叙历史上出现的"忠烈之英",赞其生死存亡之际之

---

① 冒襄,字辟疆,江苏如皋人。崇祯十五年副榜。时与桐城方以智、宜兴陈贞慧和商丘侯朝宗并称"明季四公子"。入清,屡被征召而不肯出仕。有《水绘园诗文集》,存赋 2 篇。《清诗纪事》"明遗民卷",第 79 页。

② 屈大均,广东番禺人。与陈恭尹、梁佩兰并称"岭南三大家"。有《翁山文外》,存赋 5 篇。《清诗纪事》"明遗民卷",第 210 页。

③ 向于宸,号薇夫,河西人。崇祯末年选贡。官射洪知县,后与兄突围走成都,成都陷,被掳,求死不得。忽得释,以母老,与兄间关归里,守义以终。存赋 1 篇。《忠赋》作者注,《滇南文略》卷 41,丛书集成续编 152 册,第 899 页。

大义大节,在明末有激励人心之作用,被评为:"题目亦赞道述志之类,不可谓腐。其历叙古人,虽有挂漏,然而大节凛凛,当危急存亡之际,信笔成文,浩然之气塞乎两间,当存以见世道人心之正也。"①谈迁②有《故宫赋》《万岁山赋》,最能反映明遗民对故国故主的眷恋情怀。《故宫赋》,作者"缅想全盛"时的故宫,目睹如今"井桐如昨,宫梧犹阴。""寒蜇社燕,惘然无知。仍续芳泥于旧垒,发余韵于遗墀",不尽"增悲加悼"。《万岁山赋》,万岁山俗称煤山,明末崇祯帝自缢于万岁山,作者睹此山而"泪倏承睫,更不忍瞬",感叹崇祯帝"曰社稷之为重兮,惟先皇之守经。""克邦家之俭勤兮,何昏夙之稍宁",赞扬他"身殉社稷,昭三光兮"。

四库馆臣评价文德翼③曰:"人品清逸而学问未能精邃,所作《佣吹录》之类,大抵以饾饤为工,故诗文亦未能超逸。"④说文德翼人品清逸而诗文未能超逸,似有偏颇之处。其《卧赋》反映作者亡国后的隐居生活,颇有超逸之色彩。朱鹤龄⑤《宫人入道赋》则反映的是明亡后宫人入道的事实,此宫人在亡国后"羞同戚姬侍儿,更作扶风之妇",而是选择了入道。赋末的乱辞可以表达她的心境:

> 谁信瑶台别有春,焚香时拜魏夫人。欲将蓬岛三生梦,扫尽沧桑万古尘。
>
> 灯照九微天宇阔,云开三素日华鲜。蜀王已化啼鹃魄,岂得蛾眉恋翠钿。

徐昭法评此赋云:"悱恻之音,归于正则,貌悴而神不伤。"⑥

二、咏怀、吊古、祝寿等赋

黎景义咏怀吊古赋有《感遇赋》《述先赋》《吊刘坟赋》等,《胜朝粤东遗民录》卷2称其"《感遇赋》一篇,有《离骚》遗响。论者谓其身遭板荡,新亭

---

① 《滇南文略》卷41,丛书集成续编152册,第902页。
② 谈迁,初名以训,字孺木,浙江海宁人。诸生,有《枣林集》,存赋3篇。《清诗纪事》"明遗民卷",第12页。
③ 文德翼,字用昭,江西德化人。崇祯七年进士。除嘉兴府推官,擢吏部主事。明亡后隐居。有《求是堂文集》,存赋1篇。《明诗综》卷68。
④ 《雅似堂文集》提要,四库全书存目丛书集部193册,第963页。
⑤ 朱鹤龄,字长孺,江苏吴江人。诸生。为惊隐诗社成员。有《愚庵小集》,存赋9篇。《清诗纪事》"明遗民卷",第61页。
⑥ 朱鹤龄:《愚庵小集》卷1,四库全书1319册,第7页。

泪、炎午文，时时于字缝墨迹间，发山鬼之号，露填海之恨。”[1]其实不然，其《感遇赋》作于崇祯六年，明亡前作者热衷功名，但却屡试不中，“感遇”实为“感士不遇”，正如赋序所云，作者“应当路试者凡十，而旋晋旋斥，”“且海内多事，壮夫思效，乃不得与选举，一验胸中之素藏何若。故作赋以明意，亦见夫不遇之感，今昔略同。”这种不遇之感亦是当时士人的普遍情怀，伍瑞隆[2]即有《惜士不遇赋》，其序云：“董仲舒儒者，所为《士不遇赋》，哀思伤毒。司马迁继为《悲士不遇赋》，陶潜又为《感士不遇赋》。千古悲凉，倡和欲绝。余生也晚，无三子之才，而浮于三子之遇。因援笔而续其篇，使后之君子鉴余之志，哀余之命，而因以吊三子之魂。”作者认为“仕止久速不可以预期”，“谅斯人之飞举，岂仆病而未能。”希望“建明月之旗，接回风之轸，而息乎若木之阴。”

自江淹《恨赋》之后，历代拟作层出不穷，尤以明人拟作为多。如李东阳《拟恨赋》、陈子龙《拟恨赋》、杨思本《恨赋》、黎景义《恨赋》、柴绍炳《恨赋》、吴炎《广恨赋》，但大多“胪叙往典，敷张陈迹而已”（黎景义《恨赋序》），李世熊[3]《反恨赋》虽也“胪叙往典”，但由于其经历了明朝的亡国，故对历史上“亡国”之恨的叙述成为亮点，使其成为此类作品的佼佼者。其序云“江淹所谓酸辛，直堪谈笑；国编所列祸败，岂胜潸洟。聊述往哀，用广恨赋云尔”，如其叙西晋和南北宋的亡国之恨：

> 哀哉！天废不支，人亡社移。前则有苍鹅出地，黄屋崩榱。执玉兮执盖，衮衣兮青衣。佩玺兮洗爵，垂裳兮导骑。庾珉之血殷地，辛宾之骨甘虀。后则有青城绁辇，玉牒籍名。万亿金银，根括如滤；三千宗室，连袂而征。金枝秀华，充陈践块；宗彝宝鼎，饲马停腥。前星呼救于百姓，千官遥别于南熏。唾犬羊而断舌，踰沟河而扼吭。三光黯兮不昼，四海噎兮吞声……三呼过河兮血满襟，万嵤浮海兮天方懠。黄旛兮裹尸，麻衣兮绝粒。琴乱酒寒，十八官人兮哭别黄冠；犬年羊月，二三义士兮怆收龙蜕。眢井函九久之书，西台哽甲乙之泪。其时日月不死，河山顿异。怪尻首之倒悬，突巾髻之改易。荐虺蜴以匡床，豢豺狼以婴赤。

① 《胜朝粤东遗民录》卷2，《清代传记丛刊70》，第177页。

② 伍瑞隆，字国开，广东香山人。天启元年举人。除化州学正，累迁河南副使。明亡入山不返。有《怀仙亭草》，存赋1篇。《广东通志》卷33“选举”，四库全书563册，第446页。《明诗纪事》辛签卷25，《明代传记丛刊15》，台北明文书局1991年版，第960页。

③ 李世熊，字元仲，福建宁化人。天启元年中副榜。入清，累征不出。有《寒支集》，存赋1篇。《清诗纪事》“明遗民卷”，第29页。

礼乐接厮皂之流,冠冕承倡优之溺。

彭士望(号躬庵)评云"气所充塞,血尽溅洒,拉杂促敷,不任其声,溶廿一史为郁陶,联二千年为怨谱。如许赋才,始推独步,扬雄相如,皆流汗走僵矣!"①

北周庾信有《哀江南赋》伤悼梁朝灭亡,沈世涵②《续哀江南赋》拟庾信赋,抒发作者对于明朝灭亡的深哀巨痛。庾信的《哀江南赋》有对于梁亡原因的探究,沈世涵《续哀江南赋》也有对南明小朝廷败亡原因的追溯:

> 帝不悔亡,淫荒是逞。金鞭未收于传舍,铁杖已投于晏寝。方采佳丽以实椒官,构迎风以连结绮。元宰无东山之望,牧伯非睢阳之拟。第首鼠而蝇营矣,忿苞苴而成水火。地坼天崩,鼓卧旗仆。鬼同谋于曹社,帝醉锡以秦士。翳上将之披猖,各飞扬而跋扈。既主器之沉沦,乃不耻乎降北虏……原金陵之始祸,盖萧墙之内起。上游惧楚甲之乘,天堑遂胡马之济。十五国之亡忽焉,十六王之宗不祀。汉老想司隶之仪,南人望寿皇之址。痛麦秀于殷墟,泣山河之异志。朔弓如月兮心胆寒,朔刀凝雪兮骨肉凛。□□□,□□□。殇魂游于凤凰之台,鬼火乱于潇湘之渚。苍云则七量合围,海潮则三日不至。叹东舟之已胶,何南风之不竞。

在明亡的过程中,出现了不少为国捐躯的忠臣,顾景星③《愍国殇赋》为王永祚作,其序云,"愍国殇,哀大中丞王公永祚而作也。中丞昆山人,崇祯十五年开府郧阳。李自成陷郧,公被重创,败绩,有旨逮问,甲申(1644)谴戍吴淞,乙酉(1645)力战死,于是哀之。"也有借吊古以伤今的,如朱一是④《吊岳忠武王赋》,此赋凭吊岳飞墓,作者明知"古与兹其辽越",但仍然禁不住忠良被戕的悲愤。

① 李世熊:《寒支初集》卷2,四库禁毁书丛刊集部89册,第80页。
② 沈世涵,嘉兴人。存赋1篇。《枣林杂俎·圣集·艺簉》"续哀江南赋",元明史料笔记丛刊,中华书局2006年版,第262页。
③ 顾景星,字赤方,蕲州人。明末贡生,弘光时考授推官。入清后屡征不仕。有《白茅堂集》,存赋13篇。《清诗纪事》"明遗民卷",第170页。
④ 朱一是,字近修,浙江海宁人。崇祯十五年举人,入清不仕。有《为可堂集》,存赋1篇。《清诗纪事》"明遗民卷",第184页。

乱离时代出现了许多人间悲剧，黄宗会①《思子赋》即抒写"两儿见屠于匦月"，自己悲伤欲绝的心情。更多人走上了离家避地的道路，黄宗羲②《避地赋》即是反映其四处避地的经历，其中有"最此二十年兮，无年不避，避不一地，""未十年而又避地兮，奉老母而窜于海隅"，可见明遗民生存环境的艰苦。钱澄之③《感旧赋》写当时"仓皇避乱以急去"，如今"去十年而还乡兮，惟一雏之与偕""凄往事兮满目，感遗迹兮怆怀"。《哀故园赋》写其"遭狂寇与饥岁兮，委田园于烽燧。叹小子之亡命兮，历万死而来归"，看到故园荒芜的无限悲哀。薛始亨④也有《归故园赋》，其序云："予以丙戌（隆武二年，顺治三年，1646）腊八日还山，未几城陷，是赋成于丁亥（永历元年，顺治四年，1647）春，而不忘所托始云"，赋写尽了乱离时代人们的遭遇以及内心的殷忧与期盼，如：

> 慨肉食之无谋兮，昧吊者之在户。树敌盈舟兮，又涛以飓。夏昭沉霾兮，厥事将去。诗尤褰裳兮，易曰介予。先圣遗训兮，乱邦不居……栋宇偃播兮，仰漏承尘。堂除成泽兮，败泥没胫。寝一夕而九迁兮，灶鸣蛙而聒闻。惶儿号而妇泣兮，焚明灭之青灯。夜漫漫其若岁兮，风逾厉而鸡鸣。旦奉亲而谋徙兮，乞举火于西邻。颜厚而词拙兮，足进而逡巡……曩予梦登闾阖兮，帝锡予以副管。愿著书以明道兮，藏名山以悠远。遘颠沛而无成兮，志折磨而未损。迂不可世用兮，戁又趋时而多倦。首丘岂壮图兮，栈豆匪足恋。冀白日之待照兮，待河清之在瞬。

顾景星《悲凛秋赋》序曰："宋玉云'皇天平分四时兮，窃独悲此凛秋'，作《悲凛秋赋》"，然从赋末之乱辞，作者实有"思君"之愁思："揽长带兮心殷勤，亮余悲兮思孔殷。我思君兮思孔稠，幸及盛颜兮通绸缪，千秋万岁乐忘忧。"《开阳春赋》序曰："屈原《思美人》章曰：'开春发岁兮，白日出之悠悠。'顾子扩而赋之"，从赋文可以看出，阳春"旷晰"之景也未能使作者消

---

① 黄宗会，字泽望，浙江余姚人。崇祯年间贡生，早年受业于兄长黄宗羲。明亡后隐居。与黄宗羲、黄宗炎并称"浙东三黄"。有《缩斋文集》，存赋1篇。《明遗民录》卷9，第75页。
② 黄宗羲，字太冲，浙江余姚人。明亡后，在江南招募义兵，进行了十余年的抗清斗争。有《南雷文约》，存赋6篇。《清诗纪事》"明遗民卷"，第69页。
③ 钱澄之，初名秉镫，字饮光，安徽桐城人。诸生。避党祸，逃身江湖间。乱定归里，治经课耕以自给。有《田间诗文集》，存赋3篇。《明遗民诗》卷4，四库禁毁书丛刊集部21册，第491页。
④ 薛始亨，字刚生，顺德人。明亡隐居。有《蒯缑馆十一草》，存赋3篇。《胜朝粤东遗民录》卷2，《清代传记丛刊70》，第164页。

愁,赋末的乱辞表达了思君之心:"我思君兮恨忘食,私虑君兮不我侧。"

王夫之①的抒怀赋有《章灵赋》《惜余鬓赋》等,《章灵赋》作于永历七年(顺治十年,1653),写作者在桂王朝为行人时进退两难的处境,于是占卜求神灵之意,神意示归,作者于是决定归隐而"守其昭质",然"爱主之心,尤不能忘",故作此赋。《惜余鬓赋》,据赋后注,乃作于甲寅(台湾郑经永历二十八年,康熙十三年,1674)春,作者"闵躬园之志,长言以达其幽绪而广之。"躬园指唐端笏,王夫之学生,衡阳人,筑室山中,精研所学。而作者在此之前早已筑室石船山下,坚守遗民之志,对躬园之志的称赞,也颇有作者自己的一份自持。

朱鹤龄有《广志赋》,写自己的"耿介"之性,对"修名"之砥砺,并决定抱朴守志。朱之瑜《坚确赋》,此赋作于丁酉(永历十一年,顺治十四年,1657)三月上巳,赋前有按语云"《安南供役纪事》云,三月三日,安南国王遣人写一'确'字来问予,意其风之也,聊举坚确等义为解",赋后注云:"大明遗民朱之瑜鲁屿甫赋于交趾国外,营沙之旅次。"赋表达其"坚确"的遗民之志。

陈恭尹②《北征赋》作于顺治十五年(永历十二年,1658),作者"自粤徂楚,纡道临袁,寓于昭潭,""聊述途路所经山川土俗,著而为赋"。虽然明亡已十余年,作者的故国之思、兴亡之感依然深重,如:

> 于是乎乘篨舆,曳轻展。抚惊飚而上征,指高霞而遥即。登陟未几,仆夫数息。人蹶马疲,中途九食。履崔嵬,陵峻极。睇中原,睦故国。朝升未明,昼降已夕……若乃王侯故垒,卿相遗宅。梁以玳瑁,饰以珠璧。金缸照其棺,青珉镂其绩。斗鸡蹴鞠之场,别馆笙箫之迹。百年豪华,一朝荆棘。石麟邛首于高隅,神女奉珰于尘壁。行人偃蹇于旧闾,故伎流离于墓侧。嗟夫! 晋臣之恨,发于江河。王风之哀,兴于彼稷。仆鄙人,诚不能不抚心永悼,临文悱恻者也。

李焕章③《聋赋》,其序有"仆与神(耳神)共处七十年矣",则赋作于 70 岁左

---

① 王夫之,字而农,衡州人。崇祯十五年举人。永历时官行人司行人,后隐居石船山,学者称船山先生,一生著述甚丰。存赋 10 篇。《清诗纪事》"明遗民卷",第 158 页。

② 陈恭尹,广东顺德人。抗清志士陈邦彦之子。有《独漉堂诗文集》,存赋 9 篇。《清诗纪事》"明遗民卷",第 220 页。

③ 李焕章,字象先,山东乐安人。诸生,明亡后,不复仕进,游览名山大川,专攻古文诗词。有《织斋文集》,存赋 5 篇。邓之诚《清诗纪事初编》卷 2"前编(遗民)",中华书局 1965 年版,第 158 页。

右的晚年,客观上作者耳聋,主观上,"商社其屋,周鼎亦迁。荒城旧垒,春草秋烟。麦秀为悲,黍离用叹,非我欲闻也"。

此期祝寿赋不多,如范凤翼①《介寿赋》为社友李羽中生日作,《仁寿赋》"赠保济寰乃弟七十"。黎景义《子寿赋》为世父五华先生作,王夫之《双鹤瑞舞赋》为大将军安远公寿,恽日初《灵岩山赋》"为退翁和尚寿",吴骐②《月胐赋》为许子祝寿之作。其中有作于明亡之后的寿赋,往往表达对寿主志节的称颂,如范凤翼《介寿赋》作于顺治五年(永历二年,1648)年,赞友人曰:"贤哉李生! 山林清品,草野忠臣。美新可耻,元亮同伦。"

三、咏物、山水、楼台等赋

植物赋:曾益③植物赋最多,其《名园十四赋》序云"园之获名,政在嘉树",此赋分咏名园十四种树:息柯亭山茶、天镜园海棠、密园桧树、宜园木芙蓉、苍霞国竹、耆园紫藤、从龙阁梨花、快园青莲、筇芝亭松、樛木园文杏、兼葭园柳、三槐堂桂、宝纶楼橘、香光林古朴;《名园后十一赋》咏十一种植物:小琅琊槐、众香国水仙、秋水堂鹰尾松、瑞莲馆葡萄、阜庄牡丹、万卷楼玉兰、淇园芭蕉、畅鹤园豫章、条且馆建兰、曲池菊、远曙斋婆罗树;《名园后五赋》咏五种植物:青棘园梧桐、寒玉馆梅、笑领庵木槿、酬字堂樱桃、紫芝堂椒。

曾益之外,有植物赋留存的有:陈恭尹《荔枝赋》《菊赋》、林古度④《荔支赋》、郭文祥⑤《白果树赋》、周容《庭柏赋》、李邺嗣⑥《庭柏赋》《庭荷赋》、黄宗羲《雁来红赋》、徐士俊⑦《垂丝海棠赋》、谢泰宗《新桐赋》《治蘠赋》

① 范凤翼,字异羽,通州人。万历二十六年进士。历官光禄少卿。有《勔卿集》,存赋4篇。《明诗综》卷58。

② 吴骐,字日千,华亭人。崇祯诸生。入清,绝意仕途。有《巅颔集》,存赋3篇。《清诗纪事》"明遗民卷",第168页。

③ 按:《总汇》第9册8156页,列会稽曾益、临川曾益以及贵州金事曾益等同名者。其实,有《坻场集》的曾益是山阴(与会稽俱属绍兴府)人,字谦,生于嘉靖三十七年左右,卒于明亡后,寿近百龄。万历末年曾注《昌谷集》。现存文集《坻场集》。参见朱芳芳《〈温飞卿诗集笺注〉研究》第一章第一节《曾益生平、著述与交游考》,西北大学2008年硕士学位论文。

④ 林古度,字茂之,福建福清人。有《林茂之诗选》,存赋53篇。《清诗纪事》"明遗民卷",第2页。

⑤ 郭文祥,字孟履,福清人。崇祯十三年进士,任胶州知州。康熙十一年应知县李传甲之邀,重修《福清县志》。有《郭孟履集》,存赋1篇。《乾隆福清县志》卷14"文苑",《中国地方志集成·福建府县志辑20》,上海书店出版社2000年版,第370页。

⑥ 李邺嗣,原名文胤,字邺嗣,以字行,鄞县人。诸生。入清,藏身匿迹,以著述为业。有《杲堂诗文钞》,存赋4篇。《清诗纪事》"明遗民卷",第176页。

⑦ 徐士俊,原名翔,字野君,仁和人。有《雁楼集》,存赋6篇。《清诗纪事》"明遗民卷",第307页。

（菊花别名）、孙爽①《白芍药赋》、郑溓②《金粟兰赋》《霜叶赋》、俞鬶③《新柳赋》《抹丽赋》《桃花赋》《姊妹花赋》《菱赋》（2）、《榆钱赋》《薪桂赋》《茶枪赋》、傅山《秋海棠赋》、张明弼《揭署古榕赋》、钱棻④《落叶赋》、陶汝鼐《荔枝赋》、顾景星《夏蕈赋》《茉莉赋》《桂赋》、孔自来《秋海棠赋》、文德翼《芋赋》、贺贻孙⑤《水晶葱赋》《枯兰复花赋》、汤来贺《苦竹赋》《慈竹赋》《长松赋》《梅赋》、傅占衡《盆草赋》、徐世溥⑥《柳赋》《怀芳草赋》、杨思本⑦《桃花赋》、田兰芳《荷钱赋》、刘六德⑧《洞花赋》、范凤翼《枯桐再生赋》、陶澄⑨《钓台海棠赋》、吴炎《月下梅花赋》、朱鹤龄《枯橘赋》、万寿祺《莺粟花赋》、吴骐《榴花赋》《庭杞赋》等。其中林古度《荔支赋》较有特色，浦铣评曰："闽人林茂之古度《荔枝赋》，持论平允，词极清致，通首不著'金樱玉粟'等一字，尤为可贵。"⑩

动物赋：谭贞默⑪有《小虫赋》组赋，共 36 篇，赋序以散体说明写作缘起，前有"赋总起"为小虫总论，后有"赋总束"收束全文。全文分为 31 组分咏百余种小虫：第一组：蜘蛛、壁嬉、螳螂、蟏蛸、蝇虎；第二组：蚕、蛾、蠋；第三组：蟋蟀、莎鸡；第四组：蝗、螽、蚱蜢、蝼蛄、蚯蚓；第五组：地鳖、蟾蜍、灯蛾、蜉蝣、鼠负；第六组：蝉；第七组：蛲螂；第八组：蜾蠃；第九组：胡蜂、蜜蜂；

① 孙爽，字子度，崇德人。有《甲申（1644 年）以前诗》《容庵集》，存赋 1 篇。《明诗纪事》辛签卷 31，《明代传记丛刊 15》，第 1106 页。

② 郑溓，字平子，慈溪人。崇祯十二年副榜。入清隐逸而终。有《书带草堂文选》，存赋 5 篇。《国朝耆献类征初编》卷 476《隐逸》，《清代传记丛刊 189》，第 659 页。

③ 俞鬶，浙江秀水人。明诸生。有《石函集》，存赋 13 篇。《清诗纪事》"明遗民卷"，第 264 页。

④ 钱棻，字仲芳，浙江嘉善人。崇祯十五年举人。有《萧林初集》，存赋 3 篇。王昶《明词综》卷 7，辽宁教育出版社 1997 年版，第 105 页。

⑤ 贺贻孙，字子翼，江西永新人。明末与陈宏绪等结社豫章，明亡隐居。清初特列贡榜、荐举鸿博，皆不就。有《水田居文集》，存赋 5 篇。赵尔巽《清史稿》卷 484《文苑传》，中华书局 1977 年版，第 13334 页。

⑥ 徐世溥，字巨源，江西新建人。崇祯时诸生。入清隐居，绝意进取。有《榆溪集》，存赋 5 篇。《清诗纪事》"明遗民卷"，第 60 页。

⑦ 杨思本，字因之，江西新城人。以诸生终。有《榴馆初函集》，存赋 12 篇。《同治新城县志》卷 10"文苑"，《中国方志丛书·华中地方 256》，成文出版社 1975 年版，第 1473 页。

⑧ 刘六德，字智侯，大名人。明亡隐居。存赋 1 篇。《百名家诗选》卷 49，四库全书存目丛书集部 397 册，第 466 页。

⑨ 陶澄，字季深，江苏宝应人。崇祯十五年补县学生。康熙十七年，荐举博学宏词，辞不就。有《湖边草堂集》《舟车集》等，存赋 2 篇。《重修宝应县志》卷 19"文苑"，《中国方志丛书·华中地方 406》，成文出版社 1983 年版，第 780 页。

⑩ 浦铣：《复小斋赋话》卷下，浦铣著、何新文等校证《历代赋话》，上海古籍出版社 2007 年版，第 405 页。

⑪ 谭贞默，字梁生，嘉兴人。崇祯元年进士。任国子监祭酒。有《谭子雕虫》，存赋 2 卷。《钦定四库全书总目·三经见圣编》，第 489 页。

第十组:蛱蝶;第十一组:蜻蜓、红蜻蜓、蝙蝠;第十二组:螳螂;第十三组:灶鸡、赃螂、撒气虫、叩头虫;第十四组:萤、蠋;第十五组:蜻蛑、蚿蠖、天牛、蛴螬;第十六组:蛛蝼、蛾、香百念、蜈蚣;第十七组:刺毛、毛虫、蓑衣虫;第十八组:苍蝇、青蝇、麻蝇;第十九组:蚊、乌蚊、蠛蠓;第二十组:虱(白、黑)、蚤、壁虱;第二十一组:蛔蛲九虫、蟛虹;第二十二组:蚁、白蚁、飞蚁;第二十三组:米虫四种;第二十四组:蜗牛、蜓蚰;第二十五组:田螺、螺蛳、香蛳、蚌、蚬、蛏、蛤、蚶、贝;第二十六组:蟛蜞、蟹、虾、白虾;第二十七组:蛙、虾蟆、蟾蜍;第二十八组:蝌斗、写字虫、子子虫、和尚虫、水蛭、守瓜;第二十九组:蜥蜴;第三十组:蟫;第三十一组:竹虫、青宁。后有三篇"赋总",从不同角度总赋虫。

四库馆臣评价说"此书作于崇祯壬午(崇祯十五年,1642)……其命意盖取庄子'惟虫能虫,惟虫能天'及《家语》'倮虫三百有六十,而人为之长'二语,因即虫喻人,分为三十七段,每段自为之注,亦《和香方》《禽兽决录》之支流也。"①陈子龙《谭子雕虫序》云:"盖自托乎小技,实游意于大雅矣……若夫独用成篇,体同咏物,则权舆荀卿之赋蚕,后世文人各有藻绘,究图一二,浏亮可观,未有旁搜曲贯,悉揭声容;蚓语螫鸣,皆应金石,如谭子者也。"②如"赋总束":

>　　噫吁嘻!金蚕嫁兮何用,青蚨去兮不从。虑蛊蠚兮难避,爰鞠通兮罕逢。去蟊蟘之两陷,何忱忱之忡忡。蝇头之利,通为书法之楷;蟫曲之势,移当行草之工。入末念酸,少舞帐肉。屏之媚蝶,咿唔放啸。多隐囊欹,案之吟蛩。巨灵擘而蠡测安奇,徒损自然于矜咳;腐鼠吓而蜩翼不顾,何烦咄咄以书空。思影之相生未已,飞虫之弋获何穷。噫吁嘻!惟虫能天,惟虫能虫。乌知天之非吾,吾之非虫?又乌知虫之大小与雌雄?

赋"援据古今,极命物理"③,宜其为人称道!

其他动物赋有:屈大均《寄居赢赋》、陈恭尹《狱赋》、薛始亨《养鹊子

---

① 《谭子雕虫》提要,四库全书存目丛书子部113册,第195页。
② 陈子龙《谭子雕虫序》,《谭子雕虫》卷首,四库全书存目丛书子部113册,第134页。
③ 钱谦益:《牧斋初学集》卷20《虫诗十二章——读嘉禾谭梁生雕虫赋而作》序:"禾髥进士谭埽著《虫赋》三十七篇(序一篇),援据古今,极命物理,自称原本于庄子虫天之道,及其远祖景升(谭峭)《化书》,而吾窃窥其指意,盖亦荀卿子请陈佹诗之意,有托而云者也。"续修四库全书1389册,第424页。

赋》、周婴《五色鹦鹉赋》《和林茂之穷鸟赋》、周容《舞鹤赋》《池鱼赋》、黄宗羲《孤鸽赋》、郑溱《蜂殉灯膏赋》、高承埏①《蟋蟀赋》、陶汝鼐《驯雉赋》、王夫之《练鹊赋》《孤鸿赋》《蚁斗赋》、顾景星《闻蟋蟀赋》、傅占衡《蚊赋》、贺贻孙《虱赋》、汤开先②《憎蝉赋》《朱鱼赋》、姜垛③《灯蛾赋》、李焕章《春燕赋》《秋蝉赋》、王象晋④《蚊赋》、许楚《哀野鸳赋》、孙永祚《蛙声赋》《憎鼠赋》、吴炎《归鹤赋》《鸥赋》、归庄⑤《悯鼠赋》、冷士嵋⑥《春鹏赋》、朱鹤龄《白兔赋》《诛蚊赋》、王锡阐⑦《谴蛙赋》《白燕赋》《蚊赋》、徐枋《鹧鸪赋》。其中有借物抒发故国之思、守节之志的,如徐枋《鹧鸪赋》,其序曰"鹧鸪,南方之鸟也,飞必南翔,集必南首。其鸣曰但南不北,故亦名怀南。余闻而悲之,君子曰:'可以人而不如鸟乎?'",赋有云:

> 繄随阳之介鸟,实南纪之珍禽。赋离方之粹质,禀火德之炎精。违穷发之玄漠,向赫曦之朱明。虽托类于羽族,固殊志而异心。乃者八纮绝维,九陔折柱。天地横流,江河鼎沸……惟兹神取,矢心无负。税衡浦之兰林,憩湘潭之蕙亩。亶余性之不移,凛余心之可剖。雏名一宿,雌不再偶。斯一节之可称,亦声施于厥后。

器物赋有:周婴⑧《横笛赋》、顾景星《猨臂骨笛赋》、周容《棉车赋》《砚函赋》、李邺嗣《宝刀赋》、冷士嵋《霹雳琴赋》、曹勋⑨《空罂赋》、王一翥《读

---

① 高承埏,字寓公,秀水人。崇祯十三年进士,官工部主事。入清不仕。有《稽古堂集》,存赋 1 篇。《清诗纪事》"明遗民卷",第 29 页。

② 汤开先,字季云,临川人。汤显祖子。曾加入复社,明亡,不知所终。有《潭庵集》,存赋 3 篇。《明诗纪事》辛签卷 24,《明代传记丛刊 15》,第 951 页。

③ 姜垛,字如农,山东莱阳人。崇祯四年进士,官礼科给事中。入清不仕,与弟姜垓以遗民终。有《敬亭集》,存赋 1 篇。《清诗纪事》"明遗民卷",第 58 页。

④ 王象晋,字子进,济南新城人。万历三十二年进士,官至浙江右布政使。有《群芳谱》《赐闲堂集》。存赋 3 篇。《明诗综》卷 59。

⑤ 归庄,字玄恭,昆山人。归有光曾孙,明末诸生。顺治二年在昆山起兵抗清,事败亡命。有《归玄恭文钞》,存赋 1 篇。《清诗纪事》"明遗民卷",第 117 页。

⑥ 冷士嵋,字又湄,丹徒人。诸生。入清绝意仕进。有《江泠阁诗文集》,存赋 4 篇。《清诗纪事》"明遗民卷",第 197 页。

⑦ 王锡阐,字寅旭,吴江人。无意仕进,与顾炎武、张履祥等以志节相砥砺。有《晓庵诗文集》,存赋 3 篇。《清诗纪事》"明遗民卷",第 201 页。

⑧ 周婴,字方叔,莆田人。崇祯十五年赐特用进士出身。任上犹知县。有《远游篇》,存赋 12 篇。《千顷堂书目》卷 28,上海古籍出版社 2001 年版,第 689 页。《明清进士题名碑录索引》,上海古籍出版社 1980 年版,第 2620 页。按:《千顷堂书目》认为周婴为"崇祯庚辰(崇祯十三年,1640)特用",误,崇祯十三年无特用进士,应从《索引》。

⑨ 曹勋,字允大,嘉善人。崇祯元年进士。官至礼部右侍郎。顺治十年,清廷诏求遗老,至京,不愿为官,辞归。有《曹宗伯集》,存赋 1 篇。《明遗民录》卷 23,第 179 页。

书灯檠赋》等；瑞物赋有：谢泰宗《瑞草魁赋》、王象晋《瑞芝赋》《瑞麦赋》、顾景星《获神龟赋》等。周婴《横笛赋》，从"庭空讼寂"，"抱书吏散"，"闻胡骑之欲迫，救严城以晏闻。增储胥之巆巆，列剑戟之硙硙"，或作于上犹知县时。曹勋《空罂赋》，借空罂写自己贫寒的生活，颇有谐趣，疑作于明亡后。浦铣曰："吾邑曹峨雪先生勋，明会元，著《空罂赋》，读之可发一噱，滑稽之雄也。"①

又有天气气象类的，如周容《秋雪赋》、俞焭《夜雨赋》、孙永祚《雨赋》、钱棻《雪赋》、王夫之《雪赋》《霜赋》；饮食类的，如周容《江瑶柱赋》、李邺嗣《犀皮羹赋》；无法归类的，如薛始亨《弈赋》、黎景义《灯花赋》、周容《灯兰赋》（灯焰如兰）、徐士俊《字赋》《读书声赋》、余绍祉②《墨赋》（2）、贺贻孙《绿野桥赋》《灯花赋》、吴炎《秋声赋》、郑溱《水泡赋》等。郑溱《水泡赋》序有"伤陵谷之变迁，悟浮华之奋落"，应作于明亡后，赋以"水泡"寄托繁华转瞬即逝的兴亡之感。

此期山水赋有：陈恭尹《浚贪泉赋》、周婴《望夫石赋》、柴绍炳③《明圣湖赋》（即西湖）、杨泰④《虎丘赋》、王夫之《南岳赋》、黄宗羲《海市赋》、谢泰宗《游七星岩》《雁宕山赋》、曾益《梅花岭赋》、陶汝鼐《汤泉赋》《洞庭秋赋》《小孤山续梦赋》、郭占春⑤《象山赋》、魏禧⑥《大湖滩赋》、李焕章《瀑水涧赋》、孙永祚《西洞庭赋》（即西洞庭山）、阎尔梅《崆峒山赋》、冷士嵋《登金山赋》、杨思本《戚姑山赋》《寰海赋》、许楚《新安江赋》《黄山赋》、朱鹤龄《游灵岩山赋》、钱邦芑《他山赋》《鸡足山赋》《潇湘赋》等。

杨思本《寰海赋》，所谓寰海，乃"海包乎国，国在海之中"，与木玄虚《海赋》的"国包乎海，海在国之中"的海是不同的。赋文铺叙了明朝以外的寰宇之广以及异物之富，如"阁龙奇人"（哥伦布）所历海外之国、赤道与极地

---

① 浦铣：《复小斋赋话》卷下，《历代赋话》，第 404 页。

② 余绍祉，字畴，江西婺源人。明亡后隐居。有《晚闻堂集》，存赋 6 篇。《清诗纪事》"明遗民卷"，第 17 页。

③ 柴绍炳，字虎臣，仁和人。诸生，明亡后隐居西湖南屏山，以教授著述为事。有《省轩诗文钞》，存赋 6 篇。《清诗纪事》"明遗民卷"，第 39 页。

④ 杨泰，字天开，云南安宁人。崇祯十五年举人。存赋 1 篇。《滇文丛录作者小传》卷上，丛书集成续编 153 册，第 50 页。按：《总汇》第 6 册 5381 页，杨泰"故少师杨荣孙，建宁卫指挥杨晔父。成化时为仇家所告，论斩。"乃同名而误。

⑤ 郭占春，本名精忠，字用梅，荆门人。以江陵籍中天启七年武举。隐居撰述，扬榷今古。有《鹤天寓诗集》，存赋 1 篇。《同治荆门直隶州志》卷 9，《中国地方志集成·湖北府县志辑 41》，江苏古籍出版社 2001 年版，第 263 页。

⑥ 魏禧，字冰叔，江西宁都人。诸生。康熙时诏举博学鸿儒，以疾辞。与兄魏祥、弟魏礼并美，世称"三魏"。三魏兄弟与彭士望、林时益、李腾蛟、邱维屏、彭任、曾灿等合称"易堂九子"。有《魏叔子文集》，存赋 1 篇。《清诗纪事》"明遗民卷"，第 191 页。

不同的景观、太平洋与大西洋之异、沙漠之特异、"海中百族"以及奇鸟异兽、咸海之"把勒鱼""剑鱼""刺瓦""仁鱼"等异物、"海上明珠"、"墨瓦兰"（麦哲伦）受"西把尼亚（西班牙）之君"的命令而"遍历诸海上"之事等，反映了明朝时的世界观念。有些作于明亡后的山水赋，流露出浓重的兴亡之感与抱节守志的遗民情怀，如朱鹤龄《游灵岩山赋》"览兴亡之一瞬，悟生死之同规，""等今古于埃尘"。钱邦芑《他山赋》，"何诸子之高尚，矢肥遁以相期""吾将托此以终老，造化于我其何私。"

此期园林楼台赋，有写名胜之地的，如陈恭尹《登镇海楼赋》、曾益《平山堂赋》（"梅花岭西"）、周婴《六虚台赋》（建阳）、陈宏绪①《环漪阁赋》（滕王阁旧基之侧）；也有写个人居处之地的，如王猷定②《菽园赋》（属菽园主人，在扬州东郭）、周婴《十一洲赋》（为黄生衡山居所作）、《浮山堂赋》（曹学佺之别业）、张明弼《棉斋赋》（为宋尔和作）、《仿钓园赋》（为在公先生之憩园作）、陈瑚③《绿筠清室赋》（"有斐若人"之居）、余绍祉《白云窝赋》（"余子结庐于天子鄗深谷中，云白山青"）、何蔚文④《耆古堂赋》（为马公耆古堂作）、陈恭尹《小斋赋》（作者之斋）等。

朱之瑜的《游后乐园赋》作于己酉（台湾郑经永历二十三年，康熙八年，1669）春，其序有"水户侯宰相公，以苑中樱花盛开，集史馆诸臣以赏之"，据《清诗纪事》"朱之瑜"小传："复至日本，遂留寓长崎，日本水户侯源光国待以师礼"⑤，此后乐园乃源光国邸第芳园，赋写作者作为"异邦樗栎"游览园林的经过，其中不乏"夷齐"之志。

第三节　赋作艺术

一、"祖骚宗汉"

（一）"祖骚"

此期赋作留存 380 余篇，骚体赋有 62 篇，占赋作总数的 16%。其中《离

---

① 陈宏绪，字士业，江西新建人。明末以荐授晋州知州，入清不仕。有《石庄初集》，存赋 1 篇。《清诗纪事》"明遗民卷"，第 20 页。
② 王猷定，字于一，江西南昌人。明贡生，入清不仕。有《四照堂诗文集》，存赋 1 篇。《清诗纪事》"明遗民卷"，第 21 页。
③ 陈瑚，字言夏，太仓人。崇祯十六年举人。入清不仕。有《确庵集》，存赋 1 篇。《清诗纪事》"明遗民卷"，第 90 页。
④ 何蔚文，字稚玄，浪穹（今云南洱源）人。永历十一年举人。明亡不仕，隐居家乡。有《浪槎集》，存赋 1 篇。《滇文丛录作者小传》卷上，丛书集成续编 153 册，第 51 页。
⑤ 钱仲联：《清诗纪事》"明遗民卷"，第 28 页。

骚》式25篇,大体有4篇:黎景义《我生赋》、王夫之《章灵赋》、汤来贺《循良赋》、沈寿民《招文江子赋》;中体有7篇:薛始亨《归故园赋》、黎景义《述先赋》《龟赋》、蒋之翘①《攘诟赋》、曾益《琼花观燕(宴会)赋》、王夫之《惜余鬓赋》、张明弼《与诸同寅登潮州金山赋》;小体有14篇:周容《池鱼赋》、黄宗会《思子赋》、谈迁《万岁山赋》《愬突赋》、俞焞《抹丽赋》、顾景星《愍国殇赋》《开阳春赋》《悲凛秋赋》《高緺赋》《获神龟赋》、傅山《仑𪩘赋》、归庄《悯鼠赋》、张明弼《答翁裴郎问人日赋》、曾益《名园后十一赋》"小琅琊槐"。

《九歌》式骚体赋有4篇:王夫之《祓禊赋》、傅山《梦赋》、方以智《将归赋》、范凤翼《仁寿赋》。黎景义《感薄荷赋》是《橘颂》式骚体赋。杂言式骚体赋的组合形式如下:

(1)《离骚》式+《九歌》式。此式8篇:屈大均《四一画像赋》、张尔岐②《苦雨赋》、郭文祥《白果树赋》、杨思本《归赋》、方以智《瞻阴雨赋》、刘城《哀孝子赋》、黎景义《吊刘坟赋》、傅山《朝沐》。

(2)《离骚》式+《九歌》式+非兮。此式16篇:李焕章《浮玉先生赋》、朱鹤龄《广志赋》、柴绍炳《秋怀赋》《感逝赋》、朱一是《吊岳忠武王赋》、吴蕃昌③《寡女赋》、俞焞《新柳赋》、王弘撰④《河图洛书赋》、钱澄之《感旧赋》《哀故园赋》《梦游仙赋》、王锡阐《谴蛙赋》《蚊赋》、傅山《黜聱赋》、周容《庭柏赋》、张明弼《愁岭峤赋》。

(3)《离骚》式+非兮。此式7篇:黄宗羲《避地赋》、钱菜《怀征赋》、范凤翼《介寿赋》、吴炎《思旧赋》、张明弼《地震赋》、冷士嵋《霹雳琴赋》、许楚《哀野鸳赋》。

(4)《橘颂》式+句句兮。如潘应星《俦影赋》。

(二)"宗汉"

此期宗汉的赋作有140篇,占赋作总数的37%。其中超过千字的大体有17篇,设为主客的4篇:柴绍炳《明圣湖赋》、谢泰宗《头陀赋》、李焕章《聋赋》、曾益《名园后五赋》"寒玉馆梅";不设主客的13篇:杨思本《寰海

---

① 蒋之翘,字楚稚,浙江秀水人。布衣。明亡后隐于市。存赋2篇。《明诗综》卷81。
② 张尔岐,字稷若,山东济阳人。诸生。入清,不求闻达。有《蒿庵集》,存赋2篇。《清诗纪事》"明遗民卷",第108页。
③ 吴蕃昌,字仲木,浙江海盐人。父麟征,明季死难。蕃昌间行淮上,迎丧归。遂弃诸生,绝仕进。存赋1篇。《明遗民录》卷14,第109页。按:《总汇》第9册8356页收吴蕃昌《寡女赋》,第10册9055页吴藩昌《寡女赋》重收,应为吴蕃昌。
④ 王弘撰,陕西华阴人。明诸生,持反清复明之志。康熙中荐博学鸿儒,坚辞不就。有《砥斋集》,存赋1篇。《清诗纪事》"明遗民卷",第174页。按:《总汇》第10册9175页误作"王弘"。

赋》、王夫之《南岳赋》、钱邦芑《潇湘赋》《鸡足山赋》《他山赋》、周婴《闽都赋》《东番记》《六虚台赋》、许楚《黄山赋》《新安江赋》、陈恭尹《登镇海楼赋》、王猷定《菽园赋》、王象晋《蚁赋》。

千字以下五百以上的中体有 41 篇,设为主客的 19 篇:何蔚文《耆古堂赋》、屈大均《陋巷赋》、陈恭尹《浚贪泉赋》、李邺嗣《庭柏赋》《庭荷赋》、黄宗羲《海市赋》、柴绍炳《二女赋》、陶汝鼐《荔枝赋》、王夫之《孤鸿赋》《霜赋》、汤来贺《卓异赋》《长松赋》、傅占衡《信陵君归国赋》《蚁赋》、徐世溥《逐病赋》、杨思本《环佩声赋》《恨赋》、吴骐《月朏赋》、曾益《名园后五赋》"青棘园梧桐";不设主客的 22 篇:黎景义《感遇赋》《恨赋》《惜赋》、周婴《望夫石赋》《十一洲赋》《浮山堂赋》、宋存标《舞剑赋》、冷士嵋《登金山赋》、谢泰宗《枕方赋》、谈迁《故宫赋》、陶汝鼐《汤泉赋》《洞庭秋赋》、王夫之《蚁斗赋》、郭占春《象山赋》、汤来贺《苦竹赋》、汤开先《憎蝉赋》《春霖赋》、余绍祉《墨赋》"天部之山"、孙永祚《西洞庭赋》《雨赋》、冒襄《后芜城赋》、高承埏《蟋蟀赋》。

五百字以下的小体有 61 篇,设为主客的 7 篇:李邺嗣《宝刀赋》、曹勋《空罄赋》、顾景星《淳于髡饮酒赋》、杨思本《歌赋》、余绍祉《墨赋》"居幽朔之宅"、张尔岐《服黄精赋》、姜埰《灯蛾赋》;不设主客的 54 篇:陈恭尹《菊赋》《小斋赋》、汤来贺《梅赋》、汤开先《朱鱼赋》、徐世溥《东湖渔者赋》、杨思本《桃花赋》《闻钟赋》、周婴《和林茂之穷鸟赋》、周容《江瑶柱赋》、徐士俊《字赋》、谢泰宗《征南赋》、俞羸《桃花赋》、曾益《梅花岭赋》《平山堂赋》、顾景星《竹下听风赋》、贺贻孙《绿野桥赋》、余绍祉《白云窝赋》《坐赋》《煎茶赋》、傅山《好学而无常家赋》、范凤翼《枯桐再生赋》《宗枝赋》、孙永祚《蛙声赋》、吴炎《月下梅花赋》《广恨赋》、朱鹤龄《诛蚊赋》、陈瑚《绿筠清室赋》、吴骐《榴花赋》、曾益《名园十四赋》《名园后十一赋》(除"小琅琊槐"外)、谭贞默《小虫赋》第十六组"蛼螯"、第二十九组"蜥蜴"。

四六言赋也有一些,四言赋如:屈大均《藏发赋》《寄居赢赋》、陈恭尹《辩命赋》《狱赋》、林古度《荔支赋》、李邺嗣《犀皮羹赋》、顾景星《愁赋》、王一翥《读书灯檠赋》、傅山《春日小赋》《麭麨喎陀南赋》《麳麰小赋》、李焕章《秋蝉赋》、谭贞默《小虫赋》"赋总起""赋总·其为堇也""赋总·呼禽则禽"。六言赋一般篇幅短小,而周婴《寻山赋》为近 1500 字的六言汉赋,比较少见。

此期七体有五篇,陈恭尹《七别》、董说①《七耀》、吴炎《七箴》、周容②

① 董说,字若雨,乌程人。明亡后为僧。有《丰草庵集》,存赋 1 篇。《明诗综》卷 81。
② 周容,字鄮山,鄞县人。诸生。明亡出家为僧,后因母尚在,返俗。晚年被荐博学宏词,坚辞不就。有《春酒堂集》,存赋 9 篇。《清诗纪事》"明遗民卷",第 157 页。

《七晓》是传统写法。陈恭尹《七别》，游王孙将行，言子说七事而言别，只有第七事才是游王孙将行之事。董说《七耀》设为丰贞处士"栖病苕花之浦"，澄华大夫说七事以使处士消除"烟苞""繁忧"，只有最后一事使处士认同。吴炎《七箴》，赋设为骜声之客为畏虚先生发蒙解惑，叙七事以箴规之，只有第七事使其"矍然"惊起，表示接受。周容《七晓》作于顺治十二年（永历九年，1655），此赋设为霍庵子有病，大晓山人晓谕七事为其去病，只有最后一事使其"霍然病除"。

　　方以智《七解》则一反传统写法，"变传记古文法，别立一体"。其序云："七解者，为七客以解其悲也。悲不可解，而终解于故人之言，人生重得故人也。祖构家故有七体，而《七发》自仲宣以下，皆以繁华荣腆说高士。此虽至愚，亦知其不能动矣，又为声协比丽所掩，使人诵之，无所感发。故变传记古文法，别立一体，以自解云。"赋先以传记体介绍抱蜀子：

> 　　抱蜀子少倜傥有大志，年九岁能赋诗属文，十二诵六经，长益博学，遍览史传，负笈从师，下帷山中。通阴阳象数、天官望气之学，穷律吕之源，讲兵法之要，意欲为古之学者。遇时以沛天下，而未之逮焉。性踈达，善得大意而强记为难。久之略忘，窃自恨甚。恨材知不及古人，而复身弱多病也。又善临池，取二王之法。好围棋舞剑，少知弹琴、吴歌杂技之末。有所见，辄欲为之。居一室，周章不倦。或歌或骂，自得晏如。岂有所汲汲戚戚乎？年二十，自以为龙门，此时周历天下矣，局促里巷老牖下胡为者？乃载书籍，游江淮吴越间云。自总角随尊人经栈道，见峨眉，下三峡，又复过武夷太姥。已，北入京师，驰驱齐鲁之郊，颇注意名山大川，有所兴怀。乃者东游，浩然不足当意矣。处乡曲时，以天下必有如古人者、过古人者，今见人物犹之山川也。知己不过数人，断断名称，大略材知相垺耳。于是归，拟入山，大奋其力，令古今俯仰，著为一书。而里中难作，继以寇贼，往来杀掠，兵火不绝，流离金陵，岂得已哉？家世好善而善不可为，家世好学而不学者嫉之。虽客居屑屑，讥诟日至，有所著作，或伤时事则焚其草，敢令今之人一寓目乎。时不遇矣，求为上容，即突梯滑稽，庸讵与人合矣。家贫不能好客，有客至，浮曳三豆，好我者不罪其纤也。未尝敢谈先王，尚古学，况以此劝人耶！意有所至，则发啸歌，啸歌而悲，人莫之知也。

接着设为抱蜀子与逢俉士、握轵氏、横世君、缜栗先生、罔食老人、程勇公、帅初故人七人的问答之辞，七人都试图为抱蜀子解忧，唯有帅初故人之说辞消解了抱蜀子之悲愁。周农父曰:"才至此绝矣! 然非密之之博学如此,又不见其才矣! 此篇驰骋《左》《国》《史》《汉》,蕴藉骚雅,奴隶晋魏韩苏,而自行其意,岂世人所号古文能及哉? 顿折刻切,使人感动刺心,真所谓怨而不怒者乎! 人无此才无此学,而又不肯为其难者,宜乎共讲便易浅近法门耳。"①

(三) 骚汉杂糅

首先是骚体占优势的骚汉杂糅式,如傅山《无家赋》《秋海棠赋》、傅占衡《盆草赋》、朱鹤龄《冥异赋》、张明弼《制府湛虚张公平寇赋》等。至于汉赋体占优势的骚汉杂糅式赋作,其组合形式有以下几种:

(1)汉赋+《离骚》式+《九歌》式。此式大体 6 篇:向于宸《忠赋》、陶汝鼐《昔游赋》、徐枋《主药神赋》、叶绍袁《婚逝赋》、余绍祉《思游赋》、曾益《名园后五赋》"笑领庵木槿";中体 8 篇:郑溱《思赋》《蜂殉灯膏赋》、孙爽《白芍药赋》、徐世溥《汉宫春晓赋》、杨思本《鸿文无飘散赋》、刘六德《洞花赋》、王锡阐《白燕赋》、吴骐《庭杞赋》;小体 10 篇:俞焞《拟王粲侍魏太子校猎许昌赋》、顾景星《猨臂骨笛赋》、王象晋《瑞芝赋》、朱鹤龄《苦雨赋》《白凫赋》、傅山《燕巢琴赋》、张明弼《仿钓园赋》、谭贞默《小虫赋》第十四组"萤"、第二十八组"蝌斗"、第三十组"蟫"。

(2)汉赋+《九歌》式。此式大体 6 篇:薛始亨《弈赋》、谭贞良②《笑赋》、黎景义《灯花赋》、陶汝鼐《哀湖南赋》、傅山《喻都赋》、徐枋《鹧鸪赋》;中体 6 篇:周婴《泣赋》、黎景义《子寿赋》、朱之瑜《坚确赋》、杨思本《春思赋》、万寿祺《莺粟花赋》、吴炎《归鹤赋》;小体 10 篇:周容《舞鹤赋》《棉车赋》《灯兰赋》《砚函赋》《秋雪赋》、屈大均《诵诗赋》、俞焞《姊妹花赋》、陶汝鼐《驯雉赋》《小孤山续梦赋》、贺贻孙《灯花赋》。

(3)汉赋+《离骚》式。此式大体 4 篇:朱鹤龄《游灵岩山赋》、周星《河朔避暑赋》、张明弼《揭署古榕赋》、曾益《名园后五赋》"酬字堂樱桃";中体 11 篇:陈恭尹《北征赋》、薛始亨《养鹨子赋》、伍瑞隆《惜士不遇赋》、吴炎《九日登高赋》、冷士嵋《春鹧赋》、恽日初《灵岩山赋》、黄宗羲《姚江春社赋》、陈廷会③《汉妹赋》、邱维屏《侯宗师试马射赋》、汤来贺《慈竹赋》、王象晋《瑞麦赋》;小体 5 篇:周婴《横笛赋》、吴炎《鸥赋》、黄宗羲《孤鸽赋》、蒋

① 方以智:《浮山文集前编》卷 3,续修四库全书 1398 册,第 216 页。

② 谭贞良,字元孩,浙江嘉兴人。谭贞默弟。崇祯十六年进士。有《猾石居遗稿》,存赋 1 篇。《明诗综》卷 69。

③ 陈廷会,字际叔,浙江钱塘人。诸生,明亡隐居不出。有《瞻云诗稿》,存赋 1 篇。《清诗纪事》"明遗民卷",第 147 页。

之翘《诨赋》、范又蠡《漳湖秋渔赋》。

（4）汉赋+《离骚》式+《九歌》式+《橘颂》式+句句兮。如刘城《石榆赋》。

（5）汉赋+《离骚》式+《橘颂》式。如孙永祚《憎鼠赋》。

二、崇尚六朝

此期赋作崇尚六朝的倾向，沿袭了启、祯朝的趋势。骈化或五七言诗体化的赋作70余篇，占赋作总数的18%，超过"祖骚"的比率。其中比较纯粹的骈赋有13篇：大体如李世熊《反恨赋》；中体如周婴《送远赋》、陈恭尹《荔枝赋》、徐士俊《楚女赋》、张明弼《姑射山人赋》、俞焭《榆钱赋》；小体如周婴《矫志赋》《五色鹦鹉赋》、冒襄《铜雀瓦赋》、张明弼《别泪赋》、俞焭《夜雨赋》《菱赋》"吴江烟空"、魏禧《大湖滩赋》。俞焭《榆钱赋》不仅非兮句、骚句骈对，甚至引用的对话形式亦骈，如：

芹泥冷兮贯易朽，竹雨深兮篆皆残。稚子戏兮堂上簏，长年歌兮浪中摊。有客弃鉏而归，依然草际；何人饮马而去，宛在江干。赵元叔睹之而叹曰："橐装都欲尽，羞涩若为看。赖有榆钱落，聊将客意宽"。杜少陵闻之而继曰："万点风榆小，由来藉手难。惟余买春色，不用乞铜官。"

更多的是骈赋与各式的杂糅，大致有以下几种形式：

1. 骈赋与骚赋杂糅。如张明弼《程乡静士邀予为赋》、吴炎《秋声赋》、朱鹤龄《秋闺赋》《宫人入道赋》《枯橘赋》、柴绍炳《恨赋》。

2. 骈赋与汉赋杂糅。此式大体1篇：阎尔梅《崆峒山赋》；中体11篇：谢泰宗《游七星岩》《没眼禅赋》、俞焭《蹇驴赋》《薪桂赋》《菱赋》"越客嗜菱"、钱荣《雪赋》、贺贻孙《枯兰复花赋》、杨思本《灵秘无飞沉赋》、张镜心①《嗟隐赋》、徐士俊《天上石麒麟赋》、顾景星《桂赋》；小体12篇：黄宗羲《雁来红赋》、谢泰宗《雁宕山赋》、俞焭《茶枪赋》、文德翼《卧赋》、贺贻孙《水晶葱赋》《虱赋》、徐世溥《柳赋》、杨思本《戚姑山赋》、李焕章《瀑水涧赋》《春燕赋》、杨泰《虎丘赋》、谭贞默《小虫赋》"赋总·虫之时义"。

3. 骈赋与汉赋、骚赋杂糅。此式大体3篇：冷士嵋《旅赋》、沈世涵《续哀江南赋》、曾益《名园后五赋》"紫芝堂椒"；中体9篇：柴绍炳《别赋》、陈宏绪《环漪阁赋》、陶澄《干谒难赋》、谢泰宗《瑞草魁赋》《新桐赋》《桃氏赋》

---

① 张镜心，字晦臣，磁州人。天启二年进士。官至兵部左侍郎，总督蓟辽军务。入清未仕。有《云隐堂集》，存赋1篇。《清诗纪事初编》卷2，第143页。

《治蘦赋》、郑溓《水泡赋》、徐士俊《读书声赋》；小体 11 篇：徐世溥《怀芳草赋》、钱棻《落叶赋》、郑溓《霜叶赋》《金粟兰赋》、徐士俊《镜中美人赋》《垂丝海棠赋》、张明弼《棉斋赋》、顾景星《夏蓴赋》、孔自来《秋海棠赋》、陶澄《钓台海棠赋》、谭贞默《小虫赋》"赋总束"。

此期没有纯粹的五七言诗体赋，而是与汉赋、骚赋杂糅的形式，如俞焵《憎鼠赋》、顾景星《闻蟋蟀赋》《茉莉赋》等。顾景星《闻蟋蟀赋》之七言诗部分：

> 谁家明镜悄更衣，何处流萤入绮帷。金笼催送师臣第，绣毯争围葛岭姬……流苏花胜耀门楣，雕盘镂栅办雄雌。大暑红罗秋兴字，巧裁织锦断肠诗。骚人别觉意难忘，凉风窸窣步空廊。遮莫青蛙当鼓吹，遮莫黄鸟胜笙篁。阶前草满生意足，屋梁月落幽思长。试看宝石岩边树，荒榛无复半闲堂。

赋末乱辞或赋中系诗用五七言诗的赋作，如顾景星《桂赋》歌、傅占衡《信陵君归国赋》歌、曾益《名园后五赋》"紫芝堂椒"乱辞、王夫之《南岳赋》颂、朱鹤龄《宫人入道赋》歌、冒襄《铜雀瓦赋》乱辞。

三、宗 唐 袭 宋

此期律赋除徐枋《张公赋》为超过 2000 字的大体外，其余均为中体或小体律赋。如刘城①《桐始华赋》以"姑洗之月、桐始华矣"为韵，赋后注云"余困老场屋，每见中式文卷，辄为愤闷。至回思唐宋律赋，知从来试士所收皆然，不足多叹。暇日因戏拟此，全仿试体，仅取成篇。"其他又如王夫之《练鹊赋》以"雨余绿草斜阳"为韵、《雪赋》以"林岫遂已浩然"为韵、李腾蛟②《观澜赋》以"观水之澜、有本如是"为韵、田兰芳③《荷钱赋》用"香远益清、亭亭净植"为韵、傅占衡④《争名者于朝赋》以"朝廷之上、可以立名"为韵、《息夫人不言赋》（拟白敏中同题赋）、杨彭龄⑤《绿水桥边多酒楼赋》"以

---

① 刘城，字伯宗，贵池人。明末诸生，入清隐居秋浦，屡征不赴。有《峄桐集》，存赋 3 篇。《刘征君传》，《贵池二妙集》附录卷 1，光绪二十六年刘氏唐石簃汇刻贵池先哲遗书。

② 李腾蛟，字力负，江西宁都人。明诸生。有《半庐文集》，存赋 1 篇。《清诗纪事》"明遗民卷"，第 69 页。

③ 田兰芳，字梁紫，睢州人。明诸生。有《逸德轩文集》，存赋 1 篇。《清诗纪事》"明遗民卷"，第 201 页。

④ 傅占衡，字平叔，临川人。性淡泊，耻于仕途。明亡后，专事著述。有《湘帆堂集》，存赋 5 篇。《江西通志》卷 82"人物"，四库全书 515 册，第 810 页。

⑤ 杨彭龄，字商贤，山东文登人，徙宛平。国亡毕意旅食，老于江南。存赋 1 篇。《施愚山集》卷 21《杨子商贤墓志铭》，黄山书社 1992 年版，第 437 页。

题为韵"等等。此时律赋明显增多,而且多注韵字,盖明遗民处于清初,清初博学宏词等科以律赋试士,遗民虽未入仕,亦不免受到时代风气之影响乎?

朱之瑜《游后乐园赋》、唐访《故病赋》都类似于唐宋散文的写法,如唐访《故病赋》:

> 然吾自知其能上下飞仙,为物化之蜉蝣。不能俯仰农夫,作服箱之马牛。自知其能饿死西山,为不食之骷髅。不能奉迎五季,作衣冠之沐猴。自知其能追逐陶阮,为方外之闲鸥。不能学步张扬,作狱市之累囚。自知其能翱翔盛化,为鼓腹之歌讴。不能弥缝晚世,作扼腕之鸣啾。盖自吾有生以来,记日记月记岁,记十五,记二十有九,记三十,记三十有一,有四,而积瘤痿痹之有由。仓公按指而叹,扁鹊望色而忧。吾又安能使吾病之得瘳。

黄宗羲《获麟赋》写康熙二十八年(1689)"麟见余姚",于是引出了获麟之事"祥不祥之辩","余"则以之为平常之事:"夫穷理者必原其始,在物者必有其因。深山大泽,龙蛇是屯。风雨晦明,下与物亲。冯马龙驹,冯牛麒麟。是皆龙种,故复出乎见闻。……世方以为怪,实不异马牛虎鹿之胎娠。"杨思本《非有异人亦无异书赋》,也多有议论说理的部分,是典型的宋赋写法,如:

> 事之所在,理有相扶。非玩物而丧志,见一发之及肤。虽飞潜之各异,总理一而分殊。吾将穷于天地乎? 鬼神者,天地之尽也。生生化化,游于无极,往者已自如斯。吾将穷于帝王乎? 人伦者,帝王之尽也。一治一乱,有若循环,来者正自多歧。
>
> 夫数有理有气,气则属于剥复二者。理则本于贞元一致,贞元有治而无乱,剥复有乱而有治。

《历代辞赋总汇》所收明代各时期
赋作一览表（912人3879篇）

1. 洪武建文朝（1368—1402）——风雅初开（49人195篇）

赋家赋作	册/页	赋家赋作	册/页
刘基：述志赋/伐寄生赋/吊诸葛武侯赋/吊祖豫州赋/吊岳将军赋/吊台布哈元帅赋/龙虎台赋/通天台赋	6/4663	刘三吾：白云茅屋赋/野庄赋/具庆堂赋/石门樵子赋/竹深赋/雪野赋/大明一统赋/经筵进嘉禾赋	6/4684
宋濂：奉制撰蟠桃核赋/崆峒雪樵赋	6/4642	高启：鹤瓢赋/闻早蛩赋	6/4734
胡翰：少梅赋	6/4629	王佑：伤石鼓赋	6/4804
王行：眠云赋/隐居赋/东野草堂赋/来月楼赋/墨芙蓉赋/画菜赋/别知赋/节妇赋	6/4853	程明远：问盟赋/浴沂赋/上巳赋/金马门赋/鉴潭赋/剑潭赋/程叔祥居塘边赋	6/4679
梁寅：石渠阁赋/蒙山赋/散木庵赋/南归赋/虎丘山赋/时雨赋	6/4623	郑真：安分斋赋/希古斋赋/东园庄赋/易安斋赋/延晖阁赋/双芋图赋	6/4826
唐桂芳：承露盘赋/古剑赋/别知赋并引/别知赋/白云山房赋	6/4636	朱元璋：莺啭皇州赋/画眉赋/四渎潦水赋/江流赋/秋水赋	6/4727
唐肃：云台赋/底柱赋/日观赋/竹斋赋/石田赋/云松巢赋	6/4730	张羽：山雉赋/芸香室赋/兰室赋/竹雨轩赋/拙赋	6/4745
吴沉：吊伯夷赋/菊花赋/感秋赋/述别赋	6/4640	乌斯道：春草赋	6/4749
朱升：东岩赋/前东园赋/后东园赋/南山道院赋/贺制大成乐赋/贺平浙江赋	6/4738	涂几：悯时赋/山晖阁赋/耦耕赋/思友赋/樵云赋/嘉阳春赋/感遇赋/励志赋/鸡子赋/吊余文赋	6/4776
苏伯衡：钩勒竹赋	6/4751	刘璟：述怀赋	6/4773
陶安：大成乐赋/天爵赋/孔庙赋/大成殿赋/柏山赋	6/4757	童冀：乐善堂赋/雪赋有序/闵春雪赋/雪赋/闵己赋/述志赋	6/4798
朱同：云赋/悼女赋/云麓书隐赋/琴书乐趣为汪士素赋	6/4794	史迁：牡丹赋/温泉赋/剑赋/鹤赋/思亲赋/老农赋/虱赋	6/4806
贝翱：孔雀赋	6/4805	林鸿：椰子赋/槟榔赋	6/4814
曾鲁：甘露赋	6/4815	汪仲鲁：广寒宫赋	6/4822
陈南宾：白云茅屋赋	6/4844	谢常：一叶浮萍赋	6/4880

续表

赋家赋作	册/页	赋家赋作	册/页
徐尊生：应制续唐太宗小山赋/象环赋/天爵赋/白鼠赋/愚全赋/祥鸡赋/雪舟赋/别友赋	6/4857	周是修：柳塘蜚燕赋/气核赋/紫骝马赋/放兔赋/舒情赋/凯还赋/珍爱堂赋/告天鸟赋	6/4869
方孝孺：友筠轩赋/核谷赋/静学斋赋/悯知赋	6/4875	危素：别友赋/望番禺赋/存存斋赋/三节堂赋	6/4606
吴伯宗：四渎潦水赋/海初子赋	6/4882	胡斌：燕子岩赋	6/4895
练子宁：耽犁子赋/玉笥赋	6/4896	唐之淳：续苍蝇赋	6/4953
宋讷：云松巢赋/镜湖渔隐赋/石门隐居赋/松云轩赋/春朝赋(3)/勉斋赋/椰子酒瓢赋/桃溪图赋/松岩樵隐赋	6/5182	贝琼：鹤赋/白鸠赋/铁砚赋/怀旧赋/醉赋/灌园赋/玉笙赋/石经赋/大韶赋/金鉴录赋/不碍云山楼赋/春雨赋/骂蚊	6/4608
黄煜：凤凰山赋	7/6079	胡宗华：荔子赋	9/8377
王祎：思亲赋/药房赋/咏归亭赋	6/4712	陶振：汾湖赋	5/4496
王翰：葡萄酒赋/引咎赋/闲田赋/骂蚤文	6/4764	刘炳：歌风台赋/修竹赋/荆门赋	6/4768
朱右：麒麟阁赋/吊贾生赋/豫斋赋/震泽赋	6/4779	陈世昌①：南湖赋	5/4060 6/4821
李继本：喜雨赋	6/4838		

2. 永乐至成化(1403—1487)——风雅渐盛(78人242篇)

赋家赋作	册/页	赋家赋作	册/页
王达：庆云赋/悼交赋/双松楼赋/分携赋	6/4816	朱吉：咏怀赋/怀先茔赋/挽谢琼树教谕赋	7/5557
黎贞：梅友赋/问月轩赋/放龟赋	6/4824	顾悫：希颜斋赋/驺虞赋	9/8372
兰茂：乐志赋	6/4851	平显：乐耕赋	6/4883
梁混：学士登瀛赋/濠梁观鱼赋/忠敬堂赋/岁寒赋	6/4884	杨荣：皇都大一统赋/三峰书舍赋/清白轩赋/筼轩赋	6/4929
梁潜：神龟赋/瑞应赋/西域献狮子赋	6/4887	许晋：梧冈赋	6/4889
应履平：河清赋	6/4890	姚广孝：哀灵禽赋/连理木赋	6/4892
解缙：善耕堂赋/寄周子宣赋	6/4898	时季照：虱赋	6/4900
杨士奇：白象赋/河清赋/甘露赋/师古堂赋/离潜赋/神龟赋/瑞应白乌赋	6/4917	王洪：瑞象赋/瑞应麒麟赋/观灯赋/麒麟赋	6/4958
黄淮：闵志赋/四愁赋	6/4927	胡广：河清赋	6/4954

---

① 按：陈世昌，字彦博。《总汇》以陈世昌和陈彦博收了两次。

续表

金幼孜:皇都大一统赋/圣德瑞应赋(2)/瑞应甘露赋/瑞应麒麟赋/师子赋/瑞象赋/驼鸡赋/黄鹦鹉赋/玉笥山赋	6/4937	胡俨:述志赋/东轩赋/滕王阁赋/续月中桂赋/感寓赋/阳春赋/丛菊赋/游匡庐山赋/归休赋/述梦赋	6/4905
吴溥:圣德瑞应赋/皇都大一统赋	6/4955	周忱:梦菊赋/橘友轩赋	6/5002
朱瞻基:玉簪花赋	6/5072	金实:存桧堂赋/方竹轩赋	6/5053
周启:廷试大明一统赋/拙存斋赋/骢马行郡图赋/锦峰神梦赋/老人亭赋/桂阴书屋赋/贞寿堂赋/枫桥别意图赋/栎阳八咏赋/乘化室赋/碧山堂赋/双竹轩赋/纯素斋赋/四乐园赋/渔洲雅集赋	6/4962	郑棠:龙马产麟赋/驺虞赋/凤鸣高冈赋/长江天堑赋/石城赋/塔影赋/赐松竹梅赋/寿乐赋/醇斋赋/志学赋/悦耕赋/龙河送别赋/马拜赋/瑞冰卿云赋/春晖堂赋/怡老堂赋	6/5038
李时勉:北京赋/白象赋/麒麟赋/狮子赋/冰雪轩赋(残)/瑞应景星赋/失题赋(残)	6/49717	陈敬宗:北京赋/龙马赋/麒麟赋/瑞象赋/狮子赋/驺虞赋/清乐轩赋/万竹轩赋	6/4980
胡启先:皇都大一统赋	6/4991	罗汝敬:龙马赋	6/4993
胡居仁:碧峰书院赋/瑞梅赋	6/5285	夏原吉:麒麟赋	6/4926
曾棨:黄河清赋/白象赋/白鹿赋	6/4998	王永颐①:八公山赋	9/8358
周谊:葛峄山赋	6/5004	钱干:北京赋	6/5009
刘咸:嵩山赋/黄河赋	6/5011	周济:遂初赋	6/5015
周叙:黄鹦鹉赋/觉非赋/万木图赋/感新秋赋/赤石潭赋/筇雪赋	6/5016	薛瑄:黄河赋/虚庵赋/雪赋/自修赋/思本赋	6/5022
刘球:至日早朝赋/畜鹰赋/龙驹赋/琼岛观灯赋/景星赋/瑞应麒麟赋	6/5025	陈琏:大晟乐赋/皆山轩赋/岁寒轩赋/登泰山赋/瑞鹿赋/骢马赋	6/5064
于谦:上元观灯赋/雪赋	6/5032	刘寅:金马山赋	6/5071
朱祁镇:岷山赋/汉水赋	6/5090	袁忠彻:白鹿赋/人象赋	6/5055
马愉:祯槐堂赋/玄兔赋	6/5074	吴惠:晓行残月赋/麦穗两歧赋	6/5073
徐有贞:梦游赋/水仙花赋/海子桥观海赋/试三农望雪赋/烟波钓客赋	6/5075	朱孟烷:凤凰山赋/云峰赋/云梦赋/月中桂赋/小孤山赋/冬猎赋/雏鹤赋	6/5087
莫旦:大明一统赋	6/5443	王伟:归来赋	6/5111
周旋:聚奎堂赋/麒麟赋/骢马行春赋/梅花赋/古木寒鸦赋	6/5093	刘定之:金台赋/麒麟赋/御沟鱼赋/乐山亭赋/忠孝堂赋	6/5097
倪谦:早春赋/听鹤轩赋/琼花图赋/种德堂赋/竹坞精舍赋/观泉赋	6/5102	汤胤绩:爱竹轩后赋/梅月轩赋/琴清轩赋/竹趣赋/环翠轩赋/柳溪赋/竹深处赋	6/5171

---

① 按:《总汇》21 册 21786 页,此赋重收。

续表

唐俞:秋霆霖赋	6/5070	商辂:瑞雪赋/午夜读书赋	6/5112
叶盛:锡老堂赋/怡静草堂赋	6/5115	萧子楫:萧堆赋	6/4897
张宁:王道君子赋/怀秀溪赋/愁阴赋	6/5149	杨琚:太岳太和山赋	6/5154
周进:望云图赋/爱日堂赋	6/5176	黎淳:岷山赋/汉水赋/隆寿堂赋	6/5177
章敞:河清赋/钟山龙蟠赋/大江绕金陵赋/瑞麦赋	6/5005	陈巑:豆芽菜赋	6/5086 9/8346
曹琏:嵩山二十四峰赋/龟窝赋/西夏形胜赋	6/5243 9/7455	王直:万木图赋/雪中散牧图赋/瑞应麒麟赋	6/4994
苏平:竹坡书舍赋	6/5061	唐文凤:家山一览图赋	6/5059
刘纲:鞠鼠赋	8/7373	康阜:述赋	6/5372
韩阳①:荆湖山川人物赋	7/5780	陈安:衡阳八景赋	8/6768
李贤:祯槐堂赋/张氏节孝赋	6/5084	朱榑:醉游项城莲池赋	6/5258
赵辅:平夷赋	6/5227	邵廉②:岐山春雨/沧洲清趣	8/6654

3. 弘治至隆庆(1488—1572)——盛明风雅(324人1269篇)

(1)茶陵派诸子(27人149篇)

李东阳③:奉诏育材赋/篁墩赋/蒙岩赋/对鸥阁赋/忠爱祠赋/见南轩赋/拟恨赋/鹊赋/翰林同年会赋/烧丹灶赋/后登舟赋/东山草堂赋/后东山草堂赋/石淙赋/奎文阁赋/南溪赋	6/5201	孙承恩:龙洲介寿赋/修德应天赋/荣寿赡思赋/一统地理图赋/贪鼠赋/冬庵赋/留都翰林六植赋(6)/春冈书屋赋/又春冈赋/感蟋蟀赋/水竹居赋/悯己赋/风雨阻归舟赋/别知赋/后别知赋/黄洲赋/后黄洲赋/又后黄洲赋/吊岳武穆赋/吊屈原赋/北归赋/南征赋/东石赋/平田赋/嘉岭赋/月明千里故人来赋	7/5849
杨慎:凤赋/伊兰赋/雁来红赋/彩扇赋/药市赋/古度赋/石蚴赋/蚊赋/后蚊赋/乐清秋赋/戎旅赋	7/5613	石珤:阳和楼赋/后阳和楼赋/滹沱河赋/登封龙山赋/感双雁赋/酒旗赋/经丘赋/望远赋/抱贞赋	6/5415
刘大夏:炎暑赋	6/5199	倪岳:耕藉田赋/炎暑赋/桢陵雪霁赋	6/5237

---

① 误为韩杨。

② 《总汇》据正统十年邵祥刻本《砥庵集》卷1收赋2篇,但作者却作嘉靖四十四年进士。误。

③ 《总汇》所收《鸣蛙赋》实为顾璘赋作,6册5518页顾璘赋重收。

陆容：足可以楼赋/定志赋/晏起赋/藏拙亭赋/追和韩昌黎别知赋/金台送别赋	6/5291	张弼：宝善堂赋/惜别赋/太白酒楼赋/登山赋/晴洲述游赋	6/5333
吴宽：吴越吊古赋	6/5342	陆简：晴洲五乐赋/平胡赋/同年会题名赋	6/5287
董越：朝鲜赋	6/5336	李杰：有竹居赋	6/5329
林俊：白鹿洞赋	6/5357	鲁铎：已有园赋/已有园后赋	6/5500
曾鉴：铜柱赋	6/5234	乔宇：华山西峰赋/拟别知赋①	6/5404
程敏政：瀛东别业赋/岁寒三友图赋/彭城废县赋	6/5301	张泰：双桂赋	6/5235
何孟春：天麻地黄煎赋/四望亭赋/晋溪别墅赋/起病赋/寡交赋/贞烈妇赋/述别赋/节妇赋/翕河亭钱所知赋/黄鹤楼赋/晚耕图赋/铁屏赋	7/5627	顾清：梦萱赋/文渊阁赋/东山赋/雪赋/迎熏所赋/秋雨赋/感春赋/吊蒋文辉赋/吊董贞女赋	6/5454
邵宝：观泉赋/思胡公赋/归云赋/见海赋/吊赵烈妇赋	6/5386	陆深：瑞麦赋/四老图赋/后滟滪赋/水声赋/南征赋/吊刘生赋/宣悼赋	7/5726
罗玘：西成赋/宽斋赋	6/5440	钱福：绿云亭赋/哀春赋	6/5448
费宏：赐同游西苑赋/绿竹堂赋/儿齿赋/寿岳母张太夫人赋/竹岩赋	6/5406	张邦奇：喜雨赋/阳月赋/感忠楼赋/池上亭赋/木轩赋/贞庵赋/永悼赋/扶风令赋	7/5757
储巏：西归赋	6/5403		

（2）前七子派（22人195篇）

李梦阳：鸣鹤应钟赋/观禁中落叶赋/大复山赋/冬游赋/贡禽赋/送河东公赋/吊康王城赋/吊申徒狄赋/疑赋/钝赋/朱槿赋/述征赋/省愆赋/泛彭蠡赋/绪寅赋/螺杯赋/思赋/寄儿赋/观瀑布赋/宣归赋/放龟赋/哀郢赋/吊鹦鹉洲赋/泊云梦赋/汉滨赋/侯轩子赋/吊于庙赋/河中书院赋/四友亭赋/石竹赋/感音赋/嚏赋/恶鸟赋/鹊赋/水车赋	7/5564	何景明：渡泸赋/画鹤赋/进舟赋/寡妇赋/述归赋/忧旱赋/寿母赋/石矶赋/蹇赋/东门赋/织女赋/古冢赋/秋思赋/水车赋/结肠赋/白菊赋/后白菊赋/明山草堂赋/荷花赋/别思赋/后别思赋/待曙楼赋/七述	7/5675

---

① 《总汇》6册5379页，《拟别知赋》作者误为王云凤。

续表

顾璘①:祝融峰观日出赋/巡方赋/登天柱峰谒玄帝金殿赋/述征赋/楚颂亭赋/宜禄堂赋/送远赋/雪村赋/鸣蛙赋/诮沙燕赋	6/5507	王廷相:放鸽赋/悼时赋/猛虎赋/梦讯帝赋/靖志赋/思美人赋/苦旅赋/灵雪赋/慈贞赋/游蜀赋/先君手植柳赋/竹瑞赋	7/5643
康海:梦游太白山赋/悯志赋	7/5662	王九思:梦吁帝赋/白石楼赋/警火赋/海居赋	6/5533
陈沂:大礼庆成赋	7/6007	常伦:别怀赋/丹赋/石楼赋/笔山赋/博赋	7/5842
朱应登:申臆赋/登滕王阁赋/平蛮赋/东冈赋/归来堂赋/柏台持节赋/三一赋/高奥赋/倚庐赋/杨梅赋/胜奕赋/静寿赋	7/5664	徐祯卿:反反骚赋/丑女赋/述征赋/怀归赋/放言赋/吊故宫赋/玄思赋/济淮赋/申祇赋/喜雨赋	7/5737
郑善夫:大风赋/憨竹赋	7/5751	王廷陈:述遭赋/左赋/萤火赋/七申	7/5971
黄省曾:礼贫赋/玉卮赋/吊朱买臣赋/悲士不遇赋/射病赋/咎云赋/钱赋/蚊赋/闺哀赋	7/6066	王教:祈灵赋/灵应赋/报灵赋/怀湘赋/归隐赋/岳寿赋/瘗钱赋/雅集题名赋/梦远游赋/抒情赋/别知赋	7/6127
周祚:哭五女赋/禫服赋/王武宁去思赋/高氏大宗祠赋/祀后稷赋/悲冬日赋/蒽赋/哭九女赋/孝思堂赋/雨赋/疾赋/士寡知赋/思美人赋/中秋少月赋/清秋夜游作示赋(2)周子养病作赋述焉/暮冬晚赋/旱赋/祷雨得赋	7/6046	李濂:夷门赋/登台赋/艮岳赋/理情赋/下第赋/燕赋/织女赋/寿舅翁赋/岷山赋/岳阳楼赋/哀曹娥赋/首阳山赋/吊长平赋/刿溪赋/吊朱仙镇赋/石窗赋/傅岩赋/底柱赋/雁门关赋/妒赋	7/5915
薛蕙:孤雁赋	7/5957	戴钦:暌难赋/秋夜闻笛赋/石泉赋	7/5931
樊鹏:反反骚/乞者赋/轻车强弩赋(2)	7/6175	戴冠:环溪赋	7/5784
张凤翔:邃庵赋/白岩赋/木芙蓉赋	7/5608	马理:双寿堂赋/荣寿堂赋/酷暑赋	7/5936

(3)弘治正德朝其他赋家(52人158篇)

魏俌:去思赋/来鹤亭赋/琴清轩赋	7/5773	刘玥:百狮赋	6/5118

---

① 《总汇》所收《适赋》《逸士赋》《升平赋》应为丘云霄作,7册6416页丘云霄赋重收。

续表

作者及赋名	册/页	作者及赋名	册/页
王鏊:吊阖庐赋/双松赋/盘谷赋/去思赋/待隐园赋/吴子城赋/洞庭两山赋	6/5345	萧子鹏:雪湖八景赋/权衡赋/鼎砚赋/三友图赋/上林春晓图赋	7/5767
薛章宪:孔雀赋/合欢莲赋/伤往赋/枇杷赋/登楚山赋/楔赋/摘樱桃赋/扇赋/画鸿赋/宜春阁赋/温泉赋/观音阁赋/玉井浮莲赋/大江赋/浮观赋/萱草花赋/菊赋/碧梧树子赋/惜别赋/伐杏赋/味菜赋/雁头赋/南濠泛月赋/西原赋/韩熙载夜宴图赋/宾石赋/万卷楼赋/乐丘赋/凌波阁赋	6/5259	杨守陈:风木赋/湖山归隐赋/惜良玉赋/五马朝天赋/无逸赋/五松图赋/百耐庵赋/北窗八咏赋/河梁钱别图赋/勉庵赋/小湖山赋/伐老柳赋/张秋赋	6/5133
刘玉:励志赋/东隐赋/拟七发/荆山赋/四友亭赋/松坡赋/外姑刘孺人寿萱赋/鹤赋	6/5525	丘浚:后幽怀赋/别知己赋/怀乡赋/和韩子别知赋/别知后赋/石钟山赋/南溟奇甸赋	6/5122
张吉:东台赋/三寿赋/金山图赋/登楼赋/槐叶三春赋	6/5367	赵宽:玉延亭赋/瑞莲亭赋/观澜生赋/天柱峰三芝图赋	6/5375
祁顺①:白鹿洞赋	6/5195	游潜:兆启三洲赋	7/5562
何乔新:吊昆阳城赋/三谷赋/梅雪斋赋/暗然轩赋/钩勒竹赋/石钟山赋/秋兰赋/衍庆堂赋	6/5157	汪舜民:墨梅赋/西峨书院赋/疏影暗香赋/翠柏问苍松赋/老蚌双珠赋/蓉峰高赋/坦洞轩赋	6/5358
萧柯:河平赋	9/8426	王玺:吊比干赋	6/5197
姚绶:庐山观瀑图赋/岱宗密雪图赋/舞鹤赋/水仙花赋	6/5229	王越:吊岳武穆庙赋/舜韶遗响赋/冰清赋/隆中十景赋/赐闲堂赋	6/5246
俞荩:红崖赋	6/5233	文澍:桃源赋	6/5330
张元祯②:庆荣寿赋	6/5196	马中锡:出关图赋	6/5344
章懋:中秋赏月赋	6/5331	黄仲昭:中秋赏月赋	6/5286
严永浚:月桂赋	6/5356	洪贯:万里江山图赋	6/5437
朱诚泳③:宾竹赋	6/5382	杨守阯:悯贞赋	6/5363
王云凤④:登秦岭赋/渡黄河赋	6/5378	曹玉:过秦人洞赋	6/5367
朱祐杬:阳春台赋/汉江赋	6/5383	苏葵:哀时命赋	6/5431
王鸿儒:述情赋/抱疴赋/黄蔷薇赋/石斋赋/度井陉赋	6/5432	陈献章:止迁萧节妇墓赋/太学小试赋/湖山雅趣赋	6/5256

① 误为祈顺。
② 误为张元桢。
③ 据《宾竹赋》"校记",此赋又见明代王越《黎阳王襄敏公集》。按:此赋应是朱诚泳的作品。
④ 收赋3篇,《拟别知赋》的作者应为乔宇,实为2篇。

续表

李承箕:思斋赋/海蓬赋/淳庵赋/平扬武赋	6/5438	李堂:游大坟山赋/水明楼赋/听竹赋	6/5411
蒋钦:思亲堂赋	6/5537	刘淮:玩华亭赋	7/5778
邹鲁:戮双虎赋	7/5779	任惟友:喜雨赋	8/6837
王涣:南都钟鼓楼赋	6/5536	童轩:拟愁阳春赋/思美人赋	6/5147
侯启忠①:登岳阳楼赋	6/5503	秦文:雁山图赋	6/5504
谢朝宣:险赋②	6/5506	杨廷宣:联云栈赋	7/5770
韩谟:武阳盛水二堰赋	7/6078	吾谨:少华山赋	7/5961
章栋:九华山赋	9/8439	彭泽:吊宰木赋	6/5169
周庄:自新斋赋	9/8443	饶泰:衡山赋	9/8399

(4)反复古派(33 人 147 篇)

蔡羽:广初赋/哀相逢赋/仙山赋/松崖赋/玉赋/桐子池赋	7/6060	杨循吉:竹沟泉赋/山水图赋/游虎丘赋/中州二难赋/骢马行春赋/折扇赋	6/5396
皇甫涍:悼怀赋/离思赋/愍知赋/紫薇花赋/雠言赋/慨遇赋/别友赋/牡丹花赋/石渚赋/感椿赋/靖志赋/晨熹楼赋/小征赋/后湖雁赋/白楼赋/慰志赋/澹泉赋	7/6306	祝允明:大游赋/咎往赋/罪赋/伤赋/怀遇赋/苏台春望赋/余侍御游灵岩赋/石林赋/哀孝赋/秋听赋/萧斋求志赋/知秋赋/一目罗赋/饭苓赋/栖清赋/南园赋/一江赋/拟齐梁内人送别赠拭巾赋/顾司封伤宠赋	6/5465
唐寅:娇女赋/金粉福地赋/惜梅赋/南园赋	7/5558	陈鹤:光化亭赋/居然亭赋/达一赋/伤别赋/鹤赋/美人题叶赋	6/5296
王慎中:反慨遇赋	7/6189	唐顺之:游盘山赋	7/6275
归有光:冰崖草堂赋	8/6652	侯一元:读鸽赋赋	7/6407
胡直:双松赋/诮萤火赋/感苍蝇赋/志归赋/悼才赋	8/6612	沈炼:筹边赋/文赋/玄武祠香赋/祥莲赋/高节堂赋	7/6419
赵时春:司命赋/洛原赋/屏风赋(2)/别知赋/诮蒲萄赋/发难/七秘	7/6211	王立道:大祀圜丘赋/观泉赋/登城赋/景云赋/喜雪赋/怜寒蝇赋	7/6430
王宗沐:三柏堂赋/乔松益寿赋	7/6487	聂豹:黄鸟赋	7/5964
程文德:思家赋/思德堂赋/超然赋	7/6263	张岳:望思楼赋	7/6006
何迁:感异赋	7/6441	薛应旗:石秀亭赋/牡丹赋	7/6396

① 误为侯启宗。

② 《光绪罗田县志》卷 7(《中国地方志集成·湖北府县志辑 21》,第 622 页)作《石险河赋》。

续表

陈束:厩马赋	7/6265	任瀚:钓台云水赋	7/6267
沈仕:卧云楼赋	8/6781	王杏:圣泉赋	7/6276
桑悦:续思玄赋/夜坐赋/将就赋/听秋赋/登楼赋/黄金台赋/南都赋/北都赋/异鸟赋/竹赋/鼠赋	6/5308	袁裒:远游赋/思归赋/吊董相赋/惩咎赋/宣幽赋/北征赋/潜思赋/闵俗赋/西征赋/别知赋/秋水亭赋/麟山赋/中麓赋/七称/七择	7/6198
王宠:参差赋/拟感旧赋/试剑石赋	7/5808	屠应埈:秋怀赋	7/6492
严嵩:祇役赋/景云赋/恭和圣制初夏圣母舟行赋/嘉禾赋/横山赋	7/5746	皇甫汸:祷雪南郊赋/阳湖草堂赋/瑞爵轩赋/义鸽赋/感别赋/吊言子祠赋	7/6299
史鉴:望泮楼赋/结微赋/惜愍赋/甘泉赋	6/5279	田汝成:南游赋	7/6185
沈位:经筵赋	8/6876		

(5)后七子派(13人76篇)

李攀龙:锦带赋	7/6454	宗臣:钓台赋/叹逝赋	8/6592
王世贞:玄岳太和山赋/土木赋/登钓台赋/二鹤赋/二鸟赋/金鱼赋/愁赋/老妇赋/锦鸡赋/静姬赋/后静姬赋/白鹦鹉赋/竹林七贤图赋/红鹦鹉赋/红倒挂鸟赋/驯鸽赋/七扣	8/6531	卢柟:幽鞠赋/放招赋/惜毁赋/秋赋/酬德赋/寿成皋王赋/泰宇赋/水亭赋/昆仑山人赋/嶱昆山赋/梁苑仙人赋/沧溟赋/嘉禾楼赋/云滨赋/遂虚赋/龙池赋/梦洲赋/天目山赋/怀隐赋/嵩阳赋/广招隐赋/九骚	8/6708
汪道昆:闵世/七进	7/6524	张佳胤:昆仑洞赋	8/6591
俞允文:瑞室赋/会芳园赋/离愍赋/九日赋/玉屏山居赋/午山赋/来雁赋/蟋蟀赋/菊赋/黄蔷薇赋/谖草赋/悼往赋/白鹦鹉赋/桃赋/拟艳赋/送朱氏女	8/6794	屠隆:滇海波恬赋/霞爽阁赋/闵贞赋/五色云赋/欢赋/明月榭赋/逍遥子赋	8/7075
欧大任:南粤赋	8/6736	王道行:闵赋	8/6586
黎民表:粤王台赋/释志赋/双节赋	6/5400	赵用贤:万宝告成赋	8/6928
李维桢:日方升赋/经筵赋	8/6872		

(6)复古派的盛行(152人431篇)

程诰:笼鹤赋/鹊巢庭树赋/蜘蛛赋/五九菊赋/傀儡赋/峒獠赋/经滟澦堆赋/感龟赋/谒漂母祠赋/吊韩信城赋/听松赋	6/5540	白悦:甘溪赋/怀贤赋/拟侍臣献灵雪赋/容堂赋/东麓赋/雪屏赋/雪亭赋/紫芝玄石图赋	7/6285

顾鼎臣①:七陵谒祀礼成赋/恭和御制福瑞赋/恭和圣制初夏西游奉圣母舟行赋/恭和圣制五月九日视工遇雨赋	7/5637	吕希周:梦宝剑赋/似野赋/怀仙赋/四郊庆成赋/东沙赋/吊夏蚊赋/春游赋/诘蝇赋/闵命赋/剔胡赋	7/6164
徐问:黄山赋/松石赋	7/5718	周大章:晴川赋	8/6598
顾彦夫:听泉赋	7/6060	沈奎:烟雨楼赋	8/6625
陈如纶:感遇赋/南斋赋/岁寒居赋	7/6291	邵经邦:四寿延祥赋	7/6044
瞿景淳:览辉楼赋	7/6485	何良俊:寿赋	8/6761
马一龙:一笑赋/莫知赋/谈吾赋/东郊赋/思亲赋/赋美人/都门赋别送戴士瞻/灵鹤寿真赋/原寿赋/晓谷赋/瀛海长春赋/巨鹿赋/哀赋/赋白蜘蛛/春日登凤凰台前赋/春日登凤凰台后赋/钟山堂赋/虹江赋/泰山赋	7/6495	夏言:恭和御制皇考睿宗献皇帝祔祭太庙福瑞赋/惊风散人赋次韵/寿萱仙桂图赋/寿同年白良甫乃尊东野翁赋/恭和御制初夏西游奉圣母舟行赋/恭和御制西苑视谷祗先蚕坛位赋/恭和御制谒陵礼成奉圣母舟还京记事述怀赋/恭和御制五月九日视工遇雨赋/侍上奉圣母观玉泉山赋/大驾南巡赋/奉制纪乐赋/白鹿赋/天赐时玉赋/瑞云承月赋	7/5989
包节:愁霖赋	7/6291	江瓘:竹泉赋	7/6527
喻时:讼往赋/舒阳赋/心镜赋/骇奥赋/钟石赋	7/6442	许宗鲁:驯雉赋/悯穷赋/吊安乐窝赋/秋离赋/蓬岛长春赋	7/5998
顾梦圭:别知赋/南征赋/铁桥赋/中流砥柱赋/摘荔枝赋/征洁堂赋	7/6122	蔡昂②:瑞鹿赋/恭和圣制初夏西游奉圣母舟行赋/瑞榴赋	7/5642
周复俊:春园赋/苍蝇赋/络纬赋	7/6336	胡容:游君山赋	7/6305
周广:沅之山赋/太平冈赋	7/5754	潘滋:蓬莱阁赋/哀鸾赋	8/6777
胡松:游香泉赋/赞治堂赋	7/6264	赵完璧:寒宵赋	8/7255
苏志皋:纪行赋/赠李侯御寇有功赋	7/6283	程珛:东园赋	7/6294
盛恩:金山赋/焦山赋/北固山赋	7/6093	旷宗舜:金山赋	9/8383
申旟:泰山观日出赋	7/6450	毛纪:西成赋	6/5413
冯惟健:圣泉赋	7/6262	齐之鸾:回銮赋	7/6056

① 据《历代赋汇》所收《躬耕帝藉赋》与8册7066页据陆可教(误为陆可敬)《陆学士先生遗稿》所收《圣驾躬耕帝籍赋》重复,应为陆可教之作。

② 收"鹤江先生"赋三篇,鹤江先生即蔡昂,7册5931页蔡昂《瑞鹿赋》重收。

续表

靳学颜:崇志赋/竹庵赋/别燕赋/寄弟赋/兰淙赋/兼山遗叟赋/梧桐落叶赋/寿赋/登坛赋/水晶盏赋/兕觥赋/复斋赋/莽草赋/罪须赋	7/6371	廖道南:凤山书院赋/南征赋/瑞应河清赋/瑞应灵雪赋/大祀圜丘赋/瑞应白鹊赋/帝苑农蚕赋/瑞应白兔赋/圣皇南巡江汉赋/槐厅赋/洞庭赋	7/6025
亢思谦:登春台赋	7/6494	李尚实:五世同堂赋/江郭赋	8/6671
苟汝安:三异赋	8/6627	许赞:华山赋	6/5538
赵良:赠储相杨侯父母大人德政赋	7/5777	许论:雪屏赋/世芳楼秋兴赋	7/6193
张衮:麦穗两岐赋	7/6045	黄姬水:玄圃赋/餐英室赋/瑞泉赋/葵阳赋	8/7034
马卿:秋斋赋	7/5725	李宗木:卧龙冈赋	9/8384
王邦瑞:大宗祠赋	7/5969	杜柟:受禅台赋	7/6009
孟思:怡萱赋/遂贞赋/折冲赋/东山书院赋/山下出泉赋/乔松赋/凤赋/瑞柳赋/悲秋雨赋	7/6223	王崇庆:游仙堂赋/吊颛顼陵赋/吊巡远赋/登西岩台赋/卧龙赋/吊马东田先生赋/海鹤赋/赋孔子悲麟图/吊展禽赋	7/5805
田汝籽:黄鹤楼赋/岳阳楼赋	7/5735	夏邦谟:思友赋	7/5811
赵廷瑞:龙湫赋	8/6763	王綖:拟龙湫赋	7/5753
刘成穆①:嘉禾赋	8/6786	杨爵:梦游山赋	7/6277
孙宜:乐田赋/惜遇赋/五字壁赋/玄石山赋/六赋(6)/离思赋/明寿赋/铁桥赋/瘗儿赋/稚游赋四章②/巧赋/栋塘赋/七游	7/6240	陈棐:大庆赋/大宝赋/大诰赋/大册赋/讼崇鬼赋/逐泉神赋/世芳楼赋/画菊赋/志穷赋/表贞赋/西双泪赋/东双泪赋/黄花洞赋/拱辰楼赋	7/6345
魏圻:桧嶅村园赋	8/6758	夏良胜:砥柱赋	7/5812
杨廉:梦蛙赋	6/5436	徐珊:卯洞赋	8/6758
乐護:庆寿赋有序/庆寿赋/幽怀赋/余检校英行乐图赋/古初赋	7/5763	颜木:山陵赋/后湖赋/石城赋/后石城赋/戮蚊赋/七祝/七陈	7/5975
卢琼:保厘西江赋	7/5827	刘泉:武功山赋	7/5845
费寀:竹岩赋/葵轩赋	7/5913	周良会:乳峰寺登高赋	9/8443
杨育秀:中洲赋/悼溺赋/士未遇赋/井赋	7/6194	张敔:兰石赋	8/6747
高鹏:白云深处亭赋	7/5847	汪必东:憨惑赋	7/5817
李循义:沧海遗珠赋	7/6161	胡缵宗:东湖书院赋/嘉禾赋/荣感赋/至乐楼赋/寿赋/梅塘赋/荣寿赋/西征赋	7/5785
朱廷立:七问	7/6158	陈柏:转注壶赋	8/6582

---

① 《总汇》作刘玄倩,刘成穆,字玄倩。

② 按:《稚游赋》四章,包括游"帝京""黄河""汉江""洞庭",《游洞庭赋》重收。

续表

高岱:幽思赋/鹖鹤赋/青牛度关图赋/忆金陵赋/松下悬筋赋	8/6571	陆坤:思贤书院赋/紫阳斋山赋/散鹤赋/嘉禾郡学赋/爱山亭赋	7/6179
周廷用①:释愁赋/怀归赋/喜归赋/柏赋/秋夜赋/完节赋/拟招隐士/戎王出猎赋/姑射仙赋/远游赋/沙燕赋/远览赋/慕玄赋/丑女赋/吕梁赋/行思赋/扇赋/感知赋/释游赋/白鹭赋	7/5818	张治道:太微赋/逐愁赋/隧赋/竹山赋/促织赋/蠛蠓赋/愁霖赋/悲淫雨赋/闷赋/放神赋/枉生赋/毙鹤赋/葵赋/柳赋/安石榴赋/揭旱赋/下马陵赋/风筝赋/拂赋/孔雀赋	7/5942
汪应轸:石斋赋	7/5968	汪伟:落叶赋	6/5539
夏鍭②:居闵赋/道上赋/山行及春赋/三心图赋	6/5131	陈霆:清痴生赋/南冈赋/游碧岩赋/东畲赋/松云楼赋/重庆四寿赋	7/5706
潘希曾:感雪赋	7/5674	方豪:知音赋	7/5810
徐文沔:仰赋/宾岩赋	8/6567	屠侨:悲暮春赋	7/5892
童承叙:闵水赋/感别赋/观仙坛落花赋/石斋赋/嘉志赋/桂洲赋/东征赋/申志赋③	7/5881	丰坊:瑶华阁赋/报慈阡赋/真赏斋赋	7/6113
姚涞:白鹿赋/恭和御制初夏西游奉圣母舟行赋/白兔赋	7/6139	赵文华:大驾南巡赋/秀野楼赋/西墅赋/少谷赋	7/6279
向洪迈:表贞赋	7/6451	叶良佩:闵独赋/誓志赋/吊古赋	7/6142
凌瀚④:风筝赋	7/6081	张俭:东征赋	7/5939
吴鼎:后山赋/笔山赋	7/5987	张文宿:遹归赋	7/5959
许应亨:内咎赋/龙舟竞渡赋	7/6491	王弘海:春初赋	8/6657
曹大章:盆池鱼赋	8/6600	戴润:圣驾临雍赋	8/6651
钱薇:萤赋/蚊赋	7/6331	来汝贤:绛桃赋/后绛桃赋/青龙桥赋	7/6295
王梴:与同轩赋	7/6333	王梅:拟圣驾恭祀圜丘赋	7/6334
许相卿:萝补堂赋/愁斋赋/哀逝水赋	7/6339	孙升:阳峰赋	7/6343
毛恺:续中流砥柱赋/续蒲团赋	7/6368	骆文盛:怜寒蝇赋	7/6344
彭辂:烟雨楼赋/述思赋/成城赋	7/6518	缪一凤:除竹虫赋/荒菊赋	8/6819
彭大治:登九成台赋	7/5938	林文俊:瑞鹿赋	7/5848
朱渊:天马山赋/如川小赋	7/6159	卢岐嶷:游大岳赋	7/6484

① 按:《总汇》收19篇,《释游赋》乃撮取《释游赋》前半与《白鹭赋》后半而成,实为2篇。
② 原作夏壎,误。夏鍭为夏壎之子,《总汇》6册5435页所收3篇与此处前三篇重复。4篇赋俱夏鍭作,录自夏鍭《赤城集》卷1(四库全书存目丛书集部45册)。
③ 所收《申志赋》与7册6113页丰坊《申志赋》重复,应为童承叙之作。
④ 误作凌瀚。

续表

林炫：送思泉叔赋/蝉赋/适斋七释	7/5927	王昺：恒山赋	7/6269
李默：京闱秋试举人廷见赋	7/6025	黄佐：乾清宫赋/北京赋/粤会赋	7/6010
周天佐：赠丁少山闽海奇游赋	7/6404	王廷表：万象洞赋	7/5941
吴可大：游雁荡山赋	8/7212	褚其高：新乡境赋	8/6932
陈孟章：碧玉泉赋	9/8364	王烨：楠树赋	7/6395
钟夏嵩：南海庙赋	9/8440	陈经邦：初春赋/圣驾临雍赋/嘉禾赋(2)	8/6648
沈鲤：嘉禾赋	8/6655	罗万化：经筵赋	8/6874
李长春：经筵赋	8/6841	范谦：经筵赋	8/6842
余光：北京赋	8/7274	张铨：皇史宬赋	8/6738
王家屏①：经筵赋/日方升赋"圆盖垂象"	8/6857 8/6885	张一桂②：日方升赋"于赫大明"	9/7871 8/6882
陈于陛③：经筵赋/日方升赋	8/6838	韩世能：拟日方升赋	8/6868
张位：日方升赋	8/6904	顾可久：闲居赋	7/5935
王尚䌹：风穴赋	7/5717	周用：南海赋/鸥鸟赋	7/5720
崔桐：永思赋/怀逸赋/喜晴赋/祝雪赋	7/5962	王文禄：烟雨楼赋	8/6683
张时宜：新城赋	9/8437	曹大同：静胜轩赋	8/6782
唐龙：白鹿洞赋	7/5803	舒芬：白鹿洞赋/翰音赋	7/5965
熊炽：庚申大水赋	6/5499	刘宾：谒阳明先生祠赋	6/5194
万邦宪：卿云赋	9/8418	刘莹：西池赋	9/8395

（7）非复古派（25 人 113 篇）

王守仁：太白楼赋/九华山赋/吊屈平赋/思归轩赋/黄楼夜涛赋/来雨山雪图赋/游大伾山赋	7/5590	朱勋澈：承运殿赋/登台赋/感物赋/述志赋/悯心赋/友二鹿赋/可悼赋/祝寿赋/登五龙山赋	8/6769
穆孔晖：灯赋	7/5734	刘阳：小阁夜雨赋	7/6403
魏良弼：此斋赋	7/6136	沈祐：秋雨赋	9/8243
赵贞吉：庆源堂赋/掌石赋	7/6402	湛若水：放二鸟赋/交南赋	6/5545
袁福征：龙窟寺赋	8/6997	沈恺：景初赋/横云山赋/七启	7/6269

---

① 所收《日方升赋》"伊高天之沈瀯"非王家屏作，王家屏之作应为"圆盖垂象"篇。
② 所收《日方升赋》"伊曜灵之霍烁兮"非张一桂作，张一桂之作应为"于赫大明"篇。
③ 《日方升赋》与 8 册 6858 页王家屏赋重复，实为陈于陛作。

南大吉:谒四皓庙/朱明赋/度伊阙/叶上人过问津铺作/前忆昔赋/蓼国赋/后忆昔赋/暑夜御琴赋/温先生山水图赋/墨竹赋	7/5828	刘乾:招隐寺赋/甘露寺赋/焦山寺赋/金山寺赋/梦戚赋/续王母宴瑶池赋/灯花赋/续灯花赋/虎丘寺赋/静坐赋/鹤林寺赋	7/6408
汪禔①:东山书院赋	9/8380	朱让栩:海潮图赋/长春赋	6/4903
杨应奎:云门山赋/石洞赋/怀鲁仲连赋/琅琊台赋/岱宗赋/雪霁赋/海市赋/杏坛赋/吊田横赋/潍水赋/修禊赋/星石赋/释闷赋/梦蝶赋/秋成赋/义酒赋/迎春花赋	7/5893	黄卿:琅琊台赋/雪霁赋/海市赋/杏坛赋/潍水赋/吊田横义士赋/还山赋/云门山赋/石洞赋/怀鲁仲连赋/梦蝶赋/修禊赋/星石赋	7/5792
林廷玉:东轩赋/西轩赋	7/5723	丘云霄:适赋/逸士赋/升平赋	7/6416
孙绪:凝神赋/莎汀赋/凤鸟赋/超然楼赋/恤徭赋/沙冈赋/召和赋	7/5598	王渐逵:游罗浮赋/青萝山赋	7/5985
徐献忠:亦乐园赋/灵泉赋/吴中白莲花赋/品惠泉赋/布赋/白扇赋/吴兴品水赋	7/6234	朱宪燗:楼居赋/红鹦鹉赋/茉莉花前赋/茉莉花后赋/草堂酌月赋	8/6743
王暐:三穷图赋	7/5986	袁尊尼:咏风堂赋/听弹琵琶赋/梦游春赋	8/6665
朱昭②:蠹木赋	6/5062		

4. 万历泰昌朝(1573—1620)——风雅再阐(202 人 1311 篇)

(1)复古派之继盛(166 人 524 篇)

潘恩③:南征赋/怀归赋/丰村赋/北堂荣寿赋/爱日堂赋/平山赋/乐闲赋	7/6100	顾大典:秋怀赋/怀故园赋/东坞赋/听秋蛩赋/伤逝赋	8/6864
潘云献:春湖美人骑射赋	9/8399	王圻:陈烈女赋	8/6658
徐汝翼:怀山赋	8/6682	艾可久:静赋	8/6628
莫是龙:感别赋/凤筼赋/送春赋/山茶赋/云影赋/泛秋水赋/游后园赋/巨奸赋/悼殇赋/相思鸟赋	8/6787	张凤翼:感遇赋/清舞赋/苦蚊赋/感遗赋/端溪砚赋/自寿赋/攀恋赋/蒙毁赋/缶歌馆赋	8/6676

---

① 误为江禔。

② 《总汇》作郑昭,生平简介有误。

③ 所收 5 篇赋与 8 册 6783 页潘立江赋重复,潘立江多出《平山赋》《乐闲赋》。按:潘恩,号笠江,潘立江为潘笠江之误,7 篇赋均为潘恩作。

冯时可:月赋/疑赋/登城赋/秋兴赋	8/6908	何三畏:瑞芝赋/瑞兰赋/南征赋/悼友赋	8/7242
唐文献:秋日悬清光赋	9/7544	许乐善:乐春赋/过磨儿庄紧溜赋	8/6925
徐师曾:述志赋/刺舟赋/梅花赋/蚊赋	8/6608	吴桂芳:木芙蓉赋	7/6490
陈益祥:销魂赋/美人赋/雪楼道人赋/登八闽第一楼赋	9/7533	俞安期:歌赋/江妃赋/衡岳赋/游中隐山赋/河赋	8/6684
吴敏道:感二毛赋/求心赋/范光湖赋/支川庄赋/荷花赋/灵雨赋	9/7740	郑明选:东归赋/礜赋/蚊赋/蟹赋/甘露赋/虹赋	8/7303
魏学礼:大祀山陵赋	8/6748	叶权:慈乌赋/瑞鸠赋	9/7869
刘凤:登楼赋/优笑赋/清暑赋/眺后园赋/去鹤来归赋/齐云山赋/凌秋赋/明月赋/江上之云赋/秋霁赋/小山赋/斋居赋/拙赋/有所遇赋/吊华先生赋/怀旧赋/送远赋/荷花赋/修竹赋/后修竹赋/菊花赋/蟋蟀赋	7/6456	方承训:哀稚赋/倒植赋/省躬赋/川山甲赋/秋思赋/渝江赋/义亭赋/德寿赋/鳌宝赋/异鸟赋/甘拙赋/南征赋/孤桐赋/隐凋赋/吊屈原赋/默林赋/鸦鹊赋/凋柳赋/泛涟湖赋/登报恩浮图赋/心亭赋/谢靡赋/碧松赋/游西湖赋/登齐云山赋/泛桐江赋/过金山江赋/泛宝应湖赋/吊褒忠祠赋/心远堂赋/征宁赋/答友赋/翠屏山赋/金山书舍赋/朱榴赋/占月赋/紫阳山赋/追玄赋/远游赋/闲赋/怀兄赋/玩鹤赋/邑侯陈公感霖赋	8/6934
顾允默:瑞菊图赋	7/6090	王锡爵:瑞莲赋	8/6640
顾绍芳:孤灯赋/雍肃殿赋	8/7090	王衡:轮台赋	9/7460
王士骐:调鹦鹉赋	8/7120	安绍芳:登玄揽阁赋	9/7793
邓迁①:清居赋/棋赋/咏思赋/春行赋/寻真赋/忧旱赋/春思赋/猗兰赋/折杨柳赋/海上鸣琴赋/闵俗赋/良马赋/唁贤赋/过东山赋/释嘲赋/二贞母赋/来鹤赋	8/6843	王时济:北征赋/北归赋/砧声赋/秋园赋/述梦赋/慈阳赋/齐云楼赋/三桂堂赋/姑汾子赋/感旧赋/震龙子赋/虱赋/寿赋/叹逝赋/吊三烈赋/哀赋/助哀赋	8/7220
瞿汝稷②:苑莲赋/云鹤赋/武夷山赋/松声赋	9/7516	孙七政:秋浦芙蓉赋/破砚赋/闻笛赋/邂逅赋	9/7842
汪子祜:悼生赋/山居赋/登白石峰赋/春日登东山书院赋/复初赋/邻溪草堂赋/汉江春梦赋	8/7317	王嘉谟:西豫赋/麟赋/七夕赋/吊古赋/酬隐赋/幽居赋/闵思赋/悼逝赋/除夕赋/游盘山赋	8/7258

---

① 误为郑迁。
② 《松声赋》与同册7842页孙七政《松声赋》相同,孙赋只列赋题,未列内容,校记云"此文与明代瞿汝稷同名赋相同,俟考"。按:此赋应为瞿汝稷作。

范榭①:蜀都赋	9/7484	梅鼎祚:遵南赋/释闳赋	9/7833
许国:圣驾临雍赋/嘉禾赋/瑞莲赋	8/6659	江东之:鳌矶赋	8/7071
杨于庭:述归赋/驱蠛赋/抒志赋/哀邹生赋/病赋	8/7109	邢云路:河渠赋/喜雨赋/瑞雪赋/忧思赋/招魂赋/蟾宫折桂图赋/愍牛赋/孤魂赋	8/7099
萧崇业:航海赋	6/5222	冯复京:虞山赋	8/7216
余继登:拟雍肃殿赋	8/7087	马经纶:酒赋	8/7284
梁梦龙②:九日登高赋	9/8389	葛曦:拟北郊赋	8/7133
穆文熙:逍遥园赋/大雪赋/阳春赋/鸦阵赋	8/6632	程大约:笔花生梦赋/徂崃之松赋/螽斯羽赋	9/8370
周如砥:日重光赋	8/7310	张四维:秋霖赋/工师求大木赋	8/6601
傅新德:登瀛赋	8/7281	刘虞夔:拟越裳献雉赋/瀛洲亭赋	8/6918
刘元震:拟越裳献雉赋	8/6920	刘克正:越裳献白雉赋	8/6917
刘绘:荣乐赋/玄湖赋/燕台赋/阳春赋/孤鹤赋/龙舟赋/晓钟赋	7/6382	范守己:登太华赋/读书台赋/泰山赋/三泖赋/洧上赋	8/7039
王祖嫡:太华赋	8/6921	张同德:读秘阁藏书赋	8/7411
赵统:乳异鸡赋	7/6370	唐尧官:盘龙山赋	9/8414
徐敷诏:凤山遥寿赋/双桂堂赋	8/6764	王毓宗:哀贞赋/旌义赋	9/7749
郭汝霖:采莲赋/牡丹赋/惜时赋/喜鹊赋/仰止赋/南征赋/夏馆赋/歌赋/藏拙楼赋	8/6603	雷礼:七诰/登敬亭山赋/躬祀圜丘赋/俟命赋/茫湖浪叟赋/桧亭赋/梅花山人赋/怡庵赋/牧庵赋	7/6315
王材:梦归赋	7/6441	杨时乔:云洞赋	8/6664
朱孟震:海屋赋/买鹤赋	8/6905	郭子章:太行山赋/西征赋	8/6911
邹德溥:郊禋赋/拟万宝成赋	8/7239	刘应秋:郊禋赋	8/7140
刘文卿:游雁荡山赋	8/7278	郭孔建:宋槐赋	9/7732
方逢时:棕拂赋/画角赋/黄杨赋	7/6438	李沂:玉壶冰赋	8/7258
李裕:山居赋	8/6807	陈士元:观海赋	7/6449
刘伯燮:朝钟赋/客星赋/金芝赋/示儿赋	8/6861	郭正域:瑞莲赋	8/7135
曾朝节:帝藉赋	8/7088	张继志:瑞芝赋	9/7739

---

① 作者署"范榭明",9册8061页重收,作者阙名。按:作者应为范榭。
② 误为梁梦。

续表

詹莱:游石鼓山赋/吊贾生赋/南极老人星赋/秋江芙蓉赋/雪园赋	8/6576	张瀚①:平山赋/上达楼赋/士不遇赋/庭柏赋	7/6399
何邦渐:西堂赋别	9/8375	王文祯:海赋	8/7333
屠大山:双虎赋	7/6126	杨承鲲:菊赋	8/6985
赵枢生:观东海日月出赋/登狮子山赋/浮云赋/风声赋/思中原赋/铜井山赋/虞山赋/张公洞赋/火珠赋/鹤赋/鹳赋/止渔赋/石榴花赋/松赋/风葦赋	8/6749	陈山毓:撰志赋/悲士不遇赋/后悲士不遇赋/拟招隐士赋/感逝赋/霖赋/抒吊赋/五月五日赋/七夕赋/秋赋/日赋/北征赋/贞妇赋/伤夭赋	9/8031
黄汝良:玉壶冰赋	8/7259	王叔果:半山赋/东山赋	8/6584
阙名②:晚香堂赋	8/6639	王光蕴:江心塔灯赋	9/8420
骆问礼:钟山赋/度湘赋	8/6642	陈于朝:玄觉楼赋	9/7899
朱赓:听琴赋	8/6907	黄猷吉:假山赋	8/6860
卞洪勋:魏里赋	9/7790	陶允宜:太白楼赋	8/7052
陆可教③:圣驾躬耕帝藉赋/蟋蟀赋/神伤赋	8/7066	黄凤翔:登孤山塔赋/松茂兰馨图赋/忻秋赋	8/6869
王萱:万宝告成赋	8/7234	郭造卿:愍贞赋/夕蛾赋	9/7875
支大纶:九发	8/6986	孙镶:七解	8/7036
韩敬:五色云赋	9/7509	谢杰:海月赋	8/7054
王龙起:翡翠赋/悲秋赋/孤雁赋/落花赋/桃花赋	9/7796	叶维荣:白鹊赋/孤鹤赋/玄冬赋/幽闺赋/观鱼赋/金鱼赋/月梅赋/牡丹赋	8/7398
冯有经:日重光赋	8/7283	庄履丰:圣驾躬耕帝籍赋	8/7089
沈自邠:雍肃殿赋	8/7074	林章:秋征赋/伤春赋/思美人赋/居幽赋	8/7064
苏志乾:岱山赋/海珠寺赋	9/8406	杨巍:吊白骨赋/滹沱源赋	8/6570
张时彻:拙客窝赋/南山赋/讼志赋/石溪赋/哀贞赋/浮沉赋/憎蚊赋/玩月赋	7/6145	费元禄:洪都赋/庐山赋/欢赋/荡子从军赋/孤鹤赋/斗鱼赋/茶赋/梅花赋/秋兴	8/6959
周光镐:黄河赋	8/6929	梁景先:邻天阁赋	9/8388
李元畅:小函谷关赋/文笔山赋/限门赋	8/7032	钟万禄:喜雨赋/寿元桥赋	8/7254
魏文煐④:伤秋赋	9/7845	刘守元:曙海赋	9/8393

① 按:《庭柏赋》与6册5450页张瀚《庭柏赋》重复,应作张瀚。
② 作者作"王叔杲",误。
③ 误为陆可敬。
④ 误为魏文炱。

杨元祥①:郊禋赋	8/7241	邵庶:郊禋赋	8/7141
程一极②:感赋	9/7739	诸万里:鼎石赋	9/7735
田一俊③:日方升赋/铅粉赋	8/6885	程涓:百雀赋	9/8372
戴庭槐:两都赋/茇葵赋/问玄造赋/上林春鸟图赋/留春赋/体斋望龙赋/寿仙赋/朝元赋/悃烈赋	8/6808	沈一贯④:讼志赋/卜居赋/伤蹉跎赋/景愚赋/任运赋/感畴昔赋/幽通赋/采苓赋/悠心赋/经筵赋/日方升赋"繄大明之炳曜兮"	8/6877 8/6887
林大春:北征赋/闵友赋/遣闷赋	8/6583	沈朝焕:春蚕作茧赋/放部鹤赋/抱膝赋	8/7324
王元宾⑤:跻云桥赋	9/8415	眭石:七月流火赋/鹰化为鸠赋	9/7452
傅振商:瀛洲亭赋	9/7498	董应举:皇都赋	8/7416
张鼐:瀛洲亭赋/万寿无疆赋	6/5353	翁正春:读秘阁藏书赋	8/7334
史继偕:读秘阁藏书赋	8/7328	高克正:读秘阁藏书赋	8/7316
叶向高:万宝告成赋/郊禋赋	8/7236	何宗彦:东宫储学赋	8/7371
徐显卿⑥:皇极殿赋/大阅赋	8/6887	萧含誉⑦:北征赋/祖德赋/忧旱赋	9/8094
申时行:瑞莲赋/后瑞莲赋	8/6636	许獬:鹰化为鸠赋/七月流火赋	9/7454
陈勋:江月轩赋	7/6071	高道素:上元赋	8/7129
谢廷赞:黄山赋	9/7449	罗喻义:瀛洲赋	9/7543
李茂春:游华山赋/春游赋/秋兴赋/引曲赋/游暖泉赋/喜雨赋/迎神湫赋/古漆桥赋/怀李孺龙赋/仰止赋/景行赋/晋因赋/俍因赋/稳因赋/勖因赋	8/7142	卢龙云:惜阴赋/寒松赋/郊居赋/悲秋赋/蟠桃赋/三友赋/葵心向日赋/独秀轩赋/众芳亭赋/冰节流芳赋	8/7121
马象乾:拟圣驾躬耕藉田赋	8/7073	袁黄:诗赋	8/7272
王廷谏:画舫斋赋	9/7448	王邦才:辋川图赋	9/7783
张之象:叩头虫赋	8/6835	吴中行:越裳献白雉赋	8/6924
王亮:观海赋	6/5082	盛时泰:北京赋	8/6667
陈所志:甫柏台赋	9/7727	姚希孟:日升月恒赋	8/7235
李荫:芭蕉夜雨赋	7/6059	汪道会:墨赋	7/6528
郑怀魁⑧:括苍山雷雨赋	4/3875	王嘉言:莲池赋	8/6612

① 作者作"杨元梓",并云"疑杨元梓为杨元祥之讹",甚是。
② 误为程一级。
③ 收赋3篇,《拟日方升赋》实为王家屏之作。
④ 所收《日方升赋》"于赫大明"非沈一贯作,沈作应为"繄大明之炳曜兮"篇。
⑤ 作者"滕阳王",误,应为滕县王元宾。
⑥ 收赋3篇,《日方升赋》"繄大明之炳爝兮"非徐显卿之作。
⑦ 误为萧誉。
⑧ 误为宋代人。

(2)反复古派之对弈(35人172篇)

汤显祖:广意赋/龄春赋/感士不遇赋/和尊言赋/庭中有异竹赋/疗鹤赋/百仙图赋/池上四时图赋/匡山馆赋/铜马湖赋/愁霖赋/怀人赋/吏部栖凤亭小赋/哀黄生赋/游罗浮山赋/秦淮可游赋/青雪楼赋/西音赋/嗤彪赋/大司马新城王公祖德赋/感宦籍赋/奇喜赋/四灵山赋/霞美山赋/浮梁县新作讲堂赋/怀恩念赋/高致赋/酬心赋/哀伟朋赋/豫章揽秀楼赋/金堤赋/(秋夜绳床赋①)	8/7158	田艺蘅:反玄赋/蟫赋/涉江吊吴行人伍子胥赋/水仙花赋/游小小洞天赋/钓赋/玉簪花赋/小镜赋/悲穷冬赋/白鹿赋/楚王幸章华台观美人博弈赋/虱赋/愧衷赋/南观赋/蜘蛛网雀赋/释好鸫鸟赋/绦鹰赋/错言赋/雨赋	8/6998
张元忭:晚香堂赋/拟越裳献雉赋	7/6004 8/6927	高出:耘庄赋/文雉赋/山黄花赋/吊亡鹤赋	9/7429
严果:菊赋/感白髭赋/愍菊赋/憎蚊赋	8/6739	孟化鲤:拟大祀山陵赋	8/7097
黄辉:日重光赋	8/7283	虞淳熙:隔百斋赋	8/7239
陶望龄:述志赋	8/7286	徐肇惠:竹夫人赋	7/6093
徐渭:涉江赋/牡丹赋/鞠赋/荷赋/梅赋/前破械赋/后破械赋/缇芝赋/画鹤赋/十白赋/胡麻赋/世学楼赋/梅桂双清赋/画赋/瑞麦赋/醉月寻花赋/女芙馆赋/龙溪赋/寿吴家程媪	8/7010	霍与瑕:怀归赋/粤山烟树赋/跃鱼赋/新秋归樵赋/病鹤独舞赋/上元见喜蛛/送郭平川黄门归太和/山斗遐思/春城送别/盘谷/中山遐祉/陆地生莲/谪锄芝草/李太华死事	8/6618
梅守箕:幽赋/怀春赋/屯赋/小怀春赋/长人赋/寡妇赋/市居赋/卖山赋/弃故乡赋/婆嗟赋/绎思赋/大阅赋/伤夏儿赋/荡心赋/渡淮赋/哀旧赋	9/7802	谢肇淛:鹚雀赋/闵志赋/南归赋/病赋/广招赋/尘赋/东方三大赋/灯花赋/聚八仙赋/济水赋/闸赋/瘿杯赋	8/7335
江盈科②:憎蚊赋	8/7321	王襞:中秋雅会赋	8/6596
龙膺:九芝赋/蓬庐赋	8/7092	孙鑨:梦登蓬莱阁赋	9/7910
刘必绍:憎壁虱赋/笔赋/对月赋/日影赋	8/7288	袁宗道:玉壶冰赋	8/7273
周楷:渔仙洞莎罗庵赋	9/7907	钟惺:灯花赋/秦淮灯船赋/鹊巢赋	9/7528

---

① 徐朔方笺校《汤显祖诗文集》卷50(第1507页),《秋夜绳床赋》"所述事实与汤氏生平不合,文笔亦不类,作者为谁,殊为可疑。"甚是。从赋"忆昔十一读《易》兮,七年鼎革"句,或为明遗民乎?

② 所收与9册7565页陈继儒《憎蚊赋》重复,应为江盈科作。

于慎思:陇城闻笛赋/北印山赋/鹦鹉赋/凤翥石赋/吊梁王太傅赋/七述	8/6820	于慎行:阁试经筵赋/鲁藩三瑞承恩赋/栩栩园赋/菊斋赋/剑泉赋/双寿堂赋	8/6896
区大相:感去燕赋/草虫投灯赋	8/7285	归子慕:自讼赋	8/7312
来知德:游峨赋	8/7246	徐熥:乍见赋	8/7251
王稚登:蜓赋/悼物赋/告蛇赋/广襟赋	8/7030	郭棐:石门泉赋/怀贤赋/滟滪堆赋/谒义正祠赋	8/6629
陈荐夫:神剑化龙赋/爪赋	8/7356	吴士奇:褫亭驿赋	8/7324
陈鸣鹤:残骼赋	9/7849	徐阶:别知赋/井鲋赋	7/6137
郭棐:桂华楼赋	9/7726		

(3)周履靖之赋作(615篇,9/7566—9/7723)

天文部	碧落赋/日赋/斜阳赋/夏日可畏赋/冬日可爱赋/月赋/初月赋/明月照高楼赋/怨晓月赋/残月赋/兔影赋/老人星赋/风赋/风赋/迅风赋/春风赋/松风赋/竹风赋/云赋/雷赋/电赋/霹雳赋/御雹赋/雨赋/时雨赋/阴霖赋/春雨赋/秋雨赋/虹霓赋/霁赋/余霞散成绮赋/霜赋/露赋/秋雾赋/雪赋/雪赋	36
时令部	春赋/探春赋/春晓赋/春游赋/春可乐赋/春盘赋/春昼赋/薄暮赋/春夜赋/伤春赋/送春赋/夏赋/述夏赋/夏夜赋/暑赋/苦热赋/逃暑赋/秋赋/临秋赋/四时秋赋/秋夜赋/秋兴赋/秋怀赋/秋思赋/秋声赋/秋夕哀赋/悲秋赋/冬赋/冬夜赋/寒夜赋/大寒赋/苦寒赋/岁暮赋/冬暖如春赋	34
节序部	元旦赋/元夕赋/上巳会赋/洛禊赋/端阳赋/七夕赋/中秋赋/重阳赋/除夕赋	9
地理部	山赋/假山赋/游山赋/登龙冈赋/贞女峡赋/谷赋/大壑赋/地赋/石赋/水赋/泉赋/泉声赋/瀑布赋/冰赋/海赋/河赋/涉江赋/济川赋/长溪赋/鸳湖赋/鸳湖后赋/观涛赋/临涡赋/春郊赋/归田赋/池赋/悦曲池赋/井赋/火赋/泥赋/尘赋	31
宫室部	大厦赋/闲居赋/闲居赋/静居赋/村居赋/溪居赋/云堂赋/玄武馆赋/大将军临洛观赋/狭室赋/书斋赋/山家赋/田家赋/渔家赋/酒家赋/贫家赋/楼赋/江楼赋/登楼赋/登楼赋/阁赋/水阁赋/登橹赋/登台赋/登春台赋/山亭赋/水亭赋/幽亭赋/园赋/游后园赋/梁王兔园赋/登禅林赋/塔赋/琳宫赋/故宫赋/废宅赋/幽庭赋/离居赋/桥赋	39
人品部	列仙赋/逸民赋/高士赋/幽人赋/玄虚公子赋/公子赋/渔赋/樵赋/农赋/牧赋/商赋/旅赋/悬壶赋/风鉴赋/玩星赋/卖卜赋/堪舆赋/山僧赋/羽士赋/贫士赋/荡子赋/美人赋/蚕妇赋/女冠赋/节妇赋/寡妇赋/贫女赋/名姝赋/妒妇赋/伤美人赋/倡妇自悲赋/荡妇秋思赋/讥青衣赋	33
身体部	骷髅赋/舌赋/耳赋/白发赋	4

人事部	玄畅赋/潜志赋/幽思赋/应嘉赋/闲情赋/闲游赋/游观赋/赞善赋/戒盈赋/悲士不遇赋/感士不遇赋/叹怀赋/序愁赋/感时赋/别赋/东征赋/大将军西征赋/早行赋/山行赋/江行赋/将归赋/宵宴赋/娱宾赋/醉赋/访友赋/访友不遇赋/客至赋/怀友赋/寄友赋/寄内赋/寄情赋/长门赋/闺情赋/丽情赋/感婚赋/丹砂可学赋/独坐赋/对烛赋/栌赋/昼寝赋/卧病赋/疾愈赋/检逸赋/协初赋/思旧赋/永思赋/悼夭赋/倦绣赋/影赋/响赋	50
文史部	读书赋/诗赋/画赋/草书赋/纸赋/笔赋/砚赋/墨赋	8
珍宝部	玉赋/玉玦赋/珠赋/金赋/珊瑚赋/琥珀赋/砗磲碗赋/污卮赋/通犀赋/钱赋/锦赋/丝赋	12
冠裳部	冠赋/衣赋/帐赋/衾赋/裘赋/白狐裘赋/巾赋/帽赋/袜赋/履赋/眼明囊赋	11
器皿部	车赋/船赋/屏风赋/几赋/书 1赋/界方赋/博山香炉赋/香赋/麈尾赋/竹如意赋/竹扇赋/白羽扇赋/杖赋/竹杖赋/瓢赋/蒲团赋/醪皿赋/犁锄赋/笠蓑赋/钓竿赋/鼎赋/玉漏赋/刀赋/剑赋/大牙赋/鞭赋/床赋/簟赋/席赋/枕赋/纸帐赋/竹奴赋/汤婆赋/帘赋/镜赋/鹤灯赋/蜡灯赋/缸灯赋/机杼赋/砧杵赋/金剪赋/针缕赋/茶灶赋/瓮赋/铁火箸赋/杵臼赋/兽炭赋	47
伎艺部	围棋赋/围棋赋/象戏赋/双陆赋/博戏赋/球赋/击丸赋/射赋/缴弹赋/钓赋/秋千赋/傀儡赋/飞竿赋/投壶赋/藏阄赋	15
音乐部	弹琴赋/瑟赋/筝赋/琵琶赋/箜篌赋/笙赋/笛赋/紫箫赋/玉磬赋/钟赋/鼓赋/角赋/夜听箛赋/歌赋/舞赋/啸赋	16
树木部	木赋/高松赋/涧底寒松赋/松声赋/柏赋/桧赋/桂林一枝赋/木兰赋/梧桐赋/柳赋/槐赋/朽槐赋/朽李赋/枫赋/榆赋/故栗赋/桑赋/木槿赋/茱萸赋/郁金赋/芸香赋/落叶赋	22
花卉部	春花赋/牡丹花赋/芍药花赋/梅友赋/梅花赋/梅花赋/玉兰花赋/杏花赋/李花赋/桃花赋/梨花赋/海棠花赋/兰花赋/山兰赋/瑞香花赋/蔷薇花赋/木香花赋/玫瑰花赋/杜鹃花赋/白绣球花赋/辛夷花赋/紫荆花赋/棣棠花赋/荼蘼花赋/玉蕊花赋/柳花赋/槐花赋/紫花赋/含笑花赋/鹿葱花赋/萱花赋/丽春花赋/金钱花赋/石竹花赋/莲花赋/芙蕖赋/采莲赋/蜀葵花赋/夜合花赋/茉莉花赋/榴花赋/凤仙花赋/蒨卜花赋/牵牛花赋/玉簪花赋/紫薇花赋/桂花赋/秋海棠花赋/鸡冠花赋/芙蓉赋/秋葵花赋/菊花赋/菊花赋/凌霄花赋/蓼花赋/芦花赋/水仙花赋/山茶花赋/欵冬花赋/花影赋/藤萝赋/芭蕉赋/冬蕉卷心赋/竹赋/修竹赋	65
果实部	果赋/荔枝赋/龙眼赋/桃赋/梅赋/杏赋/李赋/奈赋/枇杷赋/林檎赋/樱桃赋/杨梅赋/安石榴赋/橄榄赋/葡萄赋/枣赋/栗赋/胡桃赋/梨赋/柑赋/橘赋/橙赋/柿赋/木瓜赋/银杏赋/莲房赋/瓜赋/鸡头赋/菱赋/藕赋/蔗赋	31
芝草部	芝赋/草赋/杜若赋/菖蒲赋/艾赋/荠赋/荠赋/瓦松赋/苔赋/萍赋/积薪赋	11
饮馔部	禾赋/麦赋/蔬赋/芹赋/杞菊赋/饭赋/粥赋/鱼鲙赋/酥酪赋/豆羹赋/面食赋/饼赋/茶赋/茗赋/酒赋/辟雍乡饮酒赋/盐赋/酤赋	18

飞禽部	鸟赋/凤凰赋/鸾赋/孔雀赋/鹤赋/白鹤赋/鹏赋/鹳赋/鸿雁赋/雁赋/白鹇赋/鹦鹉赋/鹰赋/雕赋/鹘赋/驯鸢赋/纸鸢赋/穷鸟赋/鸟赋/穷鸟赋/鸳鸯赋/鸥赋/鹭赋/翡翠赋/锦鸡赋/鹧鹕赋/鸡雏赋/鹊赋/鹡鸰赋/翟雉赋/莺赋/鸽赋/鹧鸪赋/鸠赋/反舌赋/鹧鸰赋/啄木鸟赋/燕赋/燕巢赋/秋燕辞巢赋/子规赋/大雀赋/黄雀赋/鸴鹞赋/鹡鸰赋/鹅赋/野鹅赋/鸡赋/长鸣鸡赋/山鸡赋/斗鸡赋/鸭赋/堑鹜赋/野鹜赋/江曲孤凫赋/斗凫赋/鹑赋/擒鸟赋	58
走兽部	兽赋/麟赋/狮赋/象赋/骆驼赋/犀赋/虎赋/豹赋/熊罴赋/鹿赋/文鹿赋/马赋/乘舆马赋/驰马射赋/驴赋/牛赋/骹牛赋/宁戚饭牛赋/豕赋/羊赋/犬赋/玄狗赋/伤毙犬赋/玄猿赋/果然赋/狐赋/兔赋/猫赋/鼠赋	29
鳞介部	鳞赋/龙赋/蛟赋/蛇赋/鱼赋/穷鱼赋/观鱼赋/羡鱼赋/蚕赋/蟹赋/鰕赋/蟾蜍赋/蜗牛赋/蚯蚓赋/尺蠖赋/螺赋	16
昆虫部	虫赋/蝙蝠赋/蝉赋/蝉赋/蜻蜓赋/蛱蝶赋/蟋蟀赋/螳螂赋/蝎赋/蜂赋/蝇赋/秋虫赋/蛛网赋/萤赋/赴火蛾赋/蚊赋/蚁赋/蜉蝣赋/蓼虫赋/虱赋	20

5. 天启崇祯朝(1621—1644)——末世风雅(132人430篇)

陈继儒:禁赋	9/7564	夏允彝:垂丝海棠赋/太湖赋	9/8152
陈子龙:秋望赋/皇帝东郊赋/采莲赋/红梅花赋/蝶赋/蚊赋/歌赋/秋兴赋/为友人悼亡赋/幽草赋/垂丝海棠赋/琴心赋/湘娥赋/和汉武帝伤悼李夫人赋/感逝赋/寓山赋/拟恨赋/仓庚赋/妒妇赋/拟别赋	9/8112	潘一桂:释摈赋/憨知赋/流民赋/昌言赋/闵涝赋/圣政赋/瑞石赋/退情赋/入道至人赋/玄览赋/寒山赋/松石园赋/金山赋/焦山赋/东征赋/橘赋/画材阁赋/游茅山赋/雪赋/七引	9/7752
朱灏:蝶赋/逃暑赋	9/8445	徐应雷:卜居赋	9/7904
李元调:印月赋/金陵斗牛垣一苇航赋/瓶隐短赋	9/7446	王乐善:后长门赋/绿窗赋/固陋赋/后憎苍蝇赋	8/7313
丁元荐:鸿飞赋	8/7252	周立勋:幽草赋/海棠赋	10/9073
袁定:布衣赋	9/8142	王道通:日方升赋/蒲华夫人赋	9/8221
黄淳耀:顽山赋	9/8203	赵东曦:涉江赋/饮酎用礼乐赋	6/5450
侯峒曾:憎蝉赋	9/8011	叶世偶:罗浮山赋/晓起赋	9/8269
叶世偆:梦游昆仑山赋/远游赋	9/8331	钱希言:楚宫赋	8/7219
钱允治①:秋暑赋/秋声赋/白岳赋	9/8058	叶襄:秋海棠赋	9/8233
汤传楹:病夜听秋赋/秋窗灯火赋/紫薇赋	9/8410	沈承:惨赋	9/7872

① 《总汇》作"钱府"。钱府,字允治,以字行。

续表

吴履中:折刀赋/白鹨鸽赋/枯树根赋/鱼腹蚌赋/墙头过浊醪赋	9/8240	庄起元:宝婺观赋/回畅楼赋/赵相国园亭赋/浮桥中秋玩月赋	9/7530
顾大韶:又后虱赋	9/7499	顾大武:飞将军赋	9/8080
祝谦吉:庭中三竹赋/海虞赋/皇帝耕藉赋/八月红梅花赋/梧桐赋/绿珠坠楼赋/蕉赋/蝶赋/笔赋/菊赋/秋星赋	9/8244	钱文荐:无弦琴赋/枫赋/苔赋/爱妾换马赋/寒鸦赋/蝶赋/霜赋/夏云多奇峰赋/望夫石赋/早梅赋/樱桃赋	9/7500
徐济忠:揆初赋/届赋	9/8293	吴奕:寿母赋	9/7522
夏树芳①:饕客赋/浮萍赋	8/7062	胡汝恒:居巢赋	8/7353
顾起元:元夕赋/帝京赋/西园赋/北邙山赋/幽思赋/永慕堂赋/悲秋月赋	9/7433	葛麟:孝乌赋/山犬赋/贫士赋/感暮春赋/闰元宵赋	9/8194
郑元勋:十三楼赋/雪狮赋	9/8208	吴国琦:幔亭雨舟赋	9/8102
洪翼圣:海若赋/审音赋/菜羹赋/大观赋/观颐赋	9/7442	张论:金门山赋/嶕峣山赋/阳虚山赋/坛屋山赋	9/7523
盛于斯②:吊芙蓉赋/淫雨赋/秋雨赋/思赋	9/8274	戴重:哀泮宫赋	9/8266
邹迪光:九龙山赋/墨赋/燕巢赋/灵芝赋	8/7055	张泰阶:琵琶赋	9/8434
吴应箕:秃笔赋/吊忠赋/述归赋/园居赋/木山蜂房赋/悯乱赋/旅中除夕赋/所欢赋/老娼赋/雪竹赋	9/8021	杜文焕:太霞隐居赋/会教庵赋/军容赋/剑器赋/西征赋/栖真赋/游山赋/逍遥子赋	9/7879
傅梅:太室十二峰赋	8/7311	吴伯胤:感秋赋	9/8255
李国楮③:瀛洲赋/河图献瑞赋/七广	8/7135	张懋忠:客赋	8/7297
李若讷:浮玉矶赋	7/6091	何乔远:孔泉赋	8/7253
徐标:霜夜游仙赋	9/8012	钟羽正:鸣鸡赋	8/7118
理圌和:木芍药赋/小石赋	9/7510	侯恪:杜鹃花赋	9/7725
李蛟贞/祯:抒怀赋	9/8096	李云鸿:菊赋	9/8097
张拱机:红鹦鹉赋	9/8108	王应熊:蟹泉赋	9/7545
杨云鹤:浮萍赋	9/8106	南师仲:东朝储学赋/原心亭赋	8/7407
刘铎:粉蝶赋/灯帷赋	9/7723	马朴:闵雨赋/喜雨赋	9/8397

---

① 收《饕客赋》,9 册 8106 页收《浮萍赋》,作者夏茂卿。夏树芳,字茂卿。一人分列两处。
② 《总汇》10 册 9181 页重收。
③ 误为李国楮。

续表

涂伯昌:空斋赋/后空斋赋/山中松树赋/梦庄周赋	9/8416	温日知:秋涛赋/中秋后四夜同马季襄王以上吸天元酒赋/汶墅赋/具山赋	8/7025
吴道南:双楼赋/皇舆考赋/驱鼠赋	8/7292	来临:祥莲赋/春朝赋	9/7737
陈邦瞻:申志赋/登铜雀台赋/感落叶赋/西湖吊岳坟赋/释忧赋	8/7412	丘兆麟:学余园赋/戚姑赋/项山寺赋/思母赋	9/7511
郑以伟:升龙赋/梦酒赋/有客午睡赋/灯花赋/鹰化为鸠赋/双伊尼赋	9/7465	邹枚:愁霖瘁麦赋/御乞赋/真州晚泊赋/太和山赋	9/8447
夏云鼎:海棠赋	9/7919	梅之焕:瀛洲亭赋/反乞巧赋	9/7478
吴道行:岳麓赋	8/6981	吴愉:岳麓赋	9/8425
洪云蒸:古柏连理赋/游许昌赋	9/7507	袁子让:燕泉赋/香国海棠赋	9/7473
秦舜昌:登台赋/滁怀赋/方竹赋/方石赋	9/7959	周应宾:哀赋	8/7128
王澹:怀先茔赋/思赋/蠹鱼赋	9/7793	刘宗周:淮南赋/知命赋	9/7456
黎遂球:惕志赋/硕人可怀赋/疑赋/南国佳人赋/悲秋风赋/花妖赋/素馨赋/槟榔赋/荔枝赋	9/8255	夏完淳:大哀赋/寒泛赋/江妃赋/寒城闻角赋/寒灯赋/夜亭度雁赋/红莲落故衣赋/冰池如月赋/端午赋/怨晓月赋/湘巫赋/秋郊赋	9/8300
叶秉敬:锦屏山赋/灵山酌水赋	9/7463	黄道周:闻雷赋/梁山锋山赋/洞庭赋	9/7921
胡敬辰:有清园赋/疏雨滴梧桐赋/销夏赋/感士遇赋/清言小赋/狂言小赋	9/7982	黄尊素:清景赋/壮怀赋/虎丘看月赋/浙江观潮赋	9/7997
戴澳:风雨秋别赋/客窗春月赋/人影赋/畅中秋赋/文园赋/思赋/盆梅赋	9/7536	何伟然:紫芝堂赋/醇酒赋/春山晓烟赋/客社赋/醉白赋/行云赋/醉茶赋	9/8348
叶宪祖:祥鹊堂赋/落花赋/禁体雪赋/榆征赋/捶钱赋/石田赋/相思鸟赋/后相思鸟赋/白云高赋	8/7390	陈衎:陆槎赋/鹳赋/英石小山赋/登南北城新楼赋/玻璃鸟赋/宋徽宗画寒空棘鹊赋	9/8327
廖大亨①:佛现鸟赋/甄奥赋	9/7962	廖大亨:焕山明月赋	9/7964
张启贤②:金沙江赋	9/7965	刘世教:谗赋	9/7917
吴晋昼③:憎鸣蛙赋/伤饥鼠赋	9/8276	梁亨表:茶山赋	9/8387

① 按:明代有两个廖大亨,《总汇》误为一人。

② 作者误为廖大亨。

③ 误为吴晋画。

续表

李日华：五牛图赋/锦鸡赋/昆石小山赋/飞鸟知恩赋	8/7322	罗明祖：贞女赋/大姨滩赋/缥缈台赋/豳风赋/黄鹤楼赋(残)	9/8099
李椿茂：聚星台赋	9/8386	王在晋：君山赋/浮梅槛赋/诅疥赋	8/7329
蒋德璟：隐真赋/荔支赋	9/8001	蔡道宪：月初生赋	9/8111
王骥德：千秋绝艳赋	9/7905	张燮：蠹虫赋/喜秋赋	9/8056
王思任：一弹指顷赋/空雪赋/倒撑船赋/大爷赋/老酒豆酒赋/糟赋/醋赋/莎角赋/古月临松赋/大头和尚赋/罕山灵福寺松赋/雪中玄鹤赋/囊无一厘赋/五层楼赋/坑厕赋	8/7377	韩上桂：仰苏亭赋/栩园赋/蟠木赋/月赋/罗带赋/鱼灯赋/蛛丝赋/卧病江南赋/木瘿瓢赋/枝栖堂山池赋/穷马赋/病鹤赋/归燕赋/长途赋/李将军园亭赋/同游米仲诏湛园赋/苦雨赋	8/7359
张维斗：瓦屋山赋	10/9176	张凤翼：晋国赋/喜雨赋/日蚀赋/菊花赋/中解山亭赋	9/7559
苏景熙①：木瘿瓢赋	9/7801	米万钟：招宝山阅兵观海赋	8/7375
邓云霄：春朝赋/秋宵赋/绿槐赋/红蓼赋/漱玉斋赋/湛园赋/远水赋	9/7419	黄以升：酒家赋/义鱼赋/树鹭赋/三阨赋/悯鹤赋/寡鹤赋/配鹤赋	6/4845
姚履素：南岳衡山墨赋	9/7463	黄儒炳：海阔天空赋	9/7478
陈子壮：太平鹊赋/沙鸡赋	9/7724	傅国：榣林赋/三一山钟乳洞赋	9/7552
杨兆京：秋夜琴声赋	9/7906	杨文璁：赤城山赋	9/7729
谢焜：红蕉赋/鸳鸯赋/万石山赋	9/8427	周炳灵：洪山赋	9/8441
董梦桂②：吐绶赋	7/6367	倪元璐：寿华赋/寿朋赋/寿贞赋	9/8002
卓人月：香鹤赋/桃叶渡种桃赋/雌君臣赋/笑赋/哭赋/山中晚烟赋/续秋霖赋	9/7911	魏学洢：抒怀赋/离思赋/凛秋赋/茅檐赋/闲居赋/定志赋	9/7966
董逻：又小赋	9/7477	陈元旦：登云盖山赋	9/7731
吴伯与：灯市赋/非非石赋/聊且园赋	9/7546	何白：素丝堂赋/九山归兴赋/啬如园赋	9/7838
徐奋鹏：登高望远赋/读书赋	8/6759	木增：雪山(岳)赋	9/7751
俞汝谐：吊董庄愍公赋	21/21554	杨锵③：感秋赋	6/4842

---

① 《总汇》作"苏汝载"，苏景熙，字汝载。
② 《总汇》作"济阳(今属山东)人。嘉靖十四年(1535)进士。"误，此人为戴梦桂。
③ 误为杨铿，并说其为"洪武时播州宣慰使"。

6. 明遗民赋作——风雅遗音(92 人 378 篇)

叶绍袁:婚逝赋	9/8014	刘城:石榆赋/哀孝子赋/桐始华赋	9/8288
孙永祚:西洞庭赋/雨赋/蛙声赋/憎鼠赋	9/8262	宋存标:舞剑赋	9/8405
张明弼:揭署古榕赋/与诸同寅登潮州金山怀赠友人罗文止黄美中赋/制府湛虚张公平韶寇赋/答翁裴郎问人日赋/愁岭峤赋/地震赋/程乡静士邀予为赋/棉斋赋/仿钓园赋/别泪赋/姑射山人赋	9/8210	傅山:喻都赋/无家赋/秋海棠赋/燕巢琴赋/麲䴕喞陀南赋/麲䴕小赋/朝沐/梦赋/點麳赋/仑赜赋/好学而无常家赋/春日小赋	10/8555
林古度:荔支赋	10/8487	沈寿民:招文江子赋	9/8224
吴蕃昌①:寡女赋	9/8356	张镜心:嗟隐赋	9/8010
王象晋:瑞芝赋/瑞麦赋/蚊赋	9/7480	刘六德:洞花赋	9/8394
钱邦芑:潇湘赋/鸡足山赋//他山赋	9/8468、10/8521	徐世溥:东湖渔者赋/汉宫春晓赋/柳赋/怀芳草赋/逐病赋	9/8234
汤开先:憎蝉赋/春霖赋/朱鱼赋	8/6982	王一夔:读书灯檠赋	9/8021
谭贞默:小虫赋(36)	9/8081	潘应星:俦影赋	9/8287
高承埏:蟋蟀赋	9/8144	曹勋:空翠赋	9/8288
曾益:琼花观燕赋/梅花岭赋/平山堂赋/名园十四赋/名园后十一赋/名园后五赋	9/8156	陶汝鼐:昔游赋/哀湖南赋/荔枝赋/汤泉赋/洞庭秋赋/小孤山续梦赋/驯雉赋	10/8525
钱棻:怀征赋/雪赋/落叶赋	9/8219	孙爽:白芍药赋	9/8242
蒋之翘:攘诟赋/诨赋	9/8277	谭贞良:笑赋	9/8206
余绍祉:思游赋/白云窝赋/坐赋/煎茶赋/墨赋(2)	9/8270	郑溱:思赋/蜂殉灯膏赋/水泡赋/金粟兰赋/霜叶赋	9/8228
汤来贺②:循良赋/卓异赋/苦竹赋/慈竹赋/长松赋/梅赋	9/8146	徐士俊:天上石麒麟赋/字赋/楚女赋/垂丝海棠赋/读书声赋/镜中美人赋	10/8538
文德翼:卧赋	9/8111	方以智:将归赋/瞻阴雨赋	10/8595
杨思本:恨赋/春思赋/歌赋/环佩声赋/闻钟赋/戚姑山赋/归赋/寰海赋/非有异人亦无异书赋/鸿文无飘散赋/灵秘无飞沉赋/桃花赋	9/7851、11/10581	周婴:闽都赋/寻山赋/十一洲赋/六虚台赋/浮山堂赋/望夫石赋/五色鹦鹉赋/和林茂之穷鸟赋/泣赋/送远赋/矫志赋/横笛赋	9/8173
伍瑞隆:惜士不遇赋	9/8018	杨泰:虎丘赋	6/5381

---

① 所收《寡女赋》与 10 册 9055 页吴蕃昌《寡女赋》重复,应作"吴蕃昌"。
② 收 6 篇,10 册 8563 页前 5 篇赋重收。

续表

郭占春:象山赋	9/8373	何蔚文:耆古堂赋	9/8354
谈迁:故宫赋/万岁山赋/恩突赋	10/8500	陈宏绪:环漪阁赋	10/8515
谢泰宗:游七星岩/治蘁赋/没眼禅师赋/桃氏赋/头陀赋/枕方赋/征南赋/雁宕山赋/瑞草魁赋/新桐赋	10/8503	黎景义:感遇赋/述先赋/我生赋/龟赋/感薄荷赋/恨赋/惜赋/灯花赋/子寿赋/吊刘坟赋	9/8334
恽日初:灵岩山赋	10/8516	王猷定:菽园赋	10/8519
李世熊:反恨赋	10/8536	朱之瑜:坚确赋/游后乐园赋	10/8523
万寿祺:莺粟花赋	10/8543	阎尔梅:崆峒山赋	10/8544
黄宗羲:避地赋/雁来红赋/海市赋/姚江春社赋/获麟赋/孤鸽赋	10/8589	范凤翼:介寿赋/枯桐再生赋/宗枝赋/仁寿赋	9/7427
郭文祥:白果树赋	9/8145	姜垛:灯蛾赋	10/8555
周星:河朔避暑赋	10/8607	冒襄:铜雀瓦赋/后芜城赋	10/8609
杨彭龄:绿水桥边多酒楼赋	10/8610	钱澄之:梦游仙赋/感旧赋/哀故园赋	10/8611
张尔岐:苦雨赋/服黄精赋	10/8614	陈瑚:绿筠清室赋	10/8618
邱维屏:侯宗师试马射赋	10/8619	归庄:悯鼠赋	10/8618
唐访:故病赋	10/8625	陈廷会:汉妹赋	10/8636
黄宗会:思子赋	10/8638	董说:七耀	10/8745
王夫之:南岳赋/练鹊赋/孤鸿赋/雪赋/霜赋/祓褉赋/章灵赋/蚁斗赋/双鹤瑞舞赋/惜余鬓赋	10/8706	朱鹤龄:广志赋/游灵岩山赋/宫人入道赋/秋闱赋/苦雨赋/枯橘赋/白凫赋/诛蚊赋/冥异赋	10/8548
吴骐:榴花赋/月朏赋/庭杞赋	10/8747	徐枋:主药神赋/鹪鸪赋/张公赋	10/8749
顾景星:夏蕈赋/竹下听风赋/猿臂骨笛赋/闻蟋蟀赋/茉莉赋/桂赋/愁赋/高絪赋/获神龟赋/开阳春赋/愍国殇赋/悲凛秋赋/淳于髡饮酒赋	10/8763	俞焜:拟王粲侍魏太子校猎许昌赋/新柳赋/桃花赋/姊妹花赋/菱赋(2)/塞驴赋/憎鼠赋/夜雨赋/抹丽赋/榆钱赋/薪桂赋/茶鎗赋	10/9186
李邺嗣:宝刀赋/庭柏赋/庭荷赋/犀皮羹赋	10/8773	冷士嵋:旅赋/登金山赋/春鹛赋/霹雳琴赋	10/8818
李焕章:聋赋/浮玉先生赋/瀑水涧赋/春燕赋/秋蝉赋	10/9049	屈大均:诵诗赋/藏发赋/陌巷赋/寄居嬴赋/四一画像赋	10/8899
陈恭尹:辩命赋/荔枝赋/浚贪泉赋/狱赋/小斋赋/北征赋/登镇海楼赋/菊赋/七别	10/8906	周容:秋雪赋/池鱼赋/砚函赋/江瑶柱赋/灯兰赋/棉车赋/舞鹤赋/庭柏赋/七晓	10/8690
李腾蛟:观澜赋	10/9030	田兰芳:荷钱赋	10/8850
朱一是:吊岳忠武王赋	10/9046	陶澄:钓台海棠赋/干谒难赋	10/9044

续表

许楚:新安江赋/黄山赋/哀野鸳赋	10/9057	薛始亨:归故园赋/弈赋/养鹎子赋	10/9119
贺贻孙:绿野桥赋/灯花赋/水晶葱赋/枯兰复花赋/虱赋	10/9076	吴炎:月下梅花赋/归鹤赋/思旧赋/广恨赋/鸥赋/秋声赋/九日登高赋/七箴	10/9031
王弘撰①:河图洛书赋	10/9175	王锡阐:谴蛙赋/白燕赋/蚊赋	10/9168
沈世涵:续哀江南赋	10/9183	范又蠡:漳湖秋渔赋	10/9186
柴绍炳:明圣湖赋/秋怀赋/感逝赋/别赋/恨赋/二女赋	10/9062	傅占衡:争名者于朝赋/信陵君归国赋/息夫人不言赋/盆草赋/蚊赋	9/8076
魏禧:大湖滩赋	10/8822	孔自来:秋海棠赋	10/9205

另:(1)释道医女之赋作(22人41篇)

释子	法天②:征南赋/贝生赋	6/4755	玄极③:太白山赋	9/8453
	慧秀④:游雁荡赋/过洞庭湖赋/岱宗赋/春陵三岩赋/冰玉山房赋	9/7900	大香⑤:水月赋/无心柏赋/腐乳赋/孤萤赋/吊吴羌赋/兰竹园赋/太湖观日赋/筑赋	9/8281
	行冈⑥:游琅琊山赋/署松赋	9/8454	通省⑦:日读赋	9/8457
道士/道姑	张宇初⑧:澹漠赋/求志赋	6/5035	曹仙姑⑨:游嵩阳	6/5242

---

① 误为"王弘"。

② 法天,大理人,俗姓杨。年十六出家。大理感通寺住持,傅友德征平云南之后,率众入觐明太祖,赐号无极,敕授大理府僧纲司都纲。有《朝天集》,存赋3篇。本集附杨仲节《无极禅师行实》,丛书集成续编110册,第819页。

③ 玄极,名惠妙,号玄极,宝顶圣寿寺第四代住持,从永乐十六年至宣德元年。存赋1篇。陈明光《大足临济宗始祖元亮与师至福考》,《长江文明》第9辑,光明日报出版社2012年版,第92页。

④ 慧秀,海虞人。存赋5篇。选录其赋的《谭友夏先生评订秀野轩集》有万历刻本。

⑤ 大香(1582—1636),俗名吴鼎芳,吴县人。工诗文。有《云外录》,存赋8篇。本集附《圣日庵噀香禅师传》,禅门逸书,明文书局1981年版,第1页。

⑥ 行冈(1613—1667),字千仞。明州人。俗姓王。存赋2篇。《掮黑豆集》卷7《黄梅五祖千仞冈禅师传》,《禅宗全书·史传部28》,文殊出版社1988年版,第173页。

⑦ 生平不详,赋据行冈编《春花集》卷1收录。

⑧ 张宇初,字子璿,贵溪人。汉张道陵四十三世孙。洪武十年袭掌道教,永乐八年卒。有《岘泉集》,存赋2篇。《钦定四库全书总目·岘泉集》,第2287页。

⑨ 据《成化河南总志》卷13收录。从赋中"钦惟国家奄有寰区,车书混一,海宇晏如""迨今宁谧,五十年余""愚也何幸,身逢承平之盛世,而因睹乎祯祥之屡书"等语,曹仙姑或为永乐时人。

续表

医学	泉石氏①:梓岐风谷飞经走气撮要金针赋	7/6084	无名氏②:玉龙赋	7/6087
	无名氏③:拦江赋	7/6088	无名氏④:百证赋	7/6081
	无名氏⑤:铜人指要赋	7/6083		
女性	朱妙端⑥:双鹤赋	6/5063	徐节妇⑦:园菊赋	6/5121
	朱柔英⑧:捣衣赋/双鸟赋	9/7451	徐媛⑨:续春思赋/临兰皋赋	9/7846
	赵陆卿子⑩:紫蛱蜨华赋/寡妇赋	9/7869	沈宜修⑪:伤心赋	9/8016
	柳是⑫:秋思赋/别赋/男洛神赋	10/8687	顾若璞⑬:感怀赋	9/8268
	黄媛介⑭:伤心赋	9/8358		

① 作者作无名氏。按:此赋作者为泉石氏,徐凤师,明前期人。赋最早载于徐凤《针灸大全》卷5,赋前有注:"此《金针赋》乃先师秘传之要法"。此赋序(正统四年,1439):"大明洪武庚辰(建文二年,1400)仲春,予学针法……永乐己丑(七年,1409),惜予遭诬,徙居于民乐耕锄之内,故退寓西河,立其堂曰'资深',其号曰'泉石'。"《中医古籍整理丛书27》,人民卫生出版社1987年版,第120页。

② 《针灸聚英》中,《玉龙赋》在《席弘赋》(宋元赋)之后,《拦江赋》(明赋)之前,不能确定时代,姑附于此。按:《针灸聚英引》"时嘉靖己丑(嘉靖八年,1529)夏六月六日四明孤梅子高武识",《总汇》第7册收录了高武《针灸聚英》的一些赋,因高武是明人,《总汇》把高武收录的赋俱作明赋,似有未妥之处。

③ 《针灸聚英》的编者高武于此赋后注:"上《拦江赋》不知谁氏所作,今自凌氏所编集写本《针书》表录于此"(中医古籍出版社1999年版,第208页)。赋中有"我今作此《拦江赋》",颇疑为凌氏作,凌氏即凌云,字汉章,归安人。曾被明孝宗召至京。《明史》卷299有传。

④ 《针灸聚英》中,《百证赋》在《拦江赋》之后,应为明赋。

⑤ 《针灸聚英》中,《铜人指要赋》在《百证赋》之后,应为明赋。

⑥ 朱妙端,字仲娴,号静庵,海宁人。尚宝卿朱祚女,光泽教谕周济妻。有《静庵集》,存赋1篇。《明诗综》卷86。

⑦ 徐节妇,陈元龙《历代赋汇》作吴栋妻。据《明清进士题名碑录索引》(第858页),吴栋,顺天府东安人,正德六年(1511)进士。按:《总汇》,吴栋正统六年(1441)进士,误。

⑧ 朱柔英,昆山人。顾懋宏(1538—1608)妻。有《双星馆集》,存赋2篇。《江南通志》卷176"人物",四库全书512册,第9页。

⑨ 徐媛,字小淑,长洲人。范允临(万历二十三年进士)妻。有《络纬吟集》,存赋2篇。王端淑《名媛诗纬初编》卷7,清康熙清音堂刻本。

⑩ 赵陆卿子,吴县人。陆师道女,太仓赵宧光(1559—1625)妻。有《考槃集》《玄芝集》等。存赋2篇。《名媛诗纬初编》卷7。

⑪ 沈宜修,字宛君,吴江人。叶绍袁(天启五年进士)妻。有《鹂吹集》,存赋1篇。《名媛诗纬初编》卷8。

⑫ 柳是,字如是,松江人。后归钱谦益。有《戊寅草》,存赋3篇。《名媛诗纬初编》卷20。

⑬ 顾若璞,字和知,钱塘人。黄汝亨(万历二十六年进士)子黄茂梧妻。有《卧月轩集》,存赋1篇。《名媛诗纬初编》卷10。

⑭ 黄媛介,字皆令,秀水人。杨元勋妻。明亡,家破,转徙吴越间,以笔墨自给。有《湖上草》。存赋1篇。《名媛诗纬初编》卷9。

（2）时代不详之赋作（13人13篇）

宋鉴①：金钱花赋	6/5034	徐谦②：桃花源赋	6/5341
吴信③：哀木奴赋	9/8424	赵弼④：太白酒楼赋	6/5373
柯元⑤：感俪赋	9/8381	张升⑥：医巫闾山赋	9/8436
陈一麟⑦：逐鸡赋	9/8369	章纲⑧：真赏亭赋	9/8438
阙名⑨：西成赋	9/8481	阙名⑩：朱竹山房赋	9/8484
阙名⑪：光岳楼赋	9/8482	阙名⑫：黄鹦鹉赋	9/8482
阙名⑬：老桂赋	9/8484		

① 据《明文海》卷43收录，又据《明清进士题名碑录索引》"宋鉴，四川巴县人，永乐二十二年进士。"而除此之外，《索引》又有"宋鉴，山西阳城人，成化十四年进士。"

② 据《桃源县志》卷14收录。按：《总汇》，"太康人，成化五年进士"，误，《桃花源赋》作者注"建陵举人，（号豫公）。"（《中国地方志集成·湖南府县志辑80》，第505页）

③ 据《历代赋汇补遗》卷16收吴信《哀木奴赋》，作者据《明诗纪事》丙签卷12，"吴信，字思复，吴人。有《柚庄稿》《山居杂咏》。"然明代名吴信者不止一人，如《广西通志》卷56："吴信，宣平人，贡生，嘉靖二十一年任（太平府推官）。"（四库全书566册，第599页）《福建通志》卷22："南海人，正统间任福州知府。"（四库全书528册，第120页）《福建通志》卷31"进贤人，洪武间知将乐县。"（四库全书528册，第509页）《江南通志》卷126："祁门人，成化元年举人。"（四库全书510册，第725页）

④ 据《历代赋汇》收入《太白酒楼赋》，又据《明清进士题名碑录索引》"赵弼，云南太和人。成化十七年进士。"而赋中"爰有濠梁赵子，博睿好修"，则赵弼或为安徽凤阳人。

⑤ 据明刻本《凤筼馆续集》卷1收录。

⑥ 据《历代赋汇》卷16收录。

⑦ 据《历代赋汇补遗》卷16收录。

⑧ 据《历代赋汇》卷80收录。

⑨ 据《明文海》卷8收录。

⑩ 据《桃源县志》卷14收录。

⑪ 据《历代赋汇》卷109收录。

⑫ 据《明文海》卷41收录。

⑬ 据《桃源县志》卷14收录。

明赋存目及残句考

　　明朝科举虽不考赋,但庶吉士馆课试赋制度的实施,仍然大大刺激了明赋的创作。明代现存以"赋"名篇的辞赋及"七体"作品近5000篇。笔者对明赋进行了钩沉与辑佚,得明赋存目近190篇,七体2,赋卷2,残句若干,以见明赋创作之洋洋大观,并有助于明赋之研究。

　　朱元璋《时雪赋》,宋濂、王祎、王僎、陶凯等《钟山蟠龙(龙蟠)赋》

　　《殿阁词林记》卷20《授经》:"国初,置大本堂,取古今图书充其中,召四方名儒教皇太子、亲王,用学士宋濂、待制兼编修王祎、修撰王僎、耆儒陶凯辈分番夜直,选才俊之士充伴读……洪武元年十一月辛丑(初四),燕东宫官及儒士,各赐冠服。是日,上命大本堂诸儒作《钟山蟠龙赋》,置酒欢甚,乃自作《时雪赋》。"①《历代赋话正集》卷14:"洪武元年正月,立(朱标)为皇太子。建大本堂,取古今图籍充其中,征四方名儒教太子、诸王,分番夜直,选才俊之士充伴读……命诸儒作《钟山龙蟠赋》,置酒欢甚。自作《时雪赋》,赐东宫官。"②

　　宋濂等《秋水赋》

　　《历代赋话续集》卷12:"洪武八年秋八月甲午(初七),上览川流之不息,陋尹程《秋水赋》言不契道,乃亲更定之。赋成,召禁林群臣观之,且曰:'卿等亦撰赋以进。'宋濂率同列研精覃思,铺叙成章,诣东阁,次第投献。上皆亲览焉,复置品评于其间。"③

　　董曾《天姥山赋》

　　《千顷堂书目》卷31:"董曾《天姥山赋》。"注:字贯道,浙江新昌人。④据《民国新昌县志》卷12"忠节":"董曾,字贯道。方国珍僭据邑城,欲官之,不受,遂避居东阳山中。明太祖驻跸金华,以礼招致,曾往见,说以经略,受知无为州。遇陈友谅寇城,被执不屈而死。有诗集、《天姥山

---

①　廖道南:《殿阁词林记》卷20,四库全书452册,第379页。

②　浦铣:《历代赋话正集》卷14,第124页。

③　浦铣:《历代赋话续集》卷12,第323页。

④　黄虞稷:《千顷堂书目》卷31,第754页。

赋》行世。"①

黄诚甫《言志赋》

林弼《书黄诚甫〈言志赋〉后》："今观黄先生诚甫《言志赋》,其志皆古人之志,其言皆古人之言,其所以自勉自择者,莫非古道,则其所趋之正,非止于舒忧泄愤而已。"②

谢常《丹凤朝阳赋》

《静志居诗话》卷5："谢常,字彦铭,吴江人。洪武中举秀才,召试《丹凤朝阳赋》,称旨。"③

陈观《钟山赋》

《历代赋话正集》卷14："陈观,以训导入觐,试《王猛扪虱论》,立擢陕西参政。寻召还侍左右,应制作《钟山赋》,赐金币。"④

虞部胡公、祭酒胡公《月中桂赋》

胡俨《〈续月中桂赋〉序》："天朝造命之初,选任旧德。鄱阳程国儒,以前进士来守南昌。丧乱之余,急于求士。乃举行赏试,命题校艺。先伯父虞部府君治《书经》,先祭酒公治《春秋》,各以其业就试,中场赋题乃'月中桂'也。"⑤

邓林《月中桂赋》

《同治蒲圻县志》卷8"艺文"："邓林撰。邓林,字时茂,蒲圻人。洪武二十九年举人。历任江津、大竹教谕,秩满授秦府教授,藩封敬服。有《恂斋集》。"⑥

陶振《紫金山赋》《金水河赋》《飞龙在天赋》

《姑苏志》卷54："陶振,字子昌,吴江人。少学于杨维祯,兼治《诗》《书》《春秋》三经。洪武末举明经,授本县学训导。尝坐佃居官房,逮至京,进《紫金山》等三赋,得释,改安化教谕,卒。"⑦《千顷堂书目》卷31"骚赋类"："三赋者,《紫金山》《金水河》及《飞龙在天》三篇。"⑧

---

①　《中国地方志集成·浙江府县志辑38》,第891页。按:《县志》"不屈而死"有注:"时当在至元二十三年夏五月,《太祖本纪》。""至元"当为"至正"之误。《千顷堂书目》列在陈凤(嘉靖十四年进士)、董晟(万历时人)之间,其实董曾是明初人。

②　林弼:《林登州集》卷23,四库全书1227册,第192页。

③　朱彝尊:《静志居诗话》卷5,第129页。

④　浦铣:《历代赋话正集》卷14,第125页。按:陈观,洪武时人。

⑤　马积高:《历代辞赋总汇6》,第4908页。

⑥　《中国地方志集成·湖北府县志辑32》,第646页。

⑦　王鏊:《姑苏志》卷54,台北学生书局1986年版,第802页。

⑧　黄虞稷:《千顷堂书目》,第753页。

严升《神羊赋》

《历代赋话正集》卷 14："繁昌严升,建文时进士。历官大理寺右少卿。尝作《神羊赋》以见志焉。"①

薛瑄《平云南赋》

《薛文清公年谱》:"庚辰(建文二年,1400),先生十二岁,侍教谕公官马湖。马湖土官子弟喜先生幼能文,争负至其家,请为作诗词,教读书,晚奉小豚送之,以为常。尝著《平云南赋》,上沐国公,公大奇其材。"②

张益《石渠阁赋》

《历代赋话正集》卷 14:"昆山夏昶,字仲昭。永乐十三年进士。昶与上元张益同中进士,同以文名,同善画竹。其后昶见益《石渠阁赋》,自谓不如,遂不复作赋。"③

朱祚《元宵观灯赋》

《明英宗实录》卷 125 "正统十年正月":"尚宝司少卿朱祚卒……(永乐)十三年,进《元宵观灯赋》,上喜而赉之,由是知名。"④

王训《大江绕金陵赋》

《翰林记》卷 4:"(成祖)命缙领其事,数召至便殿,问以经史诸子故实,或至抵暮方退……王训以《大江绕金陵赋》进,上最称之。"⑤

王汝玉《神龟赋》

《历代赋话正集》卷 14:"王汝玉,名璲,以字行,长洲人。汝玉颖敏强记,少从杨维祯学。年十七,举元末浙江乡试。永乐初,预修《永乐大典》。仁宗在东宫,特被宠遇,尝与群臣应制撰《神龟赋》。"⑥

解缙《养鹤赋》《神龟赋》

曾棨《春雨解先生行状》:"公遂与黄金华皆为中书庶吉士。尝应制《春雨诗》《养鹤赋》,操笔而成,造语奇崛。太祖益爱之。"⑦《明史》卷 152《王汝玉传》:"群臣应制撰《神龟赋》,汝玉第一、解缙次之。"⑧

杨荣《黄鹦鹉赋》

朱宪𤊟《红鹦鹉赋序》:"又尝见我太宗文皇帝时,有滇南沐将军,进以

---

① 浦铣:《历代赋话正集》卷 14,第 126 页。
② 杨鹤:《薛文清公年谱》,《北京图书馆藏珍本年谱丛刊 38》,第 548 页。
③ 浦铣:《历代赋话正集》卷 14,第 127 页。
④ 李贤等:《明英宗实录》卷 125,第 2510 页。
⑤ 黄佐:《翰林记》卷 4 "文渊阁进学",四库全书 596 册,第 890 页。
⑥ 浦铣:《历代赋话正集》卷 14,第 125 页。
⑦ 解缙:《文毅集》附录,四库全书 1236 册,第 836 页。
⑧ 张廷玉:《明史》卷 152,第 4191 页。

黄鹦鹉,命大学士杨荣□文以昭国家之瑞……至我朝杨荣亦有赋应制,而赋其黄色者也。"①

莫旦《贤关赋》

《乾隆吴江县志》卷 32:"莫旦,字景周,莫震之子。成化改元,领乡荐,卒业太学,作《一统》《贤关》二赋,名动京师。授新昌训导。九年,迁南京国子监学正。乞归,年八十余卒。有《鲈乡集》《吴江志》等。"②

原巳《松轩赋》

吴宽《跋原巳〈松轩赋〉》:"予旧见原巳制此赋,自以为未及古作者,不即持出,其慎重盖如此。夫今之文士才豪者固有之,若详密典重如原巳者,吾未多见也。"③

陈贽《怀二都赋》

韩雍《跋〈怀二都赋〉》:"若蒙轩陈先生(陈贽号蒙轩)所著《怀二都赋》,殆免乎是议矣!春云之流空,其自然也;秋涛之出峡,其顺快也。天机锦绮之呈露,其新丽也;泰山峰峦之森立,其严重也。读者岂可易观之哉?"④

陶恭《归田赋》

《天启舟山志》卷 3"名贤",陶恭,舟山人。以岁贡授新昌县学谕导,迁宁藩府教授。留九载,一日作《归田赋》以见志,致仕而还。⑤

李东阳《炎暑赋》

李东阳《呆斋刘先生集序》:"先生(刘定之)尝阅东阳阁试《炎暑赋》,进而谓曰:'吾老矣,纵不死,亦当去矣,子必勉之。'"⑥

罗璟《登舟赋》

李东阳《后登舟赋序》:"成化庚子(成化十六年,1480)秋九月八日,予与洗马罗君明仲(罗璟)校文毕事,归自南都,越一日重九,放舟龙江,风帆东下,顾而乐之,命酒相酌,明仲援笔为《登舟赋》,予辄随韵和之,甫六韵而舟至仪真,未暮也,明仲乃歌以卒章。予后和之,为《后登舟赋》云。"⑦

① 马积高:《历代辞赋总汇 8》,第 6744 页。
② 《中国地方志集成·江苏府县志辑 20》,第 128 页。按:《一统赋》存。
③ 吴宽:《家藏集》卷 53,四库全书 1255 册,第 492 页。
④ 韩雍:《襄毅文集》卷 12,四库全书 1245 册,第 768 页。按:陈贽,余姚人,景泰间以太常寺少卿致仕。
⑤ 《中国方志丛书·华中地方 499》,252 页。按:据《舟山志》卷 3"选举"(第 214 页),陶恭,成化六年岁贡。
⑥ 周寅宾、钱振民校点:《李东阳集》,岳麓书社 2008 年版,第 445 页。
⑦ 李东阳:《怀麓堂集》卷 93,四库全书 1250 册,第 989 页。

刘大夏《东山赋》《东山后赋》

王世贞《兵部尚书刘公大夏传》附《维风编》:"公自户侍予告归,指草堂于先垄之次,读书其中,作《东山赋》以见志……后起大司马,归,仍居草堂,再著《东山后赋》。戴笠乘驴,往来山水间。"①

段正《鹦鹉赋》

《畿辅人物志》卷6:"段正,字以中,七岁作《鹦鹉赋》,有奇句。由京学生领乡荐第一,明年成进士,拜御史。"②

张升《罗池钓叟赋》《狮子赋》《吊饶泉庵赋》

张升《张文僖公诗集》卷21,目录中有赋3篇,因只存前五卷,故有目无辞。③

何景明《拟恨赋》《招魂词赋》

《明文案》卷4④,目录中何景明有此二赋,注曰"无文",正文中缺失。

廖世昭《一统赋》

《千顷堂书目》卷31:"廖世昭《明一统赋》3卷。"⑤

周廷用《述征赋》

顾璘《述征赋序》:"嘉靖元载,天子册皇后于中宫,朝仪载辟,坤德斯贞。帝宗乃昌,万方胥庆。臣璘列职东藩,与观察臣(周)廷用祗奉懿典,以朝京师。际大礼之光荣,欣斯役之有适。自惭谫陋,敢效赓扬。而躬逢盛典,欣忭之私,有不能已于言者。乃各作赋,以摅义展怀焉。"⑥

李承箕《吊屈原赋》《放双鲤赋》

李承箕《大崖李先生集》卷13有此二赋标题,下注"缺",有目无辞⑦。

沈周《凤凰台赋》

《历代赋话正集》卷14:"沈周,字启南,长洲人。年十一游南都,作百韵

---

① 焦竑:《国朝献征录》卷38,续修四库全书527册,64页。
② 孙承泽:《畿辅人物志》卷6,《明代传记丛刊142》,第183页。按:据《明清进士题名碑录索引》(第2462页),段正,成化二年进士。
③ 张升:《张文僖公诗集》,四库全书存目丛书集部40册,第26页。按:据《明史》卷184《张升传》,张升,字启昭,江西南城人。成化五年状元。历南京工部员外郎、礼部侍郎。弘治十五年,代傅瀚为礼部尚书。因忤刘瑾谢病归,诏加太子太保。卒于家。
④ 黄宗羲:《明文案》卷4,四库禁毁书丛刊补编44册,第58页。
⑤ 黄虞稷:《千顷堂书目》卷31,第754页。按:廖世昭,福建怀安人,正德十二年进士。
⑥ 马积高:《历代辞赋总汇6》,第5513页。
⑦ 李承箕:《大崖李先生集》,四库全书存目丛书集部43册,第562页。按:据《李大崖集》提要,李承箕,字世卿,号大崖居士,嘉鱼人。成化二十二年举人。尝徒步至岭南从陈献章游,及归,遂隐居黄公山,不复仕进。

诗,上巡抚侍郎崔恭。面试《凤凰台赋》,援笔立就,恭大嗟异。"①

唐寅《昭恤赋》《广志赋》

《历代赋话续集》卷12:"唐寅……怅然有抑郁之心,乃作《昭恤赋》以自见。"②《四友斋丛说》卷23:"东桥(顾璘)又称唐六如《广志赋》,即口诵其赋序数十许语言,赋甚长,不能举其辞。序托意既高,而遣词亦甚古,当是一佳作。今吴中刻《六如小集》,其诗文清丽,独此赋下注一'阙'字,想其文遂不传矣。"③

祝允明《烟花洞天赋》《观云赋》

《万历野获编补遗·著述·祝唐二赋》:"成化、弘治年,吴中祝枝山、唐六如先后负隽声,饶艳藻,唐有《金粉福地赋》甚丽,惜予未之见。祝先有《烟花洞天赋》,正堪与唐作对,其后又有《风流遁赋》,则皆俳语也。"④《四友斋丛说》卷23:"东桥(顾璘)甚重祝枝山文,其所作《观云赋》,盖手书以赠东桥者。"⑤

文征明《黑赋》、佚名《青赋》《黄赋》、佚名《赤赋》《黄赋》

《复小斋赋话》卷下:"明文衡山赋《黑》一联,坐客赋《青》一联,赋《黄》一联,又一客赋《赤》一联,又赋《赤》一联,赋《黄》一联。"⑥

徐祯卿《感暮赋》

《历代赋话续集》卷12:"徐祯卿,字昌谷,苏州人。神清体弱,双瞳烛人。幼精文理,不由教迪。著《交诫》《感暮赋》诸篇,词旨沉郁,遂闯晋宋之藩,凌躐曹魏。长宿惊叹,称为文雄。"⑦

朱衮《宁幽花赋》

《康熙上虞县志》卷19"著述诗文类",列朱衮《宁幽花赋》。已佚。⑧

姚义《河渚独居赋》

《升庵集》卷53:"高人姚义尝语吾曰:'薛生此文(薛收《白牛溪赋》),不可多得。登太行,俯沧海,高深极矣! 吾近作《河渚独居赋》为仲长先生

①　浦铣:《历代赋话正集》卷14,第129页。

②　浦铣:《历代赋话续集》卷12,第329页。

③　何良俊:《四友斋丛说》卷23,明代笔记小说大观,第1055页。

④　沈德符:《万历野获编补遗》,明代笔记小说大观,第2851页。按:《风流遁赋》有若干残句,见后。

⑤　何良俊:《四友斋丛说》卷23,明代笔记小说大观,第1055页。

⑥　浦铣:《历代赋话》附,第406页。

⑦　浦铣:《历代赋话续集》卷12,第329页。

⑧　《中国方志丛书·华中地方545》,第1032页。按:据《县志》卷13"选举"(第708页),朱衮,弘治十五年进士。

所见,以为可与《白牛》连类,今写为一本。'今此二赋俱不传。"①

　　舒芬《驯雁赋》/《赤雁赋》

　　《历代赋话正集》卷14:"舒芬,字国裳,进贤人。年十二,献《驯雁赋》于知府祝瀚,遂知名。正德十二年举进士第一,授修撰。"②薛应旗《舒修撰传》作《赤雁赋》:"甫成童,入郡学,尝作《赤雁赋》,郡守奇其才。"③

　　王廷陈《窃桃赋》《伐桃赋》

　　王追淳《家乘》:"院有嘉桃,尝登树窃食,为馆师学士见之,令作《窃桃赋》,已,伐树,又令作《伐桃赋》,皆击钵韵成,文采璀璨,学士叹服。"④

　　陈沂《赤宝山赋》

　　《历代赋话续集》卷12:"陈沂,字鲁南,邯郸人。十岁能诗,十二作《赤宝山赋》,传诵人口。"⑤

　　吾谨《五马赋》

　　屠隆《吾谨传》:"吾谨,字惟可……有司阅文奇甚,则又试《五马赋》,立就,奇气翩翩横出。"⑥

　　张文宿《拙赋》

　　《明分省人物考》卷43:"张文宿,字拱辰,仁和人。正德八年乡荐,屡试南宫不第。嘉靖二年任晋江令。遭谗落职,乃与闽人高石门偕游武夷山中,甚得。无几,陈辞辨明,作《拙赋》《遄归赋》以见己意。"⑦

　　朱昭《亡羊赋》《憎蚊赋》《望云赋》《蜜蜂赋》

　　《惠安县志》卷26"文苑",朱昭,字用晦,惠安人。参政一龙父,冒郑姓,一龙登第后复原姓。所作《蠹木赋》刻入《明文征》《清源文献》。又有《亡羊》《憎蚊》《望云》《蜜蜂》诸赋⑧。

　　嘉靖帝《西苑视谷祇先蚕坛位赋》《谒陵礼成奉圣母舟还京纪事述怀赋》《五月九日视工遇雨赋》《初夏西游奉母舟行赋》《福瑞赋》

　　《历代赋话续集》卷12:"嘉靖十年三月,建土谷祇先蚕坛于西苑,名曰

---

① 杨慎:《升庵集》卷53"白牛溪赋"条,四库全书1270册,第463页。
② 浦铣:《历代赋话正集》卷14,第126页。
③ 薛应旗:《方山文录》卷14,四库全书存目丛书集部102册,第365页。
④ 王廷陈:《梦泽集》卷23《附录五》,四库全书1272册,第713页。
⑤ 浦铣:《历代赋话续集》卷12,第326页。按:籍贯误,《明史》卷286《文苑传》(第7355页)作"上元人"。
⑥ 袁钧:《四明文征》卷16,四明张氏约园刻本。
⑦ 过庭训:《明分省人物考》卷43,《明代传记丛刊133》,第184页。按:《遄归赋》存。
⑧ 《惠安县志》卷26,《中国地方志集成·福建府县志辑26》,第111页。按:《总汇》第6册5062页收《蠹木赋》,作郑昭,"永乐时人,鲁国长史"。误。据《明清进士题名碑录索引》(第2365页),郑一龙,嘉靖二十九年进士,则朱昭应为嘉靖初人。

'土谷坛',曰'帝社帝稷',召大学士张孚敬、尚书李时至太液池,使中官操舟济之入见,于旧仁寿宫赐酒馔,出御制《西苑视谷祇先蚕坛位赋》,手授孚敬曰:'朕偶有作,卿和之。'"①

顾鼎臣《七陵谒祀礼成赋序》:"嘉靖丙申(嘉靖十五年),我皇上御极十有五年矣……(三月)上御龙舟,制《谒陵礼成奉圣母舟还京纪事述怀赋》一篇。"②

顾鼎臣《恭和圣制五月九日视工遇雨赋》,夏言《恭和御制五月九日视工遇雨赋》,应为恭和嘉靖帝之作③。

严嵩《恭贺圣制初夏圣母舟行赋》序"嘉靖丁酉(嘉靖十六年)孟夏初吉……于是上亲洒宸翰,制古赋一首。"④

顾鼎臣《恭和御制〈福瑞赋〉序》:"嘉靖戊戌(嘉靖十七年)秋九月……上悦,述为《福瑞赋》,钦示勋辅大僚,臣鼎臣因得庄诵焉。"⑤

李时《七陵谒祀礼成赋》《侍上奉圣母观玉泉山赋》《奉制记乐赋》

顾鼎臣《七陵谒祀礼成赋序》:"嘉靖丙申(嘉靖十五年),我皇上御极十有五年矣……(三月)(七陵谒祭)礼成,上赋《恭谒七陵纪述》七言律诗一章,命辅臣李时、礼卿夏言及臣恭和进呈……上乃奉圣母观玉泉,因泛舟西湖。夕,命辅臣(李)时、礼卿(夏)言即事各撰赋一篇"。⑥

《明诗纪事》丁签卷九引《列卿纪》:"(嘉靖)十四年三月,召同游南内,(李)时等各作《奉制记乐赋》以献。"⑦

吕柟《恭和圣制谒陵赋》

《国榷》卷56"嘉靖十五年":四月"己丑(初五),国子祭酒吕柟上《恭和

① 浦铣:《历代赋话续集》卷12,第326页。按:张孚敬《恭和御制西苑视谷祇先蚕坛位赋》存二篇。
② 马积高:《历代辞赋总汇7》,第5637页。按:《殿阁词林记》卷13"应制","十五年,上谒诸陵,撰《泛舟赋》,命同游诸臣和之。"疑为同一赋。
③ 按:顾鼎臣与夏言赋韵脚一致,夏言赋并有"繄皇史宬之有作"。皇史宬始建于嘉靖十三年七月,建成于嘉靖十五年七月,二人之赋显然是和嘉靖帝之作,或作于嘉靖十五年即将完工之时。
④ 马积高:《历代辞赋总汇7》,第5750页。按:夏言《恭和御制初夏西游奉圣母舟行赋》,顾鼎臣、蔡昂、姚涞俱有《恭和圣制初夏西游奉圣母舟行赋》。
⑤ 马积高:《历代辞赋总汇7》,第5639页。按:夏言有《恭和御制皇考睿宗献皇帝祔祭太庙(福)瑞赋》。
⑥ 马积高:《历代辞赋总汇7》,第5637页。按:顾鼎臣《七陵谒祀礼成赋》、夏言《恭和御制谒陵礼成奉圣母舟还京记事述怀赋》《侍上奉圣母观玉泉山赋》俱存。
⑦ 周骏富:《明代传记丛刊13》,第698页。按:《列卿纪》所述时间有误,此乃《奉制纪乐赋》赋卷集录成帙的时间,作赋时为十三年五月。夏言、张孚敬赋存,可参看。

圣制谒陵》诗赋各一,曲十首。"①

刘成穆《秋霖赋》

《玉笥诗谈》卷上:"刘元(玄)倩,名成穆……元倩于诗文初不经意,即席挥颖,有甚嘉者,若《秋霖赋》之类,俱散佚不传。"②

郭维藩《白兔赋》

《国榷》卷55"嘉靖十一年":十二月"辛巳(初八),翰林院侍读学士郭维藩免,以献《白兔赋》忤旨。"③

湛若水《西苑赋》《白鹿赋》、席春《白鹿赋》

《民国增城县志》卷18:"时上锐意为治,若水辑五经、子史及列圣宝训有关君道者,比事从类,疏解会释,名《格物通》以进,献《农桑颂》及《西苑赋》。又进《天德王道疏》,上览疏,温旨嘉纳,称为纯正有本之学。"④

《明世宗实录》卷147,(嘉靖十二年)二月"辛丑(二十八日),大学士李时、方献夫、翟銮,各以白鹿呈瑞奏献鹿诗以章,吏部尚书汪鋐、修撰王用宾、编修童承叙各献颂,礼部尚书夏言、左侍郎湛若水、右侍郎席春、学士蔡昂、修撰姚涞、编修张衮、祭酒林文俊各献赋。"⑤

桂华《孔子佩象环赋》《工师求大木赋》《五老峰赋》《崇文夜宴赋》

桂华《古山先生文集》卷1,四篇赋注:"今(桂)萼集先生所作,第能录耳目所睹记者,其他散逸则多矣,如《孔子佩象环》等赋,求其稿,至今莫得,良以为恨。"⑥

刘銮《赋篇》

《千顷堂书目》卷31:"刘銮《赋篇》1卷。"⑦

张应凤《北堂上寿赋》

《千顷堂书目》卷31:"张应凤《北堂上寿赋》1卷。"⑧

① 谈迁:《国榷》卷56,中华书局1958年版,第3526页。
② 朱孟震:《玉笥诗谈》卷上,丛书集成初编2586册,第7页。
③ 谈迁:《国榷》卷55,第3474页。
④ 《民国增城县志》卷18"人物",《中国地方志集成·广东府县志辑5》,第589页。
⑤ 徐阶、张居正等:《明世宗实录》卷147,第3407页。按:除湛若水、席春,其他诸人赋俱存。
⑥ 桂华:《古山集》,四库全书存目丛书集部68册,第400页。按:据《古山集》提要,桂华,字子朴,安仁人。大学士桂萼之兄。正德八年举人。尝从胡居仁门人张正游,故所学颇为醇正,诗文则尚未成家。
⑦ 黄虞稷:《千顷堂书目》卷31,第755页。按:《江南通志》卷128(四库全书510册,第766页),刘銮,靖江人。嘉靖元年举人。
⑧ 黄虞稷:《千顷堂书目》卷31,第755页。按:《民国莆田县志》卷12(《中国地方志集成·福建府县志辑16》,第487页),张应凤,莆田人。嘉靖七年举人。

廖文光《万历统天赋》

《千顷堂书目》卷31:"廖文光《万历统天赋》。"①

陈泰峰《泰山赋》

《李中麓闲居集》卷12《泰山赋跋》:"中麓子尝欲为《两京赋》,不意古峰余子(余光)先之。复欲赋泰山,而泰峰陈子又先之。苟有作者,足以揄扬昭代,表重乡国。斯已矣,又何必出诸我。"②

谢阜《三都赋》

《康熙建宁府志》卷34,谢阜,"字少岗,瓯宁人。为泾县令。撰《三都赋》,为宗伯夏公以言有触,沮之。"③

谢暹《抱愚赋》

《康熙建宁府志》卷34,谢丰,"父子俱有才名,父名暹,贡士,性乐山水,著《抱愚赋》诸书。"④

高叔嗣《申情赋》

《历代赋话正集》卷14:"高叔嗣,字子业,祥符人。年十六作《申情赋》几万言,见者惊异。十八举于乡,第嘉靖二年进士。"⑤

王臬《庐山赋》《彭蠡赋》

王臬《梦兰轩赋》后注:"后二载,省外舅契玄翁于江西途中,复作《庐山》《彭蠡》二赋。"⑥

王世贞《寡妇赋》

余寅《君房答〈论今文选〉书》:"近见元美《寡妇赋》尽佳,然元美为文率易,即有才与学,不暇沉浸含咀而纬繡,是以远谢古人而近让子威,有以也。"⑦

陈凤《东还赋》

《千顷堂书目》卷31:"陈凤《东还赋》一卷。"⑧

---

① 黄虞稷:《千顷堂书目》卷31,第754页。按:《民国蓝山县图志》卷25(《中国地方志集成·湖南府县志辑47》,第389页),廖文光,湖南蓝山人。嘉靖十六年举人。

② 李开先:《李中麓闲居集》卷12,四库全书存目丛书集部93册,第259页。按:余光《两京赋》仅存《北京赋》,见后。

③ 《中国地方志集成·福建府县志辑5》,第534页。按:据《嘉庆泾县志》卷13"职官"(《中国地方志集成·安徽府县志辑46》,第273页),谢阜,嘉庆三十七年为泾县令。

④ 《中国地方志集成·福建府县志辑5》,第534页。

⑤ 浦铣:《历代赋话正集》卷14,第127页。

⑥ 王臬:《迟庵先生诗集》卷1,四库未收书辑刊5辑19册,第97页。

⑦ 孙鑛:《月峰先生居业次编》卷3,四库禁毁书丛刊集部126册,第209页。

⑧ 黄虞稷:《千顷堂书目》卷31,第754页。按:《明诗综》卷42,陈凤,上元人。嘉靖十四年进士。

卢楠《邃养赋》《浮丘四赋》

卢楠《梦洲赋序》："柟曰：'鄙人朴质，蒙侍君子。于罗太公为《云滨赋》，王别驾《龙池赋》，董封君《邃养赋》，李郡伯《沧溟赋》，张户部《庐山赋》，陆大人作《梦洲赋》。'"①《千顷堂书目》卷31："卢柟《浮丘四赋》一卷又《次粳赋三十七篇》一卷。"②

俞允文《马鞍山赋》

《历代赋话正集》卷14："俞允文，字仲蔚，昆山人也。年十五，为《马鞍山赋》，援据该博，长老异之。"③

陈省《江田赋》《古槐赋》

陈省《吴航赋》题注："按：陈省尚有《江田》《古槐》两赋，旧志以其词繁，难尽载，只载《吴航》一赋，以备文献。然两赋虽未及见，而富丽博雅，盖可想而知。"④

王文禄《日升沧海赋》

王文禄《铁砚赋序》："予尝撰《日升沧海赋》拟之。戊辰（隆庆二年，1568）试春官，南还，有感翰志，复撰斯赋。"⑤

贡汝成《三大礼赋》

《千顷堂书目》卷31："贡汝成《三大礼赋》3卷。"注：嘉靖十六年表上。⑥

拱楣《圣嗣诞庆赋》

《千顷堂书目》卷31："奉国将军拱楣《圣嗣诞庆赋》1卷。"注：嘉靖十五年进。拱楣，瑞昌恭懿王曾孙。⑦

欧阳云《碧溪赋》

《千顷堂书目》卷31："欧阳云《碧溪赋略》2卷。"⑧

会鼎《燕楼赋》

《嘉庆无为州志》卷20"文苑"："会鼎，字用和，幼攻举子业，不就，郡守

---

① 马积高：《历代辞赋总汇8》，第6728页。按：其它诸赋皆存，唯不见《邃养赋》。
② 黄虞稷：《千顷堂书目》卷31，第754页。
③ 浦铣：《历代赋话正集》卷14，第129页。
④ 《民国长乐县志》卷20，《中国地方志集成·福建府县志辑21》，第398页。
⑤ 黄宗羲：《明文海》卷46，四库全书1453册，第355页。按：《总汇》第10册9176页据《乍浦备志》收王文禄《海上观日出赋》，颇疑即为此《日升沧海赋》。待考。
⑥ 黄虞稷：《千顷堂书目》卷31，第754页。
⑦ 黄虞稷：《千顷堂书目》卷31，第754页。
⑧ 黄虞稷：《千顷堂书目》卷31，第754页。按：欧阳云在拱楣与丁奉（正德三年进士）之间，盖嘉靖时人。

延为塾师,家徒壁立,日以诗文自娱,有《燕楼赋》传世。"①

　　王养端《遂昌三赋》

　　《千顷堂书目》卷31:"王养端《遂昌三赋》1卷。"注:"字茂成,遂昌人。嘉靖乙卯(嘉靖三十四年)举人。"②

　　许国《慈宁宫瑞莲赋》

　　许国《瑞莲赋序》:"慈宁宫瑞莲,臣既应制,按图作赋。然体摹唐律,韵局八声,未足以当巨观,称明旨。爰竭心思,效子虚、乌有之伦,说问辩之词,宣畅厥义,推广其象。乱以谣歌二章,申祝万寿。若曰曲终奏雅,非所敢闻。"③

　　帅机《益藩逊学书院赋》《愍家熄赋》

　　《惟审先生(帅机)履历》④附缺收之文,其中赋有此二篇,已佚。

　　林章《海月赋》

　　《林初文诗选》提要:"凡赋二首,诗八十二首,(曹)学佺序称其《海月赋》,而此本无之,盖钞胥又有所漏矣。"⑤

　　薛冈《喜雨赋》

　　方应选《喜雨赋序》:"友生薛伯起(薛冈字)业赓五言,复广之为赋,余喜而属和云。"⑥

　　程涓《辰阳楼赋》

　　《道光休宁县志》卷14"人物":"程涓,字巨源,辰州守廷策子,工诗文。十龄随父辰州,作《辰阳楼赋》,人以'圣小儿'目之。"⑦

　　袁中道《黄山赋》《雪赋》

　　《历代赋话正集》卷14:"袁中道,字小修。十余岁,作《黄山》《雪》二赋,五千余言。"⑧

---

① 《中国地方志集成·安徽府县志辑8》,第243页。按:会鼎在杨郇、李希稷之间,据《州志》卷16"选举"(第188页),杨郇嘉靖三十三年贡生,李希稷万历元年贡生,会鼎盖嘉、隆时人。

② 黄虞稷:《千顷堂书目》卷31,第754页。

③ 马积高:《历代辞赋总汇8》,第6662页。按:现存许国《瑞莲赋》为汉赋体,其"体摹唐律,韵局八声"的律赋体《瑞莲赋》不存。同时申时行也作有《瑞莲赋》《后瑞莲赋》,俱存。

④ 帅机:《阳秋馆集》卷1,四库禁毁书丛刊集部139册,第202页。

⑤ 纪昀等:《钦定四库全书总目·林初文诗选》,第2484页。按:林章,万历时人。

⑥ 方应选:《方众甫集》卷1,四库全书存目丛书集部170册,第22页。

⑦ 《中国地方志集成·安徽府县志辑52》,第344页。

⑧ 浦铣:《历代赋话正集》卷14,第129页。

沈朝焕《快士赋》

《千顷堂书目》卷 31："沈朝焕《抱膝长吟赋》1 卷又《快士赋》1 卷。"①

周楷《花雪赋》

袁中道《花雪赋引》："伯孔年甚少，才甚奇出，其才力上拟骚赋，皆力追古人，近以《花雪赋》示予，秀润淹雅，绝不作疥骆驼态。"②

满朝荐《流火赋》《来鹤赋》《灵龟赋》

《历代赋话续集》卷 12："满太仆（满朝荐）以忤珰系请室，凡七阅岁。（系狱）五年壬子（万历四十年，1612）秋七月廿四夜，公将就寝，见火光自空㡒，离地尺许，盘旋不已，照彻如昼，乃作《流火赋》。明年季春，有白鹤来，止狱中，与公伴寝食者久之，公又作《来鹤赋》。是岁，叶相国向高因圣寿节疏救公在狱，案头镇纸龟甲忽跃起，公意朽甲具生象，是生还机也，方构《灵龟赋》，而赦诏至，公遂出狱。"③

丘兆麟《麻姑山赋》

《千顷堂书目》卷 31："丘兆麟《麻姑山赋》1 卷。"④

傅国《霜林赋》

《光绪临朐县志》卷 14，傅国，"幼慧，七岁作《霜林赋》，累千百言。"⑤

董大晟《四明胜览/览胜赋》《洞天赋》

《雍正宁波府志》卷 35"艺文·书目"："董大晟：《四书（明）胜览》《洞天》诸赋，《半楼杂集》《易图说》。"⑥《千顷堂书目》卷 31："董晟《四明览胜赋》1 卷。"⑦

陶寅龄《天童寺赋》

《千顷堂书目》卷 31："陶寅龄《天童寺赋》1 卷。"⑧

张次公《落花赋》

叶宪祖《落花赋》序："武林张次公，旧有《落花赋》，脍炙人口，余未之见也。乙丑（天启五年，1625）秋日，晤次公于都门，始得快读。才艳鲜秾，情

---

① 黄虞稷：《千顷堂书目》卷 31，第 754 页。按：《总汇》第 8 册 7325 页收《抱膝赋》，疑即《抱膝长吟赋》。

② 袁中道：《珂雪斋近集》卷 6，四库禁毁书丛刊集部 103 册，第 617 页。

③ 浦铣：《历代赋话续集》卷 12，第 324 页。

④ 黄虞稷：《千顷堂书目》卷 31，第 754 页。按：丘兆麟，万历三十八年进士。

⑤ 《光绪临朐县志》卷 14"人物"，《中国方志丛书·华北地方 389》，第 646 页。按：傅国，万历四十一年进士。

⑥ 《中国地方志集成·浙江府县志辑 30》，第 963 页。按：董大晟，万历时人。"书"字讹。

⑦ 黄虞稷：《千顷堂书目》卷 31，第 754 页。按：董晟误，应为董大晟。

⑧ 黄虞稷：《千顷堂书目》卷 31，第 754 页。按：陶寅龄，万历时人。

寄凄恻,已极词人之致。第赋与兴比不同,始末诠叙,各有厥体。兹赋纵横言之,若以入之歌行,可与卢骆同风。"①

陈子龙《春思赋》《蟹赋》《悄心赋》

《陈子龙自撰年谱》"天启三年":"作《春思赋》《蟹赋》诸篇举子业,亦稍稍布人间矣。"②艾千子《答陈人中论文书》:"足下以赋病宋人,诚是矣。然天下安有兼材,必欲论赋,则奚独宋人? 自屈平以后,汉赋已不如矣,楚以下皆可病也。然则足下《悄心赋》,何不直登屈氏之堂,而乃甘退处于六朝,排对填事,柔靡粉泽,如是而讥宋赋,恐宋人不受也。"③

胡敬辰《分外月明赋》

胡敬辰《檀雪斋集》卷 1 目录列有此赋④,然文集有残缺,此赋散佚。

陈仁锡《瑞云赋》

黄道周《瑞云赋序》:"《瑞云赋》者,东吴陈明卿(陈仁锡字)为温陵贞母吴太恭人作也……周不揣,亦拟斯赋,以混钟岳。"⑤

黎遂球《色隐赋》

黎遂球《爱妾换马赋序》:"黎子以不得志,著《色隐赋》五千余言,客有见而讥之,于是毁不复传。"⑥

李甲《柳城赋》

《同治蒲圻县志》卷 8 "艺文":"李甲撰。甲官双流,双流旧无城,甲甫下车,凿濠编柳,以备不虞,作是赋。"⑦

李汝桂《乐道忘年赋》、萧协中《绿远楼赋》

《民国泰安县志》卷 11 "艺文志"之"选辑补遗"列此二赋赋题,文已佚。⑧

林古度、黄道元、赵世芳、王振宗《穷鸟赋》

周婴《和林茂之(林古度)穷鸟赋》序:"别茂之且三十年,邂逅西峰,示

---

① 马积高:《历代辞赋总汇 8》,第 7391 页。
② 施蛰存校注:《陈子龙诗集》附录,第 634 页。
③ 艾千子:《天傭子集》卷 5,台北艺文印书馆 1980 年版,第 538 页。
④ 胡敬辰:《檀雪斋集》,四库全书存目丛书集部 191 册,第 187 页。按:胡敬辰,天启二年
　进士。
⑤ 郑元勋:《媚幽阁文娱二集》卷 10,四库禁毁书丛刊集部 172 册,第 617 页。按:黄道周《瑞
　云赋》存。
⑥ 黎遂球:《莲须阁集》卷 1,四库禁毁书丛刊集部 183 册,第 35 页。
⑦ 《中国地方志集成·湖北府县志辑 32》,第 651 页。按:《蒲圻县志》卷 5 "选举"(第 529
　页),李甲,字孚先,崇祯三年举人。官至同知。
⑧ 《中国地方志集成·山东府县志辑 64》,第 596 页。按:《县志》卷 7 "选举"(第 466 页),李
　汝桂,隆庆三年岁贡。《县志》卷 8 "忠节"(第 495 页),萧协中,萧大亨次子,以荫授上林苑
　监丞,崇祯末致仕。甲申,流贼攻城,将陷,投井死。

我《和永嘉黄道元穷鸟赋》,慷慨之旨,盖有由然。帙中又载夷陵赵孝廉世芳、王文学振宗属和之作。予读而感焉,辄次厥韵,率尔成篇。"①

余全人《铁笛赋》《耐庵赋》《双松赋》《芦赋》《柳赋》

方以智《余小芦赋序》:"莆中余全人……吾观其《铁笛》《耐庵》《双松》《芦》《柳》诸赋,温厚而挚至。"②

李邺嗣《东皋草堂赋》

李邺嗣《杲堂文钞自序》:"丙戌(顺治三年,1646)后,先公小筑东皋,命某作《东皋草堂赋》,成,先公以为可教。"③

徐白《太湖落日赋》

《光绪嘉禾府志》卷51,徐白,字介白,嘉兴人,徙居吴江。诸生,明亡后隐居灵岩山,"曾以《太湖落日赋》见赏于陈卧子,不出山者三十余年。有《竹啸庵诗钞》。"④

沈光文《东海赋》《樸赋》《桐花赋》《芳草赋》

全祖望《沈太仆传》:"所著《花木杂记》《台湾赋》《东海赋》《樸赋》《桐花赋》《芳草赋》、古今体诗,今之志台湾者皆取资焉。"⑤

张怡《白云山居赋》

《栖霞新志》第六章《文艺》列"明张怡白云山居赋"⑥,今佚。

丁仲旸《梦赋》

陈宏绪《恒山存稿》卷1《梦赋序》:"丁仲旸居士《梦赋》成,陈子为之序"。⑦

杨今鹤《红鹦鹉赋》

郭之奇《赋杨子所赋〈红鹦鹉赋〉》:"单阏之岁,自春徂秋,杨子今鹤归自羊城,携所著《红鹦鹉赋》以属余言。"⑧

汤开先《过庭赋》

《千顷堂书目》卷31:"汤开先《过庭诗赋》2卷。"注:字季云,汤显

---

① 马积高:《历代辞赋总汇9》,第8190页。按:周婴赋存。

② 方以智:《浮山文集后编》卷2,续修四库全书1398册,第394页。

③ 李邺嗣:《杲堂文钞》卷1,四库全书存目丛书集部235册,第494页。

④ 《中国地方志集成·浙江府县志辑13》,第446页。

⑤ 全祖望:《鲒埼亭集》卷27,四部丛刊初编,第1775册。按:《台湾赋》存。

⑥ 《中国地方志集成·乡镇志专辑5》,第43页。按:方苞《方望溪全集》卷8《白云先生传》,张怡,字瑶星,上元人。明末以诸生授锦衣卫千户。明亡后归里,身寄僧舍,不入城市。(中国书店1991年版,第105页)

⑦ 陈宏绪:《陈士业全集》,四库全书存目丛书补编54册,第585页。

⑧ 郭之奇:《宛在堂文集》卷1,四库未收书辑刊6辑27册,第64页。

祖子。①

　　何涓鲁《潇湘赋》

　　《康熙永州府志》卷 31 收钱邦芑《潇湘赋》，题注："按：何涓鲁作《潇湘赋》，今失无考。"②

　　柴绍炳《南征赋》

　　柴绍炳《柴省轩先生文钞》卷 1，目录中有《南征赋》，正文缺失。③

　　张进《朝鲜赋》

　　《千顷堂书目》卷 31："张进《朝鲜赋》1 卷"。④

　　康祥卿《天游山人赋》

　　《千顷堂书目》卷 31："康祥卿《天游山人赋》1 卷"。⑤

　　张士昌《听雪斋二赋》

　　《千顷堂书目》卷 31："张士昌《听雪斋二赋》1 卷。"注：莆田人，字隆父，布衣。⑥

　　佚名《芋赋》

　　文德翼《芋赋》序："有人持《芋赋》见示，戏为和之，征事绝希，适情斯企云尔。"⑦

　　佚名《晋阳四赋》

　　《千顷堂书目》卷 31："《晋阳四赋》一卷。"⑧

　　佚名《幽愤三赋》

　　《千顷堂书目》卷 31："《幽愤三赋集》一卷。"与《晋阳四赋》并列，并有注："俱不知撰人。"⑨

　　蒋烈妇《梦夫赋》

　　《历代赋话正集》卷 14："蒋烈妇，丹阳姜士进妻。为文脱稿即毁，所存《列女传》及《哭夫文》四首，《梦夫赋》一篇。"⑩

---

① 黄虞稷：《千顷堂书目》卷 31，第 755 页。
② 《中国地方志集成·湖南府县志辑 42》，第 628 页。
③ 《清代诗文集汇编 55》，第 5 页。
④ 黄虞稷：《千顷堂书目》卷 31，第 754 页。
⑤ 黄虞稷：《千顷堂书目》卷 31，第 754 页。
⑥ 黄虞稷：《千顷堂书目》卷 31，第 755 页。
⑦ 文德翼：《求是堂文集》卷 16，四库禁毁书丛刊集部 141 册，第 637 页。
⑧ 黄虞稷：《千顷堂书目》卷 31，第 755 页。
⑨ 黄虞稷：《千顷堂书目》卷 31，第 755 页。
⑩ 浦铣：《历代赋话正集》卷 14，第 129 页。

　　董璘《皇都赋》、彭大雅《两京赋》、余光《南京赋》、盛时泰《南京赋》、马斯臧《两都赋》、黄器先《两都赋》、赵祖鹏《两都赋》、颜茂猷《两都赋》、刘来远《南北二京赋》、文翔凤《金陵三赋》/《南都新赋六篇》、陆云龙《两都赋》、黄琮《金陵赋》

　　《千顷堂书目》卷31："董璘《明皇都赋》一卷。"①

　　周叙《送致仕训导彭先生序》："圣天子嗣登宝位初，庐陵北山彭大雅先生以布衣诣阙上书，陈八事，几万言，一皆本诸尧舜之道。越十有一年，又以所著《两京赋》进，极铺张混一之盛，申创业守成之规。"②《枣林杂俎·圣集》"两京赋"："训导□□彭大雅、柳州通判常熟桑悦、御史江宁余光、贡士盛时泰、南京刑部郎中临川帅机并作《两京赋》。光奏付史馆，赐钞千贯。安福李学士时勉，慈溪陈侍讲敬宗，并作《北京赋》，教谕清江聂铉作《南京赋》。"③

　　《钦定日下旧闻考》卷7："朱彝尊原按：桑悦、马斯臧、黄器先、帅机，皆有《两都赋》，因借抄未得，俟补录。臣等谨案：马斯臧、黄器先二赋俱无可考，桑悦赋谨遵《渊鉴类函》所载增入，帅机赋谨据机所撰《阳秋馆集》，并增载于后。"④

　　《千顷堂书目》卷31："赵祖鹏《两都赋》。"⑤

　　《国榷》卷93："（崇祯七年七月）戊子（初四），进士颜茂猷上所纂书七种：《道统元集》……《两都赋》。"⑥

　　《同治蒲圻县志》卷8"艺文"："《南北二京赋》，佚，刘来远撰。"⑦

　　《历代赋话续集》卷12："文翔凤，字天瑞，三水人。作《金陵三赋》以当帝系。"⑧《千顷堂书目》卷31："文翔凤《南都新赋六篇》一卷。"⑨

　　陆敏树《陆蜕庵先生家传》："乙未年（顺治十二年，1655）六十九，遂归不复出，知故皆凋落，岑斋杜门，不与宴会，日握管著作，成《两都赋》万余言。"⑩

① 黄虞稷：《千顷堂书目》卷31，第753页。按：董璘，高邮人。永乐十六年进士。
② 程敏政：《明文衡》卷44，四库全书1374册，第184页。按：《历代赋话续集》卷12作"十二年"，误。
③ 谈迁：《枣林杂俎》，元明史料笔记丛刊，第242页。按：余光和盛时泰仅存《北京赋》。聂铉《南京赋》见永乐大典本《南京》（《中国方志丛书·华中地方467》，第30页）。
④ 于敏中等：《钦定日下旧闻考》卷7，四库全书497册，第119页。按：桑悦、帅机《两都赋》俱存。
⑤ 黄虞稷：《千顷堂书目》卷31，第754页。按：赵祖鹏，浙江东阳人。嘉靖三十二年进士。
⑥ 谈迁：《国榷》卷93，第5646页。
⑦ 《中国地方志集成·湖北府县志辑32》，第651页。
⑧ 浦铣：《历代赋话续集》卷12，第326页。按：文翔凤，万历三十八年进士。
⑨ 黄虞稷：《千顷堂书目》卷31，第755页。按：二书所言篇数不一，但所指应同。
⑩ 井玉贵：《新近发现的陆云龙传记资料〈陆蜕庵先生家传〉及其他》，《文献》2003年第4期。

《千顷堂书目》卷31:"黄琮《金陵赋》"。注:字元质,官长史。①

刘节《七进》

邵经邦有《拟刘梅国先生七进》②,刘梅国即刘节,其《梅国集》41卷收于《四库全书存目丛书》集部57册,只存24卷,未见《七进》,疑已佚。

李玮《七适》

《雍正宁波府志》卷28"隐逸",李玮,字伟卿,鄞县人。勤学,工古文韵句,试辄失利。晚作《七适》一篇以见志。③

《奉制纪乐赋》(赋卷)

《明世宗实录》卷173,嘉靖十四年三月"丁丑(十七日),先是(嘉靖十三年五月),上以祀天重器始成,召辅臣等同赴重华殿瞻看,命各为赋以纪之,命之曰《奉制纪乐赋》。上亲洒宸翰,作《纪乐同述》诗一章、序一篇。辅臣集录成帙,缮写进呈,吏部尚书汪鋐请命刊布。"④

《白鹊赋颂集》(赋卷)

《千顷堂书目》卷31:"《白鹊赋颂集》1卷。"注:嘉靖十年,郑王进白鹊一双,辅臣翟銮、李时及群臣所为赋颂。⑤

朱元璋《喜雨赋》:"究心于己,彷徨宵昼。"

朱瞻基《读〈喜雨赋〉》:"洪武戊午(洪武十一年)春,久不雨,三月中旬始雨而微,迨夏四月,高皇帝以为忧,致祷太庙,是月十有九日,甘雨大降,四郊沾足,遂著喜雨之赋。有'究心于己,彷徨宵昼'之言。"⑥

祝允明《风流遁赋》:"画堂内传杯递斝,参辰著玉帐牙旗。""绣帘前品竹弹丝,掩荫出高牙大纛。""四边厢眼里火,假捏妖言;一会子耳边风,虚张声势。""急邓邓通红粉脸,不过是诈败佯输;颤巍巍咬定银牙,无非是里应外合。""寸心千里,坐守老营;一日三秋,肯离信地。""欢娱嫌夜短,惟求却日挥戈;寂寞恨更长,那讨闻鸡起舞。"

《万历野获编补遗·著述·祝唐二赋》:"(祝允明)其后又有《风流遁赋》,则皆俳语也。余少时曾与友人睹抄本,尚忆得一二联,如'画堂内传杯递斝,参辰著玉帐牙旗。''绣帘前品竹弹丝,掩荫出高牙大纛。'又云:'四边厢眼里火,假捏妖言;一会子耳边风,虚张声势。'又云:'急邓邓通红粉脸,

① 黄虞稷:《千顷堂书目》卷31,第755页。
② 邵经邦:《弘艺录》卷17,四库全书存目丛书集部77册,第429页。
③ 《中国地方志集成·浙江府县志辑30》,第874页。
④ 徐阶等:《明世宗实录》卷173,第3765页。按:现仅存夏言《奉制纪乐赋》、张孚敬《奉制记乐赋》。
⑤ 黄虞稷:《千顷堂书目》卷31,第755页。按:现仅存廖道南《瑞应白鹊赋》、张衮《灵鹊赋》。
⑥ 朱瞻基:《大明宣宗皇帝御制集》卷12,四库全书存目丛书集部24册,第175页。

不过是诈败佯输;颤巍巍咬定银牙,无非是里应外合。'又云:'寸心千里,坐
守老营;一日三秋,肯离信地。'又云:'欢娱嫌夜短,惟求却日挥戈;寂寞恨
更长,那讨闻鸡起舞。'其他皆不及记,词虽淫媟,亦自有致。"①

① 沈德符:《万历野获编补遗》,明代笔记小说大观,第 2852 页。

参 考 文 献

一、古　籍

1.《安雅堂稿》陈子龙,续修四库全书 1387 册,上海古籍出版社 2002 年版

2.《揞黑豆集》心圆居士,《禅宗全书·史传部 28》,文殊出版社 1988 年版

3.《八代文钞》李宾,四库全书存目丛书集部 341—345 册,齐鲁书社 1997 年版

4.《八崖集》周廷用,四库全书存目丛书补编 57 册,齐鲁书社 2001 年版

5.《白耷山人集》阎尔梅,续修四库全书 1394 册

6.《白洛原遗稿》白悦,四库全书存目丛书集部 96 册

7.《白云稿》朱右,四库全书 1228 册,台湾商务印书馆 1986 年版

8.《百名家诗选》魏宪,四库全书存目丛书集部 397 册

9.《北轩集》余学夔,四库未收书辑刊 5 辑 17 册,北京出版社 2000 年版

10.《冰玉堂缀逸稿》陈如纶,四库全书存目丛书集部 96 册

11.《秉器集》朱孟震,四库全书存目丛书补编 57 册

12.《博趣斋稿》王云凤,续修四库全书 1331 册

13.《泊庵集》梁潜,四库全书 1237 册

14.《檗庵集》汪禔,四库全书存目丛书集部 146 册

15.《不二斋文选》张元忭,四库全书存目丛书集部 154 册

16.《采芝堂集》陈益祥,四库全书存目丛书集部 195 册

17.《苍霞续草》叶向高,四库禁毁书丛刊集部 124 册,北京出版社 1997 年版

18.《常评事集》常伦,四库全书存目丛书集部 68 册

19.《朝天集》法天,丛书集成续编 110 册,上海书店 1994 年版

20.《陈白沙集》陈献章,四库全书 1246 册

21.《陈文冈集》陈棐,四库全书存目丛书集部 103 册

22.《陈子龙诗集》陈子龙,上海古籍出版社 1983 年版

23.《成化河南总志》,北京图书馆藏成化二十二年刻本

24.《承启堂稿》钱薇,四库全书存目丛书集部 97 册

25.《赤城集》夏鍭,四库全书存目丛书集部 45 册

26.《冲溪先生集》彭辂,四库全书存目丛书集部 116 册

27.《重修宝应县志》,《中国方志丛书·华中地方 406》

28.《重修蒙城县志》,《中国地方志集成·安徽府县志辑 26》

29.《楚辞章句》王逸,岳麓书社 1989 年版

30.《垂杨馆集》郭孔建,四库未收书辑刊 6 辑 29 册

31.《春草斋集》乌斯道,四库全书 1232 册

32.《春明梦余录》孙承泽,北京古籍出版社 1992 年版

33.《春雨轩集》刘炳,《鄱阳五家集》,四库全书 1476 册

34.《辞赋标义》俞王言,《历代赋学文献辑刊 13—14》

35.《赐闲堂集》申时行,四库全书存目丛书集部 134 册

36.《大戴礼记汇校集注》黄怀信,三秦出版社 2004 年版

37.《大复集》何景明,四库全书 1267 册

38.《大泌山房集》李维桢,四库全书存目丛书集部 150 册

39.《带经堂诗话》王士禛,人民文学出版社 1963 年版

40.《戴氏集》戴冠,四库全书存目丛书集部 63 册

41.《甌甋洞稿》吴国伦,四库全书存目丛书集部 123 册

42.《道光巢县志》,《中国地方志集成·安徽府县志辑 6》

43.《道光广东通志》,续修四库全书 674 册

44.《道光滕县志》,《中国地方志集成·山东府县志辑 75》

45.《道光新都县志》,《西南稀见方志文献 13》,兰州大学出版社 2003 年版

46.《道光休宁县志》,《中国地方志集成·安徽府县志辑 52》

47.《道光肇庆府志》,续修四库全书 714 册

48.《砥斋集》王弘撰,续修四库全书 1404 册

49.《滇南文略》,丛书集成续编 152 册,上海书店 1994 年版

50.《滇文丛录》,丛书集成续编 153 册,上海书店 1994 年版

51.《典故纪闻》余继登,中华书局 1997 年版

52.《殿阁词林记》廖道南,四库全书 452 册

53.《定山集》庄昶,四库全书 1254 册

54.《东汇诗集》吕希周,四库全书存目丛书集部 88 册

55.《东江家藏集》顾清,四库全书 1261 册

56.《东里集》《东里续集》杨士奇,四库全书 1238—1239 册

57.《东林列传》陈鼎,《明代传记丛刊 5—6》,台北明文书局 1991 年版

58.《东崖遗集》王襞,四库全书存目丛书集部 146 册

59.《独漉堂诗文集》陈恭尹,续修四库全书 1413 册

60.《读书分年日程》程端礼,四库全书 709 册

61.《对山集》康海,四库全书存目丛书集部 52 册

62.《峨眉县志》王燮,《中国地方志集成·四川府县志辑 41》

63.《樊榭山房续集》厉鹗,四库全书 1328 册

64.《芳洲文集》陈循,四库全书存目丛书集部 31 册

65.《菲泉存稿》来汝贤,四库全书存目丛书集部 96 册

66.《焚书》李贽,内蒙古人民出版社 2006 年版

67.《丰村集》魏圻,国家图书馆藏嘉靖刻本

68.《冯元成选集》冯时可,四库禁毁书丛刊补编 61—64 册,北京出版社 2005 年版

69.《福建通志》,四库全书 527—530 册

70.《浮槎稿》潘滋,《北京图书馆古籍珍本丛刊 110》,书目文献出版社 1998 年版

71.《浮山文集前编》方以智,续修四库全书 1398 册

72.《甫田集》文征明,四库全书 1273 册

73.《复初集》方承训,四库全书存目丛书集部 188 册

74.《复社纪略》陆世仪,笔记小说大观 10 编,台北新兴书局 1977 年版

75.《赋海补遗》周履靖,国家图书馆藏万历间金陵书林叶如春刻本

76.《赋话》李调元,续修四库全书 1715 册

77.《赋略》陈山毓,《历代赋学文献辑刊 17—19》

77.《赋苑》李鸿,四库全书存目丛书集部 384 册

79.《赋珍》施重光,《历代赋学文献辑刊 10—12》

80.《高启诗选》高启,中华书局 2005 年版

81.《杲堂诗文钞》李邺嗣,四库全书存目丛书集部 235 册

82.《葛中翰年谱》,《北京图书馆藏珍本年谱丛刊 63》,北京图书馆出版社 1999 年版

83.《缑山集》王衡,四库全书存目丛书集部 178 册

84.《姑山遗集》沈寿民,四库禁毁书丛刊集部 119 册

85.《姑苏名贤小记》文震孟,《明代传记丛刊 148》

86.《姑苏志》王鏊,台北学生书局 1986 年版

87.《谷城山馆诗集》于慎行,四库全书 1291 册

88.《谷城山馆文集》于慎行,四库全书存目丛书集部 147 册

89.《谷山笔麈》于慎行,四库全书 1046 册

90.《古赋辩体》祝尧,《赋话广聚 2》,北京图书馆出版社 2006 年版

91.《古穰集》李贤,四库全书 1244 册

92.《顾起纶诗话》顾起纶,《明诗话全编 4》,江苏古籍出版社 1997 年版

93.《顾亭林诗文集》顾炎武,中华书局 1983 年版

94.《光绪巴陵县志》,《中国地方志集成·湖南府县志辑 7》

95.《光绪重修奉贤县志》,《中国地方志集成·上海府县志辑 9》

96.《光绪代州志》,《中国地方志集成·山西府县志辑 11》

97.《光绪奉化县志》,《中国方志丛书·华中地方 204》

98.《光绪福安县志》,《中国方志丛书·华南地方 78》

99.《光绪海盐县志》,《中国地方志集成·浙江府县志辑 21》

100.《光绪湖南通志》,续修四库全书 665 册

101.《光绪惠州府志》,《中国方志丛书·华南地方 3》

102.《光绪江阴县志》,《中国方志丛书·华中地方 457》

103.《光绪临朐县志》,《中国方志丛书·华北地方 389》

104.《光绪庐江县志》,《中国地方志集成·安徽府县志辑 9》

105.《光绪卢氏县志》,《中国方志丛书·华北地方 478》

106.《光绪蕲州志》,《中国地方志集成·湖北府县志辑 23》

107.《光绪桃源县志》,《中国地方志集成·湖南府县志辑 80》

108.《光绪蔚州志》,《中国方志丛书·塞北地方 29》

109.《光绪仙居志》,《中国地方志集成·浙江府县志辑 48》

110.《广东通志》,四库全书 562—564 册

111.《广广文选》周应治,四库全书存目丛书补编 19 册

112.《广文选》刘节,四库全书存目丛书集部 297—298 册

113.《广西通志》,四库全书 565—568 册

114.《归庄集》归庄,中华书局 1962 年版

115.《圭峰集》罗玘,四库全书 1259 册

116.《贵池二妙集》刘世珩,光绪二十六年刘氏唐石簃汇刻贵池先哲遗书

117.《郭公青螺年谱》郭孔延,《北京图书馆藏珍本年谱丛刊 52》

118.《国朝耆献类征初编》李桓,《清代传记丛刊 127—191》,明文书局 1985 年版

119.《国朝献征录》焦竑,续修四库全书 525—531 册

120.《国榷》谈迁,中华书局 1958 年版

121.《过庭私录》吴鼎,四库全书存目丛书集部 75 册

122.《海壑吟稿》赵完璧,四库全书 1285 册

123.《海宁州志稿》,《中国方志丛书·华中地方 562》

124.《海叟集》袁凯,四库全书 1233 册

125.《海印楼文集》温自知,《温氏丛书》二集庚册,民国二十五年铅印本

126.《寒村集》苏志皋,四库全书存目丛书集部 99 册

127.《寒山志传》赵宧光,丛书集成续编 39 册,上海书店 1994 年版

128.《寒支初集》李世熊,四库禁毁书丛刊集部 89 册

129.《汉魏六朝百三家集题辞注》张溥著、殷孟伦注,人民文学出版社 1963 年版

130.《翰林记》黄佐,四库全书 596 册

131.《河南通志》,四库全书 535—538 册

132.《鹤鸣集》刘伯燮,四库未收书辑刊 5 辑 22 册

133.《鹤征录》李集,《清代传记丛刊 13》

134.《衡藩重刻胥台先生集》袁褧,四库全书存目丛书集部 86 册

135.《衡庐续稿》胡直,四库全书 1287 册

136.《弘艺录》邵经邦,四库全书存目丛书集部 77 册

137.《弘治休宁志》,《北京图书馆古籍珍本丛刊 29》

138.《鸿苞》屠隆,四库全书存目丛书子部 89 册

139.《鸿猷录》高岱,丛书集成初编 3915—3917 册,商务印书馆 1937 年版

140.《侯方域集校笺》侯方域,中州古籍出版社 1992 年版

141.《湖广通志》,四库全书 531—534 册

142.《华泉集》边贡,四库全书 1264 册

143.《华阳洞稿》张翔鸢,四库全书存目丛书集部 132 册

144.《怀麓堂集》李东阳,四库全书 1250 册

145.《怀星堂集》祝允明,四库全书 1260 册

146.《洹词》崔铣,四库全书 1267 册

147.《环溪集》沈恺,四库全书存目丛书集部 92 册

148.《浣水续谈》朱孟震,四库全书存目丛书子部 104 册

149.《皇甫司勋集》皇甫汸,四库全书 1275 册

150.《皇明馆课》陈经邦,四库禁毁书丛刊补编 49 册

151.《皇明馆课经世宏辞续集》王锡爵、陆翀之,四库禁毁书丛刊集部 93 册

152.《皇明名臣墓铭》朱大韶,《明代传记丛刊 58—59》

153.《皇明四朝成仁录》屈大均,《明代传记丛刊 66—67》

154.《皇明文范》张时彻,四库全书存目丛书集部 303 册

155.《皇明献实》袁裒,《明代传记丛刊 30》

156.《黄文简公介庵集》黄淮,四库全书存目丛书集部 26 册

157.《黄漳浦集》黄道周,丛书集成三编 53 册,新文丰出版公司 1997 年版

158.《篁墩文集》程敏政,四库全书 1253 册

159.《喙鸣诗集》沈一贯,续修四库全书 1357 册

160.《畿辅通志》,四库全书 504—506 册

161.《吉安府志》,《中国方志丛书·华中地方 251》

162.《集古文英》顾祖武,四库全书存目丛书集部 381 册

163.《几社壬申合稿》,四库禁毁书丛刊集部 34 册

164.《家藏集》吴宽,四库全书 1255 册

165.《嘉靖常德府志》,《天一阁藏明代方志选刊 87》

166.《嘉靖湖广图经志书》,《日本藏中国罕见地方志丛刊 21》

167.《嘉庆重修一统志》,四部丛刊续编 255 册,上海商务印书馆 1934 年版

168.《嘉庆松江府志》,续修四库全书 689 册

169.《甲申朝事小纪》抱阳生,书目文献出版社 1987 年版

170.《坚瓠戊集》褚人获,清代笔记小说大观,上海古籍出版社 2007 年版

171.《见素集》林俊,四库全书 1257 册

172.《建文帝后纪》邵远平,丛书集成续编 23 册,上海书店 1994 年版

173.《建文书法儗》朱鹭,续修四库全书 433 册

174.《江南通志》,四库全书 507—512 册

175.《江西通志》,四库全书 513—518 册

176.《椒丘文集》何乔新,四库全书 1249 册

177.《焦氏澹园续集》焦竑,续修四库全书 1364 册

178.《节庵集》高得旸,四库全书存目丛书集部 29 册

179.《今言》郑晓,元明史料笔记丛刊,中华书局 1984 年版

180.《金华文略》王崇炳,四库全书存目丛书集部 395 册

181.《金华贤达传》郑柏,四库全书存目丛书史部 88 册

182.《金文靖集》金幼孜,四库全书 1240 册

183.《精镌古今丽赋》袁宏道、王三余,三秦出版社 2015 年版

184.《泾野先生文集》吕楠,四库全书存目丛书集部 61 册

185.《敬轩文集》薛瑄,四库全书 1243 册

186.《静志居诗话》朱彝尊,人民文学出版社 1990 年

187.《靖质居士集》陈山毓,四库禁毁书丛刊集部 14 册

188.《居诸前后集》梅守箕,四库未收书辑刊 6 辑 24 册

189.《康熙奉化县志》,《中华丛书·四明方志丛刊》,中华丛书委员会 1957 年版

190.《康熙桐城县志》,《中国地方志集成·安徽府县志辑 12》

191.《珂雪斋集》袁中道,上海古籍出版社 1989 年版

192.《珂雪斋近集》袁中道,续修四库全书 1376 册

193.《空同集》李梦阳,四库全书 1262 册

194.《空同子集》李梦阳,湖南省图书馆藏万历三十年邓云霄刻本

195.《蒯缑馆十一草》薛始亨,丛书集成续编 189 册,新文丰出版公司 1989 年版

196.《昆山人物传》张大复,续修四库全书 541 册

197.《赖古堂集》周亮工,清人别集丛刊,上海古籍出版社 1979 年版

198.《兰溪县志》,《中国方志丛书·华中地方 518》

199.《黎阳王襄敏公疏议诗文辑略》王越,四库全书存目丛书集部 36 册

200.《骊山集》赵统,四库全书存目丛书集部 102 册

201.《李东阳集》李东阳,岳麓书社 1984 年版

202.《礼记注疏》,《唐宋注疏十三经 2》,中华书局 1998 年版

203.《丽则遗音》杨维祯,四库全书 1222 册

204.《历代赋话校证》浦铣著、何新文等校证,上海古籍出版社 2007 年版

205.《莲子居词话》吴衡照,《词话丛编》,中华书局 1986 年版

206.《两溪文集》刘球,四库全书 1243 册

207.《蓼斋全集》李雯,四库禁毁书丛刊集部 111 册

208.《列朝诗集小传》钱谦益,《明代传记丛刊 11》

209.《林初文诗文全集》林章,续修四库全书 1358 册

210.《林初文先生诗选》林章,四库全书存目丛书补编 56 册

211.《林登州集》林弼,四库全书 1227 册

212.《凌溪先生集》朱应登,四库全书存目丛书集部 51 册

213.《刘蕺山集》刘宗周,四库全书 1297 册

214.《刘彦昺集》刘炳,四库全书 1229 册

215.《刘子威集》刘凤,四库全书存目丛书集部 120 册

216.《六朝文絜笺注》许梿评选、黎经诰笺注,上海古籍出版社 1962 年版

217.《六艺流别》黄佐,四库全书存目丛书集部 300 册

218.《六艺之一录》倪涛,四库全书 837 册

219.《寥寥集》俞安期,四库全书存目丛书集部 143 册

220.《楼山堂集》吴应箕,续修四库全书 1388 册

221.《鹿裘石室集》梅鼎祚,四库禁毁书丛刊集部 57—58 册

222.《鹿原集》戴钦,四库全书存目丛书集部 72 册

223.《麓堂诗话》李东阳,历代诗话续编,中华书局 1983 年版

224.《陆文裕公行远集》陆深,四库全书存目丛书集部 59 册

225.《陆学士先生遗稿》陆可教,四库禁毁书丛刊集部 16 册

226.《论语注疏》,《唐宋注疏十三经4》,中华书局1998年版

227.《骆两溪集》骆文盛,四库全书存目丛书集部100册

228.《马学士文集》马愉,四库全书存目丛书集部32册

229.《卯洞集》徐珊,四库全书存目丛书集部146册

230.《渼陂集》王九思,四库全书存目丛书集部48册

231.《孟有涯集》孟洋,四库全书存目丛书集部58册

232.《梦泽集》王廷陈,四库全书1272册

233.《民国闽侯县志》,《中国地方志集成·福建府县志辑2》

234.《闽海赠言》沈有容,《台湾文献丛刊56》,大通书局2009年版

235.《闽小记》周亮工,上海古籍出版社1985年版

236.《名山藏列传》何乔远,《明代传记丛刊74—78》

237.《名媛诗纬初编》王端淑,清康熙清音堂刻本

238.《明词综》王昶,辽宁教育出版社1997年版

239.《明分省人物考》过庭训,《明代传记丛刊129—140》

240.《明经世文编》陈子龙,中华书局1962年版

241.《明伦汇编·氏族典》陈梦雷,《古今图书集成341—384》,上海中华书局1934年版

242.《明人小传》曹溶,《孤本明代人物小传1—3》

243.《明儒学案》黄宗羲,《黄宗羲全集7—8》,浙江古籍出版社1992年版

244.《明诗别裁集》沈德潜,河北人民出版社1997年版

245.《明诗纪事》陈田,《明代传记丛刊12—15》

246.《明诗评选》王夫之,北京文化艺术出版社1997年版

247.《明诗综》朱彝尊,康熙四十四年六峰阁刻本

248.《明实录》,台湾"中央研究院"历史语言研究所1962年版

249.《明史》张廷玉,中华书局1974年版

250.《明史纪事本末》谷应泰,中华书局1977年版

251.《明史窃》尹守衡,《明代传记丛刊82—84》

252.《明书》傅维鳞,上海商务印书馆1936年版

253.《明太祖文集》朱元璋,四库全书1223册

254.《明文海》黄宗羲,中华书局1987年版

255.《明文衡》程敏政,四库全书1373—1374册

256.《明徐暗公先生孚远年谱》陈乃干、陈洙,《新中国名人年谱集成11》

257.《明遗民录》孙静庵,浙江古籍出版1985年版

258.《明遗民诗》卓尔堪,四库禁毁书丛刊集部21册

259.《牧斋初学集》钱谦益,续修四库全书1389册

260.《南充县志》,《中国地方志集成·四川府县志辑55》

261.《南湖先生文选》丁奉,四库全书存目丛书集部65册

262.《内方先生集》童承叙,四库未收书辑刊5辑26册

263.《内乡县志》,《中国方志丛书·华北地方483》

264.《廿二史札记校证》赵翼著、王树民校证,中华书局 1984 年版

265.《农书》马一龙,四库全书存目丛书子部 38 册

266.《庞眉生集》于慎思,四库全书存目丛书集部 148 册

267.《彭文宪公笔记》彭时,北京大学出版社 1993 年版

268.《评注八代文宗》袁黄,南京大学图书馆藏明作德堂叶仪廷刻本

269.《齐东野语》周密,唐宋史料笔记丛刊,中华书局 1983 年版

270.《千顷堂书目》黄虞稷,上海古籍出版社 2001 年版

271.《钱太史鹤滩稿》钱福,四库全书存目丛书集部 46 册

272.《乾隆长泰县志》,民国二十年铅印本

273.《乾隆福清县志》,《中国地方志集成·福建府县志辑 20》

274.《乾隆潞安府志》,《中国地方志集成·山西府县志辑 30》

275.《乾隆吴江县志》,《中国地方志集成·江苏府县志辑 20》

276.《乾隆武安县志》,《中国方志丛书·华北地方 486》

277.《钦定胜朝殉节诸臣录》,四库全书 456 册

278.《钦定四库全书总目》,中华书局 1997 年版

279.《青藜馆集》周如砥,四库全书存目丛书集部 172 册

280.《青溪漫稿》倪岳,四库全书 1251 册

281.《青霞集》沈炼,四库全书 1278 册

282.《青云梯》(宛委别藏本),江苏古籍出版社 1988 年版

283.《清诗纪事》,钱仲联,凤凰出版社 2004 年版

284.《清诗纪事初编》邓之诚,中华书局 1965 年版

285.《清史稿》赵尔巽,中华书局 1977 年版

286.《清隐先生遗稿》程明远,湖南师范大学图书馆藏嘉靖刻本

287.《瞿冏卿集》瞿汝稷,四库全书存目丛书集部 187 册

288.《荣木堂集》陶汝鼐,四库禁毁书丛刊集部 85 册

289.《容斋随笔》洪迈,上海古籍出版社 2015 年版

290.《三续古文奇赏》陈仁锡,四库全书存目丛书集部 355 册

291.《三易集》唐时升,伟文图书出版社 1977 年版

292.《山樵暇语》俞弁,四库全书存目丛书子部 152 册

293.《珊瑚木难》朱存理,四库全书 815 册

294.《陕西通志》,四库全书 551—556 册

295.《商文毅公文集》商辂,四库全书存目丛书集部 35 册

296.《尚约文钞》萧镃,四库全书存目丛书集部 33 册

297.《少谷集》郑善夫,四库全书 1269 册

298.《少室山房集》胡应麟,四库全书 1290 册

299.《少室山房诗评》胡应麟,《全明诗话 3》,齐鲁书社 2005 年版

300.《歙事闲谭》许承尧,黄山书社 2001 年版

301.《升庵集》杨慎,四库全书 1270 册

302.《升庵诗话》杨慎,历代诗话续编,中华书局 1983 年版

303.《胜朝粤东遗民录》,《清代传记丛刊 70》

304.《施愚山集》施闰章,黄山书社 1992 年版

305.《诗薮》胡应麟,上海古籍出版社 1979 年版

306.《诗源辩体》许学夷,《全明诗话 4》,齐鲁书社 2005 年版

307.《石西集》汪子祜,四库全书存目丛书集部 146 册

308.《石溪周先生文集》周叙,四库全书存目丛书集部 31 册

309.《石秀斋集》莫是龙,四库全书存目丛书集部 188 册

310.《式古堂书画汇考》卞永誉,四库全书 828 册

311.《世经堂集》徐阶,四库全书存目丛书集部 79 册

312.《双林镇志》,《中国地方志集成·乡镇志辑 22》

313.《说诗晬语》沈德潜,人民文学出版社 1979 年版

314.《思复堂文集》邵廷采,浙江古籍出版社 1987 年版

315.《四川通志》,四库全书 559—561 册

316.《四六丛话》孙梅,续修四库全书 1715 册

317.《四溟诗话》谢榛,历代诗话续编,中华书局 1983 年版

318.《四友斋丛说》何良俊,元明史料笔记丛刊,中华书局 1959 年版

319.《嵩阳集》刘绘,四库全书存目丛书集部 103 册

320.《松筹堂集》杨循吉,四库全书存目丛书集部 43 册

321.《松江府志》宋如林,《中国方志丛书·华中地方 10》

322.《松韵堂集》孙七政,四库全书存目丛书集部 142 册

323.《宋濂全集》宋濂,浙江古籍出版社 1999 年版

324.《宋琬全集》宋琬,齐鲁书社 2003 年版

325.《苏平仲文集》苏伯衡,四库全书 1228 册

326.《苏山选集》陈柏,四库全书存目丛书集部 124 册

327.《岁寒集》孙瑴,四库全书存目丛书集部 31 册

328.《孙月峰先生评文选/文选渝注》孙鑛评、闵齐华注,四库全书存目丛书集部 287 册

329.《泰泉集》黄佐,四库全书 1273 册

330.《檀雪斋集》胡敬辰,四库全书存目丛书集部 191 册

331.《谭元春集》谭元春,上海古籍出版社 1998 年版

332.《谭子雕虫》谭贞默,四库全书存目丛书子部 113 册

333.《汤显祖诗文集》汤显祖,上海古籍出版社 1982 年版

334.《桃川剩集》王廷表,丛书集成续编 115 册,上海书店 1994 年版

335.《天池草》王弘海,四库全书存目丛书集部 138 册

336.《天启海盐县图经》,四库全书存目丛书史部 208 册

337.《天顺日录》李贤,中华书局 1985 年版

338.《田叔禾小集》田汝成,四库全书存目丛书集部 88 册

339.《恬致堂集》李日华,四库禁毁书丛刊集部 64 册

340.《同治荆门直隶州志》,《中国地方志集成·湖北府县志辑 41》

341.《同治临邑县志》,《中国地方志集成·山东府县志辑 15》

342.《同治新城县志》,《中国方志丛书·华中地方 256》

343.《涂子一杯水》涂伯昌,四库全书存目丛书集部 193 册

344.《袜线集》萧仪,四库全书存目丛书集部 31 册

345.《晚闻堂集》余绍祉,四库未收书辑刊 6 辑 28 册

346.《皖人书录》蒋元卿,黄山书社 1989 年版

347.《宛署杂记》沈榜,北京古籍出版社 1982 年版

348.《万卷楼遗集》丰坊,《北京图书馆古籍珍本丛刊 109》

349.《万历重修南安府志》,《日本藏中国罕见地方志丛刊 9》

350.《万历明会典》申时行等,中华书局 1989 年版

351.《万历温州府志》,四库全书存目丛书史部 210 册

352.《万历武功录》瞿九思,续修四库全书 436 册

353.《万历野获编》沈德符,明代笔记小说大观,上海古籍出版社 2005 年版

354.《王氏家藏集》王廷相,四库全书存目丛书集部 53 册

355.《王侍御类稿》王圻,四库全书存目丛书集部 140 册

356.《王廷相集》王廷相,中华书局 1989 年版

357.《王文成全书》王守仁,四库全书 1265 册

358.《王震孟诗集初选》王龙起,龙光堂万历四十七年刻本

359.《味水轩日记》李日华,《北京图书馆古籍珍本丛刊 20》

360.《文饭小品》王思任,岳麓书社 1989 年版

361.《文府滑稽》邹迪光,四库全书存目丛书集部 322 册

362.《文简集》孙承恩,四库全书 1271 册

363.《文俪》陈翼飞,四库全书存目丛书补编 25 册

364.《文脉》王文禄,四库全书存目丛书集部 417 册

365.《文敏集》杨荣,四库全书 1240 册

366.《文筌》陈绎曾,《赋话广聚 1》,北京图书馆出版社 2006 年版

367.《文说》陈绎曾,四库全书 1482 册

368.《文坛列俎》汪廷讷,四库全书存目丛书集部 348 册

369.《文体明辨》徐师曾,四库全书存目丛书集部 310 册

370.《文体明辨序说/文章辨体序说》徐师曾、吴讷,人民文学出版社 1962 年版

371.《文献征存录》钱林、王藻,《清代传记丛刊 10—11》

372.《文宪集》宋濂,四库全书 1224 册

373.《文选尤》邹思明,四库全书存目丛书集部 286 册

374.《文选章句》陈与郊,四库全书存目丛书集部 285 册

375.《文选纂注》张凤翼,四库全书存目丛书集部 285 册

376.《文毅集》解缙,四库全书 1236 册

377.《文章辨体》吴讷,四库全书存目丛书集部 291 册

378.《文致》刘士鏻,四库全书存目丛书集部 373 册

379.《文璚清娱》华国才,四库全书存目丛书集部 333 册

380.《吴都文粹续集》钱谷,四库全书 1386 册

381.《吴中名贤传赞》邵忠、李瑾,江苏古籍出版社 1997 年版

382.《午梦堂全集》叶绍袁,中国文学珍本丛书 1936 年版

383.《五山志林》罗天尺,丛书集成初编 2965 册

384.《物理论》杨泉,丛书集成初编 594 册

385.《西村集》史鉴,四库全书 1259 册

386.《熙朝名臣实录》焦竑,四库全书存目丛书史部 107 册

387.《隰西草堂集》王寿祺,续修四库全书 1394 册

388.《夏完淳集笺校》夏完淳,上海古籍出版社 1991 年版

389.《闲云稿》周履靖,丛书集成初编 2164 册

390.《襄毅文集》韩雍,四库全书 1245 册

391.《萧林初集》钱棻,四库未收书辑刊 6 辑 28 册

392.《小草斋集》谢肇淛,续修四库全书 1366 册

393.《新安文献志》程敏政,四库全书 1375—1376 册

394.《新刊国朝历科翰林文选经济宏猷》沈一贯,四库禁毁书丛刊集部 153 册

395.《新刻重校订丁未科翰林馆课全编》,故宫珍本丛刊 619 册

396.《兴宁县志》,《中国方志丛书·华中地方 316》

397.《徐文长三集》徐渭,中华书局 1983 年版

398.《续藏书》李贽,四库全书存目丛书史部 24 册

399.《续文选》汤绍祖,四库全书存目丛书集部 334 册

400.《雪桥诗话余集》杨仲羲,北京古籍出版社 1992 年版

401.《逊志斋集》方孝孺,四库全书 1235 册

402.《寻乐文集》习经,四库全书存目丛书补编 97 册

403.《雅似堂文集》文德翼,四库全书存目丛书集部 193 册

404.《雅宜山人集》王宠,四库全书存目丛书集部 79 册

405.《雅州府志》,《中国方志丛书·西部地方 28》

406.《延平府志》,《中国方志丛书·华南地方 99》

407.《俨山集》陆深,四库全书 1268 册

408.《弇州史料前集》王世贞,四库禁毁书丛刊史部 49 册

409.《弇州四部稿》《弇州续稿》王世贞,四库全书 1280 册

410.《杨文定公诗集》杨溥,续修四库全书 1326 册

411.《杨文懿公文集》杨守陈,丛书集成续编 112 册,上海书店 1994 年版

412.《尧山堂外纪》蒋一葵,四库全书存目丛书子部 148 册

413.《夷白斋诗话》顾元庆,《全明诗话 1》,齐鲁书社 2005 年版

414.《颐庵文选》胡俨,四库全书 1237 册

415.《峄桐文集》刘城,四库禁毁书丛刊集部 121 册

416.《抑庵文集》王直,四库全书 1241 册

417.《艺圃伧谈》郝敬,《全明诗话 4》,齐鲁书社 2005 年版

418.《艺圃撷余》王世懋,四库全书 1482 册

419.《艺苑卮言》王世贞,历代诗话续编,中华书局 1983 年版

420.《隐居通议》刘壎,中华书局 1985 年版

421.《隐秀轩集》钟惺,上海古籍出版社 1992 年版

422.《余姚孙境宗谱》孙仰堂,光绪二十五年燕翼堂木活字本

423.《虞德园集》虞淳熙,四库禁毁书丛刊集部 43 册

424.《愚庵小集》朱鹤龄,四库全书 1319 册

425.《玉笥诗谈》朱孟震,丛书集成初编 2586 册

426.《寓林集》黄汝亨,四库禁毁书丛刊集部 42 册

427.《寓意录》缪曰藻,道光二十年上海徐氏寒木春寒馆刊本

428.《御选明诗姓名爵里》,四库全书 1442 册

429.《御制大诰三编》朱元璋,续修四库全书 862 册

430.《元史类编》邵远平,续修四库全书 313 册

431.《袁宏道集笺校》袁宏道著、钱伯城笺校,上海古籍出版社 1981 年版

432.《苑洛集》韩邦奇,四库全书 1269 册

433.《月峰先生居业次编》孙鑛,四库禁毁书丛刊集部 126 册

434.《云外录》大香,禅门逸书,明文书局 1981 年版

435.《云间二韩诗》莫是龙、顾斗英,上海图书馆藏康熙刻本

436.《云间志略》何三畏,《明代传记丛刊 145—147》

437.《郧阳县志》,《中国方志丛书·华中地方 119》

438.《枣林杂俎》谈迁,元明史料笔记丛刊,中华书局 2006 年版

439.《增定国朝馆课经世宏辞》王锡爵、沈一贯,四库禁毁书丛刊集部 92 册

440.《增修登州府志》,《中国地方志集成·山东府县志辑 49》

441.《湛甘泉先生文集》湛若水,四库全书存目丛书集部 57 册

442.《张佽陵集》张凤翔,四库全书存目丛书集部 51 册

443.《浙江通志》,四库全书 519—526 册

444.《针灸大全》徐凤,《中医古籍整理丛书 27》,人民卫生出版社 1987 年版

445.《针灸聚英》高武,中医古籍出版社 1999 年版

446.《震川集》归有光,四库全书 1289 册

447.《震泽集》王鏊,四库全书 1256 册

448.《执斋集》刘玉,续修四库全书 1334 册

449.《止山集》丘云霄,四库全书 1277 册

450.《制义科琐记》李调元,续修四库全书 829 册

451.《仲蔚先生集》俞允文,四库全书存目丛书集部 140 册

452.《周恭肃公集》周用,四库全书存目丛书集部 54 册

453.《竹涧集》潘希曾,四库全书 1266 册

454.《邹荻翁先生集》邹枚,四库禁毁书丛刊补编 75 册

455.《罪惟录》查继佐,续修四库全书 323 册

二、著 作

1.《辞赋文体研究》郭建勋,中华书局 2007 年版

2.《从"理学名山"到"文翰樵山"》任建敏,广西师范大学出版社 2012 年版

3.《赋史》马积高,上海古籍出版社 1987 年版

4.《赋史大要》铃木虎雄,《赋话广聚 6》,北京图书馆出版社 2006 年版

5.《赋学概论》曹明纲,上海古籍出版社 1998 年版

6.《赋学论丛》程章灿,中华书局 2005 年版

7.《汉赋与汉代制度》曹胜高,北京大学出版社 2006 年版

8.《剑桥中国明代史》牟复礼、崔瑞德,中国社会科学出版社 1992 年版

9.《金元赋史》牛海蓉,人民出版社 2015 年版

10.《李贽研究参考资料》第 1 辑,福建人民出版社 1975 年版

11.《历代辞赋研究史料概述》马积高,中华书局 2001 年版

12.《历代辞赋总汇》(全 26 册)马积高,湖南文艺出版社 2014 年版

13.《六朝骈赋研究》黄水云,文津出版社有限公司 1999 年版

14.《明代传奇全目》傅惜华,人民文学出版社 1959 年版

15.《明代复古派唐诗论研究》陈国球,北京大学出版社 2007 年版

16.《明代唐宋派研究》黄毅,上海古籍出版社 2008 年版

17.《明代杂剧全目》傅惜华,北京作家出版社 1958 年版

18.《明代蒙古史论集》和田清,北京商务印书馆 1984 年版

19.《明末清初文人结社研究》何宗美,上海三联书店 2016 年版

20.《明清进士题名碑录索引》朱保炯、谢沛霖,上海古籍出版社 1980 年版

21.《明清人物与著述》何冠彪,香港教育图书公司 1996 年版

22.《明清史讲义》孟森,中华书局 1981 年版

23.《明清文学群落:吴江叶氏午梦堂》朱萸,上海人民出版社 2008 年版

24.《明清文学史》吴志达,武汉大学出版社 1991 年版

25.《明诗话全编》吴文治,江苏古籍出版社 1997 年版

26.《明遗民录汇辑》谢正光、范金民,南京大学出版社 1995 年版

27.《清碑传合集》闵尔昌,上海书店 1988 年版

28.《清诗纪事》钱仲联,凤凰出版社 2004 年版

29.《全明诗话》周维德,齐鲁书社 2005 年版

30.《全明文》(1—2)钱伯城,上海古籍出版社 1992 年版

31.《全元文》(全 60 册)李修生,江苏古籍出版社 1999 年版/凤凰出版社 2004 年版

32.《谈艺录》钱钟书,三联书店 2001 年版

33.《汤显祖年谱》徐朔方,上海古籍出版社 1980 年版

34.《晚明小品选注》朱剑心,浙江人民美术出版社 2015 年版

35.《王鏊年谱》刘俊伟,浙江大学出版社 2013 年版

36.《魏晋南北朝赋史》程章灿,江苏古籍出版社 2001 年版

37.《〈文选〉研究文献辑刊》(全 60 册),国家图书馆出版社 2013 年版

38.《杨维桢与元末明初文学思潮》黄仁生,东方出版中心 2005 年版

39.《元代辞赋研究》李新宇,中国社会科学出版社 2008 年版

40.《元代进士研究》桂栖鹏,兰州大学出版社 2001 年版

41.《中国辞赋发展史》郭维森、许结,江苏教育出版社 1996 年版

42.《中国历代赋选·明清卷》毕万忱、何沛雄,江苏教育出版社 1998 年版

43.《中国学术思想史论丛》钱穆,台北东大图书有限公司 1978 年版

44.《朱元璋传》吴晗,百花文艺出版社 2000 年版

三、论　文

1.《班固的"赋颂"理论及其〈两都赋〉"颂汉"的赋史意义》何新文、王慧,《中南民族大学学报》2015 年第 2 期

2.《程大约生平考述》翟屯建,《中国文化研究》2000 年秋之卷

3.《程明远生平著述考略》黄仁生,《中国文学研究》1995 年第 2 期

4.《戴钦生平著作考》石勇,《广西社会科学》2007 年第 5 期

5.《公安派成员考》贾宗普,《廊坊师范学院学报》2006 年第 4 期

6.《公安派研究》宋俊玲,首都师范大学 2004 年博士学位论文

7.《关于何景明督学陕西的补正》姚学贤,《殷都学刊》1992 年第 4 期

8.《关于〈六家诗名物疏〉》徐超,《山东大学学报》1998 年第 4 期

9.《竟陵派的诗学观》李桂芹,华南师范大学 2003 年硕士学位论文

10.《李梦阳辞赋研究》朱怡菁,台湾政治大学 2003 年硕士学位论文

11.《李梦阳〈述征赋〉写作时间考辨》郝润华,《古籍整理研究学刊》2014 年第 6 期

12.《李梦阳研究》郭平安,陕西师范大学 2009 年博士学位论文

13.《李梦阳与明代诗坛研究》刘坡,上海师范大学 2012 年博士学位论文

14.《马愉与北方士人交游考》马庆洲,《河北师范大学学报》2014 年第 5 期

15.《明初谪滇诗人平显考论》李琳,《江汉论坛》2008 年第 11 期

16.《明代的选学与赋论》许结,《南京师大学报》2013 年第 3 期

17.《明代汉赋选研究》饶福婷,南京大学 2013 年博士学位论文

18.《明代金门先贤许獬生平及著述》王水彰,《闽台文化研究》2014 年第 2 期

19.《明代庶吉士群体构成及其特点》郭培贵,《历史研究》2011 年第 6 期

20.《明代庶吉士与台阁体》何诗海,《文学评论》2012 年第 4 期

21.《明代庶吉士制度探微》邹长清,《广西师范大学学报》1998 年第 2 期

22.《明代"唐无赋"说辨析——兼论明赋创作与复古思潮》许结,《文学遗产》1994 年第 4 期

23.《明代文人叶权三考》王平,《安徽师范大学学报》2012 年第 3 期

24.《明代文选学研究》郝倖仔,北京大学 2011 年博士学位论文

25.《明代文学复古运动与〈文选〉的再度盛行》付琼,《广西师范大学学报》2009 年第 3 期

26.《明代文学思想发展中的几个理论问题》罗宗强,《文学遗产》2012 年第 5 期

27.《明代文章总集与文体学——以〈文章辨体〉等三部总集为中心》吴承学,《文学遗产》2008 年第 6 期

28.《明代"祥瑞"兽"驺虞"考》王珽,《暨南史学》第三辑,暨南大学出版社 2004 年版

29.《明末流亡日本二遗民朱舜水、戴笠生平考二则》南炳文,《东北师大学报》2008年第2期

30.《明末戏曲作家新考续编》张增元,《淮阴师范学院学报》1999年第1期

31.《明沈藩简王朱模及其子孙们》宋石青,《晋东南师范专科学校学报》2004年第4期

32.《明〈蜀都赋〉考论》陈伦敦、朱锐泉,《四川师范大学学报》2017年第2期

33.《明遗民东渡述略》韦祖辉,《明史研究论丛》第三辑,江苏人民出版社1982年版

34.《明朱安㳙〈李空同先生年表〉辨误》郝润华,《文献》2016年第1期

35.《"七"体的形成发展及其形式特征》郭建勋,《北京大学学报》2007年第5期

36.《清修〈四库全书〉福建采进本与禁毁书研究》陈旭东,福建师范大学2004年硕士学位论文

37.《唐宋派与阳明心学》廖可斌,《文学遗产》1996年第3期

38.《屠隆年谱》秦皖春,复旦大学2003年硕士学位论文

39.《万历为文学盛世说》廖可斌,《文学评论》2013年第5期

40.《王慎中年谱》王文荣,广西师范大学2006年硕士学位论文

41.《仙道、圣政、世变——宋濂〈蟠桃核赋〉之仙道书写及其明初史学意涵》许东海,《汉学研究》2008年第2期

42.《信心论与信古论在晚明融合的学理依据及其历程》陈文新,《山东社会科学》2002年第2期

43.《元明之际的种族观念与文人心态及相关的文学问题》左东岭,《文学评论》2008年第5期

44.《〈昭明文选〉评点研究》赵俊玲,复旦大学2008年博士学位论文

45.《赵时春年谱》刘景荣,兰州大学2010年硕士学位论文

46.《赵统年谱》石磊,西北大学2013年硕士学位论文